天露湾

陈应松

 著

长江出版传媒 长江文艺出版社

图书在版编目（CIP）数据

天露湾 / 陈应松著. -- 武汉 ：长江文艺出版社，
2022.1（2023.3 重印）
ISBN 978-7-5702-2433-3

Ⅰ . ①天… Ⅱ . ①陈… Ⅲ . ①长篇小说－中国－当代
Ⅳ. ①I247.5

中国版本图书馆 CIP 数据核字 (2021) 第 225907 号

天露湾

TIAN LU WAN

___

出版人/总策划：尹志勇

责任编辑：李 艳 付玉佩　　　　　　责任校对：毛季慧

封面设计：柒拾叁号　　　　　　　　责任印制：邱 莉 胡丽平

___

出版：长江出版传媒 | 长江文艺出版社

地址：武汉市雄楚大街 268 号　　　　邮编：430070

发行：长江文艺出版社

http://www.cjlap.com

印刷：湖北新华印务有限公司

___

开本：700 毫米×980 毫米　　　1/16　　印张：29.25　　　　插页：1 页

版次：2022 年 1 月第 1 版　　　　2023 年 3 月第 2 次印刷

字数：491 千字

___

定价：49.80 元

___

一

一阵风吹来,上千只白鹤从天露湖滩渚的芦苇荡惊起,铺天盖地飞向天空,悠长的唳叫笼罩湖面。芦苇裹挟着群体的力量浩荡摇曳,接着是灰鹤,还有白鹭、白鹳,相继一惊一乍地起飞,整个湖面上都是拍击的鸟影。一群沙洲上酣眠的野鸭也被吵醒,发出粗野的、急促的嘎叫声。

天露湖的天空发白了,从湖上吹进天露湾村的冷雾,裹着水滴,往路上和田野上涂抹,能听得见涛声隐隐。几只狮头鹅早早地龟缩在水渠畔,在蒲草丛边张望。一些早起的鸦雀歇在树的高枝叽叽喳喳,仿佛在开大会。树下,还有一望无际的绿毡般的小麦,与苍茫的湖水相接。

金满仓醒来时,鸡在笼里嘶声哑气地叫着。他小声喊女儿金甜甜:“甜甜,起床了!”尚在睡梦中的女儿惊醒,慌乱地穿衣起来,揉着眼睛,在厨房舀了一瓢冷水,匆匆刷牙,洗脸。女儿九岁,上四年级,刚放寒假在家。她来到猪圈,看到她爸在猪圈里拉猪,猪不愿出来,躲在墙角温暖的稻草里,但还是被拖了出来。

老婆余翠娥也起床了,来帮忙牵猪,不让猪叫。她对金满仓说:“她爸,不让杀就不杀了吧,抓到咋办?”金满仓没有松手,依然拉猪,说:“没事的,过年总得吃肉,再说,杀了就卖半边,回来还村里的欠款。”余翠娥说:“村里规定不交税款偷偷杀猪要没收呀。”金满仓说:“什么龟腚,还王八腚咧!甜甜,走!”

父女俩牵上猪,悄悄从后门走出去,绕道湖边,去乘渡船,到对岸的外村去杀猪。

这是一九八八年的农历腊月二十。

走到一个汊口,一群白鹭扑扑地穿过树林。出来了两个人,正是金满仓在巴望的袁世道和潘忠银,两个好朋友,屙尿和泥巴的发小。潘忠银拿着自制的甲鱼枪,手上提着一只刚打的甲鱼,瞅着四周说:“现在民兵还没有巡逻,天冷,他们起不来,满仓哥你们快走,我和世道在后面看着。”金满仓拽着猪绳却迟疑了,

1

说:"世道,忠银,我这心乱蹦,就怕生事儿,咱们再合计合计……"袁世道说:"当断不断,必受其乱,断而不断,必有后患!走吧!"金满仓愁眉苦脸地不想走,说:"这事偷偷摸摸的,我真做不来……"

把个潘忠银弄烦了,说:"满仓哥,别婆婆妈妈了,这不是你的风格!……"袁世道说:"忠银你小声点!放雷炮呀?……满仓哥,猪是你自己的,你全家一瓢一碗喂大的猪,又不是偷来的,你说你怕个啥?快走为好,等一会村里人都醒了。"潘忠银急得跳脚,"要不,满仓哥,我帮你牵去,杀了晚上扛肉回来给你。"金满仓说:"好好好,也不消激将我,我去,不连累你们。"

金满仓让女儿甜甜在前面牵,他在后头打猪。走了一段,突然有人影,金满仓踉跄了一下,指着芦苇丛对女儿说:"你往这边躲躲……"

可是没躲过,一个人从雾里晃出来,是全村人见着都绕道走的肖丙子。

这肖丙子尖嘴猴腮,绿豆眼灵活着哪。可年轻时不是这样,当年与金满仓夫妇在大队宣传队演样板戏《沙家浜》,身子骨还壮实,大冷天穿着个背褡子演沙四龙。金满仓演郭建光,金满仓老婆余翠娥演阿庆嫂。

金满仓想迎上前挡住肖丙子的视线,跟他招呼:"丙子,这么早在湖边干啥哩?"

肖丙子早就瞅到了金满仓背后的女儿和一头猪,说:"没干啥,看到你家大肥猪,想起我家夏天淹死的一头,如果不死,就有两百斤的肉,今年过年,咱只有吃青菜萝卜的命啰。"金满仓问:"你也欠税?"肖丙子说:"瞧你说的!你都欠,我比你狠些?……你女儿牵猪这么早,上学去呀?"金满仓搪塞道:"呃,是……是呀,上学。"肖丙子指着另一方向:"学校你不走反了么?"金满仓说:"猪想咋走,人管不了它,遛一圈再回呗。"肖丙子笑着:"这冷的天遛猪,满仓你跟你丫头好有闲心呀,嘎嘎……"他的公鸭嗓笑声怪异瘆人。雾上来了,金满仓就想赶快离开肖丙子。

肖丙子等看不到金满仓父女,从草丛中拿出藏着的鱼篓子。其实他是在清早收篓子,晚上下篓子偷渔场的鱼。他将倒出来的几条鱼用塑料袋装好,塞进兜里,把篓子重新藏在水汊下,盖上水草,匆匆回了村。

肖丙子敲开了洪家胜的门,洪家胜出来问:"丙子,这么早,有事呀?"肖丙子说:"我检举金满仓。"洪家胜笑得痰都堵了喉咙,说:"他啥事得罪了你?"肖丙子说:"检举坏人坏事还要得罪不得罪?尽革命群众的义务。"洪家胜不耐烦地说:

"你就说咪。"肖丙子说:"金满仓牵了一头猪出村了,一定是去对岸杀了逃税的。"洪家胜说:"我说肖丙子,当年你演《沙家浜》中的沙四龙,也没有演《红灯记》中的王连举呀?"肖丙子说:"我是告密的叛徒?洪书记,你说话好损!"洪家胜说:"这大过年的,你也知道我与金家的关系……"肖丙子说:"你不就是追求过金满仓的老婆,不就这么回事嘛?"洪家胜说:"对呀,就依你说的,我的一举一动,会上升到爱恨情仇,你懂么?"肖丙子见洪家胜不想管,就说:"如果你书记不管,我就检举你袒护坏人。今年过年我反正没肉吃,赤脚不怕穿鞋的!你有没有原则性,你不想当这个书记了?"洪家胜恼了,反问:"你说当呢,还是不当?大清早你眼睛一睁就举报,你多革命?你来当,行吧?"

洪家胜的老婆黄秋莲被吵醒了,出来看到是肖丙子,说:"孙子耶,昼伏夜出管什么闲事呀,吵得人不睡是咋的?"肖丙子问:"孙子?谁孙子?"黄秋莲说:"我是沙奶奶,你是沙四龙,你不是我孙子还是我儿子?"肖丙子吸着鼻子道:"反正缺辈儿,好吧,姑奶奶,我检举金满仓去外村杀猪不交税,有什么不对?"洪家胜被逼得无可奈何:"你对,你对,我去叫人追还不行吗?"

临走时肖丙子提醒书记:"举报坏人村里得奖我十斤猪肉,最好还奖励一副猪大肠,我就爱吃大肠煨海带。"

洪家胜哭笑不得,对着他背影啐了一口:"你想得美呀!"

再说金满仓,见天已大亮,就狠狠打猪让它快走。终于来到了渡口,因为太早,渡船上没人,摆渡的花老倌还在屋里没出来,金满仓就去拍门喊:"花老倌!"这摆渡老头不知是姓花还是年轻时很花,反正大家都喊他"花老倌",他一个人住在湖边用苇秆搭成的小屋里。

花老倌随叫随到,马上就起来,帮着金满仓父女将猪赶上渡船。这猪上跳板太不容易,跳板太窄,猪见了下面的水更怵,不往上走。金满仓和花老倌在猪的一前一后连拽带抄,金甜甜在船上拉,唤。猪是金甜甜从小喂到大的,肯听她唤。不过今天这猪很犟,哼哼吼吼,拒绝上船,还拉出一泡屎来,厉声嘶叫,表达抗议。

就这样耽搁了时间,等猪上了船,金满仓已是一头汗水,双脚也糊上了稀泥。花老倌解开拴在岸边树上的缆绳刚将船推开,村支书洪家胜就带着治保主任毛标和两个民兵从天而降,飞身上船,抽出了花老倌的船桨。

金满仓的猪就这样被截住了。这可是要没收的,分明是去外村宰杀,抵赖不掉。父女俩起这么早，又有袁世道他们看着，还是没有躲脱。金满仓对他们说："咋办咧？你们看着办吧。"

书记和村主任洪家胜是他家邻居，两家关系很微妙，也是演《沙家浜》的宣传队的，金满仓夫妇一个是郭建光，一个是阿庆嫂，洪家胜夫妇一个是刁德一，一个是沙奶奶。问题是书记洪家胜追求过金满仓老婆余翠娥，而洪家胜老婆黄秋莲追过金满仓。一个是书记村主任，一个是村里能人。但洪家胜要把话挑明，就说："满仓，你猪关在家里，咱就睁只眼闭只眼，把年过了再说，现在，我起五早八早的，是有人举报你。"

金满仓一听，脑袋嗡嗡响。早晨举报，哪个看到了？肖丙子！肖丙子呀，老子饶不了你！

但毛标和民兵（你老洪还叫了人来，是来真格的）就去牵猪，女儿不让，用一双小手死死缠着猪绳不放，用哭声反抗。民兵硬是从她手上把绳子掰过去，差点把她的手指拉断。猪是女儿天天放学捃猪草一把把喂大的，被别人抢去她当然要大喊大叫，大哭大闹。金满仓听不得女儿的号哭，跟被刨祖坟没两样，头就炸了，就与他们扭打起来。

父女两人斗三个男人，洪家胜和花老倌在岸上看热闹。民兵三蛋的手指还被金甜甜咬了，说，这丫头好烈！金满仓也管不了猪，就看谁欺负女儿。女儿护猪，毛标掀开她，金满仓从花老倌手中夺过一支木桨，朝毛标劈去，洪家胜想拦，结果倒霉，劈上了自己脑袋。洪家胜的脑壳登时鲜血直流，他跌坐地上，手捂开花的脑袋，指着那桨说："好大的凶器！"

金满仓打伤了书记，被两个民兵反剪着手押回村里，在后头追赶的金甜甜，连摔了几跤，最后一跤跌进湖里。

早上出来的人不多，金甜甜的同学洪大江是洪家胜的儿子，他很早就提着个小桶，背着戽斗，准备去找水凼子拦坝捞鱼——每年腊月都是这样。小伢儿们不怕冷，找水坑水沟戽干了捞鱼过年，口袋里也带上了打火机，冷了寻一抱稻草就可以点燃烤火。洪大江听到水里有呼救声，跑去，看到有人在水里挣扎，是金甜甜！他丢下水桶戽斗，跳下去捞她。

水深，又是老菱角、枯荷梗缠着她。洪大江不太会水，加上棉袄浸水太沉，他抓了几次才抓到金甜甜，自己也喝了不少水。挣扎的金甜甜在沉浮中抓到一个人，便死死拽住他。洪大江无法挣脱，两个小伢都要沉入湖底，危在旦夕！

好在花老倌及时赶到，见状便大喊："大江，大江！快抓住我的篙子！"

洪大江被金甜甜拉着，无法抽出手来，而金甜甜还在乱抓乱挠。花老倌脱下棉袄，跳入水中，将他们救上岸来。两个孩子水淋淋的，冻得面目青紫，浑身发抖，吐着污水，扯起嗓子哭着。花老倌说："哭啥哩？命捡回来了，还哭啥呀？快回去！"

洪大江拿上戽斗水桶，抬头一看，金甜甜哭着跑得没影了。

金满仓被关进村委会的一个空房子里，等候镇派出所的人来处理，猪也没收了。洪家胜本来对毛标说，把金满仓放了，可毛标坚持说，派出所民警若来了没见着人，不说我们瞎搞嘛，这样只好将金满仓先关着。那是一间仓库，里面堆放着一些村里的破烂，坏了的农机具、旧柜子、过期报纸等。毛标没心没肺的一个人，人称苕货，吓唬金满仓说，等派出所的人来给你定罪，你打伤了洪书记，还不交税款。金满仓说，死活由你们！……

这事，就等于把梁子结下了。洪家胜头上缠着绷带，头疼转移到心里，心如刀捅。黄秋莲讽刺他说："清早就往外跑，原来是打架去了！你说你一个书记，早晨眼没睁就跟人干架，我咋说你？"洪家胜说，是金满仓误伤了他。这时，一个湿漉漉的泥人闯进了屋，一看，是儿子洪大江。

洪家胜问："你干啥去了？"

可这伢儿拿冷水往头上浇，也不理他。

"我说，你是猪？滚一身泥！"

黄秋莲叮咚就给了儿子一嘴巴，又朝他的屁股呼了两巴掌，强行去脱他的脏衣，洪大江不让，要自己脱。黄秋莲火了，朝儿子头上再一巴掌。洪家胜将儿子拉过去，帮他脱着："你真是，不是捞鱼去的吗？鱼呢？"

洪大江说："我还没去，甜甜掉水里了，我救她。"

黄秋莲哭笑不得说："你还去救她？你爸脑壳被她爸打开了瓢，你们父子，就俩搞笑的货！又是逮猪，又是打得头破血流，还来个肖丙子告状的，这湾子乱不乱？！"

"好了好了，我去洗！你给大江烧点姜茶。"

黄秋莲口恶心善，将儿子换下的衣服装进盆子，端着去湖边洗。

儿子提着水桶，拿起戽斗又要走。洪家胜喊住他："还去抓鱼？别去了！"

儿子头也没回就气冲冲地跑了。

洪家胜一大早起来,头昏脑涨,觉得不该听了肖丙子的话去抓金满仓,不然金满仓也不至于下恶手用桨砍他脑袋。可是肖丙子说如果你书记村主任不管,他就去镇上举报,你包庇金满仓。全村有一万多块钱的税费没收齐,镇里批评,还闹出包庇欠款村民,将猪牵出外村宰杀。年年恶人自己做,村委会的其他人看冷。洪家胜烤着火,头上缠了绷带,就像孙悟空缠了个金箍儿一样难受,有时候恨不得拉了绷带丢掉。

正在气着,袁世道和潘忠银来了,问金满仓是怎么关的。洪家胜知道他们三个人是一条神罡,得罪不起,就说了他也不愿意挨一桨,派出所的来了自有说法,我不怪他,但有人逼我去抓,你抓不抓?潘忠银说,谁让你抓的?洪家胜说,我有保护举报者的义务。潘忠银说,不就是肖丙子嘛,好事不出门,恶事传千里。洪家胜笑着不说话,潘忠银心里就明白了。

两人出来,潘忠银对袁世道说,我先治治肖丙子。袁世道说,你干啥?潘忠银不说这个,就跟袁世道商量晚上的行动。往家里走时,要经过肖丙子的小卖部,潘忠银对肖丙子说:"丙子,你吃甲鱼啵?"那肖丙子看到潘忠银吊着个张扬的眉毛劈头问这么一句,有点呆懵,就没理他。潘忠银又说:"湖边有条破船进水了,我看到一只大甲鱼爬进舱里去,我风湿,不敢下去抓。"肖丙子的绿豆眼把潘忠银狠狠扫了一遍,说:"你是打甲鱼的,留给我?"潘忠银说:"你有深筒雨靴这甲鱼就是你的。"肖丙子卖深筒雨靴,两人都看到了柜台里的深筒雨靴。肖丙子说:"忠银你改信佛吃素了?"潘忠银说:"前天头疼,我老妈给我放生了一只甲鱼,我从此不吃甲鱼了。"

肖丙子拿上一双深筒雨靴,半信半疑地跟着潘忠银来到湖边,两人踩着软泥走到一条破船前。潘忠银说:"你上去看,在第二个舱里。"肖丙子穿上雨靴就上了船,一看,船舱里进了半舱水,肖丙子左看右看说:"哪儿有?没,我说忠银,你你骗人……"话没说完,潘忠银用力一脚将船蹬开,船一晃,离了岸,慢慢下沉了。肖丙子落入水里,瞎抓乱挠,潘忠银在岸上哈哈大笑说:"你小子不冻一回不吸取教训!"

肖丙子在水中扑腾,大喊:"潘忠银,快救救我!"潘忠银蹲那儿看着他:"丙子你太坏了,让人家过年没肉吃不说,还差点淹死了两个小伢,你说你是么么?"

潘忠银好歹将肖丙子拉了起来,肖丙子浑身筛糠,鼻子喷着水,打着喷嚏,哭着说："忠银,我跟你无冤无仇,你要害死我?我不是也没有肉吃吗?要没肉吃,大家都没肉吃!我不就过年想吃口肉,有什么不对?"他浑身水淋淋的,在湖边呼天抢地哭起来。

冬天天黑得很快,湖上的鸟们也要回巢歇息了。鸟们在树上群噪,想击退黑夜的过早到来,但太阳还是早早地滑落进湖里,溅起一片烟霭,做饭做菜的香味在湾子里挤挤攘攘地弥漫。

潘忠银让老婆汪小琴把烧好的甲鱼放进钢精锅子里,还拿了壶酒。汪小琴是村里有名的贤惠媳妇,做一手好菜,逢村里红白喜事,想请汪小琴去掌勺还很难请。潘忠银的妈杜太婆把甲鱼放进竹篮里,还用棉絮围着怕冷了。汪小琴对潘忠银说:"这只甲鱼烧得油光水滑的,也不晓得跟哪些鬼人一起喝夜酒。"潘忠银提着就走,甩下话说:"大老爷们的事,少管。只要不跟女人喝花酒,你怕啥哩?……"

潘忠银将甲鱼提到村委会治保室,进门对两个看守金满仓的民兵说:"毛主任呢?约他喝酒的。"钢精锅一打开,热气腾腾的甲鱼味道就哗哗地滚出了。酒是好酒,对岸酒坊的头槽酒。看着两个民兵要流哈喇子,潘忠银就说:"算了,不等他了。"其中三蛋是个酒鬼,曾经在四喜的婚礼上喝得胃出血,差点死了,嘴里说不喝不喝,却呼噜噜地直往鼻孔里吸气。潘忠银有个酒糟鼻子,也有个好酒量,端起酒杯,二话不说,连敬了他们三杯,还说:"过年一个月,腊月二十了,没酒喝还叫过年吗?来,干!"叮里哐啷的,酒杯都快碰碎。

袁世道听着治保室的碰杯声,趁机翻窗进了仓库。金满仓在里面捂着一床脏被子睡觉,听到有翻窗的声音,问:"哪个?"进来的黑影说:"满仓哥,是我,快走!"金满仓听出是袁世道的声音,袁世道拉着他就上了窗台。出来时那窗户玻璃撞上了墙,发出响声,好在两人都钻出来了,消失在黑夜里。

治保室喝酒的三蛋耳尖,听到了窗户的响动,问:"哪个在旁边扒窗户?"说着就往外走,潘忠银一把拉住他说:"风吹的,你管天管地还管风啊?来,三蛋,这杯还没喝哩!"可三蛋拿起电筒坚持要出去。

三蛋过去一看,门是锁着的,望窗却大开,电筒往里一照,人呢?人没了,金满仓翻窗跑了!他慌忙回头对四喜喊:"四喜,人不见了!"

两个人拔腿就追,天黑得像锅底,四面如墙,路都看不到一条,因为喝高了,

7

眼睛也看不清，栽了好几个跟头，回来就薅住收拾碗筷的潘忠银说："伙计，你下的套子！"潘忠银火了，说："我下套子？好心好意给你吃喝了，你们不领情，还找我扯歪皮呀？我告诉你们，找我扯皮，我给洪书记说你们脱岗喝酒！"三蛋和四喜只好看着他扬长而去。

袁世道在过去没禁湖时有一条船，他带着金满仓来到一个荒汊。事先藏起的那条船，被芦苇枯蒲遮住，根本发现不了。船舱里有被子枕头，已经擦洗得干干净净。袁世道说："满仓哥，你就安心在里面待着，舱里有吃的，还有酒。"金满仓坐在舱里，担心说："世道，事情不会闹大吧？干脆交给派出所了断，该怎么就怎么。"袁世道说："不行的，你让警察带走，事情才麻烦哩。"

袁世道走回村里，路上碰到两个小伢，洪大江和肖丙子的儿子肖小安，他们跟金甜甜都是同学。袁世道问："你们两个小屁孩，大冷天半夜在外晃啥哩？"他们告诉他，在找金甜甜。袁世道问甜甜妈知道不？洪大江说她妈刚从外面回来也在找。那边果然就传来余翠娥呼唤女儿的声音："甜甜，我的甜甜，你在哪里呀？"余翠娥是去镇上买大粒海盐准备腌制腊肉的，回来家里空无一人，冷火秋烟，一问村里人，听说猪没收了，金满仓打了书记，被关起来又逃跑了。女儿甜甜没见着，问洪大江才明白，于是满村找。余翠娥哭唤着女儿，那声音像一把刀子戳着茫茫的黑夜。

村里人终于在湖边的一个涵洞找到了金甜甜，这丫头一身泥水蜷缩在里面，身上冰凉，气息微弱。余翠娥抱着失温的女儿，心脏病犯了，捂着胸口，晕倒在地。

洪家胜发话，用村里的拖拉机将她们母女二人赶快送往镇医院。到了医院急救，两人均无大碍。医生说，这丫头身上是湿的，这么冷的天，在野外睡了一天没冻死，命也是忒大。

第二天，洪家胜到镇医院去换脑壳上的绷带，顺便看了下余翠娥母女，劝她们回村，因为村里没钱付她们的住院费。洪家胜也想套套余翠娥的口气，看金满仓跑哪儿去了。余翠娥一听火冒三丈，找洪家胜要男人，说你们把他逼跑了还来问我？就为杀一头猪，你们非要逼得我们家破人亡？洪家胜被喷了一脸的唾沫，悻悻而归。

余翠娥找村里要人，洪家胜心里有愧。男人跑了，快过年了，家里没一点肉，洪家胜就想悄悄把家里的肉弄一点给余翠娥母女。他正在屋梁上取腊肉,黄秋莲回来了,洪家胜想跳下凳子已来不及。黄秋莲问他取肉干啥,洪家胜只好说出金家没有肉,能不能送一点让他们过年? 黄秋莲一脸紧绷说,送去呀,躲着我送去呀。翠娥同志,人家可是十里八村有名的阿庆嫂啊,你这个十里八村有名的刁德一,追求过她嘛。洪家胜一听急了,说,那你不也是十里八村都知道的沙奶奶? 黄秋莲说,人家是主角,咱是配角;人家是美女,咱是丑八怪。洪家胜说,你讲些不荤不素的话干吗,你不也追求过金满仓郭建光? 孩子都多大了,还说这些,有意思么? 黄秋莲说,我追求过别人,我没有送肉,没有到现在还忘不了!洪家胜火来了,说,我一个书记,过年送点肉,咋还扯上了作风问题哩? 黄秋莲一把将洪家胜手中的肉夺过来,挥起刀,砍下拃长一小块,塞到洪家胜手上说,你送去啊,就这点肉,再没有了,送不送去? 洪家胜将肉丢在地上说,你太无聊,黄秋莲!

他将两坨肉用绳子系在一起,提去给余翠娥。

面目憔悴的余翠娥开了门,见洪家胜提着两块绑一起的腊肉,问:"你干什么?"

洪家胜说:"这……你收下,给甜甜吃的。"

余翠娥将洪家胜堵在门外:"不要,人穷要穷得有志气!"

洪家胜抵住门想进去,说:"翠娥,你不能这样。"

余翠娥说:"别靠近我!"

洪家胜沮丧地说:"满仓恨我,你也恨我?"

余翠娥说:"是的,恨你,那又怎么样? 请你离开,咱们家不缺你家的肉。"

说着,将门砰地关了。

除夕之夜,大雪纷飞,零星的鞭炮声在湾子里远远近近响起。余翠娥盼着金满仓晚上回来吃团年饭,又怕村里来抓人。

天快黑了,母女俩对着一碗咸鱼、几碗素菜、一个海带肉皮汤垂泪盼人归。天已挨黑,雪下得很紧,村路上没一个人影,余翠娥让金甜甜吃饭。可这时出现了敲门声,金甜甜一阵惊喜:"爸爸回来了!"一开门,却是潘忠银。潘忠银没进院子,对她们说:"嫂子、甜甜,跟我走!"

余翠娥母女踩着雪,跟着潘忠银来到湖边的一条船上,袁世道也在那儿,原来金满仓躲在这里。一家三口终于在年三十夜团聚,抱头喜泣。年夜饭已在船舱里摆开了,矮桌上有红烧肉、甲鱼、鳊鱼,有酒。金满仓对余翠娥母女说,这都是小琴做好了提过来的。

潘忠银说:"菜不好,大家趁热吃,这个年还是蛮有意思的哟。"

袁世道说:"先别忙,放鞭!"

他变戏法似的从口袋里拿出一小挂鞭炮给金甜甜,问她:"甜甜,怕不怕?"金甜甜说不怕,袁世道又拿出个打火机给她。船头顿时就响起了鞭炮的清脆锐响。

三个男人端起酒杯喝酒,余翠娥母女吃菜。船舱外,雪花纷纷扬扬,落在寂静的天露湖上。

二

初夏时节,田野上雨雾蒙蒙,流水淙淙,秧苗青青。

金甜甜戴着斗笠,挽着竹篮在湖滩上铲猪菜,没想到洪大江背着小鱼篓,卷着裤腿迎面走过来,金甜甜连忙从另一条小路上走开。洪大江问她:"甜甜,你干吗躲着我?"

金甜甜转过头,停在那儿,看着别处。

洪大江说:"跟我一起抓鱼去,抓稻花鱼,好不好,甜甜?"

金甜甜没动,说:"我爸我妈不让我跟你玩。"

洪大江说:"我又不是坏人。"

金甜甜说:"你爸你妈是坏人。"

洪大江说:"他们不坏。怎么样,去不去?抓到鱼分你一半。"

金甜甜犹豫了一下,还是跟洪大江一起去稻田里抓鱼去了。

分了几条鱼,晚上有鱼吃,金满仓打开酒瓶倒酒,看到余翠娥将一大碗鱼端上来,便问:"哪儿来的鱼?"

一问,是女儿和洪大江两人抓的。金满仓扔下筷子说:"他家的东西咱们咽得下?吃肉噎死,吃鱼卡死!"

他端起那碗鱼就送到洪家,说:"鱼、肉,咱们家没有,也不会吃别人施舍的。人,不会穷一辈子;富,也富不过三代。"

黄秋莲举起鱼碗对洪大江说:"小崽子,看到没有,再不与金家绝交,我这碗就砸到你头上!"

可小伢们不管这些,转身就忘了。

七夕这一天,银河横天,新月如钩。俩伢儿做了暑假作业,又去湖边岸坎上坐着,看天上的星星,听震耳的蛙鸣。天露湖上,流萤点点,恍如水晶宫殿。

金甜甜见洪大江寡言少语,闷闷不乐,问他怎么不开心?洪大江说没有不开心。

金甜甜说："我看你暑假天天下田干活,好辛苦。"

洪大江说："也没有,帮大人干点活是应该的,虽然我们还小,也要报答他们。"

金甜甜说："你真懂事。"

洪大江说："你养了那么大一头肥猪,天天打猪草,不也很辛苦吗?"

金甜甜说："我妈说,女孩子不能娇生惯养,以后到婆家得样样能干才不受欺负。"

洪大江笑了:"哪儿是你婆家呀?"

金甜甜也觉得失言了,笑着说："嘿嘿,说真心话,我爸我妈天天嘀咕不要我跟你一起玩。"

洪大江说："我妈也是,我爸还好。"

金甜甜说："可我就是想跟你一起玩,因为你成绩好,总是全班第一,还耐心辅导我。这次期末考试,我的语文和数学赶上来,是你的功劳。"

洪大江说："也不是啦,你学习很自觉,有悟性,一说你就懂了。"

沉默了一会,金甜甜望着星空说："对了,大江哥,今天是什么日子你知道吗?"

洪大江摇头说不知道。

"我是说今天是农历几月初几?"她又提示说,"你没发现,今天村里没一只喜鹊叫?"

洪大江就明白了,说："噢,七夕牛郎织女鹊桥会,喜鹊都去银河搭鹊桥去了。"

金甜甜问："为什么又叫乞巧节咧?"

洪大江说不晓得,金甜甜就说是找织女讨巧,让女伢儿心灵手巧。

洪大江歪过头看着金甜甜,说："你咋什么都懂? 这都是老故事啊。"

他们又讨论银河两边哪颗是牛郎星,哪颗是织女星。后来找到了三星并排的,中间大,两边小的,金甜甜说是牛郎挑着一对儿女去会织女。然后说："我妈讲,在葡萄架下可以听到他们相会讲悄悄话,我们去找葡萄架好不好?"

于是两个伢儿就在村里乱窜,找了一圈,没有看到葡萄。金甜甜说："我妈说在黄瓜架下也可以听到的。"

他们鬼使神差地进了肖小安家的菜园，那里有黄瓜架。洪大江摘了一条黄瓜揩了给金甜甜，金甜甜刚啃了一口，肖丙子出来小解，听到菜园子里有响动，看到有个影子，喊："谁？干什么的？"然后喊出儿子肖小安，要抓贼。

肖丙子父子蹚进菜园抓贼，终于逮着了在旧柴屋里吓得发抖的两个伢儿，将他们拖到小卖部门口，这下乘凉的乡亲们都围了过来。金甜甜吓傻了，手上拿着啃了一口的黄瓜还没扔掉，让肖丙子抓到了把柄，说："看看，这么小，就在菜园里约会，还偷我家黄瓜！你们究竟在柴屋里干什么？"

村民不信肖丙子说的："这么小约啥会，躲猫猫吧？"

有人就替他们解围，故意问他们："是不是躲猫猫，大江、甜甜？"

两个小伢被肖丙子揪扯着，吓得一句话也说不出。肖丙子不依不饶，逼着问两个小伢，金甜甜终于哭了起来。这时汪小琴听到哭声摇着蒲扇过来了，看到是金甜甜在哭，立马找加害人，那还有谁，肖丙子一家。汪小琴说："不就一条黄瓜吗，要扯出杀人放火的事来？"

肖小安的妈吴红英说："他们在我家菜园里干丑事，我们就不能说吗？"

汪小琴说："啥丑事？小安你说，不要讲假话，讲假话死了阎王五爹割舌头，割得一点不剩！"

吴红英鼓励肖小安："你就说，别听这神经病的。"

汪小琴怼道："老娘神经，你精神？全村的人都神经，就你们全家三只茅坑货精神啰！"

吴红英说不赢她，结结巴巴地要肖小安说，还用两片嘴唇打着啵儿示意。那肖小安就说："他们两个在菜园里亲嘴。"

看热闹的村民没炸，洪大江狂炸了，气得眼睛翻血，朝肖小安扑过去，两个小伢就打了起来。

汪小琴人高马大，站在中间不让肖丙子夫妇拉偏架，直到洪大江将肖小安狠狠揍结实了才拉开。两个小伢鼻子都出了血。见了血，金甜甜哭得更厉害。汪小琴说："哭啥？回家！"拉着金甜甜就走。

汪小琴将金甜甜送回家，甜甜还在哭。金满仓问明情况，气愤得要去质问洪家胜，究竟是不是他儿子欺负了甜甜。余翠娥和汪小琴都没拦住他，跑过去，却见黄秋莲拎着肖小安的衣领在门口。肖小安终于承认了说洪大江和金甜甜亲嘴是他编的。

黄秋莲说："就算是编的，你金满仓家出了个小妖精，天天缠着大江，又是辅导作业又是抓鱼又是偷瓜，一个女伢，就不能让她在家里老实待着吗？"

金满仓说："倒打一耙！黄秋莲，你是倒打一耙！"

余翠娥闻声过来了，说："我们甜甜是老实伢，是你家大江带坏的！"

两个女人互相指责是对方的孩子把自家孩子带坏的，无法断输赢，于是嘴笨的余翠娥迅速拿出砧板和刀，就在门口剁起来赌咒："苍天在上，阿弥陀佛，大江带坏甜甜，你们要遭报应！"

黄秋莲哪能示弱，也拿出砧板，挥刀猛剁："天灵灵，地灵灵，你家女儿小妖精，不信抬头看，苍天饶过谁？"

两个女人隔着沟上石桥，剁着咒着。你说她家小妖精，她说你家小流氓；你说她家狐狸精，她说你家小混蛋……

围了一圈看热闹的村民。老书记马三爹过来了，穿着抗美援朝旧军装，背着铁锹，身板硬朗笔直，站在小石桥上大喊："都住嘴！"

马三爹以锹作拐杖，天天修桥补路，从路边铲了两锹土，先后甩到两个女人的砧板上，让她们停止剁刀互咒，说："怎么？还不休兵？对着我来，砍我呀？来，秋莲，翠娥，来！"他伸出头指着脖子，"有种往这儿砍。太不像话了。一个人的修养，是在互谅互让中练成的，不是在砧板上剁出来的。在村里，你们也算知识女性，现在，就是俩泼妇！给我回家去！"

两个吵架的女人灰溜溜地收拾东西进了各自的院子。

马三爹站在桥上，月光照着他余怒未消的脸。他喊："洪家胜，过来！洪家胜！还有你，金满仓！"

金满仓和洪家胜都来到马三爹面前。

马三爹说："正所谓耍猴的不怕人多，看戏的不怕台高。家胜你是书记，对家属要有所约束；满仓你老婆笨嘴笨舌，吵架也不是秋莲的对手，就以此石桥为界，井水不犯河水，不要再丢丑了。大家散去，有啥好看的？有这闲工夫，去赚钱当个万元户。整天游手好闲，你争我斗，吵架骂人，能富裕的么？"

洪家胜去镇里参加全镇村干部会议，镇委书记陈友善和镇长伍青华带着大家学习了中央、省、市关于当前农村产业结构调整的文件，陈友善书记说："我总结，还是八个字，'解放思想，实事求是'。中央精神，就是在保证我国粮食安全的前提下,改变以粮为纲的旧产业模式,既不放松粮食生产,也要积极发展多种经营,调整农村产业结构……我们镇是贫困乡镇,产业单一,农民收入不高,怎么办? 当前我们的中心工作就是要为增加农民收入寻找新的经济增长点。我们天露湖镇,有区位优势,有产业基础,大家要开动脑筋,拓展思路,广泛调研,充分发挥我们水乡特点、湖区优势、土地特色,满足市场需求,这样产业结构的调整才有新的赶超,新的面貌……"

洪家胜激动地说:"中央精神很好,很及时。我们回去要认真学习领会。剩下呢? 咱们发展什么,种植什么,镇政府有什么对策,有什么扶持? 过去镇里号召咱们种梨子,种橘子,结果梨子过剩,橘树冻死,这叫产业一阵风,百姓一场空,背骂名的是我们村干部。加上农民负担过重,粮食价格太低,咱们天天催粮催款,村民有情绪……"

伍青华说:"洪书记,你慢点说,别激动。"

洪家胜被打断了,接不上气,说:"我说完了。"

洪家胜的这一炮,引起了大家议论,其他村里的书记村主任在下面交头接耳。

书记陈友善说:"我看天露湾村的洪书记说得对, 他讲到两个重要问题,一是,农民手上没产业就没钱,你还找他收这钱那钱,他肯定有情绪。所以,发展产业,壮大经济,让农民富起来是当务之急;二是,我们要因地制宜,寻找最适合自己的发展项目,不跟风,不起哄,不扎堆,要有各村的特色……"

洪家胜又来了神,说:"陈书记表扬我,那我再说几句,过去要种什么没有调研,没有试验,镇里一提倡,就是任务,压到村里,结果是得不偿失……"

开了一天会,晚上回去再贯彻。洪家胜首先检讨,没有把家属管好,让她在村里与人对骂,影响很坏。

马三爹说:"说真话,以我的脾气,如果是我家的媳妇和女儿,这么吵,我一巴掌就下去了,算我多管闲事,行不行? "

许会计说:"三爹有理,当说的要说,当管的要管。"

马三爹说:"事情的起因我大致弄清楚了, 还是因为收粮收款引起的矛盾,加上有人作乱。"

副书记钢子说:"肖丙子的掺和很坏事,他声称金满仓杀猪如果村里不管,他就要举报到镇里,咱们村还有一万多块钱没收上来,这样捅到镇里县里,大家都脱不了干系。"

洪家胜说:"村干部怎么做都是错的。"

马三爹劝他:"不要发牢骚,牢骚太盛防肠断。你还是贯彻镇里开会的精神吧,我们想听听这个。"

于是洪家胜翻开笔记本,说:"说一千,道一万,还是咱们穷了。穷生事,穷生仇,穷生斗。今天去开会,是关于农村产业调整的,我复述一下:过去我们也搞了产业调整,号召村民种梨子,种橘子,结果梨子过剩,橘树冻死,产业一阵风,百姓一场空,背骂名的是我们村干部。陈书记表扬我说得对,说一是,农民手上没产业就没钱,你还找他收这钱那钱,他肯定有情绪。二是,我们要因地制宜,寻找最适合自己的发展项目,不跟风,不起哄,不扎堆,要有各村的特色……我认为这次会议是实事求是的,大家议吧。"

马三爹说:"文官一句话,武官跑死马。怎么发展产业,怎么调整结构,我辛苦多年,一无所获,十分惭愧,路没找到,百姓吃苦。"

许会计说:"哪里哪里,三爹是天露湾大功臣,可您老人家有功不表功,居功不自傲,未出土时先有节,已到凌云仍虚心,是我们做人的楷模。"

钢子说:"我们村干部这些年,不是没有摸索,但形不成产业。我养鳝鱼,是小打小闹;许会计养猪,猪越养越瘦……"

许会计打了钢子一下:"钢子,你可别埋汰我,我有技术,没有时间,当这个会计,还能搞啥产业?"

马三爹说:"但现在不同了,咱们赶上了好时候。一个村,在保证粮食种植面积的情况下,种些别的,这不是大好机会吗?咱们这次可要抓住,千载难逢,把自己搞富,富了,村里扯皮拉筋的事就少了,干群关系就和谐了,文明程度就提高了……"

这年的秋天,金满仓准备拼老命也要把税交了。头一年被没收了猪,还闹出了事,他不想再蚀这个人。都说他是村里的能人,咋连该交的税也交不起咧?太丢人。金满仓欠村里的农业税款和三提五统款,不是他不会种田,是攒不下来钱。家里三个人,包括去世母亲的田,共有六七亩,这里是湖区,过去挽垸围湖垦荒的田,均是传统的一千平方一亩。金满仓的母亲瘫痪在床十年,多亏了余翠娥这个媳妇,每天伺候在床,端屎端尿,母亲才多活了几年。那时候,也没有尿不湿之说,最后两年,余翠娥在公婆的床上剪了个洞,床底下用一个大脚盆接着,里面放了灶灰,排泄不在床上,也没有长什么褥疮。还有公婆脑壳疼,半夜清汪鬼叫的,要吃头疼粉,都是余翠娥起来倒水吃药。但因为拖得太久,金满仓就欠了一屁股债。可金满仓是远近闻名的孝子,老娘一辈子吃素,金满仓从来没陪妻女吃过饭,都是单独陪老娘吃。久病床前有孝子,说的就是金满仓两口子。

稻谷棉花卖了,金满仓就去村里交钱,再怎么也不要欠村里的钱,不让人说闲话。

村里的许会计摁着计算器,怎么算也就是三提五统加上农业税,一共四百五十三元六角四分……行,咬咬牙,这钱得交,便将钱数好隔着桌子递给了许会计。许会计接过钱,边数边说:"满仓,今年你可是村里第一个交。"

金满仓说:"迟交早交不都是交么?"

许会计抽开抽屉对金满仓说:"我还得找你三角六分。你看,我抽屉空的,回头我找给你……"

金满仓一看,果然是空的,笑着说:"没一分钱,这会计是咋当的?"

许会计说:"我自己问了自己一千次,恨不得抽自己一千个耳光。"这般说过之后,开始拽文了,"满仓,听说你丫头跟书记的公子早恋,这事呢,也不稀奇,古已有之,你看,古诗是这么写的:'郎骑竹马来,绕床弄青梅。同居长干里,两小无嫌猜。十四为君妇,羞颜未尝开……'十四过去算迟的,十二三岁结婚的,咱上辈也不少嘛……"

金满仓没理他,在翻报纸看,他就喜欢看看大标题,看中央有什么政策。他翻阅浏览的时候,无意间在报纸里看到夹着的一张广告,是安徽省高校科技联合开发中心培训的广告——《葡萄简报》。"葡萄"两个字吸引了他,想到女儿找葡萄架的委屈,他细看了看,还念出了声:"一亩巨峰葡萄每年可收入两万元……一株一元……"他眼睛一亮。按上面说的,心里在估算,一亩地按咱们这儿的算法一千平方,需种三百株,得三百元,哪儿弄这多钱去?……

他读着广告:"……甲方须找乙方贷款六百元,三年后归还……这就是押金,保证金?买的没有卖的精,不就是变相找你要钱他赚利息么?……种下后,第二年初果,有三五千斤;第三年盛果,达八千至一万斤……我的个乖乖……这巨峰葡萄苗因为生了嫩芽,不能邮寄,还要亲取自带……"

许会计问他:"满仓,你嘀咕啥呀?"

金满仓回到眼前的现实,突然有点懊悔,说:"许会计,我先不交钱行不行?"

许会计说:"你啥意思呀?我收据都给你开了。"

金满仓说:"我得要钱用啊。"

许会计说:"我说满仓,你想今年又没收你家的猪?"

跟许会计论理,你说不过他,这人有点迂。他懒得说了,揣上这张广告走掉。

金满仓满村里找袁世道,在地里找着了。袁世道穿着露出胸脯的破背心,在地里扯棉梗。工具是铁匠打的专用铁钩,柄上缠了厚厚的布筋。扯棉梗是个力气活,棉梗的根扎得很深,收了棉花后土壤板结,加上现在的品种都是杂交棉,根茎粗壮,扯出来一根很费劲。他戴着一双破洞手套,站起来擦了一把汗,拉开手套一看,手上打出几个大血泡,有的已经破溃。

金满仓从沟垄那边跨过来,袁世道问:"满仓哥,你田里扯完了?"

金满仓说:"扯完了,世道,你过来,抽支烟,咱哥俩合计个事。"

两人刚坐下,看到潘忠银挑着棉梗在不远处走,金满仓大声喊:"忠银,来来来,正好,正好。"

金满仓将那张广告拿出来说:"你们先看看。"

潘忠银说:"世道你就念吧。"

袁世道就念了:"……有很多农户认为,我方所说亩产万斤是假是骗,当他们来合肥我处看过亩产万斤彩色电视录像片后,全都相信了种巨峰葡萄确实可达亩产万斤,而葡萄市场价格均在每斤两元左右。生产三年后就可收入几万元,就能盖起三层楼房……这还是安徽农科所哩……"

潘忠银拿过资料又浏览了一遍,说:"……亩产万斤,两块钱一斤,每亩那不就是两万块?"

金满仓说:"是这个理。"

袁世道说:"真有这种好事的话,那我们这些年就是白活了。"

金满仓说:"也许真的白活了,咱们大门不出,二门不迈的,天天田头床头,能成个啥事?!"

袁世道问:"满仓哥,你想干?"

金满仓点头道:"我是有些动心,拿不准,咱们兄弟琢磨下,是干得,还是干不得?"

袁世道说:"咱们少种点,就是骗,也骗不了咱多少钱,权当交了学费。"

金满仓说："是呀,我分析,应该不是骗局。不试,咱又不死心。种葡萄,来钱快,两年挂果,三年丰果,也就四到七月,开花,出芽,结果,再忙也就四五个月,收获了就甩手玩。葡萄价又高,我摸了摸沙市的行情,一块多一斤!"

潘忠银却问:"那为什么过去咱们这儿没人种葡萄咧?"

金满仓说:"就跟咱这里从来没人种苹果一样,不适合呗。"

潘忠银说:"那就不适合了。"

袁世道说:"现在科技这么发达,没啥不能种的,安徽跟咱们挨着……"

潘忠银说:"河南跟咱们挨着,他们种苹果咱们就不能种。"

袁世道说:"那你就别种了,我和满仓哥两人种。"

他一拍屁股就要下田里继续干活扯棉梗,潘忠银拉住他说:"哎,我凭什么不能种?你们想甩了我,哼!你们买种苗不告诉我,到时我扯你们的葡萄去栽!"

袁世道吭吭地笑:"你敢啵?"

金满仓说:"这事就这么定了,要穷一起穷,要富一起富,谁都别落下谁。兄弟同心,其利断金。没钱的借钱,卖猪卖鸡卖藕卖菱角,钱筹到就走……"

金满仓想了一夜,早晨趁老婆和女儿还没起床,在家偷了两只母鸡,想去县城老舅家借点钱买种苗。

两只鸡五花大绑,活蹦乱跳,毛色鲜亮,提在手里挺沉的,可心里也挺沉。家里的亲戚就老舅在县城,但也退休了,而且还欠着老舅的八百块钱,为老娘治病借的。没有有钱的亲戚,有存粮的亲戚也不多,都在乡下勤扒苦做,该借的全借了,却还没归还分文。老舅对他一家很好,每次去,总是给他一大包衣服,有的还是七八成新,有次还给过他一双皮鞋,根本就是新的,说是小了,夹脚,其实金满仓知道,就是给他买的。一路心里想着怎么向老舅开口,因为还有个舅妈,虽然好,三番五次,会借给他吗?

一问,老舅又去戏剧社了。老舅是个荆河戏迷,退休没事,天天在戏剧社看戏喝茶。

荆河戏剧社在一巷子内,里面烟雾腾腾,各种吆喝声,卖瓜子花生的,续茶水的。小戏台上正演出荆河戏《三娘教子》,王春娥在用荆江方言道白:"指望儿在学中攻读,谁想儿在外面贪顽,贪顽不知紧要,岂不误了儿的青春年少。还不

19

与我跪了。"

金满仓提着两只土鸡在观众席里寻找老舅,终于找到了,喊:"老舅!"

老舅一看他提着鸡,让金满仓坐在旁边,低声说:"满仓,提鸡干什么,看戏看戏。卖鸡来的?"

金满仓将鸡放到老舅脚下:"给您提来的。"

老舅说:"背着翠娥捉来的吧?"

金满仓说:"不是不是,老舅,您出去我给您说个事?"

老舅说:"就这样说,看戏哩。"

金满仓不好开口。

老舅说:"说别的事,借钱的事不要提。"

老舅先把金满仓的口堵住了。金满仓说:"过去我妈得病,借您的八百块钱还没还,我会还的。现在想种葡萄,缺买苗子的钱,想再借点到时一起还。"

老舅说:"什么,种葡萄?"

金满仓说:"是呀,种葡萄。"

老舅说:"我说满仓,你妈是我姐,那个钱可还可不还。现在钱全在你舅妈手上。再说,你表弟结婚,钱全花完了,借钱是为难我。"

声音有点大,后边的人拍了拍老舅的肩膀,示意他们小声点,不影响别人看戏。

金满仓说:"那……我走了,老舅,您要保重。"

老舅没起身,提起鸡就小声喊:"满仓,鸡!"

金满仓已经离开了。后面锣鼓铿锵,王春娥正在唱:"小奴才不读书把娘气坏,有几个年幼人儿且听来。秦甘罗十二岁身为太宰,石敬瑭十三岁拜帅登台……"

金满仓走到街上,快哭起来,心里说,老舅啊,鸡您咋不拿出来让我提走?!

金满仓垂头丧气地回到家,老婆余翠娥张牙露齿迎上来:"你把我的两只老母鸡弄哪儿去了?"

金满仓一身的挫败感,寻死的心都有。为啥咱总是走投无路哩?整天泥一身,汗一身,又没偷懒耍滑,游手好闲,还这么穷,说出去天理难容啊!

"吃了。"他就说。

余翠娥哭得天翻地覆,涕泪飞舞:"……咱生蛋的鸡,鸡蛋也没得吃了,你说你这是为何呀,这个家还是个家吗？"

金满仓也想哭,可他不能哭。他有愧疚,只好去厨房淘米洗菜。

厨房的活他哪干得利索,女儿放学还得回来吃饭,余翠娥哭了,好了,心空了,还是得做饭。

金满仓退出厨房,坐在院子里,愧对妻女的颓丧,让他心似刀绞。

金满仓眼里汪着泪在田野上乱窜,走到袁世道家,喊他出来说话。袁世道看到金满仓欲哭不哭的样子,说:"没借到钱是吧？"金满仓反问:"你咋晓得？"袁世道说:"我不也是这样？唉,他娘的,有钱男子汉,无钱汉子难。"

金满仓叹着气说:"不要打退堂鼓,任何时候,咱们认定的事,就是卖裤衩也得干。"

袁世道说:"那我就给你出个主意,贷款！"

金满仓一拍脑门说:"对呀！"不过又泄气了,"咱们农民去贷款,人家银行睬你？都是老板贷款。"

袁世道说:"有个人好找。"

"哪个？"

"吴大凡。"

袁世道说的是同村人,现在镇信用社工作,当兵后分配到那儿的。袁世道说:"他那时演戏不是你的小跟班么？"

金满仓说:"人家现在是国家干部,哪还理我们！……"

袁世道说:"试试。"

金满仓回到家,看着笼里的鸡,公鸡有,送礼不送公鸡,还有一只母鸡,可你还忍心抓走么？

再也下不了手。但想了一夜,金满仓没有想到好办法,唯一的办法还是抓鸡。

他今天抓鸡时女儿惊醒了,他想快点走掉,女儿还在喊"爸",女儿说:"您郎嘎把鸡都捉走了,没鸡蛋吃了咧。"

金满仓说:"爸是要用鸡去换葡萄,用葡萄换楼房。"

甜甜问:"种葡萄啊？"

金满仓说:"对呀,让你在葡萄架下听牛郎织女说话。"

哄了女儿,一只脚已经踏出去了,余翠娥像疯子一样扑过来,披头散发横在门口,"金满仓,我看你就是屎满仓!最后一只母鸡你也不放过,你说你不是一坨屎吗?!"

金满仓提着鸡不退让,说:"给我闪开,我这坨屎铁了心!"

天露湖镇在天露湖东面,一条街靠湖边,有桥,还有一个过去的避风湾子,里面停着许多渔船,现在还是停着,不准打鱼了。但有几只鱼鹰歇在船头,偶尔叫上几声。信用社在嘈杂的市场旁边,金满仓倒提着鸡,找到了吴大凡,说:"大凡,我给你提哒只母鸡来。"

吴大凡还穿着旧军装,洁身自好的样子,甚至对金满仓有点生疏:"噢,满仓,你提鸡来干吗?你是老大呀,我请你吃鸡。"

金满仓说:"大凡你是国家干部,我是个搓泥巴果子的农民,你才是老大。"

那只鸡一放地下,不知怎么挣脱了脚上的绳子,顽强站了起来,在吴大凡的办公室昂首挺胸乱跑。两个人去捉鸡,鸡飞到办公桌上,发出咯咯嗒的叫声。吴大凡扑鸡,鸡飞到了一个女同事的桌子上,并生出一个蛋来,女同事尖叫着起身就跑。金满仓急得满头大汗,勾手唤鸡:"咯咯咯……咯咯咯……"

鸡不听,他们继续逮鸡。吴大凡怕影响不好,遭别人闲话,想尽快逮住鸡。鸡钻进桌子底下,躲着不出来。吴大凡一扑,鸡从他脑壳上一飞冲天,差一点抓到他眼睛,鸡毛乱飞。这鸡认主人,一下子落到金满仓的肩膀上,金满仓反手就将鸡薅住了,连连给吴大凡及他同事说:"对不起,对不起!"心想,今天不顺,贷款定完蛋了。

金满仓好恨这只鸡,看到墙角有一个哑铃,拿起哑铃将鸡狠狠压住,那鸡压得直打嗝,翻着白眼。金满仓恶狠狠地说:"跑啊,老子没贷到款,到时杀你一千刀!"

吴大凡听到了,问:"满仓,你说贷款?"

金满仓一时语塞:"我没、没说贷款呀。"

吴大凡喘着气说:"有啥事你直说,我能帮上忙的一定帮,咱们好歹一起演过样板戏,是革命战友嘛。"

金满仓就是想让他提样板戏,这下接上茬了,他跳上办公椅蹲着说:"讲演样板戏,你吴大凡是最逗的,《沙家浜》这一大出就是看你的戏,你演刁小三,追赶妇女时说:'抢包袱,老子还要抢人哩!'你用几颗黄豆抛老高,然后准确地用嘴接住,那个准头是怎么做到的?"

吴大凡说:"哎哟,你说这个丢我的丑。"

金满仓说:"哪里是丑,是光辉历史。观众撵几个村子要看你的戏,你一出场就笑倒一大片,你可天生是个幽默大王。"

吴大凡说:"你演郭建光,几个村有多少姑娘追你呀,都给你送手帕,你还将一个手帕转送给了我,记得啵?"

金满仓说:"记得,记得!"

吴大凡还有事,催他说:"你赶快说事吧满仓。"

金满仓只好将贷款的事说了。吴大凡听说他要种葡萄,就打他的破说:"没听说咱们这里种葡萄的,你种别的我贷。"

金满仓说:"种啥?种金子,没种子;种鸦片,又犯法。"

吴大凡很直接地:"你家里这么穷,拿什么做抵押?"

金满仓不懂抵押,吴大凡不想跟他啰嗦,就说:"跟你讲话费劲,算了,我想想办法,找我们信用社最低利息的贷款,给你弄一千块钱,你回去拿户口本、身份证来。"

金满仓一听说可以贷一千块钱,喜得头昏,就跑步回村去拿东西。

到了家里翻箱倒柜找到吴大凡要的东西,准备再去镇里,可潘忠银又找上门了,开口就说要跳湖,汪小琴不让他种葡萄。金满仓就将吴大凡要给他贷款一千的事说了:"贷出一千后,我五百,你五百。"

"那咋够哩?"潘忠银说。

金满仓想了想,让潘忠银也带上户口本和身份证,说给他找吴大凡求求情。

去了信用社,吴大凡可真成了吴大烦,将金满仓拉到一边说:"满仓,你这就不对了,给你想办法,还不知成不成,我是看在咱们一起演过样板戏的分上啊。"金满仓急了,说潘忠银也在宣传队演匪兵甲群众乙,急中生智,又想起潘忠银老婆汪小琴演过被抢包袱的妇女,就说:"你抢过他老婆的包袱。"

吴大凡哭笑不得:"我演了五六年刁小三,抢过七八个妇女,哪还记得是谁呀,这也算?好吧好吧,看你的面子。"

钱就这么贷到了。

三个男人悄悄准备出远门,去买葡萄苗,这事没让村里人知道。

三

这天早晨，余翠娥将蒸好的腊灌肠和一锅馍馍给金满仓用塑料袋装好，边装边说："你也不会听我们的，由你了，自求多福！"

金满仓穿针引线将放好钱的内荷包缝针，针刺到了指头，流出殷红的血滴。金满仓按着出血处，余翠娥看他那笨拙痛苦的样子，拿过他手中的针线，给他去缝。金满仓说："别缝死了，我怕中途要用钱。"余翠娥就稀疏缝了几针。

三个男人聚集在金满仓家。袁世道将上裤腿让他们看，钱绑在腿上，用透明胶缠着。潘忠银则是将钱缝死在内裤里，他说万无一失，袁世道说你这是污脏了人民币。潘忠银说，钱就是命，除非他把我命根子割掉才抢得去。

清晨的天露湖上，群鸟大嘈，那些前期到来过冬的灰鹤乌泱泱一片，与正在枯黄的芦苇临风伫望。阳光在湖面上逶迤闪耀，一丛丛漂浮的陈年蒿草上，蹲着些白鹭，几只凫子犁划着长长的水迹。一个人赶着几只毛色橙黄的牛在过草滩上的沟坎，他沿着窄窄的、高高的坎儿走，叱牛的粗暴声像是在吼一个傻子：嗜！嗜！嗜！……

金满仓他们走到晨雾蒙蒙的长江轮渡渡口，这里早已重复起每天从早到晚的大合唱，轮船、汽车、拖拉机、自行车、小贩和各种声音混杂在一起。小商贩们扯着嗓子叫卖着："瓜子花生麻辣鱼！瓜子花生麻辣鱼！卤鸡蛋，甘蔗！甘蔗，卤鸡蛋！……"

金满仓他们买好票，背着帆布旅行包挤上了轮渡，过江去沙市红门路长途汽车站，搭乘去武昌的长途汽车。每一步都是抢火一样的节奏，搭上了汽车，舒了一口气，拿出馍馍来大家分食，汗水已经干在了额头上和脖子里。

下午到了武昌，又赶快去火车站。

人山人海的武昌火车站里，金满仓叮嘱他们管好自己身上的钱物。费了一身老劲挤进售票厅，站队买票。

24

金满仓因为太热,解开了外衣,他也是多年没有外出,忘了是在危险的火车站,那有点鼓囊囊的内衣荷包还被缝住,被眼尖的两个小偷瞄见了。他们首先将金满仓与袁世道和潘忠银隔开,两个家伙装着买票死劲地挤着,推攘着,挤撞开了袁世道和潘忠银。一个小偷故意拽着金满仓的膀子,让他动弹不得,另一个小偷神速地撕开他的内衣荷包线缝,几秒钟就将他的一千多元钱偷走了。

金满仓感到了这故意拉扯推挤中有坏人,一摸内衣口袋,钱没了,心一炸,看到一只手将他的钱捏着塞进另一个小偷手中,已经开溜。他一把薅住一个小偷,并破开嗓子大喊:"抓小偷呀,抓小偷呀!"

俩小偷估计是这儿的老手,并不怵乘客,挣开金满仓,两个人鼓着凶狠的眼睛反将金满仓扭住,几拳打倒在地,并拿脚踢,买票的乘客见状纷纷躲避。金满仓口鼻流血,一只手因为护着旅行包,无法全力还击,潘忠银和袁世道已将两个小偷各拽了一个。潘忠银可是愤怒了,对小偷挥拳狠打,另一个小偷去解救同伴。袁世道将金满仓从地上拉起来,金满仓指着与潘忠银对打的小偷:"钱在他那里!"他扑上去拼了命卡住小偷的脖子,同时伸手去掏他的荷包,但小偷的同伴抵住金满仓不让他贴近。

小偷想的是赶快金蝉脱壳,但袁世道双手又拦又抱又用脚踢。小偷们是亡命之徒,还是江湖老手,下手狠,绝,拳头直击金满仓和潘忠银的脑门并且双爪掏心,要将他们推倒在地,嘴里全是污秽的"汉骂"。金满仓一次又一次地想抓到小偷兜里的钱,那是他的钱,血汗钱,贷款来的钱,不能让坏人拿走。就这样撕扯到了大门口。看热闹的乘客都是出门在外孤单一个,不敢出手相助,不知道周围还有没有小偷的后援,怕事后报复。这助长了小偷的嚣张气焰,以二对三还没有处于下风。金满仓他们三个一边喊"抓小偷",一边搏斗。

这时候,门口水果商店里跑出来一个三十多岁的男人,对其中一个凶狠的小偷打出一拳。这一拳,打在太阳穴上,那小偷立马就摇晃起来,像是被人抽去了筋。这男人同时将那小偷的手反扭住,再将他所偷的钱从夹克口袋里掏出来,交给了金满仓。另外一个小偷想跑,被鼻子流血的潘忠银给反剪了手,那小偷龇着牙眯着眼也束手就擒。

这时警察来了,两个小偷被带走了。金满仓这才向那个男人道谢,感谢好心人让他的钱失而复得。这人说他叫乔汉桥,一听他们喊"抓小偷",听尾音听出了是荆江县的人在喊。他说他当年当知青时就下放在荆江县。他时而讲武汉话,时而讲荆江话,讲得很地道。他拿来卫生纸让他们揩下血,问要不要紧,此时金满仓嘴鼻都有血出来,潘忠银嘴角也在流血。金满仓说没事,谢了乔老板,说我们还得去买票。这乔老板就叫来一个小青年,是在旁边小店卖副食的。他对金满仓他们说,你们把钱给我,我帮你们买。那个小青年拿了钱就从旁边进了售票处,一会就买好了三张去合肥的火车票。这位乔老板又拉他们三个去到隔壁一个小馆子里,给他们每人点了一碗牛肉面,一个豆皮。

吃着牛肉面,袁世道说:"咱们碰上了坏人,也碰上了好人。"金满仓说:"碰上了大好人。"三个人呼呼地吃完了,乔汉桥过来问,吃饱没有,加不加点什么?三个人说不加了,吃饱了。乔汉桥说:"好,我送你们进站,不要怕,小偷怕我,见了我绕道走。"

在进站口,乔汉桥又说:"你们路上小心,坐火车,闲杂人太多,千万要留心眼儿……"

上了火车,他们拿出各自带来的菜。酒是潘忠银带的,他举着酒说:"咱们来喝一杯,那两个家伙出手狠,却是不重,一看就没劲。"金满仓喝了一口,袁世道问他怎样,金满仓说:"当时脚下桩子不稳倒地上了,狗日的踢我那几脚还是狠的,我回他那几拳,他回去得吃跌打损伤药。"潘忠银说:"真想打死他两个家伙!"金满仓说:"要不是乔老板,咱可就惨了,人财两空,打道回府。"袁世道说:"的确,的确,忠银有一把力气,你今天打得解气又解恨。"潘忠银说:"说真心话,不怕他们的拳头,怕他们是亡命之徒,手里有刀子。"袁世道说:"你还是怕死嘛。"潘忠银说:"是啊,我死了汪小琴谁管?"袁世道打趣说:"我管嘛。"金满仓叮嘱他们:"大家别净顾着喝酒,还是要管好自己的东西,下车别把东西落下。"

喝到三巡,袁世道抹着鼻子道:"明天咱们就可以买到葡萄苗了,我想问下你们,要是咱们种葡萄真成了万元户,百万富翁,你们干些什么?"潘忠银说:"又开始做梦了。"金满仓说:"肯定不是做梦,这次有惊无险,我感觉一定会成功……我要是赚钱了,没别的,先还了贷款再说。"袁世道说:"我嘛,我要做楼房,买摩托。"潘忠银说:"我也是,做一栋楼房,有大玻璃窗户,还贴马赛克瓷砖。"袁世道说:"一家人住在楼房里,宽宽敞敞,是最幸福的事……"

三个人因为兴奋,又喝多了酒,都打起了瞌睡。

深夜,火车广播通知:"各位旅客,合肥站已经到了,有下车的乘客请收拾好自己的行李尽快下车……"

三个人还在呼呼大睡,旁边的有心人推醒他们说:"喂,你们醒醒,听你们说不是到合肥吗?合肥到了!"

三个人睡眼惺忪,听说合肥到了,大喊:"下车,下车!"于是连滚带爬从走道里挤出人堆下了车。

在月台上,看到合肥的站牌,金满仓说:"差点坐过了站,那可就麻烦了!"袁世道说:"给你们打一个谜子——两个胖子睡一头,是什么?"潘忠银说:"合肥呀。"

走出车站,已是深夜,看着空旷的站前广场,有围上来拉客住宿的人,他们躲避着。金满仓吩咐大家:"别理,理他们就有麻烦的。"

不远处,有宾馆酒店的霓虹灯闪烁着,金满仓看看表说:"现在已经转钟两点多了,我们住不住宿?"

袁世道说:"不住了吧,节约,忠银呢?"

潘忠银说:"我也没事呀,现在还没瞌睡哩,头脑清醒得很。"

金满仓说:"那咱们就去候车室坐着眯一会等天亮。"

潘忠银问:"坐候车室不收钱么?"

金满仓说:"不要钱。"

三个人去了候车室,这里跟武昌火车站一样,拥挤不堪,脚都插不进。他们往里走,都是一些等车的或出外打工的农民工,横七竖八地在地上。一个胖子躺在自己的行李里,挡住了路,正在酣睡,打着响亮的呼噜。潘忠银踢了他一下,希望他的脚缩缩,可这人睁开了眼睛,红通通地看着潘忠银。潘忠银说:"你脚腾挪腾挪。"那胖子反问:"你睡呀?"袁世道说:"我们过去一下。"可胖子根本不睬,一动不动,又闭上眼睛,马上又拉动起呼噜,潘忠银恨不得踩断他的腿。金满仓对他们说:"这儿不行,咱们出去算了。"这么拥挤憋闷的环境,他担心再出事,心还悬着没放下,发虚。

他们只好退出,在火车站广场一个避风的角落里靠墙坐下,各自抱着旅行包和衣迷糊。

金满仓因为钱被偷过一次,不敢合眼,加上挨了打,身上疼痛,睡不着。

潘忠银睡了一会,睁开眼睛看到金满仓还醒着,说:"满仓哥,你没眯会儿?"

金满仓说:"忠银你们放心睡,我看着行李。"

他掏出那张揉得皱巴巴的《葡萄简报》，借着微弱的路灯来看，这些字变成了越来越近的葡萄。睡意袭来，他做了个梦，梦见自己在一个果实累累的葡萄园里，全是乒乓球一样大的葡萄。他坐在葡萄山上，吃着甜蜜蜜的葡萄，从葡萄堆里，飞出了一张张钞票，又长出了一栋很大很大的楼房……

袁世道推醒他说："满仓哥，你梦中咯咯笑哩，梦见了什么？"

金满仓揉揉脸说："梦见了金山银山……"

他打了个大大的哈欠，一看天色，有了鱼肚白，楼房的轮廓渐渐清晰。

天一会就亮了，人又来了精神，虽然看上去三个人的脸都发青，眼睛血红。

按照广告上的指引，他们上了一辆通往市郊的公交车。这站前广场上坐公交车的人也多，而且这一趟似乎全是去购买葡萄种苗的人，都面目苍黑，背包提袋，将门堵死。金满仓他们顶着人的背和屁股往上挤，因为旅行包太大，潘忠银落在后头，车门一关，他的一只脚夹在了两个车门中间，顿时脚像被犁耙截断了一样疼得哇哇大喊："我的脚夹了，师傅，开门！开门！"

司机哪能听清楚，车厢里的人挤成了千层饼，金满仓和袁世道也帮他喊："师傅，有人夹到脚了！开下门！"

话经几个人传到司机那里，门才打开，潘忠银收回脚，抱起来一看，脚脖子那里夹掉了一块皮，血渗出来，没流血的地方也青紫了。

到了市郊农科所培训基地那一站下来，潘忠银跳着走了几步，袁世道笑他说，这就跟兽夹子一样，你跑得快就跑了，跑不快就夹了，以后叫你老夹。潘忠银说，你在后面一样老夹。袁世道说，那不假，这上下车，你慢了就会夹，咱们乡巴佬到城里，好多东西得学，坐公交车也得学。

说着到了葡萄园，呀，看到了整整齐齐的葡萄田，这葡萄原来是牵藤的，枝叶茂密，架起一人多高，感觉就跟牵黄瓜藤一样，但枝条粗壮。一些挖苗木、捆苗木的农工在园子里工作，装满葡萄苗木的汽车，时不时从他们身边驶过。他们一路走一路看，跟在那些买种苗的人后头。

前面有大展板，关于巨峰葡萄的介绍，比那张《葡萄简报》详细，还配有掉色的图片。他们细细看着，潘忠银兴奋地说："看来是真的。"金满仓说："你们把看到的记在心里，回去用得着的。"袁世道说："我就觉得，田里种经济果木，就有生机，开花结果，好有意思。"

他们来到培训基地办公大楼接待室，这里聚集了全国各地来买葡萄苗木的人,真是不少。金满仓对袁世道他们说,我在想怎么说动他们,给咱们减些培训费,还有那劳什子借款,分明就是店大欺客,你们有钱,找咱们农民借啥钱哩?袁世道说,是得合计好,但最重要的是葡萄苗要好,种了能活,否则竹篮打水一场空,那就亏大了。

　　一个姓杨的主任接待他们,这人戴着眼镜,瘦,视野不宽,有信任感,一看就是知识分子。杨主任问他们是从哪里来的,金满仓说是从湖北荆州来的。杨主任让他们看看再说,连他们准备种多少买多少之类的都问了。金满仓他们盯着打量他,弄得他极不自在,突然脸红如虾说:"你们若不相信,可以先看看,百闻不如一见,每天有全国各地来的不少学员,你们看过后,觉得可以就参加培训,先登记交培训费。"

　　金满仓将袁世道和潘忠银叫到一处说:"时间不等人,我们是先看呢还是先交培训费参加培训?"

　　袁世道说:"别想了,来了就干。"

　　金满仓说:"对,别想那么多,我这就去交钱。"

　　袁世道说:"两百块的培训费,我们每人出七十,分摊,让一个人去培训,就满仓哥去,你脑瓜子好使。"

　　潘忠银也同意。金满仓不让他们掏钱,摁着他们的荷包说:"如果你们推举我去学,是我自己学的,培训费自然是我出,你们能省则省,一人学习,大家共享,你们还有什么想法?"

　　袁世道推他赶快去交钱学习:"钱我们大家出了,你去学,你脑瓜子活,记性好,资料到时我们回去抄,省点钱买苗子。"

　　金满仓被推得踉踉跄跄,问对方,对方说两百元培训费一分不能少。他给开票的女孩求情说:"小丫头,我们都是农民,借钱来的,坐火车,钱差点被偷走了,你看,被人打的……"他指着自己青肿的眼睛和嘴巴,"嗻……我们来了三个人,钱不够,能不能旁听一下?"

　　女孩笑着连连摇头,让他交了钱。到了培训班教室门口,工作人员看了金满仓的发票,发给他资料和函授课本,其中有一本简易的《巨峰葡萄栽植技术专辑》。

　　一个老师已经讲解到葡萄种植的整地规划了,好在那本发的书上有,黑板上也写了,关于巨峰葡萄的习性,写得密密麻麻:一、地的选择;二、合理密植;

29

三、整地规划;四、整地方法;五、定植时间;六、苗木储藏;七、沙畦育苗;八、适时栽植;九、保活措施;十、立竿支架;十一、防治病害;十二、防治虫害……

金满仓坐在课堂里,像是又回到了校园的感觉,用笔在发给他的软面抄上记下,一点一点。听着听着,就入迷了,仿佛在自己的田里耕种,立竿支架,防虫治病,找到了种葡萄的感觉,仿佛自己已经成了葡农。这种感觉多好,学生的感觉,技术员培训的感觉,一种新兴种植和生活的感觉……

老师讲了半天,解答了大家的疑惑。因为听的人多,金满仓来不及提问题,他把问题在订合同时,向杨主任提出了:"我们湖北能种葡萄吗?"杨主任的说法模棱两可:"实话说,我们不能保证你们种植成功,也不能说你们就不能成功,长江以南种葡萄比较稀有。"金满仓说:"我们在长江边上,隔条江就不行么?"杨主任说:"我也这么想,长江不就几百米宽吗?我认为没有禁区,所谓禁区,都是在人们的脑子里……你们有心买苗子的话,我们的技术服务会随时跟踪,有不懂的来信或者电话给我们……"

杨主任摸准了来人的心理,不用多说,拿出向葡农贷款的合同给金满仓他们。金满仓说:"杨主任,我们的钱在买火车票时差点被人偷了,我们还被小偷打了。"杨主任这才认真看金满仓脸上的伤,潘忠银说他的脚坐公交车又差点被夹断,反正三个人一起卖惨,把杨主任的同情心催了出来。金满仓接着说:"我们来买种苗的心是很诚的,不然不会千里迢迢千难万险到你们这里来。"杨主任问他们要买多少,金满仓说加起来也就一两亩地,主要是我们那儿太穷,大家想种葡萄发家致富。就这样,那个向葡农贷款的合同,杨主任答应减半,改为了三百,金满仓他们千恩万谢。

买好了葡萄苗,他们各挑着满满一担,想连夜赶回武汉,无奈没有了班车,只好在合肥长途汽车站门口的小旅店里住了一夜。大通铺的房,床连着床,这店子在一个煤站旁边,里面也是黑乎乎的,被子也是,一股脚丫子臭味让人想吐。而且楼下是烧锅炉的地方,嚣声砺心,呛人的煤烟味充斥在房里。自己中毒不要紧,要是葡萄苗中毒,回去栽不活就黑了天。六大捆葡萄苗就竖起放在走廊里,真希望夜晚早点过去。好在买的早晨四点半的车票,金满仓要他们机灵点别睡死了,还怕有人顺走他们的葡萄苗,因为店里也有买了苗子住宿的农民,人员复杂。晚上三个人轮流起来看着那些苗子。

三个人半夜起床,挑上沉甸甸的葡萄苗,上了四点半去武昌的车。那车座位很挤，腿伸不直，人蜷在车上，颠簸了大半天才到达武昌宏基客运站。到了武昌，大家的腿脚都麻木了，金满仓吩咐袁世道下了车就去抢荆州的车票，可是，袁世道去购票窗口一问，当天的车票没有了。这不又要在武昌过一夜，又得多花几十块钱？三个人在车站门口站着，茫然无策。金满仓想了想，说："咱们去找乔老板，他兴许认识车站的人，买三张站票也行啊。"袁世道说："是啊，就怕葡萄苗死了，得迅速回家种下，我去问。"潘忠银说："要去我去，碰上那两个小偷我能对付，空手不怕他们！"袁世道说："我们两个一起去，满仓哥照看葡萄苗。"

火车站就在旁边，不一会，两个人回来了，老远就给金满仓说："成了，成了！"

原来乔老板有一辆车去荆州送水果，本来过一天去的，决定今天就发车，将他们和葡萄种苗捎带回去。真是喜从天降！大家都说，这个老板是大好人，有情有义。

三个人三担货都安然上了帆布篷的车厢，乔老板腾给他们一大块地方，他们挤在一堆，坐在里面别提有多开心。

可没一会，就叮叮当当下起了雨来，雨溅进车厢，三人抱着头无处躲藏。雨不大，风却冷，连风带雨，让人直打哆嗦。

什么时候雨终于停了，汽车也到了沙市，上了荆江大堤，轮渡就在前面。汽车停了下来，金满仓他们跳下车，准备将葡萄苗卸下，乔汉桥打开驾驶室车门对他们说："你们别下，我先去市场卸货，把你们送回家。"金满仓说："不用了不用了，我们坐轮渡过了江，就离家里不远了，太谢谢你，乔总。"乔汉桥不让："客气什么！上车上车，我马上去卸货。"

在一个仓库卸了水果，汽车直接开往轮渡码头，运气不错，车很快上了汽渡船。过了江，一会就开到了天露湾。

傍晚的天露湖别提有多美，牛羊回村，百鸟归林，夕烟袅袅，云开晚晴。到家后金满仓就要余翠娥赶快准备晚饭，并介绍乔汉桥，说起这一路的遭遇，乔总怎么在火车站打跑小偷将钱夺回，又怎么买牛肉面我们吃，还用车将我们送回家。乔汉桥站在那里说别提了别提了，并让司机发动汽车要走。这是不可能的，一干人全部拉住了乔汉桥和司机，金满仓强行脱去了乔汉桥的一只皮鞋，潘忠银也脱下司机的一只鞋。

乔汉桥和司机都只穿着一只鞋，乔汉桥想起来了，对司机说："这是荆江县的脱鞋留客风俗,这咋办?"

金满仓给乔汉桥和司机各拿来一只拖鞋让他们穿上。乔汉桥和司机各穿着一只皮鞋,一只拖鞋,哭笑不得地坐在那儿。金甜甜又端了一条板凳放在汽车前面不让走。给他们泡茶,还端出了一盘米子糖。

看见米子糖,乔汉桥来了精神,抓起就吃,嘎嘣嘎嘣,也给司机抓了一把说:"这可是好东西,多年没吃了。"

潘忠银说:"乔总你慢点吃,马上开饭。"

乔汉桥说:"我能放慢吗?算起来十五年没吃这米子糖了。"

袁世道问:"你是在哪个村插队?"

乔汉桥说:"新荷村,过去叫反修大队。"

潘忠银一指说:"就在对岸,不远不远,当年你们武汉知青厉害呀。"

乔汉桥说:"我也吃过你们村的鸡呀狗啊,哈哈,说起来惭愧,惭愧。"

潘忠银说:"你们游泳过来踩鸡。"

袁世道让潘忠银别说了,"你家丢了几只鸡,难道都是知青踩的?"

金满仓说:"那时候的社员和知青一样,没啥吃的。"

乔汉桥说:"乡亲们对我们很好,经常给菜我们吃,大队也分肉,我们也经常捉青蛙、钓鱼,秋天就在谷子成熟的田埂上踩乌龟。我记得那时候乌龟好多,甲鱼也多……"

谈笑间一桌菜就上了桌,金满仓摆着碗筷说:"乔总,今天没有乌龟甲鱼,我们的这位潘忠银是打甲鱼的高手,到时候再来,一定吃他的野生甲鱼。"

潘忠银说:"没问题!"

乔汉桥指着桌上的菜:"这些比甲鱼不得差……这是藕带、鲊鱼、豆豉炒腊肉、虎皮青椒,哎呀,都是多年没见过的菜,今天要大饱口福了!"

因为司机不能喝酒,金满仓给乔汉桥斟着酒,乔汉桥没有客套,让金满仓把玻璃杯倒满溢出来,喝上一口说:"酒是天露湖的粮食酒,香!"

金满仓说:"乔总今天可要喝好啰。"

金满仓几个轮流给乔汉桥敬酒,他来者不拒,喝净了酒杯,自己再倒上一杯说:"今天你们在车上淋了雨,不好意思,我乔汉桥自罚三杯。"

几个人硬是眼睁睁看他"自罚"了三杯,这酒量把他们都吓到了。再看他,头上已是大汗滚滚。

金满仓再给他斟满说:"乔总,酒虽不好,你尽管喝,你不喝好,就是瞧不起我们。"

乔汉桥说:"你们的意思是等一会把我抬上汽车直接送医院?告诉你们各位兄弟,我是个'酒漏子',汗一流,啥事都没有。这些头上流的汗,就是酒。"

果然,他揩着汗,桌前全是浓烈的酒味,他说:"那时候,我们去天露湖镇上供销社打茖干酒喝,去县城拖大粪,也插秧割谷,下湖罱泥。这湖区有血吸虫病,我两次染上了,所以你们不要劝我喝酒……"

乔汉桥差不多一斤酒下肚,大家也没再劝他,金甜甜给他添了一碗饭,他吃个精光,说这饭也好吃,这米是天露湖的米,有天露湖的水香。

临走时,乔总从包里拿出一张名片交给金满仓说:"以后你们有什么事,到武昌去找我,我会有好酒请你们喝!"

余翠娥给他送了一包豆豉,他左看右看,左闻右闻,说:"太香了,太香了!"

穿上鞋,金甜甜出去搬汽车前面的板凳,乔汉桥对她说:"金甜甜,你的名字我记住了,好好读书,以后到武昌上大学,武昌的大学好多好多……"

四

金满仓种葡萄苗请了潘忠银和袁世道来帮忙,还找镇上的预制厂专门订了水泥立柱搭架。村里来了些看热闹的人,这种啥哩,葡萄?自留地里套种的,当时地里种上了白菜、大蒜之类,种葡萄没惊动别人,就是栽水泥杆子,惊动了不少人。金满仓几个人在地里栽这么高的水泥杆是干啥的?一打听,是种葡萄。肖丙子围着杆子看了一圈,潘忠银要他滚远点,说你这小气鬼,是来占便宜的吧,挑粪桶的经过你也要沾一指头。

果不其然,金满仓种完后多出了三十来棵葡萄苗,肖丙子对金满仓说:"你这是多出的么,给我几棵行吧,满仓?"金满仓说,你拿两棵去,栽院子里。这肖丙子得寸进尺,看中了剩下的所有,说:"满仓,我拿酒给你换,你多少钱一棵?"金满仓说:"你的酒能喝吗?喝了头疼,掺水太多,我这葡萄苗可是真的。"肖丙子涎皮赖脸地拉着金满仓说:"我的酒是正宗粮食酒,别水我生意,我问你葡萄苗是卖是送还是换?"

这时一个人跳进地里,是书记洪家胜,说:"丙子,凭啥送你?人家是大水流来的?是岗上的野草?千辛万苦从安徽买回来,肯定不能白送!"

肖丙子见是书记,说:"你别来插一杠子,这是我与满仓的事。"

洪家胜拿起一根一米多长、笔杆粗的葡萄苗对看热闹的村民说:"你们想不想要葡萄苗?"

村民说要,都想要。

洪家胜说:"那就对了,我也想要,我不要你满仓送,为了显示公平,满仓,我给你出个主意,就跟城里搞拍卖一样,出价高的得这捆苗子,咱们就搞个田头现场拍卖会,怎么样?"

有人问咋个拍卖,洪家胜说,很简单,满仓出价,大伙加价,加到最高的那个人,这捆葡萄苗归他,别的人不用争了,公平公正。肖丙子也被激将了,提了提腰上的皮带说:"行,我不信争不过你。"

有人预测一定是开小卖部的肖丙子赢,他有钱。有人赌书记洪家胜赢,他要维护威信,不会服输。还有人嘀咕说,书记只怕是唆使肖丙子拼命加价,给金满仓多赚几个。人家也造孽,这趟回来,他们三个都被打了,钱还差一点偷走了,真不容易。一些人就坐在田塍上,吃着瓜等看这场"拍卖会"。

金满仓以为是开玩笑,就按约定的喊了个价:一块。肖丙子立即举手说,我一块五。洪家胜喊到一块八。一个村民说两块。肖丙子说我两块五。洪家胜出到两块八了。肖丙子捋着裤子,鼻涕都出来了,说:"加这么快,我小心脏承受不起呀。"洪家胜问他:"你就说你还能出多少,你就一口价行不?"这不是出肖丙子的洋相嘛?肖丙子本来只想要两根的,这样就等于让他下不来台,架火上烤了。村民们起哄道:"肖丙子,五块!肖丙子,八块!肖丙子,十块!……"

肖丙子恼羞成怒,对他们说:"十你个头!你们自己喊哟!"洪家胜又催他,他头上虚汗淋漓,喊了个两块八角五。洪家胜立马喊三块。肖丙子喊三块零五分。一个村民喊三块零八分。这是跟肖丙子闹着玩儿的,嘻嘻哈哈叽叽喳喳,大家就看书记洪家胜是真喊还是激将肖丙子。可洪家胜喊出了三块五。肖丙子跳上土台说:"书记,你是存心跟我过不去,你财大气粗是吧?"哪知洪家胜笑着说:"我志在必得,四块!"肖丙子看着书记那张不惊不乍的国字脸说:"你这是啥意思咧,跟我一个小老百姓较真,欺我穷?"洪家胜还是笑着:"你出就是了,废话少说。"村民又一阵起哄:"肖丙子,十块!肖丙子,十块!"肖丙子拾起一块土坷垃就往喊声最大的人堆里砸,边砸边咬牙说:"老子五块!"洪家胜紧接着喊出了五块八。肖丙子气咻咻地在土墩子上说:"书记,你这人好霸道!……我五块八角零一分!"洪家胜迅速跟上:"六块!"

肖丙子觉得丢了人,就说:"民不跟官斗!裁缝不狠针(真)狠,你赢了!你掏钱,三十根,三六一十八,一百八十块,掏钱呀,不给满仓的不是人!"

潘忠银说:"肖丙子,这风头不能给洪书记,你从来就是不服输的人,今天认输啦?"

袁世道也说:"肖丙子你好让人失望。"

这时看热闹的依然喊:"肖丙子,十块,十块!"

洪家胜说:"丙子,听人劝,吃饱饭。你还是加点吧,我又不想种葡萄,到时你把我逼成万元户,你可不要后悔哟。"

肖丙子说:"我甘拜下风,认输,认输!"

这一场斗气,洪家胜也没准备,只好将口袋里的钱全抠出来,拢共才三十多块钱,交给金满仓,对大伙说:"剩下的钱回去就给满仓。"

金满仓不收,将钱塞进洪家胜口袋里,说:"送你了。"

洪家胜将钱丢地上:"你这是当众行贿,葡萄苗我要了,给你个整数,三十,欠你一百五。"

金满仓死活不要钱,潘忠银就拿着钱,夹在了洪家胜背着的葡萄苗里。

金满仓说:"我送你,没别的意思,是对你儿子救我丫头的感谢。"

洪家胜说:"一码归一码,那是伢儿们的事……另外,回头你把培训费的发票给我瞧瞧……"

金满仓不知道洪家胜书记要看他的培训发票是什么意思,以为他是想验个真假,莫非我们去培训买苗还有假的?于是找出了培训费的发票,请人带给了洪家胜。

洪家胜拿着金满仓他们培训的发票,在村委会上,大笔一挥签了字,交给许会计说:"这个钱村里要报销。"许会计接过去一看,是金满仓的培训费,问洪书记:"要村里报?"他将收据扔回洪家胜面前,"账上没钱。"洪家胜说:"你这把铁算盘,今天有也得报,没有也得报。"许会计说:"杀我也没钱。"洪家胜火了:"不用杀你,不报,请你马上辞职。"许会计说:"书记,他个人的培训为啥要村里报?这还是个新鲜事唻,如果上头有文件,我执行,没有,我拒绝。"他想这事很大,两百块呀,副书记钢子、妇女主任甘梅和治保主任兼民兵连长毛标他们会支持他声援他的,可今天很怪,他用一双小眯眼求援,那些人有的低着头抠脚,有的看窗外,有的看报纸,一律不作声。洪书记也不作声了。摆在你面前的:辞职,还是报销?可以一走了之,拂袖而去,但这种事许会计不敢做,只有服软。他悻悻地捡起收据,嘀咕说:"诚知此恨人人有,贫贱夫妻百事哀。一个家是这样,一个村何尝不是这样?"

许会计过去当过小学老师,还是个业余作者,当年学习小靳庄赛诗时,创作过几首顺口溜,在县里的内部刊物《荆江文艺》上刊登过,后来赛诗会不搞了,许会计英雄无用武之地,也不写诗了,但会经常引用几句古诗显摆。

洪家胜说:"唉声叹气有啥用,挤牙缝也得支持村民学新技术,咱们天天喊

36

产业调整，开了多少会，还没弄出个子丑寅卯来。别人村有多少楼房了？咱们村还是六七十年代的土砌瓦盖，条件，咱没有别人好，脑瓜子，也没有别人好使？我就不信！咱这地方，一年不种一年穷，苦日子啥时是个头？要么，有一种稻谷棉花，种一年，收十年，种好了，收一生，可哪来这种好事？现在就有，种葡萄，多好的事，咱们只要保住种粮面积，其他的地，你们想咋种就咋种。

副书记钢子说起来是洪家胜的族亲表弟，自己挖了口鱼塘搞黄鳝养殖，有一定收入，对葡萄兴趣不大。就问："家胜哥，听说，你有了三十棵葡萄苗？"

洪家胜说："啥意思？"

钢子说："就是说，你有了三十棵，你有，你种，别人没有，咋种？"

洪家胜说："我三十棵，看来被盯住了，我欠金满仓的钱，我马上就还，不会给坏人留下口实，不会假公济私，不会干那小鼻子小眼的事。钢子，你还有什么话要说？"

钢子说："我、我是坏人？"

洪家胜找烟，找出来叼在嘴上，没点上。毛标掏出火柴给他点，他扒开了。

妇女主任甘梅见这架势，说："都别吵了，你们没事，我还得回家奶孩子。"

洪家胜说："甘梅，别和稀泥！"

甘梅笑嘻嘻地站起来说："洪书记要我站队？那，我同意报销。"

洪家胜点毛标："你？"

毛标连连说："我同意，我同意。许会计你铁公鸡铁算盘，为村里的财务把关，也没错，但你是真抠，上次派出所来检查治安，还是我自己掏钱买的烟和健力宝。"

许会计跳起来反驳毛标："我抠，钱进我荷包了？我为村里我错了？有没有钱毛标你没数？怪人不知理！"

他拧开锁，哗地抽开抽屉，亮出给大家看，空的。

毛标也是吃枪子的性格，见许会计变脸，也就变了脸，说："许会计，说疼你了？发啥火哩？有理不在声高，我还怕你不成？"

毛标捋起袖子。眼看要打起来，钢子把他们隔开，说："好了，好了，家胜哥，许会计没有，是真没有，你书记得挖潜力，找财源啊。"

洪家胜质问钢子："我说钢子，你的意思是我逼老许啰？"

钢子说："我不是这个意思。"

洪家胜说:"干事的人,不说话,没干的人,还阴阳怪气。钢子,你说你啥意思?跟你们共事,是我一辈子的耻辱!"

洪家胜拂袖欲走,又转来丢下话:"我宣布,以后谁出外学习新种植技术,参加培训,一律报销。我们就是要鼓励村民去外地学习新玩意儿。这次的,没有钱,我先垫上,算村里借我的……"

洪家胜骑上自行车最后一个从村委会出来,锁上门。一头猪在村委会大门口,像把门将军,吼吼地睡着,他将这头猪撵到旁边的水田里。骑上车,到了拐弯的地方,有大蓬野荻,他被里面走出的一个人拦下了,一看是钢子。洪家胜下了车,问他:"你躲这儿干什么?"

钢子说:"坐你的车回家呗。"

洪家胜不想带他,就说:"我车胎没气了,你又重,我带不起你。"

钢子说:"那就我带你。"

洪家胜让他带,坐在后头车架上,路颠得他吭吭地喘气。他知道钢子有话要说,便说:"你的鳝鱼养得咋样?是不是要出货了?"

钢子说还没有,春节出货能卖好价,得多养些时间。我说家胜哥,你有时让我下不来台,我好歹是你的副手,你在会上不把我当副手,当你瞧不起的表弟训我,我很难受。洪家胜说,你不是我表弟,莫非是表哥?钢子敲着铃铛避鸡鸭,说,你就不跟我说心里话,糊弄人,我真的难受,我只是提醒你,满仓恨你,你不能为搞好关系,就没有原则,急于向他讨好。你讨好了他,一湾子的人恨你。

洪家胜跳下车,说:"把车给我,别吓唬我了钢子,谁恨我,你,你们所有的村干部?我不怕。我说钢子,你最大的问题是缺视野,你们都缺视野,没看到国家在发生巨大的变化。"

钢子说:"我看到你在发生巨大变化。"

洪家胜骑上了车,将钢子甩在路上,说:"我听你们的,天露湾就会继续穷下去!"

洪家胜骑到金满仓家,喊他出来,说:"培训费村里报销,加上葡萄苗的钱,一共三百八十元……"

洪家胜将钱扔在桌上就走,金满仓一大步就逮住了他,拼命将钱塞进他荷包里,将他推出了门,并关上门大声说:"苗子是送你的,别说了,培训是我自己的事,与村里无关,咱不干这不要脸的事!"

洪家胜不管三七二十一，将那一把钱捏成一团，从院墙上扔进了金满仓院子里。他去推自行车，看到那钱又从院墙里飞出来了。金满仓在里面说："你拿好，别人捡走了我可不管！"

洪家胜无可奈何，对院子里的金满仓说："你这人！唉，你这人！"

钱不拾起来不行了，他再扔了一次，马上又被扔了出来。

洪家胜在外面说："满仓，你非得要恨我一辈子?！"

洪家胜还是想着怎么将钱给金满仓。

过了几天，洪家胜在自家的院墙里走着，在草丛中发现了一个大南瓜。他想，咱又没种南瓜，是个野的?再一拃，南瓜藤是从院墙外牵进来的。这南瓜藤子非常狂野，可以牵出老远，顺着藤子看，那藤蔓过了一条沟，爬了两道墙，是从金满仓的院子跑出来的。他就想，将这南瓜挖个孔，将钱塞进去，给他还南瓜，就把钱给了，然后再告诉他。

说干就干，他将南瓜挖了一块，将钱放进去，再将洞塞好，就去了金家。

余翠娥见洪家胜抱着个南瓜来，问这是干什么?洪家胜说，你家南瓜藤翻过墙，爬过小沟到咱们的院墙里，摘过来还给你们。余翠娥就说，一个南瓜，又不是故意行贿受贿，自己爬过去的，你就吃了吧。洪家胜坚持不要，将南瓜放在桌子上，正好金满仓回来，得知情况说，一个南瓜，弄得如临大敌就没啥意思了。他抱起南瓜塞进洪家胜怀里，可这个南瓜洪家胜是不能搬回去的，说什么也不要。余翠娥说得更恹人："我们家后园里还有许多南瓜，没人吃，都烂掉了，连猪都不吃。"洪家胜终于脱身，你吃猪吃反正我不吃。等他走出院子，啪！一个大南瓜从院墙里扔出来，差点砸着了他洪家胜。南瓜炸开了，那卷起的钱在地上，沾着些瓤子。

钱又回到了他手中。

难得的锣鼓响器、胡琴唢呐在湾子上空爆响，乡剧团来村里演出荆河汉剧《大回荆州》，村委会门前稻场的大灯泡下，全村的男女老少，有的坐着，有的站着，有的扒在树丫上观看。

舞台上的孙尚香在咿咿呀呀地唱着："孙尚香在画阁自思自叹，怨我兄和周郎巧用机关。诓刘备过江来实为引线，谁料想我的母仁义大贤。又多亏乔阁老穿针引线，吴越仇到今日反结并莲。孙尚香自幼儿习枪舞剑，要学个巾帼中须眉儿男……"金甜甜看到洪大江手上拿着一本书,东张西望,好像在找人。过了一会,甜甜再看洪大江坐的地方,人没了,只有他爸妈在有滋有味地看着。金甜甜见洪大江走了,就悄悄地起身,弯着腰走出了观众堆。

金甜甜沿着村路去找洪大江,昏暗的路灯下,突然见路边鲁七宝家草垛旁有几个人影,原来是肖小安、鲁七宝和胖崽躲在草垛旁抽烟。

胖崽说:"甜甜来了,看到我们抽烟了。"

鲁七宝说:"她告诉老师咋办?"

肖小安继承了他爹的绿豆小眼,小绿豆珠子一骨碌转动,说:"别怕,看我的。"

他出来挡住了金甜甜的路,指挥两个跟班一起喊:"小妖精,小妖精,跟大江亲嘴的小妖精!"

金甜甜气得咬牙切齿,骂道:"放屁!你们放屁!"

肖小安将烟灰掸到她面前说:"是洪大江的妈说你是小妖精,不是我们说的。要不也跟我们哥仨亲个嘴,我们就再不喊你小妖精了。"

金甜甜一把打掉肖小安手中的香烟,冲开他们,往家里跑。

那烟头弹进草垛,找不到了。不一会,草垛冒烟,他们用脚去踩,去踢,越踢越燃,一会儿浓烟滚滚,烟子变成了火苗,火苗蹿上了垛顶。三个小孩见闯了祸,立马作鸟兽散,跑得无影无踪。

村委会稻场上,看戏的村民听到有人喊救火,顿时台上台下全乱了,看戏的人全跑去救火。端盆的,提桶的,拿扫帚的,捧痰盂、尿罐的(听说妇人的尿可以压邪),涌向鲁七宝家门前燃烧的草垛……

火终于熄灭了,草垛也化为了灰烬。

村里追查是怎么烧起来的,有村民揭发看到过肖小安和鲁七宝、胖崽在这儿抽烟。于是毛标去肖丙子家,说,你家儿子小安抽烟,差点把村子都烧了。肖丙子说你看到了?我家小安这么小哪会抽烟,你们太会诬陷人了。毛标说,问小安就行,他人呢?肖丙子和吴红英就喊小安,发现没有回来。毛标说,若是小安抽烟玩火闯的祸,你们大人有责任。肖丙子说,如果不是咧?判你诬陷诽谤,坏我儿子的名声!毛标说,肖丙子,是村民看见说的,你家儿子不敢回来,是什么原因?肖丙子说,小伢贪玩,半夜三更回来,有啥稀奇的?

三个小伢的确没回家,三家大人在村里村外到处喊唤,哪儿见这三个伢的影子，就这么消失了。

听说三个伢玩火失踪了，洪家胜要全村人去找，并对毛标说，得怎么管管村里的这几个小混混。

毛标在村里指挥寻找三个小家伙，又转到了鲁七宝家烧塌的草垛前。几个妇人黑灯瞎火地在那儿哭，毛标用电筒一照，是鲁七宝、胖崽和小安的妈，三个女人说：三个小伢只怕烧成灰了！见了毛标，一起冲上来揪住他衣服不放，说他这治保主任不负责，要他还她们三个儿子！吴红英说，我儿子可是要成大气候的！他的理想是当将军，我这个当将军的儿子若有三长两短，用你的性命赔！毛标被三个失去理智的村妇拉扯得颠来倒去，愤怒地说：什么未来的将军？三个逃学将军，差一点把整个湾子全烧了！

又过来了几个村民，就在灰烬中扒拉，没有见到骨头渣子，劝她们说不会烧死的，一定是躲在哪里了，要不你们回去看看，说不定回家了哩。

安慰了三个女人，大家就散了。

吴红英回去后，见肖丙子在喝酒，一把夺过他的酒杯和筷子说："你今天不把小安找回来，你不要吃饭。"肖丙子一口酒喝了，要找点菜压压辛辣的喉咙，筷子却没有了，夆着手争辩说："又不是我让他跑的，与我有什么相干？"吴红英说："不是你教的？"肖丙子说："不是你生的？""你教的！""你生的！"

吴红英的嗓子没有肖丙子的高，有点委屈，哭了起来，一把鼻涕一把泪说："咱就一个儿子，他不见了我也不活了！"说着从灶台上抽出刀子来要割腕自杀。肖丙子吓坏了，大喊："红英，使不得！"他死死拽住她的手说："我的天哪，怎么办呀！"几个来回才夺过刀，"叭"地跪下说："红英，你不能死呀，你死了我没老婆小安没妈！"吴红英几乎是疯了一样喊："那就给我找回小安！"

肖丙子假装也哭着，手握刀子出去了，赶忙将那把晦气的刀子丢进了门口的水塘。一道亮光划过去，刀子进水里，却没想从背后钻出个人来，说："丙子，你丢的啥？"

肖丙子吓得一颤，电筒一照，是许会计，"你哪儿蹦出来的？你这鬼样，要谋财害命？！人吓人，吓掉魂。"

许会计啾啾一笑说："丙子，我们都在帮你找伢，不感谢还恶语伤人。我说啊，你这儿子太惯肆了，带坏一村的男伢儿。"

肖丙子朝许会计的背影呸了一口，歪歪斜斜地在村道上踽行。冷月在天，身上寒战,他扯起喉咙喊:"小安!小安!"

村庄的上空,半夜里,全是肖丙子的呼唤声,如狼叫,让人心窝发紧。

发现三个小伢的,是老支书马三爹。三爹是抗美援朝的复员军人,当年在部队是工兵,虽说没与美国鬼子面对面干过,但也负过伤,立过功。按他的说法,就是为部队开辟通道当先行官,遇山开路,遇水架桥,还得排雷破障,左脚被炸残了两个脚指头。他儿子媳妇都在荆州上班,可他在城里不习惯,前两年又从城里搬回了村里。老人家满了八十,可还是闲不住,干上了修桥补路的善事,他说这是捡了部队的老本行。他过去就是有名的拖锹书记,每天背着锹在田头巡查,现在依然改不了这个背锹的习惯,用铁锹在路边铲土,将路上的沟沟坎坎坑坑洼洼填平。

这一天,他跟往常一样起得很早,依然穿着那身几十年前的抗美援朝的旧军服,在路边挖着土填车辙,他眼睛还不错,就看到不远的湖边,有一条废弃的破船在那儿晃动,还看到有人影在船舱里。这么早是什么人在船上?他好奇地走过去,一看,船上蜷缩着几个小伢。

"哪家的伢?"

再踏上船头细看,是那三个惹祸的小伢,挤在一堆稻草里。听到马三爹的声音,他们坐起来,像兔子一样背上书包跳下船就跑了,没入田野的雾气中。

马三爹背上锹,本想去小卖部告诉肖丙子,却老远听见肖小安的哭喊声。原来,肖小安在自家门口被鲁七宝的妈大土铳逮住了。这大土铳就是个炮筒子,见人就轰,让他赔草垛。这个草垛得多少钱,肖丙子就揍儿子,但肖小安一口咬定说是金甜甜丢的烟头让草垛点燃的。大土铳问烟头是哪个的咧?肖小安说是七宝的。这等于是说大土铳儿子自己烧了自己家的草垛,大土铳恨不得扇这个肖小安一耳刮子,厉声问:"七宝的香烟是谁给他的,是不是你?"肖丙子不让肖小安回答,抢先说:"大土铳,你别这么像审犯人,我儿子从不抽烟。"大土铳烦了,手伸进肖小安的荷包,一下就掏出了一支香烟,见老书记马三爹来了,举起说:"三爹来断,香烟都搜出来了,肖丙子还袒护他儿子,这像话吗?"

马三爹严肃地说:"小安,立正!敬礼!"

马三爹立正,举起了右手向肖小安行了个标准的军礼。那肖小安也就只好模仿马三爹的样子,立正,举起手向马三爹行了个军礼。

马三爹说:"你说你想当将军,将军是军人,应该诚实,要勇敢承认错误,做个好伢儿,你说说你们三个伢儿没有烧草垛,咋在破船上躲了一夜,唉?"

肖小安噘着嘴不吭声,吴红英从院子里出来,她在刷牙,端着葫芦瓢,嘴里含着牙刷和满口牙膏泡沫,含含糊糊地说:"大土铳轰早炮啊?三爹,我们小安晚上没回来,还不是被大人吓的。"说着就将葫芦瓢里的水朝肖小安脸上泼去,"你这家伙没卵用,不是你放的火你怕啥哩,怕哪个?三爹,你是老干部,你可要把良心放中间。"

肖小安被兜头泼了一瓢冷水,水淋淋地站在那里,突然山摇地动地哭出声来,跺脚说:"是甜甜,是甜甜烧的!……"

这下把看热闹的都弄迷糊了,马三爹问:"人家一个女伢子到哪儿弄烟?你可不要编瞎话。"

汪小琴过来对肖小安说:"小安哪,你信不信,编瞎话阎王五爹饶不了你,割你舌头来世做哑巴!"

吴红英说:"我就晓得你们这么早是来开我儿子的斗争会,说是甜甜丢的烟头,你们就是不信。"

大土铳说:"三证对六面,我去把我儿子叫来,谁去找胖嵩?"

大土铳叭叭叭叭地跑去找她儿子,可找了半天,哪儿找得到。金甜甜正好去学校路过,马三爹喊住她:"甜甜,你过来一下。"

大土铳先放炮了:"甜甜,小安说是你丢的烟头烧了我家草垛,是不是?"

金甜甜说:"不是。"

肖丙子故意问儿子:"甜甜抽烟么?"

肖小安不敢回答。

吴红英还拿着那水瓢,逼着小安问:"是,不是,你点头和摇头都不会么?看你这点出息!是甜甜,点头,不是甜甜,摇头。"

肖小安只好点头,吴红英就将那水瓢扔了,说:"哈,三爹,小伢儿不会撒谎,就是甜甜抽的烟!"

金甜甜气得脸都白了,咬着满口小米牙,说:"别听小安的,他和七宝胖嵩躲在草垛后头抽烟,还拦住我要流氓!"

"啊!要流氓?"在场的村民睁大眼睛张大嘴巴。

汪小琴说:"他们要什么流氓?甜甜,别怕,说出来!"

43

马三爹说："慢，当着这么多大人说恐怕不好。"

汪小琴说："只管说，该法办这些小流氓的就法办！"

金甜甜急了，快哭起来，只好说："他们要跟我亲嘴！"说着就飞快地跑掉了。

村民纷纷斥责说："这小安呀！啧啧啧！""真是些小流氓！""怎么得了！"

吴红英慌了，说："哎，这个甜甜才会编瞎话，我们小安会这么流氓吗？小安，你们要跟甜甜亲嘴？"

小安的丑事掀出了，脸上红白斑驳，恨不得找条地缝钻进去，这让吴红英和肖丙子好难堪。可吴红英还想扳回一局，说："甜甜是什么人大家清楚，她不是跟大江亲嘴了么，怎么到处跟男伢儿亲嘴？小安一定不会，我们家是有家教的！"

她这句话引起了哄笑。

她又着腰说："笑，有什么好笑的？我们家小安就是不会。小安，你说是不是，你点头和摇头都不会？是，点头，不是，你摇头。"

肖小安实在不好意思再撒谎，哭丧着脸，从人缝里钻出去跑了。

肖小安跑到学校，已经上课了，看到隔壁教室有两个学生罚站在走廊里，原来是鲁七宝和胖崽。他推开教室门，说了声："报告！"老师没答理他，继续讲课，这等于是罚站了。肖小安就和他的两个小跟班一起，站在走廊里。那两个家伙，朝他用食指刮着脸，是在示意他不要脸哩。

金甜甜在教室里发现洪大江没来上学，一问同学，才知道洪大江请病假了。听说洪大江病了，下课铃声一响，金甜甜就往村里跑。

洪大江一个人躺在床上发烧，金甜甜进去，洪大江说："甜甜，我妈说小安在村里讲是你放的火？"金甜甜说："不是的，他们瞎讲，没人信他的话。他在学校罚站了，还有鲁七宝和胖崽，他们想欺负我！"洪大江说："小安坏种，等我好了去教训他们。"金甜甜问："大江哥，你怎么发抖？"洪大江说："饿了。"金甜甜找了下他家里的碗柜，没有什么可吃的，就说："大江哥，你等等，我去家里给你弄吃的来。"

金甜甜回家煮了面条，倒进大青花瓷碗里，看了看碗柜，有半碗牛杂，就将牛杂放进面条里当臊子。

金甜甜将热气腾腾的面条端给洪大江，说要去上课。她走后，洪大江坐起来，端起牛杂面来吃，这一海碗面下肚，恢复了味觉，也恢复了精神。他将碗洗净,放进了他的小书柜里藏起来。

晚上,金甜甜的妈在做饭时,发现少了一个大青花瓷碗,怎么找也没找到。问金甜甜,金甜甜才想起在洪大江那儿没拿回来。她不敢说实话,就说看到猫将碗抓到地上摔破了。余翠娥问,破的碗呢?金甜甜说丢水沟里了。余翠娥说,这是祖传下来的青花碗,给你爸专门吃面条的。

而洪家多出了个碗,这碗太大,太老,黄秋莲给儿子洪大江收拾桌子和书柜时发现了,问是谁的,洪大江东说西说是同学的,明天带回学校还别人。黄秋莲说,你一天没去学校,哪个拿给你的?她将大碗转一圈看了看,突然记起来金满仓经常端着这碗在门口吃面条,说:"这一定是甜甜家的,你拿人家的碗干吗?送过去!没听说甜甜抽烟放火吗?"

洪大江说:"您郎嘎听哪个瞎说的?是小安抽烟烧了七宝家草垛,学校罚他们站,要他们家长赔哩。"他猛地抢过来那个碗跑了出去。

洪大江终于等到金甜甜挑着一担猪草从湖边回来,这是她放学后每天要做的事,用绞棍在湖里绞猪草。洪大江捧着那个大碗站在路口,要还碗给她。金甜甜为难了,说:"我给我妈说碗被猫摔碎了,怎么办?我们先把碗藏起来好不好,大江哥?"

于是两个人商议,将碗埋在湖边那棵野樱桃树下。他们用树枝挖出个洞,将碗放进去,又用土覆盖好,再找到一块石头,放在上面做了记号。

五

肖丙子因为儿子抽烟烧了大土铳家的草垛,给大土铳赔了五十元钱。不赔不行,大土铳天天在他家门口吵,半夜还在敲门,让他做不了生意睡不好觉,赖了几个月还是给了,人都怕狠角。赔是赔了,肖丙子就想这钱得补回来。

那天碰到买东西的许会计,问是不是金满仓的培训费报销了,有没有这回事?许会计说,你眼红,那你也去参加新技术培训,一视同仁,但往酒里掺水的技术不算。

这肖丙子也不管别人是不是讽刺他,想到半夜,想出了个门道。第二天就去了荆州城的小北门农资市场,买了两袋化肥还有农药,凑齐了两百元,用自行车摇摇晃晃地驮回来。本来是想中午躲着村里人的,因为下雨之后路没干透,骑得慢,路上又碰上了一头牛挡他的路,这也是活该他露馅,是潘忠银喝醉了酒在路上一边赶牛一边唱民歌:

> 我肩背雨伞到姐家咧,哎姐——
> 小郎我心里想起了病,哎姐——
> 我双手捧在姐腰里,哎姐——
> 小郎我死了姐心疼啊,哎姐——

潘忠银喝高之后就浪了,只顾在歌中调情。那牛又不肯走,挡在路中间拉屎拉尿,肖丙子驮得太重,车一晃一歪,两包化肥掉了下来。听到"咚"的一声,潘忠银朝后头一看,肖丙子的自行车歪倒在地上,化肥袋子摔破了,白花花的化肥漏了出来。

肖丙子爬起来,拍打着身上的灰土,看着化肥撒在地上,气恼地说:"好狗不挡路哟。"

潘忠银说:"丙子,我也没挡你的路,你说些恶语做什么?"

潘忠银欲走,肖丙子喊住他说:"装上,你的牛帮我驮一下。"

潘忠银不愿意,说:"跟你同行,我很难受,这肚里,气鼓气胀。"

肖丙子说:"我又占了你便宜?"

潘忠银说:"你看我一个打赤脚的,你一个穿皮鞋的,咱们不是一路人。"

肖丙子说:"合着我在游手好闲?我这不是干活吗?我也在学新技术呀。"

两个人装好地上的化肥,肖丙子就要潘忠银的牛帮驮着那包好的,自己驮着破口了的那袋回家。

回了家,肖丙子就着臭豆腐喝了两杯酒壮胆,然后从屋里提出一对死野鸭,放在鼻子下闻了闻,有了点气味,想了想,还是提着,去找洪家胜。

洪家胜看到肖丙子一脸酒色,提来两只死野鸭,一群苍蝇也跟着飞了进来,问肖丙子啥事。肖丙子说没事,给你吃的。洪家胜问,毒死的?肖丙子将那死鸭子提到洪家胜的鼻子前,说,你闻下,我打的。我说书记,你哪天相信我一次,我死也瞑目了。我纵然不是五好村民,四好也是够格的吧?洪家胜说,那是村民投票评的。丙子,有啥事?我不吃野鸭。肖丙子将野鸭丢到洪家胜脚下说,书记,洪哥啊,你这是存心不给我面子,收别人的可以,收我的就是毒药?洪家胜说,我收了谁的?肖丙子说,我打个比方,我的意思是对全体村民要一碗水端平。洪家胜说,丙子,有话就说,巷子里赶猪,直来直去。

肖丙子就从衣袋里掏出一张收据:"这个……也麻烦你帮我签个字。"

洪家胜瞥了一眼,哼了一声,未接,也未朝他看:"签啥字?"

肖丙子说:"报个销呀。"

洪家胜鼻子里放出一条气来:"给村里买东西了?谁让你买的?"

肖丙子说:"不是,我在荆州报了个名,学习新技术。听说村民学新技术都可以报销,能给满仓他们报不能给我报?你书记说话要算数哟。"

洪家胜把单据拿过去看了看,说:"……学习资料……小北门农资商店?你的学习资料呢?你在农资商店学什么?以为我没看到你驮两袋化肥回来?呵呵。"

肖丙子谎话被戳穿了,浑身发痒,还是鸭子死了嘴硬说:"你、你这是分三六九等,歧视咱们贫下中农……"

肖丙子提着死野鸭在路上骂骂咧咧地走着,后面有拖拉机按着喇叭要他让道,这人就倔了,不让。他转过身,看到开车的周师傅脸上沾着机油,在车上吼他:"肖丙子,耳朵聋了? 撞死你! "

肖丙子站在路中央说:"你敢! 去哪儿? "周师傅说:"镇上。"肖丙子就往车厢里爬。周师傅没停车,突突突地开着依然吼他说:"你上来做什么? "肖丙子举起野鸭说:"镇上卖野鸭! "

肖丙子在镇政府门口跳下车,直奔二楼镇纪委,说我要举报天露湾村书记洪家胜。纪委的沈组长正好值班,看到一个农民提着野鸭要举报村支书,便要他写个简单的举报材料。肖丙子说我不会写,沈组长就问,你举报你们的书记什么? 肖丙子说,他收受村民金满仓三十棵葡萄苗一百八十元钱的贿赂,利益交换,还给金满仓报销了两百块钱的葡萄栽培训费。

沈组长就帮他记录,完了让他签上自己的名字。肖丙子这还懂,说我匿名举报,真名怕他报复打击。沈组长说,你实名制我们处理快,再说,你人已经来了,还匿个鬼名,这点事。肖丙子说,什么,这点事? 肖丙子坚持不签字,说,我就看着你们处不处理洪家胜!你们不处理,我举报到县纪委、市纪委、省纪委、中纪委!……

肖丙子回到家,就开始散布"洪家胜被举报"的消息。他跑了一天,也够累的,破着嗓子吱吱呀呀地说:"镇上要来调查他贪污腐败,收受贿赂的事,这下有好戏看了。"有人问:"你咋知道的咧? "肖丙子说:"没有不透风的墙,这个举报的很聪明,将他的几个问题绑在一起,葡萄苗,还有慷集体之慨拉拢金满仓,报销他私人的培训费用,这次洪家胜难逃一劫。"

许会计的老婆白水彩寻找家里跑出的小猪,她牵着猪听到肖丙子唾沫乱飞地讲举报,插嘴说:"丙子,看你激动的,像是你家喜事,该不是你干的坏事吧? "

肖丙子说:"我哪会干这种下作事,这不是断子绝孙的事嘛? "

吴红英帮腔说:"我们家丙子是老实人,谁干了坏事,组织不清楚,纪委是嗨干饭的? "

白水彩说:"反正,要实事求是,良心第一,满仓报销培训费的事,我们家得坤是第一个反对的人,肖丙子,你可不要扯到我们得坤头上。"

肖丙子说:"为人不做亏心事,半夜不怕鬼敲门,谁在拍手欢呼,谁在暗中发抖,老百姓心里清楚。"

白水彩牵着猪说:"你打了鸡血……"

白水彩觉得不对,这事儿真要查到洪家胜头上,咱们老许肯定会被牵连,凶多吉少。白水彩将猪撵进猪圈,急忙来到洪家,见黄秋莲在,就说:"秋莲,书记回没?"

黄秋莲说:"是水彩啊,还没回哩。"

白水彩说:"给你说个事,刚才,肖丙子说镇纪委要来调查洪书记腐败的事,你可得留个心眼。"

"调查我们家胜?"

"是呀,我就想问,书记要金满仓那三十株葡萄苗干什么?"

"就为这?葡萄苗?"黄秋莲思忖着,一拍大腿说,"不会是金满仓设的局,让我们老洪钻吧?"

白水彩问:"钱给了他没?"

黄秋莲说:"给了,他不要。"

白水彩说:"这就麻烦了,给纪委说不清楚,那得看纪委怎么定,还有两百块钱给金满仓报销的事,都搅一堆了……"

白水彩走了,黄秋莲的心里乱蓬蓬的,越想越不对,于是就在门前指桑骂槐:"是哪个坏东西设局让我们老洪钻的?害人的千刀万剐,不得好死!"

她在门口破口詈骂,余翠娥就听到了。余翠娥平时从不惹是生非,但也受不得冤屈,就直挺挺地出来说:"你骂谁哩,谁不得好死?"

黄秋莲说:"说你了?点你的名道你的姓了?"

余翠娥说:"你赌咒,不是说的我们家。"

黄秋莲说:"我跟你赌个屁的咒,老天有眼,老天爷说是谁就是谁。"

两个昔日的情敌,仇恨爆发,从屋里各拖出刀和砧板,开始剁刀以证清白。刀一响,远近的村民都像苍蝇见屎一样来凑热闹了。

余翠娥虽然嘴笨,但刀剁得节奏铿锵,有声有色:"哪个诬陷我男人不得好死!"

黄秋莲快嘴如刀又剁刀:"哪个设局让我男人钻才不得好死!"

余翠娥剁刀说:"哪个诬陷我男人的不得好活!"

黄秋莲剁刀说:"哪个设局让我男人钻的不得好活!"

"不得好死,不得好死!"

"死后喂狗,狗还嫌臭!"

余翠娥嘴笨,心里紧张,拿刀的手颤抖,一刀下去剁歪了,余翠娥剁到了自己的手指,登时鲜血四溅。看热闹的村民一看余翠娥手上流血,赶忙帮她包扎。

余翠娥有心脏病,还有血晕,看见自己的血,心脏病犯了,晕倒在地。汪小琴赶过来,进屋取药,倒来水,给余翠娥吃药。

汪小琴到黄秋莲门口,对她说:"书记夫人,今天马三爹没来制止,我代表马三爹,制止领导家属辱骂村民!"

汪小琴拿起黄秋莲的砧板,扔到了水沟里。

黄秋莲跑过去看她的砧板:"汪小琴,汪小琴,给我捞起来!"

镇纪委说来就来,还来了两个,一个是沈组长,一个是小杨。不知是谁传的,纪委的人要来逮洪书记了!人们把田里的家里的活都丢下,聚集在村委会稻场上看纪委的人将他们的书记洪家胜押走。沈组长不知道他们来动静这么大,很不高兴,说天露湾村的人咋像没见过世面的,让他们干活去!钢子和许会计就像撵鸡一样在门口大声呵斥:"大家都回去干活!"钢子对沈组长和小杨说:"您二位还没吃饭吧?我们这里也没有餐馆,平常来了客都是上洪书记家吃。"沈组长说:"钢子书记不开玩笑了,怎么能在被调查人家里吃?给我们弄两袋方便面算了!"

许会计就骑着他没有刹车的车到小卖部买方便面。吴红英问他:"是不是来人要抓洪书记?"

许会计说:"抓你个鬼!转告肖丙子,造谣诽谤三年以下,一年以上!"

吴红英吓得打了个冷噤,把他要买的方便面给成了卫生巾。许会计接过去,看了看,马上丢出去,说:"什么鬼,你这是?"

吴红英一看,拿错了货,忙说:"对不起,对不起!"遂把方便面给了他。

泡好了面,洪家胜被请到沈组长他们对面坐下。沈组长和小杨一面吃面,一面征询并记录。

可洪家胜有抵触情绪,板着脸,仰着脑壳说:"谁说金满仓送我三十株葡萄苗了?那些葡萄苗我给了钱,他不要,拍卖是好玩儿,一株一块,就是三十块钱嘛,但我是给的一百八,按拍卖价给他的,他不收,说是感谢我儿子救了他丫头。"

沈组长和小杨哗哗地吃面,沈组长说:"田头拍卖,你搞得好新潮。"

洪家胜说:"大家都想要,拍卖也是公平之一种。"

沈组长说:"拍卖结果呢?"

洪家胜说:"我出价高,我得了。"

沈组长吃完面,喝完汤,说:"今天才觉得,这方便面真好吃。"

洪家胜问:"还要不要再来一袋?"

沈组长说:"你还是继续说吧……钱最终他没要,还给他报销了培训费?"

洪家胜说:"两百块钱的培训费,是我做主报销的,村干部有人反对,我垫付了,但金满仓几次从院墙里甩出来,我不捡起,别人就捡走了。我想问下镇里的领导,农民自发地进行产业转型,我们村里支持一下,犯了啥法?这点钱又不是装我荷包里了,你们领导连这点信任也没有?全力支持农民发展新兴产业,不能光喊口号,你们镇委不支持我们村里工作,还要调查处分,太过分了!"

洪家胜越说越控制不住自己的情绪,莫名悲愤,血往上涌,将手上的杯子狠狠地捏着,捏不破,就干脆摔到地上,叭的一声,碎了,把纪委的两个人吓了一跳。洪家胜一看自己的手,手割破了,茶水溅到了沈组长和小杨身上,他们站起来退了几步,慌乱地张开手,你看我,我看你。

沈组长说:"洪书记,你过了,你过了。"

洪家胜仍然在愤怒中,说:"要杀要剐请便,我反正不是坏人,可你们要听坏人的恶意举报,我大不了这个书记不搞行吧?"

沈组长说:"洪书记,你先冷静一下,你退下,叫金满仓。"

金满仓进来,呆头呆脑地坐着。沈组长直接问:"你是不是送葡萄苗给洪书记了?"

哪知金满仓直言:"送了。"

"为什么送?"

"表示对他儿子救我丫头的一点感谢。他几次给我钱,我没要,从院子里甩出去了,也不知道他捡了没有。"

"培训费咧,报销没?"

"也扔出去了,一大扎,没数,扔了。"

"你说葡萄苗是送的?"

"送就是送,总问有什么意思哟?问完没?"

沈组长还是笑着脸说:"你们天露湾村的人咋都像吃了枪子儿的?"

弄了一整天,沈组长对支部和村委会的所有人当场宣布:"因为群众举报和

51

在审查期间,洪家胜同志对组织的调查和征询态度不端正,经请示镇党委,研究决定,暂停洪家胜同志天露湾村支部书记的工作,等候镇里的处理意见。另外,洪家胜同志应迅速将三十株葡萄苗的一百八十元钱付给金满仓,大家有什么意见?"

与会者哪敢说话,都默不作声。

沈组长盯着洪家胜割伤的手,问:"你的手怎么样?"

洪家胜呵呵苦笑道:"不怎么样。"

"这就好,疼,就会记住教训,我们村干部,做事要公正,要讲原则,无私心,不贪不占,经得起组织的考验和村民的检验,还要有一个良好的心态对待组织的征询和调查,相信组织的调查结果一定是公正的,会有一个实事求是的说法……"沈组长最后说。

洪家胜包扎着手,在家里不停地锯柴火,黄秋莲要他停下来,他像没听见一样,跟自己斗气。

黄秋莲和儿子大江在家里大气不敢出,生怕洪家胜炸裂了。看到洪家胜锯得大汗豪横,黄秋莲忍不住让儿子给他递个毛巾。她敲着大江的头说:"你爸现在停职了,你说甜甜的爸爸是不是大坏蛋,说送咱们这送咱们那,你还要她一个破碗!以后再跟他家小妖精来往,我对你不客气!"

洪家胜擦着汗说:"你怪错人了,别让伢儿掺和,你也别瞎掺和,是肖丙子告的,扯人家金满仓干啥?!"

黄秋莲惊叫道:"啊,他?这尖嘴猴腮,脸上雕不出二两肉来的老杂毛!你早不说?看我不收拾他!"

洪家胜扔下锯子警告她:"休得胡闹!我还在停职审查咧!"

可洪家胜根本拦不住风一样的老婆,黄秋莲脱下厨房围裙,拍打了身上就跑出去,说:"我还怕他?!"

黄秋莲被内心的狂风倏地吹到小卖部门口便大喊:"我孙子咧?"吴红英从柜台里钻出头来说:"姑奶奶上门,装鬼弄神。"黄秋莲凑过去神秘兮兮地说:"孙媳妇,过来我给你说个悄悄话。"等吴红英靠拢她,她说,"靠近些哟……刚才在村里接到一个电话,你猜是哪里打来的?"吴红英问:"哪里?"黄秋莲说:"明天村里要接待镇工商所的领导。"吴红英不屑地说:"我当是什么大领导,工商所的。"

黄秋莲说："别小看他们,要来村里查我孙子家小卖部偷税漏税、卖假冒伪劣商品的事,我给孙媳妇你通个气儿,到时不怪我孙子被抓走了我没帮你……"

说完做了个鬼脸,扬长而去。

等黄秋莲走后,吴红英自个儿嘀咕,不对呀,刚查了她男人咋马上来查我家?……也对,一报还一报哩。

吴红英如坐针毡,就到后面喊肖丙子："老狗,肖丙子,你在做啥哩?"

肖丙子从后面菜园里出来, 手上提着个夜壶说："你瞎喊个啥, 哪个是老狗?"

吴红英说："你个老狗弄得好啊,想咬别人,咬到自己了,害人害己!"

肖丙子乜着眼问："你啥意思? 灭自己威风,长他人志气。"

吴红英说："明天镇工商所的人来村里,专门查你卖假酒!"

肖丙子两粒绿豆眼僵了,说："咱碰上对头了。"

吴红英说："现世报。"

肖丙子丢下夜壶说："欺人不欺天,善恶终有报。孩他妈,关门,惹不起躲得起。"

两口子匆匆收拾账本锁上门,出了村。

这两口子走得匆忙,将儿子忘了。等肖小安放学回来,家里和小卖部都大门紧锁,他不停地拍门,呼喊:"妈! 爸!"拍、摇、踢、撞,都没人应。小安垂头丧气地坐在小卖部门口,抱着双膝郁郁发呆。

余翠娥来买东西,见门关着,问小安是咋回事,你爸妈去哪儿了? 肖小安摇头说不知道,余翠娥见天色已晚,看他可怜,就让他去她家里吃饭。

余翠娥带个肖小安回来,连金满仓也烦,说小安净说谎的小伢,还诬甜甜放火、亲嘴,你带他回来干啥? 甜甜也不答理他。余翠娥就说,满仓你咋就想不开呢? 为人善良,人不报你,天会帮你。这伢怪可怜的,坐在那里满腿叮的是夜蚊子。好吧,就让他放下书包吃饭吧。可这伢把书包放下时,竟然从书包里滑落出半包香烟。这下坐实了他抽烟,而且是惯犯。

金满仓毫不客气地收缴了他的烟说:"明天交给你爸。"

肖小安哭了起来,向金满仓跪下了,哇哇啦啦地说:"我再不抽了,金伯伯千万不要告诉我爸妈,他们要打我的。"

金满仓说:"打好啊,三天不打,上房揭瓦。"

金甜甜说话了:"捆起来交给老师。"

肖小安又跪到金甜甜面前求情说:"甜甜求你不要告诉老师。"

肖小安在金家跪地求饶,让洪大江在外头瞄到了,回去告诉他妈。洪家胜对大江说:"你这是小针心眼,不是男子汉做的事,人家吃个饭关你屁事?以后看见了也不许讲!"黄秋莲护着儿子:"就你老洪心胸宽阔,宽阔成了停职书记,人家刚刚举报你咧。"洪家胜说:"允许群众误解。"黄秋莲:"还误解,不是故意栽赃陷害么?小安在金家吃饭,这说明什么?"洪家胜说:"你定个性。"黄秋莲说:"这证明肖丙子和金满仓是一伙的。"洪家胜哈哈大笑道:"你'阶级斗争'的弦绷得很紧呐!村里人都不知道这两口子关门去了哪儿,毛标给我说要报案,怕他们死在屋里了。"黄秋莲扑哧一笑道:"死个鬼,他们早跑了!"洪家胜问:"为什么跑,跑哪儿去了?"黄秋莲说:"实话告诉你吧,我吓唬红英说,明天镇工商所要来查他们偷税漏税,假冒伪劣,两个老胎神抱着账本屁滚尿流跑了……"

洪家胜将一杯酒泼到地上,拍下筷子道:"你、你、你,黄秋莲,你做这样的事,太无聊了!"

黄秋莲被他的发火吓得两眼僵直,哭不出声,半天才哭出来:"我帮你出一口气你还胳膊肘往外拐,他们这么坏,不整治他们,要翻天哪!呜呜……"

老婆这一哭,洪家胜心里更乱,吃不下饭,走出门去。

晚归的鸟儿们在林子里大吵大闹,嚣声震天。太阳还在林子上空,它的影子滚进了水中,漫溢出一片晚霞,飞散如浪花,金黄锃亮,水中的波纹全都镀成了金色。没有风,草滩上的草也被这傍晚的色彩洇染成橘黄。一个人在小汊子里撒网,那网抡得真圆,就像是要套住一网金子似的。白鹭们站在水中围网的树桩上,进行最后的觅食,成为湖上傍晚最醉心的景色。一头牛仰天长哞;几只马头羊腆着大肚往村里走去。

洪家胜抽着烟,躺在草滩。挑着空筐的袁世道见洪家胜躺在那儿,过去问他:"是不是喝高了?"

洪家胜抱着包扎的手没说话。

袁世道坐在他身边再问:"你手咋的啦?"

洪家胜说:"下野啦。"

袁世道说:"问你的手,没问你下野上野。"

洪家胜说:"玻璃扎了呗,扎了就下野呀。"

袁世道说:"不就是停你几天职吗,有什么大不了的,谁没个脾气? 我就说,你对村民耍脾气,村民恨你;你对上头来的人耍脾气,村民爱你,你现在是人见人爱啦。"

洪家胜苦笑道:"你扯淡。要讲恨,满仓还是恨我。"

袁世道说:"你这才叫裤裆里拉胡琴,扯蛋。他绝对不恨你。"

洪家胜掐了一根草在手上撕着:"世道你狗日的两边不得罪,假话说得溜溜圆。"

袁世道笑道:"我讲真话,又不讨好你,还求你当副村主任? 我给满仓说过,换他做,他牵不牵你的猪? 一样牵,何况肖丙子逼你,你去不去? 你去了,得罪人,他还举报。"

洪家胜说:"都过去了,我下野,与满仓的恩怨就了结了。"

袁世道说:"这年头,做村干部让人嫌,天天就是收税罚款,还有个啥好形象? "

洪家胜说:"是呀,这年头,不知咋的,村干部当着当着,就成了全村人的对头。"

打甲鱼的潘忠银过来了,问他们:"商量什么大事咧? "

袁世道说:"商量怎么收缴你的甲鱼枪。"

潘忠银说:"我打鱼不是捕鱼,你可管不了我。村里还是管管肖丙子,几十根葡萄也去举报,咋这么坏呀? "

袁世道说:"一坨狗屎,哪个人提他都嘴臭。忠银来了,关于书记和满仓的事,我们做个劝和人,忠银弄两只野甲鱼,我们做一桌,两边喝个碰杯酒,事就了了,行不? "

潘忠银说:"我同意,这就有。"

他打开布袋子给他们看,果然有甲鱼在里面张牙舞爪瞪着眼爬动。

袁世道对洪家胜说:"行不行,书记发个话。"

洪家胜看着渐渐暗下的湖面,起身来,拍了下屁股说:"有啥不行的,还得谢谢你们。不过我还在停职阶段,免得你们惹一身骚,以后再说……"

关于洪家胜的处理意见,上面一直没有消息。已经开春,洪家胜在田里给葡萄绑扎铁丝搭架牵藤。他抬头一看,金满仓也来地里了,好像在给葡萄挖沟培土。见了金满仓,他心里有气,就说:"三十棵葡萄种在地里,荤不荤素不素的,还让停职,我想问问满仓,你说值不值?"

金满仓好像没听见,离得有点远。他家的葡萄长得粗大,叶片儿鲜闪闪的,像些大耳朵,藤子牵得也远,这东西真能长,见风长,见雨长,见太阳更长,就像地里有一千条蛇往杆子上乱爬乱窜。

金满仓没回话,洪家胜更加恼火,粗粗地吭了几下喉咙,壮胆加提醒,说:"哎,满仓,本来,我不想提起,今天我非得问你了,你为啥给纪委说是送我的?"

"我不想讲假话。"

"你不能换一种说法吗?"

"没有另一种说法,感谢你就是感谢你,感谢你儿子救了我丫头。"

"莫非我就买不起三十棵葡萄?你何必害我!"

金满仓也戗了:"你觉得是害你,现在可以拔了还给我。还站着干什么,要不我帮你拔?拔了,就没有你的事了。"

金满仓亮出了铁锹,跨过几个田埂,一副要过来拔苗的架势。洪家胜说的是气话,见他来真的,一把推开他,可金满仓发了狠,两个男人就在葡萄架下打了起来。

因为动静太大,两边的老婆都来支援了。黄秋莲怂恿金满仓拔,说不拔你让洪家胜留着去坐牢?余翠娥说,你们得了便宜还卖乖,吃瓜不怕事大,我端个凳子来看你们拔。

这让黄秋莲下不来台,拔不是,不拔也不是,好在被几个村民拉住了,说,何必咧,何必咧?洪家胜也软了,就自我安慰说,行了,我是书记,不跟你一般见识。余翠娥讽刺说,你是停职审查的书记。洪家胜吼笑着说,那还是书记呀。

洪家胜窝了一肚子气,前思后想,与黄秋莲商量,不干这个书记村主任了,干脆自己买种苗种葡萄。黄秋莲完全赞同,说,干部越当越贱,好像咱们欠着别人家似的。洪家胜说,我要问,你爱这个村,这个村爱你么?咱自己买的种苗,自己腰杆子都挺得直些,不差三十棵,还背个贪污受贿的名声,值么?一万个不值。反正停职也没事干,明天就去安徽买苗!

第二天一早,洪家胜就背着干粮和旅行包出了村,却被早起打甲鱼的潘忠银看到了,立即去拍金满仓的院门,告诉他洪家胜背着旅行包出去了,该不是要去买葡萄苗吧？

原来，因为纪委沈组长代洪家胜给的一百八十块钱，金满仓坚决不要，袁世道就给他出了个主意，钱全部帮洪家胜邮购葡萄苗，金满仓就让袁世道将那一百八十块钱寄到安徽去了。听说洪家胜是到安徽买苗，金满仓因为刚刚与他吵架，不想管这事。潘忠银就去找袁世道，两个人又去问黄秋莲，证实洪家胜是准备去买葡萄苗的，于是骑车猛追。

一直追到了沙市红门路长途汽车站，洪家胜已经上了车，正在掏钱买票，潘忠银抓过他手中的钱让他下车。洪家胜下来一看，看到了袁世道站在进站门口，后面还赶来一个汗湿水流气喘如牛的金满仓。

金满仓对洪家胜说："我来是想把话说清楚，沈组长给的钱，我让世道和忠银寄去安徽买种苗，我就不管了，你想干什么，与我没有关系，这样，咱俩两不相欠。"

洪家胜说："我晓得你们的好心，停职期间，再给我买葡萄苗，这是要送我进班房！我自己去买，别拦着我，拦我是害我！"

袁世道要潘忠银堵住车门不让洪家胜上，说："书记，你一定误会了，除了一百八十块钱的苗，你是不是还想继续扩大种植？想，我们就不拉你。你就算想，我们也可以帮你邮购，我们邮购的是高墨，高墨是可以邮寄的，高墨这个品种你懂吗？"

洪家胜说："我不懂，怎么？"

袁世道说："那就乖乖听我们的，高墨说是巨峰，又不是，是从巨峰中选育的早熟品种，比巨峰早熟十到十五天，产量比巨峰高，基本不落花不落果，市场价格也比巨峰好。"

"那你们为啥不种？"

袁世道说："我们已经种了别的，不能拔掉吧？再说，各个品种有各个品种的优势，一个村，不能只种一种，要多个品种试，看哪个更适合我们的气候和土壤……另外，你答应我们来劝和的，你是书记，宰相肚里能撑船……"

洪家胜说："我是个下野书记，肚里哪来的船？气垫船，一肚子气！……"

好歹将洪家胜劝回了家。

进门黄秋莲就问："你咋回来了，没搭上车？"洪家胜说："事情有点蹊跷，那沈组长转交给金满仓的钱,他们帮我全买了苗子,他们说可以邮购。"黄秋莲肯定地说:"下的套,钓鱼的,做的笼子!"洪家胜坐在院子里,说:"他们叫我去吃甲鱼,小琴做的,袁世道潘忠银说要劝个和。"黄秋莲说:"你就缺这顿甲鱼?让甲鱼卡死你!"洪家胜说:"阴谋论又来了,你鼓励我与全村人为敌,是啵?"

洪家胜找了一瓶酒,拿上,黄秋莲点着他鼻子说:"你知不知道你现在是停职?"

洪家胜说:"停个职让我绝食啊?"

洪家胜腋窝里夹着酒出门,潘忠银扛着包来了,说:"邮递员送来的,你的葡萄苗。喝酒的事就算了,肖丙子整天坐门口,咱都被他监视了。"

到了田里,金满仓和袁世道早就拿着锹在那儿。解开蛇皮袋看种苗,都说不错,苗子还很新鲜,芽子碰掉了一些,也不影响栽种。洪家胜就说:"我不搞阴谋论,我真诚地谢谢你们,但钱我得付,是多少,付多少。"

潘忠银说:"那你买酒我们喝。"

洪家胜说:"往死里喝也要不了这么多钱,你们真是太好了!"

潘忠银说:"你落难咱们拉一把呗。"

洪家胜说:"你们真以为我就免了村主任书记?"

金满仓问:"你自己心虚?"

洪家胜说:"娄阿鼠测字,那叫心虚。"

正说着,许会计来了,说:"好热闹,洪书记,你种这么多葡萄,搞专业户,不当书记了?"

洪家胜问:"有什么鬼事?"

许会计说:"问你,还想不想当书记村主任的?"

洪家胜说:"真心不想,树怕剥皮,人怕伤心。"

许会计说:"想不想还是你,刚才接到镇里的电话,恢复你的书记职务。"

潘忠银说:"刚叫上了家胜,现在还是得叫书记,你蛟龙遇水,又活了!"

接着,村里的大喇叭就开始喊话了:"……现在紧急通知,紧急通知,召开村民大会,全体天露湾村民,到村委会稻场集中!"

村民一会儿就从四面八方赶来了。副书记钢子说:"大家静一静,现在,由我宣布镇委会的决定。"他念道:"天露湾村党支部:你村支部书记洪家胜因为被检举收受村民葡萄苗三十株,经组织查实,洪家胜同志已付钱。金满仓是作为对方儿子救了其女儿的感谢,但洪家胜同志几次将钱给金满仓同志,被金满仓拒收,洪家胜同志并无主动收受此物品,事后在组织的干预下将钱给了金满仓,并非受贿。但在审查征询期间洪家胜同志因态度生硬,不配合组织,给予停权。经组织教育,洪家胜同志深刻认识到自己的错误,现决定恢复党内职务,希望努力工作,带领全体村民脱贫致富奔小康……"钢子看了看村民,收好文件,继续说:"另外给金满仓报销两百元培训费的事,镇党委认为村里没错,应当大力奖励种植转型的农民。现在,我们将金满仓参加培训的两百块报销款发给金满仓,这是镇上的决定……"

金满仓被推到前面,只好接受了这钱。肖丙子仰头看到金满仓不情愿地接过几张大票子,底下村民拍起手来,旁边的村民对肖丙子说:"丙子,你白举报了,偷鸡不成反蚀一把米,把自己搞臭了。"肖丙子哪敢回答,弓着背埋着脸,像个缩头乌龟,悄悄溜走了。

洪家胜表情依然有些凝重,让他说话,他就说:"我拥护镇党委的决定,我会好好工作,弥补以前的失误。我性格不好,是老问题,愿在上级和村民的监督下,改正这个毛病……各位乡亲,我们村农业转型的工作才刚刚开始,我们支部坚决支持所有农户进行大胆的种植试验,这是镇委镇政府的指示。金满仓同志想为我们村的脱贫致富闯出一条路,精神可嘉,我们村委会难道不该有所表示么?"

本来洪家胜没提举报的事,但许会计话多,这时插嘴道:"村里有的人真操蛋,不想法致富,只会背后搞人,大家要分清是非,擦亮眼睛。我送大家两句诗,'不畏浮云遮望眼,只缘身在最高层'。一个人要站得高,才看得清……"

洪家胜拍了拍许会计让他别说这事,洪家胜说:"我突然想起一件事,说的是风水,不能说全是迷信,风水是中国的传统文化,大家听听就好。为什么我们这儿的大湖叫天露湖?相传,湖里的水全是天上的露水,玉皇大帝煮茶取水,就是在我们天露湖,清甜清甜的,说是天水,圣水。前不久,有个香港看风水的大师来过我们湾子,他祖上是从天露湖出去的,祖上当过朝廷的大官。他说,他足足看了五个小时,很激动地对镇领导说:天露湾坐南朝北,可以说是坐金銮、纳盘龙、镇宝塔、聚宝盆,前景开阔,位置显赫,广纳财源,永保安康的一块大福地。可我们依然穷,路没一条好路,房没一栋好房。风水好不能改变我们的命运,命运掌握在我们自己手上,要让大家富起来,任重道远,靠自己,没有侥幸,靠别人,靠不住！"

洪家胜说完，远远看到老支书马三爹站在人群中，说："我没啥说的了，我们有请老支书马三爹给大家说几句，好不好？"

在一阵叫好的声浪中，马三爹拖着锹，一身洗白的旧军装，挽着袖子，解放鞋，挤到前面，挂着锹，看了下几个村干部，又看着乡亲们，说："都晓得我喜欢讲话？嘿嘿，树老根多，人老话多，莫嫌老汉说话啰嗦。这里没有我讲话的位置，但我有讲话的愿望。这一次，恢复洪家胜的书记职务，我举双手拥护。咱们村，条件不好，人很好。人很勤劳，地也勤劳。可惜大家习惯了吃现成饭，干现成活。现在，中央大力提倡和鼓励农业产业转型，我们不能老是计划经济时代的思维，等、靠、要。刚才家胜书记说，靠别人，靠不住，千真万确，过去我们等来了什么？靠来了什么？要到了什么？还是一穷二白，混个肚儿圆就不错了。机遇是自己争取来的，不是等来的，最后等得黄花菜凉了。我看，满仓他们种葡萄，就是一个好路子，大家不要观望，等他们的葡萄熟了，你们又落后别人一程，希望大家你追我赶，想点子，找门路，一起成为万元户！"

底下议论纷纭，到哪儿买葡萄苗去？都在问金满仓，金满仓给大家说："我们的葡萄已经挂果了，等葡萄熟了，欢迎大家去品尝，有什么问题我和世道、忠银随时解答！"

开园这天是个焦晴的日子，天露湾开天辟地种的葡萄成熟了，金满仓的自留地里一大早就拥来了一堆看稀奇的乡亲。金满仓一家将摘好的葡萄端到田头，请大家尝鲜，葡萄被一抢而空。又酸又甜的葡萄，终于在天露湾结出来了。袁世道、潘忠银和洪家胜，都将自己家成熟的葡萄摘了一些来给大家吃，村里就像过节一样热闹。那晶莹剔透、珠光宝气的葡萄，一颗颗圆溜溜的，跟玛瑙玉石一样，都说好吃，说城里人吃的东西就是好。

金满仓说，这证明，葡萄这东西，别处能长，咱们这儿也能长，一样的红，一样的紫，一样的圆，一样的甜，就是要小心伺候就行了。

洪家胜说："我们村委会全力支持大家种葡萄。今年大伙免费吃葡萄，明年再想吃的，你们自己种！"

村民吃着葡萄，向金满仓他们咨询怎么种，苗怎么买，有哪些技术，能卖多少钱？

金满仓一一解答,然后袁世道潘忠银补充。金满仓说:"大家最关心的是价格,我摸到的沙市行情,一斤卖八毛、一块,好的卖一块五。"

　　这让大家惊讶得不行,说:"一斤比棉花小麦价高几倍,满仓你今年能收多少斤?"

　　金满仓说:"四分地,预估能收个两千斤吧,明年应该有四五千斤。"

　　账大伙都会算,一算,村民们轰动了:"种的不是葡萄,是金子是票子呀!"

　　袁世道说:"你们看他名字叫什么嘛。"

　　"金满仓……金子满仓,你名字起得好呀!"大伙笑谑着说。

六

晚上,雷鸣电闪,狂风骤雨,一夜未歇。湿漉漉的空气里夹杂着芦苇撕裂的声音和水鸟被风刮走的悲惨叫声,连荷叶和水草都似乎连根拔起飞到天上,整个村子都是水腥味。湖湾被暴风雨摇撼着,天地呜呜地嘶嚎。

金满仓在黑暗中披衣起床,开门。余翠娥被弄醒了,问:"满仓,咋不睡呀?"

金满仓说:"这大的风雨,院墙都快吹倒,不晓得葡萄怎样?"

余翠娥说:"该怎样就怎样,那你也没办法呀,睡吧。"

可金满仓还是木然地坐在床沿上,想着星期天准备摘葡萄去沙市卖的,这天气谁知道葡萄的下场。

天刚亮,风雨住了,天空乌云厚重。金满仓往园子里去,一路落叶残枝。他和女儿进到园子,一片狼藉,成熟的葡萄掉落了一地,金满仓顿时惊傻了。金甜甜问:"爸,这是咋的啦?"金满仓蹲下来捡着,捧着一颗颗掉落的葡萄,心疼得欲哭无泪。每一颗每天都数的,每一颗他都认得。

听到潘忠银在喊他,潘忠银手上也是一捧葡萄。袁世道也跑来了,同样手上是葡萄。

潘忠银说:"是不是风太大了?"

袁世道说:"我一路走来,看到梨子、橘子没落多少呀。"

潘忠银说:"太邪乎,一场风雨,咋就全打落了哩?就像谁拽下来似的,得罪谁了?"

金满仓问:"你们的也都这样?"

袁世道说:"嘻,一个样,地上铺一层。"

金满仓说:"就算是风雨打掉的,也不至于这样,这葡萄也太娇嫩了吧?"

袁世道说:"莫非葡萄就是这副德性?卖种苗的没告诉我们。"

金满仓说:"应该不会,还是我们技术差。"

潘忠银把捡起来的一颗葡萄放进嘴里尝尝,说:"味道还是不错,还可以吃,这不能浪费。"然后问捡葡萄的金甜甜,"甜甜,你吃吃,地上的葡萄味道好吗?"

金甜甜说:"味道跟昨天摘的一样。"

袁世道吃了几颗,说:"口感没变,也没腐烂,就是风太大,把果子摇下了,赶快捡起来想法卖掉。"

潘忠银问:"这咋卖?"

金满仓想了想说:"用毛线串起来卖,不然就亏大了。"

袁世道说:"买绿色的毛线来系最好,这样大致看,还是一串串的。"

商量后各自回家捡葡萄去了。金满仓与女儿捡了一大担,晚上吃过晚饭,全家出动,用绿毛线把地上捡的葡萄一颗颗系起来。金甜甜系好了一串,对爸妈说:"看,像不像是一穗?"余翠娥说:"不细看,还真像,就是太费劲,这一颗颗系,得系多久?"金满仓安慰她们慢慢来,能系多少系多少,不行就自己吃。

笼里的鸡叫了,他们还在一颗颗系着。金甜甜系着系着,歪在椅子上睡着了。夫妻俩交换了下眼色,金满仓把女儿手上的葡萄拿下,将她抱起,准备放到床上。惊醒了甜甜,甜甜醒来,睁开眼睛说:"爸,我还要系的。"金满仓要女儿睡会儿,说,明天我们还得去沙市卖葡萄。这孩子一靠近床就睡着了,金满仓也要余翠娥去睡,他一个人系,余翠娥说,你一个人系到猴年马月?快了,快系完了,没几穗了。

天亮前,终于将两筐加一篮子葡萄系好了。

叫醒了女儿,父女俩挑担上路。

长江轮渡永远是一个喧嚣之地,人流和车流汹涌汇合,这轮渡又装车又装人,人车混杂,拥挤如狂。一下堤,就传来扯着嗓子围着乘客和汽车叫卖的小贩:"瓜子花生麻辣鱼!瓜子花生麻辣鱼!卤鸡蛋,甘蔗!甘蔗,卤鸡蛋!……"

挑着葡萄的金满仓得小心翼翼,还得护着挽了一篮葡萄的女儿。好歹挤上了轮渡,女儿却脱手不知挤到哪里去了。他大声喊:"甜甜!甜甜!"

轮机轰隆,人声嘈切,江水哗啦。金满仓在人缝里终于看到了女儿的身影。他先是看到那一篮子葡萄,死死地卡在人缝里,人却没看见,但听到有回应他的声音。想是女儿紧紧地抓着篮子,想把它拉过来,可她坚持不住了,篮子挤掉在地,葡萄散落在甲板上,立马被一拥而上的人踩踏。甜甜哭喊着:"不要踩我的葡萄!不要踩我的葡萄呀!"

金满仓看女儿挤出来去抓抢地上滚落的葡萄,大多是碎的。眼看她要被推挤的人踩着了,金满仓放下担子,飞身将她拎起来,地上,只剩下一个被踩瘪的篮子。金甜甜在父亲身边哭泣着,身子一阵阵颤抖。

江涛如雷,轮船颠簸,汽笛拉响,船向对岸驶去。女儿一直伤心地哭着,船靠了岸才好点。金满仓安慰她,说咱这一担在就行了,篮子里还剩下小半篮是好的,没有事。

到了江堤下一个较大的集贸市场,金满仓找个地方放下担子,对女儿说,就在这里。

喘了口气,两个戴红袖章的市场管理员就过来了,二话不说,撕下一张票据塞给金满仓说:"两块。"金满仓说:"我刚来,不卖的,路过这儿。"管理员叼着烟,喷着烟雾吼他:"不卖呀,那好,不卖赶快给我滚,在这里卖就得交钱。"

金满仓想,城里的人咋这么恶躁?只好挑起葡萄往前面走,走到一个僻静人少的地方,没有看到"红袖章"过来,放下担子就喊:"卖葡萄啊,天露湾的葡萄,自己种的,不甜不要钱!"

天露湾是哪儿?对岸荆江县天露湖边哟。这么说,还真的就卖出了不少,喊的是一块二,一块、八毛的都卖了。人一多,"红袖章"就来了。金满仓挑起担子拉着女儿就跑,又来到一个公共厕所旁边,瞅着甩掉了"红袖章",金满仓又吆喝起来:"天露湾的葡萄啊,不甜不要钱!不甜不要钱!"

这吆喝声就吸引了一个妇女,三十多岁,穿着稳重,彬彬有礼,面带笑容,一看不是政府里的人就是老师,牵着一个女孩,与甜甜差不多大。这妇女叫闻春燕,市质监局的一个干部,路过此地,因为是荆州农学院毕业的,对农产品很敏感,没听说过荆州种葡萄,觉得很新鲜,就驻足下来,问了问情况,再尝了尝葡萄,口感不错呀,但是用毛线串着卖的,这更奇怪。她将葡萄给女儿赵怡月尝了一颗,赵怡月说:"真甜,妈妈,真好吃,我要买!"

金满仓给她们挑选了两挂穗型好的,少有用毛线串的,卖给了她们。闻春燕问他,老乡你这用毛线一颗颗串起,多费工呀?金满仓就撒了个谎说,我这是放箩筐里挤掉的,想串起来好称好卖。

闻春燕回到荆州城的家里,将葡萄冲洗好。丈夫赵光明是荆州市委办公室副主任,也是毕业于荆州农学院,他听说是本地葡萄,问闻春燕在哪儿买的,闻春燕就将经过告诉了他。赵光明吃着葡萄说,春燕,你我都是学农的,咱们荆州哪儿有种葡萄的,你听说过吗?闻春燕说没有。赵光明说,咱们这里从来没有种葡萄的历史,这葡萄是怎么种出的?他拎出系葡萄的一根毛线说,毛线系果子,看得出来他们的技术还不成熟,有严重的落果问题。然后交代她这几天再去那个市场转转,碰碰这个人,问清楚究竟是怎么回事。

闻春燕领了丈夫的任务,下班之后在那个集贸市场转了几回,再也没有碰到过毛线系果的葡萄和金满仓,但她记住了当时说的天露湾,荆江县的天露湖。问好了路线,周末的时候就干脆带着女儿赵怡月去了一趟天露湾,按她的话,权当一次郊游,让城里长大的女儿多看看乡村也是很好的。

在二〇七国道的岔路口,她让客车停下,步行往天露湾。这儿的初秋依然是浓郁的夏日景色,翁绿的田野,盛开的荷花,湖上湖风清凉,天上白云恢宏。特别是一条长渠,两边是挺拔茂密的水杉,像城墙一样生长,水中的倒影异常美丽神秘。那水里的茌草间游鱼摆动,清澈见底,间或还有个甲鱼或乌龟钻出头来晒太阳。水边的草墩上站着苍鹭和白鹭,盯着水面,有的嘴里叼着一条鱼在炫耀。牛在草滩吃草,不动声色,几只白鹭围着它。一条小船拴在树下,在水里自由漂荡。田畈里的稻谷在灌浆,稻谷的清香和荷花的浓香左一阵右一阵地往鼻子里跑。闻春燕给女儿照了不少照片,作为以后的纪念。

这样边走边玩,就到了村口的小卖部,母女俩坐着买了瓶饮料。她一路过来没有看到葡萄,问了肖丙子夫妇,都说没有见到葡萄,肖丙子甚至咬定这里没有人种葡萄。闻春燕说,在沙市的集贸市场见到过一个男人卖葡萄,说是天露湾的。这时旁边一个小男孩说:"阿姨,我带你去看葡萄。"

是洪大江,他带着找葡萄的她们来到金满仓的自留地,闻春燕一眼就认出了正在园里采摘葡萄的金满仓和他女儿。一阵寒暄,问了些情况,闻春燕说是专程来买葡萄的,金满仓要送葡萄给她们。

闻春燕看了地上落下的葡萄,对金满仓说:"葡萄不错,就是落果比较严重,可能没有很好地控制它生长,该打芽的打芽,该疏果的一定要疏果,还要补充营养。另外,也要注意避风雨。"她从包里拿出一瓶"氯吡苯脲"来,说:"如果落果,您按上面兑水的比例用,不会有毒,保果用的药也不算是农药,是植物生长调节剂,但现在打,迟了一点。"金满仓非常感谢她的指导,说,葡萄我不要您郎嘎的钱,就抵这药水钱,两不找。闻春燕怎么付钱他也不要,于是收下了他的两穗葡萄。

金满仓问："您郎嘎这么懂，怕不是市农科所的专家吧？"

闻春燕说："不是不是，我和孩子的爸爸都是荆州农学院毕业的，对果树栽培稍懂一点。"

闻春燕照了几张葡萄园的照片，要回去了，却发现女儿不见了。金满仓说看见他们往湖边玩去了，"您郎嘎一定吃了饭再走。"就老远喊老婆余翠娥："翠娥，来稀客了，杀个鸡快做饭。"闻春燕制止说："不用，不用，我们马上走的……"

原来，洪大江带着两个女孩，跑去了荷花盛开的天露湖边，他脱下凉鞋，站在浅水里给她们摘荷花莲蓬。赵怡月特别兴奋，要了这朵要那朵，洪大江都给她摘了上来，还摘了许多莲蓬，他的小腿被荷梗划出了血藤印。三个伢儿剥着莲蓬吃着，赵怡月又想要划船，于是洪大江带她们上了一条小船，三个小伢玩得昏天黑地，不亦乐乎。

闻春燕往湖边走时，洪家胜小跑着来了，问，您郎嘎是赵主任的爱人吗？闻春燕说您怎么知道？金满仓说这是我们村洪书记。洪家胜解释说，我是刚接到镇里的电话，对不起，他们问是不是荆州市委办公室赵主任的爱人来天露湾调研来了。闻春燕连连说不是调研，不是调研，我是来买葡萄的，我不是政府的人。洪家胜一口咬定她是赵主任派来调研视察的，闻春燕说我真的就是带伢儿周末出来到湖边走走，买点葡萄。

洪家胜说村里已经安排饭了，我们天露湾村很少有市里的领导来过，您郎嘎是稀客。怎么劝，闻春燕母女还是要走，说下午女儿要补课。她提议给几个小伢照张相，做个纪念。三个捧着荷花和莲蓬的伢儿照了一张合影。

没几天，照片就寄到了学校。这天下课了，金甜甜叫住洪大江说，赵怡月来信了。

她把信纸和包着的两张照片给他看，洪大江拿了一张照片，展开信纸，信上写着：

"甜甜、大江同学：上周末在你们的天露湖玩得真开心。你们的葡萄也好吃，莲蓬也好吃，我好想天天在那儿玩呀，在湖边摘莲蓬、采荷花、划船，好羡慕你们。现寄上我妈给我们拍的合影做个纪念，希望我们都珍藏这珍贵的相片，也希望你们来荆州到我家来玩，我们住荆州北门的市委里面，很想念你们，我会找时间再到天露湾跟你们玩的……"

洪大江正将照片放进书包，却被后面冷不丁伸出的一只手抢走了。是肖小安，肖小安扬起照片说："看洪大江和金甜甜的合影啊，看他们的结婚照啊！"

这个小坏蛋！洪大江就夺去肖小安手上的照片，说："你瞎了眼吗？明明还有一个人！"

照片到了鲁七宝和胖崽手上，他们说："哈，一男二女呀，洪大江吃锅里扒碗里，还找了个城市的妞，好羞好羞！"

洪大江说："有什么羞的，我干了什么坏事？"

那几个小混混哪管他说的，照片被抢去抢来。洪大江气愤不过，一头朝肖小安撞过去，将他撞倒，终于抢回来照片，拉着金甜甜拔腿就跑。

吃过晚饭，金满仓让甜甜把装钱的铁盒子拿出来。

金甜甜从房里捧来一个长方形的生锈饼干盒，这饼干是金满仓老舅有一年给甜甜买的。甜甜放到桌子上，金满仓边打开铁盒边问女儿和老婆："你们没有拿里面的钱吧？"

回答是没有，很干脆。余翠娥说："谁敢动你的钱？"

金满仓将盒盖抠开，倒在桌子上，是一大堆零零碎碎的钱票和钢镚儿，这是所有卖葡萄的钱。余翠娥说："哇，还真不少。"

一家三口坐下来，按钞票大小元角分，纸币硬币，分门别类码在桌子上。

金甜甜兴奋地说："爸，妈，我从没见过这么多钱。"

金满仓说："咱们天天在沙市卖葡萄，连甜甜想买根冰棍吃也没钱买，都是接人家水龙头的自来水喝，就给甜甜买了本《新华字典》，两块九角九，咱就是要看看，这四分地，今年究竟能卖多少钱。"

清点完毕，金满仓用计算器算好，说："出来了……看看，一共一千八百二十六块。加上两块九角九的字典钱，等于一千八百二十八块九角九。"

余翠娥惊喜地说："天，这么多钱?！"

金满仓说："到了盛果期，翻倍不止，再把落果问题解决，应该有比今年两三倍的收入。"

金甜甜幼稚地问："咱们这多钱干什么呀？"

金满仓说："还债。"

临睡前，两口子商量怎么还钱，余翠娥的意思是赶快给吴大凡还贷款，利息背不起。金满仓说："女人家就是心眼小，干不成大事，不就一千块钱的贷款吗，如今那些大款是怎么成大款的？"

余翠娥说："会赚呗。"

金满仓说："大款就是贷款，明白么？人家贷几千万一个亿就是好玩，你贷了一千块钱天天愁得睡不着觉。"

余翠娥说："人家那叫死猪不怕开水烫，虱多不痒，债多不愁，咱们可是老实巴交的庄户人家，从来不欠别人的。"

金满仓叹了一口气说："为啥说一个人的改变，一个村的改变，首先是观念的改变呢？翠娥，我在想，咱们不急于把赚的钱全还给别人，我考虑明年多买点葡萄苗向大田发展。"

余翠娥说："满仓，我就害怕，你投入了，就像过去咱们种柑橘一样，一场冻害，全部都冻死了，颗粒无收，冬天这葡萄咋挺过来呀？"

金满仓说："技术问题不讨论，安徽、浙江跟咱们气候差不多，咱多学人家的。但我看了，江浙那边上的是设施葡萄，就是恒温大棚，咱现在没这个实力，做不起，一个大棚几千上万。但也是有办法的，我干脆给你科普一下吧，就是把老枝全部剪掉，第二年全部是新藤，又长葡萄，剩下的老藤是冻不死的。就像小伢儿爱长冻疮，咱这老脸老手，能长冻疮吗？一个道理。到了冬天，北方的葡萄怎么过冬的？就是把沟垄挖深，把这些老藤全埋到地下去过冬，开春之后天暖了再把它挖出来。咱这儿没有这么低的温度，就是露地葡萄，辛苦一点。"

余翠娥说："好吧好吧，我懂了，葡萄种到大田的事，你别当出头鸟，万一政策来了不准呢？这政策初一十五不一样，到时损失谁管呀？"

金满仓说："棉花水稻面积咱保证就是了，该种的，没这个胆就不种，狗吃屎，头口鲜，何况人！别人嚼过的馍你去嚼还有什么意思？咱们过去读书，书上说叫拾人牙慧，头口才是香的。"他翻了个身，说，"差点忘了，翠娥，明天晚上做几个菜，杀只鸡，我想把忠银和世道叫上，一起合计合计明年的事。"

说着说着，他就打起了鼾。

镇里的黄牛养殖场里，金满仓买了一车牛粪，他往板车里铲牛粪时，场里有个喂牛的老倌不解地问他："老兄你买这些牛粪做什么用，晒干了烧？"金满仓说："肥田呀。"老倌说："现在谁用牛粪肥田，你买不起化肥呀？"金满仓懒得理他,将牛粪拖出去就走。

金满仓拖回牛粪,卸到田里,培在葡萄根周围,再用土壅上。一个路过的村民来帮他,问他说,现在葡萄又没结果,又没发芽,你这是上的什么肥?金满仓说,这叫月子肥,为什么叫月子肥呢?这葡萄就等于是一个女人,给咱生了这么多葡萄,它现在身体虚弱,正在坐月子,你说,葡萄贡献了我们这么多,你不给它吃点好的,它明年就不给你生葡萄,懂不懂?村民说,是这个道理,满仓呀,盘弄庄稼、果木,你真是用心哪。金满仓说,将心比心,以心换心,葡萄也是有生命的嘛。

村民走了,金满仓拄着钉耙,抚摸着整齐的葡萄藤,脸上露出融融的爱意,好像在告诉它:你得多吃点,伙计,感谢你们呀。

他在田里想把活做完,那两个兄弟已去了他家。潘忠银拿着一瓶荆江老酒,还提来一只卤甲鱼,进门就对余翠娥说,我们家小琴卤好了,来来,嫂子,把它切了,加辣椒酱、酱油,拍几个蒜子,咱们下酒。袁世道给甜甜带了一支钢笔,说是卖葡萄在沙市买的,希望甜甜考上大学。余翠娥让女儿去喊她爸回来。

夕晖射在金满仓小院的桌子上,酒菜丰富,桌子就在葡萄架下。金满仓端出了一大盘巨峰葡萄,说:"这个葡萄我留了一些,今天咱们先敬葡萄一杯。"

三个男人就站起来,恭恭敬敬地将酒杯举到葡萄边上,金满仓说:"先把这酒喝了,感谢葡萄带给咱们富裕,以后帮咱们多挣钱。"

金满仓先把酒洒了几滴到葡萄上,给葡萄深深鞠了一躬,三个男人一起向葡萄鞠躬,然后大家一饮而尽。

金满仓招呼大家喝酒吃菜,说:"今年我们的葡萄终于挂了果,虽然遇到了气候不好,多雨低温,病虫害多,但咱们都挺过来了。就是落果没解决好,损失不小。"

潘忠银说:"我算了算,高七八倍。我虽然没有你们的技术好,也赚了一千三四,世道你卖了多少钱?"

袁世道说:"跟你差不多吧。"

潘忠银说:"这事儿向不向外面说啊?"

袁世道说:"你想说你就说呗,又不是啥机密。"

潘忠银说:"咱们不吃独食,众人拾柴火焰高,大家都种才是好。"

金满仓说:"忠银说得对,我找你们兄弟商量,我就想明年种大田,种高墨。"

袁世道说:"书记田里的高墨不错,满仓哥的想法是大家多种几个品种。反正,我也寻思着种大田。你们说,我这腰椎间盘突出,种其他的,腰勾下就直不起来,一年三百六十五天,咱们几乎天天都在田里,耕田,下种,打农药撒化肥,割麦打谷,还要挑回家。棉花更烦,又是营养钵,又是播种间苗,又是打颠治虫,还要摘棉花扯棉梗,哪一样不是弯腰?种葡萄就几个月,又不弯腰,是最好最好,种葡萄千不好万不好,就把咱们的腰杆子解放了,这一条就最好。"

　　潘忠银说:"我那园子里站不直,还得弯腰。"

　　金满仓说:"是呀,你咋把葡萄架搭那么矮?"

　　潘忠银说:"不就是为我这武大郎好摘葡萄,小琴倒要弯腰。"

　　袁世道对潘忠银说:"你意思是说田里的活你全包了?"

　　潘忠银说:"男人要为女人遮风挡雨当牛做马的嘛。"

　　袁世道说:"哟,怪不得汪小琴爱死你的。"

　　三个人哈哈笑着碰杯。

　　金满仓说:"说正题,我找你们来,咱们兄弟商量下,品种要多试,哪一个丰产高产稳产,病虫害少,咱们就扩大哪一个,一步一步,稳打稳扎。明年估计村里种的人不少了,咱们要走在别人前面。"

　　袁世道和潘忠银都说,跟着满仓哥干,满仓哥说咋样就咋样。袁世道问,嫂子说你在田里施牛粪,是什么搞法?金满仓说,结葡萄就跟生伢儿一样,你把果实收了,葡萄树的身体就虚弱了,这一顿要让它吃好,种葡萄,一年五次肥是大餐,让葡萄吃饱吃好,明年才多给我们长葡萄。葡萄跟人一样,你对它好,它才会对你好,就是这个道理。咱们要把葡萄当人一样,当朋友,当咱们的老婆一样来伺候。潘忠银说,牛粪肯定比化肥好。袁世道说,道理都明白,满仓哥先带我们到田里去看看。金满仓说,酒不喝了?袁世道说,你这招我没想到,所以等不得,一定要去看。并喊余翠娥:"嫂子,给我们把酒菜留好,我们去田里看看就来!……"

七

金满仓他们几个种葡萄挣了一两千块的消息,在村里不胫而走,来打听消息的人不少。

洪家胜这一年,三十棵葡萄连送人带自吃,还赚了几百块钱。他就想村里开个会,大家统一认识,布置规划。

在村委会上,他从闻春燕来到天露湾说起,他说:"我们村,很少来生人,你们也知道了,前些时来了贵客,市委办公室赵主任的爱人,说是来买葡萄,其实是来调研我们种葡萄的事。咱们种葡萄,惊动了市委,好家伙!证明我们村干了件开天辟地的大事。为此,我找人在市农科所咨询了,荆州的确没人种葡萄,咱们真的是大姑娘坐花轿,头一遭。加上金满仓赚了近两千块钱,这事儿已传到外村,都在跃跃欲试。现在鼓励庭院经济,房前屋后,自留地里,都可以种,全村都要种。这事虽然不号召,不搞大呼隆,但事实已经证明,这是可以赚大钱的,账大家都会算。葡萄是扦插的,我们几家的葡萄剪下来的枝条,大家可以拿回去插,只是挂果慢一点。过几天,等天凉了,满仓会告诉我们啥时候开始剪枝,让大家拿去扦插,不用花钱……"

钢子说:"各组的组长都在这里,你们积极点,大伙捡回去插就是了,不用一分钱就有葡萄苗。如果要买种苗呢,怎么办,家胜哥?"

洪家胜说:"咱们拿方案,现在的问题是大家有热情,但观望的多,穷惯了,也就麻木了。"

许会计说:"有的人是'终日昏昏醉梦间,偷得浮生一世闲'。"

洪家胜说:"一世都闲,吃什么?我只记得这句是'偷得浮生半日闲'。"

许会计说:"你那个半日闲,是风雅之人的偷闲,我说的是枯老百姓的闲。"

洪家胜说:"咱们村,村风一直不错,没有打麻将斗地主的,天露湾人天生勤劳,爱动脑子,都想发家致富,人人铆着劲干活,就是没有找到发家致富的好项目好门路。调整产业结构,不能盲目跟风,就说政府提倡的柑橘橙柚,瓜果桃梨,挂果时间又长,一棵柑橘树,盛果期要五到七年。这五到七年能套种什么也养不活人,咱们还得离乡背井去打工,而这个葡萄见效特快,盛果期只要两三年……说不定这是千载难逢的机会,咱抓准了,就不能放手,机不可失,时不再来。过了这个村,就没那个店……"

钢子说:"咱们就先把剪下的扦插下去,试试看,又节约又简单。"

布置了之后,等剪枝的那天,金满仓他们将剪掉的葡萄藤堆放在路口,让村民自取,果然有的就拿了些回去,金满仓他们教大家怎么剪口,怎么扦插。加上几个村干部挨家挨户地送,总算将所有的葡萄藤送完了,不过,这葡萄藤也被消息灵通的外村人拖走了不少。

转眼到了腊月二十四,荆州人在这天过小年。早上起来,金满仓下床穿着衣裳,余翠娥将一个塑料布包着的东西交给他,说:"孩她爸,你再点点,这是还给你老舅的八百块钱。我想了想,先还你舅,借了多年,应当还了,不然让亲戚看不起。"

金满仓点头赞同说:"你想的是对的。"

余翠娥再给了他一点钱,说难得去趟县城,办点年货回来。

临近春节,县城热闹非凡,人流如潮,到处是货摊,卖年货打年货的,讨价还价的,耳朵都吵得起茧。商家的喇叭比着声量,吆喝的、放音乐的,人欢马叫。

金满仓在县城街上买了一些春节物资,肚子饿了,就在路边锅盔摊子前买了一块锅盔。他正在热噜噜吃时,看到旁边电器修理店门口的柜台上,一台电视机上面贴着:出售彩电,850元。那彩电正在播放央视的节目,画面鲜艳夺目,这是一台长虹牌彩电。金满仓摸摸准备还给老舅的钱,就过去顺便问了一句:"老板,这台电视机是好的么?"

老板说:"是好的,你看画面多清晰多鲜艳,是别人过年抵债的。"

金满仓有点心动了,问:"能不能便宜点咧?"

老板说:"人家抵押的就是八百五十块,才买了一年的,新的三四千,我又没加价。"

"便宜点嘛。"

"你不想买就别挡这儿,我要做生意。"

这让金满仓不悦,他并不懂是激将法,就反问:"你凭什么说我不想买?"

老板心中一喜:"想买八百,过年便宜五十,算我亏五十。"

金满仓说:"再没有降的么?"

老板说:"实价。"

"那你二手的电视保不保修咧?"

"我发票上给你写明保修五年,这行吧?"

金满仓在犹豫,就想多砍点,说:"五百,一口价,卖,我就搬走。"

老板气得快中风:"人家还价剥皮,你还价挖心啊?"

金满仓说:"五百五。"

老板想了想说:"你若诚心买,最低六百,不多说了。"

金满仓咬着牙说:"五百八。"

老板挥挥手要他走,脸上已是五红八紫。

等金满仓走了几步,老板又在后面招手喊他:"来来来,你回来,搬走,今天气死我了!"

金满仓完全没想到在街头猝然买了台彩色电视机,他都不知道自己是怎么付钱的,而这钱是准备还给老舅的。金满仓想悔也悔不转来了,他现在用绳子背着一个彩电大纸箱,手上还拿着一根电视天线。当然,他有强烈的冲动,村里还没有彩色电视机,他如果买了这台彩电,他就在村里扬眉吐气了。过去交不上三提五统和农业税的金满仓,现在种葡萄看上了彩电,可还老舅的钱却没了。

金满仓背着彩电大纸箱蹒跚在街头,后来还是拍响了老舅家的铁门。

老舅一开门,见是金满仓,背着个大纸箱,手上还拿着个天线,问:"满仓,你背的什么?"

金满仓爬了楼梯,大喘气,加上不好说话,就幽幽咽咽半天才把这事说清楚。他说的是在街上受了骗,被一个店家忽悠,用这台二手彩电把我钱全骗走,"您郎嘎说,我咋办,还能退啵?"

老舅说:"我又不是工商局的,哪知道能不能退?"

"那您郎嘎帮我找找人去退,不然我还不了钱给您郎嘎。"

老舅白发苍苍,连嘴唇都是白的,哭笑不得,说:"我一到冬天风湿关节炎,几个月没下楼去听戏了,到哪儿找人帮你退?算了算了,有钱就还,没钱再说,老舅也没催你,背回去吧,正好可以看春节联欢晚会,在村里也有个面子。"

金满仓说："我当时头脑发热也是这么想的,虚荣心害死人! 老舅,对不起您郎嘎了。"

老舅推他快走,说:"你舅妈回来小心又节外生枝! "

金满仓被轰下楼,心里真不是滋味,感觉是在骗老舅。唉,人穷了,连真话都不敢讲,连亲戚也要骗,还不知回家余翠娥怎么骂我。

可是走到村道上,人精神了。碰上了肖丙子,肖丙子问:"满仓,你背这么大个东西是啥呀,手上还拿着个大钉耙? "

金满仓扬扬天线说:"你这电视天线都不认识? 收彩色信号的。"

肖丙子惊讶得张大嘴巴说:"你买了彩电?! "

金满仓淡定地说:"稀奇?! "

肖丙子说:"我还以为你背着块石头哩。"

金满仓说:"背石头压酸菜缸啵? "

一路上,就这么回答:"晚上到我家看彩电去! ……"

肖丙子这人就是这样,见不得人家好,他坐在大树下,一脸不快,想想不高兴的根源就是金满仓背回的那台彩电。这个穷鬼,以前税都交不上的,现在却买彩电了,哪儿说理去,这风头让他抢了,以后再买彩电还有什么意思?

乌鸦不仅乱叫,还在树上拉屎,拉到了肖丙子脑壳上。他捡了块小砖头去砸,砖头落下来正好砸了自己,肖丙子嘴都疼歪了,歪着嘴骂骂咧咧。

吴红英说:"雀子惹你了? 乱扔乱砸,活该! "

肖丙子将臭烘烘的鞋子脱下,扔到一边不说话。

吴红英问:"金满仓背着个啥回来的,你见着么? "

肖丙子鼻子里哼了两下:"晚上你去他那里看彩电去呀,这家伙恨不得每家每户都通知到。"

吴红英说:"你就怄这个气?瞧你这心胸! 有种你也赚钱去,你赚钱总不能老往酒缸里掺水,这能发财的? "

肖丙子说:"你声音再大点,苕货! 生死有命,富贵在天,贫富好孬,都是命中注定的。"

吴红英说:"你就注定了专门眼红别人,注定了要往酒里掺水? 你不会种葡萄? 懒鬼! "

肖丙子气得跳起来，脚又崴了，抱着脚倒抽冷气，说："你还有脸说老子，你看看你的货架，上面都是啥？全是老鼠屎，你这个懒婆娘，货架几年没收拾，人家敢买你的东西？"

吴红英也不示弱："你收拾呀，你不收拾，有什么资格说我？"

肖丙子满脸扭曲揉着脚咕噜道："这日子不能过了……"

来买东西的村民也给吴红英报信说晚上去金满仓家看彩电，吴红英竟然长他人志气说一定去一定去。这太伤肖丙子的自尊，他躺在躺椅上浑身不舒服，就像整个人泡在醋缸里。一台破彩电全村像看大戏一样，金满仓拽了，这可热闹的！

天黑了，肖丙子在村里乱窜，果然听到金满仓院子里欢声笑语，灯火通明，跟过年一样的，过年他娘的还有六天哩！

风吹得人难受，心里更难受，这就瞎窜到了村委会，看了看周围，没一个人。他到了配电房，知道电工——也是开车的周师傅将钥匙挂在窗户里的墙壁上。从窗户齿伸进去手一探摸，果然挂在墙上。他取出来，开门进去。配电房黑咕隆咚，全村用电的电闸全在这儿。打火机照亮，他拉这个，推那个，火星迸溅闪烁。后来干脆把电闸全部拉掉了，天露湾全村突然一片漆黑。

而这时金满仓的院子里，停电了，电视黑屏了，看电视的乡亲一阵惊叹惋惜，抱怨说，关键时候停电，太无聊了！春节期间也停电，咋回事？……

来看电视的洪家胜连忙给许会计说："你快和周师傅一起去配电房看看。"

许会计和周师傅刚到配电房，就看到一个黑影从高坎上跳下，朝一片水田里跑去。许会计和周师傅照着电筒，大喊："是哪个？！"那黑影不顾一切地往前跑，一下子踏进了水沟里。许会计他们追上去，电筒一照，是肖丙子。他半身水，一脸泥，抱着脚哇哇地喊疼。许会计问他："你跑什么？"肖丙子反问："你追什么？"许会计说："你为何跑？"肖丙子反问："你为何追？"周师傅说："刚才看到你是不是从配电房跑出来的？"肖丙子说："我进配电房干什么，我有病？再说我能进配电房么？"许会计说："那黑灯瞎火的，你犯夜游症？到处乱跑。"肖丙子振振有词："我怎么不能乱跑，我想走哪儿走哪儿。我想怎么走就怎么走，想什么时间走就什么时间走，想走哪儿就走哪儿，你一个小会计，管得着吗？……哎哟，哎哟！快拉我一把，扶我回家，我的脚崴了……"

许会计和周师傅只好扶起他，一瘸一拐地上了田埂。

许会计其实已经猜了个八九不离十，就对肖丙子说："丙子，你听说过这两句诗没有，'月黑风高杀人夜，偷鸡摸狗最佳时'？"

肖丙子说："许大会计，我偷了你家鸡摸了你家狗？我家可是经营全村最大的商铺，我的商铺可是历史名店，我祖父那辈就是在天露湖开商铺的，咱是几代经商家传，从不干那偷鸡摸狗的事儿。"

许会计说："那好，那好。周师傅，你快去看看电。"

周师傅打着电筒进去，没几下，全村又亮了。周师傅钻出脑袋告诉许会计："没停电，电闸被人拉下了。"

许会计说："拉别人电的以后生的孙伢是瞎子！"

肖丙子坐在那儿说："许会计，你说话咋这么损哩？"

许会计说："又不是你嘛，你不会干那缺德事。"

肖丙子拄着树棍回到家，哇哇喊疼。吴红英一看，肖丙子泥糊全身，问："你又在哪儿搞事情？"

肖丙子说："走迷糊了，被鬼带沟里了。"又说，"彩电好看啵？"

吴红英说："好看呀，不是停电我才不得回哩，刚回电又来了。"

肖丙子说："好看你长了块肉没？"

吴红英说："就混个开心，哪像你整天像死了娘老子的……小安，快把你爸弄床上去。"

肖丙子说："快拿块膏药来贴。"

吴红英说："哪有什么膏药，给你擤酒火。"

吴红英煮了个鸡蛋剥了皮，将酒倒进碗里，用火柴点燃，将鸡蛋滚进酒里，鸡蛋燃着蓝色的火苗，捞起来，放在肖丙子扭伤的脚踝那儿来回滚动。肖丙子又烫又疼，说："慢点慢点，咋像烫死猪咧？"

吴红英问他："你到底死哪儿去了？"

肖丙子说："报应报应。"

吴红英说："你又干了坏事？"

肖丙子说："这种结果，难道是干好事……"

过了春节，天气渐渐转暖了，几场春雨，一阵惊雷，青蛙就呱呱地叫起来。杨柳吐翠，草滩新绿，湖边的水就往上涨。鸭子游进水里，鸡飞到树上，蒲草钻出水面,油菜花突然黄了,桃花倏地红了。

邓小平视察南方重要谈话发表了,大家好一阵兴奋,村委会赶紧学习。甘梅念着报纸上的文章:"……邓小平说:革命是解放生产力,改革也是解放生产力。推翻帝国主义、封建主义、官僚资本主义的反动统治,使中国人民的生产力获得解放,这是革命,所以革命是解放生产力……不坚持社会主义,不改革开放,不发展经济,不改善人民生活,只能是死路一条。加快改革开放的步伐,大胆地试,大胆地闯。"

洪家胜说:"真好,真好! 这话真的说到心窝子里了,还有吗?"

甘梅喝了一口水说:"大家还是谈自己的感想,应该咋做? 不能光是我念。"

洪家胜说:"好,那我说说,我最欣赏南方谈话就是要放开胆子,敢于试验,不能像小脚女人一样。我看,讲话的核心就是解放思想,实事求是。说啥都没用,对一个国家,一个村,老百姓富了才是硬道理。"

马三爹说:"小平同志的讲话,真是铿锵有力,句句像重锤。我印象最深的是,他说我们再耽误不得了,不改革开放,发展经济,不改善人民生活,走任何一条路都是死路,动摇不得。真是斩钉截铁,等于给我们下达了死命令! 不走这条路,没路可走!"

许会计说:"诗仙李白有一首诗说,'长风破浪会有时,直挂云帆济沧海'。今天国家的形势,就是长风破浪的时候,这个时代的主题就是改革开放。"

马三爹说:"想想我管村里的那时候,谁家在湖滩点种几窝南瓜,就得扯掉,规定只能养两只鸡,养三只鸡,就得割资本主义尾巴。太荒唐了。"

洪家胜说:"小平同志南方谈话,就是给我们点燃一盆火,点亮一盏灯,增添我们的信心,帮我们找准以后的路。只要政府好生引导,土地承包政策不变,咱们奔向富裕的日子就越来越近。我认为当前最重要的是,振奋精神,抓住机遇,少说空话,埋头苦干……"

马三爹说:"步子再大一点,思路再活一点,视野再宽一点,胆子再野一点!"

洪家胜握紧拳头说:"三爹的四个一点,说得好! 我们村的葡萄种植才开始,收效很好,我们看准的事,就应该甩开膀子干,要支持村民,形成规模。现在村民种植热情很高,我们村里要拿出方案,为村民购买种苗提供服务。还有,镇里建议,我们村作为全镇葡萄种植第一村,要成立一个葡萄协会,专业人做专业事,负责技术和销售,村委会不要干涉和瞎指挥。"

钢子说:"既然这样,就采取村民选举,减少矛盾,不能我们指派。"

大家都表示赞成。

洪家胜说:"我也赞成,但可以在广泛征求意见的基础上,先提一个初选名单。二是,听说,金满仓袁世道和潘忠银三人准备去浙江学习和买种苗,如果属实,可以因势利导,干脆作为村里派遣,给他们出差补助,这样村民的葡萄种苗采购,他们帮完成了,这是双赢的好事,大家同不同意?"

大家都说好。

金满仓他们三人要去浙江学习的消息传出去了。这天他们在麦田里商量此事,洪家胜背着锹,卷着裤腿走过来。袁世道问:"书记有啥吩咐?"

洪家胜说:"听说你们要去浙江金华葡萄基地参加培训买种苗?"

金满仓:"去看看。"

洪家胜说:"看架势,你们是准备大干一场啰?"

金满仓他们没回话,让洪家胜有点郁闷,他说:"我发现交情这东西,是个怪物。人跟人,无缘无故的,有的天生的近,有的天生的远。"

金满仓说:"你是想托我们带苗子,还是想跟我们一起去?"

洪家胜问:"你们不反对?"

袁世道说:"为什么要反对,满仓哥不是给你邮购了苗子吗?大家一起种葡萄,一起挣钱,多好,你是书记又那么支持我们,还报销了培训费,你跟我们一起,罩住我们,多省事。"

洪家胜说:"从发展形势看,种葡萄不是咱们几个人的事,是全村的事。现在,我们村里和周围村,已经有几十亩葡萄了,想种的人,我们村里就有不下几十户。你们几个,虽然是种葡萄的'祖师爷',也得拿出姿态来,不要让村里人说你们吃独食。"

金满仓说:"书记这话有点重。"

洪家胜说:"村里研究了,你们这次去学习,就代表村里去,我们报销差旅费。"

袁世道问:"就当公派出差?"

洪家胜说:"是这个意思。"

潘忠银很吃惊,问:"我们三个?"

洪家胜说:"当然。另外,你们就代表村里帮村民去买种苗,你们内行,又经过培训,你们买啥,村民买啥。这事,没必要不声不响,要大张旗鼓。"

金满仓说:"我们可以帮乡亲。但差旅费这事,不用村里管,我们自己负担,免得又牵连你。"

洪家胜说:"这次,我可是请示了镇里的领导。据说,上次赵主任的爱人闻科长来调研之后,镇里非常重视,根据市里、县里的指示,全镇要扩大种植,还要我们成立一个葡萄协会,这次去浙江学习,会长带队。"

袁世道问:"会长是谁?"

洪家胜说:"选呀,我说谁有啥用?有可能是满仓,或者是你们三个,也有可能是钢子、许会计,也有可能是我,选谁是谁,这个办法怎么样?"

袁世道说:"这比较公正。"

等洪家胜走了,金满仓三个人还坐在那里。袁世道说:"公派的事,我们答应不答应,满仓哥?"

金满仓说:"为乡亲们办事,不公派,咱们也得做,这是良心活儿。"

潘忠银问:"会长的事呢,满仓哥?"

袁世道要金满仓接下来。潘忠银说:"大伙肯定会选你,还有谁哩,谁有资格当?"

金满仓不说话。潘忠银说:"只要不是给满仓哥挖坑。"

袁世道说:"没什么坑,满仓哥众望所归,是不二人选,你本来就是领头羊。就算是坑,全村人挖的坑,你跳也得跳,不跳也得跳。"

金满仓站起来说:"还没有选,你们瞎操心啥呀?"

晚上,金满仓躺在床上,翻来覆去,余翠娥见他有心事的样子,问:"满仓,又遇上啥事了?"

金满仓翻了个身说:"没事,还得准备去浙江的行李。洪家胜说,让我们这次代表村里出差,报销差旅费。"

"他说的事,得琢磨琢磨。"

"还说村里要成立葡萄协会,会长八成是我。"金满仓说。

"黄鼠狼给鸡拜年,没安好心!"

"咱哑巴吃汤圆,心里有数就行。"

余翠娥问:"会长是啥官?村里的几把手?"

金满仓说:"什么官都不是。"

余翠娥说:"都不是嘛,还选个啥?不是官,他让给你做;是官,他自己留着。"

金满仓起身下地,对余翠娥说:"还没选哩,又不是他姓洪的让我干,弄得如临大敌,何必把人想得那么坏,我不能总是恨死他。"

金满仓点燃一支烟在院子里走动,天上繁星如浪,湖上浪涛如吼,蛙鸣如集市,狗吠如梦呓。他左想右想,干,能为大伙贡献点技术;不干,少惹些麻烦,村里人多嘴杂。又一想,也许这个协会就是个空牌子,村里还不是他洪家胜一个人说了算吗?到时候你做不了事,责任一大堆,都找你金满仓,这事儿真得慎重……

金甜甜披着衣出来了,问:"爸,你怎么还不去睡呀?"

金满仓说:"甜甜你去睡,明天一早你还上学哩。"

金甜甜去猪圈,给猪舀了几瓢涮水,添上筐里切好的猪草。猪爬起来吃食。金满仓摸摸女儿的头。金甜甜说:"给它点夜食好长膘。"

金满仓说:"快去睡,甜甜。"

目送女儿进屋,他眼里露出疼爱的笑容。

开村民大会,说是要现场统计买葡萄种苗的数字。原以为要苗子的人不多,金满仓去了一看,乌泱泱的人,比哪次大会来得都齐整。这可是个大会,大人喊,小伢闹,钢子的嗓子都哑了,让大家静静说了十遍。毛标吼,再不安静我可要抓人了。

洪家胜在嚷嚷声中开始说话:"现在冰河初开,天气变暖,春天来了,春耕生产马上开始了,对咱庄户人来说,一年大忙也开始了。常言说春耕不肯忙,秋后脸饿黄。但咱们这个忙,与往常不同,与外村也不同,大伙说有什么不同啊?"

底下说:"不铜(同)是铁呀?"有的说:"种葡萄!"

洪家胜说:"对,种葡萄。咱不种葡萄种什么呢?我记得满仓说过一句有意思的话,'种金子,没种子;种鸦片,又犯法'。现在,看准了,就下手。这一次,借小平同志南方谈话的东风,我们村里决定派金满仓、袁世道、潘忠银和许会计四位同志专程去浙江金华学习最新的葡萄种植技术,并且由他们买葡萄种苗回来,他们的出差经费和种苗运费由村里解决,不加进葡萄苗价格中,也就是说,苗木多少钱一株就是多少钱一株。村里再穷,也不给大伙添负担。好品种的葡萄苗是少生病、不生病、两年挂果三年盛果的关键,相信他们会以最便宜的价格为我们选最好品种的苗子。别的村也开始跃跃欲试种葡萄,来势凶猛,我们要抓住机遇,开动脑筋,做到人无我有,人有我多,人多我优。过去,我们有人种过梨子,一毛一斤,种柑橘,两毛一斤。梨子柑橘掉到地上烂了,鸡鸭都不吃,肥田还生虫。现在葡萄再怎么也不低于一块,比棉价粮价高。现在,我想看看,想买葡萄种苗的,请举手!"

立马,近百双手举起来,森林一样茂盛。

洪家胜说:"好家伙,超出我的预料!咱村这么多人,就一个心思。太好了!太好了!会议完了,你们找许会计登记交钱,多退少补。这两天他们就要动身,我说满仓、世道、忠银、许会计,你们肩负着全村父老乡亲的希望,学习取经,大家向你们表示感谢!"他一鼓掌,底下也哗啦啦鼓起了掌,他接着说,"我们村,即将有百把户的葡农,而且以后葡农的队伍一定会越来越壮大,一定会全村都种葡萄,成为葡萄专业村。我们也给镇里汇报了,我们必须事先做好预案,要有一个专业的组织来管种葡萄的事,去浙江学习也得有个带队的。这就是,我们想成立一个天露湾村葡萄协会,选一个会长,大家看谁合适?"

村民们凑在一起议论,一个人喊,此起彼伏地就都喊出一个名字:"金满仓!金满仓!"

袁世道对金满仓小声说:"都是你,没话说!不过他这招厉害,发动群众……"

洪家胜还在说:"我们这个葡萄协会,在全镇是第一个,全县也是第一个,全省说不定也是第一个,这是我们村发展葡萄产业的迫切需要。大家看到了,我们在上面放了几个碗,每个碗前面写有候选人的名字,同意的就投一颗黄豆,不得投两颗。还有一个空碗,有小纸片,你不同意这些人,也可以投别人,写好名字,搓成圆坨,投进碗里就行了。咱说好了,选谁就是谁,现在开始!……"

这很新鲜,投豆的人有序地站队投豆……

投完豆,钢子问:"还有没有要投票的?没有,投票结束。下面由许会计唱票,毛标监票,我来计票。"

计票完了,最后由洪家胜宣布:"袁世道,十五票;潘忠银,十一票;钢子,十二票;许得坤,七票;毛标,两票;甘梅,五票;洪家胜八十三票;金满仓三百零五票。大家选出的是——"

"金满仓!"

大伙拿眼睛找金满仓,他已经离开人群,躲在沟边抽烟去了。洪家胜喊他说:"满仓,这不是组织决定的,是民主选举的,请你上来发表当选感言!"

金满仓在沟边说:"这不是真的!"

洪家胜说:"这还不是真的,什么是真的?"

金满仓说:"是你们早设计好的,我金满仓枯老百姓,挑不起这个担,负不起这个责,你们支部撂挑子,给我戴高帽子,我不干!"

余翠娥也站出来给丈夫帮腔:"什么会长不会长,村里的事本来是你洪书记的,你书记村主任一肩挑,你怕担责,甩给我们家满仓!"

黄秋莲说:"余翠娥,你凭什么诬陷我们老洪?"

洪家胜赶忙阻拦黄秋莲:"秋莲,给我滚!"

许会计出来打圆场:"大家都别说难听的话,投票是一颗豆一颗豆,谁也作不了弊。再说满仓是党员,乡亲们瞧得起你,你就义不容辞。虎门销烟的那个林则徐有诗,'苟利国家生死以,岂因福祸避趋之'。这话说到底了,满仓,别扫大家的兴,冷了乡亲们的心!"

金满仓不好开口了,沉默着。气氛僵在那儿。

这时马三爹突然从人群中冲向金满仓,朝他举起铁锹,大声呵斥道:"满仓,三爹我劝你,不要狗子坐轿,不识抬举!乡亲们投票让你当会长,你若不干,我就一锹铲下来,你信不信?!"

有人赶快去拉马三爹,知道他的火爆脾气,说:"三爹,铲不得!"

金满仓没想到马三爹出头要打他,人家德高望重,八十多岁的老军人,打了白打。再说金满仓平时非常敬重马三爹,抱着头在那儿不敢吭声。

马三爹气得长胡子乱颤:"你说话哟?"

钢子过来说:"满仓哥,我钢子也是从来不低头的,今天,我代表村民求个情,请你接受这个会长职务。"

他说着朝金满仓跪下来。

看钢子一跪,好多村民也齐刷刷地跪下了。

金满仓赶忙去拉钢子,可跪下的人越来越多。这让金满仓不知所措,看着那些期待的眼睛、朴实的面孔,还有悬在头上的马三爹的铁锹,金满仓眼睛泛红,最后说出了四个字:"我试试看!"

八

天还没亮,笼里的鸡恹恹无力地打鸣,树木的剪影模糊不清,天地还没有分开,村庄还在沉睡,厨房里却是冒出了腾腾的热气。在浓密的热气中,余翠娥灶前灶后忙碌着,灶膛的火光映着她的脸和一绺散在额前的头发。她沉着、灵巧地揭开蒸馍的蒸笼,用手试了试,熟了。白白的大馍挤在笼格里,闪闪发光,水蒸气在漫溢,飘出厨房。她将馍馍摊开,冷却,然后用塑料袋装好,放进金满仓的旅行帆布包里,又放了一双鞋子,对金满仓说:"你脚爱上汗,要经常换鞋,晒鞋。上次钱差点没了,人也差点被打死,这次要注意了。"

金满仓早已起来,收拾着行囊,他掀开腰里绑着的钱袋说:"这钱袋系的死结,除非杀了我才能偷走。"

金满仓出门和大家会合,一行四人背着行李。洪家胜和钢子,还有一些乡亲来送行。

洪家胜说:"马上要春耕,书记不能脱岗,不然,我很想去浙江学习。虽然咱们这地方穷,但你们代表咱湖北荆江县天露湾人的形象,不要给乡亲们丢脸……"

马三爹来了,说:"我得送送你们。"

潘忠银说:"三爹的锹今天不铲人吧?"

马三爹说:"谁不听话照样铲。"

这时有人说:"肖丙子咋跑来了?"

肖丙子夫妇背着行李一路小跑过来,潘忠银问:"丙子你这是上哪儿去?"

吴红英对大家说:"别误会,是我把他赶出来的,学新技术受人尊敬,像我们的金会长,众星捧月,多风光啊。"

肖丙子面对着大家的怀疑,解释说:"我想跟你们一起去学习,放心,我自费学习!"

钢子说:"你是真心还是假意咧?"

吴红英说:"你们学习就是真心,我们学习就是假意?满仓会长欢不欢迎咱们老肖一起去唦?"

金满仓说:"没有不欢迎的,希望大家都学习。"

洪家胜说:"丙子,如果你是去专门学习葡萄种植,算这次学习的编外人员,差旅费给你报一半。"

肖丙子立马说:"有这等好事?你我恩怨了啦?"

洪家胜说:"一个村,有啥恩怨?但你如果是去干别的事,村里不报。"

吴红英说:"咱一分都不要!"

肖丙子对吴红英横着眼睛说:"你回去!为什么不要?不要白不要,要了也白要,白要也要要!"

许会计看看手表说:"咱们要走了。"

洪家胜说:"三爹,你发号令。"

马三爹挥着锹,声如洪钟:"出发!"

金满仓患了火车恐惧症,他在火车上基本没有合眼。这个葡萄协会会长他真的不知道怎么当,按他的说法,在学校从小学到高中,连小组长都没当过。什么叫协会会长,会长是什么意思?是村干部吗?不是;有办公地方吗?没有;上头有没有管他们的领导?也没有。但有那么多人投咱的票,这是信任。临行前一夜没有睡着,上了火车更没有睡意,这怎么得了?金满仓睁眼坐了一夜,喊醒大家准备下车。几个人疲惫不堪地背着行李下了车,再坐车加步行到了金华的葡萄种苗培育基地。

见到了黑皮大汉胡场长和戴眼镜的姚主任。胡场长很热情,说知道了,是安徽曾老师介绍来学习的,曾老师是他大学同学,都是在武汉华农大吃过四年热干面的。

这五个湖北来的葡农,就被安排下来了。住那儿的还有一些各地来的葡农,都是培训和购苗的。安排他们住了一间大房,住宿不要钱,吃饭跟员工一起在食堂买着吃。

基地的宿舍就毗邻基地大棚,那大棚如浩瀚的海洋,一排连一排,白色的棚顶在阳光下闪着豪华的反光,就像这是一个神秘的基地。许会计好多年没出来了,感慨地说:"他娘的真是气派,不出来走走不知道江浙发展成啥样了,永远是井底之蛙,人家这才叫新农村,这才叫产业转型,咱们差远了,得好生向人家学。"

金满仓说:"咱们嘛,也不能自暴自弃,奋起直追,还是有希望的。"

许会计说:"这次支持大家来学习,公家出钱,到浙江来看看,洪书记高瞻远瞩,我举双手赞成,这个决定英明伟大!"

肖丙子讥笑他:"许会计哟,你过了,什么叫英明伟大高瞻远瞩?你对洪家胜这马屁拍的,人家又没在这里。"

袁世道说:"常言道,技多不压身,咱们把技术学到手,有什么不好?丙子,还给你报一半路费,等于是公费旅游,你多划算。"

肖丙子说:"什么划算?咱是棉花店里歇工——不弹(谈)了!"

打开行李铺床,许会计摁了摁床垫说:"看人家的客床都是席梦思,真讲究。什么叫好日子?不挣钱过不了好日子。"

金满仓说:"种葡萄有好日子。这次来,条件不错,就是开地铺咱也要学好,包括大棚技术,咱们以后总得做,大伙不仅要记在本子上,还要记在心里。"

潘忠银从行李中拿出个军用水壶,装的是酒。他倒进盖子里喝了一口,美滋滋地吐了一口气说:"这里有酒,大伙辛苦了,晚上好好喝一杯。"

金满仓说:"先收拾屋子,忠银你就知道喝酒,好酒先留着吧,好饭不愁晚。"

潘忠银说:"留个鬼呀,喝了再买……看我还带来了什么?"

大家一看,是用罐头瓶子装的一罐剁椒,红艳艳的。肖丙子就抢去了,说:"能不能让我搞一口?"结果被潘忠银又抢了回去,说:"晚饭吃。"

到了开饭的时候,姚主任将他们带到食堂。好宽敞的饭厅,他们排队打饭菜。每人都点了一条鱼,但鱼里没有辣椒,就几根姜丝。五个人坐下围着一个桌子,找了几个一次性杯子,倒了潘忠银的酒。可大家发现这里的煎鱼放了太多的糖,是甜的。就要潘忠银快去拿剁椒,不然这酒喝不进,鱼也吃不下。潘忠银正准备去拿,食堂的师傅喊他们:"湖北的朋友这边来!"

大家你看我,我看你,不知道喊他们何事。袁世道走过去,一看,师傅给他们一碗辣椒酱,师傅说:"知道你们离不开这个。"袁世道接过辣椒酱连说谢谢,"这个是我们湖北人的命,不然咱活不过来。"

喝着酒,吃着辣椒酱,他们说:"浙江人真好,心真细,连辣椒酱都想到了。"

这一顿酒,大家喝得痛快。

好好地睡了一觉,听到鸟叫声,金满仓就起床了,悄悄出门,沿着葡萄培育基地散步。早晨雾气缭绕,空气温润。他见许会计也出来溜达了,拿着一本《唐诗三百首》,便说:"许会计你起得也早?"许会计说:"你更早,这儿鸟真多,四点多就叫了,全是花腔,哪能睡着。估计你这会长想的事多也睡不着,会长不是好当的哟。"金满仓说:"我上了你们的贼船,你们村干部不怀好意。"许会计说:"啥叫不怀好意?应该是人心所向,当之无愧。你搞,是叫好;别人搞,是讨骂……满仓,他们这里几点吃早餐?我可是一顿等不了一顿。"金满仓说:"我们先不要急着吃早餐,我寻思我们得去葡萄园观察一下,心里有个底,许会计你说怎么样?"许会计说:"行,我这就去喊他们来。"

不一会,几个人蒙蒙眬眬揉着眼睛,打着哈欠过来了。金满仓在前,一队人悄无声息地去了葡萄园。

园子有道大门,是紧闭的。他们绕到侧面,见有水沟,大家都跳了过去。最后是肖丙子,腿没劲,跳进了沟里,因为过去崴过脚,这下又伤了,叫喊起来。潘忠银将他拉上坡,对他说:"你就别叫了,杀猪啊。"肖丙子跷着脚搭着潘忠银的肩,走了几步,又开始"哎哟哎哟"叫,潘忠银就说:"你慢来,干脆坐下也行。"

进到大棚里,全是茂盛的葡萄,大棚的生长真是汹涌澎湃,绿得发狂,几乎没有季节概念,永远是生长期。他们看什么都新鲜,这时一个人忽然从背后喊他们:"你们从哪儿进来的?"

一看,是胡场长,穿着晨练的运动服、运动鞋。

许会计上前说:"'莫道君行早,更有早行人'。胡场长起得早啊,一看您就是爱锻炼的。"

胡场长说:"我每天早上都要到葡萄园里走一圈,这些葡萄啊,跟人一样的,你跟它打招呼,它就跟你亲近。植物也是有感情的,你待久了,每一片叶子都认识你,都跟你微笑。"

许会计说:"胡场长您对葡萄有这么深的感情,难怪葡萄长得这么好的。古诗说,'已识乾坤大,犹怜草木青'。您有大胸怀呀!我们几个想在吃早餐前先看看你们的葡萄,学习心切。"

胡场长说:"不要太急,时间有的是,你们到了这里,就跟到了家一样。既然你们已经进来了,我就给你们聊聊。为什么南方要搞设施大棚,因为南方雨水多,容易生病虫害,主要是病害。常言说,干生虫,湿生病,这就是葡萄的规律。葡萄的多种病毒是雨水带来的,有了大棚,隔绝了雨水,病虫害就少了,农药也就不用打了,葡萄的口感也就好了。"

姚主任来喊胡场长去吃早餐,姚主任对他们说:"你们也去吃早餐吧,以后,你们可以从大门进出,给我们说一下就行了,上班前下班后,一般不要进入。"

金满仓说:"好的,我们不知道,以后一定遵守。"

大家都感到姚主任对他们有戒心,金满仓说:"我也是没有经验,咱们再不要乱跑。我听说外地人对湖北人有地域歧视,'天上九头鸟,地上湖北佬',好像湖北人个个都是坏人似的。其实咱们不就是来学习和买苗的嘛,有啥好防备的。"

许会计分析说:"问题还是出在咱们早上偷闯大棚,说白了,那是人家农科所的葡萄科研基地,是不能擅自进入的,是我们有不妥。也没事,以后注意点就是了。"

金满仓说:"千里迢迢,咱们来一趟不容易,不管怎样,要吃得苦,丢得丑,扛得住,只要把技术学回去就是胜利。吃过早餐,咱们就去姚主任办公室,解释一下,消除误会。"

许会计摇头说:"不可,你这是脱裤子放屁,多此一举,会弄巧成拙。我们问下情况还是可以的,早上的事就别提了。"

吃过早餐,许会计与金满仓去了姚主任办公室,低下身子给姚主任汇报了买葡萄苗的想法和对新品种的咨询,价格如何,并且赞美了这个基地是全国葡农最向往的学习基地,等等。姚主任眉开眼笑了,说:"我们的实力就在这里,是南方品种最丰富齐全的、最先进的葡萄种苗培育基地……你们知道藤稔为什么叫金华藤稔吗?就是我们培育出来的。还有早高墨、早巨峰,我们葡萄的新品种很多,新技术也很多,种苗相当好,你们尽管买就是了。"

交谈甚欢,之后姚主任拿出一摞葡萄资料,交给他们,吩咐他们先拿去消化消化。

五个人就在宿舍闷头看资料。看了几遍,金满仓说:"这不行,咱们要在干中学,学中干,基地就在身边,咱们不能白白浪费时间。我的想法是,咱们得主动去大棚找活干,拉点关系,然后边干边学。不然,这样什么也学不到,跟函授有什么两样？"

袁世道说："满仓哥说得对,光学不练假把式,绝对不行,咱看资料也记不住。"

正说着,听到外头汽车喇叭响,远远看到两辆装运牛粪的车往大棚开去,几名农工背着铁锹在那儿准备卸车。金满仓说："是拖牛粪来的车,咱们快去帮忙！"

金满仓他们各自找上工具,拿起锹就干起来。当地的农工一看来了几个培训的湖北人抢着帮他们卸车,呼吸着臭熏熏的牛粪也不在乎,给他们口罩也不要。他们卸了车,又用小推车将牛粪推进大棚里。

一连几天,基地的人都看到这几个湖北葡农在基地里干最重最苦的活,就像是农工一样。

有一天傍晚,金满仓他们吃饭后回到宿舍,胡场长在宿舍前等着。

许会计问："胡场长要去跑步呀？"

胡场长说："吃饭了要消食,你们跟着我来。"

几个人跟着胡场长往大棚里跑,胡场长在里面弯腰踢腿,对他们说："你们辛苦了,听姚主任说,这几天你们一直在给我们干活,让我们基地的农工很感动,你们来学习是诚心的,你们很质朴。我认识的湖北农民就是你们这样的,不是什么被妖魔化了的九头鸟,那是扯淡。"

胡场长带着他们边参观边讲解："你们大老远来,不容易,我建议你们选择目前最适合湖北气候特点的品种,早高墨、早巨峰、京亚等,我们保证给你们价格最优惠的一级苗。"

大家说："那就好,那就好！"

胡场长说："湖北人精明,上不了当的,但我喜欢湖北人。我在武汉学习四年,在你们荆州实习时也搞过水稻制种,你们那儿是不是有喝早酒的习惯？"

潘忠银说："有,有,早晨起来一杯酒。胡场长什么时候回荆州,我们请您郎嘎喝早酒,您郎嘎喝多少我陪多少。"

胡场长看着潘忠银的酒糟鼻子说："你一看就是一斤以上的酒量,我甘拜下风……咱说正事,我是相信湖北也能种好葡萄的,因为我们在同一个纬度上,北纬二十九度至北纬三十度,气候条件一样的。如果你们现在没有条件搞设施葡萄建大棚,就要注意控制产量,少打农药,少用膨大剂、催熟剂、除草剂。要注重肥、水、光照调控,最好水肥一体化,像我们的微灌技术,这得投入……你们看我们的枝条,控制在一米二到一米四左右,一枝有多少叶片?你们数数……"

大家数了一下,金满仓说:"二十个叶片。"

胡场长说:"种植必须规范化,因为是育种基地。枝条上十六片也可以,保证一枝一串葡萄,要让葡萄充分吸收阳光,葡萄光照好了,自然着色这一关过了,一定稳产。切记,葡萄是入口的,一定要将安全性放在第一,生态有机,消费者最欢迎,还要降低成本。下半年收获了葡萄,必须将主干外的全部剪掉,主干附近留一两个芽,最好的芽是三角形,咱们叫它舌头芽,留下两个饱满的芽,可保证来年的收成。还有,施肥有讲究,三四月催芽肥,四五月花果肥,之后切记施一次壮果肥。你们讲的落果,也是壮果肥的问题,但根子还是露地葡萄爱落果。我们施的基本是农家肥,牛粪、羊粪、鸡粪,提高土壤有机质,有机肥相当于吃老母鸡,喝甲鱼汤。化肥就相当于小孩子吃汉堡,虚胖虚胖的……"

金满仓说:"胡场长讲得真好,讲得透亮,我们目前的经济条件只能种露地葡萄,这露地葡萄主要注意什么呢?"

胡场长说:"主要还是防灰霉病、霜霉病。因为雨水带来病毒,病毒变异太快,千万不能按书上教的用药,必须几种药轮换用。比方,叶子发黄,就用磷酸二氢钾喷雾;叶保,用叶面肥喷雾。落果是一个综合性的问题,如连阴雨,光照不足,如风大落果,如肥力不够,缺营养,还有患病。跟治病一样,什么症状用什么药,落果只是问题的结果,不是症状,一般是能够控制的……"

讲着讲着,胡场长看了看表,说:"时间有些晚了,明天有时间继续跟你们聊,大家回去休息吧……"

回到宿舍,大伙非常兴奋,金满仓说:"别光顾着睡觉,一定要整理一下胡场长说的,心中过电影。"

袁世道说:"胡场长三把两下就把种葡萄的要领说出来了。"

肖丙子说:"咱们回去,算不算技术员呢?"

潘忠银笑了一声说:"丙子,你可以印个假证——'高级农艺师',用萝卜雕个公章一盖,不就成了吗?"

肖丙子说:"我是讲真,学习这东西,真是把人往高处抬。"

许会计说:"过去有句话叫什么,'三天不学习,赶不上刘少奇'。"

潘忠银倒出一杯酒,"谁要酒的,我现在就想喝一杯,现在的说法应该是,一天不学习,种不好一块地。"

许会计将酒拿过去喝了一口说:"你这酒鬼也讲出了一句名言……谁还有吃的拿出来……没有?说你哪,小气鬼!枕头下是啥哩,往里头塞!"许会计猛地从肖丙子枕头下抽出一个塑料袋子,是半袋金华酥饼。肖丙子想抢回已不可能,只能做顺水人情,就坡下驴说:"我差点忘了,是准备给大伙吃的。"

这天几个人继续在葡萄大棚里拉粪,姚主任来给他们说:"今天你们别干了,胡场长安排了技术员,专门给你们开小灶讲课。"

一听说开小灶,五个人连忙去宿舍拿来笔记本。由姚主任引到一个大棚,这里的高墨正在抹芽,凳子已经摆好了,技术员发给他们资料。这个技术员文质彬彬,自我介绍道:"湖北的葡农大家好,我姓江,受胡场长安排,今天我现场给大家讲高墨高产的技术要点,其他葡萄种植问题也可以向我提……高墨跟夏黑一样,也是巨峰系统选拔而来的品种,高墨的成熟期要比巨峰早半个月,抢占市场,销售价格都不会差,应该适合湖北的气候条件,市场前景看好。关于它的栽培技术,我今天主要讲一下土壤选择、施肥管理、水分管理、整形修枝和病虫害防治等关键技术……"

一个上午,江老师详尽地给大家讲课,一直到吃中饭。听完课,大伙高兴地从大棚跟着江老师走出来。姚主任在外等着,说:"江老师是我们这儿的高级农艺师,胡场长交代要我们毫无保留地向你们传授技术,大家收获大不大?"金满仓说:"太大了,感谢江老师!"许会计说:"真是听君一席话,胜读十年书呀。"袁世道问:"江老师,我们种的巨峰是不是就过时了?"江老师说:"没有过时的品种,只有过时的技术。当然现在的葡萄品种日新月异,人们对口感的要求是丰富完美,追新逐奇,还有就是各有所好,众口难调。"金满仓问肖丙子:"你有啥还要问江老师的?"肖丙子咕哝说:"我也不想回去做技术员了,麻袋做龙袍,咱不是这块料。"

场部有人喊湖北的许得坤接电话,许会计就屁颠颠地去接了。他回来说,是洪书记的电话,问候了我们,我想应该回家了,我们要议议买什么品种,究竟咱们大田种啥,今年铺开种的都是大田。

袁世道说:"那不就是高墨嘛,江老师边讲我边在琢磨,这高墨可以占领早熟市场,多半个月至少一斤多出三五毛钱。果穗又大,果粒又大,是新型品种,又不落果。种植巨峰,我们有了一定的经验,所以高墨应该好控制。"

金满仓说:"我也是看好高墨,我们去年给洪书记买的就是高墨,但这儿的品种更好,是早高墨。我们不要在一棵树上吊死,江老师讲时我也在想,高墨虽好,夏黑也不错,还有藤稔、京亚,都可一试。但这几天跟他们请教和观察,我对藤稔也比较走心。大家都知道它叫'乒乓球葡萄',果穗大,一穗重七百多克,老师说最大果穗有一千四百克,差不多三斤。再就是抗病力强,虽然最适合大棚种植,但技术易掌握,咱们可以在露地上种得很好,我有信心。它病虫害少,不仅早熟丰产,还耐贮运,赚钱快,乡亲们容易接受。"

许会计说:"我私下问了一下,藤稔人家还不会出售苗子,我们不要太贪心,要从实际出发。咱们不是农科所,不是浙江,没有农艺师,我们就是一群农民,人家是正规军,我们连杂牌军也算不上,就是刚刚上道的散兵游勇,不要好大喜功,我就高墨吧。还有苗子的价格问题,也要与胡场长谈谈。"

关于谁代表天露湾村与基地签字,许会计要金满仓签,金满仓要许会计签,一个是葡萄协会的代表,一个是村委会的代表。

许会计说:"还是那句话,专业人做专业事,满仓你就是乙方代表。"

金满仓说:"这是村里的工作,我没权力夺你许会计的权。"

许会计说:"你没权力,我还没这个资格哩。"

潘忠银说:"洪书记电话还找你咧,你应该代表村里签。"

金满仓说:"该我负责我不逃避,既然来了,还怕签字吗?两人签!"

这协议就达成了。

两人去姚主任办公室,肖丙子跟了上来,说是代表葡农监督下价格,"到时我给你们当个证人多好,证明你们没有搞鬼。"许会计说:"以小人之心,度君子之腹。"肖丙子说:"可不能这样说,如果有人说你们两人合伙搞鬼,你们说得清吗?"金满仓说:"行,你就当个见证人吧。"

进了办公室,金满仓看了看合同,递给许会计,许会计仔细看着。肖丙子则站在他们背后看。

姚主任中途接了个电话,放下电话说:"你们有什么意见可以提,至于你们最关心的种苗价格,告诉你们一个好消息,胡场长刚才电话里反复交代,虽然已经是最低价了,但仍决定每棵再给你们降两毛。原因就是,他说吃了四年湖北的饭,湖北是他的第二故乡,你们又这么诚心,还帮我们干了大量的脏活苦活,一

91

定要降到成本价以下,支持你们发展葡萄产业……"

许会计说:"好!我们遇到大好人了,这真是有缘,有缘!"他小声给金满仓递话说,"我们订的是五万株,两元一株,其中早高墨三万株,夏黑和京亚各一万株,这样,就给我们少了整整一万块。"

金满仓将合同放在桌上,对姚主任说:"姚主任,一句话,感谢,签吧。"

这时一个女秘书将笔送到他们手上,金满仓和许会计代表乙方,郑重地在合同上签上了名字。金满仓拿出协会的公章,在印泥上摁了摁,盖了章。然后,许会计、金满仓从腰间将绑扎的钱拿出来。这些带着他们体温的、皱皱巴巴的钱,堆放在桌子上。姚主任看着他们把钱从身上解下,拿出,展平,用粗糙的手细心清点,他都不忍心看了,不停地说:"你们真不容易……"

签了合同回到宿舍,金满仓和许会计要大家收拾行李,准备回家,说等车一装好,咱们就随车出发。

肖丙子对许会计低声说:"是不是省下了一万块钱?我没算错吧,五万株,一株少两毛,就是一万整数,这钱……"

许会计说:"这钱怎么啦?"

肖丙子说:"咱们在这儿辛苦了,帮村里学技术,这钱是因为咱们在这里帮他们劳动,人家给咱们的,我说就分掉,正好一人两千,等于卖了苦力,补助生活嘛。"

金满仓火了:"哪个说要分这钱,谁想贪了乡亲们的血汗钱?!乡亲们一分一厘攒了让咱买苗子,还要分他们这点钱,不是黑良心吗?!"

袁世道和潘忠银得知情况后也反对分这钱,都说花了这钱是要遭报应的。

肖丙子弄得很难堪,也不敢再说什么,鼓着眼睛嘟囔:"咱也不差钱,问下不行么?……"

上车的时候,肖丙子没有跟他们一起回家,说是找了个老中医,把脚治好了再走。

运送葡萄苗的三辆大货车进了天露湾,从进入村口开始,乡亲们一路炸响鞭炮,像迎接凯旋的英雄。乡亲们夹道相迎,跟着车跑,一路同他们打招呼,说辛苦了!那阵势,把许会计的眼睛也搞湿了,他对车上的人说:"都巴巴地指望着我们,总算完成任务啦!"金满仓说:"这是村里最大的事……"

村委会稻场上，村民聚集在那里，几个三百瓦的大灯泡挑在树上。村里按照大家登记的种苗数量连夜分发，挑灯夜栽，人声鼎沸，一片不夜天。

又来了一辆小车，这下村委会院子里可热闹了，原来是市委的赵主任。赵光明路过天露湾，得知金满仓他们刚买回三大车的葡萄苗，非常高兴，这些葡萄苗种下去，就差不多有三百亩。而且品种也不少，巨峰、高墨、京亚还有夏黑。赵光明对他们大赞，说按这种发展规模，葡萄种植会很快在天露湖全镇和荆江全县甚至全荆州市铺开，感谢他们带了个好头。并说："你们种葡萄，创造了一个奇迹，这个奇迹，是改写教科书的大奇迹，为你们高兴，为你们鼓劲！"

春雨淅沥，人情暖热。

一天以后的晚上，一辆江淮中型货车，打着大灯开进天露湾，在小卖部门口停下，车上也是装的葡萄苗，肖丙子购买了两万株。

第二天，肖丙子门口就贴出了出售葡萄苗的广告：巨峰、高墨一级葡萄苗，每株 5.5 元。

几个村民看着苗子和牌子，一个人过来问："丙子，你咋卖这么贵哩？"肖丙子说："运费贵呀。"

村里的人都买了低价苗，不会再买他的。外村听说天露湾有葡萄苗，拖着板车、开着摩托来了。村委会得悉后，都明白了肖丙子去学习的目的。这一趟，肖丙子少说赚了大几千元。

许会计从那儿经过，看到他卖葡萄种苗的生意红火，实在忍不住了，便对肖丙子说："你可是个生意精哪，栽种苗不如卖种苗，哪儿学的？"

肖丙子收着钱，说："这是天生的，祖传的经商头脑，你是学不来的。要不，以后，你跟着我干，当什么会计！"

许会计不屑地说："古语说，'相鼠有齿，人而无止！人而无止，不死何俟？'"

肖丙子听得稀里糊涂，问："啥意思哩？你拽这文又换不来钱，还是向我学着点，以后咱们合作，免得你穷酸一辈子。"

许会计气得嘴都咬破了，呸了几口，还带血。

九

一晃两年过去了,天露湾和相邻的田野上,如雨后春笋,叽叽叽叽地出现了连片的葡萄园,绵延不断,那些水泥立柱一排排站向地平线。长势繁茂、青翠油亮的葡萄叶,像绿毯一样厚厚地铺展,而葡萄叶下,一穗一穗成熟的葡萄,像玉串冰珠、晶辉妊紫的艺术品一样,饱满鲜艳,温润欲滴。

早晨,村庄如巨轮浮出田野,烟霞氤氲,太阳杲杲而出,鱼鳞状的云霞从湖的东岸爬升,一会卷满天空。突然而至的椋鸟群宛似乌云盘旋,压着太阳不让出来。鹭鸶们凄凉地叫着,像是埋怨风,惊吓得鱼儿不敢浮出,躲在水底。往田野上看上去,风扯着葡萄园的叶片,哗哗的像波浪溅上了岸,飞到树上。

金满仓和女儿甜甜早起采摘葡萄,他想今天去沙市卖上一趟,但红得发紫的早霞有点瘆人,天空有一种神秘的惊讶感。金满仓看看天色,又看看女儿映出的红脸,嘀咕道:"要下雨了……"

金甜甜听到了爸爸的嘀咕,说:"爸,早上放霞,等水喝茶,晚上放霞,干死蛤蟆,肯定要下雨了,您郎嘎就别摘了,也驮不动啊。"

金满仓试了试说:"没事,可以再剪几挂。"

金甜甜剪了一穗特别重的给爸看:"爸,您郎嘎看,这挂好大!"

金满仓接过来,掂量着,高兴地说:"这一穗至少有四斤,高墨这个品种真不错,果型也好看,咱们再不用毛线串起卖了。"

摘完后,金满仓让甜甜快上学去,他说:"你一定要抓紧学习,争取以后考上大学。你老爸种葡萄,只要年成好,保证能供你读大学。"

金甜甜说:"我一定努力,爸妈放心。"

目送女儿去学校,金满仓骑上车,没骑几下就感到有点闷,心想怕真要下雨了。

骑到了长江轮渡口,雨下了起来。他紧握龙头,推着沉重的自行车,下坡上船。雨水挡不住过渡的乘客和汽车，人们更加焦急，争抢着上船。

小贩们把路挤得只剩一条线，朝乘客的面前递东西，嘶哑着喉咙叫卖，千篇一律的声音："瓜子花生麻辣鱼！瓜子花生麻辣鱼！卤鸡蛋，甘蔗！甘蔗，卤鸡蛋！……"

金满仓挤上了船。江面水雾蒸腾，金满仓将葡萄用塑料纸幔好，站在船上。水流湍急，轮渡颠簸，风雨交加。

过了江，金满仓骑到集贸市场，但因为雨下得太大，顾客很少。金满仓找到一个地方，放下葡萄，将塑料雨衣脱下，浑身已湿透了。他脱掉上衣，一边拧着水，一边吆喝："葡萄，葡萄，天露湾的葡萄，高墨葡萄！"

一个商贩，提着大空筐子，蹲在他旁边，神情怪异地看着他。金满仓朝他瞟了一眼，想，这人蹲这里干吗？一会，卖了一二十斤，那人还是守着空筐子蹲在他旁边。金满仓冷得打了几个喷嚏，忍不住就问了："伙计，你老蹲这里干什么？"

这时候雨下得天倾地裂，那人面无表情，好半天才说了三个字："守葡萄。"

金满仓想，被他盯上了，肯定以为我卖不出去，沙市人精，于是就没再理他。那人终于沉不住气，就说话了："老哥，与其这么守着，不如一口价趸给我。"

金满仓问："你出多少钱一斤？"

那商贩敲着空筐子说："八毛。"

金满仓肺都快气炸，这不是羞辱咱嘛？便说："伙计，我这是葡萄，高墨葡萄，不是萝卜白菜，你吃过没有？你没吃过就不要这么还价。一块二一斤，全拿走，少一分，我不卖。"

那个人说："我是批发，搞懂没有？大哥，我全部要了，你揣钱空手骑车回家，多轻松，还可以到茶馆里喝杯茶，听听荆河汉剧。八毛，如果卖不了，烂掉了，我就倒亏八毛。"

金满仓还是气愤难平，说："八毛的高墨，你有多少我要多少。"

那个人盯着他想着鬼点子："八毛五，一分不加了。"

金满仓咬住底线："一块二。"

那人说："各退一步，一块！不卖算了，不卖你会后悔的。这么大的风，这么大的雨，你要再驮回去，还不是烂掉？给猪吃猪都不吃。"

这个人懂，葡萄的确猪都不吃，又不易贮存，卖不掉真的就当垃圾倒掉了。可金满仓不服，一根筋拗着了，说："我宁愿倒掉，也不能把咱的劳动成果贱卖，你知道这是哪儿的葡萄吗？是天露湾的葡萄！"

他一赌气，将两个筐子架上自行车，推起就走。

那人在后头喊："一块零五！"

金满仓没理他，以为他还要加到一块一的，再加五分他就卖了。人争一口气，他本来可以转回去给他算了，可那天就是僵了根筋，一去不回头，推着自行车走了。

那贩子虽然没再加价，却跑过来，丢了一张名片在他的筐子里，说："上面有我的电话，你想通了找我不迟。"

金满仓本想把那张名片丢掉，看了看上面的名字——林三富，又放进了口袋。

金满仓在过轮渡时有点后悔，他在那儿犹豫了一趟轮渡，但身边没有电话打给林三富，见轮渡鸣笛又靠了岸，想想算了，只当少结了几穗，明天再来。金满仓是那种犟死一条牛的人，聪明是聪明，但脑壳里的弯比较少，基本是条直巷子。

雨雾迷蒙，村道泥泞，金满仓艰难地骑着自行车。车歪歪扭扭，太滑，他摔了下来，筐里的葡萄倾倒在泥巴雨水里。

他把车扶正，再将葡萄架上去，捡拾着泥水里的葡萄，提起一看，摔烂的不少。有一时，他真想把葡萄扔了，自己种的又舍不得。捡好葡萄，筋疲力尽，只好推行。他喘着气，看路还很远，咬牙又骑上去，但路太滑，不行，他还是下来推着走。

这时村里的拖拉机突突突地出现了，金满仓一阵惊喜。车开过来，放慢了速度。那车上已经堆满了货物，上面还有两个人，其中一个是肖丙子，进货回来搭便车。

拖拉机在金满仓面前停下来，洪家胜从驾驶室伸出头对他说："满仓，你今天的葡萄没有卖出去呀，你要上来吗？"

金满仓说："能放两筐葡萄就行，给我带回去。"

肖丙子却在车上夸张地叫嚷着："放不下啦，我都快要颠下去了！"

洪家胜对车上的人说："你们不能主动让让？这么大的雨，大家克服一点。"

肖丙子苦着脸说我挪不了。另一个说，我快挤扁了。金满仓看他们实在挪动不了,就说,算了算了,你们走吧,我慢慢骑。

这路可真不是人骑的,车辙如深坑,泥巴黏滞溜滑,加上雨雾遮挡了视线,下来推吧,不知推到什么时候才到家。金满仓这才真正悔死,给那个叫林三富的贩子,他赚点,我也赚点不是很好吗?可没有后悔药,一想到肖丙子这人冷酷自私的嘴脸也烦躁。

四野混沌,几乎看不清前面的路。经过一个涵闸时,车轮陡然一滑,没把握住,龙头一歪,哗啦啦掉下了几米高的涵闸,两筐重重的葡萄和自行车压在他的大腿上。

沟底下,只有雨水在浅浅地流,还有石块。他浑身摔伤了,又有重物压着他,痛得肝胆欲裂。他向上拼命喊:"有人吗? 有人吗?!"

风雨大作,湖上的波浪拍击声惊心动魄,没有人应声。他发出的呼喊就像是在一个无尽的深渊里,越喊越绝望。

金满仓缓了一口气,撑住自行车和筐子,从底下艰难地拖出腿来,再想站起,钻心的疼痛告诉他腿已经骨折了。他顺着沟渠慢慢地爬,想爬上去,无奈沟坎太高,他努力了几次又滑下来。

他艰难地沿着沟底爬到一个平缓的豁口,拖着那条伤腿,拽着草根,仍旧用力往上爬……

余翠娥已经将晚饭做好端上了桌,她心脏不好,此时心跳加速,出现早搏,有一下没一下地跳,心慌,气短,不知道要发生什么事。风雨中的每一点响动都让她心惊肉跳。她看了看外头,对甜甜说:"这雨一时半会住不了,甜甜,你爸应该要回来了……葡萄不好卖,又怕他受城里人欺负……唉,你先把酒倒上,等你爸回来喝……"

金甜甜倒了酒,放到爸爸座位前,又把筷子摆好,将爸爸爱吃的回锅肉换到他面前。摆好了,说:"妈,这么晚了,我去路上接接爸看。"

余翠娥捂着胸前说:"我这心今天怦怦跳,眼皮也跳,不会有什么事吧?早跳官司晚跳财……应该是有财喜来……那你快去,不要走远。"

金甜甜穿了雨衣揿燃电筒出门,电筒光照着大路,金甜甜四处寻找,快速往前。路上只有风雨,没有行人,她边走边喊:"爸爸! 爸爸!"

走到了村外,越来越野,路上没一个人影。只有在野外横冲直撞的风声雨声和不远处传来的拍岸涛声。

卒然,她的电筒照到了一个泥巴糊住的大"活物",趴在路上蠕动。她站在那儿,定眼看,那堆"东西"的确在动,吓得她呼吸不畅,不停往后退。这不是鬼吧?她转身拔腿就跑,魂已不在身上。却听到后面那个"活物"喊出她的名字:"甜甜,甜甜,回来,是我!……"

声音很熟,金甜甜站住了,转头照着那个泥巴"活物"问:"爸爸! 是爸爸?!"

"活物"朝她招手,正是她爸! 她跑过去,抱着这团"泥巴"就哭起来:"爸,爸,你怎么啦?"

甜甜想把她爸扶起,金满仓说:"别动我,别动我,我的腿摔坏了,快去叫村里的人……"

"好,爸,你别动!"金甜甜跑了两步,又转来将雨衣脱下,盖到她爸身上,自己光着头在村道上发疯地奔跑,回村里叫人。

金甜甜先没有回家,她想一定要叫上男人才能搬动她爸,就叫上了爸爸的两个好朋友袁世道和潘忠银,再去家里告诉妈妈。跟她一起的袁世道说,一定要给洪书记说,得安排拖拉机送医院。

几个人将金满仓送到县人民医院已是半夜,拍片后叫醒了骨科的江主任。江主任细细地看了片子,对他们说:"左髋关节股骨头骨折、左脚踝骨折、肌腱撕裂。很严重,赶快办住院手续。"

袁世道问江主任:"先得交多少钱?"

江主任烦了:"现在还谈钱不钱的,住下再说,我说你们呀,总是钱钱钱,没有钱就把他扔出去吗?"

余翠娥有心将家里的钱全拿上了,有三百多块。袁世道和潘忠银各将口袋里的钱集中,也才凑了七百多块。交了钱,安顿下来,输液、量体温、测血压,敷药,天亮后上夹板。这一个晚上,把所有人折腾得面如死灰,一夜未眠。

住了三天,花去了一千多。金满仓给余翠娥说:"一千多斤葡萄没了,老债没还完,新债又来了,翠娥,咱背不住的,出院回家。"

续交住院费的催款单放在床头柜上,像火炭一样烫得人不敢碰触。余翠娥去给医生说要出院,那个江主任一连用了两个"非常",说金满仓的腿非常非常严重,应该拆石膏了再出院。但余翠娥说,等拆石膏出院,咱们家就什么都没了。

金满仓说:"这儿不是咱待的地方,医院就是抢钱的。"江主任说:"医院不收钱,谁给我开工资呢?"

搭信让袁世道他们来接他回去,他们却拿来了一千多元钱,说是葡萄协会捐的。不管三七二十一,袁世道就帮金满仓续了费。金满仓叹气说:"我欠一村子的人情了,该死的腿不争气!我种葡萄,种成了医院的提款机。"袁世道和潘忠银安慰他,要他别这样想,安心养伤,留得青山在,不怕没柴烧。

周日的这天,金甜甜在葡萄园里采摘了两筐葡萄,如果葡萄不摘,会烂在地里。洪大江背着喷雾器去田头治虫,看见了,帮她把筐子搬上自行车,担心她驮不动,要她还是少驮一点。金甜甜说,多卖一穗多一点钱,我爸还在医院躺着,等着交住院费哩。洪大江搬筐子时,衬衣的腋下已经破了,甜甜看在眼里。

洪大江背上喷雾器,要她路上小心,说你爸这得多少钱治呀?农民真的好无助。金甜甜说,谁叫咱们生在农村呢。洪大江说,所以我们一定要争口气,考上大学,跳出农门,不为别人,为自己。甜甜眼露茫然说,考上大学又怎样,我爸爸这腿一断,不知哪天能够恢复,考上我连学费也交不起,读啥书?洪大江说,上大学是我们农村伢儿的唯一出路,我们就是啃馒头,吃咸菜,也要读这个大学。在乡下,穷,农民哪有尊严。金甜甜说,可一个人的命就是如此呢?

驮着满满的葡萄上了难走的路,没想到碰上肖丙子。金甜甜本来要顺着深切的车辙走,可这胡子稀疏的肖丙子就像只鹳鸟站在车辙里,故意不让路,金甜甜被逼下车来推着走。肖丙子问她爸的情况,金甜甜不想答理他。肖丙子说:"这丫头,你不想理你丙子叔?你家葡萄好,卖这么多葡萄,办嫁妆的?"

金甜甜扬起头说:"是呀,怎么?"

肖丙子问:"你要嫁给谁呀?"

金甜甜反问:"你说嫁给谁呢?"

肖丙子说:"是呀,我也想知道。"

金甜甜不想与他啰嗦,说:"我嫁给谁用得着你操心?你是我什么人?"

肖丙子气得直吼:"哎,甜甜,你、你、你怎么这个态度跟长辈说话?你不是很有家教的嘛。你丙子叔关心你,是希望你喜欢我们家小安,他人又老实,你妈也喜欢他,不是在你们家给他吃,给他睡么?现在咱们开小卖部,又卖葡萄苗木和农药化肥,家里有钱花不完。咱们家小卖部,以后你就做老板娘……"

金甜甜仰天大笑骑上了自行车，甩下话说："去你的老板娘！去你的小卖部！"

肖丙子气得嘴都歪到湖里去了，说："哎，你这丫头还真厉害！"

金甜甜骑了一段还在笑，笑声在风中哗哗地飘荡。

沙市的那个市场金甜甜跟她爸来过，葡萄卖得很快，她甜美的吆喝声吸引了人们："天露湖的大葡萄，荆江的好葡萄！"过路的、买菜的，听到叫卖声，一看，这丫头俊，葡萄也俊。天露湖的水好，女孩水色也好。水好，葡萄就甜！金甜甜边称秤边说："咱们天露湖是玉皇大帝烧茶取水的地方，天露湖的水是圣水，天水，葡萄就是神仙果。"买葡萄的说："你卖的就是神仙果！甜！"

两个小时，这"神仙果"就卖光了。

她推着两个空筐子，经过一家服装店，看到有男衬衣，与老板砍价，竟然从十五块砍到十块钱买了一件。

回到村里，在棉花地找到了洪大江，将那件白衬衣拿出来给他。洪大江死活不要，金甜甜拆开了包装，让他抬起胳膊，洪大江抬起胳膊，从破洞处露出了腋窝。金甜甜咯咯笑着说："丑不丑啊？……穿上！"洪大江只好穿上，说："这是给你爸治病的钱，怎么给我买衣裳？我又没给你做什么。"金甜甜说："你天天辅导我学习，就不兴我回报一下？我还要赶去县医院给我爸送钱……"

一天来回去沙市卖葡萄，也有几十里地，现在金甜甜没吃晚饭，蹬着自行车，脚下千斤重。她饥渴难耐，虚汗直冒，低血糖犯了。电筒照着的路，偶尔有一辆汽车经过，接着又陷入深厚的黑暗中。骑着骑着，一阵发晕，连人带自行车歪倒在路边。

她让自己保持清醒，这里荒郊野地，喊天天不应，叫地地不灵。她休息了一会，睡意袭来，她使劲拧自己的手臂，让皮肉焦疼，强迫自己爬起来，扶起车，靠在树上，闭目喘气。但还是不行，又坐下来斜靠在树边让自己舒服一点。林子里传来夜鸟的怪叫声，她惊恐不已，加上饥饿，一下子昏迷过去。

什么时候醒过来的她不知道，好在东西都在，钱也在，电筒弃在草丛里，还是亮的。

金甜甜赶到医院。正在洗衣裳的余翠娥听到喊"妈"，一抬头就见一个踉踉跄跄的人朝她扑来，她抱着这个人，才看清是女儿。她把女儿扶到病房，女儿才说话，指着床头柜上的水。

100

金甜甜咕噜咕噜地喝干了一大杯水，又抽开抽屉，有饼干，撕开就往嘴里塞，她已经饿极了，狼吞虎咽，噎得眼珠凸出，泪花闪闪。余翠娥赶快去拍打她的背，说："慢点吃，慢点吃！"金甜甜吃了几块，恢复了脸色，从口袋里拿出一沓折得整整齐齐的钱，说："爸，妈，这是、今天我去、沙市卖、葡萄的钱。"

余翠娥问："甜甜，你一天都没吃饭？"

金甜甜点点头。金满仓一数，有一百多块钱，惊呆了，问女儿："甜甜，你卖了多少斤啊？"

金甜甜说："一百多斤。"

余翠娥说："这丫头，你咋骑的？没人帮你？"

金甜甜摇头。

金甜甜告诉父母，葡萄都熟了，再不摘就落了。这时金满仓突然想起了什么，抽出床头柜，从里面拿出一张有泥渍的名片，说："我出事那天，认识一个水果贩子，他给我的，说我需要卖葡萄可以打他电话。甜甜，你打个电话试试，现在晚不晚？"

金甜甜接过名片说："我这就去。"

金满仓吩咐她："不要告诉他我那天受伤的事，他还以为咱想讹他。"

在医院门口电话亭，金甜甜拨通了林三富的电话，接通了，她说："您郎嘎是林三富林老板吗？这么晚了打扰您郎嘎不好意思，我是天露湾葡农金满仓的女儿。"

电话那头的林三富问："哦，你叫什么？"

金甜甜说："我叫金甜甜。是这样的，我爸那天因没卖出葡萄，就驮着回去，结果摔倒在涵闸下，摔断了腿，现在县人民医院住院，没钱交费，医院要我们出院。"

林三富警觉地问："你是什么意思？"

金甜甜说："林老板，请您郎嘎不要误会，我是在我爸爸抽屉里看到您郎嘎给他的名片，我想您郎嘎能帮我们渡过难关，买点我们的葡萄。"

林三富没作声。

金甜甜说："现在我们是走投无路，只有您郎嘎能帮我们了。"

林三富说："你要卖多少葡萄？"

金甜甜说："林老板您郎嘎要多少？您郎嘎看到过我爸的葡萄，我保证是天露湾最好的葡萄。"

　　林三富说："这样，丫头，一是，你保证是天露湾最好的；二是，先把价说好，你说个价吧。"

　　金甜甜想了一下，说："您郎嘎说吧。"

　　林三富说："你帮我采摘，我来田头收购，一块钱一斤，因为我要车来拖，运费我出。"

　　金甜甜说："您郎嘎最低要多少？"

　　林三富说："我找几个批发商来，大家凑一车，两三千斤吧。"

　　金甜甜一听大喜，说："林老板，那就这样说定了，您郎嘎不是哄我的吧？"

　　林三富说："我又不是两三岁的伢，咋会说话不算数？再说，我也是荆江县人，你爸摔伤，我很过意不去，不该压价，但他脾气很硬，扭头就走，做生意得慢慢讲，哪能像他这样。行了，我帮帮你们，渡人即是渡自己，我良心也好受一点。那就说好，明天八点你村里见。"

　　放下电话，金甜甜高兴得跳起来。跑进病房，对爸妈说："林老板答应要两三千斤！"

　　金满仓坐起来说："这么多，什么价？"

　　金甜甜说："我们采摘，他田头收购，一块，爸您郎嘎说行吗？"

　　金满仓说："如果一手钱，一手货，可以的，总比烂在地里强。"

　　金甜甜说："你们放心，我这就回去准备，找世道叔他们请人，给工钱就是了，再说如果这个林老板要赖，世道叔他们会帮我的。"

　　两个大人都不让她走，说太晚了。余翠娥还要去街上端夜宵给她吃。甜甜说："不吃了，妈，我明天早上多吃一个馒头就行了。"

　　甜甜只好留在病房，就在她爸爸病床另一头和衣躺下，一会就打出了细碎的鼾声。余翠娥给女儿盖上被子，轻轻擦拭她额上的汗，悄声对金满仓说："丫头太累了。"

　　金满仓喉头一哽咽，差点流下泪来，说："唉，都怨我，把你们都害了。"

　　余翠娥听到甜甜发出梦呓，对金满仓说："睡吧睡吧，别说了。丫头听话，是来咱们家还债的……"

十

林三富果真没食言,押着一辆农用车,从沙市开过江来,走进了天露湾的烂泥路。天晴过后,车辙深如坑,车开得歪歪扭扭,车上的人颠得哎哟叫唤。又一猛颠,刹车,车上的人你撞我,我撞你,差一点栽下来。正骂着,车熄了火。

司机黑着两个大眼圈甚至黑着脖子对林三富说:"往地狱走呀,林老板你不是说走国道吗?"

林三富赔着笑脸说:"是呀,刚才咱走的不是国道?"

司机说:"你这是在侮辱咱们国道吧?"

几个水果贩子下车来了,揉腰揞肩,哎哟哎哟地叫。林三富急得浑身冒烟,给司机求情说:"现在我们不讨论国道不国道,先把车发动起来再说,咱们一起推,好不好,爹爹耶!"

司机趴在方向盘上一动不动:"喊祖宗也没有用。"

林三富说:"那你说咋办?也不能退回去,退回去你可是分文没有了,咱说好了的。"

司机摇摇头,苦着脸又发动了车,几个人在后面推。司机骂骂咧咧:"他奶奶的,你这里甭说产葡萄,就是产金子我也不会再来了。"

在路上铲土填坑的马三爹看到这辆车跳摇摆舞,从老远跑来,问他们是来做什么的,林三富说是到村里买葡萄的。马三爹说:"我来挖土给你们填。"

车终于爬出了大坑,继续向前开。

到了村口,林三富问正在刷牙的肖丙子:"老乡,请问金满仓的葡萄园子在哪儿?"

肖丙子问:"金满仓开的什么价?"

林三富问:"你的葡萄什么价?"

肖丙子说:"我保证价第一低,葡萄第一好。"

林三富对穿皮鞋的肖丙子有怀疑了，给同伴说："又出来一个第一，这村里有多少个第一？"但村里没见着人，还是得问他，"就问下你金满仓的园子在哪儿？"

　　肖丙子说："我有义务阻止外地人在这里上当受骗。"漱完口，肖丙子说，"好吧，我带你们去。"

　　这一带，就被肖丙子带到了他自己的葡萄园里。林三富下车一看就知好孬，园子里水泥立柱东倒西歪，葡萄披头散发，果穗大小不一，园子杂草丛生，连沟垄都是歪的，还到处丢着一些用过的农药包装、蛇皮袋子、垃圾破烂。林三富问："这就是天露湾第一的葡萄？"

　　肖丙子说："是啊，第一。"

　　林三富问："那第二的呢？"

　　肖丙子答："只有第一，没有第二。"

　　林三富说："老乡，有个叫金甜甜的丫头，就是金会长的女儿，说好在园子里等我的……"

　　肖丙子说："别急嘛，她一会就来，你们可以采摘了。"

　　林三富听到这里更清楚有假了，就说："你们采摘呀，你们的人呢？"

　　肖丙子说："我早晨水都没喝一口，我跟你采摘？"

　　他老婆吴红英从家里跑来，肖丙子让她快去拿五包红双喜的烟来。林三富他们商议要走，吴红英拿烟来了，肖丙子将烟给他们分派。可没一个人敢接，都摆手说不抽烟，只有司机不明就里，接了一包烟。林三富对司机说："师傅，你一个人留在这里，我们走了。"司机问："么意思哟？"林三富说："我们今天不买了，今天沙市的葡萄掉到批发三毛一斤。"肖丙子拦住不让走，说："哎，我可以帮你们采摘。"林三富连连摆手说："你这天露湾最好的葡萄，咱买不起。"

　　肖丙子看到儿子小安骑车经过，忙叫他把车推来，把自行车横在了路口。肖丙子对林三富说："你进来容易，出去难。"又对儿子说，"那边的锹拿来。"拿过锹，他到农用车前轮前，挖出了个大坑，让车进退两难，口中还说："你走，插翅膀飞走！"

　　林三富知道碰上了恶人，快哭起来，抓住肖丙子的锹说："大哥，大爷，你你你可不能强买强卖呀！"

　　肖小安上前对肖丙子说："爸，这样不好。"

肖丙子将肖小安一把掀开，"有啥不好？说要的又不要了，我跟你开玩笑呀，也不看看是谁的地盘！"

金甜甜一早回村，在园子边的路上等着林老板，望断了颈子没见着，急得双眼通红。袁世道和潘忠银夫妇拿着剪刀、篮筐都来了，可就是没看到林三富的影子。

听到肖丙子园子里一片吵嚷声，就见村里的拖拉机从村委会开出来，一个村民紧追着拖拉机大喊："洪书记，洪书记，出事了！出事了！"

车上站着洪家胜和许会计二人，他们是准备去县城的。听到喊声，洪家胜和许会计都跳下车，问什么事，那村民说："要出人命了！快走！"拉着他们就跑。

洪家胜还没走到，就看到肖丙子拿着锹站在一辆农用车前在说着什么。这家伙嘴硬，给看热闹的人说："又不是我请他们来的，我又不会开车，莫非车是自己开来的？要讲理嘛。"

这是恶人先告状，林三富口有点拙，在人家的地盘上，怎么讲也没道理。他争辩说："你不是说好带我们去金会长园子的？"

乡亲们一听就明白了，说："你摸错了码头，这哪是金会长的园子，他叫肖丙子。"

林三富说："不管姓金姓肖，关键是葡萄品质。"

肖丙子说："我的葡萄怎么啦，烂啦？坏啦？霉啦？臭啦？馊啦？不跟别人一样吗？"

吴红英帮腔说："你们这些城里的贩子，不就是看咱们乡下人好欺负，我今天跟你们拼了！"

说着就跳下肖丙子挖的坑中，坐在里面。众人去拉，她死死抓着坑边的草荑不起来，说："有种从我身上轧过去。"

正在僵持，洪家胜他们来了。许会计说："这是演哪一出咧？"

有人告诉林三富说我们洪书记来了，林三富以为许会计是书记，就喊他书记，但许会计指着洪家胜说他才是的。洪家胜问明情况，对林三富说："非常欢迎你到我们村收购葡萄，如果有强买强卖的，我们一定严肃处理，决不姑息！"

林三富指着坑里的吴红英说："她不让走，怎么办？"

吴红英撒泼说："谁敢动老娘，就是耍流氓！"

许会计说:"红英,你自己给自己找个台阶下,别闹笑话了。"

洪家胜严厉地说:"肖丙子,实话说,我现在焦头烂额,还有事去县里,懒得跟你磨蹭,让别人的车走!"

肖丙子硬着脖子说:"不可能。"

许会计给洪家胜咬了下耳朵,就匆匆离开了。不一会,许会计踅了回来,用一片大南瓜叶子包着东西,并迅速将包着的东西一条条撒进土坑里。吴红英闭目赖在那儿,许会计说:"红英你看这是啥?"

吴红英睁开眼睛,看到身边是一条条蠕动的大蚯蚓。吴红英最怕蚯蚓,像开水烫了似的,一个激灵裆里就尿失禁了,爬出土坑就跑,边跑边尖叫:"哎呀!哎呀!……"

许会计哈哈大笑说:"回来,回来,红英你跑什么?"

看热闹的村民笑成一团。

林三富这才到了金满仓园子里。采摘完葡萄,果然一手钱,一手货,而且他答应明天还来,说金满仓的葡萄真的好。

洪家胜的确是焦头烂额,前一天晚上,洪家胜开了个村委扩大会,结果在会上,村委会与葡萄协会的人争吵得天翻地覆。

本来研究葡萄销售的,可一开始潘忠银就把金满仓的摔伤拿出来说事。是呀,满仓会长现在还断着一条腿躺在医院里,一天几百块,本来想种葡萄赚钱的,可现在种出了一身债,负债累累,人也残了,啥原因咧,村里就不闻不问么?

潘忠银估计喝了点酒,真话汩汩来,激忿地说:"满仓会长当时骑车回家,洪书记你在车上,如果让满仓哥上车,不就没这回事了?"

洪家胜解释说:"当时是装不下,你没在那儿……"

潘忠银说:"葡萄卖不卖,这几十万斤怎么卖,你们村干部,把责任推得干干净净,当时成立什么葡萄协会,你们不就是想金蝉脱壳,少管闲事?说个不好听的话,村干部就是嗨干饭的。"

许会计给潘忠银倒了杯水,让他喝水冷静。

潘忠银说到兴头上了,不喝水,还要说:"当初拼命号召大家种葡萄,种了又咋样?还不是靠自己骑自行车拖板车,自己上沙市上县城,走村串户去卖,路没条好的,你们就不能去找上面争取?那要你们当这个干部做什么?"

106

袁世道大声制止他："忠银，你少说几句，喝了几壶骚尿?!"

潘忠银质问袁世道："我说错了? 你不是在下面一样抱怨的? 大家都别装好人，在底下咕哝算什么，有种摊上桌，当面说!"

钢子说："这好嘛，大家尽管把话说出来，让人说话，天不会塌下来。"

许会计开玩笑地问："忠银代表葡萄协会啵?"

潘忠银说："我代表我自己。"

袁世道见潘忠银遭到了围攻，说："我觉得，村委会和葡萄协会都是一个目的，为乡亲们致富做事，你们是公派，我们是义务。种葡萄是好事，种葡萄也有风险，村委会要提醒，不能都是乐观主义，如今钱没赚上，还把腿搞折了，不是金满仓自己不注意，不是他车技不好，归根到底是路不好。"

老书记马三爹将铁锹朝板凳上一敲说："世道说到点子上，我来就是要听到这句话。东扯葫芦西扯叶，扯不到点子上。吵成一锅粥，也不能解决问题。我非常惭愧我在位时没把路修好，我这把老骨头天天在想着补路。路是一定要修的，根子在路，没路，就是有销售渠道，你葡萄也运不出去。咱平原上修路，没有那么难，也没有那么简单，要简单，我早把路修好了。种了葡萄后，现在这路的问题就更加突出了，拖不得了，是当务之急，火烧眉毛。"

潘忠银说："现在谁是当家书记? 让他表态。"

大伙就盯着洪家胜。洪家胜说："不用等你们开我批斗会，明天，我去县里要钱! ……"

早上处理好林三富与肖丙子的事，洪家胜和许会计风急火急来到县城，跑了几个单位，一副乞丐相。中午就是请公路局的领导吃饭，这一顿，是洪家胜表叔的主意。他表叔是公路局的副局长，快退休了。

请客地点是表叔选的，为了节约，找的是个小巷餐馆，包厢在楼上，楼梯陡上陡下，就像是爬悬崖。上去后包厢里气味古怪，窗户下面是厨房，煤烟飘上来，辣味也冲上来，呛得人喉咙疼，熏得人眼睛酸。但表叔说这家菜做得好，价廉物美，你一个穷村就是要喝穷酒，不是来摆谱的。

许会计很少吃馆子，点菜就显得磨叽，看了菜谱下不了单，从头翻到尾，又从尾翻到头。这让女服务员有点不耐烦了，说："您郎嘎看明白了没有? 没看明白再瞧瞧，我先到那边去点菜了。"

许会计说："哎丫头你别走哟，我马上点，人老眼花，总之要看明白对不对，怎么这不耐烦咧？"

在一旁的洪家胜对服务员说："是这样的，丫头，我们有十来个人，你们有什么菜，你们这儿的主打菜特色菜是什么？先点酒也行，荆江大曲你先给我们来六瓶。至于菜嘛，你按十个人三百块钱给我安排。"

服务员差点笑出鸡叫声："十个人三百块钱，吃盒饭呀？"

洪家胜说："那你说呢？"

服务员还在鸡打鸣似的笑："我就问你们是请哪个？"

许会计说："县里的大领导。"

服务员说："这就对了，十个人至少五百块钱吧？"

洪家胜说："那就五百，你给我们安排，别多说了，客人都快来了。"

服务员看到他们拎来的网兜里有几只爬动的甲鱼，问："这几只甲鱼煮不煮？"

洪家胜说："不煮，不煮。但五百元不能没有甲鱼。丫头，你们这儿有甲鱼吗？"

服务员说："有啊，有三十八元一斤的，五十八元一斤的，八十八元一斤的，真正的野生甲鱼，一百八十八一斤。"

许会计提起他们带来的一只甲鱼说："丫头，这才是真正野生的，天露湖的，看到没？看它爪子的劲儿。"

洪家胜说："你搞三斤三十八元的吧。"

服务员又笑起来："行，是红烧还是做火锅？"

许会计说："火锅，火锅欢腾些。"

服务员说："这要超标啊？"

洪家胜说："先做了再说。"

两个人为点菜都憋红了脸，许会计说："太抠了，我怕让领导笑话。"他指着桌上的两条红塔山香烟说，"这也是找肖丙子赊的，他还催我还账哩。"

洪家胜说："菜孬点没事，关键是你要喝酒，你想求人家，你喝饮料，谈都不谈。咱人是穷点，但志不能穷。许会计你既然来了，今天得给我往死里喝，你喝死了，我给你立三米高的大碑。"

许会计说："得得得，我可不想死，要是你喝死了……"

洪家胜说："一样，你给我立三米高的大碑。"

许会计说："行……唉，'风萧萧兮易水寒，壮士一去兮不复还'，今天好悲壮啊。"

洪家胜说："公路局可是大财神，规划局答应了三万，我表叔这里说不定弄个五六万，再加上村里一事一议自筹一点，我们就可以开工了。如果欠一点包工头的款，到时就给他赖着，他还能怎样？路已经修好了，他还能把路挖断？"

许会计说："不是我说你，书记，还没开工，你就准备了做老赖。"

洪家胜说："我就是个老赖，就这个命，咋搞？"

爬楼梯的声音响了，周局长一行人来了，大家寒暄入座，由洪家胜的表叔安排座次。

洪家胜拉过表叔给他嘀咕了几句，他表叔就提起那几只甲鱼说："这是给周局长的，周局长刚刚割了痔疮，我侄儿给您搞的几只甲鱼，侄儿是天露湾村的书记，跟我同姓，洪水的洪，他是专程来看您的。"

周局长说："谢谢，谢谢，心意我领了，甲鱼我不要。"他热情和蔼，没有架子，指着洪家胜和他表叔开玩笑说，"洪水来了，你一个洪水，他一个洪水，今天洪水不小啊。"又指着摆上桌的酒，"荆江大曲也是洪水。"再问许会计，"你是不是洪水？"

洪家胜说："他是我们村里的许会计，我们村里的秀才。这甲鱼，各位在座的领导都有，是咱天露湖真正的野生甲鱼。"

洪家胜的表叔洪副局长说："都有啊，我的不要，我的一份给周局长，他们是来求您郎嘎的。我老家那个村，路没一条好路，现在种葡萄，种了拖不出来，他们想给乡亲们做好事，修条路，没有钱，拜托周局长和在座的各位领导帮帮他们。"

周局长说："前面说的全是笑话，现在说正经的。洪书记，你们的申请报告我已经看了，你们是我们县葡萄种植第一村，是我们县农业产业转型的典型，我们不扶持你们就是失职。要想富，先修路。先不讲洪局长的老家和侄子，洪局长廉洁自律，从来没有给老家争取过一点什么好处。我们局钱不多，但也要表示我们对县里发展葡萄产业的一点支持。今天，我也不想多说，洪书记，报告我给你考虑，要通过局长办公会讨论，但，钱，花在实处，路，修得结实，看来你们为村里修路是有诚心的……"

听到诚心二字，许会计以为是要喝酒，连忙端上一碗酒说："周局长，诚心一定有，这一碗，我给洪书记代了行不行？我们书记有糖尿病。"

没等人拦着,他咕噜咕噜就喝了个底朝天。

周局长说:"完了完了。"

许会计已经喝得满眼恍惚,问:"啥完了?周局长,我再给洪书记代一碗便是。"

许会计又端起一碗酒咕噜咕噜喝干了。

周局长还是说:"完了,完了。"

许会计喝了两碗,眼里起雾,说:"周局长,我喝完了。"

周局长按住许会计的手说:"你听我把话说完好不好?没要你喝酒……"

许会计端着空碗,一脸哭相:"白喝了两碗?!"

洪家胜僵着脖子,以为自己躲不脱了,说:"我来我来,我只有一个要求,一碗两万,领导说行不?"

周局长说:"你先别谈钱嘛……"

洪家胜管不了那么多,一咬牙,一仰脖,抽起酒碗咕噜咕噜一饮而尽。

周局长拉着洪家胜的胳膊说:"唉,完了完了……"

洪家胜再端起一只碗,又咕噜咕噜一口喝下。

周局长还是说:"完了完了……"

咕噜咕噜,洪家胜三碗酒见了底。周局长生气地说:"没让你们这么喝酒,这多不好,谁让你们这么喝酒的?!"

洪家胜端着空碗说:"您郎嘎说诚心,不是喝酒啊?……"话音刚落,一头栽倒在桌子底下……

洪家胜在县医院抢救了一整天,死里逃生,血糖飙高到二十五了,快是正常值的三倍半,这一次用命换了六万块钱,钱就批下来了。还是不够,那就要一事一议找乡亲们,必须开大会说明。

村里都知道了洪家胜的事,开会也就是来看看他,一看,书记果然面如渣土,萎靡不振,满脸浮肿未消。他强打着精神,站在村委会稻场大樟树的树蔸上,许会计给了他一把椅子,他把椅子踢开,放开声音说:"各位乡亲,咱们差点不能见面了。说得太掉份,喝酒,差点喝死了。喝死了,我洪家胜就会成为天露湾世世代代的笑话。为什么?为找上头要钱,喝酒喝死的村主任,遗臭万年。我喜欢喝酒吗?不喜欢,可为了修咱村里的这条路,我只有豁出去了!其实我们误解了人家的意思,乡下人不懂,瞎喝,人家没让咱这么喝酒,真是掉底子,咱白灌了……"

许会计嘿嘿插嘴说:"我也差一点喝死了,都是我误解了人家局长的意思,闹出了笑话,还差点闹出了人命……"

洪家胜拍拍许会计的肩,要他别说,"咱天露湾跟国道,只有四公里的距离,可这四公里,是暗无天日的四公里,是从地狱到天堂的四公里,是从贫穷到富裕的四公里。要想富,先修路,道理都懂,口号在喊,就是没钱。在金满仓会长腿摔坏后,我们不能再抱怨,再等待,要主动出击,争取资金。大伙可能笑话我说,你争取了多少啊?不多,六万块钱。你们会说,几万块钱就抵你这条命?正是。我这条命,值几万块钱么?大家把我当人,我就值几万块;不信任我,不把我当人,分文不值,狗屁一个。所以,我感谢乡亲们对我的信任,今天,我们的路经过筹备要动工了,不好意思,就是条碎石路,但平整了,干爽了,不再天晴一把刀,下雨一包糟。可这钱还是不够,今天不是找大伙伸手,我们村委会知道大家都很穷,这本属于村里的一事一议,大伙还得众人拾柴火焰高。按照村民自愿民主决策的原则和一事一议制度,大家议一议,路要不要修,每个人能出多少钱?"

他说的时候感慨哽咽,村民也泪光闪闪。大伙议论说:这钱是要出的,大家应该出!路是为大伙修的!……

洪家胜说:"我们村十八岁以上、六十岁以下的有八百一十三人,如果十八岁以上的一人出一百元,就有八万多,这样算来,碎石路是修定了!这钱,你们出不出得起?愿不愿意?"

钢子说:"不同意的,请举手!"

没有一个人举手。

钢子又说:"同意的请举手!"

大家慢慢地将手举起来了。

在前面的袁世道这时说话了:"我说两句,刚才,书记的话,让我差一点也掉泪了,如今办事不容易,咱们农民更不容易,在县里能要到钱,要几万块钱,是拿命换的。咱们掏钱修路,也是为了自己。交吧!我们葡萄协会的会员要积极交!"

肖丙子高举双手说:"我也感动呀,今天,我跟你们保持一致,交钱!"

他将一百元钱拿了出来。可他老婆吴红英说:"我们老肖代表我们家出了,今后,这新路就让他代表我们走,我们就不走了。"

洪家胜问:"那你走哪儿呢?"

吴红英说："走小路。你们不走的路给我留着。"

许会计说："猪狗畜生走的路给你走，行吗？"

这让大伙一阵哈哈大笑。洪家胜说："都别笑了！吴红英，一个严肃的事，就让你弄得不咸不淡。这是一个非常非常严肃的事，这关系到我们村的未来，我们的发展，我们的明天。我们是想脱贫致富，还是想继续穷下去？我相信乡亲们自有选择！"

老支书马三爹健步上了土台，他依然背着锹，说："我赶来，听到了好消息，我这把锹，终于可以退休了，我感谢现在的支部一班人，为此，在肖丙子交钱之前，我先交上我的一千块钱。"他从兜里拿出一个存折，"这是我八十岁大寿时，我儿子媳妇给我的寿礼，一千元存折，咱捐了。我虽然不属于一事一议对象，但我今天必须自罚，我在任时没把路修好，这一千块钱，算是自罚三杯！拿酒来——"

许会计说："没有酒，三爹。"

马三爹说："以水代酒！"

钢子拿过来一瓶水，倒入一个杯子里，交给马三爹。马三爹仰头喝下。连喝了三杯。然后，马三爹将存折交给许会计离去。

吴红英在那儿喊："这大笔钱，三爹不是你们的托吧？"

许会计说："红英，你咋就把三爹想得如此不堪，把村委会想得如此不堪？古语说，'一善染心，万劫不朽。百灯旷照，千里通明'。人行亮亮堂堂的善，不搞弯弯拐拐的鬼，何等幸福，为人为己，都是佳话……"

肖丙子说："这修路的事上，你们咋说就咋办，别听吴红英的，只当她放屁！"

吴红英说："肖丙子，你那一百块钱是谁赚的？咱出了钱，你当好人，你才放屁咧！"

洪家胜说："好了，吵架回去吵。言归正传，这路如果修好了，我们想在与国道交会的路口，竖两块大广告牌，一块写上'荆江县天露湾千亩葡萄基地'，另一块牌子写上'荆江县葡萄研究中心'……"

这下沸腾了，村民起哄并笑翻说，哪有千亩基地呀，这不是吹牛吗？还县葡萄研究中心，县里的牌子让咱们村挂么？

洪家胜也自嘲地笑了，说："所以你们干不成大事，干大事要有远见，我们短短几年就有了两三百亩，千亩的面积莫非很难？我就不信！再说了，我们为啥不能代表荆江县研究种葡萄？研究种葡萄是有科技含量的，不是忽悠。研究中心，就是确定我们的中心地位，我们这些泥腿杆子也能研究葡萄，比农科所的人强，农科所的人还不知道吃葡萄吐不吐葡萄皮哩！"村民又一阵哄笑。洪家胜说，"咱们的葡萄研究中心，一无人员，二无经费，三无场地，就是个'三无'产品。但我们近百户葡农，哪一个现在不是研究员？全县现在种植葡萄不都是来我们村学习请教么？我们没有办公室，我们的研究中心是我们天露湾全部的田野！先把牌子挂起，先入为主，咱们挂了，看哪个村再敢挂?！"

许会计说："就是这个理！"

洪家胜最后说："咱们村穷，做广告牌子的钱没有，我已经在镇里找收购废品的人联系好了，买几个大洋铁油桶，裁开一焊，用喷塑布一蒙，就是漂亮的大广告牌了。路一修好，大广告牌一竖，咱们村在国道上就长脸了！就等于冲向了国道！"

没想到，这次一事一议收到的钱很快就有了七八万，大家卖葡萄后，手头也宽裕多了。

没等到拆石膏，钱花完了，金满仓坚决要出院。

回家的当天，他挂着双拐来到了自己的葡萄园，满目荒凉，心中更荒凉。这哪是他的葡萄园，满地都是掉落后腐烂和干瘪的葡萄、发蔫的葡萄藤、疯长的杂草。他心情沉重，坐在田头，听到背后咳嗽了一声，一看，是潘忠银。潘忠银说，你刚出院，跑田里来干啥？金满仓说，急呀。潘忠银说，伤筋动骨一百天，回家躺着吧，别急，急也没用。金满仓说，不急不行，田里的活没人干，葡萄也烂在地里了，不急是假的，钱花了，腿还没好。潘忠银说，等拆了石膏复诊再说，明天我和小琴来帮你整理园子。

金满仓挂着拐杖，小心地走上湖边的小道，他很想来看看，一旦离开这天露湖，就会想它。

浪动芦苇，风吹荷叶，渐渐有了秋色的寂寥。茫茫大湖，总会把人的郁闷吹得一干二净，把心熨平，这湖可真是个怪物，能洗心哩。

他的拐杖戳到了一个硬东西，低头一看，是只甲鱼，想往水里爬。金满仓用拐杖抵住，蹲下去抓住了甲鱼，还不小哩。

回到家，金满仓老远就喊："翠娥，看我捡了个啥？"余翠娥一看，是一只大王八,问:"忠银给你的?"

"我抓到的。"

"你这个样子能抓甲鱼?"

"让我碰上了。"

"老话说,捡到甲鱼费腊肉,我到哪儿找腊肉去?"

"就这样炖一样好吃。"

潘忠银给金满仓送了些高粱酒来,五斤的塑料壶,说是在对岸酒坊放的酒。看到地上一只大王八,问是哪儿来的,金满仓就说是在田埂上踩到的,正好叫上世道咱们吃了。潘忠银就说他家还有腊肉,便回家又取来了半刀腊肉。

袁世道来,骑上了他的"红鸡公",就是嘉陵摩托。这亮瞎了眼,一发动,屁屁屁的声音很是拉风气派。他说,咱们走村串户、去城里卖葡萄,自行车太累,你看,我这后面驮两个筐,两百斤,一飙就走,不费吹灰之力。

喝着酒,金满仓就把自己不想干会长的想法说了。他说,葡农也有意见,说我老金没给他们做什么事,自己就算想干也干不了,腿是废掉了,让他们再选个人干,你俩都能干。可袁世道和潘忠银让他别这样想,潘忠银说,今天咱哥仨在这里喝酒,虽然喝的不是鸡血酒,我发誓,如果满仓哥真残了,你的葡萄我和世道帮你种,帮你收,帮你卖。袁世道说,这话也正是我要说的。

金满仓喝得眼泪直流,触到了伤心事,喝下去一杯,亮出空杯说,谢谢两位老弟,但我髋关节骨折,好了也干不成重活,这辈子算是完结了。好劝歹劝,劝去劝来,发现他女儿甜甜也突然哭起来。这酒越喝越沉重,大家就散了。

金满仓不喜欢见人哭,但是他自己先哭的,见女儿泪眼婆娑,一顿酒不欢而散,就发了脾气,说:"你爸还没死,你哭啥哩,嚎丧?"这一吼,女儿也不敢出声了,面壁而立。余翠娥收拾碗筷,说:"还不是你先哭的,你说这辈子完结了,甜甜不吓住了么?"金满仓本来心情不好,老婆还在说他,就火了,说:"都是我的错,我去死行不行?!"余翠娥也不敢吭声了。

女儿痴站在那儿,突然甩出一句话:"我高中一毕业就出去打工,挣钱给您郎嘎治腿!"

金满仓最怕听这句话,这伢也跟他一样,倔,天生是个倔丫头,果真如此,那就坏大事了。他恶狠狠地教训女儿:"放屁!你如果拿我的腿为由头不好好读书,我就不客气!"

可女儿赌气哭着跑了出去。

她想这个时候洪大江一定会在湖里游泳，果然看到湖中心有个划水的人影，她就喊："大江哥！"

那个人影渐渐游近了，是洪大江，见金甜甜来了，便喊她："甜甜，接着！"只见一道白光一闪，大江扔上来一条鲫鱼，少说有一斤重。那鲫鱼一道金脊，在青草丛中蹦跶。金甜甜摁住鱼，折了一条柳枝，穿起鱼鳃。

站在浅水里的洪大江发现金甜甜脸上有泪痕，问："甜甜你怎么了，哪个欺负你了？"

金甜甜说："没有啊，没谁欺负我。"她提着鱼，"挂这里，你别忘了提回去。"

洪大江说："给你的，熬鱼汤给你爸喝。"

他又扎了一个猛子，在湖底扯了几根白白的藕带，扔了上来："这个也给你爸炒了下酒，做酸辣藕带。"

金甜甜洗了一根藕带，拿起生吃了一口说："真甜！"可是，看到他又一个猛子扎进去，好长时间没有起来，她慌了，对着平静的湖面大喊："大江哥，大江哥，你在哪里？……"

金甜甜急得哭了，岸边突然翻起了大水花，洪大江猛地钻出水面，还浇了她一捧水，把她的衣裳都浇湿了，金甜甜破涕为笑说："你要死呀！"

金甜甜本想告诉他自己的想法，洪大江从水里爬上岸来，金甜甜面对穿着短裤的他，羞怍欲走，也就不想说了，谢了他的鱼和藕带，匆匆离开。

第二天放学的时候，金甜甜给洪大江说，赵怡月的爸爸对她爸他们种葡萄很关心，她爸让她找时间给赵怡月一家送点葡萄去感谢，问洪大江去不去？洪大江说当然去。

星期日他们结伴骑车去了荆州，在市委大院问到赵怡月家。赵家一家人看到他们提了一篮子葡萄来，热情相迎，给他们的书包里塞了满满的点心糖果，还让赵怡月陪他们去逛了荆州城。参观了关公庙后，又登上荆州城东门的宾阳楼。在城墙垛口向远处眺望，眼前是繁华的荆州城，更远处是浩荡的江汉平原，秋色金黄。赵怡月给他们照了不少照片，三个人又照了一张合影。当年在湖边玩耍的小伢，都长成了帅气的大小伙，漂亮的大姑娘。

赵光明将金甜甜他们送来的葡萄，选了两穗转送给市委书记罗丰田。罗书记也十分关心天露湾的葡萄种植，他跟赵光明是校友，也是从农技员上来的。

罗丰田吃了金满仓家的葡萄,连声说是美味。这之前,罗书记已经清楚了荆江县的葡萄产业。赵光明对罗书记说:"荆江县的葡萄种植,对我们全市农业产业转型,是一个启示。"

罗丰田说:"在荆州这块沃土上,他们的确有强烈的引领意义,光明,你说它意味着什么?"

赵光明想了想说:"意味着农民渴望改变。"

罗丰田说:"是呀,农民渴望改变自己的命运。咱们荆州虽是'天下粮仓',是全国有名的'米袋子''鱼篓子',名副其实的鱼米之乡,可这些年,农民增收困难,农村产业单一。现在,农民自下而上地进行产业试验和调整,显示出了咱们荆州人的聪明才智,荆州的农民是非常聪明能干的,这地方几千年来都是富庶之地,精耕细作,农民有很强的创新意识,创造了灿烂的楚文化。现在,借助农业高新科技,他们又打破了江南不能种葡萄的神话,确实不简单。我们要因势利导,把产业做大,加强配套措施和扶持力度,不能让他们自生自灭,政府在这方面要有所作为,担起责任!"

赵光明点着头。

十一

一晃,又开春了。首先是院墙上的迎春花突然黄艳艳的缀满了墙,再是红杏从墙外伸出头来,青蛙叫,蒲草生,葡萄细看也开始打苞发芽。村里的路也修得有模样了,挖开填上了石灰和石子,说是按水泥路的地基处理的,以后有钱了直接铺水泥。

路再好,他金满仓还是个瘸腿,有啥意思?

金满仓这一两年就在家半休息,腿时好时坏。春天等暖和了去县医院拍片,医生说他的骨头长得不好,有发炎迹象,只能长期休息,因为髋关节这地方很难恢复。医生得知他有几个月的肿痛,吓唬说,你这腿,弄不好得骨髓炎,你是住院还是开药回去吃?金满仓肯定要医生开药回去吃。

髋关节肿痛是冬天开始的,但阳春三月,葡萄园里的活还得干,每一个环节都不能落下,每一道工序都不能马虎。葡萄这东西人来疯,高兴了直往上蹿,跟火焰一样欢实。新梢生长,要绑枝、松土、上肥,还得施一次叶面肥,打一遍石硫合剂,以杀灭越冬病菌和虫卵,再就是整枝、抹芽……

本来,金满仓可以走几步了,但病程反复,又恢复了最初受伤时的样子,甚至更疼。他在家吃着药,心想医生总是把病情往重上说,我就不信。边吃药边练习走路,就开始在小院里试着夹起拐杖走路。走了几步,腿还是疼痛难忍。他额头虚汗滚滚,疼得咬牙切齿。一个趔趄,"咚"的一声,像截木头摔倒了,他抱着一根葡萄水泥立柱想爬起来,但腿使不上劲,自己恨自己,大喊大叫。从地里回来的余翠娥进屋,看见丈夫在地上,就问是怎么了。

"扶我起来!"

余翠娥将他拖起来,他晃晃悠悠地拄着拐杖喊:"跟死了一样!"

余翠娥问:"你说我?"

"说我自己!滚!让我走!"他自虐地快步走了几步,那个疼就是往死里疼的,他就是想死，结果又摔在地上。

这不是破罐子破摔吗？余翠娥赶紧制止他胡闹，又去拉他。拉起来，他挥起拐杖猛地扑打头上的葡萄藤，新生的嫩叶纷纷落下。

"你疯了！你疯了！"

金满仓大汗滚滚地喊："人能疼死吗？我不信，疼不死的！"

余翠娥去缴他的拐杖，摁他坐下，弄得气喘吁吁。

金甜甜和洪大江放学总是一起走，听见院子里她爸高声嚷嚷着，一瞄，看到了金满仓在院子里乱踢乱打，洪大江说："你爸咋的啦？"冲进去就一把抱住金满仓，"叔，你怎么了？"

这伢已经长大成人，个头很高，有一把力气，抱着金满仓让他动弹不得。金满仓那时已经六亲不认，照着洪大江的腰就是一拐棍，并喊："滚，大江！小心揍死你！"

洪大江挨了一棍，腰都软了，被余翠娥推出了门，还听到余翠娥说："你走你走！"

余翠娥关上了门，金满仓也闹累了，吼着喉咙喘气。余翠娥说："你这个样子连小伢都看笑话，大江回去了，不晓得怎么讲咱们？"

金满仓说："他讲嘛，他向全世界讲，又怎么样？说隔壁的金满仓疯了，腿摔断了，疯了，那又怎样咧，来杀我么，来抓我？"

余翠娥和甜甜把浑身颤抖的金满仓强行弄坐下，余翠娥希望他平静下来，对女儿说："给你爸倒杯水。"

金满仓说："酒！"

余翠娥说："水。"

金满仓硬要酒，金甜甜就倒来了一杯酒，金满仓将酒一口喝下。

余翠娥把金甜甜拉到一边说："甜甜，你真不懂事，你让大江到咱们家里来干什么？他们家总想看我们笑话。"

金甜甜说："妈，不是我让他进来的！"

余翠娥说："我让他进的？天天跟他在一起，你就不争气！"

金甜甜委屈得哭了："你们都疯了！"

金满仓这时候卫护女儿："你跟伢儿发什么狠，她招惹你了?！"

余翠娥说："金满仓，你这个样子，女儿这个样子，都不听我的话，好没意思啊,呜呜呜呜……"

　　这一哭,家里就平息了,可晚饭还没有做,灯也没人开。

　　油菜花海黄灿灿的,它湿漉漉的香气粉艳浓烈。天露湖水碧莹莹的,透明的波浪在浅滩上滚动。鸟的叫声不及蜜蜂庞大的嗡嗡声,像是狂风漫过。但阳光下的菜花海正在膨胀,天气越来越温暖,村庄越来越明丽。

　　洪大江在葡萄园里给葡萄抹芽绑扎,动作娴熟。他非常专注,好像这田野上只有他一个人。一会,他伸起腰,站在垄头,将水壶取下喝水。

　　垄前就是那香喷喷的油菜花,他坐在那儿,后来躺了下去,将草帽盖住脸,闭目嗅吸菜花肥厚的芳香。

　　金甜甜悄悄过来,用一根菜花去搔他的鼻子。洪大江以为是虫子,去抹,什么也没有。金甜甜再搔,洪大江抓住了菜花,睁眼一看,是金甜甜。

　　"甜甜!"

　　可金甜甜没有答理他。

　　洪大江看着金甜甜说:"不理我?"

　　金甜甜问:"你没在家复习?"

　　"你呢,也在干活?"

　　金甜甜举着给葡萄抹芽的专用剪,"嗯"了一声。

　　洪大江双手绞在脑后,说:"咱们这儿的春天真是太美了!有时想,考什么大学,太累,天天都在埋头学习,就在这儿啥都不想,就种种葡萄不是很好吗?田野和土地的气味真的让人沉醉,比书本美多了。"

　　金甜甜说:"大江哥,你可不能这样想。"

　　洪大江说:"我真的是这样想的,发自内心。"

　　"你好好冲刺,高考越来越近了。我问你,你第一志愿想报哪所学校?"金甜甜问。

　　"还没想好。"

　　"你报武汉大学和华中理工大学都如探囊取物,发挥好一点北大清华也有可能。"

　　"甜甜,我告诉你算了,我只有一个志愿,华中农业大学,你替我保密。"

　　金甜甜惊讶地瞪着他:"你疯了?"

"我没疯。"

"没出息！我要你报武汉大学！"

洪大江问："为什么？我认为我最适合华农大。"

金甜甜说："就是要你读武大。"

洪大江说："你好霸道，以后谁敢娶你呀？"

金甜甜说："那就不嫁呗。"

洪大江呵呵笑了，说："甜甜你好可爱。"

"不许说可爱。"

"那就说漂亮。"

"不许说漂亮。"

"那就说咱们这儿的土话，标致。"

"不许说标致。"

"说灵醒。"

"你好讨厌，也不许说灵醒。"

洪大江盯着金甜甜憋红的脸，说："咱说实话，甜甜你的下巴和嘴巴真好看。"

金甜甜说："眼睛呢，丑么？"

洪大江说："更好看，但我不能说更好看，这个学期你眼睛里有好多难受的东西，今天算是看到你的笑脸了。"

金甜甜叹了一口气："有什么办法？我爸的腿不仅没好，反而越来越严重了。我学习的心思一点也没有，只想到怎么将爸的腿治好，让他像过去一样，大步流星，健步如飞，两条腿精神抖擞，虎虎生风，那多好呀。"

洪大江用手绞着一根油菜花秆，后来，他抬起头，望着天空，对着湖上说："甜甜，别想那么多，我说，解决的办法还是我们考上大学，以后挣钱来报答他们。甜甜，我们报同一所学校吧？"

金甜甜双眼泛泪，看着洪大江，又转过头去，摇摇头说："不行，大江哥，你要读最好的学校，你有这个天分和实力，我欣赏你，仰望你，崇拜你。"

洪大江像不认识她一样看着她："甜甜，是我崇拜你，仰望你，欣赏你……咱们得尽快离开这个地方，飞到很远的地方去。"

金甜甜说："我会离开的，但我们离开的方式不同。"

金甜甜起身就走，洪大江在后头大声追问："甜甜，你什么意思？"

隔三差五的,放学后,金甜甜都要到镇上一个中医诊所里,给她爸买膏药。这天放学后,她骑车经过学校操场,肖小安拿着一摞参考书在向同学们推销,声称是黄冈密卷,是从黄冈中学流传出来的最新试卷,二十块钱一本,吹嘘今年的高考题全在里面。围着他买的同学还真不少,有不买的同学说:"一看就是盗版,质量好差,还二十块钱一本哩!"

　　肖小安说:"谁是盗版的,绝对正版,通过正规渠道搞来的,给大家分享,包你们考上北大清华。"他看到金甜甜,就说,"甜甜,我送一本你!"

　　金甜甜扭头就走。

　　洪大江在篮球架下喊她,她骑到那儿,洪大江从书包里拿出两本崭新的复习资料,对她说:"我昨天去县新华书店买的。"金甜甜不想接,洪大江硬塞进她背后的书包,说:"小安的书不能要,你一定要多做题,要提起信心!"

　　金甜甜说:"我哪有时间,我马上要去镇上给我爸拿药。"

　　洪大江问:"天都快黑了,要我陪你去吗?"

　　金甜甜摆手,骑上车走了。等她骑了老远,洪大江想想不放心,还是在后面跟着她,又不让她发现,其实金甜甜回头瞄到了洪大江。

　　她骑上国道口,看到有几个人正在看村里竖起的那两块广告牌。看牌子的人先说话了:"金甜甜,你好,去哪儿?"

　　金甜甜一看,是赵怡月的爸爸,便说:"赵叔叔,我去镇上给我爸拿药。"

　　赵光明说:"天快黑了,这么远,让我司机跑一趟,快上车去。"

　　金甜甜丢下自行车,谢了赵光明,上了车。

　　洪大江从后面赶来,他看到是赵怡月的爸爸赵光明,又看到了金甜甜的自行车,人呢?这很奇怪。

　　赵光明叫他:"你不是小洪吗,洪大江?"

　　洪大江说:"赵叔叔,您好。"

　　赵光明笑容可掬地给小高说:"他们两个都是我女儿怡月的朋友而且今年都要高考了,对吧?"他问洪大江。

　　洪大江说:"是的。"

　　赵光明问:"学习成绩不错吧,准备报考哪所学校?"

　　洪大江说:"我还没拿定主意,赵叔叔能不能给我一个建议。"

赵光明说:"我不知道你的想法呀,现在你们这代人的想法跟我们那代人不同。"

洪大江问:"那赵怡月呢,她报哪个学校?"

赵光明说:"让她报考华农大。因为嘛,我当年就是报考的华农大,但是阴差阳错只读了荆州农学院。"

洪大江说:"华农大我也很向往……"

赵光明说:"我也很向往啊,我虽然是学农的,但现在干上了行政,丢了专业,我还是希望当个农艺师,到你们这个葡萄研究中心工作,哈哈……"他指着那个"荆江县葡萄研究中心"的大广告牌。

洪大江赧然一笑道:"您郎嘎别当真,都是我爸他们瞎闹腾的,就想把村里的葡萄卖出去。"

赵光明说:"你爸做得对,要敢于宣传自己,说不定县里哪天的葡萄研究中心,就挂在你们村了,电视广告词不是这样说嘛,'一切皆有可能'。从你们村看,农业大有可为,这千亩葡萄基地,需要人才,也培养人才。过去说江南地区是不能种葡萄的,可奇迹和神话在这里出现了。"

小高说:"农民打破了神话,也创造了神话。"

赵光明说:"哎,小高,你这句话好。其实别小瞧农民,他们每天摆弄土地,研究土地,能种什么,不能种什么,他们心里最清楚,不能按书上的生搬硬套……"

金甜甜随车回来了,赵光明突然说:"我很想进村看看,怎么样,小洪小金欢迎吗?"

洪大江说:"欢迎啊,就是路正在修,车恐怕开不进去。"

赵光明说:"坐你们的自行车进去,小洪带我,小高带小金!"

洪家胜见儿子骑车带着赵主任来了,喜不自禁,就要安排晚饭。哪知赵光明说:"洪书记不用了,我每次路过就想来看看,今年你们种的葡萄现在应该是盛果期,再说,你们的牌子很气派,千亩葡萄园和葡萄研究中心,很吸引人呀。"

洪家胜着实羞愧难当,说:"赵主任,诚恳向您郎嘎检讨,我不该无组织无纪律,夸大其词。这牌子是我想的,明天,我就派人把这个广告牌拆了。"

赵光明笑道:"你这一检讨,我都不敢夸奖你们了。这牌子很好嘛,拆什么?另外,我经过这里多次,看通往你们村的路还没修好,是啥原因?"

洪家胜说:"实不相瞒,赵主任,钱不够,修修停停,您来,我还以为是讨债的哩。"

赵光明问:"缺多少钱?"

洪家胜说:"搞碎石路还缺个三五万,水泥路,那得十几二十万。"

赵光明说:"这样吧,你们写个报告,就说是荆州葡萄第一村修路,有资金缺口,打三十万的报告,小高,让洪书记与你对接,然后,咱们去帮他们争取一点专项经费,怎么样?"

小高说:"好的。"

洪家胜一听,心中大喜,刚才眼皮跳得凶,早跳官司晚跳财,这不是咱村里平地捡了个大金蛋?!洪家胜高兴得有点傻了,嘴里喃喃地嘀咕:"天露湾终于盼来了贵人……"然后高声说,"感谢市委,感谢赵主任!秋莲,杀鸡!"

赵光明对洪家胜说:"别忙,别忙,我们先去看看金会长,几次都没碰上,听说他腿伤了还没好。"

金满仓家的晚饭已经上桌,金甜甜带了一帮人来,洪家胜介绍说市委的赵主任来看你了。

金满仓夫妇起身迎客,金满仓依然拄着拐杖,说:"来来来,随菜便饭,赵主任,不嫌弃的话用一点。"

赵光明问:"金会长的腿严重吗?"

金满仓说:"慢慢在好。"

赵光明一看桌上,有辣椒煎阳干鱼、手撕蒜蓉茄子、豆豉炒藕带、腊肉皮煨藕汤,便说:"我就不客气了,就吃金会长家的阳干鱼。洪书记,把你家炖的鸡和菜一起端过来。"

洪家胜端来了几个菜,放满了桌子,大家开始用餐。问起腿伤,金满仓说髋骨粉碎性骨折已经两年了,完全好不容易。赵光明安慰了金满仓一番,看着满满一桌菜,说:"这碗阳干鱼,可以吃两碗饭。天露湖不仅有葡萄,还有阳干鱼,有藕汤,有鱼糕,有豆豉,这些全是我们当地的美食资源。荆江县的牛肉、锅盔、豆豉、鱼糕,在荆州多有名啊!是怎么说的?'水韵荆江,梦里水乡'。只要路修好,客人就来了,不仅卖葡萄,还要卖农家菜,卖咱们湖乡风光。"

洪家胜说:"赵主任您郎嘎这一番话给了我们信心和启示,咱们这天露湖是国家的,因为这里是国家团头鲂繁育原产地,守着湖不仅没鱼吃,也发不了财。又加上是荆江分洪区,一旦分洪,什么样的设施都一水淹了打了水漂。"

赵光明说:"荆江县叫头顶一碗水,不过三峡大坝马上就修好,以后我们这分洪区分洪的概率就很小很小了,我们要利用我们的优势发展生产,特别是葡萄种植,紧紧抓住不放松。"

他还转达了市委罗丰田书记对天露湾村的表扬,说到洪大江和金甜甜送给他家的葡萄他送了两穗给罗书记,罗书记赞不绝口,并希望你们继续在全市农村产业转型上带好头。临走的时候,赵光明硬要塞给金满仓五百块钱,说是对金满仓会长的腿伤表示一点慰问心意。金满仓再三推辞说不能要,但赵光明说你们非收不可,今天不收,金会长的葡萄我永远不吃了……

赵光明一走,村委会直到半夜都灯火辉煌,人声喧嚷,开始写报告并庆贺路要修通了,而且是水泥路。大家都感谢洪大江和金甜甜这两个高中生,不是他们碰上赵主任并带回村里,这好事咋能落到天露湾村的头上?!

洪家胜眉飞色舞地说:"我太老实了,赵主任让我报,我报的实数,多报个二十万就好了。"

钢子说:"八字没一撇,九字没一勾,不晓得会不会批,这三十万能批一半就是胜利,家胜哥,别想一锹挖口井了。许会计,你算算差不多吧?"

许会计说:"差不多。"

毛标说洪书记总是有贵人相助,是个有福人。而甘梅则说,洪书记今天像小伢过新年一样高兴,你不是说跟我们共事是耻辱么?

洪家胜说:"不是耻辱,是荣耀,是光荣!"

许会计说:"洪书记,老天有眼,你那三碗酒没白喝,我两碗酒也没白喝。"

洪家胜说:"意思就是三米高的大碑不用竖了啰?"

为送这个报告,也没少跑路,洪家胜跟钢子和许会计跑镇里、县里盖章,再跑市里,来来去去五六趟。两个月后,果然批了二十万下来。这把镇里都镇住了,天露湾村的人咋这么厉害?能找市里要到钱,而且是修路的专款,这不坐实了荆州葡萄第一村的名誉么?洪家胜好有成就感,水泥路开修了,一步到位,咱村里就是四米二的水泥路,再把路肩垫宽,这路就牛了。

可事情没这么简单,明明钱到了账,施工队的古老板要钱时,却无法全部结清账。

事情是这样的——

许会计家养了几头杂交野猪，也是想冲个冷门，可一只猪死了，这是祸端。

有一天许会计回家，老婆白水彩将一只小死猪放在门口，等他进门，就恶狠狠地说："把这猪拖到村委会去。"许会计问为什么要拖村委会，埋了不完事吗？可白水彩说你一天到晚在村里，不管猪的死活，这猪不要村里赔呀？许会计认为老婆是无理取闹，两人就争吵起来，进而动手。如果你找了这样一个不讲理的老婆，你就自认倒霉。饭也没吃，许会计拖着一只死猪，说是到村委会，其实是想将这死猪埋掉。

饥饿难耐的许会计人瘦力单，只叹自己命不好。谁知在半夜拖着死猪的他，也会碰上村里的丧门星肖丙子。肖丙子那电筒是三节一号电池，光线非常强烈，照一下死猪，照一下许会计。肖丙子用他那嘎嘎嘎的公鸭嗓怪笑着说："嘎嘎，拖去宰呀？"许会计一听气死，拿人家的不幸取笑，这人不厚道。于是说："我送你了。"肖丙子说："我可是村里的万元户，只吃牛肉，还专门吃牛身上的雪花肉，你见过雪花肉吗？"肖丙子甩给他一支烟，两人就在死猪旁，靠在一扇土垒篱墙上对火抽烟。

就是这次，肖丙子为他洗脑，要他合伙做生意，开办葡萄水泥立柱厂。人有多大胆，地有多大产。肖丙子跟他勾肩搭背说："许会计，你一心为村里操劳，还受洪家胜的压制——我看出来了，你在村委会里也不招人待见，不如自己挣钱发财，人有了钱，腰杆子都硬些，咱肖丙子谁都不鸟，为啥？有钱。"

许会计说："我又没赚钱的门路。"

肖丙子说："悄悄跟我干，我有，老弟你就有。以后，咱们天天啃甲鱼，顿顿吃海参。"

肖丙子说，他正在镇上办个水泥立柱厂，现在各村的葡萄种植要水泥立柱的那么多，紧缺，买都买不到，这个钱好赚。并说："我是看你有才，帮你赚几个钱，我自己有资本，不需要别人入股。"

两人越谈越像兄弟，第二天就一起去了镇上，许会计要实地看个究竟，他肖丙子是撒谎还是真的。

来到镇上，肖丙子带着许会计进了一个荒旧的院子里，里面是些建筑垃圾、废弃的机器和一台旧的搅拌机。肖丙子对他说："这地方是租的，宽敞，还便宜，明天就开工。"

一个人从小屋里出来，喊肖丙子为"肖总"。肖丙子打过招呼，对许会计说：

"我请的张师傅,过去镇上预制板厂的工人。"这时候,一辆汽车进来,车上装的是黄砂,张师傅指挥着车子将黄砂倒在水泥地上。

肖丙子跟许会计算了个账:"一根水泥立柱成本不到三块钱,我们卖五块,刨去成本,净赚两块。一天可以做五百根,纯收入一千块。"这得了,这赚钱像是玩儿,没想到肖丙子还真有两把刷子,不显山露水的。在浙江那趟,许会计早就领教到了肖丙子"不凡"的头脑,咱们为集体学技术给乡亲们买苗,全是义务,他肖丙子却有经商头脑,赚了个钵满盆满。

许会计试探地问他:"那我得拿多少钱入股,我们怎么分红?……我又不能做什么事。"

肖丙子说:"一千元一股,一万元十股。我是想帮你一把,天露湾最有才学的人,却穷成这样,还是村里会计,这不是丢政府的脸么?看看你那公文包,看看你那皮鞋,十年前就是这双,唉!如果这个预制厂一个月赚三万,你就净得三千。这是讲你入十股,没有就入一两股,总比你一个月一百多块钱的工资强呀。"

走到街上,在一个卖箱包的商店门口停下,肖丙子指着一个公文包问老板:"这个多少钱?"肖丙子花三十五块钱买下了,当场就将许会计的旧包扔到垃圾桶里,把那个新包让许会计换上了。

就这样,许会计将村里修路的一万元钱取出来,入了肖丙子办厂的股。但许会计给他说,这一万元是高利贷,他全家的身家性命都在这里了。想到一个月有三千元的分红,许会计一路唱起了歌。心想,就算肖丙子吹牛,三分之一也有一千块呀。咱没时间种葡萄,收入不好;养猪,又爱走瘟,入个村里人的股,他还敢欺骗我?

肖丙子造水泥立柱倒是真的,他是想利用许会计与各个村会计们的资源,推销水泥立柱。许会计每天趁其他村委不在时就拼命给各村电话联系,推销了七八千根。有一天他要跟肖丙子对账,可肖丙子一口否认有这么多,说账都在这里,顶多千把根,还有的是赊欠,欠条在这儿。

许会计不信他说的话,绝对不可能这么少,他到处电话联系,口腔都讲起泡了,怎么只有千把根咧?就想去厂子里再看看。那天他正在镇上走时,突然看到肖丙子从一个按摩店贼头鼠脑地出来,许会计截住了肖丙子。肖丙子见是许会计,露出窘态,从口袋里掏出五十元,要他也去按摩店舒服舒服。许会计说,我愁还高利贷,还有心思玩这个?他要求去厂子看一下,肖丙子说今天没有开工,不

126

让他去,说张师傅将钥匙拿走了,他也进不去。这更加让许会计生了疑,他于是给肖丙子放了恶话说,你如果诓我的一万块钱,我必饶不了你!

许会计心乱如麻地回到天露湾,副书记钢子骑着车来找他,问他说:"听说古老板找你结账,你老是推着不结,是什么原因?"

许会计一屁股坐到地上,呜呜地哭起来:"钢子,我怎么得了啊?我要坐牢了!"

钢子问他咋回事,他就说:"钢子你可要帮帮我!"

于是鼻涕眼泪一大把,讲述了怎么中了肖丙子的弹子……到后来,许会计朝钢子一膝跪下,说:"钢子,我一分钱未赚,一万元的成本,求你帮我要回来,还不能让我家水彩和洪书记知道,不然,我只有死路一条……"

钢子听说此事,说,我能帮你就帮你,如果迅速追回来钱,迅速止损,这事就瞒洪书记一回;如果追不回来,你要赶快填补上这一万元,否则,神仙也救不了你。

肖丙子还没有回村,钢子和许会计就去镇上找他。来到那个院子门口,铁门紧闭,有大白纸贴的封条。他们上前去看,封条是镇工商所贴的,盖有工商所的印章。许会计哭着说,真是遇到麻烦了,这钱铁定打水漂了。钢子说,你别急。朝里面瞅了一会儿,没有动静。钢子要许会计不出声。片刻,看到一个人正从院墙里爬出来,正是肖丙子。等肖丙子刚落地,钢子一把抓住他,说:"咋不走大门,爬墙啊?"

肖丙子看见了钢子一张铁青的脸,钢子也是个说一不二的人,村里一些调皮的人都怕他,论文论武都不是他对手,他腿上的肌肉就跟石头一样,上水利挑泥巴,一担最多挑过三百斤。肖丙子不敢给钢子说假话,就承认说:"咱没办营业执照,厂子给封了。"

钢子说:"我才不管你封不封的,你与许会计合伙挪用村里修路的公款,我是想做到仁至义尽,先问下你,丙子,你说是报案等警察来抓呢,还是将钱迅速还给村委会?"

肖丙子喊冤:"我跟他合伙挪用?"

许会计说:"我都招了,你看着办,要死一起死,坐牢咱有个伴。"

肖丙子仰天长啸:"许会计,你这是诬陷!我什么时候借村里的钱?说话要讲良心!"

钢子说:"包工队找村里要不到工钱,准备到县里上访,《刑法》规定挪用公款三个月未还的,五年以下,肖丙子同志,我们村里必须报案,你们两个看着办。"

许会计拉住钢子说:"钢子,看在咱们同事的分上,手下留情。"

肖丙子说:"我哪知道是公款,钱上写了公款两个字?"他问许会计:"许会计,你不是说高利贷吗?"

许会计痛苦地扯着头发没回答。

钢子说:"丙子,我晓得你胆大,这钱也敢用?你胆子太粗了!"

肖丙子这时候双手发抖,从他的老板包里掏出一张存折交给钢子说:"好吧,好吧,我可不是故意的,我不知道是公款……这上面有七千多,我就这么些钱了,我再筹筹……"

虽然钢子压住没说这事,但很多电话打到村委会,说是要退葡萄水泥立柱,说是你们村里造的。洪家胜接到几个电话,一问,才知是许会计在搞推销。洪家胜将许会计找来问情况,说:"你没有打着村里的旗号搞推销吧?"许会计说没有。洪家胜问:"那你为哪个在推销水泥立柱咧?"许会计就含混地说是为外村。洪家胜说:"你还是少用村里的电话打,这是公家的电话费。"

钢子见面就催把余款补上,还说:"你这么大的胆搞挪用,过去搞过没有?"

许会计说:"我拿儿女赌咒,我要是占村里一分钱的便宜,天打五雷劈!村里有钱吗?一分一厘都数得清!"

钢子说:"谅你也不敢。"

许会计说:"我恨死肖丙子。"

钢子说:"先恨你自己吧,以为天上掉馅饼,就算掉馅饼,也不可能恰好从肖丙子下巴上掉。"

许会计说:"我现在明白了,一时糊涂,想赚肖丙子的钱,那是鹌鹑嗉子里寻豌豆,鹭鸶腿上劈精肉,蚊子腹内刳脂油,他一毛不拔!谢谢钢子救我。"

钢子再为他出主意:"你就给他说警察没撤案,到时,自有办法治他。"

可是电话要求退货的人越来越多,许会计干脆拔掉了电话线。都是冲着他来的,是他介绍的,有的威胁要找上门来。值班的许会计只好三十六计走为上,锁了村委会的门,去找肖丙子。本钱还没弄回来,退货的又找他,没赚一分钱,还惹出一身麻烦。

肖丙子不见了,吴红英说两天没见着人,许会计觉得还是到镇上那个封掉的厂子去碰碰运气。

许会计还没走到厂房大院的门口,就见那儿停了几辆车,在卸水泥立柱,横七竖八,许会计凭直觉就知是退货的,找肖丙子扯皮的。许会计避让着一辆按喇叭的拖拉机,那拖拉机突然停在他身旁,从车上跳下个人来,拽住他说:"许会计,可找到你了!"

那人是邻村的葡农,拽住他就不放,说:"你看看,你这是卖的什么水泥立柱?这不是坑害咱们吗?葡萄架全倒了。"

许会计一看,那些水泥立柱都坏了,起渣,断裂,露出钢筋。羊肉没吃上惹了一身骚,他连忙解释道:"这真的与我无关,我不过是受老肖之托,帮他推销一下,我哪知道有质量问题?!"

围上来的人说:"与你无关?与你无关你来这儿干什么?"

不知从哪里钻出来一圈人,都是退货讨说法的,许会计被人推搡、挤攘,他想冲出去都难了,高声对他们说:"找我有什么用?我也是来找肖丙子的,我们大家都是受害者!"

有人说:"你是什么受害者?我们都是听你推销来买的,你跟他是一伙的!"

"是呀,你就是跟他一起做笼子推销假冒伪劣产品,坑害我们葡农!赔钱!赔钱!赔我们血汗钱!"

那些愤怒的葡农手都指到他眼皮下,眼看要打他的人了,他只好求情道:"我真的是来找肖丙子讨说法的,大家进到院子,看是怎么一回事吧。"

有人说:"锁了,进不去。"

许会计说:"砸吧,砸门!"

一干人就去推门,终于将院子门推倒了,他们看到,有一个人在那儿对着一堆水泥袋子啜泣。

是肖丙子。肖丙子泪水汪汪地抬起头看着这些闯进来的人,从地上拿起一把刀,就朝脖子上抹去。许会计眼疾手快一把抓住了那只握刀的手,同时大喊:"肖丙子,别瞎来!"

肖丙子挣扎着狂叫:"让我去死,让我死了好些!我被骗了!"他从水泥袋里抓出一把水泥,"这是假冒水泥!"

大家说:"去工商所举报啊!"

129

十二

金满仓背着喷雾器,提上装有诱抗素和赤霉素制剂的袋子,拄起拐杖出门,趁天晴为葡萄着色保果喷点生物制剂。

余翠娥让他放下喷雾器,说:"别去田里了,你这拄着拐杖,田里土又软,走不了的。"

金满仓眯起眼睛看了看初升的太阳,说:"难得的晴天,得把园子打理一下,免得落果,着色又不均匀,到时,结了等于没结。再说,人家赵主任那么大的干部老远来看我,还送了五百块钱人情,这人情比天大,咱一个农民,有什么资格收受市领导的人情?把咱们当人,咱们自己不努力,就对不住人家……"

余翠娥说:"我去干就行了。"

金满仓说:"不是你干不干,我也没说你不干,这真不是一般人能干的,我慢慢来干……"

余翠娥说:"我是一般人,你是二般人啰。"

金满仓说:"我的葡萄只听我的,我一去,葡萄就好。"

到了园子,金满仓放下拐杖,在旁边水沟里兑水。他咬牙背上满满的喷雾器,不小心伤脚落地,一阵锥心疼痛。他拿上拐杖,拄起,半天才将身子平衡,终于站住了,进入葡萄架下的沟垄,扶着水泥立柱,慢慢打药。

沟垄松软,拐杖深深插进去,人总是不稳。他揩着汗,手抓着水泥立柱,看着在阳光下果实累累的葡萄,再鼓起劲来打药。

陡然园子里一阵蹿动,金满仓以为是鸟,再看,一头尖嘴黑猪进了葡萄地,在里面乱跑。好像是头野猪,后面竟然有个人,再一看,是白水彩。

白水彩"啰啰啰"地唤猪,猪急吼吼的,金满仓喊:"水彩!猪跑出来了?"

白水彩说:"哟,满仓,得罪,得罪!我家猪这德性,把你园子弄乱了!"

金满仓说:"啥猪呀?跑得这么欢!"

白水彩说:"二代野猪,跑跑猪,多高的圈都能蹦出来,唉!这害人的许得坤,刚买来的,就想跑,满仓,你能帮我捉下猪么?"

原来,许会计想填上村里钱款的窟窿,又找卖猪崽的赊了几头二代杂交野猪。这野猪野性未泯,跳墙乱跑。

白水彩好像没在意金满仓拄着拐杖,金满仓只好放下喷雾器,一拐一拐地帮她抓猪。他拦着猪,猪在里面与他们捉迷藏,见他们逼来,一个掉头,又往另一边跑没影了。

白水彩弯着腰在葡萄下穿行,将头上的葡萄碰掉了不少,喊金满仓说:"在这里,在这里!"金满仓一只好腿,哪能快速移动,伤腿一步虚踏,拐杖一拐,只听到髋关节里面一阵挫动,身子顿时软了,失去平衡,一下子歪倒在沟垄里,身子重重地撞在水泥立柱上,整个葡萄架都震动了,葡萄和叶子纷纷落地。

白水彩没见金满仓过去,瞄到了倒在地上的他,说:"满仓,算了算了,猪跑出去了!"

金满仓疼得眼冒金星,圆滚滚的汗珠连串往下淌,大叫了几声,葡萄架上的几只鸟,吓得嗖地飞走了。

这一次在葡萄园里折腾摔倒,金满仓回到家就在躺椅里不能动弹了,仰着一张痛苦扭曲的脸,望着空荡荡的天空。

金满仓告诉余翠娥,估计没长好的骨头又折了。余翠娥大骂白水彩害人精,养什么野猪,跑到咱们园子里害人。

金满仓让余翠娥给他倒一杯酒来麻木自己。他端起酒杯,拿起筷子,正准备向碗里下箸,又停下来,说:"这条鱼给甜甜留着。"

余翠娥说:"你该吃的吃,别把伢儿惯坏了,她还没吃的?"

金满仓用酱萝卜下酒。余翠娥说:"这鱼这么大,你吃个鱼头,鱼身子留给她。"

余翠娥用筷子去撇鱼头,被金满仓挡住了:"我真的不要,怕卡着喉咙难受,心情不好容易卡喉咙。"

喝了两杯酒,疼痛没止住。整整一个晚上,金满仓都在呻吟,甜甜在自己房里听得清清楚楚。她实在无法入睡,就去了爸妈房里,说给爸换一张膏药。她拿上碘酒清洗髋关节皮肤,发现那儿红肿异常。她回到自己房里,听到妈在说爸要换髋关节的事,说得好几万,这不换不行了。她爸发脾气说:"我不换!坚决不换,不换会死人?!"

转瞬间就到了高考。

洪大江吃过早餐,背着书包,在桥头等着金甜甜出门一起去考场。雨下得不小,洪大江左等右等没见金甜甜从家里出来。时间不早了,有同学骑车匆匆经过叫他,提醒他快去学校。他焦急等着,雨越下越大。他看了看手表,时间来不及了,以为金甜甜提前走了,只好骑车飞一样地往学校赶。

学校挂着几个大红横幅:拼尽全力赢高考,苦尽甘来齐欢笑! 考试铃声响了,洪大江扒开许多家长才进了考场。可是没见到金甜甜,最后一分钟了,还是没见她来。开始发试卷,金甜甜的座位依然是空的。洪大江给监考老师说:"老师,我们班金甜甜还没有到,能不能先不关门,等她一下?"

监考老师说:"你在开玩笑吧,这可是全国高考,谁敢拖延时间?"

洪大江焦急不安,边答题边看着考场外面,依然没有金甜甜的影子。时间已经过了五分钟,最后的希望没有了,洪大江快哭起来。

他让自己平静下来,仔细审题,认真答卷,答完检查了两遍无误后,第一个交卷,走出考场。有家长马上围上来问他:"大江,难不难? 考得怎么样?"他懒得回答,骑上自行车就往村里跑去。

在金家院子门口,洪大江碰上了拄拐外出的金满仓,问:"满仓叔,甜甜为什么没参加今天的高考?"

金满仓简直五雷轰顶,大惊失色道:"甜甜没去高考?!"

洪大江说:"是呀,我觉得好奇怪,她人在家吗?"

金满仓拐着腿进屋,四下喊:"甜甜! 甜甜!"又自语道,"她人不在,车也不在,骑哪儿去了,该不会在半道上出事吧?"

洪大江也帮忙四下寻找,终于在猪圈旁的柴垛里,看到了金甜甜的那辆自行车,用草盖着,露出半个轮胎。洪大江说:"甜甜的自行车在这里!"

金满仓过去一看,愣了,从草丛中扒出自行车,车正是甜甜的。

余翠娥从湖里洗衣回来,金满仓用哭腔给她说:"甜甜不见了,没参加高考!"

余翠娥黑着脸,张着嘴,不敢相信:"瞎说,没高考,人咧?"

他们赶快去金甜甜的卧室,看到叠得整整齐齐的被子,桌子上收拾得干干

净净。在被子上放着一张纸条,洪大江拿起来,念道:

> 爸,妈,我对不起你们,我虽然想读书,但我必须去打工,你们不要找我。我不是一时冲动,我考虑了很久,爸爸的腿摔后一直无法康复,现在要换髋关节,要许多钱。我不能去读书再增加你们的负担,我已经长大成人了,我于心不忍,我要赚钱回来,一定要治好爸爸的腿,你们放心。你们养育了我到十八岁,已经尽到父母的责任,我现在如果不报答你们的养育之恩,我就不是你们的女儿。
>
> 甜甜

大江还没念完,余翠娥就一头昏倒在地。金满仓赶紧抱住她喊:"孩她妈,你怎么啦? 你醒醒! 甜甜,你去了哪里?"

他拄起拐杖,冲进大雨中。

金满仓拄着拐在村道的大雨中疾走。一路大喊:"甜甜! 甜甜!"

村道上空无一人,他的喊声在雨中回荡。他伤腿剧痛难忍,跌跌撞撞,倒地又爬起来。

他走到曾经摔下的涵闸那儿,摇摇晃晃地站住,后来一下子跌坐在闸上。他盘坐在雨里,一动不动。

天露湾风雨飘摇。

金甜甜是清晨出走的,她弃考打工,坐上了到武昌的长途汽车。虽然这个决定对她来说鲁莽了一点,会伤父母的心,但她认为,她生命中第一重要的事是要把爸爸的腿治好,什么高考读大学一点都不重要。她想窄了,她就这么离开了家。

她在回过头看自己的家时,哭了一场,好在太早,大雨哗哗,路上没有人。她突然跪下来,向着雨雾隐隐的村庄。后来,她站起来,毅然决然地转过身子,向前方走去。

下午,到了武昌宏基客运站,她拖着箱子出站,立马围上来一些人问她:你是找工作的吧? 你要找什么样的工作,我们这边都有;住宿,住宿,哎,美女,你住宿吗? 我们旁边酒店很便宜的标间、单间,包早餐,你住不住啊?……

金甜甜不敢搭讪，挤到一个穿制服的车站工作人员旁边，拿出一张名片，问："先生，这个地方怎么走？"工作人员看了看，顺手一指，说："就在那边。"

车站外就是眼花缭乱的武汉大马路，她一脸迷茫，寻找着那个"汉桥果品经销商行"。父辈发生故事的这个地方，给了她方便寻找的机会，就隔着一条马路，她就顺利看到了不太显眼的"汉桥果品经销商行"的招牌。她拿出名片，一个字一个字对着，生怕弄错了。

汉桥果品经销商行一楼的批发兼零售店铺里，水果琳琅满目。销售员艾晓兰看到一个拖着拉杆箱的女孩，问她："你买点什么水果？我们这里都有。"

金甜甜说："我不是买水果的，我想请问，你们老板是叫乔汉桥吗？"

艾晓兰问："你找他有事？应聘的？"

金甜甜摇头说："不是，我这里有张他的名片。"

艾晓兰把金甜甜从上到下看了一遍，说："我们老板在二楼，你从这里上去。"

金甜甜按照指点上楼，艾晓兰说："你就把箱子放在下面，我给你看着。"

在二楼，她一眼就认出了曾在她家吃过饭的乔汉桥，她轻轻敲了敲门，怯生生地喊了声："乔叔。"

乔汉桥已经记不起眼前这个漂亮的女孩是谁，问她找谁。金甜甜虽然失望，但一想，人家每天要接触多少人，一个小孩他记不住很正常，就说："我是荆江县天露湾村的，几年前您郎嘎送我爸他们回村，在我们家吃过便饭。"

乔汉桥听到"您郎嘎"这个特征明显的荆江方言，很好听，很有礼貌，可以下辈对长辈说，可以平辈对平辈说，也可以长辈对下辈说，反正是一种含有泥土味乡土情的礼仪尊称。

乔汉桥在回想着，金甜甜又说："我爸叫金满仓，您郎嘎还在武昌火车站替我爸打过小偷，让我爸买葡萄苗的钱失而复得。"她拿出当年他留下的名片，"我就是按这个地址找来的。"

乔汉桥终于想起来了，拍着脑门笑着说："小丫头，你叫金甜甜，长大了，来，快坐，快坐。"

他让工作人员给她倒了一杯水，说："你还端了一个板凳将我车子拦着不让我走，哈哈，你来找我有什么事吧？"

金甜甜就把她想找一份事做说了，并说她高中已经毕业。乔汉桥非常高兴一口答应,但他突然想到这几天不是在高考吗?便问她为什么没参加高考,金甜甜眼睛躲闪着沉默不语。乔汉桥又问是不是跟家里人吵架生气出来的,或者是被家长逼婚,或是成绩不理想放弃了高考?问着问着,这孩子泪水就在眼眶里打转了,乔汉桥便不再问,带她下楼,将她交给艾晓兰,说:"这个金甜甜就跟你住一个宿舍了,你好好照顾她,她可是我的家乡人。"

艾晓兰说:"您不是武汉人吗?"

乔汉桥撇着荆江县的方言说:"我下放在荆江县小金他们那儿四年半,十六岁半就当了知青,你说我算不算荆江县人?"

恰好乔汉桥的母亲顾老师从外面回来,乔汉桥将金甜甜介绍给他妈说:"家乡来人了。"他妈顾老师说:"是荆江县的,这丫头长得多俊哪。荆江县水好,女伢皮肤好,水色好。"说得金甜甜脸都红了。

最后一门考试完了,洪大江从考场出来,把手中的教科书抛向空中,朝湖边跑去。洪大江后来把书包也丢了,在湖滩上手舞足蹈地狂奔转圈,一边跑一边大吼长啸。

他捡起书包,坐在湖边,望着宽阔的湖面上动荡的荷阵和芦苇,那里有阵阵白鹭。夕阳悬在西天,即将滚落湖中,白鹭们在湖上滑翔着寻找归巢,叫声如雷电爆炸。

金甜甜还是没有消息,他现在心里全是她,她去了哪里呢?

远远看到肖小安提着个书包颓丧地跑过来,坐在他的旁边。洪大江扯着草说:"离我远点!"

肖小安说:"我妈去湖心岛上的天露庙里烧香,提了十斤香油,白给和尚们吃了,菩萨不保佑我。"

洪大江从鼻子里哼出一声。

肖小安说:"我算是与大学无缘了,苟富贵,勿相忘啊。"

洪大江又从鼻子里哼出一声。

肖小安说:"我本来是想跟你探讨一个天大的问题,又怕你揍我。"

洪大江说:"有话就说,有屁就放。"

肖小安凑近他耳朵小声说:"你以为金甜甜真的是到武汉打工去了吗?"

洪大江盯着他问:"那她到哪儿去了?"

肖小安说:"村里人的说法不是这样啊。"

洪大江问:"村里人怎么说?"

肖小安说:"我还是不敢说。"

洪大江站起来,一把扭住肖小安的衣领说:"你说还是不说?"

肖小安挣扎着:"他们说……说……她是做小姐去了。"

肖小安说完撒丫子就跑,可洪大江哪会放过他,奋力去追,逮住了将他扑倒在地,要撕开他那张臭嘴。洪大江骑在他身上揍了他一顿,警告他说:"再放屁,见一次打一次!"

洪大江到自己家园子里,他爸妈正在采摘葡萄,洪大江放下书包就拿起了剪子。他爸说:"考完啦?你休息休息,葡萄有车马上来拖的,考得怎样?"

洪大江剪着葡萄说:"不算太好,也不算太坏吧,书有读的,你们不用操心。"

洪家胜说:"有书读我就满意了,哪个学校都行,你老爸从来不给你压力,这方法好吧?在古代叫无为而治,是大谋略,对小伢尤其好。不给压力不等于放任自流,就是不给小伢造成精神负担,否则小伢的学习和发挥会变形的。对小伢儿,鼓励是最好的关心,鼓励是最大的加油站,不像你妈,整天一张嘴放在你身上,横挑鼻子竖挑眼,受不了。"

黄秋莲说:"打是亲,骂是爱,怎么了?大江,你老爸呀,根本就没管你,要不是我管你,你学习成绩有这么好?"

摘了一筐,洪大江有些累,坐在箩筐上。洪家胜过来拍着他的肩说:"我看你有点闷闷不乐,我说大江,金家的事你千万别掺和,他家甜甜还得找,这事大家躲着,不想惹事上身。她爸去报了案,弄得不好是个刑事案件,拐卖啊。不是吓唬你,你还没出校门,你懂什么?"

洪大江说:"爸,你们大人最烦,什么都往复杂上想,又是刑事又是阴谋的。"

洪家胜说:"没有啊,我拥护改革开放,相信正能量。可这个社会不都跟我们一样是好人,一定有坏人。这叫什么,这叫泥沙俱下,鱼龙混杂。"

黄秋莲插嘴说:"说白了,甜甜这伢缺家教,少心眼,任性惯了,一个丫头片子,说走就走,哪能这样?!"

洪大江对他妈说:"您郎嘎说人家缺家教,有什么证据?"

黄秋莲生气了,说:"她是不是已经跑了?跑了你还在为她说话,人都不见了,一踏进社会,不就成了渣滓?"

洪大江气得把一把葡萄捏碎了。

收购葡萄的车一走，洪大江回到家里，洗了一把脸，开始收拾桌上成堆的教辅书，收拾一半，没劲了，躺在床上睁眼发愣。喊了他几遍吃饭，他爸非要他今天喝上一杯，以庆贺十年寒窗结束，准备读大学。

菜很丰富，洪家胜说："我请周师傅在镇上带回了一个牛三鲜火锅，还有卤螃蟹。看，这是我藏了十几年的老酒，你读小学时我买的，当时就说等你考上大学喝，咱爷儿俩今天喝个底朝天。你呢，不要多喝，一杯不套，再斟不要，行不？"

洪大江说不想喝，洪家胜要儿子开戒，竟然说："庆贺一下，不喝我灌了，特别你读高中，弦绷得紧，我嘴里不说，心里的弦绷得比你更紧，怕你考不上在乡下一辈子。哪止十年寒窗，整整十二年，从小学到高中，天天起早贪黑，考大学不容易啊！"

洪大江说："分数还没出来哩，庆贺什么呀？"

洪家胜说："庆贺你脱离高中苦海，你分数还能差吗？你是我儿子，我还不知道你聪不聪明？你九个月开口说话，一岁就会跑，两岁能背《春江花月夜》，谁能相信？要是生在城里，你不是天才，不读那个中科大少年班才有鬼哩！"

洪大江只好灌下了一杯酒，呛得心里难受，黄秋莲对洪家胜说："别让大江喝了，你这老糖尿病，也别喝了，你喝死了，我和大江靠谁去？"

"就你这张乌鸦嘴！"洪家胜说。

吃完饭，洪大江来到院子里，对乘凉的他爸说："爸，高考完了，我想和同学一起去荆州城里玩玩。"

洪家胜问："要钱吧？"

洪大江点点头。

洪家胜从兜里掏出一百元，问："够不够？"

洪大江说："还给点。"

洪家胜又掏出一把钱，全被洪大江抢走了。

洪大江哪里是与同学去玩，他是要去武汉找金甜甜。

踏上了长途汽车，长这么大是第一次离开荆州，说白了就是个读书机器。高考完了，人生开始了另一段新途。洪大江挤在逼仄的座位上，旁边一个胖子一上车就打鼾，把他快要挤扁。他看着窗外的城镇、田野，心里在呼唤金甜甜：你是不

137

是去武汉了？武汉这么大，我到哪儿去找你？我记得你说过一个姓乔的人，做水果生意的，来过我们村，在武昌火车站救了你爸，打败了火车站小偷，把买葡萄苗的钱要回来了，你是不是去找这个人呢？……

洪大江只听说是在武昌火车站周围，但具体在哪儿，他也不知道。再者，金甜甜若真是如肖小安说的，去做什么脏事，把脸不要，只要弄钱回来为她爸治病，这份念想也就结束了。这也好，省得天天睡不着担心。

到了武昌宏基客运站是雨天，城里的雨，下得乱糟糟湿蒙蒙的，街上的污泥浊水着实太多，溅得人一身。没有带雨具的乘客狼狈不堪，四处躲雨。可洪大江似乎不怕雨，他买了一件一次性雨衣，要打听一个卖水果的乔姓中年人。

大雨中的马路上依然是滚滚的人流和车流，他走在马路旁边，躲着汽车经过时溅起的肮脏积水，在一个个水果摊前问："您郎嘎认不认识一个做水果生意的乔老板？"

没有人知道……

在一个副食小店门口，一个老板很热情，说你要找做水果批发的人，咱们这一带，都在武泰闸，那儿有个果批市场。洪大江问离这儿多远，老板指着西边说，不远不远，就一站路，坐车，走过去，都不远。

嘴巴就是路，一直问到武泰闸果批市场，一家一家问，一家一家看，没有人认识姓乔的老板也没有看到金甜甜的影子。

这雨，这陌生的环境，让洪大江对金甜甜怨恨起来，想象她真的堕落了，或者在做什么见不得人的事，心里倒生出了对这个女人的厌恶，为自己这辛苦的一趟找出了返程的理由。

洪大江拖着疲惫的湿漉漉的身子回到武昌火车站，雨没有要停下的意思。他在旁边一个面食店里点了一碗热干面，要了一个烧饼，一碗热水。后来，他要了一瓶啤酒，一口气咕噜咕噜喝干了。因为太困，就伏在桌子上睡着了。

小老板是个年轻人，在洪大江脚前点了盘蚊香，怕他被蚊子咬。但过了一会，小老板还是叫醒了他："先生，先生，你是坐火车的吧？我怕你误了火车，就叫你了。"

洪大江那时候做梦在湖边行走，看到许多漂亮的鸟，想进去芦苇荡看个究竟，但有一蓬蓬的刺棵横在面前，还有大蓟、臭蒿、飞蓬这些不舒服的张牙舞爪的植物。他睁开眼睛，一时记不起自己在哪儿，四处看了一下，才醒过神来，对小老板说："对不起，对不起。"

原以为去荆州有夜行汽车的，但到了汽车站，售票窗口早关了，也没有人，守大门的工作人员说，明天五点开始售票。洪大江就回到武昌火车站，在候车室里找到了一条座椅，拿出一件干爽的T恤换上，用双肩包当枕头，在座椅上躺下了。

来来去去的人不停地扒拉他的腿要坐下，有个人还要把背包放在座位上，洪大江就只能蜷缩在那里。有人挪动他的双肩包，不就是两件衣服嘛，是不是想偷他的东西？对面的一个女人抱着个伢儿坐在很大的牛仔包上，那小伢时不时哭叫，但那女人很细心，又是喂食，又是喂水，又是端尿。典型的山里人样子，肯定是出外打工的，在等半夜的火车或者明天的火车，跟他一样，舍不得住店，来火车站蹭睡。火车发车的广播声此起彼落，永远都在发车，永远都有上车的和下车的。世界在流动，一个女孩去武汉或者南方打工，是再正常不过了，我不相信她就会真变坏，成为人人不齿的坏人……

他望着天花板和那些日夜不熄的大灯，七想八想，感慨万端，后来慢慢眯着了。

外面雨大，有了凉意，还有夜蚊的轮番偷袭。他醒了，抓着痒，赶着夜蚊，抱着膀子坐着，打盹或等待。

终于，外头有了青色，天要亮了，雨依然下着，他出了火车站，先去买票。

长途汽车站里早站上了几条长长排队的人，他站队买票花去了一小时。他买好车票，登上了去沙市的长途汽车。

洪大江一夜没回来，这可急死了黄秋莲，黄秋莲的心情又影响了洪家胜。这两口子一直在村里找，又上国道找，还不能给村里人说。黄秋莲声称儿子受了甜甜的蛊惑，会不会是丢下上大学的机会，与她会合打工去了？黄秋莲认为儿子很傻，智商高，情商低，情商基本为零，一哄就会上当。洪家胜却比较淡定，认为伢儿成人了，就算去玩一下，不回家是正常的，不能像过去老把他当小伢管着，马上就去读大学，不就是离开咱们么？什么出事啊，什么打工啊，都是猜想，儿子钱花完了一定会回来。但黄秋莲不依，越想越觉得儿子的外出与金甜甜有关，于是指桑骂槐又与金甜甜的妈余翠娥杠上了。

黄秋莲叉着腰问："余翠娥，是不是你女儿骗走了我儿子？"

余翠娥手上端着喂鸡的瓢出来,说:"我女儿骗你儿子?"

黄秋莲说:"是呀,你女儿不读书,我儿子可是要读书的。你女儿先跑,我儿子接着就不见了,你敢说这事没关联吗?"

余翠娥急得抓耳挠腮,说不赢黄秋莲,拖出砧板和菜刀来:"咱们赌咒!"

黄秋莲说:"马三爹说了,让我们注意形象,注意影响,你是会长家属,我是村主任家属,我保持克制,今天坚决不跟你剁砧板。"

余翠娥剁着说:"你不敢赌?"

黄秋莲说:"我说了我保持克制,让三爹骂一顿不划算。"

余翠娥说:"那你就是陷害我们甜甜!"

黄秋莲说:"还得了!反咬一口?赌就赌!"

于是黄秋莲也拖出砧板开剁了。

围观的村民如蝇逐臭。

余翠娥剁刀:"是你儿子骗走我女儿!"

黄秋莲剁刀:"是你女儿骗走我儿子!"

"冤枉我家甜甜的遭砧板剁!"

"把我大江骗走的砧板上剁千刀!"

黄秋莲见一只鸡在面前觅食,一把抓住鸡,将手上的刀拍着鸡身说:"杀了你这只鸡!杀了你这只鸡!"

那鸡吓得咯咯叫。

余翠娥说:"你说谁是鸡咧?"

黄秋莲说:"我说这只鸡是鸡,不是你屋里的鸡!是这只鸡把我家大学生勾跑了,我就杀鸡,杀鸡!"

说到做到,黄秋莲将鸡头放在砧板上,一刀下去,鸡头没了,血水四溅。那无头鸡就在泥巴里挣扎抽搐,围观的村民有吓得散开的,有大声叫好的。

这时,洪大江突然出现在村民面前,引起了一阵骚动,有人说:"大江回来了!"

洪大江见两家母亲又在剁刀互骂,并且斩下鸡头,对黄秋莲说:"妈,你住手,太恶心了!"

儿子归来,站在黄秋莲面前,她惊喜万分,丢下刀说:"哎哟,我乖乖儿子回来了!乖乖,你到哪儿去了?可把你老妈担心死了,回来了就好,气死坏人!"黄秋莲一只手提着无头鸡,一只手摸着儿子的头,"我晓得你要回来的,这鸡是老妈特意给你杀的,咱们今天炖鸡吃!"

洪大江拿起刀和砧板,咳嗽着对大家说:"你们都回去吧,有啥好看的?"

进了屋黄秋莲就问儿子:"你感冒啦?身上脏兮兮的,究竟去了哪儿啊?快快,我找药你吃。"

黄秋莲找出药来,取出两颗给洪大江,又倒来水:"来来来,把药吃了。"

洪大江吞着药丸说:"我说妈,您郎嘎不是说不再跟人对骂吵架了吗?多不好,让我怎么在村里待?"

黄秋莲说:"姓余的要剁,我不剁,就输了她,你妈我服过输?"

洪大江说:"就算赢了有什么好,您郎嘎说?"

黄秋莲说:"你告诉我,究竟去哪儿了?"

洪大江说:"妈,我是大人了,我去哪儿都得跟您报告?我去外地读书,您也跟我去?"

黄秋莲说:"嗬,还没接到录取通知书,就跟我这种口气说话?"

洪家胜背着采摘工具回来,看见门口有血,进门就问:"秋莲,门口咋有血?"他一眼看到了地上的无头鸡,霎时变了脸,"杀鸡?鸡头呢?"

黄秋莲和洪大江都不敢出声。

洪家胜明白了:"又剁砧板吵架了?还剁了只鸡?我说秋莲,孩他妈,大江刚高考完,还在等大学录取通知,你这一闹,人家笑不死?这只鸡,不能吃,晦气,扔了!"

洪家胜将黄秋莲准备拾掇的鸡扔进撮箕里,黄秋莲愣了一下,突然泪水四溅大哭道:"洪家胜,你只会欺负家里人,你算人吗?"

洪大江见状,将撮箕拉过来,对洪家胜说:"爸,何必呢?这鸡无罪,可以吃。"他将鸡放入脸盆,用开水瓶的水烫鸡。

洪家胜对洪大江说:"大江,甜甜不见了,你又不见了,知道村里会说啥?什么私奔的话都出来了。你还是趁这几天,帮我采摘葡萄,免得烂在地里。"

炖鸡的香味飘出来了,黄秋莲将饭菜端上桌,自己却不吃。

洪家胜劝她:"你生啥气?吃饭,以后坚决不准剁砧板了。"

黄秋莲生闷气,不理。洪家胜就撺了一块鸡,悄悄塞到她嘴里。黄秋莲吐不能吐,哭笑不得,用手拿着,说:"洪家胜,你、你,恶心!"

十三

情况是突然发生的。

这一年,天露湾的田野上全是成熟的葡萄,穗大,果重,随便往地垄里望去,深紫色的葡萄带着粉,躲藏在架子和叶子下,多到一眼望不到边,像要把架子拉拽下来似的。整个葡萄藤不堪重负,摇摇欲坠,风一吹来,仿佛所有葡萄园都要倒塌了。得赶快采摘,田野上,全是采摘葡萄的人,连镇上的居民都下乡来给葡农打工,帮忙采摘。汽车、拖拉机在村道上奔忙,在与国道交会的地方,卖葡萄的箩筐摆满了国道两边,俨然成了自然集市,一直摆了一两里地。一排排装满葡萄的箩筐,密密麻麻,来往的车辆停下来选购葡萄,讨价还价,大呼小叫,乱作一团。

村里在治保主任毛标的带领下维持秩序,毛标嘶扯着嗓子用半导体喇叭从早喊到晚:"……葡农们请注意,葡农们请注意,安全第一!大家要遵守纪律,先来后到,摆好箩筐,后退一点,让汽车通过……买葡萄的请将车开到远处路旁停下,不得挡住公路!……"

洪家胜亲自上阵,也上了国道,跟所有村干部一起维持这个国道边临时集市的秩序。他从毛标手上接过半导体喇叭,站在路边葡农一个翻扑过来的空箩筐上,重复喊话:"各位葡农乡亲,大家一定要注意安全,不得占道经营,不得挡住来往车辆。今年,大家辛苦了,葡萄丰收了,要尽快卖出去,大家的心情可以理解,但我们不能堵塞道路,影响交通,与人方便,自己方便……"

其实,他的喊话虽然声音够大,但在山呼海啸的人声和汽车声中,等于没有。因为人们根本不会听他说什么,各自在抢占位置,与人讨价还价,大声吆喝。

洪家胜因为从早到晚耗在这里,嗓子喊哑了,自己的葡萄也顾不上卖。他带着几个村干部加上一些民兵轰赶着占道买卖的人,但国道上的大小汽车已经横七竖八,前不见头,后不见尾,喇叭声此起彼伏。

一个葡农挤着别人的位子,放进自己的箩筐。被挤者不肯让出,将箩筐死死地用屁股坐着,用腿抵着说:"我早上五点就来了,你到别处去!"

占位者夹着扁担,不慎将那个人的头扫到了,那人尖叫起来:"你还打人是怎么?"

占位者说:"我打了你么?是我打的?"

两个人争执起来,你推我搡。旁边的葡农在叫喊:"你们到一边去,把我的葡萄踏烂了!……"

洪家胜上前制止说:"你们这是来公路上打架的还是卖葡萄的?要打架回村里去打!"洪家胜喊着,"清出一条路来,让车子畅通!"

他指挥几个民兵去搬箩筐,可葡农不干,死死地护着箩筐。

金满仓拐着腿,也来劝说葡农让开。他的葡萄没有成熟,他不急,再者他的园子缺少打理,今年的葡萄十分不好,早熟不是成熟,晚熟才是自然成熟。但人们已经等不及了,你打我打他打,拼命打催熟剂,听说今年的价格好,结果是价格崩盘,人们更急。

林三富的车从村里出来,是金满仓让林三富去袁世道和潘忠银园子里采摘了一车。林三富觉得这两位的葡萄还可以,都知道林三富在村里只要金满仓的葡萄,其他的看不上,但车已经来了,也就将就了。可还没上国道就堵在路口出不去,这可让林三富着急了,太阳快当顶,这葡萄不赶紧运到沙市,再晒个半天也就成了垃圾。

金满仓拐着腿求大家给林三富的汽车让路,却遭到了葡农的指责和抱怨,有人说,你会长的葡萄好卖,咱们的葡萄就不管不顾了?金满仓解释说这不是我的,是世道和忠银的,我的开园还得一个星期。但葡农说,你当会长也要一视同仁呀,不能来了客商不是会长就是副会长独吞。金满仓被这么指责,汗流下来,伤腿更痛,不知道怎么说才好,只好说:"我们协会的确做得不够,但客商要哪个的,不要哪个的,人家有自主选择的权利,我们真的控制不了。"

"你们卖高价,我们低价甩给别人都不要。"有人吵嚷说。

洪家胜这时出来给金满仓解围:"满仓会长还是个病人,卖不出去不要只抱怨村里和协会,自己要找找原因。"

金满仓说:"还是我们的工作没有做好,对不起大家了!"

洪家胜说:"好吧,大家让一让,让林老板他们的汽车出去。"

葡农们说："能让不让吗？"

林三富下车来给大家敬烟，还给每个人送上打火机的火苗帮点燃，弓着腰装孙子。可如何能挪动？林三富对洪家胜说："多亏我才来了一个车，要是来五六个，书记你说咋办？我底裤都要亏得没得穿！"

洪家胜一边开路一边说："明天来五六辆，我两边站岗给你开路。"

林三富说："我卖掉这车就不错了，你们村今年的葡萄很酸。"

洪家胜笑着说："你这老狐狸吃到葡萄还说葡萄酸。"

林三富说："我是讲真。"

洪家胜说："今年的雨水多，好多葡萄都泡烂了，老天爷不帮忙，咋办？"

林三富说："不是雨水多，是药水多。"

金满仓说："林老板不可一篙子打一船人。"

洪家胜说："是呀，我们大多是良民！林老板，你采购我们村的葡萄，就是为国家为政府减少贫困人口，减少贫困村，这是积德添寿的大好事。我产你卖，等于是绑在一根绳上的蚂蚱，一损俱损，一荣俱荣。葡萄销了，我请你喝酒！"

林三富："快腾路让我出去，出去了我请你喝酒，野生甲鱼、野生鳜鱼、野生鳝鱼，三个火锅你任选……"

洪家胜说："你就不能三个火锅一起上？！"边说边亲自搬箩筐，帮林三富开路。

许会计来告诉他，镇里让他赶快去一趟，带点葡萄。洪家胜问有啥事，许会计说不知道。

洪家胜对这儿放心不下，心脏乱跳，给毛标说："一定不能出事，出了事，拿你是问！"

到了天露湖镇政府，洪家胜呈上葡萄，伍青华镇长一一尝着，颔首赞许道："是你种的还是金满仓种的？"

洪家胜心想，难道就是让我送葡萄来？便说："镇长，如果好吃，我再叫人多送一点来，你就说这葡萄好还是不好？"

伍青华说："还行。"

洪家胜说："实不相瞒，金会长因为腿摔坏了，葡萄缺少打理，加上今年雨水多，病虫害也多，他家的人手不够，所以葡萄品质不如往年。他是'葡萄王'，也有失手的时候,不管怎么样,我们村种得最好的还是他。"

伍青华问:"按你说的今年雨水多病虫害多,为何葡萄上市早还大丰收?"

洪家胜有点尴尬,牵强地笑着说:"我们对丰收的盛况估计不足。"

伍青华也笑了:"可能另有隐衷吧?"他从盘子里拿出一颗葡萄,"这个葡萄有裂口,就是过量使用膨大剂和催熟剂的后果,严重影响葡萄的质量和声誉。在咱们这个葡萄大镇,我老伍总懂得一点。常言说,'兴业好比针挑土,败业好比水推沙',创造一个产业要十年,毁掉一个产业只要一天。今年夏黑、高墨上市,比最早的葡萄还提前了两周,这是科技的进步还是科技的耻辱?"

平常从没有重言恶语的伍青华,今天咄咄逼人,把洪家胜说得哑口无言。他继续说:"今年我们镇的葡萄出现了滞销,你们是葡萄第一村,也是滞销第一村。告诉你一件事:市委赵主任要到我们县当县长,已经得知我们葡萄滞销问题,要我们消化掉滞销的葡萄,找出其中的问题。你们村,滞销最严重。"

洪家胜说:"葡萄协会会长是金满仓,他腿摔坏还没好。"

伍青华说:"不要推卸责任。"

洪家胜说:"我不推卸责任,今年雨水多,病虫害多,这是事实……"

伍青华说:"你慢点说。"

洪家胜说:"过量催熟和膨大是不对的,口感差,但没有传说中的毒,不必太过紧张。"

伍青华说:"卖,还是不卖?卖,砸了牌子;不卖,老百姓生活无着。我们天露湖多好的水,刚开始多好的葡萄,现在声名狼藉,洪书记,你要好好反省……今年,我们镇种了一万亩,一半进入盛果期,来势凶猛,来势凶猛呀!明年呢?将达到两万亩。我的个天!老实说,我也没做好准备,但我们要迎难而上,不逃避,不推责,你们要拿出方案来。但今天找你来,是要你必须将你们的公路销售市场清场,不要堵塞交通,明白了?"

洪家胜说:"明白了。"

洪家胜回到村里,赶快开会,讲了赵光明要来县里任县长,这是好事,要经过我们这里,我们必须清场。有人问,是今天还是明天?洪家胜说不清楚,已让毛标他们去疏导交通,但重要的问题是解决葡萄滞销。

"……事情告急,和尚头上的虱子,明摆着的,现在,葡萄全部集中到国道两边,把公路都堵死了。村里说我未管销售,镇里说我未管秩序。我是猪八戒照镜子,里外不是人。形势紧急,大伙说怎么办?"

钢子说:"都想抢早市,一窝蜂地催熟,天天喊狼来了,狼终于来了!"

洪家胜看了看葡萄协会的人,问:"满仓会长为什么没来?没通知到吗?"

袁世道说:"他腿疼,在家躺着休息了。"

许会计问:"他的葡萄也没有卖呀?"

袁世道说:"我们的基本没有,还没成熟。咱们走到哪儿提醒到哪儿,但是没人听,催熟早上市,受伤的是自己,这个道理要经历过才能明白。"

潘忠银站起来指着洪家胜说:"村委会事先做好预案没有?工作到位没有?我反对拿膨大剂催熟剂说事,不能都是葡农的错。你们干部说说,你们用过还是没用过?"

洪家胜吞吞吐吐地说:"谁打谁没打,葡萄是咋熟的,不用多说了,难道葡萄不要着色?不要果形好看?不要穗形好看?不要提前成熟?不要钱?"

潘忠银逼问:"我是问你洪书记。"

洪家胜爽快地承认:"打了。"

潘忠银竖起大拇指:"好,说人话,不说鬼话,说真话,不说假话,我敬你好汉一条。"

有人举手说:"我可没打!"

一时间许多人都举起手说:"我没有,我没有!"

洪家胜让大家把手放下,说:"有,没有,天露湾村的葡萄都成了原罪,进而影响全镇、全县,我们成了罪大恶极,现在的问题是怎么将葡萄卖出去。"

正说着,金满仓拄着拐杖来了,大家都跟他打招呼让座。

洪家胜说:"满仓会长来了,你说说意见,大家想听下你的。"

金满仓一脸病相,被那条腿折磨得魂不守舍。他坐下说:"我刚才在外面听了几句,我想说,国家规定的生物制剂当然可以用,好在有人开始做避雨棚了,这就不需要打太多的药,但露地葡萄,你有啥法?一场雨两遍药,雨前防,雨后治。有的人不按科学规律办事,滥用膨大剂和催熟剂,巴不得天天打药,好葡萄靠的是农家肥。还有些葡萄贩子,你夏黑、高墨,不膨大他不要,说不好看。有的贩子要我膨大,我问膨大多少,他说膨大到二十克一颗,是自然成熟的四五倍,这能好吃吗?里面果肉是一摊水,还开裂。我秉持两点,一,良心种植;二,科学种植。让它自然成熟,让自己能吃,你自己都不敢吃的东西给别人吃,你良心上过

146

得去么？"

洪家胜说："满仓会长说得很好，良心种植，科学种植，明年我们就要这么提倡，过去我们督促和宣传不够，放任自流。形势非常紧急，我们现在一是靠民兵维持秩序，将葡农劝说到我们村道上，不得占用国道；二是村委会和葡萄协会接待各地葡萄客商和经纪人，每个人都要多找外面联系销路，动员更多的商贩来买葡萄，各司其职。总体上我们的葡萄没有传闻说得那么难堪，还是不错的，要防止互相杀价，防止强买强卖，防止客商压价，争取做到销售、安全两不误！现在，闲话少扯，我们赶快去公路清场！"……

他带领支部和村委会的干部，加上一排民兵，人人手举着纸箱拆开写着的大字："离开！""离开公路！""全部离开！"

几个半导体喇叭都在喊："请葡农离开公路！请迅速离开！""公路不许摆摊！买葡萄的汽车也请离开！"

民兵一排行动，将葡农的担子往公路边丢，葡萄乱滚，箩筐乱踩。人群惊叫，一片混乱。

一些葡农坚持着，对峙着，寸步不让。两边的人脸贴脸几乎要打起来。葡农说："你们多管闲事！不做好事！"

洪家胜哪管得了这些人的抗议，采取强制手段清场。前面清了，洪家胜朝后头一看，葡农的担子又涌上了公路。民兵又掉转方向撵后面的葡农和摊子。

洪家胜拼命地用半导体喇叭喊："请葡农离开公路！不要摆摊了，请你们迅速离开！"……

十四

赵光明在上任荆江县县长的途中，碰上了因葡萄滞销而造成的严重大堵车。

这让他有些愠怒。县政府办公室主任李英敏，是个非常细心的人，在办公室主任这个位置上，不能有什么差池。这次随车迎接赵光明上任，清晨出发，天露湾这地方还没有多少葡萄交易的摊子，基本没堵，但回来会是什么情况，他大意了。路上，李英敏指着公路两边介绍说："赵县长，这一路就是我们荆江县的葡萄走廊，绵延四十公里。"

赵光明说："非常壮观！非常壮观！"

李英敏说："我们荆江县可以用八个字概括：百湖之县，梦里水乡。在历史上我们荆江县出现了晚明的文学流派性灵派，提倡不拘格套，独抒性灵。意思是写文章也好，做人也好，要率性而为，不要有什么条条框框老规矩。"

赵光明说："荆州城有三管笔，就是纪念这袁氏三兄弟的。性灵派以老二袁宏道为代表，我读过他不少文章，真是字字锦绣。"

于是他背诵起袁宏道的《满井游记》《西湖游记》《徐文长传》来。

李英敏说："没想到赵县长记忆力这么强大，太佩服了！我们这儿风景虽好，但是荆江分洪工程区，年年防汛，年年准备分洪保武汉，工农业受到极大的限制，几乎无法发力。但说实话，这儿自然条件太好了，是有名的鱼米之乡，也是美食之乡……"

赵光明说："有牛肉、鱼糕、锅盔、豆豉，名满天下。"

李英敏笑笑说："您都知道。"

赵光明说："除了美食之乡，还要加一个葡萄之乡，现在，荆江县有葡萄多少亩了？"

"现在的葡萄有两万七千六百多亩，明年有可能突破四万亩……前面快到我们荆江县葡萄第一村,也是市葡萄第一村,听说您为村里做了许多事。"李英敏说。

赵光明说:"来过几次,也没做什么,惭愧。"

前面公路上,依然是拥挤的葡萄市场。李英敏担心的事发生了,他用空拳头砸着自己的大腿。路全堵了。李英敏说:"赵县长,实在不好意思,没想到这样,今年的葡萄大丰收,葡萄成山,产销两旺。"

赵光明说:"一时半会走不了,李主任,不要紧,正好顺道拐进村里去看看。"

赵光明嗅着空气,李英敏也发现了问题,空气里有葡萄腐烂的气味,他有点为难地说:"赵县长,还进村吗?"

赵光明说:"进!"

李英敏在车尾后面打了一通电话后,来给赵光明说:"天露湖镇的伍镇长马上带交警来疏通!"

赵光明的车拐进了村道,让洪家胜他们没有发现。他们反复清场,葡萄摊子去了又重来,这样的拉锯战让洪家胜筋疲力尽。

上了村道,葡萄腐烂的气味更加浓烈,是一种腐烂的甜腥味,又是一种腐烂的恶臭味,那气味让人窒息恶心。

赵光明问李英敏:"葡萄的行情为啥这么糟糕?"

李英敏说:"今年葡萄早上市一周,因为价格不太好,有的葡农将次果选择后倒掉了吧? 这是他们对消费者负责的表现, 证明我们的葡农觉悟还是很高的。"

小车像蚂蚁一样蠕动,艰难前行。村道上也全是挑担的、拉车的,到处都是葡萄。

赵光明这时对司机说:"停一下。"

他下了车,往沟渠里一看,有腐烂的葡萄,也有新鲜的葡萄,但全成了垃圾,绿头苍蝇在上面成群嗡嗡飞舞,挥之不去,发出的声音像是雷雨将至。眼前已经被苍蝇遮蔽了,衣裳落满苍蝇,有密集恐惧症的一定会昏倒在地。李英敏给赵光明挥赶着狂乱叫嚷的苍蝇,赵光明蹲下在葡萄堆里用手扒了扒,摇着头表示可惜。一个推着板车的葡农往沟里倾倒葡萄,赵光明走过去问他:"老乡,这么好的葡萄怎么倒掉了?"

不等葡农回答,李英敏抢先问:"是不是淘汰的次果?"

葡农说:"不是,是好葡萄,卖不出去呀。"

赵光明说:"留在树上也不行?"

李英敏又抢着问:"应该是成熟落下的吧,不清除会在葡萄园里生虫害是不是?"

葡农说真话:"就是好的,没有卖掉的,不摘的话在葡萄藤上,只能留一个星期,不然就烂掉了。"

这时李英敏接到伍青华的电话,说他已经到了路口,李英敏告诉赵光明,赵光明说:"那好,咱们就在这里开个现场办公会。"又对那个葡农说,"麻烦你把你们洪书记叫来一下好啵?"

李英敏对那个葡农说:"就跟书记讲是新上任的赵县长来了。"

不一会,洪家胜、钢子和拄拐的金满仓等人都来了。不等李英敏介绍,赵光明老远就向他们打招呼,还叫出了名字。李英敏说:"你们好熟啊?"洪家胜说:"我们与赵县长有缘,赵县长来过我们天露湾几次了,这条水泥路,还是赵县长帮的大忙。"

赵光明说:"路好走了,葡萄卖不出去了。"

洪家胜叹息一声说:"还是请领导们去村委会,喝口茶了我们再详细汇报?"

赵光明说:"就在这里。"

赵光明开门见山地说:"我今天是到荆江县上任的第一天,没想到堵在了天露湾。来这里一看,沟里全是白白倒掉的葡萄,简直是暴殄天物,每一颗都是葡农的血汗,他们舍不舍得,心不心疼?是什么原因?我们采取了什么措施来解决滞销问题?"

金满仓说:"赵县长,我们葡萄协会有责任。"

洪家胜说:"责任在村委会身上。"

赵光明说:"我问的是镇里的伍镇长。"

伍青华抬不起头来,说:"没想到问题这么严重,以为就是堵了路,现在我们一是迅速调集警察维持秩序,调集工商维持正常交易,不得扰乱市场;二是决定在天露湾村公路两边的田里搭建临时交易中心,归行纳市,一律不得在国道两边摆摊设点;三是调动一切力量外销,消化饱和积压的葡萄……"

赵光明问:"你建临时交易中心,与村里谈好没有?"

伍青华说:"洪书记在这里,我们马上就落实。"

赵光明再问:"你们的销售有没有先行规划?"

伍青华不好回答。

赵光明说:"空谈误事。我希望尽快落实,措施到位。葡萄交易在天露湾形成了天然市场,我们就要顺势而为,帮助葡农。明年要考虑建永久性葡萄交易中心,我意建在镇上,以方便客商和物流。"他驱赶着脸上和眼前的苍蝇接着说,"农民一年辛苦到头种下的葡萄,像垃圾一样扔掉,腐烂发臭,一年的收成泡汤,你说心不心疼,伤不伤心?把农业的风险全部转嫁到农民头上,我们于心何忍?这么悲惨的场景就是发展一个产业的结果,我们的心不会流血吗?!……"

金满仓说:"赵县长,葡萄不好销,还有其他的问题,我们葡萄协会的工作没做到位,但今年葡萄的品质出现问题,是我们宣传和技术顾问没做好……"

洪家胜说:"葡萄产业发展得太快,我们把问题估计得不足……"

伍青华说:"主要是镇里的工作出现了失误。"

赵光明说:"好了,我不是来听你们检讨的,我们要发现问题,面对问题,但解决问题,是当务之急!我等着结果,怎么样,伍镇长?"

李英敏说:"要赶快落实,有困难我们随时协调。"

伍青华表态:"我们一定尽快落实!"

赵光明在村里开现场会的当儿,公路上的秩序仍没有好转,两个警察和村里的民兵喊破喉咙,葡农的摊子因为拥入的太多,效果不彰。

肖丙子和吴红英挑了半担葡萄,半担副食、饮料、矿泉水,还有自家煮的鸡蛋。到了公路就将担子摆在别人的前面,那个葡农见前面是不好惹的肖丙子,就以商量的口气说:"丙子你别挡着我了。"肖丙子说:"什么叫挡着你了?各做各的生意各卖各的东西。"那葡农说:"总有个先来后到吧?"吴红英也不讲理,抖狠说:"你有本事你摆到我前面来。"那个葡农看着吴红英摊子前的车流说:"我就服你的骨头是铁打的,走着瞧!"那葡农去喊毛标和警察,毛标过来就撵肖丙子夫妇:"快挑走,危险!"吴红英在给一个下车来的人称葡萄,对毛标说:"关你屁事!"

话音刚落,有一辆经过的卡车刹车不及,飞速开来,有人见状大喊:"快跑!"

大货车因为猛打方向盘,还是擦到了吴红英和她的葡萄副食摊。吴红英手中的秤杆和葡萄飞上了天,人被撞倒在地,她旁边的几个摊子和葡农连环相撞,七歪八倒……

司机终于刹住车,跳下车来,一脸败相,吓得像挨宰的猴子。

葡农们一阵惊叫,肖丙子鬼哭狼嚎。吴红英头破倒地,像死了一样狰狞抽搐,嘴里发出微弱的呼喊。其他撞倒的人也在地上爬动,大呼小叫。

"不得了啦!快打120!120!……"

肖丙子这次是真哭了,用擦汗的毛巾捂着吴红英流血的头,喊着:"红英,红英,你死了么?你不要死!"

赵光明他们的车还没出村,就听到公路上清喊辣叫:"红英头上撞出个洞啦!脑浆出来啦!"

他的车正好派上用场,拖上几个伤员送去县医院……

吴红英没有流出脑浆头上也没洞,肖丙子瞎喊的。她头上缝了五针,轻微脑震荡,腿有肌腱拉伤。另外四个人软组织挫伤,并无大碍。

赵光明上任后要熟悉和处理的事巨多,但天露湾公路上的乱象依然让他难眠,他决定在天露湾召集采购葡萄的客商、贩子和经纪人,开个座谈会。他认为,如果葡萄在田头就能销售出去,何劳葡农顶着酷暑在公路两边冒着生命危险摆摊设点呢?如果葡萄品质不错的话,问题还是出在销售上。

李英敏担心说:"只怕那些贩子和经纪人不会来,他们不愁收不到好葡萄,还以为是政府想打击他们的压价,想一锅端哩。"

赵光明说:"你就给他们说新上任的赵光明县长请他们吃大餐……有多少人请多少人,不在村里吃,也不在镇里吃,吃什么,先不说……"

这有了悬念。果然,天露湾村会议室里,葡萄经纪人和商贩都来了不少,心想县长请他们吃啥大餐,挺稀奇。人家看得起你,你得给人家面子,于是就来了。

进来一看,没有桌椅酒菜,便问:"新县长请客吃啥哩?在哪儿开席呀?我可是饿着肚子来的……"其他人也说:"是呀,有什么吃的?冷冷清清……"

有的人就想走,伍青华镇长要大家稍安勿躁,站在门口说:"大家别急,有好吃的等着你们。"

李英敏指挥人,搬来一些沉甸甸的纸箱子,打开,大家一看,是冒着热气的香喷喷的卤甲鱼,刚出锅的家伙。这些甲鱼卤得金晃油亮,甲壳上还沾着点点花椒和尖椒,散发出美食之乡卤菜的特有气味。而且分发的人一再强调是天露湖的野生甲鱼,每个都是一斤左右的大王八。

有的人当即打开,大快朵颐。那种美妙的撕扯声、咀嚼声和咂巴声,让旁边的人口水汹涌,无法克制,只好也取出吃了。一时间,整个会场都开吃了,甲鱼香味弥漫,气氛也就好了。见时机已到,李英敏宣布开会,开场白过后,赵光明说话了:"各位葡萄经纪人和商贩朋友,我自己掏腰包买给大家品尝的甲鱼味道怎么样?"

底下一片赞扬:"好吃,好吃,太好了,味道一流!"

赵光明说:"我是新来的县长赵光明,过去在市委工作,我要说,我们荆江县的葡萄也很好吃,味道跟这甲鱼一样也是一流!今年本是个葡萄丰收年,却受到了市场的误解,都说是用了催熟剂和膨大剂。必须承认,有极少数人确实为了早上市,或者因为露地葡萄,为了防病治病,用了一些生物制剂,没按规矩,用多了,但生物制剂是国家允许使用的。我作为农学院毕业的半个农业专家,曾经当过农技员,我负责任地告诉大家,葡萄必须科学种植,土洋结合,要上农家肥,葡萄的口感和品质才好。但花期管理,要施叶面肥,葡萄颗粒的均衡度,不是肥料可以控制的,国家允许的,完全可以用。这个,金满仓会长比我懂,他是土专家,可以请他来简单说说……"

李英敏要金满仓到前面来,金满仓没想到赵县长点他的名,他拄着拐到了前面,说:"赵县长都说了,他讲的土洋结合,全国全世界种葡萄,怕都是这样的,不能不施叶面肥,不能不喷洒赤霉素等激素,这是国际公认的没有毒性的生物制剂。不这样,在着色和颗粒均衡上,是达不到标准的,会很难看。另外,为了增加糖度,我们还要用食用葡萄糖加食用醋进行喷施,这都是为了让葡萄品质更好,没有农残超标的问题。但是有的葡农技术不成熟,出点小问题在所难免。至于口感不好,一是今年雨水太多,再是少用了农家肥,使用了化肥。我自己,是从不使用化肥的,我知道许多葡农都少用化肥,用农家肥,谁不想卖个好价钱?过量使用催熟剂和膨大剂,有没有,有,也是极少数,请大家放心采购。"

那些经纪人听说后凑在一起议论,脸上有了释然轻松的表情。

赵光明说:"怎么样?金会长等于给我们上了一堂葡萄种植课。为了让我们的经纪人和商贩朋友放心采购,现在将我们抽查的二十户葡农的葡萄送检报告复印给大家,我们的抽查完全是盲查,不存在刻意安排。"

李英敏拿出一沓检验报告,分发给大家,又有人端出一些葡萄来让大家品尝。

赵光明举着葡萄说:"这是在天露湾葡农的葡萄园随便采摘的,常言道,'外行看热闹,内行看门道',大家都是江湖老手,一吃就知道了。"

林三富他们品尝着那些葡萄,李英敏要大家发表意见。大家在底下议论,不敢说。林三富说了:"赵县长,我们尝了几种,都觉得还行,口感也确实没有往年好,加上今年盛果期,造成积压滞销,在所难免,我们是尽力了。赵县长刚上任,就请我们来,是瞧得起我们,我本人很感动。看了检验报告,我们可以打消一些顾虑。因为我长期采购天露湾的葡萄,我对天露湾的葡萄品质是有信心的。我们还准备收购金满仓会长的签名葡萄,就是在箱子上让他签名,他的签名就是最好的质量保证。要向市场证明葡农的清白,多一些'金满仓'就行了!"

赵光明听得很有兴趣,问:"刚才你说让金会长签名?"

林三富说:"是呀,就是让他签名,他的葡萄好啊,有固定的客户。"

赵光明说:"葡萄也要口碑,跟开餐馆一样,都是回头客。我们要想办法推销我们的产品,特别是好产品,酒好也怕巷子深。我非常感谢各位对我们葡萄产业的支持,我们荆江县的葡萄种植尚在起步阶段,条件有限,不注重优质优产,一味讲产量,听说有的达到一亩一万斤,这就过了,就像老话说的'儿多母苦',品质肯定跟不上,价格也上不去,只能在低端消费人群中徘徊。尽管如此,我还是要在此恳求各位经纪人、各位客商,多邀请你们的合作伙伴到荆江县来,到天露湖来,我们天露湖镇的临时交易中心正在赶建,就设在天露湾村国道两边。今天,我想当着你们面宣布一个好消息,凡到荆江县来采购葡萄的卡车,一车政府奖励三百元,一车指两吨以上。没有税收,不设路卡,一路绿色通道,如有任何刁难,找我赵光明!"

会场上炸锅了,还有这等好事?! 可这位县长的话不会是玩笑,大家热烈地鼓掌叫好。

赵光明再说:"另外,我们县委县政府正在沙市轮渡和二〇七国道荆江县入口,像天露湾村一样竖立大广告牌,广告词大家可以想,我想这样写——江南吐鲁番,葡萄第一县;荆江县四万亩葡萄园欢迎您。我们还要加大在报纸和电视台的报道力度,我们虽然无法拿钱出来做广告,但新闻报道多了,我们的名气就出去了……最后我想表扬在座的一下,我们现在还没有冷库,动辄几十万吨的鲜时葡萄,从田里采摘马上能发出去,没有你们这些销售能人,就不可能实现,就会烂在地里,可见你们是多么重要。我也恳请大家,记得'葡贱伤农'这句话,还要记得'小河有水大河满,小河无水大河干'。经纪人固然要赚钱,但葡农一年就靠这些葡萄来变现养活一家人,价没了,他们一年吃什么,穿什么？小伢靠什么上学？赚不了钱,他们明年就不种了,你们明年就不用来了。葡农有,你们才有,大家绑在一条船上,不能谁先跳船……"

散会后,林三富去金满仓家中要酒喝。金满仓给他说,你当着赵县长和大家的面说让我签名卖葡萄是啥意思？林三富说,明天你到沙市去。金满仓说,我这腿也走不了呀。林三富说,你跟我的汽车一起走,你坐驾驶室,我明天早点来采摘葡萄,你的葡萄已经熟了,我开会前去瞄了瞄,可以开园了。

两个人就着卤甲鱼喝酒,林三富说:"你的腿伤,我是间接肇事者,要追责,我脱不了干系,心中愧疚啊！满仓会长,我本想自罚三杯,无奈酒量太孬,我自罚一杯。"林三富喝酒就脸红,此刻面红耳赤,脖子上像被泼了一桶猪血,说,"你受罪了兄弟,你的葡萄是真好,你当时要是不赌气走掉,我就买了,一切就没事了。"金满仓说:"没有后悔药,我不怪你。"林三富说:"以后你种的葡萄,全包给我,我拼老命也得给你倒腾出去……"

林三富经过几年的打拼,现在也由贩子行商成了坐贾,在集贸市场上有了自己的果品行。两间门面虽然是人家老房子,但进行了装潢,贴了瓷砖,与旁边撑布篷的摊子比简直是上了天。

第二天,他的果品行门前扯上了大红横幅,写着:荆州种葡萄第一人金满仓会长签名销售精品高墨葡萄。

两位请来的销售小姐斜挂缎带,一篮篮紫红色的高墨葡萄摆放在门前,有金满仓签名的卡片,上面印着:天露湾葡萄,金满仓品质。音乐《吐鲁番的葡萄熟了》响起,一时吸引了众多顾客。

林三富手拿半导体话筒说:"今天,我们请来了荆州种葡萄第一人、天露湾葡萄种植大户金满仓先生,也是当地的葡萄协会会长,由于卖葡萄,腿摔坏了,还拄着拐杖,但他今天还是亲临我们的签名销售现场,由他亲自签名销售,保证绝对真品。他种的葡萄不用催熟剂,不打膨大剂,不用化肥,自然成熟,自然着色,清甜可口,连皮带籽都能吃,欢迎大家品尝。今天只有一百箱,每箱五公斤,五十元一箱,限量供应,欢迎购买！"

价格也不是很贵，拥上来的顾客拿起品尝，连连称赞，排起了队购买。金满仓在箱子上签着自己的名字，他第一次将"金满仓"三个字写在装葡萄的纸箱上，而签过名的纸箱，一个个到了顾客的手中……

林三富对这一次签名销售葡萄的策划很自豪，两人各多赚了近千元。于是林三富请金满仓吃酒，林三富端着酒左一个对不起，右一个对不起，好像金满仓的腿是他掰断的。两个人在靠近江边的一个野鱼餐馆里喝酒，喝着喝着金满仓哭了起来。林三富问他有啥伤心的，又安慰他腿总是能好的，说等他去神农架收山货时，给他搞点七叶一枝花、江边一碗水、头顶一颗珠来泡酒，都是治跌打损伤、五劳七伤的好药。金满仓连连摇头说，药酒解决不了问题，医院说要换髋关节，一个人工关节得好几万，就是一栋楼房的钱。而金满仓说出了他最心疼的事，女儿不辞而别，出外打工去了，说是要赚钱给他治腿，孩子才十七八岁，怕受骗。还说孩子本来学习成绩不错的，放弃了高考读大学去打工，只有一个孩子，为他这只老腿，把孩子的前途废了。

原来是这事，林三富说，你女儿聪明漂亮，有主见，是我见过的最俊的女伢，有主见的后果就是任性，但凭我对你女儿的直觉，我相信没事，你不要伤心，我也发动人慢慢帮你找，一定能找到的……

十五

村委会的电话忽然整天响个不停,都是打听葡萄、订购葡萄的。问那些打来电话的人,原来都是看了《湖北日报》上的文章,叫《天露湾农民的葡萄梦》。可是村里看不到,因为这里只能看隔天的报纸。洪家胜知道是省报驻荆州记者站的王站长来采写的,就在前两天,没想到刊登得这么快。这帮了天露湾村的大忙,来村里采购葡萄的车明显多了,镇上在湖边搭建的临时销售中心也竣工了,国道恢复了往日的畅通。省报的采访是赵光明县长安排的,威力太大了。

第二天,村干部就等着乡邮员。自行车铃铛一响,乡邮员送来了报纸,几个人就迫不及待地翻出《湖北日报》,洪家胜指着报纸说:"就是这篇!"大家一看,在第三版,大标题《天露湾农民的葡萄梦》。洪家胜读了,兴奋得嘴唇直颤说:"写得真好,这个王站长真有才呀!"

许会计去抢,钢子说:"别把报纸抢坏了,摊在桌子上大家都能看。"

"还有金满仓、袁世道和潘忠银他们的照片哩,为啥没有我们洪书记的?"甘梅问。

洪家胜说:"我让王站长拍的他们,我没资格上报,只要是咱们村的,都一样。"

许会计说:"省报一登,省委书记、省长都知道了,这下咱们天露湾终于出名了!"

洪家胜说:"做人要低调,低调,再低调,不可嘚瑟。"

许会计说:"问题是,你想低调也低调不了呀,谁让咱是江南葡萄第一村呢!……差点忘了,这里还有一封我签了字的挂号信,好像是洪大江的,我看看……华中农业大学,录取通知书,书记,你公子的大喜事!准备请客!"

洪家胜拿过信封,一看,傻眼了,说:"搞错了吧?我儿子六百多分,他报的第一志愿是武汉大学呀。"

洪家胜赶紧拆开,以为人家寄错了或是别的信,拆开一看,大红的录取通知书,他的腿一下子软了。

洪家胜赶紧骑车回家,将通知书丢到桌子上,说:"秋莲,你看看这。"又问,"大江呢?"

黄秋莲看洪家胜脸色就知道事情不对,从桌上拿起来一看,说:"这不是大江的录取通知书吗?终于来了!"

洪家胜说:"你还是仔细看看,高兴个什么!"

黄秋莲终于看出了门道:"……华中农业大学,问下大江是咋回事呀?"

洪大江回来,洪家胜把那通知书甩给他,问:"这是你自己报的,还是别人偷换了?"

洪大江看了录取通知书,冷静地回答道:"是我报的。"

洪家胜气得说不出话来,敲着桌子,半天才说:"你、你给我滚!都说你是村里最聪明的人,全校也是第一,你咋就报这个学校?"

洪大江说:"爸,您郎嘎先别生气。"

洪家胜拍着桌子:"你想当农民,搓泥巴果子,还用得着读大学?干脆从明天起你就下地劳动,给老子省一大笔学费!"

洪大江说:"我可以不找你们要学费,我自己在学校勤工俭学打工挣。"

洪家胜一听说打工,更加暴躁:"打工,打工,跟甜甜又搅到一起了!你的理想就是打工?!你这个狼心狗肺的家伙,气死我了!"

黄秋莲悄声给大江说:"大江,究竟是咋回事,心平气和给你爸说,你明明答应我们报武汉大学的,又不是没过起分线,你咋就……"

洪大江低着头,也不知如何说服他们,说:"华农大不是你们想象的就是学种地,如果我被武大录取,专业不好,我怎么办?我报考华农大可以选择我喜欢的专业。"

洪家胜说:"不就是园艺系吗?"

洪大江说:"园艺系有什么不好?如果以后是高级农艺师,不是一样?我可以从事农业科研,也可以在大学教书,还可以从事自己喜欢的农产品种植,搞自己的庄园,培育新的果蔬品种。"他说着从口袋里拿出两个"乙烯利"包装袋,放在桌上,说,"你们看看,这是干什么,这就是你们种地的方式。"

洪家胜一见心就虚了,这正是他用了的,藏得很好,用后的空袋子,他是在哪儿找到的？就说："与我们有什么关系，是我们家的？"

洪大江说："不管谁用的，村里肯定许多人在用，我不是说完全不用这些制剂催熟，但你们超标使用，又不用农家肥，你们是在种水果吗？从种棉花、稻谷到种葡萄，你们还没有完成身份转变，你们这样种葡萄，是糟蹋葡萄，糟蹋农业。农业是你们这样做的？也不到外面去看看，知道夏黑、藤稔、高墨为什么是日本和欧美培育出来的么？人家的才叫农业，您郎嘎这叫农耕！"

洪家胜火了："崇洋媚外，你还来教训老子！白养了你一场！"

不管洪家胜高不高兴，从外面进来了一些人，都是来贺喜的，有提了鸡子和鸡蛋的，有送红包的，有送大鲤鱼的，谓之"鲤鱼跳龙门"。都说恭喜恭喜！说大江中了状元！有讲大江的古的，说他初一还尿床，秋莲天天在门口晒垫絮……对乡亲们的一番情义，洪家胜算是领受了，送的东西坚决让他们拿回去，像打架一样推托了。

晚上，黄秋莲让洪家胜吃了降糖药，劝他想开些，说大江还是给你们洪家争了大光，看看金家的甜甜还没个音讯，肖家的小安考了两百分，大江是六百多分，咱们还是有面子的。让他去选择，选择对了，是他的福；选择不对，怪他自己，到时怪不到咱们头上。可洪家胜就是不说话，自个对着墙壁睡了。

金满仓签名卖葡萄的事让村里知道了，这可是新鲜事儿，眼红也是善意的眼红，嫉妒也是善意的嫉妒。有人去金满仓的园子里取经说，为啥沙市人就爱吃你的葡萄，咱们不是一样种的吗？你如今的园子管理还赶不上我们哩。可看到挂着拐杖的金满仓在里面采摘，时常疼痛得要坐在沟垄里，人家葡萄藤的造型，牵引、绑扎和剪枝的技术，根本就与众不同，高了他们几个档次。金满仓身体不好，瘸着一条腿，但沟垄、葡萄还是收拾得清清爽爽，让你看到，种葡萄的确是一门技术活。

在肖丙子看来，金满仓的葡萄种得还没有自己好，咋就能卖大价钱？自己种了去卖，老婆吴红英还差点被车撞死。他在院子里给吴红英熬着汤药，熬好之后端给吴红英。吴红英头上裹着厚厚的纱布，一副萎靡不振的样子。吴红英喝了一小口，马上吐出来，嗞嗞地吸着冷气大骂道："肖丙子，你要把老娘烫死的？连药都煎不好，要你有什么用！"

肖丙子赶快给她将药吹冷说："好好好，我没用。"

159

吴红英说:“跟人家金满仓学学,你种的什么烂葡萄吵,差点把老娘的命都丢了。”

肖丙子说:“这是能学的么?莫非要我瘸掉一条腿?行行,明年不种了,也没脸在村里待了。”

吴红英不屑地说:“你还有脸?你讲个屁脸!”

肖丙子说:“没脸,脸跟茅房的踏板一样,我走呗。”

吴红英警惕地问:“到哪儿去?”

肖丙子说:“你不是要把我撵出去挣钱吗?”

吴红英说:“你的心可是野了。”

肖丙子叼着一支烟往外走,留下话说:“不挣钱,你会把我嫌死……”

吴红英一激动头就疼,天地就晃,看到一个架着拐杖的人,提着个壶,是金满仓,说是要打十斤粮食酒。吴红英就说:“你今年签名卖葡萄赚了大钱,打什么酒啊,买瓶装酒泡药酒不好么?”

金满仓反问道:“我卖了多少钱?”

吴红英在酒缸里打着酒说:“你没卖多少钱, 你女儿甜甜现在为你赚大钱呀,何必这么抠门哩。”

金满仓买个酒还怄一脑壳的气,对她说:“红英,你说话好难听。那我要问问你,你儿子录取哪所大学了?”

旁边在树下乘凉的村民说:“是呀,小安上哪个大学吵?”

吴红英被逼急了眼,只好从抽屉里拿出一个大信封,说:“还真不想告诉你们,我儿子比大江上的大学肯定好,大江上的是种田的大学,有什么好的?”

一个村民抢过去,看着那下面的一行字:国际太平洋警察大学,说:“这这这,这是什么大学?没听说啊。”

几个人围过来看,一个村民说:“这就叫太平洋的警察——管得宽呗。”

大家就都嗤笑起来。有一个村民发现了吴红英拉开的抽屉里有许多录取通知书,从里面抢过来一沓:“看看看,好多通知书呀,全是你儿子肖小安的!”

那个人就念了:“……华夏国际传媒大学、神州国际经贸大学、中华国际翻译大学、燕京国际外交大学……天呐,你儿子这么多国际大学抢啊,小安可成了香饽饽。”

吴红英好难堪,就去抢那些信封,说:“给我,给我,不要偷看我的信。”

可村民起哄了："一个村里的你还保密呀？要大张旗鼓地宣传你儿子，这不是个天才吗？这么多大学抢，得了呀！"

那些录取通知书被村民丢了一地。

几个还在笑话吴红英的村民跟着金满仓一起走了，在路上议论说："这哪是大学，野鸡大学！"

金满仓好奇怪："野鸡大学咋都晓得小安的名字咧？……"

金满仓提着酒回到家，坐在葡萄架下，将酒倒入大玻璃瓶里，又将从中药铺开的药材放进瓶子里。

几条干鱼晾在绳子上，一只猫的前爪钩在上面，后爪悬空，正吃着鱼，这只猫为偷鱼也是拼了。金满仓看着这只猫的偷腥表演，露出了微笑，没有管它。他倒出一杯酒，哑了一口，又从头顶上摘了几颗葡萄，放进嘴里嚼着。

余翠娥收工回来，看到猫在绳子上吃鱼，她将猫拽下来，坐也没坐又去了厨房，提着菜篮，出来择菜，对金满仓说："我昨天梦见甜甜了。"

金满仓问："梦见她在做什么？"

余翠娥说："在葡萄园里捉虫。"

金满仓说："那她的心就没有走。你梦见她，她也会梦见我们。"

余翠娥说："满仓，你说，甜甜究竟在哪儿打工？"

金满仓说："我哪晓得。这孩子不听话，我只希望她不出事。"

余翠娥抹着泪说："要是出了事，咱活着还有什么意思……"

金满仓见她一哭，心情就暗了，刚一杯酒解了点愁，这下愁又上来了，说："整天哭哭啼啼的，又不是我们逼她走的，她要怎样，你拦不住，就算她在家，还是会出嫁离开我们。"

余翠娥因为伤心，鼻子堵塞得厉害，使劲擤着，说："不种葡萄啥事都没有，你要带这个头，看看现在，你得到了啥？腿坏了，女儿不见了。"

金满仓说："怪种葡萄？怪人不知理！不种葡萄，这路能修吗？不种葡萄，有彩电看吗？不种葡萄，欠债能还吗？还得做栋楼房，还得给甜甜准备十万元的嫁妆……"

余翠娥说："要是不种葡萄，甜甜就不会走；不种葡萄，甜甜总能考上个大学。就你在村里逞能，当能人的结果就是现在这样。"

金满仓瞪着眼吼道："我喝了杯空腹酒，你就嘀咕到现在，真烦人！"说着将酒杯狠狠地摔到地上，破碎声尖锐嘹亮，把余翠娥吓了一跳。她止了哭，却更加伤心地啜泣。金满仓拿着拐杖出去了，余翠娥用扫帚撮箕将摔碎的酒杯扫净，一个人面对着院墙边的鸡冠花继续垂泪。

乔汉桥的母亲顾老师住在果品商行的三楼，但不是常年在此，听说乔汉桥父亲前两年在乡下钓鱼被高压线电死了。金甜甜叫乔汉桥的母亲顾老师，商行的人都这么叫，顾老师是小学的退休老师。

有一天雨下得很大，顾老师去超市买菜，被一个骑摩托的挂倒摔了一跤，肇事者逃之夭夭，乔汉桥让金甜甜照顾老母亲两天。

金甜甜在顾老师三楼的卧室，帮她擦洗身子，为她烤频谱仪，伺候她吃喝，给她当拐杖。顾老师很喜欢这个来自儿子下放之地的女孩，跟她有讲不完的话。这孩子性格好、单纯、爱笑、心细、会疼老人。两天后她稍好了，就拿出个小玉观音感谢她，非得要她戴上。金甜甜死活不要，可顾老师坚持要给她，还夸她戴着好看。

金甜甜不懂玉，但这块玉就像一块冰，晶莹玲珑，好像随时会融化似的。金甜甜看着玉观音，忽然想念父母了。对于从来没有离开过天露湾，从来没离开过父母的她，此刻的思念像是刀子剜心，于是找出纸笔想给父母写一封信。她无从下笔。敬爱的爸妈；爸爸、妈妈；老爸、老妈……写了撕，撕了写。"……此刻我在城里给你们写信，葡萄应该已经熟了，我很想念你们。我在城里过得很好，老板的妈是个小学退休老师，她摔了一跤，我照顾了她两天，这位奶奶说我心眼好，还给我送了一个小玉观音……"

金甜甜端详着从脖子上取下的玉观音。艾晓兰看到了，她懂点玉的知识，抢过去对着灯光照了照说："水种好，好润呀，如果是和田玉，那可值钱了。甜甜，谁送你的？"

金甜甜先死活不肯说，后来只好说是顾老师送她的。艾晓兰的脸立马垮下来，说："哟，顾老师咋没送东西给我啊？我看，这只怕是个B货，A货她送你?! B货知道么？"金甜甜说不知道。艾晓兰说："B货嘛，就是假货，水货。"金甜甜拿起那块玉看着说："不会吧？"艾晓兰酸酸地说："好与不好，人家是个心呀。这老太太喜欢上你啦，说不定呀，是想让你当她儿媳妇哩。"

这么说金甜甜就生气了，"晓兰姐，你这是啥话呀，乔总难道没有老婆？再说他跟我父亲年纪差不多,我叫他乔叔呀。"艾晓兰扑哧笑了,说:"你这是乡下人的看法,在城里,男人大女人一辈,那算什么？现在就兴找大叔。如果乔总要娶我,我跑步到他家去报到。"金甜甜问:"这不是他家吗？"艾晓兰告诉她:"乔总跟他老婆早离婚了,人家有大别墅,就等一个女主人。"金甜甜摇着手说:"别扯我,晓兰姐,求你了,我才高中毕业,要嫁你嫁他吧。"

艾晓兰讨了个没趣,到一旁戴上耳机听歌了。金甜甜又拿起笔,不知怎么,想到洪大江,就在信纸上写下了这些话:"大江哥,高考结束了,你考得怎么样？不用说,只要发挥正常,你一定是我们中学甚至全荆江县理科状元。我还是希望你上武汉大学,到时三月份我去学校找你,咱们一起去看樱花……现在我很好,我不是不想上大学,我渴望读书,可我要赚钱给老爸治病,给家里还债。好想念你们！我等着在武汉见到你……"

这信不能告诉他们我在武汉,已经用胶水粘好了信封,她左思右想,不能寄。她好为难,将两封信悄悄地锁进了抽屉里。

早上起来,就要收货,且是荆州的货,押车来的很像林三富。的确是林三富。林三富是送葡萄来的,他一眼就认出了金甜甜,吃惊地问她:"甜甜,你咋在这里?！"金甜甜想躲都来不及了,慌乱地说:"我在这里给乔总帮几天忙。"

林三富看着她,嘿嘿地笑着不想说破,只是告诉她:"你爸妈到处在找你,你是不是忘了高考？"

金甜甜这下心里更加兵荒马乱,到最后计算时,生生地少了五十箱。

可林三富说运输中途不会少五十箱,就是一千斤,半吨,这不可能。金甜甜算了几遍,两人僵持在那里。金甜甜急得快哭起来,林三富只好请来了乔汉桥。

乔汉桥得知情况后对林三富说:"林老板,咱们是多年合作的伙伴,我断不会黑你这几十箱葡萄。"

林三富说:"乔总话说重了,别伤咱们兄弟的和气。"

乔汉桥二话不说,决定重新清点。但工人说下班了,要求增加工钱,乔汉桥又是二话不说答应了。

最后清点的结果,是金甜甜算错了。

"你心不在焉哪,莫非你的高中文凭是假的？"乔汉桥虽然是开玩笑,但他当着这么多人特别是家乡人的面这么说她,把她说了个好难堪,她小声申辩道:"我不是故意的。"鼻子一酸竟哭了。

看着金甜甜被她的老板说哭了，林三富赶忙在一旁对乔汉桥说："算了算了，她还是个孩子，你就少说两句。怎么样，你们忙到这时候，也没吃饭，我请你们喝一杯。"

乔汉桥说："在荆州你请我，在武汉我请你，规矩不能乱。甜甜，陪你的家乡老板，走！"

三人来到一家荆江牛肉餐馆，坐下后，乔汉桥从口袋里掏出一张折叠的报纸对金甜甜说："差点忘了，我今天翻旧报纸，看到一张你们村的文章，写你爸爸他们的，还有照片。"

金甜甜展开报纸看，果然看到了她爸的照片，和袁世道、潘忠银一起在葡萄园采摘葡萄，文章就是那篇《天露湾农民的葡萄梦》。

乔汉桥指着文章的标题问林三富："你晓得这个村么，采购过他们的葡萄没？"

林老板又是嘿嘿笑，指着金甜甜道："问她。"

乔汉桥看着林三富，又看看金甜甜："你们认识？"

金甜甜只好点头说："林老板买过我家不少葡萄。"

林三富说："什么叫买过？年年买。今年我在沙市用签名销售的办法，把她家的好葡萄全给卖掉了。"

乔汉桥说："签名销售？"

林三富说："对呀，让她父亲签名，跟明星一样。如果晓得有这张报纸，我要印一百张，贴满之后销售，影响更大些。甜甜，前几天我还在你家跟你爸喝酒哩。"

乔汉桥说："林老板，你是个销售奇才。"

一会儿，菜就上桌了，有牛三鲜火锅、鳝鱼火锅，还有春卷、冻子鱼这些荆江特色菜。林三富说："就冲着武汉还有咱们荆江县的冻子鱼，咱也得陪乔老板喝一杯。乔哥，你好酒量，我可不行啊，只来一杯……行了行了，一杯是福，两杯是毒。"

还没斟满，林三富就将杯子护住了。林三富下箸，问："乔总你咋会点荆江县的特色菜？这可是地地道道的荆江土菜呀。"

乔汉桥说："我不是半个荆江人嘛！"

林三富说："哦，对对，你下放到荆江县，武汉知青都是偷鸡佬。"

乔汉桥说:"我可没偷过啊,你别乱说。"

林三富说:"武汉知青打架闹事,偷鸡摸狗的,什么坏事没干哟!"

乔汉桥的脸色有点不对劲了,将一杯酒倒进了嘴里,吞下说:"林老板,你可不要在我员工面前损我哟,你先把酒喝了!"

他逼着林三富一口喝下那杯酒,不给面子。林三富喝了一大口,脸已经像麻辣虾子红彤彤的,瞳孔放大,雾雾腾腾地向乔汉桥求饶说:"我用几口喝行不?"

乔汉桥不依不饶:"感情深,一口闷!我怎么喝,你怎么喝。"

林三富快哭起来,喝农药一般地缩着鼻子,硬是将玻璃杯中的酒灌入口中,含在嘴里痛苦万分,久久吞不下去。乔汉桥瞪着他,指着他。酒终于进了林三富的喉管,就像是受火刑的感觉。

乔汉桥又将两人的酒斟满了,金甜甜看着难受,就对乔汉桥说:"乔叔,我代林老板喝行么?"

乔汉桥说:"没你的事,你是女伢儿,这是我们男将之间的事。"

林三富说:"乔哥,这样灌死了就好?我说错了话还是怎么?"

乔汉桥说:"你说错了话,只要以后你不说武汉知青偷鸡摸狗的事,你的酒我替你喝了。钱,纸嘛;酒,水嘛。"

林三富说:"我没有说你,我只是说笑话。"

乔汉桥说:"你只看老百姓丢了几只鸡,说不定是黄鼠狼叼走了呢?知青在那里重活苦活脏活啥没干?防汛堵管涌,双抢夜插秧,上街拖大粪,水利修沟渠,哪样不是我们知青干的?哪个没得过血吸虫病?我就得过两次,弄成个肝大四指半,当兵当不成,回到城里就待业,啥苦没吃过?"

林三富说:"哎呀,那你不能喝酒,身体重要,我也不说了。我晓得,现在荆江县可是消灭了血吸虫。"

乔汉桥说:"四年半在那儿的生活,不谈了!不知道为什么,看到荆江县来的人,我就想哭,一想到荆江县,我也想哭。"

林三富说:"那是为什么?"

乔汉桥说:"我也不知道。"

林三富说:"还是感情深。有些知青,等在城里退休了,就悄悄回到自己下放的村子,租房住下来,养猪喂鸡。"

乔汉桥说:"我这一二十年做的梦,全是天露湖的,没有一次梦见过武汉,怪不怪？"

林三富说："有个词叫什么魂牵梦萦，就是说的你。"

乔汉桥眼圈红了，举杯说："喝酒，喝酒！"

乔汉桥指着墙上的天露湖图片："看看，这么美的地方，有人离开，有人想念。其实人生就这样，再美的风景也只能忽聚忽散，忽见忽别。"说着说着，他竟唱起了伤感的知青歌曲："亲爱的江城，我的故乡，我哪年哪月才能回故乡？雄伟的大桥，横跨龟蛇山，想起了故乡我泪水流……"

唱着唱着，乔汉桥就哭了。

菜还没动，这乔汉桥哭得稀里哗啦，弄得金甜甜也跟着哭了，她也想起了父母和家乡，虽然出来才月余。

等乔汉桥伏在桌上安静了，林三富对金甜甜说："甜甜你的遗憾是错过了高考，千不该，万不该。你误了你终身的前途，成就你的孝心，赚钱替父亲治病，可你晓不晓得多伤你父母的心?!"

金甜甜泪水又流了一脸。

林三富说："我劝你尽快给你父母一个信，别让他们牵挂。我这里有洪书记家的电话，我告诉你号码……"

金甜甜抄写了洪大江家的电话，问林三富："您郎嘎应该知道洪书记儿子洪大江考取了哪所大学吧？"

林三富想了一下说："……好像是华中农业大学，为这事跟他爸闹了一场，你快打个电话……"

这时伏在桌上的乔汉桥抬起头，将一个手机递给金甜甜："这是工作手机，你拿着去用，报纸也拿上。"金甜甜推辞不要，但林三富帮着将手机装到金甜甜荷包里了。乔汉桥对金甜甜说，这本来是给你的，是前面的员工用过的……

金甜甜回到宿舍，艾晓兰假装睡着了，却突然坐起来说："到哪儿喝酒了？这大的酒气。"

金甜甜说："晓兰姐，我没有喝酒，是别人喝了。"

艾晓兰说："那就是乔总喝的，他可是好酒量，没灌醉你呀？"

金甜甜反问道："晓兰姐你被乔总灌醉过？"

艾晓兰说："我有底线，没有底线的人，什么事都可以做。作为过来人，姐想告诫你,一个男人又是请你吃饭又是喝酒,又是对你嘘寒问暖又是甜言蜜语的时候,你基本成了人家的菜。这世上哪,没有免费的午餐,也没有免费的晚餐。"

金甜甜说:"晓兰姐,你的话虽然难听,但我记着了。"

艾晓兰说:"良药苦口利于病,男人怎样的花言巧语,甜言蜜语,都是为了占你便宜。"

金甜甜突然摸到了荷包里的手机,又摸到纸片,上面有洪家的电话。于是来到阳台上,摁了那个号码,一下子就拨通了。

正好是洪大江接的,洪大江问是谁,金甜甜深深呼出一口气说:"大江哥,是我。"那边的洪大江用高分贝的声音喊:"甜甜,你在哪里?我到武昌去找了你,你爸妈为你急死了,我还为你背黑锅哩。你为何不参加高考?你太轻率了!"

金甜甜大颗大颗的泪珠子往腮前流,"大江哥,听说你考上了华农大,是什么系呀?"洪大江告诉她是园艺系,并反复追问她在哪里。金甜甜说了句"等开学了我去华农大看你",就挂断了电话。

进了屋,艾晓兰问:"甜甜,你有手机了,手机哪儿来的?"

金甜甜说:"是工作电话,你没有吗?"

艾晓兰说:"那就是乔总给你的,我可没有,你刚来就发手机,这可是特殊待遇呀!"

金甜甜没再答理她,自个上床睡了。她反复想着洪大江说的到武昌来找了她,在哪儿找的?跑了哪些地方?她哭了,躲在被子里哭了,不敢出声,怕艾晓兰笑话。

十六

金甜甜给洪大江打来电话的事,村里传得比电话还快。洪大江当天晚上就去金家报信,大江分析说甜甜应该是在武汉,她说要去华中农业大学看他,那口气,不像被骗被拐。

洪大江兴奋得一夜未眠,清晨就去了湖边,到那棵野樱桃树下,用锄头刨出了埋在下面的大青花碗,这碗是他与甜甜一起埋下的。他小心翼翼取出,拿到湖边洗净,对着太阳照了照,又用衣裳擦干净水,用大荷叶包好拿回家去,悄悄装进了为上学准备的旅行箱里。

去学校报到的日子到了。

天刚蒙蒙亮,村里的乡亲们都来送洪大江,仿佛他是他们的亲人。是啊,洪大江是村里第一个正儿八经的本科大学生,过去有几个考取中专的,但还没有人考上这么好的大学。许会计在村里卖力地宣传华中农业大学是好大学,说人家也是教育部直属的大学,还说天露湖东岸有个华农大的教授,现在是中科院院士,搞水稻研究的。经他的宣传,华中农业大学仿佛成了世界第一大学,清华北大都不在话下。

连马三爹也来了,有送来钢笔的,有送来煮鸡蛋让他路上吃的,有送来莲蓬、枣子往他兜里塞的……洪大江站在拖拉机上向乡亲们招着手,几次忍住没让泪掉下来。

离开了家乡,天露湾和天露湖渐渐离他远了。天高云淡野鹭飞,道路漫长,芦苇摇荡,水泽深旷,鱼在湖汊里跳,牛在草滩上叫。一阵风吹来,到处是稻浪起伏,野草鼓动,安静的湖区,美丽的田畴,小路条条,杉树行行,沟渠笔直,湖岸蜿蜒,这里真是美啊,时刻想考学出去,可临别的这一刻却又依依不舍……

坐了大半天长途汽车,到了武昌长途汽车站,一出站就顺利看到了学校的学生举着华中农业大学的牌子接站,他们穿着"华中农业大学"毛体字的 T 恤衫,洪大江好想拥有一件这样的 T 恤。

接站的同学们将洪大江的箱子搬上汽车,等了一会,新生们装满了,车就向他即将四年求学的大学校园驶去。

经过了许多街道,经过了一个大湖,有知道的说是南湖,到达了华中农业大学。气派的校门,进去没想到学校如此之大,有树林,有果园,有苗圃,有各种漂亮的建筑,还有稻田,有神秘的大楼,有逶迤的长廊,有宽敞的马路,有湖边的足球场。还有一座狮子山,像是森林一样,山脚就是烟波浩渺的南湖;有山有湖,这完全是桃花源似的学校,是修剪得仪态万方的大花园,就是个花园学校。真大呀,真美呀,更有路上、球场上众多的大学生,男的,女的,都时尚、漂亮,意气风发,神闲气定,给人斗志、激情和理想。在这里学习,一定要不负时光,不负自己,不负父母,不负乡亲!

到了华中农业大学操场上, 洪大江被同学引导着办理所有的入学注册手续。在去宿舍之前,同学说,我陪你去那边选购一些日用品。

洪大江首先选了一件华中农业大学的 T 恤,当即就穿上了,买了热水瓶、脸盆、塑料桶等生活用品。他掏钱包出来付款时,老板说,刚才那位女同学帮你付了。洪大江一脸懵圈,以为搞错了,说,不会吧,谁给我付的?老板就指了指不远处走掉的女同学背影。洪大江更诧异,追上去想问个究竟,他就"哎哎"地大喊。那女同学转过头来,洪大江更惊愕,怎么这么面熟?赵怡月!

"是你,怡月!"

赵怡月说:"是呀,没想到吧,咱们现在成了同学,你怎么也报考了华农大?"

洪大江说:"那你怎么也报考华农大?"

赵怡月说:"我替我爸完成他的心愿,因为当年他第一志愿是这里,可阴错阳差读了荆州农学院,不甘心,要让我替他完成他的第一志愿。"

洪大江说:"要说这个选择,还是你爸坚定了我的决心。"

赵怡月说:"嗬,是这样,你也是被我爸洗脑了?"

洪大江要将买东西的钱给赵怡月,赵怡月不收,说:"时间还长啊,以后请我吃热干面吧。"

后来她问起了金甜甜考上没有,在哪儿读书。洪大江告诉她,金甜甜没参加高考,到武汉来打工了,说是要赚钱给她爸治病。赵怡月说,这多遗憾,怎么放弃读书哩。

洪大江的男生宿舍和赵怡月的女生宿舍本来不远,上课也在同一栋教学大楼。虽然洪大江是园艺系,赵怡月是环境科学系,但在一个食堂吃饭,时常碰到。

这天下课后,洪大江从教室里走出来,赵怡月在不远的一棵大树下喊他:"大江,你一脸阴天,咋不高兴?"

洪大江说:"没有呀。"

赵怡月说:"我听说你的分数,可以报武大的,你是不是专业报错了,不想读呀?"

洪大江笑了,说:"我咋不想读?园艺专业真的很好,一般到华农来的,一定是很喜欢这个学校,对不对?"

赵怡月说:"不对,我给你说了,我不是。学校是我老爸挑的,专业是我自己选的,这样就与家长达成了共识。何况环境科学系的环境生态专业我非常喜欢,所以,我脸上阳光灿烂。怎么样,灿烂吗?"她把刘海扬到一边,问他。

洪大江不敢细看她,这女孩一脸高贵,他只好胡乱顺着回答:"灿烂,灿烂,光辉灿烂!"

赵怡月说:"有点小幽默了。"

两人走到食堂,洪大江说:"今天我要请你吃热干面。"

赵怡月从书包里拿出一包巧克力说:"这是我妈寄给我的,给。"

洪大江第一次见这个东西,没吃,攥在手里。赵怡月说:"吃呀,傻傻地看着干什么?"

洪大江说:"先吃饭吧,吃饭前我不喜欢吃甜的。"

洪大江果然点了两碗热干面,赵怡月去买了两杯酸奶、两个豆皮。两人吃着,赵怡月将豆皮搛给洪大江,说:"你多吃点。你不喜欢吃甜的,我也不喜欢吃油腻的。"

洪大江边吃边说:"武汉的豆皮是煎的,我们老家的豆皮是炒的。"

赵怡月说:"你认为武汉的豆皮好吃吗?"

洪大江说:"习惯了就好吃了,就像这热干面。"

吃完晚餐两个人一起去图书馆,电梯有点晃,赵怡月就势将洪大江的手臂挽住了,洪大江愣了一下。

他始终记着金甜甜要来学校看他。

金甜甜领到了这月的工资,一千五百元,还加上一百多元的奖金。这些钱给了她一些安慰,她想尽快汇给家里,让父母高兴高兴。

可是在邮局填汇款单时,填汇款人地址,她犯了难。填哪儿呢?不能填,如果他们知道我在哪里,不要跑来寻找我让我回家吗?她问邮局的人,能不能不写汇款人地址,或者就填邮局行不行。邮局工作人员对她说,不仅要填地址,还要具体到门牌号,要填写真实的。因为如果查无此人,我们退回给谁呢?

金甜甜左想右想,想不出个好办法,无奈只好把填写了一半的汇款单折好收进荷包回来了。

回到商行,艾晓兰问她钱汇了没有,金甜甜拿出那个汇款单。艾晓兰一看说:"你没汇呀?你记不住咱们地址?"

金甜甜说:"不是的,不汇了。"

艾晓兰盯着她的眼睛看了半晌,说:"甜甜,你给我说实话,你惊头慌脑的,有什么瞒着我?我看你像是逃婚出来的。"

金甜甜大呼冤枉:"晓兰姐,不是,真的不是!我这么小,逃什么婚呀?"

艾晓兰说:"我碰到过好几个小丫头都是逃婚才来城里打工的。"

金甜甜急得直跺脚说:"我不是!我说什么你都不会信!"

艾晓兰笑着说:"我就喜欢看你猴急的样子。甜甜,也没事的,就算是逃婚,一定是对的。你在一个地方拒绝,就会在另一个地方得到,而且一定有最好的男人在等着你……"

金甜甜脸红了,说:"晓兰姐,你什么意思嘛……"

她在想着去学校看看洪大江,顺便让他帮忙将钱寄回家。想着洪大江,晚上就梦见了他,好像还在天露湖中学里,两个人拿着一个大青花碗,碗里有鱼冻,是最好的鱼冻,黑鱼冻。荆江县的鱼冻子就是煎鱼后加汤,不吃,让汤冻起来,这是在冬春,一般放一夜,鱼因为有丰富的胶质,汤就冻了,成了豆腐状。在城里,因为有冰箱,做好的鱼汤放冰箱两个小时就成了鱼冻。

第二天,是周日休息,艾晓兰约她去司门口商业街买衣裳,说那里周末打折的衣裳鞋子很便宜。金甜甜说,她想去华农大找一个老乡有事。金甜甜发现自己从天露湾穿出来的皮鞋后跟磨斜了,不平衡,走路崴脚,就对艾晓兰说:"晓兰姐,你能不能帮我买一双皮鞋回来?打折的,一百块钱以内的。"

艾晓兰调侃她说:"甜甜,我要是你,手上拿着手机,我就到中南商场、武汉商场去买品牌。你说,你对得起你这个摩托罗拉手机么?"

金甜甜说:"这不就是个旧手机?别人用过的,工作手机,都是水果商打来的电话,我很少打出去过⋯⋯"

艾晓兰说:"常言说,男人手小抵万金,女人指长能抓钱。别节约了,以后呀,你老公不会让你买打折衣服的,世界名牌什么巴宝莉、LV、普拉达、香奈儿,应有尽有。"

金甜甜说:"咱没这个福,我爸腿摔坏了,我这钱要给他攒着治病。我来武汉打工没让我爸妈知道,我不想告诉他们我在哪儿,有钱不敢汇。"

艾晓兰画着口红说:"又不是脏钱,有什么不敢汇的?我看你有病!"

艾晓兰走了,金甜甜将钱藏在内衣口袋里,买了一挂红地球葡萄提着,她觉得红地球葡萄鲜红鲜红的,喜庆。走了很远,坐上了去华中农业大学的公共汽车。

因为鞋不好,一走一崴,上了车人又多,站着好累,一个小时才到学校门口。金甜甜是第一次进大学的校园,看什么都新鲜。她发现学校的门卫形同虚设,人们进出没有任何限制,就随着人流进了校园。到处都是背着双肩包、骑车或步行的大学生,成双成对。

金甜甜的感受跟洪大江的差不多,应该比他更有感慨。这学校的宏大、神秘、高雅、美丽,让她好生羡慕,那些同龄人在这里继续学习知识,成为高尚的人,而她自己却放弃了求学的机会,这个机会对她应该是触手可及的,现在她却成了一个在商行中打工的女孩,她的命运跟这个校园的人比,已经拉开了很大差距,而跟洪大江,也就成为完全不对等的两种人了。大好的前程在等着他,而自己永远是个打工妹⋯⋯

操场上奔跑着踢足球的男生和打排球的女生,金甜甜驻足痴痴地观看,特别是那些穿着运动衣的女孩,她们健美、开朗,青春勃发,马尾辫在奔跑和弹跳时飞扬,就像她们的人生。金甜甜好一阵伤感。

走到图书馆门口,身边是进进出出的大学生。他们在看书写字,而自己在称秤记账。他们学的是最先进的知识,自己干的却是毫无技术含量的事。

她在人群中寻找,有个背影好像洪大江,她就跟着他走,看到那学生转头,不是。

172

她问一个迎面走来的男同学:"同学,我想问一下园艺系男生的宿舍在哪里?"

那同学指着学生宿舍区,说:"那边,你到了再问一下。"

金甜甜谢了别人,就往宿舍走,可是她的旧皮鞋后跟松动了。她蹲在地上脱下皮鞋一看,后跟的鞋钉松得快掉下来。她找到一块石头,将后跟狠狠捶了几下,扯了扯,还是松的,再穿上,一走一掉。她急得快哭起来,这真是掉底子呀。

说哭就哭了,想到自己丧失了读大学的机会,哭得越来越伤心。可也只能躲在路边哭,哭着哭着有了办法,将鞋带扯下一根,绑住脚和鞋子,这下能走了。走了一段,鞋带"噗"的一声磨断了,又恢复了一走一掉。她赌气地干脆脱下皮鞋,穿着袜子走路。一想,这个狼狈样子,怎么去见大江?

她站在路边趑趄着。

她不敢走了,回头。边走边哭,边吃葡萄。

到了车站,看到一辆回市区的公共汽车停下来,就慌忙上了车。

她回到宿舍,把破鞋丢在门口,两脚全是黑灰,脚兴许磨破了,躺在床上生闷气。

艾晓兰人还未进,抱怨的声音就进了:"等着我的新鞋?我给你姑奶奶买鞋,钱包被小偷扒走了,今天倒八辈子霉!甜甜,你可把我害惨了!"

金甜甜从床上坐起问:"晓兰姐,钱包被偷了?"

艾晓兰就把她在司门口黄鹤楼地下商场里,遭小偷偷钱包的事说了,说她正在帮金甜甜的一双鞋砍价,试穿,不到几秒钟,小偷就夹走了她的钱包。听说是个惯偷,报警后警察来了,也没用,那个地下商场是防空洞改建的,四通八达,两个警察到哪里抓去?

金甜甜说:"晓兰姐,偷走了多少钱,我赔你。"

艾晓兰说:"是我自己不小心,要你赔干什么?我只想问你,你赤脚脏兮兮的,到底干啥去了?"

金甜甜哭笑不得,说不出口,把掉了后跟的皮鞋提起给她看,把一双黑黝黝的脚伸过来给她看。艾晓兰也哭笑不得,踢了破鞋一脚说:"可怜啊,可怜啊,守着大哥大的金甜甜,却穿着这么一双卓别林的破皮鞋,真是气死我了!"

艾晓兰将给她买的新皮鞋打开,说:"穿上吧,甜甜小姐。"

金甜甜擦了脚,穿上新皮鞋,站起来,人就一下子精神了。

艾晓兰说："给你选鞋,跑了几家店,结果害得我连生活费都没有了! "

金甜甜把准备寄给父母的钱抽了五张给她,说："晓兰姐,这些够吧? "

艾晓兰拿出一张,其他的四张还给了她,说："这一张买三双,给我零钱,我哪有找你的。"

上班太忙,什么都忘了。第二个月的工资领取后,金甜甜还是决定去找洪大江,将钱尽快汇回家。她在大东门天桥上买了一双一个老奶奶做的千层底布鞋,又买了一挂葡萄,坐车来到华中农业大学,这回顺利找到了园艺系的男生宿舍。

在一楼的传达室,看门的阿姨问她找谁,金甜甜说找园艺系的新生洪大江。阿姨说你不知道他是哪一个寝室,我不好叫。再说,现在是上课时间,宿舍里基本没人,你等着吃午饭的时候来找。金甜甜便去校园里乱逛。这一次,在路上见到了洪大江。没想到洪大江看到金甜甜,惊喜得像兔子一样飞跑过来说："甜甜,是你吗? "

金甜甜拿出葡萄和布鞋给他,叫了一声"大江哥",抓着他双手摆动着呜呜大哭起来。

洪大江拉着她往路边树下走,说："甜甜,别哭,别哭,让人看见不好。"便塞给她一包巧克力,是赵怡月给他的,他留着没吃。

金甜甜接过来,破涕为笑,说："大江哥,谢谢你的巧克力,你吃葡萄。我这是第二次来找你了,第一次没找到。"

洪大江说："你来过? "

金甜甜说："第一次鞋底掉了,我就回去了。"

两人坐在路边花坛上。洪大江吃着葡萄,又看到那双千层底布鞋,问："是你做的? "

金甜甜说："不是的,是在大东门一个老奶奶摊子上买的,你穿穿看。"

洪大江穿上布鞋,走了两步,感觉很好,脱下来说："免得穿脏了。"

金甜甜不让他脱,说："你穿呀,穿坏了我再给你买。"

洪大江问她："甜甜,你在大东门做什么? "

金甜甜说："打工呀,就是个打工妹,哪像你们在大学校园,天之骄子。"

洪大江追问："你打的什么工,告诉我。"

金甜甜看着他怀疑谛视的目光,说："怎么,不相信我? 我就在武昌宏基长途汽车站不远,你把你们宿舍楼下的传呼电话告诉我。"

洪大江报出了电话,金甜甜拿出摩托罗拉手机来存号码。洪大江见她还有手机,问:"你出来才两三个月就买手机啦?"

金甜甜说:"不是我买的,这个旧手机,是工作手机,老板给员工配的。"

洪大江更加警觉:"什么老板?你告诉我你在做什么?"

金甜甜指着袋子里的葡萄说:"就是卖水果,大江哥,你不相信我,我好难受。"

洪大江说:"不是的,甜甜,我担心你上当受骗,你还是回去复读参加高考吧。甜甜,你看,读大学多好,你是肯定考得上的,难道你不想读书?"

金甜甜又哭起来,说:"想,好想,在你们大学看了,我好后悔自己的轻率和任性。"

洪大江说:"这就对了,马上回去复读,今天我就陪你到我们学校书店选复读教材去!"

他拉着她就走,金甜甜手抓着花坛沿,不走,说:"买书等过几天行不行?大江哥,我来是有件事求你。"

她拿出包好的两个月工资,说:"因为我不想让爸妈知道我打工的地方,请你帮忙寄给我爸好吗?让他赶快去看病。"

洪大江接过钱,掂了掂,放进书包里,又疑惑地看着她:"这么多钱,你究竟是在干什么?"

金甜甜急死了,说:"大江哥,你问我好多遍,你对我没有信任感。我的工资一个月一千五百元,加上一点奖金。我没干坏事,请你相信我!你若不信,今天跟我走,去看看我在打什么工。"

洪大江为难地说:"我要上课呀。"

有人喊洪大江,金甜甜扭头一看,竟是赵怡月提着两个盒饭过来。她看见了金甜甜,热情招呼道:"甜甜,是你呀!正好,你们吃,我再去买。"

洪大江说:"你们先吃,我去打一份。"

洪大江很快就从食堂出来,端着一个大青花碗。金甜甜看到心里一震,这不是我给他吃面的那个碗么?!明明埋在湖边,洪大江挖出来,专门从老家带来了?

赵怡月见金甜甜盯着那碗,对她说:"大江同学改不了农民的本性,就是用大海碗添饭盛菜,还得放辣子酱。"

175

洪大江憨厚地托着碗笑着说:"一碗就吃饱。"

这时候赵怡月看见金甜甜拿着筷子泪流满面,愣了,问:"甜甜,你怎么啦?"

金甜甜说:"噢……不好意思,吃到辣椒了。"

赵怡月说:"慢点吃……不管怎么样,一定要读书。甜甜,听说你成绩很好的。"

"我去复读!"金甜甜果断地说。

"定了,你可是当着我和怡月说的,不许反悔。"洪大江说。

"我不会的,我应该复读。"金甜甜说,"怡月,没想到你也跟大江在一个学校,你们可以互相照顾,真的太好了。"

赵怡月对她的话很敏感,说:"大江天天念叨你,你在他心里才有位置。不说了,我还要去上课,咱们找个时间,一起结伴去玩吧,我还没去黄鹤楼、东湖和武汉大学,还有户部巷,到时我请客啊。"

金甜甜的手机响了,电话是乔汉桥打来的,说是有几车水果来了,要她马上赶去仓库。

金甜甜对他们说:"我现在临时加班,要走了。"

洪大江问:"谁呀?"

"我们老板。"金甜甜说。

在公共汽车上,金甜甜一路想着洪大江端着的碗,她家的碗,青花碗,跟着洪大江来到了大学,证明他心里是有她的,她必须复读考大学,这样才可能与他般配,否则,他们之间会越来越远。

回到果品商行,金甜甜看到乔汉桥那双刀眉竖着,黑着脸,像染了煤炭。乔汉桥问金甜甜去哪儿了。金甜甜说去华农大看一个老乡。乔汉桥说,你为什么不给我打个电话?金甜甜说,我还不习惯。说着转身要去仓库。乔汉桥让她别去了,交给她另外一个任务。

这时,有人提上来一个蛋糕和一个花篮,乔汉桥对她说:"今天是我妈的生日,她从不喜欢别人给她庆生,特别是我。因为我要喝酒,她反对我喝酒。请你今天代表我,去陪我妈吃一顿饭,全都备好了,司机在楼下等,明白我的意思吗?"

金甜甜想起乔总的妈顾老师这几天没在商行楼上,应该是去了郊区的别墅。金甜甜想着为什么要让她去,两只青乌乌的大眼睛转动着思忖。这时乔汉桥说话了:"是我妈要你去的。"

金甜甜就没有了推辞的理由。

顺着去华中农业大学的路,还要往前走很远。金甜甜坐在乔汉桥的小车里,听司机说那个更大的湖叫汤逊湖。这个湖让金甜甜恍惚回到了天露湖,风景是一样的,湖水是一样的,开阔是一样的,天荒水远,仿佛远离了武汉,来到了乡野。但是,有许多楼房在崛起,更有许多高新技术企业,而且马路修得比市区宽阔,绿化更加精致。这哪里是乡下,是另一个崭新的城区,好有情调!

车开到湖边的一个别墅区,这里的房子都不高,三层四层,但豪华、气派、藏而不露。进了大门,两边茂林修竹。沿着湖岸往前,一栋栋别墅相隔排开,花木鲜艳,姹紫嫣红,修剪得清清爽爽,令人心情大悦。这是怎样的一种生活?!

小车停在一栋别墅前,司机说到了,金甜甜捧着鲜花,提着蛋糕打开车门下车,司机则提着酒店用保温提篮装好的菜肴。敲开了门,但见室内宽敞高大,装修古典且又时尚,充满动感,家具富丽堂皇,一尘不染。顾老师一见金甜甜,高兴地说:"甜甜,你来了,进来进来!"

金甜甜依然叫顾老师,顾老师看见了鲜花和蛋糕,以及蛋糕中的"生日快乐"字样,问金甜甜:"你怎么知道我今天的生日呀?"

金甜甜这才明白,顾老师没叫她来,只是乔总让她来的。但她说:"祝顾老师生日快乐!"

摆上菜肴,打开蛋糕,点燃蜡烛,热气腾腾的饭菜端上桌。司机要走,顾老师让他别走,一起吃。

金甜甜给顾老师和司机斟满饮料,端起切好的蛋糕给顾老师,然后为她唱起了"祝你生日快乐……"金甜甜甜美的声音在这个长久寂静的别墅里响起,带来了热气,撵走了清冷,感动了顾老师。顾老师也跟着她一起唱起来,泪湿衣襟。

金甜甜搂着顾老师的肩膀,给她揩着眼泪。顾老师吃着蛋糕说:"从来没有这么高兴过,家里好有生气呀,谢谢甜甜!"

金甜甜不停地给她搛菜,说:"顾老师您郎嘎多吃点。"

顾老师说:"我吃的,我今天胃口大开,你们也吃!"

吃着饭,聊起家事,勾起了话头,顾老师说:"……他爸本来可以享福了,前年去乡下钓鱼,鱼线碰上了高压线,就这么走了。我就一个人守着这个大房子,一点都不好玩。"她指着桌上一家三口的合影说,"当年呀,我们家汉桥十七岁不

177

到就下放到你们那里,说是在湖区,就怕他得血吸虫,还是得了,回武汉来治好了,后来又得过一次。我们汉桥天天拖着板车进城里拉大粪,每次回武汉身上都一股大粪臭,四年半才招工回来……不过他总是说荆江县好,那里的乡亲们对他可好了,那里的菜好吃,那里的水也好。你看水不好,哪能养出像你这样水灵灵的俊丫头,真是水灵哪!”

金甜甜给说得羞惭难当,说:“我们那儿穷,现在开始种葡萄,有了点改变。”

顾老师说:“日子总是会慢慢变好的。”

金甜甜说:“是呀,以后肯定比现在好……您郎嘎在这里,有一个人陪伴就好了,就不寂寞了。”

顾老师说:“有钟点工给我打扫卫生、做饭,我有时候不叫她来,就想一个人清净,吃得也简单。我一个人习惯了,在这里是有点寂寞,老想着你们呀,特别惦记着你,我是市区、郊区两边住。”

金甜甜说:“今天您郎嘎就跟我们一起去市区。”

顾老师说:“好,听甜甜的! 说走就走!”……

十七

乡邮员一路敲着铃铛,骑着绿色自行车,背着邮包,从村委会那条路上过来,在村头小卖部停下车,拿出村里的报纸和邮件,喊道:"有人吗?"

差不多是晌午,村里安静得像没人似的,只有母鸡生蛋后叫着"咯咯哒、咯咯哒"的声音。

乡邮员朝院子里面一瞄,看到吴红英病恹恹的,头上还扎着一条大枕巾,就喊:"吴姐,你生病了?"

吴红英没好气地说:"快死啦。"

乡邮员说:"今天村委会没人,请你代收一下。"

吴红英说:"我总是给你代收邮件,你就不在我店里买包烟,给我小赚一点?"

乡邮员浑身冒汗,敞着一件灰色的夹衣说:"我不抽烟。"

吴红英说:"水呢,你不喝水啊?买瓶健力宝、汽水还有果冻什么的也行嘛。"

乡邮员说:"你一说果冻我就来气了,上次差点噎死,果冻还卡在嗓子眼上,你卖的果冻杀人哩。"

吴红英说:"啥话呀,你这差狗子!"

乡邮员说:"我能说你的冤枉话么?!"

他指着一张汇款单,要她签个字。吴红英一看,收款人金满仓,汇款人华中农业大学园艺系洪大江,三千元整。这么多钱!大江不寄给他爹,寄给金满仓干啥哩?他一穷学生给金满仓寄这么多钱回来,邪乎!

她还是签收了。乡邮递员见她拿着那张汇款单不放下,就说:"吴姐,人家的大额汇单,你一定让金会长今天来领,人家怕是要等钱急用的。"

吴红英端出了笑脸说:"晓得晓得,我未必还敢吞了?这么大一笔汇款。"

乡邮员故意说:"就是呀,这么多钱哪个敢吞,那得吃几年牢饭。"

乡邮员走了,吴红英拿着汇款单看了又看,放进抽屉里。许会计经过,她没将报纸和汇款单给他,后来金满仓从路上拐着拐过来,吴红英喊住他。

金满仓问:"红英,啥事?"吴红英已经从抽屉里拿出了那张汇款单,想想又收了进去,说:"我喊了你么?"金满仓说:"是呀,你喊的。"吴红英转动着眼珠说:"噢噢,对对对,我这里又到了一种荞麦酒,绿莹莹的,绝对是粮食酒,不是勾兑的,都说好喝,还便宜,泡药酒很好,我给你留了十斤,你不买点啊?"金满仓说:"你忘了?我前几天在你这里买了十斤酒。"吴红英故作惊讶地说:"哦哦,真的?我忘了,被车一撞,脑震荡,记性不行了,呵呵。金会长,你腿好点了么?"金满仓好生纳闷,说:"红英,你今天怎么这关心我?"吴红英说:"咱俩不都是卖葡萄受伤的么?同病相怜呀。"金满仓嘟哝道:"那也是……"

肖丙子睡了一觉,从院子里出来,瞅着远处离开的金满仓。他眼神不好,没有看清是谁,问老婆:"你在跟哪个男人说同病相怜?"

吴红英摸着包扎的头,横眉鼓眼对他吼叫道:"肖丙子,醋缸倒了,想怎样啊?"

肖丙子无趣地说:"喝醋呗。"

吴红英说:"喝你个头!你没资格喝老娘的醋。跟着你,吃了什么?穿了什么?睡了什么?家里还有张席梦思不成?脑震荡了,你巴不得老娘忘记存折密码,你去吃喝嫖赌。"

肖丙子被无缘无故地呲了一顿,浑身难受,依然公鸭嗓笑着说:"嘎嘎,我可不敢,只是,你头撞了一下,脾气越撞越大了。"

他去抽屉里拿烟和打火机,一翻,翻出了村里的报纸,上面有一张汇款单,推远了一看,是金满仓的,三千元。他攥着汇款单问吴红英:"人家的汇款单你为啥不给人家?"

吴红英有些慌了,口气也软了,说:"哪是不给,我忘了。"

肖丙子这下抓到了吴红英的短处,硬气起来:"刚才我不是听你喊金满仓吗?你忘哪儿了,你这是何居心?"

说着竟将桌上的杯子掀到地上,咣当一声,碎了。

吴红英自知理亏,蔫了,缩在柜台里不敢吭声。

肖丙子质问道:"你想黑人家这笔钱是怎么的?你这婆娘!"

吴红英叫屈:"我黑人家的钱?你细看!"

肖丙子戴上老花镜,看了汇款单。

吴红英说："你看明白了吗？"

肖丙子说："有啥不明白的！"

吴红英说："读大学的洪大江给农民金满仓寄三千块钱。"

肖丙子说："啐！那关你屁事呀！"

吴红英将汇款单往桌上一拍道："人家瘸腿的金满仓在家还有人寄三千块钱，你的腿能跑马拉松，却分文挣不到，还欠别人一屁股债，你好意思在老娘面前摔杯子?!"

肖丙子软了，撇着嘴说："那、那我干什么去？你莫逼我，逼上梁山啊？"

吴红英抱着膀子，仰着头说："你这种男人，就跟李莲英李公公没两样！"

被老婆羞辱了一顿的肖丙子，在门口的树荫下浑身难受，走来走去，他忽然想起表弟肖庚子，听说他在南边发了大财。村里有不少人往南边去打工，但像庚子表弟发财的不多，都是干体力活，上流水线，夜夜加班，苦不说，还远离家乡，劳神受罪。但出去混总比在家的手头活，还不受老婆的窝囊气，主要是能逃债。于是他找到了肖庚子的电话号码，打通了。

肖庚子一个烟嗓，中气不足，说正在驾校学车。肖丙子问他买车了？答案是真买了车。肖丙子就说你也不帮丙子哥我一下，肖庚子说你来呀，你来了也能买小汽车，盖小洋房，但是得带本钱来。肖丙子说我哪儿有钱啊？想搞个预制厂结果搞亏了，欠人一屁股债。肖庚子在电话里吹得天花乱坠，仿佛他成了大款，天天住在宾馆里，有专人伺候……

肖丙子见老婆的身影朝这边晃来了，忙挂了电话。吴红英见他贼眉鼠眼的，问给谁打电话，肖丙子含糊说是催债的。吴红英说，你打了这么长时间，是外边的女人吧？肖丙子绷着额头的大血管，梗着脖子起誓，如果给女人打了电话，出门被车撞死！吴红英"嗤"了一声说，你撞死过一百回了，狼不改吃肉，狗不改吃屎……

肖丙子想一个人消化一下表弟肖庚子说的话，他就挑担去湖边打荷叶了。

湖上的风景很野，但荒凉，风一吹更荒凉，就像草滩上藏有老虎豹子一样荒凉。湖上的荷叶密密麻麻，水鸟千千万万。越往远处看越野，湖面望不到边，芦苇飕飕，里面有孵蛋的鸟发出咕噜咕噜的声音，有鱼跳出水面扳籽。一些池鹭、苍鹭、青桩(就是老鹳)呆呆地站在荷叶上等鱼出来，这些都是为讨口食吃的野玩意儿。人不能跟鸟跟鱼一样待在一个地方，否则那就死了，一辈子无声无息。每天吃点坛子腌菜,喝点掺水烧酒,然后倒头大睡。屋里潮湿,一口霉味,到处是毒虫,癞蛤蟆在你的床下聒叫,蛇爬到你的夜壶里,吓死你,没卵的意思。而且吴红英这个恶鸡婆管着你像管乖乖儿,像管坏人,只准老老实实,不许乱说乱动。人么,人总得有点自由,鸟都有自由,一只虫子都有自由,这大个活人咋就没自由了咧?

肖丙子双脚踩进淤泥里,摘了一担荷叶,想使劲拔出爬上岸,但越陷越深……这时一只手来拉他,他抬头一看,是许会计。

躲都躲不了!

许会计阴阳怪气地吟诗道:"'秋阴不散霜飞晚,留得枯荷听雨声'。你把这些秋荷叶打了干什么? 让它们留在湖上多好。"

肖丙子挣扎上了岸,喘息着说:"我晓得你是来找我要钱的,就两三千块钱,不能逼我投湖吧?"

许会计说:"我不逼你你不会还,你想投湖请便,天露湖又没加盖。不过嘛,你可晓得父债子还的道理? 你就是死了,你老婆和你儿子一样要还,跑得了和尚跑不了庙。"

肖丙子嘎嘎笑道:"你真的不要逼我,说不定逼出个百万富翁来。"

许会计说:"你还说过咱们天天啃甲鱼,顿顿吃海参哩,你忘了吧?"

肖丙子去水边洗泥脚,说:"我要买一辆小汽车呢? 你更不信。"

许会计斜眼看他:"啊哟,那好呀,允许一部分人先富起来。不过先把我的小钱还了再说,我给你一个月,这是最后通牒,公家的钱,你我都跑不脱! 坐牢咱们一起坐……"

肖家的小卖部门口因为在村口,因为有大树,因为是个小卖部,加上这里还有两棵倒下的枯树当作凳子,时常有人在这里坐坐。吴红英依然头上缠着个大枕巾,要锁门,买烟的说买包烟,吴红英却说:"我现在有事,你们在门口等会儿我就来。"

那男人拦住吴红英说几秒钟你都耽误不得? 吴红英亮了一下那张汇款单说:"我要给满仓会长送汇款单去。"

听说是汇款单,大伙的眼睛亮了,问是不是金甜甜汇来的,甜甜在哪儿,干什么? 那些人便去抢汇款单看,吴红英故意不让他们看,举得高高的,说:"这是人家的隐私,凭什么要给你们看?"

几个村民没见着,准备离开,吴红英却又将汇款单展开:"你们猜猜究竟是谁给金会长汇的款?"

她将汇款单塞给他们。大家凑过头一看,异口同声地说:"大江!"

"大江怎么会给金会长汇款呢?是不是假的?"

"学生伢哪有这么多钱,这事怪哉!"

吴红英得意地说:"你们就猜吧,死劲猜,我把这单子给金会长送去……"

吴红英在金满仓的葡萄园里喊他,金满仓坐在一张特制的凳子上剪葡萄老枝,凳子歪放在沟垄里。吴红英说:"有人给你汇款来了,一大笔呀,会长发大财了。"

金满仓揩着手接过汇款单说:"哪儿寄来的?"

吴红英说:"你自己看呀。"

金满仓看了,看清了,也糊涂了,抓着脑袋。

吴红英说:"你今天种葡萄没赚上,有人给你补上了,家里有个姑娘就什么都有啦!"

金满仓说:"红英,又阴阳怪气。"

吴红英走了,回过头说:"莫非大江没上学?"

她一路走回,在洪家门口碰上了洪家胜,劈头丢下一句话:"书记,有你好的呀,你家出了个散财童子啊!"

洪家胜感到莫名其妙,问:"吴红英,没头没脑一句话,啥意思?"

吴红英边走边说:"没啥意思。"

这张汇款单在金、洪两家可炸了锅。首先是金家,金满仓回到院子里,将汇款单丢在桌子上,也没说话。余翠娥过来一看,是汇款单,仔细瞧了,问:"大江怎么会汇给你,有没有搞错?"

金满仓坐在那儿发愣想事,说:"我猜应该是甜甜托他汇的,从这张单子看,他们两个人在一起。"

余翠娥说:"这是好事呀。"

金满仓一拍桌子道:"好个屁!危险!很危险,晓得么?"

余翠娥一怔愣:"我说的是甜甜有消息了,咋不是好事?"

183

金满仓拉高嗓门："我平时是护着她的,这次我实在是忍不下了。这伢儿太不听话,把一个好端端的大学生弄丢了,我的腿抵她的一生前途么? 不就是条老腿,锯了有啥了不得的,犯得着用她的大好前途去换? 就算是她寄十万块,有什么用? 有些东西是钱能换的?!"

余翠娥说:"那咋办呢,把这单子烧了?"

金满仓说:"甜甜跟大江在一起,那不就住一起哒? 这还了得!"

余翠娥说:"你不是很喜欢大江嘛。"

金满仓说:"他们还这么小,成何体统,我们还有没有脸在村里住? 你没看吴红英那恶心的样子,不晓得又在村里怎么嚼舌根。"

余翠娥说:"人嘴两张皮,嘴里全是蛆! 管他哩,我问你单子烧不烧?"

金满仓说:"三千块钱,你烧? 明天,我去镇上把钱取了再说。钱是干净的,凭什么要烧? 对自己的伢儿,我放一万个心!"

余翠娥说:"可钱是大江寄来的呀,不去问问洪家?"

金满仓拍着汇款单道:"收款人写的是他们的名字吗? 嘁!"

在洪家那边,黄秋莲天挨黑回家,怒气冲冲,从地里一到家,丢下锄头就往外走。洪家胜说,我米都淘了,菜也择了,你不做饭了? 黄秋莲板着个脸,像僵土搓过的,说,你是个什么书记,吴红英那臭婆娘在村里到处说咱儿子的坏话,你听到没?

洪家胜其实琢磨了老半天吴红英说他家出了散财童子的话, 问黄秋莲,姓吴的说了啥? 黄秋莲说,有人给我讲大江给金满仓寄了三千块钱,我不问个明白行么? 洪家胜说你去问谁,黄秋莲说问金满仓哪。洪家胜双手一拦说,冷静一下,姑奶奶,你这脾气不又得吵起来? 等明天我弄明白。黄秋莲点着他鼻子说,你就是个怂包! 你儿子成了他金满仓的儿子! 洪家胜说,你刚才讲汇三千块钱,这不是天方夜谭么,还没弄个明白你发个啥炸呀? 洪家胜关了院门,说,这事情我来解决,你不要掺和。是我们的钱,他要不走;不是我们的钱,你要不来。

一宿无话。

鸟一叫,又是新的一天。天一亮,又是青天白日。这初冬的晨雾,有些混沌紧密,看不到村路。有鸟叫就有鸡鸣,有鸡鸣就有狗吠,有狗吠就有牛哞,有牛哞叫,一定有人赶早去田里做活,或者到湖滩放牧。如果有拖拉机声呢,那就是村里有事去镇上拉货或者到县城拉货。听到拖拉机吼叫,洪家胜立马拦住了,果然有金满仓搭便车，他猜想的是对的，这汇款单得去镇上邮局取。

洪家胜招手说："满仓会长，你下来我问你一两句话。"

金满仓说："是一句还是两句？"

洪家胜说："两句吧。"

金满仓爬上车费力，下来也费力，就说："有啥你就说，我不下来。"他示意他的拐杖。

洪家胜将金满仓叫到车厢后头，怕周师傅听见，让金满仓蹲下，很小声地靠近他问："听说我儿子给你汇了三千块钱？"

金满仓说："是呀。"

洪家胜问："那汇款单附言栏里写了什么没？"

金满仓说："没写。"

洪家胜说："你给我看看。"

金满仓不给，说："又不是寄给你的，你看什么？"

因为拖拉机停在洪家胜门前不停地轰鸣，两个男人的老婆都很敏感，先是咋咋呼呼的黄秋莲披衣跑出来，放炮说："我儿子凭什么给你寄钱？他没有孝敬我们倒孝敬你了，这是啥鬼名堂？"

黄大炮一声轰，余机枪就产生了应激反应，余翠娥闻声过来，说："你儿子愿意孝敬我们，那你不干瞪眼？"

黄秋莲被点燃了："你们跟你丫头一家三口不是合伙算计我儿子么？让他生活费也没有，你们这家人好狠毒！"

周师傅下来劝："别吵了，要走了，五早八早的，吵架伤和气！"

洪家胜让车走，金满仓说："书记你家里不是有电话吗？打个电话问下你儿子，不就一清二楚了……"

洪家胜头天晚上没想与儿子对个证，因为没看到汇款单，以为是吴红英造谣。在村里，吴红英就是个谣棍，也是根搅屎棍。

等拖拉机轰隆地开走了，洪家胜就给儿子打了个电话，边拨号边对黄秋莲说，我猜还是甜甜的钱让大江寄的。果不其然，电话通了，黄秋莲抢过话筒就警告儿子要老实点，说你给金满仓寄了多少钱？那头的洪大江就哈哈哈笑起来，说不是我的钱，是甜甜的，我帮她寄的。黄秋莲吐了口长气，叱咤道："你个小坏蛋，不早说，这我就放心了。那也不能跟甜甜搅在一块，她是打工妹，你是大学生，还

185

保不定在哪儿打工哩。村里都说些啥,这么多钱,哪儿赚的?老妈还是那句话,不许你跟甜甜来往,听到没有?"

洪大江清早起来在电话里被老妈吼了一顿,上课的心情也没有了,就找电话亭给金甜甜打电话,说:"你让我汇的钱,我家里人也知道了,村里爆炸了,怪我没在附言栏里写清楚,刚才我被我妈训了一顿,你也给你家打个电话解释一下。"

金甜甜答应了。洪大江说:"还有一个事,赵怡月说过几次,让我约你,咱们周末去黄鹤楼玩。"

金甜甜说:"要去我只跟你一起去,我一农村打工妹,不跟富家大小姐玩。"

洪大江说:"甜甜你这是什么话呀?她要我约的你,人家是真心。"

金甜甜说:"真心你跟赵怡月一起去就行了。"

洪大江说:"你好歹啊。甜甜,求你给你爸妈打电话,别忘了。"

金甜甜说:"我打哪儿,打你家?如果你妈接的,她不会去喊我妈,这俩死对头,你不清楚么?"

洪大江想了一下说:"那我来打,我马上打。但要在你工作的地方,用你的手机,我打通了你给你妈说话,你敢不敢?"

金甜甜说:"有什么不敢的?你来!"

说去就得去。洪大江想想甜甜有变化,口气不如过去柔软,心里牵挂,就请了假;上午是选修课,就说病了,去医院看病。

按照金甜甜说的地址,洪大江坐车到了她上班的地方,还真是一家水果商行。没见着甜甜,他就问一个女孩,金甜甜是不是在这里上班。那女孩是艾晓兰,艾晓兰问他,你是她什么人?洪大江说是老乡和同学。

艾晓兰一眼就瞥见了他穿的那双布鞋,想起是金甜甜买的,就说:"她刚去楼上乔总办公室了,你坐下等她一会。"

水果商行就是批发零售水果,那么多品种,特别是葡萄。洪大江对形形色色的葡萄来了兴趣,拎起看看,掂着重量。艾晓兰问他:"你吃葡萄吗?"洪大江说:"不吃不吃……请问这有多少个葡萄品种?"艾晓兰说:"有十几个吧,从新疆、陕西、浙江和安徽等地进的多,本地的有荆州,特别是你们荆江县的葡萄。"洪大江看得入迷了,不禁感叹道:"真是漂亮。"艾晓兰说:"是呀,都是好葡萄。"洪大江说:"果型穗型都好看,跟艺术品似的。"艾晓兰:"你是个葡萄专家啊……你是在华农大读书吧？"洪大江问："你怎么知道？"艾晓兰狡黠地说："我当然知道。"

她手一指，金甜甜从楼上下来了，一同下来的还有个男人，四十多岁，油黑脸，刀剑眉，平头，估计就是那个乔总，老知青了。甜甜给他说："我高中同学和邻居，叫洪大江，现在是华中农业大学园艺系学生，乔叔您郎嘎去天露湾应该见过他吧？"

乔汉桥说："哦，一定见过。在你们湾子里吃的饭终生难忘。甜甜，既然你同学来了，今天我请你们吃个便饭。"

洪大江说："不用不用，我下午还有课，马上要回去。我是来找金甜甜有事，我给她说点事。"

两人走出来，站在马路边，洪大江将金甜甜前后左右看了一遍说："你在这里很好。"

金甜甜说："大江哥，你以为我在什么脏地方上班，是吧？"

洪大江说："原来，你是专门投奔乔总来的？"

金甜甜拉着洪大江的衣摆说："你口气怪怪的，什么叫投奔？不就是打工嘛。"

金甜甜先拨通了洪大江家里的电话，交给他。洪大江接过电话说："妈，是我，大江，您郎嘎能不能叫一下甜甜的爸爸或者妈妈？"

黄秋莲说："怎么，你又跟甜甜在一起？"

洪大江说："没有，没有，我想给他们解释一下汇款的事，我说他们才信的。"

黄秋莲问："你没上课？"

洪大江说："上呀，我在学校。"

黄秋莲说："那你就去上课好了，叫人家父母不好。"

洪大江说："妈，求求您郎嘎还不行吗？"

后来是洪家胜接的电话，问大江咋回事。洪大江说："没啥事，是甜甜的电话，想找一下他爸妈，可妈不肯。"

听到他爸对他妈说："去叫叫，本来是村里给装的电话，喊别人接个电话是应该的。"

等了一会，金满仓接电话了，洪大江将手机给了金甜甜。

洪大江看她一接电话就哭了，就说钱是她让大江汇的，又问爸的腿、妈的心脏、家里的猫，语无伦次。洪大江在一旁提醒她先别哭，打完电话再说。后来电话就挂了,甜甜抹了一把泪说,他们让我复读。洪大江说,这就好嘛!你快回去,一切还来得及!你自己呢?金甜甜说,复读。洪大江说,那就击掌为誓。

于是两人击掌。

洪大江给她说,你告诉我你回去的时间,你要的复习资料我买了送来,如果你这两天走,我就给你寄回学校去。

金甜甜坚持要请他吃小吃,就在旁边的面馆,并且说,吃完让乔总的车送他一下。

洪大江问:"你刚才说什么,让乔总的车送我?你能叫得动乔总的车?但愿我没听错。"

金甜甜说:"他对荆江县的人很有感情,跟对待家人一样。"

金甜甜请他吃牛肉面、汤包、豆浆。

面馆的面还真好吃,比食堂的饭菜好。金甜甜就问:"牛肉面好吃吗?"

洪大江说:"比你做的牛杂面差多了。"

金甜甜问:"碗呢?"

洪大江看着她说:"你不是看见了嘛,带到学校来用了。"

金甜甜突然用手摸了摸洪大江的头发,两滴眼泪滚了出来。

她打了个电话,是给乔汉桥的:"乔叔,能不能用您郎嘎的车把我的老乡送回学校去,他下午要上课。"

洪大江吃饱了,坐上了轿车,坐在副驾驶座上。这个亲自开车送他的乔总还很健谈,说到洪大江的专业,他说:"园艺专业是好专业,我晓得。我也喜欢园艺,像什么盆景桩头,乡村野外,都喜欢,特别喜欢你们荆江县的水乡风光,那真是美!"

洪大江说:"欢迎乔总常去啊。"

快到学校了,乔汉桥问洪大江:"小洪,我想问你一下,你跟金甜甜是同学,为什么她没有参加高考?"

洪大江说:"她没给您郎嘎讲吗?"

乔汉桥说:"不是很明白,是不是她父亲的腿……"

洪大江说:"是的,她学习成绩挺不错,但她爸爸的腿一次卖葡萄时摔坏了,她就跑出来打工,说挣钱了为她爸治病。她这一步太轻率,没想到她会这样的,好在,她答应了回去复读……"

乔汉桥问:"你就是来劝她的吗?"

洪大江点头说:"是。"

乔汉桥说:"好,我明白了。"

洪大江回到学校,在走回宿舍时看到一个电话亭,给金甜甜打了个电话,说:"我已经回学校了,替我感谢乔总,他对你挺关心的。"

金甜甜说:"你没瞎说吧?"

洪大江说:"我瞎说什么,我说你要回去复读。如果我没猜错的话,我倒是觉得你不会去复读了。"

金甜甜说:"你怎么知道,你是我肚里的蛔虫?"

洪大江说:"因为你找了个好老板,你可能觉得吧,读不读书也一样。"

金甜甜说:"嘻,激将我,我非复读不可了!"

洪大江拍着话筒说:"这就是好同志!"

金甜甜说:"不复读不上大学,你瞧不起我。"

洪大江说:"再击一次掌!"

金甜甜想着要回家复读,就答应了赵怡月的邀请去一趟黄鹤楼。那公园在蛇山上,还挺大的,三个人爬上黄鹤楼顶,俯瞰武汉三镇、茫茫长江和长江大桥。

赵怡月看着四周说:"好壮观啊!"

金甜甜兴奋地指着对岸说:"那边是汉口……那边是汉阳,龟山电视塔,武汉好大呀……"

洪大江痴迷地看着。金甜甜指着长江说:"大江哥,那就是你的名字。"

赵怡月说:"还真的是。'星垂平野阔,月涌大江流'。"

金甜甜想了想,说:"还有'烟雨莽苍苍,龟蛇锁大江'。"

洪大江说:"古诗词中就没有甜甜和怡月的诗词吗?"

赵怡月说:"还真有,我查过,有一首秦观的词,'冰亦化水伴月边,怡得水月在心间'。"

金甜甜说:"怡月,你这月亮是水做的,你们都有水!我为什么没有?"

洪大江说:"人好水也甜,不是水吗?"

赵怡月说:"我想想,有了,'甜于泉水茶须信,狂似杨花蝶未知'。"

洪大江说:"都有了,都是长江的水。"

金甜甜说:"都是长江的滚滚波涛!"

赵怡月说:"都是长江上的弄潮儿!"

从黄鹤楼出来,他们又去了户部巷,赵怡月请他们吃了武汉的小吃和烧烤。

洪大江回到学校,看到一个电话亭,给金甜甜打了个电话,问她:"甜甜,今天玩得开心吗?"

金甜甜说开心。洪大江问她:"你哪天走?"

金甜甜说:"撵我?把我撵出武汉,你好天天跟赵怡月在一起?"

洪大江说:"甜甜,你看你,说的啥话?"

金甜甜听错了,说:"我是傻话,我是一个傻乎乎的人,你不要骗我,我不走了,我就在武汉!"

乔汉桥电话让金甜甜出来,说有个餐馆有锅盔吃。一听说有锅盔吃,勾出了金甜甜的馋虫。就是上次那个"荆江牛肉餐馆",金甜甜什么也不要,除了锅盔。乔汉桥点了鱼冻子之后,要了两份甲鱼汤,两个鞋板大锅盔。

乔汉桥对她说,锅盔趁热吃,吃完锅盔我给你讲正事儿。

金甜甜料到他会讲什么,复读,因为洪大江告诉了他。乔汉桥没有喝酒,喝着汤,说话了:"本来嘛,我们商行非常需要你,你也很聪明能干,什么东西一学就会,现在能独当一面了。但是,我希望你回去复读,怎么样?"

真要回去,竟又不舍。金甜甜放下锅盔说:"乔叔不要了,开除我了?我没做错事呀?"说着说着要下泪了。

乔汉桥忙说:"甜甜,你咋这样想哩。你的情况小洪都告诉我了,我不得不管,但我能管的,就是让你迅速回去复读,不要耽误你的前途。我们国家缺的不是销售员,是大学生,明白吗?"他从包里掏出来一个信封,"给你买好了后天的车票,还有这个月和奖励你的共两个月的工资,能保证你交上复读的学费。你明天将工作交代一下。另外,我向你保证,你如果考上武汉的大学,依然可以周末来我这里打工,我会非常欢迎。难得你叫我一声乔叔,我的关心就这么多了,我若留下你,就是害你一生。"

事已至此,多说无益。金甜甜恍恍无神地看着那张红色的长途汽车票和一叠钱,乔汉桥替她装进了信封。

金甜甜丢下半个锅盔和没喝一口的甲鱼汤,起身走了。

半路上就掏出手机,给洪大江打电话。她憋了一肚子的气,破口大骂道:"混账洪大江,你为什么要给我老板讲呀?"洪大江在那头呼喊:"甜甜!甜甜!你别生气!"后来金甜甜又大叫:"我后天回家,明天你陪我去游乐园!……"

第二天洪大江准时来了,一脸哭丧相,还带来了几本高考复习资料。金甜甜对他说:"我想通了,你们都对我好,我不该骂你……我要好好复读,考上大学来跟你一起学习。"

两人来到了武汉游乐园,许多年轻人都在这里疯玩疯嗨。各种惊险刺激的大玩具高到天空,令人眼花缭乱。来到高空极速世界,洪大江帮金甜甜绑着安全带,问她:"你真的不怕?"金甜甜坚决地说:"不怕!跟你在一起,什么都不怕!"

开始了!飞车像地对空导弹一般弹射出去,那速度就是要让你体验摆脱地心引力的刺激。仰角急弯。倒翻。俯冲。飞驰电掣一样的神速,慌乱、恐惧、战栗、失重、颠簸、坠落……在绝望中嘶吼咆哮,夸张地尖叫,金甜甜像疯了一样紧紧抓住洪大江的手,闭上眼睛。上坡,下坡,垂直上下,冲顶……

终于回到地上,解开安全带。洪大江扶她从座位上下来,问:"刺激吧?有趣吧?"

金甜甜两股战战、脸色发白地说:"打死我也不坐了。"

洪大江伸出手,手上是金甜甜抠进去的五个指甲印,渗着血。

"大江哥!对不起!"金甜甜抱起他的手心疼得快哭了。

"吹两口就行了。"洪大江说。

金甜甜就嘘嘘地去吹那一圈指甲印,五个伤口。

又来到梦想大道景观区,玻璃大棚中顶起的一片苍穹,水晶的宫殿是一个超现实的童话世界。金甜甜一路走一路感慨:"真是太美啦!"

洪大江借了同学的相机,给金甜甜拍着照片。在这个梦幻般的梦想大道,金甜甜叫住一个女孩:"你好,能不能帮我们拍一下。"

女孩接过相机,金甜甜挽着洪大江的手臂,洪大江有点不自在,金甜甜倒是落落大方,他们的合影定格在了镜头中。

来到魔幻风车,又是一个彩色的梦幻之地,把金甜甜看呆了。她憧憬地说:"大江哥,我要是有一大片葡萄园,我就在园子里建一个葡萄长廊,在长廊里插满彩色的风车,那该多浪漫呀!"

洪大江问:"你要多少风车?"

金甜甜大喊:"我要十万只风车!"

十八

肖丙子不见了。听说肖丙子已经不见了两天,小卖部一片混乱。吴红英哭得死去活来,鼻涕把门口的大枫杨树皮都涂满了。树上的乌鸦都吓得不敢张嘴,瑟瑟发抖地缩在树叶中听树下的女人哭诉叫骂:

"你个该死的流氓呀!不顾家的老混蛋呀!你个贼性不改、嫖赌成性、好吃懒做的二流子呀!……"

先是,金满仓拐着腿痛不欲生地来找洪家胜,说他会长真的不能搞了,无法胜任,要村委会换个人来负责协会的工作。洪家胜好劝歹劝,说关键时刻你满仓不能抽腿。再是,来了好几拨外村人来村里告状:你们村肖丙子欠我们钱不还,我们讨了一年,今天拖明日,明日拖后日。洪家胜问是什么钱,来人说是肖丙子生产的水泥立柱倒了,答应赔他们一半钱的,至今没兑现。要钱的来了,许会计就跑,说是拉肚子。洪家胜让他们去村口的小卖部直接找肖丙子,可他们说怎么找也不见人,说他老婆不管,还骂他们是来敲诈的。后来,吴红英就来村里闹了,说他家肖丙子不见了。这村里的烂事糟事!

"呃呃呃,他死了,我就不活了!呃呃呃……"吴红英的这一个哭,夸张得像是湖上的鸟群遭了土铳,惊天动地。

洪家胜让她冷静说。

吴红英说:"他两天没回了,我在柜子里一看,他衣服鞋子都清走了,连毛巾也拿走了,这怎么得了啊?"

钢子说:"净身出户,跟你离婚啦?"

吴红英说:"他敢!晓得是不是被哪个女人勾魂勾跑了!呃呃呃……"

许会计说:"我希望他是去浙江倒腾葡萄苗去了。"

吴红英说:"就是你们天天逼债把他逼死的!"

"这是啥话嘛,"许会计说,"父债子还,告诉你,肖丙子欠的钱,肖小安肯定得还。只是让你红英得了便宜,终于解脱了,可以改嫁再找个年轻男将啦。"

有个找肖丙子讨债的人在村委会待了一整天,对吴红英说:"你们这是两口子在演戏,故意让肖丙子躲了起来。"

吴红英气翻了,说:"我故意?故意让他躲起来?你品品我的眼泪,是淡的还是咸的?"

她抹了一把泪就往那人的嘴里填,那人躲着绊了一跤,差点摔到地上。

烈日下的沥青路晒软了,路边的榕树摇曳,有海风不紧不慢地吹,但腥味重,湿气大,人难受。这初冬的天气还这么热,肖丙子热得浑身冒烟,将衣裳全脱了,只剩下个背心,还是汗流浃背,张嘴喘息。

肖丙子背着帆布旅行包,还背着脱下的几件衣服,在一条狭窄混乱的小巷里走着,按照纸片上的地址询问和辨认。他疲惫不堪,对眼前的景物感到排斥和警惕。一辆摩托像鬼魂从他身旁呼啸而过,把他吓了一跳,他嘴里嘟囔着骂了一句:"赶去火葬场烧去的!托生去的!"

一栋老楼房前,到处是横七竖八的电线和累累的小广告,他踏上黑咕隆咚的楼梯,昏暗的楼道里堆满了各种纸箱、旧物、煤炉,不小心就绊了脚。一只老鼠从他脚下窜过,吓得他寒毛倒竖。他往上看了看,头上是蛛网、没有灯泡的灯头、剥落的墙顶……

他去敲一扇生锈的铁门,门开了,出来一个高个子、尖下巴的人,是肖丙子的表弟肖庚子。肖庚子亲热地喊:"丙子哥!"

肖庚子跟肖丙子一样长着一张刀削脸,加上光线不好,看上去就像肩膀上扛着把杀猪刀,加上两颗大哨牙,眼睛通红,更像是个屠夫。他老婆在一旁笑着,像个痴呆,也不开口说话。

肖丙子哼哼着将大包放下。肖庚子说:"丙子哥你搞突然袭击,自己来了?我派车去车站接你呀。"

肖丙子用手扇着风说:"不用不用,我也没给家里你嫂子说。"

肖庚子的老婆给肖丙子倒了一杯茶,肖丙子坐在一个刨花板钉的小凳上,看了下屋内,乌黢麻黑,脏,没有家具,桌子也是几块板子拼接的,或是垃圾堆里捡的。肖庚子掀开 T 恤,用一只手在肚皮上搓着。

肖庚子见肖丙子到处瞄,说:"丙子哥,条件不好,租不到好房子,正准备搬家,租的两室一厅,到时候你可以住我那儿。"

肖丙子疑心大了,直截了当问:"庚子,你的车呢?"

肖庚子刀削脸皱成了老苦瓜,说:"呃……朋友借走了。你来了好,走,请你喝酒去!"

两个人在一家路边小餐馆坐下,里面是一些口音各异的外地人。

一个外地人头发蓬乱,手上拿着一大扎广告资料,来到他们桌上说:"欢迎你们加入我们的销售队伍。"

肖庚子一把将那些宣传单打开,有的就散落在脚下,对那人恶狠狠地说:"走开些!"然后咕哝道,"这些鬼人!"

肖庚子点菜时,又凑过来了一个,对他们宣传说:"先生,你们来自哪里?……看看我们的营销提成,是全国最高的,你销我一套产品五千,提成一千八百八十八元……"

肖庚子烦了,鼓着发黄的眼珠子说:"走走走!滚远点!"

撵走了这些人,他问肖丙子:"丙子哥吃点什么?"

肖丙子在火车上就在想肖庚子是不是在搞传销,大约也清楚是传销,那么多人,发财的还是不少,说不定自己就发财了哩。但这里的菜已经超出了他的想象,很排斥,就说:"随便,随便……回锅肉吧。"

肖庚子说:"好,回锅肉,再来个红烧鱼块。"

两个人喝着难喝的散装白酒,直呛喉咙,辣心。肖丙子面红耳赤,心慌气短,神情恍惚。他撩了一筷子大蒜苗,有东西硌牙齿,拿出来,蒜梗里有泥巴。这心里的憋气正无处发泄,就举着带泥的蒜梗喊老板:"老板,你这菜里是什么嘛?"

朝天鼻子大眍眼的老板过来了,一看,知道了,说:"没有戏(事)的嘛,一点点泥巴没戏(事)嘛。"

肖丙子因激愤叫声更大:"那可不行,我不能吃你的泥巴,说不定是粪便!你说怎么办?"

肖庚子吓得拉住肖丙子,让他别动火,忙对老板说:"你走啦,没戏(事)的,没戏(事)的,没你的戏(事)啦。"

那老板已经变了脸,被肖庚子推走了。肖庚子对肖丙子悄声说:"丙子哥,出门在外,能忍则忍,别穷讲究,你说你带了多少钱来?"

肖丙子说:"我吃出泥巴与我带钱来有毛的关系?!"

肖庚子压低声说："算了，算了，你声音小点。"

他付了钱，拉着肖丙子匆匆离开了。

可肖丙子不依，想闹事，想把事闹大，依然大声叫唤，故意呕吐，"为啥不找他赔？我吃了粪便，我他妈吃粪便还付钱么?!"

他在那儿干哕着，肖庚子有些恼火又发不出，说："丙子哥，你醉了，我带你去醒醒酒。"

肖丙子说："我醉了？我会醉吗？这点小酒能打倒我？"

肖庚子说："你真的喝多了，一点泥巴算啥事！等你赚成百万富翁了，你会怀念在海边一个小镇上吃过带泥的蒜苗哩。"

肖丙子双眼通红，流着泪说："百万富翁，就这破地方我能成百万富翁？"

肖庚子说："这个小镇如今走出了十万个百万富翁，你信不信？跟我走，你就是下一个百万富翁！"

肖丙子几乎是被表弟肖庚子架着进入一个废弃的旧楼房。踏上楼梯，有摇摇欲坠的感觉，还有四处的垃圾和发臭的水。爬上半道，就听到一片喧闹混杂的声音，好像是个集贸市场，有人在大声吵架。

肖丙子吐着酒气问："这是哪里？你把我搞到哪里了，庚子？"

肖庚子说："这就是财富大楼，你正一步一步地接近百万富翁！"

肖丙子短着舌头结结巴巴地说："我、我、我么，我肖丙子？我天露湾的倒霉蛋肖丙子，要赚一百万？"

肖庚子嘴角吃力地扯着怪笑说："当然是你，肖丙子，听明白了么？"

肖丙子趴在肖庚子肩上，"那、那我就靠你庚子老弟了，你要帮我一把，成为天露湾村的第一个百万富翁……"

烂醉如泥的肖丙子被表弟扶进了一个屋子，里面很大，很空旷，许多人席地而坐，身边是各种各样的旅行包、被子，屋里乌烟瘴气。台子上有一张歪歪欲倒的桌子，有一块黑板。

肖丙子被肖庚子引领着在一个角落坐下来，一个穿着宽大西服、打着一条红色领带、脑袋尖如竹笋的光头男人上了台，那台子也是空箱子垫的。竹笋头西装男人拍了拍手上的麦克风，几声啸叫，平息下来，他说："各位新老朋友们，兄弟姐妹们，大家好！"

台下发出雷鸣般的应和声："非常好！"

那气氛热烈,肖丙子酒劲上来,情绪亢奋,也跟着喊:"非常好!非常好!"

一些人转过头来看着他,像看史前怪物,肖庚子将肖丙子的头狠狠压下去。

竹笋头男人说:"我是万年健康集团公司的讲师,我姓钱,大家叫我阿钱好了,欢迎大家加入万年健康事业,我们的目标是——"

台下齐声吼叫道:"万年,万年!辉煌万年!"

肖丙子也跟着喊:"万年,万年!辉煌万年!"

竹笋头男人指挥大家喊:"兄弟姐妹我爱你——"

台下喊:"鲜花送给你,掌声鼓励你!"

那声音山摇地动,人们可着嗓子节奏铿锵地呼喊着:"鲜花送给你,掌声鼓励你!……"

肖丙子酒劲大发,手舞足蹈地与台下所有的人一起呼喊着:"鲜花送给你,掌声鼓励你!鲜花送给你,掌声鼓励你!……"

竹笋头男人示意大家安静下来,"大家静一静,现在开始上课!"

人声终于静了下来。竹笋头男人让人抬上来几个摇摆机,通上电,那些摇摆机就嗡嗡地响了。竹笋头男人说:"各位新老朋友,财富是什么?财富说穿了就是把别人的钱弄到自己口袋里来……不偷,不抢,我们用现在欧美最新兴的销售方式——直销。直销就是没有中间商,我们人人是商店,是商场,中间商的差价我们自己全得了。当今世界欧美直销业异常发达,几乎百分之七十的产品是靠直销,我们国内有巨大的潜力。万年健康集团公司,是已执有国家颁发直销证书的大型上市公司!我们是阳光产业,是致富产业,是造就十万个、百万个、千万个、亿万个富翁的产业!财富处处有,但财富的源头就在万年摇摆机!一台三千九百八十元,买一台你就是我们的直销商。万年摇摆机,神奇的机器,减肥、减脂、降压、治百病!机身上镶嵌有十八颗来自智利活火山的能量石,给你生命的能量,还你美好的青春……"

他跳上摇摆机,几个女孩也站上摇摆机,竹笋头男人说:"大家跟我喊,'万年摇摆机,生命能量机,每天摇一摇,活到一百一!'"

台下的人群浑身摇摆着疯狂呼叫:"万年摇摆机,生命能量机!每天摇一摇,活到一百一!"

肖丙子跟着这股势力喊叫:"万年摇摆机……"突然一阵反胃,吃的带泥的蒜苗稀里哗啦全吐出来了……

南方海边的夜晚,有海潮追赶的声音,很像有风的天露湖夜晚发出的浪涛声。星空格外安静高远,海风格外平缓柔和。楼边的椰子树被风推搡着,树影婆娑。肖丙子和表弟肖庚子坐在楼顶平台的凉席上喝茶抽烟,啪啪地打着腿上的蚊子。

肖丙子头疼脑涨,吐过之后喝了几杯解酒的茶,稍微清醒了点,时不时地呜呜喘着气。肖庚子对他说:"我说丙子哥,你还是回去算了。"

肖丙子本来就觉得这个表弟是在哄他,就是让他来成为下线的。见他没带钱来,就明显对他冷淡了。唉,人情淡薄!肖丙子就说:"是你让我来的,又要撵我回去,我还等一百万买车咧。"

肖庚子用手搓着肚皮说:"丙子哥,你知道这是靠钱生钱的,你不投入,你就没有业绩,你没有业绩,就没有提成。"

肖丙子跟他杠上了:"我不回去!"

肖庚子龇开哨牙干笑着:"那你连带泥巴的蒜苗也没有吃的。"

肖丙子纠正他道:"应该是带粪便的蒜苗!"

肖庚子说:"丙子哥你火气大,不是在外头混的性格,我断定你会一场空。"

这话太瞧不起人,简直是羞辱他。肖丙子已经忍无可忍,起身道:"行!我不靠你!我非不走,我非要搞出点名堂来不可!"说着拍屁股往楼下走。

肖庚子喊他:"哎,丙子哥,这么晚了去哪儿?"

肖丙子甩下一句:"死活不用你管!"

十九

金甜甜回来了。坐在客车上的金甜甜,脸贴着车窗,看到了路边熟悉的风景。金黄的稻谷、洁白的棉花、连片的葡萄园……既陌生又亲切,就像离别多年回来一样。她拿出照片看着,跟洪大江在一起的合影,两个人玩得太开心了。一张张,看了又看。车要过沙市汽渡了,才将照片收好,心里充盈着满满的幸福。她一路想,就一年的分别复读,再怎么也要到武汉去与大江会合,他的心里有我……

到了岔路口,金甜甜下了车。她拖着拉杆箱,站在巨大的广告牌下,广告牌依然写的是"天露湾千亩葡萄基地",但已经换了一张崭新的彩色喷塑。

熟悉的村道,平整的水泥路。她停下给乔汉桥发了一个短信:"乔叔,我已顺利回家,谢谢您,我走上社会碰到的第一个好人。"立马乔汉桥回了她的短信:"甜甜,回家真好,回到校园更好,祝福你。"

金甜甜读着短信,会意地笑了。

走到小卖部,被眼尖的肖小安认出了,他有点吃惊地喊她:"哎,甜甜你怎么回来了?"

金甜甜绕不过去,只好回答:"是呀,就是回来了。"

肖小安傻傻地看着金甜甜,问:"你在哪儿上班?"

金甜甜说:"武汉,怎么啦?"

肖小安问:"你这次回来是休息?"

金甜甜说:"复读,你不复读吗?"

肖小安来了精神:"我现在从事经营,当老板,搞农资销售。你要是复读,那我也复读,陪你。"

金甜甜边走边说:"你还是当你的老板去吧!"

吴红英听到儿子在同一个女孩说话,跑出来,看到了金甜甜的背影,问:"好洋气的一个丫头,谁家的?"

肖小安说:"甜甜。"又说,"妈,给我拿条烟。"

吴红英问:"干啥?"

肖小安说:"去甜甜家。"

吴红英不拿,说:"瞎子点灯白费蜡,给狗抽狗还舔你一下,给甜甜爸,人家感谢你呀? 甜甜从哪儿回的,问了没?"

肖小安说:"管她哩。"

吴红英说:"管她? 谁知道她在外面干啥见不得人的事了!"

肖小安说:"妈,你就不能积点口德,做人这么恶毒?"

吴红英说:"你个苕货,不提醒你你会上当。"

肖小安说:"你又想让人家做你儿媳妇,又这样说人家,这不是变态吗?"

他拿上一条红金龙就走了。

夕阳西下,天露湖波光粼粼,枯荷摇曳,芦荡苍茫。田野上,炊烟腾起。

余翠娥在厨房做饭,听见院子里有响动,揉着烟熏的眼睛出来一看,是女儿拖着箱子回来了。她喜出望外,大声说:"甜甜,你回来了?"

金甜甜放下箱子,说:"妈,是我回来了。"

余翠娥忙给女儿取下双肩包,高兴地说:"你咋不说一声就回来啦?"她围着女儿看了两圈,"甜甜,你这身打扮,妈都不敢认了。"

"妈,是好是不好?"

"当然是好呀,漂亮,我家甜甜一打扮,更加洋气漂亮了。快洗把脸,饭马上熟了。"

金甜甜惦记着她爸,就说:"妈,我去园子里喊爸回来吃饭。"

葡萄园里,金满仓将养牛场送来的一车牛粪一锹锹往葡萄垄边铲,准备沤肥,牛粪沤熟了才能用。他想把车举起来倾倒,但力不从心,只好放下,用锹一锹锹往下铲。突然有人帮他将板车抬了起来,牛粪就顺着往下哗哗坠地,一下子全部倒空了。金满仓吓了一跳,一看,是女儿金甜甜。

"甜甜,你回来了?"

金甜甜说:"爸,回来复读呀,您满意了吧?"

金满仓将板车里的牛粪铲干净。他挂着铁锹。金甜甜把铁锹拿过来:"爸,我来! 您要在家休息,不能下地干活!"

金满仓说:"主要是你妈干的,我指挥她,再是协会的人也帮我干。"

金甜甜说:"妈也成了葡萄专家呀?"

金满仓说:"差不多了。"

金甜甜拖着板车,金满仓一走一瘸在旁边。金甜甜说:"爸,你坐上车,我拉你。"

金满仓不让,父女俩并排走着。金满仓问:"还没去学校?"

金甜甜说:"明天去。我伤了你们的心,爸不要生气,以后我再也不会了。"

金满仓说:"唉,回来就行了。你从小太听话,太听话的结果,就是长大太不听话。"

夕阳西下,村道上,父女沐浴晚霞朝村里走去。

金甜甜刚回家,看到肖小安站在门口,像个门卫,战战兢兢、畏畏缩缩地夹着一条烟。问他:"小安你站这儿干什么?"

肖小安递过香烟说:"给你爸的一点心意。"

金甜甜拒绝道:"我爸不抽烟,你这是做什么呀?拿走。"

肖小安说:"拿来就不拿走了。"

金甜甜笑了:"小安哪,学会行贿了?我可不敢收,收了你爸又得去镇里举报。"

肖小安说:"我爸在外地,再说,你爸又不是个什么官,一个会长还是民间的,我行什么贿呀?我现在大小也是销售农资产品的老板,一年少说有几万块的收入。小安我智商不行,情商不行,但经商行。老师不是经常鼓励我们,'天生我材必有用'。"

金甜甜笑谑说:"后面还有一句,'棺材板也能装死人'。"

肖小安快哭了,说:"求求你收下,你这样,我、我是不是第三者插足呀?"

金甜甜问:"你后一句是什么意思?"

肖小安说:"你是不是与洪大江已经定了?"

金甜甜哈哈大笑起来:"我可是单身,还是个高中生,我不是回来复读的吗?复读期间不谈爱情。"

肖小安诚惶诚恐,可怜巴巴地说:"我莫非命中注定了一次次被你羞辱?"

金甜甜还是笑着说:"哈哈,不要你的烟就是羞辱?那就老鼠拖木锨,大头在后头,你等着更大的羞辱。"

话音未落，外头一阵喧嚷。有人哭喊道："肖小安哪，肖小安！你这个砍脑壳的在哪儿，把我害得好惨哪！"

抬头一看，不是鲁七宝的妈大土铳么？好个大土铳，粗吼着喉咙就闯了进来，手上拿着一个空的百草枯瓶子。金甜甜一把抓住了那个农药瓶子，说："土铳婶，你可别瞎来！"

金甜甜要将她扶坐下，这大土铳冲上前一把就揪住肖小安的胳膊和衣服说："找了半个村，终于逮到你了。我想死，死不成，你给我个说法！"

从院子里出来的余翠娥劝她说："哎哎，大土铳，啥事这么激动，坐下慢慢说……"

大土铳呼地吐了一口涎沫说："余嫂子你评评理，我那老公好吃懒做，还去镇上逍遥快活，我在家勤扒苦做，当牛做马，他却把我的钱全败了，还不归家。你说活着有什么意思？干脆就喝了百草枯，喝光了躺在床上等死，等了一天还没死。就是小安的假农药害的，哇嘿嘿……小安你好害人啊！"

大土铳号啕大哭，要跟肖小安拼命。金甜甜说："土铳婶，这不是害你，是救你呀。"

余翠娥也说："是呀，有什么过不去的坎，不要动不动喝药、上吊，好吓人。"

肖小安在墙角吓得不敢动，说："大土铳，不许血口喷人，我啥时候卖了假农药，你喝的是我卖的吗？"

大土铳举着农药瓶说："这不是你卖的？你还想抵赖？我说了假话死一户口本！你卖了假农药也死一户口本！"

这时围过来许多村民，给大土铳帮腔。一个村民说："小安，我上次在你家买的敌杀死，鸡当水喝了也没毒死，是咋回事？"

一个村民说："我的也是，虫子没治死，倒水沟里闹鱼，鱼也没一个翻肚皮。"

一个村民说："我说句公道话，土铳婶，是小安救了你一条命，你应该到镇里做一面锦旗感谢他，上面印八个字——'行善积德，从不害人'。"

肖小安在一片嘲笑声中把那条红金龙烟丢在桌上就往外跑。金甜甜拿起烟追他说："小安，拿回去！"她死劲扔了过去。小安在脚下看见自己的烟，捡起来就跑得没影了。

金满仓出来，看到肖小安拼命往前头跑，说："唉，这人呐，活成了一场笑话，也不容易。"

大土铳捏着空农药瓶子,对金甜甜说:"你回来你爸妈高兴,我们家七宝还在念叨你,说不跟小安玩啦,小安家专卖假货坑害咱们!哈哈,谢谢你们,我笑一笑心情就好了,我这喝药就给肖家喝出了笑话。我要活下去,不当笑话大土铳!"

金满仓说:"这就对了。大土铳,你看我这腿这样子还活着,你千万别想不开,活着多好嘞,好死不如赖活着。"

院子里只剩下一家三口,金甜甜给爸妈说对不起他们,明天就去学校报名。金满仓从柴堆里翻出来金甜甜上学的自行车,找来打气筒打气,又找来机油上油,将自行车擦得锃亮如新,说:"回来就好,啥也别说了,报名要多少钱?"

金甜甜沏了一杯茶递给爸,说:"我有报名的钱,不用你们管。"

金满仓拍拍擦净的自行车说:"你重新骑上路,明年一定考上好大学!我听说复读是好事,一般复读生都可以多考四五十分。"

金甜甜说:"我一定努力!"

早晨起来,像过去上学一样,金甜甜背上书包,去了学校。

来到高三班主任冯老师的办公室,冯老师对金甜甜回来复读很支持。金甜甜说:"冯老师,我想今天就报名注册。"

冯老师就带她去了王校长那儿。

一路上冯老师批评她不该在高考前夕跑出去打工,他说比你成绩差的,有几个考上了二本,你再怎么也该等考完试后决定。金甜甜觉得自己当初的决定是太轻率,但就怕考上了家里不让她打工,那样她会给家里带来沉重的负担,特别是她爸爸的腿更加治不了。

在王校长办公室,冯老师介绍完金甜甜的情况,王校长面露难色,转着铅笔说:"本来刚开学,你可以报名复读,但你没有学籍,无法注册。无法注册,就无法高考,这事怎么办?"

校长的座椅是绑过的,吱吱呀呀响,磨得金甜甜心里好难受。她一下急了,眼泪往外冒,说:"王校长,我太想读书了,当时是家里困难欠考虑,没有参加高考,现在好后悔,希望校长能原谅我。"

王校长笑眯眯的,说:"如果开学前上报,还有希望恢复学籍,现在很困难。要不,再等一年,到时提前报告恢复学籍,一年也蛮快的。"

金甜甜哭得稀里哗啦,走出办公室。在学校操场上,金甜甜哭得蹲下来,路都走不了了。

冯老师劝她说："甜甜，你不要急，我教育局有同学，把你的情况反映一下。你把你的联系方式告诉我，我有了消息第一时间通知你。"

金甜甜就留下了她的手机号码，也希望冯老师一定要帮帮她。

金甜甜推车进自家院子，就听到了一阵可怕的呻唤声，是她爸爸发出的，"哎哟，哎哟"非常痛苦。她蹑手蹑脚地进屋，看到她爸在房里撕髋骨伤口上的膏药，那些黑红的脓血水往外渗，看得触目惊心。她爸用卫生纸擦拭，疼得脸扭成一团，一颗颗的汗珠从腮上往下掉。这种疼痛和呻唤直戳她的心窝子，就像自己的皮肉被捅出了一个洞。

"爸！"

金满仓一抬头，见是女儿，慌忙用卫生纸将伤口捂住，吃力地朝她笑着。

"爸，您郎嘎那里烂成啥样了？！"

"没有没有，不是的，没事。甜甜，你去外面休息，我换张膏药，没事的……"

金甜甜看着爸爸消瘦的脸，突出的颧骨，紧拧的眉头，因疼痛而深陷的眼窝，哭喊起来："爸！爸！您郎嘎不用骗我！"

"出去！"金满仓不让女儿靠近，他不会将伤处给女儿看，他一把粗暴地推开了她。

金甜甜到了自己房中，伤心地抽泣。她看到的太让她震惊了，伤痛将爸爸折磨得不人不鬼。她一阵阵地浑身颤抖，筛糠般地感到寒冷。

晚上，匆匆吃过晚饭，金甜甜就回到房间，躺在床上想心事。妈进来了，坐在床沿上没说话。看到妈，金甜甜就泪水淌涌，但她不想让妈看到。可突然，她听见了妈的啜泣，鼻子直抽。金甜甜想安慰妈，喉咙却噎着，什么话也说不出。

母女俩就默默地坐着，后来她妈说话了："……甜甜，你好好复读，为我们争口气，你爸的腿我来慢慢帮他治疗，会慢慢好的。天无绝人之路，只要葡萄种好了，争取两三年帮你爸换髋关节。"

金甜甜痴呆呆地望着墙壁没说话。但金甜甜还是得问："爸的腿非得换关节？"

她妈说："也许不换的，我说了要换么？"

妈的话说出口了，不好收回。她看到妈有点后悔说的话。

妈离开了。金甜甜起身来，整理准备复读的书本。电话铃声响了，是班主任冯老师打来的。冯老师说:"甜甜,告诉你一个好消息,我帮你找到了人,把学籍补上了。"

金甜甜拿着书本沉默着没有回话。

冯老师说:"甜甜,你说话呀,是你吗?"

一会,金甜甜说:"冯老师,我辜负了您郎嘎,我不想,也不能复读。"

冯老师有点生气,说:"你怎么孩儿脸一天三变?高考不考,跑了,复读不读,推了,你不能把读书视作儿戏呀,甜甜同学。"

金甜甜解释说:"不是的,冯老师,我……我对不起您郎嘎……"

金甜甜下定了决心。她放下手机,用被子捂住嘴,怕哭出声。她强忍住伤心,坐起来。少顷,她从包里拿出来钱、书本,开始收拾。她将放上柜顶的旅行箱取下,又往里面装衣物。

她妈在房门口瞄到她在收拾,问:"甜甜,准备去学校住读吧?"

金甜甜说:"我清清东西,妈,您郎嘎早点睡。"

她妈问:"甜甜,你到底需不需要钱呀?"

金甜甜说:"不用,乔总给我多发了一个月工资还有奖金……"

天亮了,余翠娥听到响动,以为是金甜甜上厕所。后园小树林的鸟叫声非常吵,特别是乌鸫,这种噪鸟,不停模仿其他的鸟叫,在早晨显得亢奋异常。还有一些在这里做窝的白鹭,嘴里发出咕噜咕噜的叫声,就像是在呓语,不像叫,可能是嫌自己的窝不舒适,或是有蛇爬上树取鸟蛋,它们在反抗。余翠娥平时睡得安稳,但这天不瓷实,心里装着事,就想着甜甜要去学校,得给她做早餐。她爬起来先放笼里的鸡,让鸡出去觅食,却发现大门是开的!

她心里嘀咕,甜甜这么早就去学校了?再一看,院子里的自行车还在。余翠娥有种不好的预感,忙去甜甜房间,推门一看,床上是空的,被子叠好了,桌子收拾了,箱子拖走了,桌上还放着一摞钱。余翠娥一下子瘫坐在门槛上,哭喊道:"我的天哪!"

金满仓听见哭声,起床过来一看,明白了。金满仓问:"翠娥,你昨天没给她说什么吧?"

余翠娥说:"我没说什么!"

金满仓说:"是我的伤让她看到了,我也没想到她会突然从学校回来……"

金满仓推上自行车就往外走,余翠娥喊道:"满仓,你不能骑!你回来,我去找她!"

可金满仓骑上自行车走远了。

这一路,金满仓疼得双眼黑蒙,双脚像绑着石头,而大腿那儿冰凉。他知道,是血水从窦道渗了出来。管不了,他没看。

村道上、湖岸边,没有人影,只有一条流浪狗在往雾霭深处走着。雾霭茫茫,湖风哗哗。

这一路,如过刀山。他是怎么骑到长江大堤下,推车上堤的,他不知道。他的双腿没有了知觉,疼到最后,就是没有知觉,一条木头腿。他一只脚颠簸着,跳着,以自行车当拐杖。推比骑还舒服点儿,但推得东倒西歪,几次果然倒了,再爬起来,希望赶上女儿,劝她回家。

他看到已经徐徐离岸的轮渡,但他没有看到拖着拉杆箱的女儿,没见到她的身影。也许女儿躲着他,还没有上船。那就等等,他瘫坐到旁边的石头上,喘气,大口喘气,不让人发现,一个一个看着往轮渡上去的人。

没有。没有他的女儿甜甜。

轮船拉着汽笛,朝对岸开去,机声隆隆。一阵江雾,船隐去了,船渐渐变小。金满仓望着空旷的江面,捂着创口,淋漓的虚汗已经被风吹干。他眼露绝望,张着嘴,还是喘气。

二十

金满仓是怎么回家的,他都不敢想了。回到家里,他疼得满床打滚,只好要余翠娥给他端酒来止疼。他一口气喝了五杯酒,想把自己灌醉,灌迷糊。他喝了一杯又一杯,余翠娥给他按摩着,又找出两颗去痛片让他吃了。

田里还种有一些棉花,余翠娥惦记着家里的丈夫,就将一些未炸好的棉蕾摘了回来,准备在院子里晒干后掰。

院子里的小桌上放着十几条晒着的小刁子鱼,是潘忠银拿来的,用防蚊罩盖着,以免苍蝇叮。家里的猫扒着桌腿,想上去吃鱼。余翠娥见了,将猫掀下桌去。

一辆农用车停在门口,是潘忠银买来一车牛粪,他停车是来要茶喝的。金满仓迷迷糊糊,听到潘忠银的声音,就在房里喊他。潘忠银端着一碗"三匹罐"茶去房里。金满仓痛苦万分。金满仓说,你若到镇上,给我买两盒去痛片。潘忠银看到了床边血糊糊的绷带,说,满仓哥,得送医院瞧瞧啊! 金满仓连连摆手,说没事没事,躺两天就好了。

卸了牛粪,潘忠银叫上袁世道来看金满仓。袁世道看了伤处,说:"我当过几天赤脚医生,以我的经验和书上讲的病案,你这要出问题的。股骨头坏死,还出现了窦道长期流水,光贴膏药没有用的,你今天骑车一折腾,不会有好结果,迅速去医院拍个片子,消炎,以免造成严重后果。"

村里的拖拉机把金满仓拉去县人民医院拍片。江主任在灯下看了片子,又让金满仓扒开创口,结论就几个字:换髋关节。

袁世道问:"要多少钱?"

江主任不耐烦地回答:"我记得给你们说过好几遍,国产的要四五万。"

潘忠银问:"有没有一种更便宜的?"

江主任摩着秃顶说:"那就雕一个木头的装进去,顶多一点木料钱……还是先让他住下来吧,把炎症赶快消下来,你们再做决定……"

金甜甜重新上班的第一天,正在打扫办公室的卫生,就接到袁世道打来的电话。这电话号码是袁世道在给金满仓翻身时,从他口袋里掉出来的。袁世道觉得还是应该让金甜甜知道,而且这一次,直接肇祸的就是她金甜甜。袁世道告诉她,你爸又住院了。

金甜甜后悔不该有这个手机,后悔不该从家里又出来,后悔当时应当走慢点,如果让爸爸追上,兴许就没有今天再住院的事。她希望的是坚持一年,等她赚了一些钱,给爸换关节,但现在……她必须马上回去。她的精神崩溃了,她哭着告诉艾晓兰,她爸要换髋关节,四五万块钱,她哪儿弄去?

艾晓兰也没有办法,给了她两百元,金甜甜不要,艾晓兰坚决要她收下了。

艾晓兰在想着怎么帮帮金甜甜,这丫头命苦,刚回来上班,父亲又住院了。一个小孩,还是个女孩,家里的所有事都落在她身上,独生子女,连兄弟姐妹也没有。一个小女孩,谁能扛得住呀?心里想着这事,乔汉桥进店来,问艾晓兰金甜甜走没走,艾晓兰说走了,她爸住院了。乔汉桥说,她请了假。艾晓兰说,她刚来又走,是什么原因,乔总,她跟您说了吗?乔汉桥往楼上去,回头说,不是她爸病了么?艾晓兰忙说,什么病没给您说?乔汉桥说,不就是腿断了没好吗?有反复吧。艾晓兰说,她爸是股骨头坏死,要换髋关节,要四五万。她把后面的两句话说得特别重,让他听清。乔总终于听清了,在楼梯上停了一下说,噢,是这样的。艾晓兰说,甜甜是个好姑娘,不会把难处告诉别人,但她没钱,她老爸的腿就不保了,可怜哟!终于,乔汉桥会心一笑说,你的意思我明白了。这话让艾晓兰好高兴,觉得金甜甜的父亲会有救了。她很想给金甜甜打个电话,忍了忍,还是没打。按乐善好施的乔总的性格,这事他不会不管的。她心里的石头落地了,亮堂了。几天的连阴雨,也真的停了,太阳突然照在街道上,马路亮晶晶的。

金甜甜风尘仆仆,满脸倦容地推开病房门。余翠娥看到女儿从天而降,吃惊地问:"甜甜!你怎么知道你爸住院?"

金甜甜强迫自己笑笑说:"我有千里眼。"刚笑了两声就哭了,"爸,妈,我对不起你们……"

余翠娥端着要洗的衣裳,将金甜甜拉出病房,到了洗衣台那儿,小声问:"究竟是哪个告诉你的？"金甜甜说："世道叔。"余翠娥生气了，"这个世道，真是多事。那你既然又回了，还是去复读，你这就去学校，我听说冯老师给你注册了。"金甜甜急了，说："妈，爸躺在医院我还能读书吗？……你歇着，我来洗。"

金甜甜搓着衣裳，问爸的伤情。余翠娥说："得等你爸的腿消肿消炎，伤口好转了再说。说去说来，就是股骨头坏死。"金甜甜说："妈，怪只怪我，没有能力报答你们，你们白养了我一场。"余翠娥说："甜甜你咋这么想？你才十八岁，还是个小丫头，本应该上大学。哪个怨你了？"金甜甜流着泪说："我唯一的幸福就是能为你们分担，如果能把我的腿给爸，我也心甘情愿。"余翠娥给她擦去眼泪，说："傻丫头说傻话。"

这时，一个护士来喊："十五床的家属，帮下忙给病人换药。"

金甜甜进去，看到一个护士按着金满仓，一个护士在清理创口，用镊子拉扯，痛得金满仓张着嘴大叫。金甜甜帮压着她爸的腿，她爸的腿在抽搐，疼得大汗淋漓。

换完药，金甜甜来到骨科办公室，想问问爸的病情。那个正准备去手术室做手术的江主任对她说："这病除了置换关节，没别的法子，换关节一劳永逸。"

金甜甜问："别的经济的法子都没有了？"

江主任说："当然有的是不必换关节，但你爸的股骨头已经塌陷变形，还有反复炎症，不换不保腿。如果你以后报考医学院当上医生，找到不换关节的办法，那你就可以造福社会了……"

江主任去了手术室，金甜甜站在那里，忽然一阵绝望。她守着老爸，心乱如麻。她爸让她看看复读的课本，她哪有心思。翻看着存下的几个电话，怨自己的朋友太少。后来手机铃声响了，是乔总的，她到走廊去接。

乔汉桥先问了她爸的病情怎样，她含糊地说了几句，装作无事。乔汉桥说："给你说一件事，事不大，但有点烦，看你认识不认识这个人。我给林老板五千块钱定金，让他进一批荆江县的藤稔乒乓球葡萄，是代一个公司订的。林老板找过你爸，说没有，后来不知怎么找到你们村一个人，他说有。林老板病急乱投医，竟鬼使神差地将钱打给他了，到如今，葡萄没有，钱也没有了。"

金甜甜问："这个人是谁？"

乔汉桥说："姓肖，你们村里开小卖部的。林老板放不下事儿，为这五千块钱急死了，你能不能问问情况，帮他一下……"

208

乔汉桥交代订葡萄的事,说来有点复杂。林三富先是找到金满仓,金满仓说现在他们没有冷库,到哪里找葡萄去?要三两斤有,要几吨是不会有的。林三富又将电话打到了小卖部,顺便找肖丙子问问。吴红英说肖丙子不在家,你若要找他,你留下电话,我让他给你打。

　　吴红英就将电话打给肖庚子,要他转告下肖丙子,那个林老板找他有事。

　　那天表弟肖庚子来到肖丙子租住的房子里,那个出租屋在一个养猪场的隔壁,三十元一个月,臭还不说,吃饭时苍蝇直往碗里扑,好歹有个便宜住下的地方,也就不管那么多了。肖庚子传话说嫂子让你给这个人打个电话。肖丙子一看,写的是林三富和电话号码。他于是跋着拖鞋去找街头电话亭。

　　打通了电话,他问林三富找他何事。林三富早把这事忘了,反问道:"我找过你么?"肖丙子觉得这人奇怪,莫非不是他?但电话号码是他的。肖丙子就让他再想想,说现在他拿的就是他的电话号码。林三富想了一会,就说:"哦,这样,你这人神通广大的,我想帮朋友采购点藤稔,你想一下荆江县哪些人田里会有。"肖丙子立马就应允了,说:"你找我就完了,这算个什么么?"林三富说:"我要救个急,而且人家还有条件,穗重一千克以上,果粒重三十克以上。"肖丙子说:"你只管说多少钱一斤?"林三富说:"农残指标还要符合国家标准。"肖丙子紧咬着让他说价,他在想着加盟摇摆机还差多少钱,说:"你说个价。"林三富说:"你若没有,我说价有鬼用!"肖丙子只想着钱,还是问:"你就说个价。"林三富说:"一块八。"没想到肖丙子爽快答应了。林三富说:"我以为你加价的。"肖丙子说:"我为什么要加价?薄利多销,为你效劳我很高兴。钱打我,立即发货。"林三富问:"货在哪儿?"肖丙子还想扯谎的,看到刚刚跟他搭伙的澧州传销女小代走来了,灵机一动,向她招手。同时对电话里的林三富说:"林老板,正好,我湖南澧州的朋友小代是个葡农大老板,人家种了五十亩晚熟藤稔,你知道澧州现在快超过咱们荆江县了,藤稔种了五万亩。你等等,别挂电话,我问下小代,让她跟你讲。"

　　肖丙子捂着话筒,让小代靠近,附在她耳边传授,然后让她接电话。

　　小代就说:"林老板好,我是澧州的葡农小代,我家还有符合您标准的藤稔葡萄,至少可采摘五千斤,您要多少?保证穗重一千克,果粒重三十克……一块八可以接受。好,您把钱打给肖哥,我们是好朋友……"

　　肖丙子拿过话筒,对林三富说:"林老板,你想几天发货?……两天?可以可

209

以,明天通知采摘,我在这边学习人家的藤稔栽培,还卖一点专用葡萄肥……你放心,放心……账号我报给你,先打五千定金,多退少补……"

再说林三富打了钱,第二天就给吴红英打电话来了,问肖丙子给他发葡萄没有。吴红英以为他喝醉了,说:"葡萄?明年吧。你卖葡萄的不晓得?"

林三富急得浑身发炸,说:"我只问你,肖丙子在不在家?"

吴红英冷冷地说:"死了。"

林三富一惊:"死了?肖丙子死了?咋死的?"

吴红英说:"咋死的我哪知道?反正死了。"

林三富说:"我说妹子呀,可开不得玩笑,人命关天。他死不死我不管,你们得给我发葡萄呀,你给肖丙子打电话,要不,你告诉我电话,我亲自打给他。"

吴红英问:"你把钱打他了?"

林三富说:"稀奇话!不打他钱,我要他发葡萄?"

吴红英说:"肉包子打狗,有去无回,祝贺你呀!"

林三富说:"我去报警!骗子!"

吴红英说:"报警好,把那个肖丙子抓回来。"

吴红英丢下电话,想想不对,真将肖丙子抓住那得吃牢饭,关号子,她还有啥脸面在村里晃?儿子只怕找不到老婆,名声就臭了。虽然她吴红英脸皮厚,破罐子破摔,但肖丙子真被警察抓去,祖宗十八代的脸都丢尽。

早上,吴红英拿出一个存折,对肖小安说:"这上面就四千块钱,取了,我去找你爸。这钱,本来是准备了给你相亲用的,不找到你爸这个死鬼,我心里不安。"

肖小安接过存折,就去了镇上取钱。回到家,将钱交给了他妈吴红英。吴红英去房里数钱,肖小安躲到一旁看着。吴红英数完钱,四处瞄了无人,搬来梯子,将钱藏进了高高的墙缝,把砖头塞好。她从梯子上下来,将梯子搬到屋檐下。

肖小安自发现了他妈在墙壁上的秘密,就盯住了那个墙缝。在一个晚上,半夜时分,肖小安爬上梯子,掏出了所有的钱四千块。

肖小安本来是想揣着这几千块钱去荆州小北门进货的,他看中了一种鱼饲料,也找好了下家,别人同意收货就打钱,两天就可以回笼资金,到时再将本钱悄悄塞进那个墙洞。赚到的中间差价应该有一千多,他的手头就宽裕了。

肖小安揣着钱,被鲁七宝他们发现了,加上晚上喝了点酒,就怂恿他去麻将馆小赌一把,他只好答应,准备打几圈,等天亮就去小北门进货。哪知到了麻将馆里,有人叫他进了里间摇骰子押单双的小屋,让他看看。这肖小安头脑一热,手就痒了,就下起了注,无非不是单就是双,总能押准一次。哈,刚开始,小赢了几把,有几百块钱的收入。

那小房间无窗,就一个排风扇,烟雾弥漫,人影幢幢,污浊的空气让人窒息。押注的人不少,一个个眼睛通红,头发蓬乱,就像地狱里的一群厉鬼。

庄家是镇上的牛二棍,他咬着一支烟,没有点燃。这人黑瘦,眯眼,皱鼻,阔嘴,犬牙,蹽着腿,光着膀,在瘦胳膊上刺着一个青乌乌的裸女,就像刺在骨头上。胸前吊一条大金链子,也不知真假,时不时地喝一口红牛饮料。

肖小安和其他赌徒包括鲁七宝、胖崽,都围在赌桌前,手上捏着钞票,叼着烟,觑着眼睛,不停地喝红牛饮料以撑瞌睡提神。

一个空饮料瓶子丢弃在角落里,发出咣当咣当的碰撞声,把肖小安惊醒了。他有点迷糊,还做了个梦,梦见他输掉的钱在路上捡回来了。他已经输掉了两千,主要是扳本心切,押得太多,心想,赌就赌一把,扳回了本就回家去。可是,天不遂人意,那些钱全都到牛二棍面前,堆成了小山。有的人输干了,拍屁股走了。时间应该在凌晨一两点,鲁七宝小声对肖小安说:"走不走,安哥?越输越深……"

肖小安狠狠地用肘子把鲁七宝推开,看来他要与牛二棍决一死战。

牛二棍拿起小碗,将两颗骰子放进碗里,用一块纸壳盖住,使劲摇动里面的骰子,骰子发出清脆的碰撞声,然后他将碗翻过来放在桌子上。

肖小安数着钱,数出了五百,他在犹豫算计。胖崽提醒他说:"三次单,这次一定是双,事不过三。"胖崽抽出一张一百元的,放在赌盘的"双"那边。有几个也放在"双"那边。牛二棍只对肖小安感兴趣,撇嘴一笑,对肖小安说:"可要想好,肖总哇,这一下去,就是几十袋化肥、几十瓶农药呀。"

肖小安狠狠地将钱摁在赌盘的"单"这边。

牛二棍问:"揭不揭?"

肖小安说:"等等。"

他将钱拿起来,看着那个"双"字。鲁七宝和另外一个也在"双"这边丢下一百元,可肖小安最后还是将钱拍到"单"这边。

碗迅速揭开,双! 十点! 两个五点! 肖小安的钱被牛二棍麻利地抓去了。

牛二棍将骰子又放入碗里,再摇,问下注的:"还来不来?"

肖小安输红了眼,厉声说:"少废话!"

牛二棍抽出烟盒的烟扔了一圈,自己点燃一支,喝了一口红牛,用手势示意赌徒们快下注。

肖小安希望押注的人给他点暗示,可那些人一个个摇着头,自顾自地嘟哝着,一个个都像在梦魇中,连鲁七宝和胖崽也不敢朝他看,怕他将输掉的原因怪罪到他们头上。肖小安感到好孤独,自己是不是被人算计了? 他不敢朝这儿想,只有硬着头皮,将剩下的一千五,一起摁进"双"里。

牛二棍都赢得满脸愧怍不好意思了,劝他说:"肖总,你别急,可以分两次,这次输了还有扳本的机会。"

肖小安烦了,吼着说:"揭!"

牛二棍却不急,慢腾腾地翻翻他的钱,又拿起来闻闻,说:"这钱上面全是汗水,闻闻有一股葡萄味。你们葡萄专业村,种几串葡萄不容易,你真要想好,你输了,是一车化肥农药,我输了,给你拖一车化肥农药去。"

肖小安说:"说话算话?"

话没说完,牛二棍将碗揭开了,七点! 一个三点,一个四点。

牛二棍故作羞涩地笑道:"二棍我就收了。"

肖小安荷包空了,连一个钢镚儿也没了。

肖小安沮丧地、灰头土脸地回到天露湾,正准备在货架上拿一瓶饮料,突然手腕被狠狠一击,手臂一震,一时间全麻木了,还酸疼难忍。回头一看,是他妈吴红英。只见吴红英怒目金刚,又是一棍,他一让,打在肩膀上。要是不让,正中脑壳,说不定脑壳就要开瓢。

吴红英气得双唇在搐动,大喊道:"你这败家子,把钱拿出来!"

肖小安知道大难临头,当即抱着头喊叫:"什么钱? 我没有看到钱!"

吴红英不管不顾,又抄起棍子欲抽,却被一个人一把攥住了。吴红英扭头一看,是许会计。吴红英说:"你别管,我打自己的儿子关你屁事!"

许会计紧紧拽住棍子道:"棍棒底下出不了孝子。"

吴红英嘶叫说:"一天不敲,骨头发烧。他偷钱,不打呀?"

许会计说:"偷钱? 小安你偷钱?"

肖小安抱着头缩在墙角不吭声。许会计说:"要是真偷了钱,我倾向往死里打。来,给我,我帮你打!"

吴红英不让他夺去棍棒,说:"许会计你想得美,我自己的儿子自己揍,你敢打?"

许会计说:"你还是袒护他,这伢不学好,还不是你惯肆坏了!"

吴红英说:"我说他偷,你不能说他偷,是拿。"

许会计问肖小安:"那……拿了多少?"

"……四千。"

许会计说:"那可不是小偷,是大偷。日防夜防,家贼难防。不报警,还等啥呀?"

肖小安哇的一声哭起来,抱住许会计的腿说:"不要报警,我不想坐牢!"

许会计拍拍手上的灰说:"承认了。"

吴红英举起棍子问儿子:"钱呢?"

"我不能说。"

"说! 说不说的?!"

肖小安只好承认:"输了。"

吴红英顿时啼天号地,捶胸顿足,用棍子敲打着柜台:"这怎么得了! 我这钱是去找肖丙子的,现在好了,什么都没有了! 我不想活了! 不活了!"

吴红英脱了外套,没命地朝湖边跑去。

要出大事,吴红英要投水! 许会计和肖小安紧跟着飞快追去,又有两个村民加入了追赶吴红英的队伍。大家一边跑一边喊:"吴红英! 红英! 死不得! ……"

吴红英真跑起来,就跟飞一样,所有人都追不上她。人想死,你真拉不住。眼看要追到了,吴红英也到了湖边,她毫不犹豫,从高坎上纵身一跃,湖面上登时溅起一片大水花。

吴红英在水中乱抓乱刨,时沉时浮。几个人跳了下去救她,终于将她从淤泥里捞起来,又拖上岸。吴红英嘴里喷着泥浆,脸上、头上贴着水草,死猪一样地躺在湖边,嘴里哼哼着,也就剩半口气了。

吴红英躺在床上,半夜醒来,看到她儿子傻呵呵地跪在门口。这儿子头往下垂着,一啄一啄的,头颈那儿像断了一样。这儿子跪了一夜,想让我原谅他哩。跪着就跪着吧,不争气的苦货,老娘要卖多少针头线脑多少棒棒糖才赚四千块钱?一想起就头疼,肖丙子这老杂毛下的种太孬呀!

金甜甜早上回村来找肖小安,看到他跪着,上前想去问个究竟,却看到小卖部门前那棵枫杨树下,有个人影在晃动。有些流雾,像水往东边流,刮的是西风,天有些凉了。再一细看,这不看不打紧,一看,是一个人在那儿往上甩绳子,绳子另一头套在脖子上。金甜甜一个哆嗦,就大喊道:"有人上吊呀!有人上吊呀!"

打瞌睡的肖小安听到外头有人喊上吊,喊声凄厉。吴红英也听见了,听得清清楚楚,还是个女的在喊,有人在外头上吊。这可是咱的门口,谁要死不找地方,找老娘门口?昨天我投河,今天就有人学我上吊?不是嘲笑我吧?就起了床,对着下跪的肖小安一通叱咤:"小安,还不去外头看看,哪个在瞎喊?"

肖小安猛一惊醒,爬起来就往外跑,无奈跪久了,腿麻了,一个趔趄,头撞在门框上,咚的一响,屋一震。这么撞,那不更加苦!

"你喝醉了么?死货!"

肖小安摸着脑壳,被他妈轰斥了出来,一眼瞅见是个男人在朝树丫上甩绳子,绳子已经搭上了树丫,正在绾结。又看见那个大喊大叫的女人,是金甜甜。吴红英因为投河,消耗了不少体力,一副大病初愈的歪相,出来就看见一个人影挂在树上,这多晦气呀,不是一般的晦气!吴红英冲过去,看见许会计也跑来了——他正在早起读唐诗,这是他每天的功课。几个人一起上去将那个上吊的人往上托,都认出了他,林三富!

"林老板,林老板,不要这样!"

吴红英顶着林三富的胯子,气咻咻地说:"林老板你这是干什么,咋想不开?"

林三富这才出声:"你们别拉我,我今天就死在肖丙子门口!死了给他们一家守门!……"

这个门守了,全家倒霉!吴红英托着林三富,对肖小安说:"拿刀来!割绳子!"

肖小安蔫蔫乎乎的,半天才明白他妈的意思。许会计也托住林三富说:"林老板冷静冷静,你死也得选个风水好的地方!"

吴红英大骂道:"姓许的,你家风水才不好,喂鸡鸡死,喂猪猪死!滚滚滚滚！……"

许会计被吴红英攥开了。金甜甜去解绳子,说:"林老板,这是何必?!"

肖小安找来了一把镰刀,"嗖"的一下,将绳子砍断了。"嘭"的一下,林三富像个秤砣掉下来,回到了人间,呜呼哀哉地呻吟着望天。但金甜甜看到林三富用眼神与她招呼时,有一个怪笑。

在村里早巡的洪家胜也闻声而来,问明情况,劝林三富说:"林老板,你是有身份的人,以这种方式讨债,不值嘛。"

林三富躺在尘埃里,有气无力地说:"活腻了呗。"

许会计说:"今天不是甜甜发现,你早就见阎王,拖到火葬场了。"

林三富说:"老许,你的意思,我还要感谢甜甜的救命之恩啰?我寻死不是来感谢别人的。"

黄秋莲提着在园子里摘的青菜,过来看热闹,从中插了句嘴:"哟,又是投水,又是上吊,我孙子家热闹得像过年呀。"

吴红英找到了发泄的对象,冲着黄秋莲说:"黄秋莲,你这是人话?"

黄秋莲说:"姑奶奶就想看下葬呗,咋啦?"

吴红英气得脸上五青六紫,又着腰道:"你三番五次羞辱我,羞辱我们家,你仗着你家书记的狠就不得了么?多大个官,让大家评评理!"

黄秋莲说:"哟,赖上我了?"

洪家胜将黄秋莲攥走,"这里没你说话的地方,回去做饭!"

黄秋莲还是乐呵呵的,说:"黄鹤楼上看翻船,天露湖上看起网,就看我孙媳妇怎么蹦跶!"

吴红英气得脑壳乱摆,夺过儿子手上的镰刀,端起一把椅子站上去就对着林三富上吊的那个树丫一顿乱砍:"叫你上吊的!叫你上吊的!你想死,去找肖丙子呀,找我,要逼我死呀?!"

金甜甜问:"那丙子叔去哪儿了呢?"

吴红英挥舞着镰刀说:"实话告诉你们吧,肖丙子在南边搞传销!"

金甜甜来村里找肖家要钱,碰上林三富以死讨债,以为救了林老板一条命,可回县城的路上收到林三富一条短信:"甜甜谢谢你,我是吓唬他们的。"金甜甜开怀笑了。又在路上碰到鲁七宝,七宝告诉她,小安家没有钱还给林三富了,小安在镇上押单双,将钱输掉了。金甜甜想想有了主意,就给肖小安打电话。肖小安接到电话很警惕也很高兴,说,我转身找你你就不见了。金甜甜说,你妈在那儿,我不想多说。肖小安说,钱我没有分文。金甜甜说,我爸住院不会找你借一分钱,你放心。你能不能到县医院来?没啥事,请你喝个茶,吃个锅盔。肖小安说,好呀,好呀,喝茶吃锅盔我请你。两人就约好了在医院门口见面,可小安说医院门口太晦气,也不高档,你就不能选一个浪漫点的地方吗?金甜甜说,浪漫点的地方你请不起,你有多少钱?还穷讲究。来不来?不来算了!肖小安哪敢拒绝。

他推自行车出门,吴红英问他干什么去,肖小安说跟甜甜约会。吴红英说,哟,你一个赌博佬,她瞧得上?肖小安说,那您郎嘎就等着!

肖小安骑车到了县城医院门口,东张西望,金甜甜出来了。肖小安从自行车篮中拿出纸包着的锅盔说:"甜甜,给!"金甜甜说:"锅盔冷了像棉絮,咋吃呀?吃锅盔要趁热吃,才外焦里嫩,你吃吧。"肖小安看着金甜甜,又看着医院招牌说:"你真不是找我借钱吧?"金甜甜说:"小安同学,一说钱你就五脏发抖,四肢抽筋。我就直说了吧,林老板打给你爸的五千块钱定金,是我们果品经销商行的,我今天是代表我们商行向你讨要,看你给不给我面子。"肖小安顿时大汗滚滚:"这个……这个,不谈钱行不行?谈钱太俗,我们吃高档的锅盔,就谈高档的话题,行不行嘛?"金甜甜掏给他一张餐巾纸:"哈哈,看你的汗,你不用紧张,告诉我是不是赌博输了?"肖小安眼睛都直了,连忙否认:"你、你听谁说的?不要听人瞎说!"金甜甜紧逼:"是不是牛二棍的麻将室?"肖小安这时身子就抖起来。金甜甜说:"林老板没死成,他报案是可以的,就说是他的钱你赌博输了,你跑得了吗?"肖小安大喊冤说:"那个钱不是林老板的钱!"金甜甜说:"到时,只怕你浑身是嘴也说不清。我可以劝住他,他这人死都不怕,还怕报案?直接刑事案件,还牵出一大串,瓜连籽,籽连瓜,你一家三口只怕都得在牢里大团圆。另外,林老板说了还会到你家门口去上吊,他真死了,你家门口大树上有个吊死鬼,哪个女孩子还敢嫁过来?出门就是鬼,你肖小安只怕永远讨不到老婆……"肖小安冷汗直流,说:"不要吓我,不要吓我!甜甜你说我怎么办?"金甜甜拿出一张纸来:"你想办法,找你妈将钱打给林老板,这是他的账号。"金甜甜拿出手机拨通了林三富的电话,故意当着肖小安说:"林老板吗?我是金甜甜,肖丙子的五千块钱,他儿子肖小安答应还给你。他是我高中同学,好朋友,他说话是算数的,真正的男子汉大丈夫,绝不会哄我这个老同学,您郎嘎就先不要报案了,我求您郎嘎了。"然后对肖小安说,"谢谢你小安,就这样了,现在,我们去吃高档锅盔!"肖小安哪还有心思吃东西,骑上自行车苦着一坨脸说:"我回去筹钱呀!"

过了一天,林三富就打电话来告诉金甜甜,他收到了五千块汇款。金甜甜还是电话肖小安表示了感谢,肖小安说,那钱他妈藏在鲊辣椒坛子底下几年了,是最后不能动的钱,但为了救儿子小安,她把这笔钱也拿了出来,按吴红英的说法,"肖家的盐罐子都涮干净了"。

金甜甜处理好这件事,就回村里喂了猪喂了鸡,打扫了猪屎鸡粪满地的院子,早晨又赶到县医院。老远就听到她爸在发脾气。人有病,脾气就不好。在病房门口,她爸邻床的病人家属跟她说,你爸要出院,你妈不让,吵了一夜,咱们也没睡好。金甜甜都没有勇气进病房。她正踌躇着,妈冲出来,见金甜甜站在门口,哭着说,甜甜你来了正好,管着你爸,我回去找两个舅舅借钱。金甜甜问妈怎么了,她妈说,你爸不能出院。金甜甜说,妈你别急。

她进去,她爸正准备下床,在床头柜边找拐杖。金甜甜喊,爸,你是不是要上厕所? 她爸横着眼睛,也没看她,说,没你的事,回学校复读去!

金甜甜扶他,他不让扶,又说,还不去收拾外头晾晒的衣裳,赶快去结账,迟半天又得涨出几百块,要住你们住,我这条破腿值不了这么多的钱!

金甜甜无力反驳老爸,也无力帮老爸,只能让他出院。她也知道两个舅舅家里不富裕,不可能借到钱。她就去走廊外收衣服。爸妈那些被泥土染得灰不溜秋的旧衣服,跟垃圾没啥两样,想到城里人光鲜的生活,她边收边掩面嘤泣。

天无绝人之路。妈喊她接电话,说她包里的手机响了。金甜甜拿出手机,是乔总打来的,她跑到大门口去接。乔汉桥在电话里夸奖说:"甜甜,你真行啊,比林老板有本事,得好好表扬你维护我们商行的利益!"

金甜甜正伤心着,回答说:"这是应该的,乔叔。"

乔汉桥似乎听到她的抽泣,问:"你是不是在哭啊?"

金甜甜说:"我没有。"

乔汉桥说:"甜甜,我看到你了!"

金甜甜一抬头,乔汉桥站在她面前。金甜甜瞪大眼睛问:"乔叔,您郎嘎是怎么来的?"

乔汉桥说:"肯定不是天上掉下来的。现在闲话少说,我刚才去问了骨科主任,你爸换髋关节的手术费我已经先交了。等几天消炎好了,还要全面检查身体,就可以做手术了,你们不用担心。"

金甜甜喜极而泣,不知所措,说:"乔叔,这怎么行呢?不能这样,您郎嘎不能这样啊!"

乔汉桥笑着说:"算是我借你的,行吧?所以呀,你不用在意钱,按咱们商界的话说,钱是王八蛋,花了再去赚。腿保住了,一切都会有的,面包会有的,牛奶也会有的。再说,你爸爸是荆江县种葡萄的能手,是你们家的顶梁柱,不能没有他。"

金甜甜越哭越伤心。

乔汉桥拍拍她的头说:"好了好了,擦下眼睛。救你爸的腿要紧,你是我公司的员工,我不能见死不救,不管不顾吧?你这样哭,好像我做了一件什么伟大的事,让我不好意思。我还要到荆州去办事,我走了,你别把我当外人。你快回病房里去照顾你爸,我一个人到县城逛一逛。回到荆江,我特别开心。"

金甜甜说:"那我陪您郎嘎去。"

乔汉桥说:"不用不用,这个地方我太熟悉了,都是我过去拖粪的地方。我呀,先去买一块大锅盔吃,然后再到菜场里买点豆豉,还有糍粑、豆皮子和牛肉炉子。我妈特喜欢吃荆江县的糍粑煮豆皮和牛肉炉子,我带一点回去,难得来一趟。对了,我还得找个早酒馆点个牛杂煨锅子,喝两杯早酒,荆江县的早酒。我都快想疯了,我走啦!"

金甜甜擦着眼泪,向乔汉桥的背影深深鞠了一躬。

背后她妈在喊她:"甜甜,你在这里?!"

金甜甜跑过去一把抱住妈,说:"妈,咱爸有救了!"

余翠娥却叹了一口气:"唉,都晓得了,病房里的人都好羡慕,这个乔总咋这么好哩?救苦救难的活菩萨呀!"

金甜甜说:"妈,您郎嘎叹什么气哩?钱我是找乔叔借的。"

余翠娥说:"你还得了啵?这事麻烦一定大了。"

金甜甜说:"妈,真的没有事,等爸的腿好了,种更多的葡萄,钱我来还就行了,不用你们操心好吧?"

金甜甜想还是得陪下乔总,人家一口气帮他们交了这么多钱,不能让他一个人在县城,就给她妈说,我去找找乔叔。

金甜甜在大街两头到处找,在小巷里也找,脚打起了水泡,终于在菜场旁一家早酒馆门前的小桌上,看到了吃牛杂煨锅子、喝早酒的乔汉桥。乔汉桥就像个老县城人,喝着酒,跟其他食客说着话,一口地道的荆江腔。金甜甜喊他:"乔叔!"

乔汉桥沉浸在早酒的醉意里,听到喊声,猛回头,见是金甜甜,说:"来来来,甜甜,再点个菜,来一碗面!"

金甜甜说:"我吃了,您郎嘎喝,然后我陪您郎嘎去菜场买东西。"

乔汉桥喊服务员,女老板过来了,乔汉桥说:"再来一碗面,有什么面?"

女老板说:"有肉丝面、牛肉面、牛杂面、鳝鱼面、鸡杂面、肥肠面、三鲜面、财鱼面、鸡汤面、谷鸭面、猪肝面、腰花面、炸酱面、热干面……"

乔汉桥问金甜甜:"你说吃什么面?"

金甜甜说:"我真的吃了,老板娘,不要,谢谢!"

乔汉桥举着酒杯对金甜甜说:"那就……你回去,我得慢慢吃,等车来接我。"

乔汉桥不让她再说感谢的话,要她先走了。金甜甜一步三回头,招手离开,眼泪又止不住流出来。

一周以后,金满仓做了手术,换了髋关节。手术非常成功,并且很快出院了。

二十一

金满仓的腿完全好了。但女儿金甜甜声称要赚钱还债,还是放弃了复读,继续去武昌打工。

在武汉这样的大城市,华中农业大学内的油菜花海,就像是一个人造的幻景。这样的妖冶粉妆,将城市弄得热烘烘的。燕子在飞,蝴蝶在飞,蜜蜂在飞,连青蛙也在花海里蹦跶。那些轻盈的翅膀,那些新颖的叫声,诱惑来了阳光的温暖。这清丽的春天,简直把城市打扮得像一个疯癫的少女。

游人如织。洪大江和金甜甜在花海中徜徉。金甜甜说:"没想到,大学里还有这么大片的油菜花,真好看,真像我们天露湾湖滩上的油菜花。"

洪大江介绍道:"这里有一千六百亩,华农大是我们国家油菜工程技术研究中心的试验基地,我们学校的油菜研究,在全世界名列前茅。"

金甜甜一个劲说"太美了"。洪大江说,叫不叫赵怡月来?她有相机,帮你拍几张照片。

金甜甜说:"不要,我不是专门看油菜花的。我想问下你,大江哥,你愿不愿意周末到我们水果仓库勤工俭学?"

洪大江一听就同意了,但他说:"是乔总的意思?他同意吗?"

金甜甜说:"会同意的,勤工俭学他一定会支持。到时,中午有盒饭,一天八小时,加班给加班费。"

金甜甜回去就给乔汉桥说了,说她的老乡小洪家里也不宽裕,想在你仓库周末勤工俭学,不知行不行?乔汉桥答应了,也担心洪大江路程有点远,不方便在这里周末打工。金甜甜说没事的。乔汉桥开玩笑说:"你这么关心他,不是你男朋友吧?"金甜甜否认,说不是的,就是老乡,同学,邻居。

到了周末,洪大江就来到果品仓库与工人们一起背水果箱,推平板车。平板车装得高高的,洪大江一手扶箱子,一手推。正在吃力地推着,记账的金甜甜将矿泉水给他说:"大江哥,歇会儿,喝点水。"

洪大江拿起水,坐在箱子上。金甜甜看着他喝水,问他:"累吗,大江哥?"

洪大江擦着汗说:"还好。"

金甜甜说:"我就想天天给你送水喝。"

洪大江说:"我不上学了?你呢?你肯定是不想复读了,这个地方你是乐不思蜀啊。"

金甜甜说:"我怕复读,成绩赶不上。错过了一次,就会错过二次。"

洪大江说:"你自己的路你自己走。"

金甜甜担忧地问:"大江哥,我们会越来越远吗?"

洪大江很不想回答这种问题,他说:"你自己回答,我不再劝你,我干活去了。"

傍晚,洪大江肩上搭着脏衣服,回到学校,一身的汗渍。赵怡月来找他,看他浑身脏兮兮的,问他在干什么,洪大江说在勤工俭学。赵怡月问,你干的什么活?洪大江说干苦力。

赵怡月是来通知他晚上八点合唱团排练,香港回归的学校晚会,他们俩是一个合唱节目的男女领唱。

排练完后,洪大江出来,赵怡月在后面喊他:"大江,等等我。"

赵怡月请他去宵夜,他说累了不想去。赵怡月说:"你今天的精神不饱满,唱得有气无力,难听死了,把自己弄得这么累干啥?"赵怡月挽着他的胳膊,"你有点心不在焉,最近哪儿不顺啊?"

洪大江说没有。

赵怡月说:"能选上我们担任男女领唱,这是个机会,我们要争气,唱好。香港回归是一个非常值得纪念的历史时刻,咱们在学校,也是一个难忘的经历,是不是?"

洪大江说:"我没你唱得好,我知道是你推荐我的。"

赵怡月说:"别谦虚了,你的音色很漂亮,音域浑厚辽阔,还很抒情婉转,你一定是张信哲的粉丝。"

洪大江说:"我会张信哲的几首。"

他们走到了一个池塘边,那里面蛙声响亮。洪大江喃喃地说:"蛙声多好听,它们才是大自然的歌唱家。"

赵怡月问："又想到天露湾了？"

洪大江说："没有，但愿今天晚上梦到天露湾。"

赵怡月说："那就……祝你好梦。"她轻轻抱了抱他，"回去做梦吧，最好梦到我在那儿采摘荷花。"

星期天，果品仓库来了汽车，要卸货，可工人还没来两个。仓库管理员问金甜甜说："你的老乡小洪今天不来吗？"

金甜甜看着手表说："今天学校休息，他应该会来的呀，再等等。"

左等右等，没见人。她拨通了学校电话，让阿姨叫叫洪大江。可阿姨说洪大江出去了，他们好像在排演节目，要迎香港回归。金甜甜要阿姨告诉他，说她找过他，让他立马回个电话。

这一天，金甜甜只好代替洪大江搬运。乔汉桥得知后，对金甜甜说，这很耽误事，以后就别让他来了。金甜甜忙说，洪大江是因为排演香港回归节目，是特殊情况，以后不会这样了。

金甜甜下班后跑去学校，在男生宿舍楼下等洪大江。等来了洪大江，洪大江吃惊地问："这么晚，你还在我们学校？"

金甜甜反问道："我不能来？是你一个人的学校？"

洪大江说："不是，我是说你回去没班车了。"

金甜甜说："我就在花坛坐一夜，没什么呀。"

洪大江解释说："我正准备回你电话的，今天排练了一整天。"

金甜甜问他："你以后周末还去不去我们那儿？"

洪大江说："去呀。"

金甜甜说："你一定要去，你就是不差这点勤工俭学的钱，你也要去，你去，就是帮我。"

"帮你？"

金甜甜鼻子一酸，滚出两粒泪珠，说："大江哥，我在城里，一个女孩子，好孤单，你就是我在武汉唯一的亲人，你却对我不冷不热。特别是乔总借那么多钱治好了我爸的腿，我又没能力一下子还他钱。我希望你在我身边，在他眼前晃动，我心里就会踏实。否则，我心里不安，生怕会出什么事。"

她抽泣着。洪大江搂着她的肩，她全身颤抖，显得那么可怜。洪大江说："甜

222

甜,我知道你不容易,那个乔总……没对你怎样吧?"

金甜甜说:"他应该很正派,没有,什么都没有。你在我身边,男人不敢,但我总归是一只孤雁,有人保护我,别人就不敢欺负我。有时候,我也害怕……大江哥,我不是嫉妒你,不是小心眼,不是怕你与赵怡月在一起。我是希望你在我身边,我的胆子就大些,就像在村里,在学校,那时,有你的保护,我什么都不怕,我希望能跟过去一样……"

洪大江搂着她,说:"我会的,你不用怕,甜甜。"

香港回归的这天晚上,金甜甜买了葡萄,坐了公汽,去了华农大。校园里到处红旗招展,彩球飞舞,学校真的热闹。操场上人山人海,舞台背景是"97"二字装饰着紫荆花的图案,还有香港、长城与天安门的喷塑衬景。本来她说要去看洪大江演出,但洪大江坚决拒绝,说他的表演难看,要她千万别来。他越不要她去,她越想去。其他节目金甜甜没在意,又是舞蹈又是诗朗诵,还有武术表演,各种乐器演奏,这些大学生真的是多才多艺。金甜甜等着洪大江他们的大合唱《东方之珠》。

终于等到了。洪大江出来了,一套西服,非常帅气,光彩照人,还是男声领唱,而金甜甜看到站在他旁边的女声领唱,竟然是赵怡月!赵怡月虽然长相一般,但气质优雅,个子高挑,她身穿一袭红色长裙,就是个童话中的公主或者仙子。这一男一女两个人,站在舞台中央,俨然是一对新郎新娘,金甜甜看得喉咙哽了,呼吸困难。看看自己,就一丑小鸭,打工妹,她不由得自惭形秽,好一阵自卑和难受。

> ……小河弯弯向南流
> 流到香江去看一看
> 东方之珠我的爱人
> 你的风采是否浪漫依然
> 月儿弯弯的海港
> 夜色深深灯火闪亮
> 东方之珠整夜未眠
> 守着沧海桑田变幻的诺言

让海风吹拂了五千年

每一滴泪珠仿佛都说出你的尊严

让海潮伴我来保佑你

请别忘记我永远不变黄色的脸……

　　洪大江与赵怡月深情地领唱,深情地对视,珠联璧合,配合默契,加上近百名合唱演员的配合,这一曲《东方之珠》,比得上专业演员的演出。

　　但在唱到"守着沧海桑田变幻的诺言"时,洪大江看到了台下慢慢挤到前面的金甜甜,那一张扎着辫子的标准鹅蛋脸,那一双淡蓝色的大眼睛,能从几千人中一眼看出来。他的神情有点打野,没有与赵怡月呼应,赵怡月顺着他的眼光往台下看去,也看到了金甜甜。不过,走神只是一瞬间,马上男女领唱又配合好了,演出非常完美。

　　还没有卸妆,洪大江就匆匆地从台后走了,赵怡月喊他:"大江你去干什么?"洪大江没理她,她跑着跟上去。其实赵怡月知道他是去找台下的金甜甜,她跟着洪大江,一直跑到操场后的一个排球场那儿,洪大江才喊住了金甜甜。金甜甜一走一跛,估计是鞋子出了问题,她连走带跑,双手撑在排球网的杆子上喘气,手上提着那袋葡萄。

　　洪大江喊她:"甜甜,你走这么快干什么?"

　　金甜甜没有说话,只是喘气。她回过头来,看到不远处跑来的赵怡月,又拔腿欲走。

　　洪大江上前拦住她说:"甜甜,你给我站着!"

　　金甜甜想甩开他,说:"我要搭车回去了,再过一会就没车了!"

　　赵怡月赶上来,说:"甜甜,你站一下,我跟你说个话!"

　　可金甜甜没理,只顾噔噔地朝前走,甚至是小跑。走了一会,金甜甜站住,等他们跟上后,她将装葡萄的袋子没有给洪大江,却一把塞给了赵怡月,说:"给你,葡萄。"

　　赵怡月拿上葡萄,说:"甜甜,谢谢你。大江,我们食堂不是有宵夜吗?把甜甜叫上吃了宵夜再走。"

　　洪大江说:"是呀,甜甜你既然来了,这么着急走干吗? 晚会还没完! 宵夜了再走!"

赵怡月从袋子里掏出一把葡萄来，"来来来，吃甜甜的葡萄，好甜！"

洪大江拿着了。金甜甜却说不要。

赵怡月说："真的好吃！"

金甜甜问："你们两个是不是毕业了分到香港？"

洪大江说："香港？香港能分配吗？"

赵怡月说："怎么可能分到香港呢？刚回归，再说我们与他们体制不同，甜甜你为啥问这个？"

金甜甜说："你们两个去香港工作多好呀！"

洪大江说："甜甜，你是不是喝高了？瞎讲。"

金甜甜说："我怎么瞎讲？那是东方之珠，你们的爱人，还有你们守着沧海桑田变幻的诺言，还有海潮来陪伴你们，你们多幸福呀！"

洪大江急死了，大声说："甜甜，你高烧了吗？胡言乱语？"

把赵怡月搞得好难堪，于是她说："甜甜，大江，我还有事，我先走了。"

她把葡萄塞给洪大江，很快就消失了。

金甜甜站在那儿，洪大江不知所措，说："甜甜，你究竟想怎样嘛？"

赵怡月一走，刚才激动的金甜甜立即沉默无话。

洪大江急得脑袋乱摆："我说甜甜，就演个节目，要你别来看，有啥看的？你说！"

金甜甜说："我是来看赵怡月的，来看她怎么勾引你，我就当你们观众，也不允许吗？行，我这就去搭车，不再来你们的大学，我就一个打工妹，什么都不配你！"

她呜呜地哭着向校外猛跑，洪大江追了一段，跑不过她，就站住了，朝她喊："甜甜，回来！回来，甜甜！"

金甜甜已经跑得无影无踪，留下洪大江一个人站在路灯下，提着葡萄，憋屈难受。

快放暑假了，有一天在学校教室门口，洪大江下课了出来，赵怡月喊住他，从书包里拿出一本书说："给！"

是一本日本出版的图文并茂的葡萄栽培书《葡萄大事典》，沉沉的，厚厚的，大大的。洪大江一看就喜欢了。赵怡月说："这是我托在日本的同学买的。"

洪大江翻阅着说:"谢谢你!这本书太好了,太珍贵了,国内买不到。"

赵怡月说:"只是没有翻译过来,不过有图片,日文也能猜到七八分。"

洪大江问:"你怎么知道我需要?"

赵怡月从书包里拿出另一些书。是《TOEFL 词汇词根+联想记忆法》《高分新托福阅读 120》《高分新托福听力 120》等。

洪大江问:"你要考托福出国?"

赵怡月只是说:"我先看看吧。"

洪大江举着《葡萄大事典》,说:"这本书挺贵的,多少钱?我给你。"

赵怡月嫣然一笑:"送你的。"

赵怡月问他暑假回不回去,他说,想在学校多读点书。赵怡月说,我猜想你准备考研了。洪大江说,还远着呢。

这天洪大江准备去图书馆,走到楼下,阿姨喊住他说,你那个老乡女孩放了个东西在这儿。洪大江打开,是一件长 T 恤,里面还夹了张纸条:"大江哥,原谅我,我不该生气。"

洪大江问:"阿姨,多长时间了?她去哪儿了?"

阿姨说:"我哪知道?走了一会。"

洪大江往校门的方向跑去寻找,没见着人。

金甜甜非常自责,困惑。一件 T 恤也未必能让洪大江原谅自己,拉回他的心。如果他怨恨她呢?

艾晓兰看她整天魂不守舍的样子,问她碰上啥事了,金甜甜想说,又怕艾晓兰取笑。那天在宿舍里,金甜甜给艾晓兰削了个苹果,问她:"晓兰姐,我请教下你,你说,像我们这些打工妹,用什么才能拴住男朋友,而且是大学生?"

艾晓兰说:"用你的长头发嘛,把他紧紧拴住。"

金甜甜说:"讲真,晓兰姐,我是真心求教。"

艾晓兰问:"就是那个华农大的小洪?"

金甜甜头埋在灯光的阴影里。

艾晓兰说:"我认为你很成功,没有被金钱利禄打倒,到时候,你可以将一个完好无损的漂亮小姐交给你的初恋。"

金甜甜说:"晓兰姐,是啥意思?"

"说通俗一点,就是你没在城市这口大染缸里染出一身黢黑来。以你这张千

226

年一遇的脸蛋,别说找个大学生,找个大富豪,也就一句话。"

"可我就是个打工妹。"

"好吧,你说拴住一个男人,最简单的就是男人身边不能有另一个女人。"

金甜甜这时哭了,说:"恰恰有呢? 而且还是个女大学生。"

艾晓兰说:"那就只能保证这个男人不是花花公子,脚踏两只船。"

金甜甜问:"能保证吗? "

艾晓兰鼓励她:"别怕,我说呀,门当户对抵不住青梅竹马,胜利属于你! "

金甜甜破涕为笑说:"晓兰姐在哄我。"

放假后,洪大江天天安静地在学校泡图书馆,没有与金甜甜联系。他当然还在生她的气,一次唱歌演出,把他和赵怡月弄得那么难堪,他能承受,赵怡月能承受吗?这事又不能解释,你金甜甜是我的什么人?这么放肆,让赵怡月误会。而事实上,他跟金甜甜什么事也没有。可金甜甜一定以为他就是她的男友了,这醋吃的! 又小气,又好笑。所以,他干脆暑假不回去了,避避人,清静几天。再者金甜甜也许是知道错了,不敢与他联系,那就好嘛!

终于,金甜甜的电话还是打过来了。

清晨,电话那头的门房阿姨有点烦,但听出是洪大江那个标致女老乡的声音,说,都放假了,你不知道?金甜甜说洪大江没回家,在宿舍。她是听妈说的,说暑假没见到洪大江,莫非他与赵怡月一起旅游去了?金甜甜好害怕,就鼓起勇气去打电话,要与他见面。洪大江就是躲她,不原谅她。

洪大江接了电话,金甜甜倒不敢说话了。洪大江问:"你是谁? "半天金甜甜才说:"大江哥,是我不对。"洪大江说:"你有什么不对呀? "金甜甜说:"我不该生气。"洪大江说:"早过去了,这么早,就是给我说这个? "金甜甜问她放在门房的一件长 T 恤收到了吗? 洪大江说穿上了,谢谢,以后不要买东西了。

"你也别生气了好吗,大江哥? "

洪大江口气和缓多了,说:"我说了都过去了,别说了。"

金甜甜说:"大江哥,今天我们能不能见个面? "

洪大江问:"今天,什么时候? "

金甜甜说:"晚上,新到的荆江县的葡萄,天露湾的,说不定是我爸或你爸种的哩。"

洪大江说:"你不要来了,我晚上要补课。"

金甜甜说:"那怎么办?葡萄我买了,见一下不行吗?我把葡萄给你了就走。"

洪大江同意了。

金甜甜在一楼水果超市挑选了两穗,一穗藤稔,一穗甜蜜蓝宝石。艾晓兰说,这甜蜜蓝宝石真好,今天是七夕,牛郎织女鹊桥相会的日子。金甜甜故作不知说,我不清楚。艾晓兰说,不就是去会小洪嘛,鬼丫头,去吧去吧!

下午四点多钟,她提着沉沉的葡萄出来,乔汉桥在停车,问她去哪儿,她说去华农有事,给老乡捎点葡萄。乔汉桥说,提着东西不方便,葡萄重,我送你一程。她不让,但还是拗不过上了车。

车到校门口,金甜甜要下车,说自己走进去。乔汉桥说,这里他熟悉,车可以开进去,学生宿舍要走很远,非得要送她到宿舍门口。

洪大江本来是背着书包回宿舍等金甜甜的,无意间看到金甜甜从小车里下来,车很熟悉,是黑色奥迪,开车的也很熟悉,是乔汉桥。他躲到一边,看到车开走了,他坐在树林里发愣。

金甜甜提着葡萄,想让传达室的阿姨喊下洪大江。阿姨帮她喊了几遍,没人应声。阿姨告诉她宿舍里没有人,金甜甜说:"我给他买的一点水果,您能不能转交他一下,或者让我去放他的宿舍?"阿姨说:"男生宿舍不让女生进,你要见他你就在这儿等一会,他会回来的。"

金甜甜就坐在门口的树下等洪大江,在来往的学生中找他的身影。

洪大江在远处树林里看着她,纠结着是过去还是离开。他想了想,狠心丢下金甜甜,去了图书馆。

天色已近傍晚,金甜甜还没吃东西,问阿姨,洪大江可能去哪儿了?阿姨说,不是在教室,就是在图书馆,要考研的,都喜欢在图书馆。

金甜甜提着葡萄,进了图书馆,一个一个的阅览室寻觅。洪大江心不在焉地看着书,抬头看到金甜甜找来了,他赶忙弯腰侧身从另一个门悄悄走掉。

金甜甜楼上楼下找,一场空,手上的葡萄越提越沉,提成了一块死铁。她走出图书馆,一脸沮丧和无奈,只好坐在馆门口台阶上,双手抱着葡萄,欲哭无泪。她口干舌燥,解开塑料袋,想摘下几颗葡萄吃,想了想,又放进袋子里。

旁边,一个男生手捧鲜花站在图书馆门口,一会儿,一个女生从图书馆里走出来。女生接过鲜花,两个人忘情地拥抱着亲吻。金甜甜自觉羞惭,把头扭到一边。那一对男女相拥着离开了。一个女生经过她身旁,她鼓起勇气问:"同学,请问你一下,你们学校哪儿有葡萄架?"

女生想了一下,指着南边说:"那儿走两百米好像有吧……"

金甜甜找到了葡萄架,她提着沉甸甸的葡萄,心里叫了一声"大江",便咽泣起来。

哭不解决问题,她平静了,在葡萄架下贴着耳朵听是否有牛郎织女相会在说话。什么也没听见,她自己倒笑了起来,为自己的幼稚天真。其实,她已经不信,她只是想见见洪大江。

洪大江一直在跟着她,几次想鼓起勇气站出来,等他下了决心跑过去,抬头一看,没了金甜甜的身影——她已经离去。洪大江顺着金甜甜离去的方向走了一会,没有见着人。

洪大江回到宿舍,门房阿姨将一袋葡萄交给他说:"你那个老乡女孩给你的葡萄。"

洪大江问:"她走了多久?"

阿姨说:"没多久。"

洪大江拔腿就往外跑,他狂奔着跑到校门口,看到一辆公共汽车停在那儿,金甜甜正在上车。他大喊:"甜甜!甜甜!"

车开走了。洪大江垂头丧气地回去,阿姨让他提上葡萄,说:"那女伢等了你半天,你去哪儿啦?"

洪大江说:"在图书馆。"

阿姨说:"那个女孩长得真漂亮,比巩俐漂亮多了。洪大江,你女朋友吧?"

洪大江说:"不是,是老乡。"

他提着葡萄,在路灯下解开袋子,发现里面还有一张纸,上面写着:

"大江哥,今天是七夕,本来想与你在学校的葡萄架下去听一次牛郎织女悄悄话的,没见到你,你还在生我的气,不想见我……甜甜"

他捏着那张纸,提着葡萄,一个人上楼,想着想着,好难受,眼里滚出了泪水。

误解是慢慢加深的,误解也让两个人越来越远。

狮子山的树由绿到红,南湖的水由暖到冷,洪大江和金甜甜都没有再见面。

听到天气预报说,过几天武汉将有暴雪,这将是武汉近十年最大的雪。下雪,也预示着寒假要到了。雪还未下,洪大江就收到一个包裹。打开包裹,是金甜甜寄来的,一条围巾,还有一张信纸,叠成了飞鹤。洪大江展开看:"大江哥,天气预报说这几天要下雪了,这条围巾给你保暖,也希望你原谅我。甜甜。"

雪说下就下,而且预报超准,果然是暴雪。一个晚上,整个世界都变白了,狮子山和校园都被厚厚的积雪覆盖。雪让校园华丽神秘,让人内心干净优雅,还让人回到童贞时代。到处都是打雪仗的人,学生,还有老师。认识或不认识的,都可以朝人掷雪团,你还不能变脸,还得笑嘻嘻地回应。或者,你也干脆回敬他一个更大的雪球,引来更爽朗的笑声。那笑声在雪地里清灵灵地漾动,世界多么美好,大学时代多么浪漫,多么值得留恋。

洪大江被赵怡月喊出去上山踏雪。洪大江围着金甜甜买的格子围巾,非常暖和。一路上,都是砸他们雪团的同学,他们也砸别人。赵怡月简直要疯了,在雪地上打滚,朝他丢雪球。洪大江从来没有这样放开过,赵怡月的疯癫传染了他,他也回掷她,甚至往对方的脖子里塞雪粉。两个人在山路上小跑着,摔跌到雪坎下,她抱着他,看着他,两个雪人。她吃着雪,然后吃到了他的嘴唇。这第一次的掺着雪粉的"亲吻",让洪大江感受到了女人从嘴里发出的圆融澎湃的暖热。可是赵怡月停止了,突然说:"你的围巾好漂亮,谁给你买的?"洪大江说:"我自己。"

有人来了,他们爬起来,互相拍打身上、头上的雪,搀扶着下山。

接着就是放假,赵怡月来告诉他,她爸来武汉办事,有车,如果回去就马上坐车走。

雪化了,太阳出来了,田野上是湿漉漉的冬景。洪大江和赵怡月坐在后排,赵光明坐在副驾座上,转头问洪大江:"大江,毕业以后有什么打算?"

赵怡月说:"爸,咱们离毕业还早着哩。"

赵光明说:"未雨绸缪,早点规划嘛。不过园艺系的分配前景非常看好,毕业生都抢着要。"

赵怡月说:"爸,毕业的时候,你要到我们学校亲自挑选毕业生?"

赵光明说:"有可能,有可能。不过现在县城以下条件不太好,吸引不了大学生,我相信随着改革开放的进程,农村产业的大发展,大学生们有了用武之地,他们就会自发地、自觉自愿地回到农村。"

洪大江说："赵叔叔，您能不能给我一点建议？"

赵光明说："记得入学前，你也对我这么说过，感谢你的信任。园艺系的发展方向很多，比如农业研究、商业贸易、园林管理、景观设计、果木花卉和蔬菜的繁育与栽培，什么都可干出一番事业来。但我更倾向于你们读研，多积累知识。"

赵怡月说："爸，还用您建议？大江早想好了。"

赵光明呵呵笑着说："我是马后炮啰。"

洪大江回家，是赵县长的车送他回的，赵怡月也同行。这个消息是金甜甜的妈电话告诉金甜甜的。金甜甜好一阵伤心，人家近水楼台先得月，两人般配，自己算什么？一个爱吃醋的打工妹，让他疏远，在情理之中。她又问妈洪大江围围巾没有，围的是什么样子的围巾，是不是格子围巾？妈回忆了半天，说有围巾，而且是方格子的。在得到肯定的答复之后，金甜甜又一阵开心。围巾是她买的，就等于是她的一双手，帮洪大江焐着脖子。

商行放假时，金甜甜将攒到的一万块钱还给乔汉桥。可是乔汉桥不收，说："你急什么？我又不等钱用，你过年回家要用，还得给你爸妈买点过冬的衣服，钱不够我这里有。"

金甜甜连连说："不用不用，我还有钱，您收下吧，不然我不走。"

乔汉桥说："你这人，咋回事？真的不急。"

金甜甜不干，说："乔叔，您郎嘎收下，打个收条给我。"

乔汉桥只好说："好吧。"他撕了一张便条，写下："收到金甜甜还款一万元。乔汉桥。"

金甜甜收起纸条。乔汉桥问她："什么时候回去？"

金甜甜说："我这就去买票。"

乔汉桥起身，穿上大衣，说："天气很冷，年关前，我到处要账，回笼资金。现在欠钱的是大爷，收钱的是孙子。"

金甜甜见他提着保温饭盒，问："您郎嘎还提饭盒收账？"

乔汉桥说："不是，是给我妈送饭。"

金甜甜问："顾老师怎么啦？"

乔汉桥说："前几天不是暴雪嘛，天太冷，她老人家心脏病犯了，血压也降不下来，我让她在医院里住几天保险一些。"

金甜甜说:"您郎嘎怎么不跟我说? 我去送。"

乔汉桥说:"你要回家过年,你家就你这个孩子,你父母盼着你回去。"

金甜甜去抢乔汉桥手中的饭盒,乔汉桥死活不让,但无奈金甜甜已经把饭盒牢牢攥在手上了。

雪又在下,而且很密集。金甜甜走在积雪的人行道上,围着围巾,提着保温饭盒。街道上行人不多,春节来临,打工的人都陆续回乡下去了,没有了流动人口,加上落雪,城市显得安静多了。路有些滑,她小心翼翼地踩着雪,去顾老师住院的医院。

病房里,顾老师躺在病床上正在输液。听到喊"顾老师",顾老师一看,竟是金甜甜,喜得要跳下床来,说:"甜甜,丫头! 是你呀! "

金甜甜打开饭盒伺候顾老师吃饭。顾老师说:"我说我就在医院吃个面条,可汉桥非得要给我炒菜,麻烦你了。甜甜,你回去。"

金甜甜坚持要在医院陪护她。

这天,金甜甜在卫生间给顾老师洗衣服,突然听到顾老师喊她:"甜甜,快帮我叫医生。"

金甜甜出来一看,顾老师十分难受,冒着汗,捂着胸喘气。她赶快跑去喊医生。医生和护士都来了,让她含了硝酸甘油,又推来心电监测仪,马上给顾老师进行监测,同时给顾老师听诊、号脉和量血压。医生说:"病人心律很快,还有严重的早搏,血压也没降下来,要进一步检查。"

顾老师含药后好了一些。医生又拿来一个小仪器,让护士操作,给顾老师系在腰上, 连结了一些电线。医生对顾老师和金甜甜说:"从现在起, 病人要背Holter 监护仪,就是二十四小时的长程心电图,要弄清楚是室性早搏还是房性早搏,还有心肌缺血的发作和心律失常及房颤等情况。三十九床,看来,您只有在医院里过年了。"

顾老师好沮丧,问医生:"我能在年前出院吗? "

医生说:"您年纪大了, 还是等病情稳定了再出院, 我们要对您的生命负责。"

医生护士一走,顾老师唉声叹气说:"这下麻烦了,人呐,在医院,病会越治越多。"

金甜甜安慰道:"顾老师,您郎嘎不用急,我在这里照顾您郎嘎。"

顾老师说:"这哪行? 不行,甜甜你要回老家过年,让我们汉桥送你回去! "

金甜甜说:"顾老师,给我一个机会,照顾您郎嘎,过年后我再回家,没事的。"

雪依旧在下,没完没了。乔汉桥到处收款,有金甜甜照顾着他妈,他很放心。可顾老师很过意不去,反复说,甜甜你爸妈盼你回去哩。

金甜甜说:"我给我爸妈说了,他们很支持我。乔叔和顾老师是我们家的大恩人,我做什么都是应该的。"

医生来告知顾老师的长程心电图结果, 说:"三十九床早搏的问题比较严重,心肌缺血,初步诊断为房性早搏,暂不能确诊是否是冠心病,早搏的问题还要继续住院治疗。"

乔汉桥说:"妈,您就安心养病,一切听医生的。要谢谢甜甜照顾您。"

顾老师一个劲夸奖金甜甜:"这孩子心肠好,善良,外貌心灵一样美。"

金甜甜说:"顾老师,这是我们晚辈应该做的。"

晚上,金甜甜约好与爸妈通话,再一次确定春节回不来了,顾老师大年三十还要继续待在医院里,她只有等春节后顾老师出院了,再回来看爸妈。

金满仓对女儿说:"甜甜,你要把乔总的妈照顾好,他们帮你老爸治好了腿,你照顾下他妈,滴水之恩,当涌泉相报,做人就应该这样,我们支持你。"

金甜甜说:"谢谢爸爸妈妈。乔叔他们是涌泉之恩,我只不过是代爸爸滴水相报。"

金满仓感动了,眼里汪着泪光,哽咽着说:"甜甜,你懂事了,长大了。知恩图报,结草衔环,是做人的根本。忘恩负义,过河拆桥,是小人所为。代爸妈问候乔总问候顾老师。"

老爸的声音金甜甜听出来了,自己也哭了。余翠娥在电话里说:"甜甜,你别哭了,你爸也是有情有义之人,他会记得乔总的恩情。"

金甜甜就不哭了,再问妈这两天看到洪大江没有,又问他围了围巾没,是不是格子围巾。

余翠娥说:"你这丫头,老是围巾围巾,就没问问我们怎么过年?"

金甜甜说:"爸妈过年一定很开心,替我放一挂鞭炮啊! 我祝爸爸妈妈春节愉快! 长命百岁! "

二十二

斯须间,雨水疯狂涌入了一九九八年。这一年雨水与江水朋比为奸,恣意溢泄。天露湾的葡萄来了黑痘病,又来白腐病;来了炭疽病,又来白粉病,还有霜霉病、蔓枯病……你方唱罢我登场。透翅蛾开始蔓延,有好些葡萄园全蔫不拉叽,籽粒软瘪,以为是枯蔓病,结果发现是透翅蛾蛀空了藤子……还有被雨水泡烂的葡萄,丢弃在村道两旁和水沟里……

去大堤看水的人回到村子,形容说可以在堤上洗脚了,大堤上全是解放军战士。还有的说,荆江大堤进洪闸(北闸)前的拦淤堤,解放军官兵们已经在一百一十九个预埋炸药室里全部埋上了炸药,光是炸药就有二十二吨,看来今年分洪破堤是一定了。在荆江县,每年夏天涨水之时,总是人心惶惶,谣言满天飞。但住在分洪区里的人,已经习惯了这种谣言的折磨,各自投亲靠友坚壁清野,将值钱的东西转移到了安全区里,存折装在荷包里,只等一声令下,光着脚丫子跑就行了。但这年的水势太大,报纸电视上都说是特大洪水,百年一遇。金满仓召开了几次葡萄协会的会议,同大伙儿研究葡萄的换代问题,说白了就是砍掉退化的高墨,更新像藤稔这些新品种。可突然有消息说分洪区里的几十万人要大转移,看来分洪这头狼真的要来了。

金满仓和袁世道他们被通知去村里开会,几个人穿上雨衣、套鞋就去了,以为他们要议一下葡萄的事。可到会的人一律神情严峻,一个个大难临头的样子。外头暴雨如注,下得天昏地暗,万物喑哑,只有雨水发出像镰刀割草的哗哗声,打在屋顶上、檐沟里,间或有水鸟在雨雾中凄迷的尖叫声。

许是没有睡好,洪家胜书记眼皮松垂,严肃地说:"根据县里和镇里的可靠消息,全县准备大转移。解放军和武警部队已经全线驻扎在长江大堤上,沙市已经封渡,温副总理到了沙市坐镇指挥,朱总理也来了。沙市水位已经达到四十五米,超过五四年的洪水只是时间问题……"

众人议论纷纷,真是百年难遇的大水灾,雨没有停过,天都要下穿了。有的说:"咱们的葡萄咋办?"

洪家胜说:"来不及了,就是摘了运到哪儿去?谁来买?"

潘忠银说:"那就让它烂在田野啰?"

马三爹说:"我八十多岁,从没见过这么大的水。"

洪家胜告诉大家:"北闸拦淤堤上炸药全部埋好了,这是百分之百的准确消息,我们要按照县里镇里的指挥,让大家收拾好贵重的东西有序转移。"

许会计说:"那就是真转移了啰?我家的十几头猪,都还是小糙仔猪,六七十斤,运又运不走,杀又不能杀,这不黑了天?"

钢子说:"要真这样,今年农民基本颗粒无收,特别是种水稻棉花的。"

大家都说这下是真造孽了。洪家胜这时出了一个点子,说葡萄反正会淹的,早熟的葡萄已经卖得差不多了,还有中晚熟的葡萄,我们不妨摘一些去慰劳解放军战士,怎么样?

这个点子得到一致叫好。

洪家胜说:"要说损失,全县分洪区几十万群众是一样的,舍小家,顾大家,分洪区人民要承担的责任,也是我们的宿命。"

许会计说:"书记,你别说宿命了,是时命。时也,命也,非吾之所能也。"

洪家胜不耐烦地说:"许会计,我不跟你咬文嚼字。时命也好,宿命也罢,就这样了。洪水过后,咱们从头再来!"

马三爹安慰大家说:"一九五四年国家还很穷,分洪后还管了咱们,现在国家富了,更加会管咱们,咱们的所有损失,政府都会管的,不用担心,过去如此,现在如此,今后更如此。"

洪家胜说:"三爹说得对,大伙不用急。另外,县里有通知,因为沙市封渡,要维护社会稳定,不许村民单独出村,我们要做好村民的工作。毛标,你严加把守各个出村路口,不能出,也不能进,防止有坏人在咱们村浑水摸鱼,治安第一。"

毛标说:"好的,知道了,我们执行任务就是。"

洪家胜要求大家迅速组织葡农采摘。乡邮员敲着铃铛来送报纸,说这是大转移前的最后一趟。许会计拿了报纸,喊金满仓,递给他一封信。

金满仓接过看了看,是浙江金华葡萄培育基地寄来的。他在廊檐里拆开,是一封填写了名字的打印信:

金满仓同志：

　　我基地拟在 8 月 20 日至 8 月 30 日举行最新品种夏黑、藤稔的种植技术培训班，凡参加培训的葡农才可购买我基地的种苗。新培育的藤稔极少落果，穗重可达两千克，特别适合南方种植。因为新品种种苗有限，参加者订苗后，即可按合同托运，是更换新品种的极好机会，不可错过。望接信后迅速联系我们，以便安排学习和住宿，所需购买数量也望一并告知，原则上最多一地不得超过 10 万株。

浙江金华葡萄培育基地

1998 年 8 月 10 日

　　他把信藏在了雨衣里面的口袋里。

　　金满仓回到家里，打开院子，没有看到余翠娥，他倒了一杯"三匹罐"喝了，又在院子里摘了条黄瓜吃，然后去了葡萄园。

　　雨水打在葡萄园里，一片哗啦啦的响声。他在园子里瞅着，看到了余翠娥用剪刀剪着葡萄，脚下的一筐快满了，紫红色的葡萄，被雨水洗得鲜灵透亮。

　　"卖不了啦，马上大转移，好在咱们准备得差不多了，村里让送些葡萄给解放军战士们吃。"金满仓说。

　　余翠娥停下手中的剪刀，说："我给你讲，满仓，我是不会走的。"

　　金满仓望着头发湿塌塌贴在额上的老婆一脸憔悴的样子，说："翠娥，你咋这样想哩？"

　　余翠娥说："我死也要跟咱们的葡萄在一起！这多年的心血，我不走！"

　　"莒！"金满仓提高嗓音，"莒得有卖的！"

　　余翠娥说："我莒，我愿意呀！"她摸着那一串串饱满、成熟的葡萄，抽咽起来，雨水泪水分不清。

　　金满仓心里也难受，她这一哭，自己的泪也要掉下了。他拍拍她的背说："'留得青山在，不怕没柴烧'，这是你们过去劝我治病的话。又不是咱一家，损失国家不补的？咱们分洪区老百姓为国家做出了这么大的牺牲，国家不会忘记咱们的。"

　　余翠娥抚摸着那一串串饱满、成熟的葡萄，嘤泣着。

金满仓说:"别哭,翠娥,淹了就淹了。过去说,坏事变成好事,我看坏事就是好事,说不定是翻转的机会哩。"

余翠娥问:"啥翻转?"

金满仓说:"我得先和世道他们商议一下,你不要为葡萄伤神,这些葡萄迟早要淘汰的。"

他爬上村道,听到有人喊:"满仓哥!"袁世道和潘忠银来了。金满仓大步迎上说:"知道我找你们呀?"

袁世道说:"我们是来问转移的事。"

金满仓将口袋里的那封信掏出来给他们。

看了一遍,袁世道拍拍信说:"好事好事,咱们不是说要借这次分洪更新品种吗?这真是雪中送炭,去不去呀,满仓哥?"

潘忠银说:"这是个机会。"

金满仓说:"咋不去?走就是了。"

袁世道说:"不管分不分洪,大水一退,到了冬季能栽的时候,咱们就可以更新了。"

金满仓说:"先分头摸底,看看有多少人想更新,我来给胡场长电话。估计十万株太少,咱们去的一个任务就是要多争取种苗。一定要保密,现在非常时期,村里不让出,也不让进,咱们得想法子……"

余翠娥将摘好的葡萄挑出来,潘忠银上前去抢担子说:"嫂子我来。"

余翠娥说:"你们在这里嘀咕什么,偷偷摸摸的?"

袁世道说:"没做啥坏事,嫂子放心。"

金满仓说:"你们还得劝劝嫂子,她要与葡萄共存亡,不转移,守在园子里。"

袁世道说:"嫂子你就别傻了,这葡萄品种早过时了,病虫害又多,正好让洪水给淹了,你守它们干什么?"

潘忠银说:"是呀,有啥好守的?"

一辆大货车驶来,车停住了。钢子从驾驶室跳下来,看了他们,问:"是满仓会长的吗?"

大伙将葡萄搬上车。

天露湾村装满葡萄的农用车,在长江大堤上行驶,车厢两边是红色的横幅,一边扯着"天露湾村葡农慰问英雄的解放军官兵！"一边是"军民团结，众志成城"。

堤外，一江滚滚浊浪，像无数头恶狼，伸长舌头要翻过堤面奔窜进来。而堤内，低于长江水面至少十米，是正在成熟的浩浩荡荡的庄稼：稻谷、棉花、苞谷。马三爹叹息说："太可惜了，太可惜了！咱荆江县，梦里水乡，淹了好可惜！"

车上商量由谁代表村里说话，马三爹让洪家胜说，洪家胜让马三爹说，称赞马三爹说话有水平，有层次，总是恰到好处，非常得体，又是老军人，跟战士们说最合适。最后大家一致推举马三爹。许会计说，我只希望马三爹讲话时，加两句诗，赞美下解放军战士，这才显示咱天露湾的人有水平。有人问什么诗，许会计说，'四海英雄尽戢兵，皆如屹屹天金柱'。马三爹歪着脑壳听了两遍，说，你讲的我一个字都没听明白。许会计说，算了，算了。

车开到了北闸拦淤堤，在警戒线前，杨政委和战士们出来迎接。大家一起冒雨卸葡萄，搬进他们的帐篷。

搬运完了，身穿抗美援朝旧军装的马三爹向战士们敬了一个标准的军礼，说："我是一名老军人，来到部队感到特别亲切。你们冒着生命危险在这里埋炸药、守大堤，就是打仗，是和平年代的硬仗，敌人就是洪水，大堤就是上甘岭！我们分洪区人民感谢你们。我们天露湾葡萄专业村，只有用葡萄来表示我们的慰问心意，我们是荆州葡萄第一村，我们的葡萄产业走在了全县的前面。第一个种葡萄的人就是我们的金满仓同志，乡村能人。"

杨政委与金满仓握手致意。马三爹接着说："现在，由我们村的支部书记洪家胜同志给部队赠送锦旗……"

洪家胜展开锦旗，上写：威武之师，鱼水深情。

杨政委接过锦旗，向村民行了军礼，说："感谢分洪区人民，感谢天露湾村的葡农乡亲们。我们吃着葡萄，甜在心里。我们是人民的子弟兵，一定不辜负人民的重托！"

在大家热烈拍手的当儿，许会计上去问杨政委："杨政委，这堤是炸还是不炸？"

杨政委笑了，说："现在请地爆连连长刘志勇同志回答这个问题。"

壮实的刘志勇连长行了军礼，说："乡亲们好，我是湖北省军区地爆连连长刘志勇。有人说，只要一炸防淤堤，北闸一开闸，我这个小连长就出名了。但是我宁愿不出名,永远不出名,也不要炸!我宁愿十多年的训练白费,也不要炸!我宁愿冒着生命危险把炸药取出来,也不愿意炸!"

葡农们看着刘连长眼里的泪光,他们也泪湿了眼睛。

马三爹说:"感谢解放军,感谢你们!感谢全国人民!"

众乡亲一致喊:"不炸!不炸!"

杨政委说:"我相信,中央会看到我们分洪区的大好河山,工业农业和商业的巨大成就,不到最后一刻,不会轻易下令炸堤,中央和我们分洪区人民心是连在一起的,大家说对不对?"

村民们说:"对!中央和我们心连心!"

小卖部里像是遭了劫一样,乱七八糟,吴红英和儿子肖小安在装箱打捆。没有男人的家里,关键时刻就会没主心骨。儿子小安虽然是个男人,但没啥用,不成器。打捆的绳子怎么也系不紧,松松垮垮,吴红英在一旁急得黄汗翻滚。

"你说,你没吃饭的?!"

她干脆将儿子一把推开,自己跪在货物上死死地拉绳子,打结。

肖小安垂着手像个傻子站在一旁,问:"妈,这么多酒,怎么弄走?"

吴红英揩了一把汗说:"弄走?大水冲走!全冲走,全冲走!等肖丙子那死鬼回来,就剩他一个人!最好别回来,让他死在外面!"

肖小安说:"妈,你瞎讲什么!"

吴红英说:"狗改不了吃屎,猪改不了吃糠!"她站起来,身子摇晃,双手捂着脑袋,"看树是两根,看路是两条,看你是两个。"

她被汽车撞成脑震荡后,时常发晕,视物不清。

肖小安赶紧将他妈扶住,说:"妈你歇着。"

吴红英坐在柜台里说:"指望你呀,一代不如一代,等水退了去找那个死鬼!"

肖小安问:"我爸究竟怎样了?妈,你没去庚子叔家问问?"

吴红英笑道:"肖庚子家门上一把锁,哪儿问去?听说他骗了他们村里人不少钱,把人家哄过去买什么摇摆机和几千块钱一套的内衣,不敢回来。"

肖小安说:"这传销传得好是赚大钱的,但要有社会资源。"

吴红英说:"赚鬼的钱,就是骗亲朋好友的钱。骗了林老板的五千,把咱们家的老底子都翻出来还了！"

电话一响,吴红英接了就骂:"肖丙子,你个老杂毛,分洪了!"

肖丙子在电话里大叫:"分洪了？你们在哪儿？"

吴红英说:"在长江里漂,警察没逮住你？你骗人家的钱,回来吃牢饭！"

肖丙子问:"小安咧？"

吴红英说:"带警察来捉你了！你以为我们不知道你在哪里,你逃得过警察的追捕啊?！"

肖丙子在那头大声说:"你告诉警察,林老板的钱我马上还他！"

吴红英怒吼:"等你还,小安早就被抓去了！"

肖丙子问:"什么意思呀？"

吴红英说:"找我娘家借钱还了,真等你,门口等出个吊死鬼来！等你等得天荒地老,恨你恨得坟上长草！"一抬头,见金满仓站在柜台前,说是打个电话。

吴红英看他拨了电话,是打给他女儿金甜甜的。吴红英听到金满仓压低声音说,他近日要出一趟远门。因为下着雨,没听太清楚。一篮衣裳得洗了带着,吴红英就打着伞去了湖边。

洪家胜领着几个民兵在冒雨巡逻,不准人进出村子,湖上也不能有船来去。他碰见了吴红英,问:"肖丙子回来没？"

吴红英说:"大转移就想到老肖了,平时咋没见你们关心？"

洪家胜说:"昨天还问了,是派出所来问的。肖丙子的钱退别人没？如果没退……"

吴红英打断洪家胜的话:"没退要怎样？"

洪家胜说:"五千块钱正好立案,诈骗罪。"

吴红英拍手说:"谢天谢地,好好,快把他抓去！快把他抓去！"

洪家胜退了一步看着吴红英:"看把你高兴的！奇葩！奇葩！"

吴红英说:"你当书记的就指望出事,心术不正呀。我看你们要出事,出大事！不让出,不让进,堤一倒,村里人全都要淹死咧。"

洪家胜说:"每个村都一样,你在湖上看得到一条船吗？乱跑就是动摇军心,相信政府能给我们安排好,集中大转移,不会死一个人。"

吴红英说:"大转移,住哪里？"

洪家胜说:"有躲水楼,有帐篷,有县城腾出的房子,还有一部分人转移到沙市、荆州……"

吴红英说:"书记,你说不让村民乱走,我咋听金大会长打电话说,他要这几天出一趟远门咧?"

洪家胜问:"他出远门,你咋晓得?"

一眨眼,吴红英隐身在棉花地里了。

金满仓想着怎么跟老婆讲,没想出个头绪来。他进了院子,余翠娥在清理东西,问他:"给甜甜回电话没啥事吧?"

金满仓说:"有个 Call 机方便多了,丫头没啥事,就是关心我们,问下你我的情况。"

余翠娥说:"没说我不转移?"

金满仓拍着余翠娥的肩说:"开什么玩笑!给你说,那些葡萄还值得你与它们共生死?!全部砍了!老实向你交代吧,我准备和忠银、世道一起去趟浙江。"

他拿出那封皱巴巴的信递给她。

余翠娥打开扫了几眼,说:"要分洪了,你们也去?"

金满仓说:"这样的培训班不能不参加,分洪不分洪,咱们一定要抓住这个机会将品种更新。"

余翠娥说:"你不就是找我要钱么?"

金满仓说:"跟你商量嘛,我希望你听我一次。"

余翠娥说:"你每次就这句话,希望我听你一次。我听了你一万次,可以听,没钱。"

金满仓加重语气说:"这次,所有钱都要拿出来。"

"你的意思是咱们家的欠债不还了?"

"只有这条路。"

"你今天狠,是求情呢,还是摊牌?"

金满仓笑着说:"求情吧。"

余翠娥说:"那就把我留在葡萄园里,等洪水一来,咱就淹了,走了,所有的家产都是你的了,你也不用再跟我求情,你以后想怎样就怎样。"

余翠娥甩了一把鼻涕就哭了,哭得鼻子堵塞,噗噗噗噗地直响。

金满仓说:"翠娥,咱们结婚二十年,我啥时候做过错误的决策?我难道不是全村、全镇、全县公认的乡村能人吗？靠自己吹嘘的？看准的事就得下手，你说呢？"

余翠娥说："你下手呀，我没拉你，金大能人！"

金满仓说："我智商不高，头脑很好；个子不高，心性很高；家中贫穷，志气不穷。常言说力大养一人，志大养千口。我保证两年后，我们的新藤稔乒乓球葡萄加上建避雨棚，一亩能赚两万块，五亩一年赚十万，所有债务全还完，不用你操心。"

"吹牛佬！"

"口说不为凭，举手见高低。全村，全镇，全县都在看着我们，都在跃跃欲试，更新品种，时不我待，别人犹豫观望，咱就当机立断！虽然更新品种后，两年没有收入，不更新，就会落后二十年，更新了，两年后就财源滚滚。"

"满仓，我听了你大半辈子，咋还是穷？"

金满仓双手一挥说："好日子就要来了，我会让你和甜甜幸福的。再说我腿好了，不大干一场，对得起这条腿，对得起你和甜甜么？你还记得当年咱们四分地赚了一千八百块钱买彩电的事吧？本来那时候离好日子不远了，哪知腿摔坏了，现在又碰上百年难遇的大洪水。人生在世，总有不顺的，好在，苦日子马上到头了！"

金满仓正苦口婆心地劝说着老婆，听到有人敲后门，忙去开门。袁世道和潘忠银一身精湿地从后面菜园子里悄悄来了，后头跟着汪小琴。大雨嘭嘭咚咚，打得四野一片昏昧。他们进屋，带来了一摊雨水。袁世道跺着脚上的泥巴说："民兵看得紧，不让人乱跑动，看来真的要分洪转移了。"

汪小琴帮潘忠银脱下雨衣，在后门口掸着水说："哪来这多的雨，是哪个把天戳了个窟窿？"

袁世道说："这是老天助我们，雨要再下大一点，巡逻的民兵就回家了。"

汪小琴接过余翠娥端来的茶，问："嫂子，转移的东西都收拾好了吧？"

余翠娥摆着手说："我不走。"

汪小琴一把搂住余翠娥，像哄小孩一样，说："嫂子，忠银和满仓哥可是把你交给我了，走也得走，不走也得走！"

潘忠银笑了，说："嫂子消气，我把你交给小琴了，出了差错我拿她是问。"

汪小琴白了潘忠银一眼："喏喏喏，来劲了，我是看满仓哥的面子，是嫂子好。让他们去吧,咱们过咱们的日子,看他们种葡萄是能整出个楼房来呢,还是能整出个汽车来。"

袁世道说:"还真的都能整出来。不远了,你们骑驴看唱本,走着瞧吧……"

葡萄协会的葡农三三两两地从后园子里进来,一下子来了好几十人,挤满了金满仓的屋子,站都没处站,都是来交种苗钱的。

袁世道举着笔和本子对大家说:"由忠银收钱, 我记账, 大家安静一点,别急,先让满仓哥给大家讲几句。"

金满仓说:"咱们葡萄协会的各位葡农,要大转移了,要分洪了,葡萄也就没了。不管分洪不分洪,咱们就豁出去将葡萄更新,减少病虫害。有经济条件的,上设施大棚,全换;经济条件差一点的,掂量一下,不分洪,可以砍一半,留一半,保证这两年有饭吃。现在全县种高墨、夏黑,多少亩了? 五六万亩,全都一样。种地跟做生意一样,不能起哄,跟风,否则卖不出去,品种退化。人家湖南澧州,是从咱们这边传过去的,种的有十几个品种,设施大棚就有三万亩,一亩纯利两万……"

大伙躁动起来,都说,要是一亩赚两万,咱们就豁出去都种葡萄。

金满仓接着说:"我们去学习,帮咱们乡亲买苗,不会加一分钱的价,运费大家分摊,不知你们放不放心? "

葡农们纷纷表态说:"放心,放心! 感谢满仓会长! "

交钱登记,一直弄到半夜,依然大雨哗哗,电闪雷鸣。人都散去了,留下一地烟头,余翠娥拿着扫帚撮箕打扫。金满仓从她手中抢过扫帚去扫,余翠娥不干,死死攥住。金满仓一脸的乞求,说:"翠娥,明天一大早我们要走,求你……"

余翠娥将扫帚撮箕丢下,没有表情。她进房里,出来,把一个用橡皮筋缠着的塑料袋放在桌子上,什么话都没说就回房里睡去了。金满仓打开,是钱。清点着钱,他鼻子酸着,忍住没流泪。去房里,余翠娥脸朝里睡下了。他用手去抚拍了她一下,余翠娥用手臂猛地拐开他,他听到了老婆抽鼻子的暗泣声。

金满仓穿着雨衣,此时他突然很想再看看即将被淹的葡萄园。余翠娥在床上问:"这么晚了,你去哪儿? "

金满仓说:"就想去园子里看一下,跟咱们的葡萄道个别……"

雨水在葡萄园里胡乱扑打,就像有千万条鞭子,莫名地愤怒着,癫狂着,发泄着,暴躁的响声急促奔泻,震耳欲聋。他走了进去,稀泥粘脚,电筒照着的葡萄依然青枝绿叶,果实累累,焕发出夺人的紫红色光辉。他摘了一颗细细品尝,忽然一股泪水冲涌而出。葡萄呀,葡萄,为了你,为了家庭,为了生活,我摔坏了腿,老去了人。折磨人也吸引人的葡萄,你有多大的魅力,为何我老金对你不离不弃?你坚决不让我像我的名字一样,金银满仓?也考验我,除非对你永远热爱,才让我过上好的生活,才能金银满仓?金子是紫色的么?我爱的一定是紫色的?还有翠绿的阳光玫瑰咧?还有红色的红地球、浪漫红颜、红提咧?还有黑色的夏黑咧?有没有金色的葡萄?……哦,他抚摸着葡萄,葡萄光滑、温暖、细柔,像一个可爱的女人,像小伢的皮肤。葡萄默默地帮我们过日子,谋划日子,充实日子,美好日子。葡萄真的温顺,没脾气,就是贡献给咱的聚宝盆、存款单、摇钱树。可是对不起了,洪水要来了。等洪水走后,咱再好好地伺候你,爱你,爱你一辈子……

金满仓听到有嘈杂的人声,他以为是幻觉,却看到有杂乱的电筒光在路上扫射。是巡逻的民兵吗?听说转移在即,要拉网式搜查。他本想躲一下的,但他的电筒光暴露了自己。就听到有人喊:"是满仓会长吗?"话音刚落,电筒光线就照到了他。他只好走出来,一看,竟然是市里的罗丰田书记和赵县长、伍镇长他们。

赵光明说:"是金会长吗?这么晚还在田里?市委罗书记来看你了。"

金满仓被罗丰田书记握着手,有点紧张,说:"噢,罗书记,赵县长,我睡不着,想到园子里走走。"

罗丰田说:"金会长,你们对葡萄的感情深哪!"

洪家胜说:"都是我们的心血,还真是有点舍不得。"

金满仓顺手摘了一穗葡萄,对他们说:"来来来,各位领导吃葡萄。"

罗丰田揪了几颗放进嘴里,说:"我吃过你的葡萄,金会长,你的葡萄口感就是与众不同。"

伍青华说:"金会长对葡萄投入的感情太深,葡萄也要深情种。"

罗丰田说:"满仓会长,首先感谢你带头种起了葡萄,这对荆州来说,是开天辟地的一件事!但今年洪水实在太大,如果分洪,咱们辛苦经营的几万亩葡萄,咱们的丰收就没有了,你们的损失非常大。可是,我们必须舍小家顾大家。不过,最好是不分洪,我们的家园,我们的财产就都会保住。"

金满仓说:"我们听中央的,何况,我们也准备更换新品种,淘汰旧品种,这也许是一个机会。"

于是就将他们更换品种的想法简单向领导们作了汇报。罗丰田听后非常赞赏,说:"听到你们更换新品种,我的心里好受了一点。更新的品种要选好,明年,我们要加倍努力,种出更好的葡萄,发展壮大葡萄产业。这个产业对于我们全荆州的农业产业转型是很重要的,感谢你们!"

赵光明说:"更换品种,县里要补贴你们,不会把损失全转嫁给葡农,你们放心!"

李英敏说:"不会让葡农吃亏的。"

罗丰田说:"政府也认识到了葡萄品种更新的紧迫性,这证明政府和百姓想的一样!洪水也有两面性,未必全是坏事,它逼着我们产业升级,大步往前走!"

昏暗的天空,风雨沆瀣一气,没有鸟儿的叫声,连鸡的叫声也没有。湖上,风急浪高,天地混沌,全是不安的喧嚣。金满仓自语道:"真的要分洪了?这天气太邪乎!"

余翠娥起来对他说:"这天气你们咋去呀?别去了!"

金满仓找到一块大塑料布,当作雨衣。他去门口看了看,又到后门往湖边望了望,凡是路口都有把守的民兵在游弋。他嚼着馒头时,村里的大喇叭广播了:"全体村民注意了,全体村民注意了,希望大家待在家里,收拾好行李包裹,随时等候上级转移的通知,不得独自出村!……"

余翠娥见他没有答话,又说:"喂,不要去了!"

"后天人家的培训班就要开班,不会等我们几个……"金满仓说。

袁世道和潘忠银来了,三人将钱用塑料袋套了三层,绑在腰上,又用透明胶缠了三层,再将换洗的衣物用塑料袋套上,绑在背上。他们检查了一遍,从后门菜园子里走了。

天亮后,风雨折腾了一夜,终于有变小的迹象。三个人披着塑料布看不清是谁。来到一个湖坎边,他们按计划,扯了水草,各自顶在头上,观察着湖边的动静,将一只事先准备好的旧船推离岸边,三人扒在船舷上,划水向前……

站在摆渡人花老倌小棚边的民兵三蛋,看到了湖面不远处有一条船,就对领头的毛标说:"看,毛主任,那里有条船在动!"

毛标早晨有点迷糊,往远处看了一会说:"没一个人影。"

民兵四喜说:"是不是缆绳散了,船被吹跑了?"

三蛋则说:"风是往这边吹的,船怎么往那边漂?"

毛标说："风向不定,湖上的风跟岸上的风是一样的么?你吃饭跟吃屎是一样的?茬货!"

三蛋问："毛主任,让它漂走?"

毛标说："渔场的船,对不对?跑了就跑了,又不是咱们村的,别吃咸饭操淡心。"

湖中的三个人头顶水草,嘴衔着苇管往前推船。金满仓为了看方向,会把头浮出水面,用眼角瞅着岸上的民兵,看到他们在指手画脚。不过,他们什么也看不到。

船到了一个湾嘴,村庄和民兵都甩开了。金满仓翻身爬上船,再叫他们两个上船。潘忠银将藏在船舱里的桨抽出来装好,弯着腰,向对岸划去……

上岸后,一路好在没有碰上检查的人。他们统一了口径,如果有人问,就说是村里派去守堤防汛的。

赶到长江渡口,但见大水茫茫,早已封渡,栏杆横亘,阻止机动车进入,看着有点瘆人,就像到了洪荒世界。三人商量,只有继续往上游走,寻找渔船过江,这封渡的事,不可能马上恢复。

金满仓三个人往上游走,偶尔有防汛的人经过。他们在水边的防浪林里走,装作是防汛的,仔细寻找渡船。猝然,从堤外蹿出几个人呼啦啦地包围了他们,一看是洪家胜和毛标。洪家胜粗气直吼,厚唇颤动,说："满仓会长,你们跑不了!"

金满仓他们就被围堵在了水边。

毛标像一扇门板横在他们面前,说："堂堂葡萄协会的三个会长,跑啥哩?你们这一跑,让人抓住,不是给我们天露湾村添乱,给洪书记添麻烦么?弄不好要处分的。满仓,你和书记过去有恩怨,也不能在这节骨眼上使坏呀。"

这毛标不会说话,没有分寸,让潘忠银火了,说："毛主任,你这话伤人咧。谁使坏?说你是茬货,你又是治保主任,急死我了!"

毛标怼潘忠银:"我在说满仓会长,你插什么嘴?什么叫舍小家顾大家,你们不懂?满仓会长,你带的好头,这时候跑,咱们只有公事公办,大义灭亲!"

袁世道上前问:"想怎么样,毛主任?"

毛标掏出绳索。两个民兵三蛋四喜摩拳擦掌,跃跃欲试。潘忠银这时捏着拳头挺身而出,并且哼出一声,完全不怕。三蛋四喜就围住了潘忠银,准备向他动手。双方剑拔弩张,僵持在那儿。

洪家胜摆摆手,并严厉地对毛标他们说:"退回去!"他竟然对毛标发起火来,"你拿抗洪抢险把我和满仓会长的私事联系起来,算你有联想能力。那也不能冲动呀,我赶来是报复人的么?"

毛标一头雾水,咋训斥我,不是搞错了?于是嘟囔道:"事实如此嘛。"

洪家胜说:"有表象的事实,也有胡扯的'事实'。双方都不要冲动……问下你们三个,跑到江边来是干什么,抗洪抢险?给武警战士送葡萄?"

金满仓他们沉默。

袁世道说话了:"书记,我这样说,今天,可不是当年牵猪罚款,你只要动手,咱们就是冤家对头。"

洪家胜口气带着乞求:"哎呀,跟我们回去算了。"他突然在金满仓腰上摸了一把,有东西,他心里有数了,"你们全都待在原地不许动,我去去就来。"又对毛标说,"不许动手,原地待命。"

金满仓蒙了,洪家胜去干什么?袁世道低声问金满仓:"他去叫警察?"

金满仓说:"叫啥也不怕。"

潘忠银却在寻找着缝隙,对金满仓耳语说:"荷叶包鳝鱼,开溜。"

袁世道从荷包里抠出香烟盒,抽出来,只有两支了,对毛标说:"毛主任,我去买包烟来行么?"

毛标说:"嗬,想跑?不行,等洪书记来了再说。"

袁世道说:"哼!跑?我们干了坏事?跑什么?!"

毛标双手一摊道:"世道哥,话挑明了吧,上头说了,如果有村民擅自离开,书记、治保主任都得撤职。"

潘忠银哈哈大笑道:"你那个主任!见鬼了!撤职不撤职,还不跟我们一样搓泥巴果!"

毛标尴尬地争辩道:"这话戳人淌血,我们是奉命行事,一个村里的,低头不见抬头见,希望不生矛盾。"

潘忠银倏地站起来说:"既然这样,那我们走了,别拦我们。"说着就将前面的三蛋一把推开,对金满仓和袁世道喊:"快跑!"

三蛋死死抓住潘忠银,潘忠银挥拳猛砸并大吼:"放手!苕货!"

三个人终于挣脱了他们,往上游跑。可刚迈开腿,跑出没几步,从林子里伸出来一双手,紧紧地抱住金满仓。金满仓差点把那个人拖倒了,是洪家胜。洪家胜说:"满仓会长,别跑别跑,有话好好说。"

赶上来的毛标和三蛋、四喜又堵住了他们。洪家胜招手对水中喊:"划过来!这边,划过来!"

从防浪林深水里划出来一条小船,金满仓他们疑惑地看着洪家胜。洪家胜解开雨衣,从荷包里面拿出一个信封说:"再帮我买一些种苗,谢谢你们了。有啥事我顶着,你们放心走吧。"

金满仓三人愣在那里,洪家胜声音有点哽咽,说:"快上船呀,船小水大,你们一路小心,洪水过后,村里要靠你们……"

金满仓他们眼睛差点湿了,穿上救生衣上船。船老大撑开了船,岸上的人看着他们消失在波涛深处……

二十三

五十四孔的荆江大堤进洪闸(北闸),在雨中,显得更加雄壮壮丽,它横卧在平原上,是荆江分洪区的守护神。一行领导在北闸管理所韩所长引导下来到闸上。赵光明指着前面的拦淤堤向罗丰田汇报说:"现在那边一百一十九个预埋室,全部都装满了炸药,共有二十二吨,只等一声令下,就炸堤进洪了。"

罗丰田看着北闸另一边的庄稼地,那里的庄稼和葡萄在雨中绿毯一样。他眯着眼睛看了好一会,说:"多好的庄稼和葡萄,我们不能退却,要严防死守,打赢这场比战争还残酷的'战争'。现在,中央也面临着艰难的抉择,总理要求我们再挺一挺,也许挺过了第六次洪峰,我们就会安全。现在的严峻情势是,如果不分洪造成荆江大堤溃口,我们无疑是千古罪人;如果分洪,我们同样是千古罪人,分洪,会直接造成经济损失超过一百个亿。"他望着远处,重重地呼出一口气,"分洪区准备工作倒计时已经开始,大转移无可避免,一旦行动,我们要派出足够多的搜索队,反复拉网,绝不能让分洪区留下一个人。我们的葡萄保不住,我们的水稻保不住,我们的棉花保不住,甚至我们的工业、农业、商业保不住,但是我们的人保住了,分洪区三十三万人全转移出去,这就是胜利,老百姓的生命比天大,人民至上! 人,才是最宝贵的,有了人在,我们就能从头再来,再创辉煌! "

赵光明表态:"丰田书记,我们保证分洪区不会留下一个人! "

罗丰田看了看闸门开启室,问:"韩所长,你们都准备好了吗?"

韩所长说:"一切准备就绪! 现在演练闸门开启,请罗书记和各位领导到现场指导! "

罗丰田进了闸门启动机房。这里虽是电动开启,但设备庞大,能够迅速绞起十八吨重的闸门。左右两台启闭机,抬高三点六三米,以便让洪水通过。工人都已在岗位上待命。

罗丰田命令道："演练开始！"

工人们打开电源控制柜，推上了电闸刀。卷扬式启闭机绞动闸门声嘎嘎作响，沉雄，悲壮。

五十四孔闸门在粗大的钢丝绳牵引下，缓缓开启。

各个开启室的步话器报告汇集到韩所长这里："正常！……正常！……正常！……"

韩所长卡着秒表。启闭机的绞动声音停止了，韩所长向罗丰田报告："报告罗书记，我们的开启演练结束，五十四孔闸门，完全开启时间为四十五分钟！单个开启时间为二十五分钟！"

罗丰田说："很好！非常好！但愿，这只是演练，这五十四孔闸门，永远不要打开！"

赵光明回到县防汛指挥部，这里灯火通明，每到六月即是如此，今年更是如此。进入八月，赵光明就基本吃住在指挥部，几乎没有睡个囫囵觉。这是荆江县夏季的重中之重，直接维系着一百多万人的生命安全。没想到在他的任上遇上了百年一遇的大洪水，他没有任何选择，必须跟防汛人员一样，严防死守。他双眼通红，喉咙疼痛嘶哑，点了眼药水，用胖大海泡茶，含着喉痛片。秘书给他泡的方便面，刚挑了几口，李英敏主任就将一份文件呈放在他面前。是一份荆州市防汛抗旱指挥部的紧急电报，电文的主要内容是："……现在，沙市水位已经突破45米，到了45.20米，超保证水位，接国务院和湖北省防汛抗旱指挥部命令，务必做好荆江分洪区的启用准备，必须迅速将分洪区里的老、弱、病、残及低洼地区群众转移到安全地带……"

过了一会，李英敏又拿来一份稿子递给他说："赵县长，请您郎嘎到电视台，录制分洪讲话。您郎嘎先看一遍，有什么需要改动的。"

赵光明仔细看了一遍，放下说："可以了。"

他们驱车来到县电视台，到了演播室，赵光明被人简单地吹了下头发，整理了衣服，坐上演播的位置。因为不是直播，只是录制，导演对他说，不行可以再来。

赵光明神情严峻，念得比较慢，努力让自己嘶哑的嗓子发音清晰：

"……各位荆江县的父老乡亲，为了确保武汉、江汉平原、京广铁路和长江

250

大堤的安全,省防汛指挥部命令,我县迅速做好分洪准备,紧急通知分洪区的老、弱、病、残、孕、幼及低洼地区的群众迅速转移到安全地带。我们分洪区人民注定要在这场大洪水中,做出巨大的牺牲,我们要以大局为重,以国家利益为重,坚决执行上级命令,在规定的时间内,有组织有预定地向安全地带转移。区内五十一万群众需转移三十二万,还有一万八千头耕牛,都必须在十六个小时内,顺利完成转移……"

他一气呵成,没有任何再次录制的必要。录制之后,县电视台、广播电台迅速播出。

大转移开始了!

这是荆江县有史以来最大的人员转移,可以用悲壮二字来形容。

金甜甜是大转移当天,在沙市找到一条船偷渡回来的,她在惊涛骇浪中顺利回家。她在长江的浊流里看到了大量漂浮的死猪和泡在水里的房屋,这是上游山洪暴发和大水漫溢的标志,水势凶猛。回到家,没见着妈,听到喇叭在播送县长赵光明的讲话,滚动播出,一遍又一遍。她打开电视,同样,县电视台也在滚动播出赵县长大转移的讲话,她里里外外到处找妈,却见汪小琴过来了,忙问:"小琴阿姨,看见我妈了没有?"汪小琴见是甜甜回来了,说:"甜甜,你怎么过江回来的,听说封渡了?"金甜甜说:"我花了四十块钱才坐了个渔划子过江。我妈去哪儿了?"汪小琴说:"喇叭都在广播,听说马上要集合开会,要走了。你家还有什么东西要放我们家楼上的?"金甜甜看了看家里,有一担箩筐里装了不少东西,就说:"这个电视机能不能放您郎嘎二楼?"汪小琴说:"当然能放,屋没冲倒就好,冲倒了,我就管不着了。"

金甜甜拔掉插头,收拾电视机。汪小琴拍拍那一担东西,问金甜甜:"你挑得动么?"金甜甜说:"我妈挑得动我就挑得动。"她拿起扁担试了试,不是很沉,说,"没问题的。"汪小琴说:"你快到葡萄园子里找下你妈,我先给你把电视机抱我家去。"金甜甜不让汪小琴抱,说:"小琴阿姨,这电视挺沉的,还是我来。"汪小琴抱着电视机说:"时间怕来不及,得把你妈找到啊!"又交代说,"甜甜,把窗户和门全打开,给洪水留通道。"金甜甜打开了所有窗户,还有后门。

一路上,无主的猪、鸡在田野上到处逃窜。路上车辆穿梭,人们大包小裹。有的在往车上搬,有的在往道上跑。民兵拦截着人们,将他们往村里撵,大喊道:

"不许乱跑,听从指挥,统一出发！"

三蛋拦住了金甜甜,问:"甜甜,搬去哪里?"汪小琴说:"三蛋,你管你的事,人家甜甜刚回来,搬我那里去的。我给你讲,你们民兵不负责任,甜甜她妈不见了,你和民兵帮找找呀。如果她死赖在葡萄园不走,你们民兵怎么办?"三蛋说:"强行拖走。"汪小琴说:"那就好,你们说话可要算话哟！"

放好了电视机,汪小琴和金甜甜赶紧跑到葡萄园里。金甜甜看到自家正在成熟的葡萄,真是漂亮,就像成串的珍珠玛瑙,层层叠叠地挂在藤子上,开始变紫,像是在喊叫:"不要抛弃我！"

她们一个一个葡萄垄沟里找,在一处浓密的葡萄藤下,看到了端坐在葡萄架下的余翠娥,像个木头雕出的人,一动不动。旁边,放着个塑料脚盆。金甜甜大声喊:"妈！我回来了！"

汪小琴几步跨过去说:"嫂子啊！你坐这里干啥?！"

金甜甜哭了起来,她知道妈的心事,爸给她电话说了,一定要劝妈转移,就是这事放心不下,她才从武汉赶回来的。她哭着拉拽妈说:"妈,走吧,电视机我放小琴阿姨那儿了,担子我挑,起来跟我们一起走！"

余翠娥说:"甜甜,你跟小琴阿姨走,我不走。"两个人拉,拉不动,抱,抱不了。余翠娥双脚钩着葡萄藤,双手紧抓着水泥立柱,就像电焊焊那儿一样纹丝不动。

汪小琴发脾气了,说:"嫂子！你疯了！你的命不比这几棵葡萄值钱?！"

村头大喇叭这时中断了赵县长的讲话,变成洪家胜的声音:"……各位乡亲,大家注意了,大家注意了,转移要开始了,现在去村头小卖部门口集合！带上转移的东西,迅速集合,统一出发！"

汪小琴急得咬牙切齿,跳着脚说:"听见没有,没时间啦！嫂子,你今天就非要死在这里?！"

金甜甜朝余翠娥双膝跪下了,说:"妈！求你起来！快走！"

汪小琴踢了那个空脚盆一下,"就你这能耐能在洪水中活下来? 嫂子,你糊涂虫！这么聪明的人,聪明一世,糊涂一时。我喊一二三,你不走,我就跟甜甜走了。一……二……"

这时金甜甜不知哪来的那么大力气,将她妈扛起就跑。金甜甜在垄沟里跑,脚踏空了,母女两个重重地摔到地上。余翠娥也摔得不轻,哼哼起来。

好在拉网巡查的三蛋路过,汪小琴招手喊:"三蛋,快,快来!"

三蛋将余翠娥拉起,余翠娥捂着腰在喊"哎哟",但三蛋不管这些,说:"余妈,你要是不走,就送到派出所,关十五天,你看着办。"三蛋将余翠娥硬是拖到路上,吼着说,"快回家挑东西,到时水一来,就是关水牢,不怪我们啊!"

好劝歹劝,余翠娥跟着女儿回了家里,金甜甜将自行车打足气,将自己的旅行箱放在车后架上绑好,对妈说:"您郎嘎推自行车,箩筐我来挑。"

余翠娥坐着还是不走,三蛋闯进来了,晃着一副手铐说:"不走就铐,您郎嘎选择哪样?"

就这样余翠娥被连吓带逼着上了路。推着自行车的她,一步三回头,望着门窗大开的房子,眼泪汪汪地说:"咱就什么都没有了……"

汪小琴这边出了大麻烦,她哄走了余翠娥后回来,进屋就喊她婆婆杜太婆:"妈!妈!"一看,杜太婆挽着包袱坐在她自己的棺材里。棺材已经被粗麻绳紧紧绑在门口的大树上,杜太婆就一个头露在棺材外头。

汪小琴这下可急死了,刚劝走了余翠娥,又来了一个更横的,大声叫道:"您郎嘎不走啊?快出来!"

汪小琴拉棺材里的婆婆,哪拉得动。杜太婆双手扒在棺材沿上,说:"要走你们走,这口寿材就是我的家。"

汪小琴急得快哭了,说:"何必呢,妈,我们把它绑得牢牢的,不会被水冲走!"

杜太婆说:"要是冲走了呢?我不走,看不见这个,我一天都睡不着,还不如淹死算了!"

三蛋、四喜和几个民兵来搜查,汪小琴就喊他们:"三蛋四喜,快来帮帮我!"

三蛋、四喜明白了情况,他们也没什么办法,说:"这咋办?"

四喜说:"这样,小琴,你妈非得要这寿材,你干脆把它用板车拖上,让杜大妈坐在里面,行不行?"

汪小琴拖过来板车说:"只有这样了,快帮我抬上去!"

几个人解开麻绳,将棺材抬上了板车,将棺材盖绑在棺材边上。

杜太婆还是不走,说:"我不走!"

汪小琴背上包,将其余包袱也放在棺材里,拖着板车就跑。杜太婆在棺材里捶打着大喊大叫。

村里，洪家胜带着毛标和几个民兵进行最后一次拉网搜查。他们来到湖边，养蜂人的蜂箱散乱地摆放在草滩上，蜜蜂兀自飞舞，甜蜜的气息依然在这里缭绕。但养蜂人已经离去。湖上空空荡荡，湖波低声喁语，一切仿佛都在过去的静好中。鸟们没有惊慌，荷花没有萎靡，都在奋飞和怒放。

他们钻进葡萄园，弯腰朝大棚里看。洪家胜用凄惶的声音喊："还有人吗？有人吗？"

葡萄在传着劲成熟，果实撩人，枝繁叶茂，微风吹来，沙沙作响。洪家胜摘了一把葡萄捧在手上，看着它们，摩挲着它们，然后放在口袋里。

村子里没有一个人。每户的门窗都是打开的。

洪家胜和民兵们喊："还有人吗？还有人没有？"

村庄死一般寂静。

洪家胜走进一家人家。堆好的桌椅板凳全用绳子捆绑着，家具用麻绳系在窗外的树上固定。

他依然吼叫一样地喊："还有人吗？有人吗？有人没有？"他的声音有些发颤。

其他人也在喊："有人吗？还有人吗？"

他们一起喊："还有人吗？有人吗？"

只有他们的回声，从远处荡回来。

洪家胜看着空无一人的村庄，揩着滚滚涌出的泪水。

肖丙子家的小卖部门口，全村人黑压压地陆续集中在此。但见吴红英拿起冰柜里的雪糕分给大伙，喊着："大家来来来，来吃雪糕，不要钱，尽管吃啊！"肖小安也拿着一把雪糕分发给村民。村民们拿到雪糕，咝咝地吃起来。肖小安塞给了甜甜和她妈一把。

浓荫茂密的大枫杨树下，洪家胜站在树兜上，用半导体喇叭喊话说："咱们全村一千五百一十六口人，现在在家的有九百六十三口，各小组清点自己组的人，要做到一个不落。各位乡亲，要讲命，咱们就是个水命，住在水窝子里，百年不遇的洪水，一定要变成我们百年难遇的机会。洪水淹就让它淹了，咱们天露湾人，只要从洪水里爬起来，就能重建家园，重建葡萄园！我相信，我们一定能够战胜洪水！现在，我们只是暂时的告别家园，我们很快就会回来！开始转移！"

他的手一挥,村里的大部队就开始进发了。宽阔的村道两边,天露湾的葡萄园真是太美了,大家多有不舍。许会计的老婆白水彩发现了自己家的几头猪在田垄里,突然失态,大哭大喊起来:"我的猪,我的猪呀!我们的村子,我们的家呀,我们的葡萄,我们的庄稼,全都完啦!"

白水彩一下子跪了下去,双手扑打着尘土,头捣着地,大家听到白水彩的哭声,全都停下了脚步。许会计一把扯住白水彩说:"起来,起来,不嫌丢人呀!嚷嚷个啥哩,咱做点牺牲不是应该的?!只要保住荆江大堤,保住武汉,几头猪又算得了什么?!起来,走呀!"

可没有一个人走,乡亲们看着自己生活的安静美丽的村庄,正在成熟的棉花,正在抽穗的稻谷,硕果累累的葡萄园,有人倏然悲从中来,痛哭失声。加上白水彩的哭声,勾起了大家的伤心事,一时间队伍里都呜呜哇哇地哭了起来。这时候,许多村民一起向村庄跪下了,伏在地上向家园磕头告别……

许会计拉着白水彩说:"孩他妈,你看你看,你带的好头!快起来,马上要炸堤了,水要来了!等咱们回来,猪没了再养,葡萄没了再种,庄稼没了再播,没什么大不了的!"

洪家胜用半导体喇叭对大家说:"是啊,没什么大不了的!别耽误时间,起来快走,咱们不久就会回来的!"

几个干部带头呼喊:"我们会回来的!"

村民们也举起拳头一起呼喊:"我们会回来的!我们会回来的!……"

声音在天露湾的田野上、在望不到边的葡萄园上久久萦荡……

国道上,是从各个村庄拥来的大转移的老百姓,浩浩荡荡的人流像汹涌的潮水,在公路上激荡漫溠。在武警战士、警察和民兵的指挥和引导下,他们拖着板车,骑着摩托车、自行车,开着拖拉机、汽车,牵着牛、羊、狗,往指定的地方转移。人声、机器声、喇叭声、畜禽的叫声混成一团……

国道两边的树木间,扯着许多横幅:百万荆江人民,迎战特大洪水!分洪保安全,不分洪保丰收!……

金甜甜挑着箩筐,她妈推着自行车,车架上绑着旅行箱,跟随村里的人向指定的地方转移。

汪小琴拖着棺材,棺材里坐着杜太婆,老人家被太阳晒得蔫奄无力,面无表

255

情。

余翠娥腾出一只手帮汪小琴拉板车。金甜甜看到棺材后面还捆着一口铁锅,问汪小琴:"小琴阿姨,您这是?⋯⋯"

汪小琴说:"锅带上,就有吃的。"

许会计摸着棺材,对杜太婆说:"太婆,您郎嘎坐的是豪华板车啊,'位卑未敢忘忧国,事定犹须待阖棺'。"

汪小琴烦他说:"去去去,这时候还吟诗作对!"

许会计说:"棺材板一合,一个人的一生就有定论了。洪水一来,咱们的一生也有定论了。"

汪小琴瞅见许会计用绳子捆着几本唐诗宋词,当双肩包一样背着,讽刺他:"许会计,你背的啥呀,能吃能喝?死了棺材里能当枕头吗?"

许会计说:"既能吃也能喝,还能当枕头,诗书还当酒哩。书中自有黄金屋,书中自有千钟粟,书中自有颜如玉。你拖的是金银细软,棺材大锅,我背的是唐诗宋词,精神食粮,各取所需,各有所爱吧。"

洪家胜和钢子、甘梅等村干部在两旁维持秩序,喊着:"跟上,跟上!不要拥挤!不要拥挤!"

走到一个三岔路口,各路会合的人流、车流像溃口一样卷来,前面又碰上了一个狭窄水泥桥,数米宽的人流突然紧束在三四米宽的桥头。桥下是奔涌的河水。

人潮梗阻,人们踯躅不前,人流中爆发出惊叫呼喊,动弹不得。

副县长陈友善、镇长伍青华,站在两边桥头石头墩上,手拿半导体话筒,维持秩序,疾呼嘶吼地指挥大家通过石桥:"大家不要挤!不要挤,后面的暂缓,依次通过!不得拥挤,依次通过!⋯⋯"

洪家胜在队伍旁边,拿着半导体话筒喊:"天露湾的村民原地不动,往后退,后退!不要拥挤!"

金甜甜只好放下两个箩筐。可妈在后头,自行车看着看着被挤倒了。果然,余翠娥双腿站立不稳,连人带车往人堆里倒去。一阵斥骂声,自行车压在别人的腿上。金甜甜飞快地拉住她妈,再抓起自行车,让余翠娥坐在箩筐上,取出矿泉水来让她喝,并问:"妈,你要不要含几颗药?"余翠娥点头示意,她胸口有点堵。

余翠娥含了几粒救心丸在舌下,金甜甜又帮她拍着背,用草帽扇着风,看着她惨白着脸喘气。

太阳当顶，密不透风，人们汗湿水流，呼吸困难。在令人难以忍受的凝滞中，不知谁中暑晕倒了，引起一阵骚动，大家往前拥去。不远处的黄秋莲被什么绊了一下，她有些胖，脚已经站麻了，这一下没踏到实处，低血糖突然犯了，一个重重的前蹿，扑通一声，摔倒在地，牙正好磕在地上，顿时满嘴鲜血，哇哇地捂着嘴喊："我的妈呀！"

大家赶快让开。有人在前面喊着："有人摔倒了，大家别挤了！再挤要出人命了！"

金甜甜挤到那儿，将黄秋莲扶起来。黄秋莲嘴里、脸上都是血。她醒了过来，但闭着眼睛，从嘴里吐出两个东西，是两颗血淋淋的牙齿，她的门牙磕断了。

大伙给洪家胜让出一条路，推着他过来。他看到老婆黄秋莲举着两颗血淋淋的牙齿，呜呜地不知想讲什么。有人递来一瓶水，金甜甜拧开，交给洪家胜，洪家胜搂着黄秋莲给她灌着，让她漱口。黄秋莲吐出来，全是血水。两颗门牙黑洞洞的，没了。

钢子问："嫂子，疼吗？疼不疼？"

洪家胜说："别问她了，没看她这个样子？谁有糖？她是低血糖犯了。"

金甜甜立马从双肩包里掏出一块巧克力来，洪家胜接去，掰下一小块放进黄秋莲嘴里。黄秋莲含着，慢慢清醒了，睁开眼睛，恍惚地看着周围的人，看着金甜甜。

洪家胜想起来，从口袋里摸出葡萄，放进黄秋莲的嘴里让她嚼吮。

人潮在慢慢移动。天露湾村的村民上了桥，但全部堵在桥上，你推我攘，混乱一触即发。桥上的人快挤出栏杆，身子一半倒在桥外，人、车、担子在桥上乱作一团，大人喊，小孩叫。

赵光明站在桥头喊："前面的迅速通过，后面的停止前进！"

陈友善也在喊："后面的，不要过来，后面的，停止，停止！"

伍青华招手说："往前疏散！天露湾村的，洪书记，你到前面来指挥！"

洪家胜卡在队伍中高声喊："大家往前移动！不要在桥上停留！板车、摩托，不要横着！"

警察也在人群中疏通，但效果甚微。伍青华对陈友善说："陈县长，进不能进，退不能退呀。"

陈友善揩着汗，看看手表，果断地说："来不及了，把东西扔掉，保证人通过！"他高喊着："大家把暂时没用的东西往水里扔！还有车和箩筐，扔掉！往水里扔！"

大家观望着，但立马有人开始往河里扔东西了，有人将行李、箩筐丢进河里，河水激起浪花，一会就流走了。

汪小琴的板车挡住了通过的人流，有人朝她埋怨着，叫骂着。洪家胜扯着嗓子喊："汪小琴，扔呀，听指挥，你的板车、棺材！"

毛标从棺材里将杜太婆一把拎出来。杜太婆哭着不肯，乱抓乱打："我的寿材，不要动！我的娘呀！"

她死死地抱着棺材，几个民兵拉开她。汪小琴哭着向领导们求情道："板车可以扔，棺材不行。"

洪家胜说："还这样磨蹭，马上要炸堤分洪了，大家都堵在这里，快！快扔！"

几个民兵抬起板车，连同棺材，掀进河里，溅起的巨浪落到桥上的人潮中。

杜太婆老泪纵横，扒在桥栏杆上看着自己的棺材往下游流去，拍打着栏杆："我的娘呀！我的寿材流跑了呀！"

人流松动了。桥上，终于疏通了……

天露湾全村村民被转移在长江大堤的一段，沿堤的蓝色救灾帐篷都已经准备好，全是武警部队所搭，非常壮观。也有的安置在堤下的一个学校操场里和树林里。金甜甜与她妈余翠娥按指定的帐篷住进去，铺好了被子，放好了东西，将带来的菜呀馒头呀拿出来。余翠娥要女儿吃点，金甜甜清点着包里的东西，找出几块巧克力和饼干，对妈说："妈，我出去一下。"余翠娥看到她手上拿的食品，问："你刚到，急啥？"金甜甜说："我去去就来。"余翠娥说："给哪个送去？"金甜甜说："人家低血糖，有时要吃点这个。"余翠娥还是故意问："哪个人家？"金甜甜说："大江的妈，行了吧？""嗬，蛮孝顺的。""人家是病，咱老爸病，大江还不是陪我去县里看了老爸。"余翠娥叹气："我说你吃里扒外吧，又说重了你；我说不是吧，又找不出别的词儿来。"金甜甜一屁股坐在行李上，说："好好，我不去了。"看着女儿快哭起来，余翠娥心又软了，说："去去去，不管你。"金甜甜弹簧一样地跑出了帐篷。

金甜甜手上拿着东西，碰上了钢子和许会计等村干部一行人从帐篷里出来,金甜甜就问:"你们晓不晓得洪书记家的帐篷?"

钢子指了指帐篷门说:"这就是。"

金甜甜进了帐篷,洪家胜夫妇有点意外。金甜甜放下巧克力和饼干就要走,并问黄秋莲好点没有。洪家胜说,好多了。躺卧着的黄秋莲看了金甜甜拿来的东西说,不用,拿回去!洪家胜说,你这是什么话,人家是一片心意。

金甜甜也不生气,饼干、巧克力送出去就行了。她在江堤下洗了一把脸,人变得清醒多了。眨眼夕阳就在江面上溜溜打滚,江水被染得红彤彤的,看不到对岸。吹了会儿风,天色渐暗。大堤上突然嘈杂一片,灯火通明,满载石头和沙袋的翻斗车、载重车呼啸而过,来来往往,汽笛声、马达声混响着。

帐篷里,余翠娥铺着地铺,先放上一块塑料布,再铺上垫絮。她边铺边问女儿:"甜甜,外头这么吵,不会发生什么事吧?"

金甜甜说:"妈,听说今晚过今年最大的洪峰,咱们睡觉要警觉一点。"

余翠娥说:"还睡,这睡得着么?我看大堤都在发抖,打摆子,泡了一个多月,就怕垮掉。"

金甜甜安慰妈说:"挺过今晚,说不定中央就不让分洪了。"

晚上快睡时,金甜甜的手机响了,拿出一看,对妈说:"老爸的电话。"

信号非常不好,金甜甜到帐篷外大堤上找信号。老爸是问情况的,说看电视,朱总理都到沙市坐镇指挥了,电视里播了荆江县大转移的画面,这下荆江县可出名了。电视节目里说今晚洪峰要经过沙市,要甜甜机灵点。

帐篷里太热,金甜甜在外吹着江风,碰上了面目疲倦的洪家胜在巡逻。洪家胜再次谢谢她的糖,金甜甜说是巧克力,跟糖一样的。洪家胜说村委会帐篷里有开水,你给你妈打点来,年纪大了,又有心脏病,不能喝凉水。村委会还有些矿泉水,也拿几瓶来。他还说,明天订盒饭,他给金甜甜母女多订两个,要吃点热的。洪家胜还问她,这段时间跟大江联系没有,金甜甜说没有。洪家胜叹着气说,大江智商高,情商低,咱们不找他,他就不打电话。转移前,他打了个电话,问到你回来没。金甜甜心里一热。洪家胜说,丫头你参加高考是稳的,大江说了,你们应该在武汉一起读大学,这里太受罪。金甜甜说,您郎嘎是不是看我有点可怜?洪家胜说,没有没有,甜甜你是太孝顺,可有时候,自己的事才是大事,你是个好闺女。你爸也是条汉子,我佩服你爸,他有时候就是个英雄,好好孝敬他……

望着洪家胜走进大堤的暮色中,金甜甜想了想,拨通了洪大江宿舍的传呼

259

电话。那一端传达室的阿姨问:"你找谁?"金甜甜没有说话,她不知应当说什么。阿姨再一次问:"你找谁?"金甜甜挂断了电话。

洪家胜回到村委会帐篷,巡堤的村民进进出出,提着马灯,背着锹。洪家胜对几个干部说:"我去了趟指挥部,今晚特大洪峰九点十分过境荆江县堤段,想必大家都知道了,指挥部的要求是严防死守。我们守好自己的脚下,守土有责,保卫大堤就是保卫我们自己的生命。这一地段,出现了一些小的管涌,我们的防汛物资要迅速到位。"

钢子说:"早就有了一批沙袋和碎石袋,但还不够,要跟指挥部联系,需要再增援沙袋与碎石袋各两百个。"

洪家胜说:"好!忙活大转移这几天,大家也辛苦了,没日没夜。分不分洪,总理在沙市指挥,今夜是关键。江北的大堤,洪湖有险情,监利有险情,江陵有险情,我们荆江县也有几段险情。我们转移到大堤上,不代表一切安全,不能睡大觉。来支援我们抗洪抢险的解放军和武警战士有数千人,人家是拿命在拼。听说南平险段抢险的战士牺牲了一位,叫李向群,才二十岁,跟他们比,我们吃点苦不算苦……"

许会计说:"那也不能说不算苦,苦就是苦,咱们吃喝拉撒都成问题,转移在此,还守着一段堤,这是苦上加苦,困难加委屈……"

洪家胜不能让干部们说泄气话,他说:"困难、委屈、苦,战胜今年的特大洪水是第一位的,天大的困难和委屈也要放一边。"

甘梅说:"书记说得对,但困难也得给上级讲。要有足够的方便面,但也不能天天吃方便面。"

洪家胜有点不耐烦地说:"咬紧牙关,熬过今夜再说!"

一个村民跑进来就喊:"你们快去看看,洪书记,发现一处管涌!"

洪家胜问:"是清水还是浑水?"

村民说:"清水。"

洪家胜说:"马上让所有民兵顶上去,同时派人报告指挥部!"

毛标说:"我派人去指挥部!"

这时风雨来了,天气有了凉意。水涨得很快,差不多与大堤齐平了。大堤上挂着一个个横幅:"万众一心,迎战特大洪水!""众志成城,严防死守!""人在堤在,誓与大堤共存亡!"

洪家胜他们赶到堤内往外冒水的管涌处,观察后决定:围筑沙袋,围井导流!

村民背来的沙袋在管涌周围垒成一圈导流,但是效果不佳,涌水有点大,虽然是清水,但必须找到江里的管涌口,消杀水势。

洪家胜带着村民爬上大堤,到了江边。突然有人喊:"看哪,好多蛇!"

只见靠水边的草丛里,一条条的蛇在蠕动,在电筒的光线中像一团团乱麻。仔细看,什么蛇都有,但都有气无力,吐着红信子,睁着可怜巴巴的忧郁的眼睛,望着人,乞求给它们一块生存的地方。这全是从大水中冲来的蛇,它们怪可怜的,无家可归,奄奄一息。

洪家胜说:"把它们挑到水里去!"

大家就用棍子,用铁锹去挑这些蛇。蛇也不反抗,被挑进水里,随水流走了。

清理了蛇群,洪家胜脱掉雨衣和长衣、鞋子,只剩下一件裤衩,带着几个会水的跳进江里,潜入水下去探摸管涌源。

岸上的人看着他们像鸭子一会儿潜入水底,一会儿浮出头来。洪家胜几次换气,好像有了点目标,浮起来对大伙说:"就在这一块,我们几个再下去摸摸。"

岸上的人们都背着沙袋,候在水边准备往下投。洪家胜和钢子、毛标再次潜入水中,过了一会,洪家胜从水下哗地冲出脑袋,喊道:"找到了,找到了!先填碎石!搬运碎石袋!再投沙袋!"

"碎石!碎石!"

一声喊,顿时碎石袋子像下饺子一样倾倒进洪家胜身边的水里,再由年轻的民兵在水底堵管涌口。民兵们在堤上的泥水里穿梭奔跑,只有脚步声和浊重的喘气声。

丢下的石袋,旋即被湍急的洪水卷走,影都没一个。民兵们累瘫在水边,一个个泥水糊身。监视堤下管涌的来报说:"水还涌得很大!"

洪家胜喊着:"大家再坚持一会,解放军马上就到!"

钢子抹着脸上的水说:"家胜哥,先要挡住水流,再投石袋!"

洪家胜命令:"会水的都跳下来!"

民兵们纷纷跳下去,手挽着手,任凭江水的冲击,在江中站立。看着看着水流缓了一些,洪家胜对岸上喊:"投!快投!"

石袋沙袋被一股脑地源源不断地往水下丢。这招很好,传信的人告诉他们,管涌小了。

洪家胜接过沙袋,就听到他"哎呀"一声,人就往水里沉下去。旁边的毛标一看,洪家胜不见了,他眼明手快,立即扎进水中,终于摸到了洪家胜,将他提拎起来。大伙一起将他拖上岸,放在堤坡上。

洪家胜双脚抽筋,被浑水呛得昏迷不醒,大家又是掐人中,又是做胸压,还有人拉扯捶打他僵拘的双脚。洪家胜醒了,从口中喷出一股黄水来,他的脚也慢慢伸直了。三蛋用行军壶盖递过来酒说:"书记你喝一口。"

许会计将酒倒入洪家胜的嘴里。洪家胜咂咂嘴,睁开迷糊的眼睛,嘟哝说:"好酒……好酒……"说着剧烈地呛咳起来。许会计吓了一跳,用哭腔喊:"书记!书记!"

洪家胜喘着气,不停地打嗝,用手指着江里,吼叫道:"投沙袋!投沙袋!站着干啥? 投沙袋!"

大家又传递着沙袋,往水里猛投。

不一会,口号声和有力的脚步声从大堤那头响起,一队解放军战士打着红旗来了,还有汽车的引擎声。

大家欢呼起来:"解放军来了! 解放军来了!"

解放军战士们一阵风就到了这里,了解情况后纷纷跳进水里,朝江里投着沙袋。有人从大堤里跑上来报告:"管涌止住了! 没有水流了!"

天露湾的村民和年轻的解放军战士们一起拥抱欢呼,洪家胜激动得带领村民高呼:"解放军万岁! 感谢解放军! ……"

二十四

大转移的村民在江堤上生活了整整二十天。洪家胜躺在村委会帐篷里的一张长板凳上，不停地咳嗽。他在江中呛了浑水，估计水入了肺部，头孢、急支糖浆、止咳露，吃什么药都不管用。有可靠消息说分洪是不会了，沙市水位已经下降到四十四米以下，荆江大堤终于扛住了这百年一遇的大洪水，简直是奇迹。

这天，钢子去指挥部开会，带回了返家的通知。当晚，洪家胜和几个村干部拿着半导体喇叭，在大堤上逐个帐篷通知村民："天露湾村转移的村民注意了，天露湾村转移的村民注意了，接荆江县分洪前线指挥部通知，湖北省分洪前线指挥部和湖北省防汛抗旱指挥部指示，现在沙市水位已经下降到四十四米以下，特取消荆江分洪区运用准备的有关命令，现在可以返回天露湾了。各位村民要收拾和清扫好帐篷及周围环境，将垃圾统一放到指定地点，明天上午八点出发，集合回家！"

那些在帐篷里煎熬的人都走了出来，大堤上一片欢呼。大家说着话，高兴得不想睡觉，这下可以回家啦！……

第二天一早，乡亲们又浩浩荡荡携家带口，牵着耕牛，抱着伢儿，往分洪区里自己的村庄走回去。大伙脸上现出久违的笑意，这毕竟是大多数人离开家最长的时间，实实归心已飞。

大转移之后的分洪区，路边遗弃着一些死鸡死鸭，一路上，荒草盖过了庄稼，葡萄藤已经干枯，葡萄成了烂泥。

肖小安骑着摩托，这些天他给金甜甜送了一次甜瓜，一次葡萄，还有一只甲鱼——他偷偷地骑车跑回村子里，在湖边用猪肝钓上了两只甲鱼。甲鱼金甜甜不能生火烹煮，就送给了汪小琴。汪小琴在堤下不远的一个田埂上埋锅做饭，给她们母女俩端来了一碗甲鱼。肖小安要金甜甜坐他的摩托回村，可金甜甜要他将她妈带回村里，她自己骑自行车回村。

263

黄秋莲是坐村里的拖拉机回来的,被吴红英抓到了攻击的把柄。吴红英讥笑她摔断的门牙说:"姑奶奶提前变成瘪嘴老太婆啦。"黄秋莲捂着嘴说:"那还不老,我孙媳妇都老了。"一抬头看到余翠娥坐着肖小安的摩托回村,就说,"我重孙也助人为乐,一场大水把重孙变成了活雷锋,难得难得!"

吴红英说:"你没看我儿子写的作文,如果时光倒转,他可以替雷锋去死,这样的精神境界你有么?"

黄秋莲忍不住就笑了,门牙黑咕隆咚地豁着,说:"真是个重孙,你当妈的死,他为不为你替死咧?还为雷锋替死,假大空一套!"

吴红英说:"连门牙都没了的人,说话还这么刻薄,真是气死我了!"

黄秋莲说:"我是关心我孙子重孙,小安驮回来的可不是一般人,所以我得管管,丈母娘吧?我呸!"

吴红英打嘴仗不是黄秋莲的对手,气得她满脸拘挛,说:"就是,那又怎样?!"

黄秋莲本想买瓶醋搞两条刀拍黄瓜,看到菜园里还有几条黄瓜蔫不唧儿地吊在竹架上,就来买作料,一吵架就不想买了,明天让师傅去镇上捎带几瓶作料,还有荆州豆瓣酱、老干妈。

洪家胜两口子就着一瓶在堤上没吃完的酱,下了点面条,好在掐到了几把苋菜,放碗里成了红汤,对付了一顿。黄秋莲说:"鸡一只不剩了,让黄鼠狼拖走了,鸭子也成了野鸭,啥都没有了。"

洪家胜吃了辣椒酱,更加咳嗽。黄秋莲拿来药,端水让他吃,说:"抽空去医院拍张片子,肺里呛水,不是小事。"

洪家胜吃完药,说:"你就不要管我,等收拾好了,村里的事弄顺,给你补牙去。"

黄秋莲说:"村里的事咋个弄顺?永远弄不顺,这些人难管。你把书记辞去算了,何苦哩,费力不讨好。"

洪家胜说:"都像你这样想,村一级基层组织得解散,事总得要人去做吧?不过如今我真的想卸挑子,那你说……让给谁呢,谁来干?"

黄秋莲说:"你就不想想,金满仓他们买种苗为啥要避开你?"

洪家胜问:"为啥?"

黄秋莲说:"人家有能力不听你的,当初这个葡萄协会是你非要给他做的,慢慢做大了,可以踢开你了,还没明白?"

洪家胜说:"你就干脆说人家与我唱对台戏得了。"

黄秋莲说:"难道不是这样?现在全县好多葡农请金满仓做技术顾问,人家赚饱了,可以跟你对着干了。没听有人说,真正的支书是金满仓。"

洪家胜瞪着眼看屋梁上的蛛网,说:"嗬,你又来挑唆我。人哪,总不至于恨一辈子吧?"

黄秋莲说:"你莫非还想着与他成儿女亲家?我看你是蛮中意他丫头的。"

洪家胜气堵了喉咙,咳嗽了几下,说:"你这是啥话呀,无聊!"

也不知黄秋莲是不是更年期,老爱打嘴仗。正在收拾时,儿子洪大江打来了电话,黄秋莲问:"儿子你咋知道我们转移回家了?"

洪大江说:"我撞上了呗,担心你们呀。"

黄秋莲呵呵笑了:"担心我们,你这情商,跟六月的稻谷一样,南风一吹,看着噌噌地往上长啊。"

洪大江说:"妈,我是问爸的咳嗽好点没有?"

黄秋莲说:"那你劝劝他。洪家胜,你儿子要跟你说话。"

洪家胜咳嗽得一点力气都没了,躺着不想动,便说:"你说几句算了,别耽误他明天学习。"

黄秋莲好久没听到儿子的声音,就想多说话:"我说的是你爸的意见,在大学里找个女朋友,春节带回来。"

洪大江电话里说:"皇帝不急太监急。"

黄秋莲说:"小王八蛋,你说啥呀?"

洪大江说:"您郎嘎来学校帮我挑么。"

黄秋莲说:"你自己选,必须选个城里的丫头,换换种,跟谷子杂交一个道理,它就有优势。至少门当户对,大学生找大学生,生的伢儿就聪明。等毕业就结婚,帮你爸妈生个孙子,不用你们管,我来带。"

洪大江说:"妈,说得轻巧,您郎嘎想孙子,那个小卖部的肖丙子不是您郎嘎孙子吗?"

黄秋莲"呸"了一声说:"那是个龟孙!"

洪大江在电话里嘿嘿地笑了。

黄秋莲说:"我给你说正经话,大江,你别就想着咱隔壁的村姑,眼界要大一点。看看她爸的腿,是谁拿钱治的?是那个乔总。人家为啥付出的?武汉老总是傻瓜呀?不准就是不准,你要是跟隔壁的,除非从我头上跨过去……"

黄秋莲的听筒被一只手扯了,摁了。洪家胜冲过来阻止了她的啰嗦,说:"尽说些乱七八糟的,我最烦了,好为人师,他一大学生,听你这个初中农妇的?!"

沙市渡口解除了封锁,金甜甜已经请了快一个月假,就回武汉去上班了。她前脚走,金满仓他们后脚回来。

金满仓出现在余翠娥面前时,她正在给院子锄草。他是空手回来的,葡萄虽然九月就可以移栽,但不如到了十月底或十一月初移栽,成活率高,他们听了浙江那边专家的话,让种苗基地过两个月再运来。

金满仓回来就赶到自己的葡萄园去,满目疮痍,一片哀鸿。所有的葡萄都枯萎了,顽强活着的几棵还吊着一些没被鸟雀啄净的葡萄。地上,全是腐烂的葡萄和掉落的叶子,蚂蚁和苍蝇成为葡萄园里的主角,连一些从未见过的甲壳虫也在分食葡萄的残骸。他听到了有人在田里的哭声,自己也流下了泪水,一年的收成没了。多年的心血,荒弃的景象影响心情。好在,这更加坚定了他更换品种的决心,不然,他还真舍不得。他在想着,明天起就开始砍伐,反正没一粒好葡萄了。

太阳照在田野上,这个田野已是面目全非,齐人高的臭蒿和飞蓬在田垄间摇曳,狗獾和黄鼠狼探头探脑。清风淅沥,犹如呜咽。金满仓坐在田埂上,想着秋冬的活儿。

洪家胜和一大帮乡亲跑来了,大家都盼望着他们回来。洪家胜说:"大伙损失惨重,只能从头开始。"

问到这次订购的种苗是否顺利,金满仓告诉他,我们软磨硬泡,订购了十五万株,浙江方面答应优先供应我们,因为我们县抗击特大洪水,全国人民都看在眼里,应该支援我们的灾后重建。

洪家胜对大伙说:"知道大转移损失严重,没想到这么严重,村里下一步应当怎么搞,希望大家想金点子。"他咳嗽着,半天才理顺肺部,伸着脖子,"我这一口气回不过来,命就没了。人哪,还是老话,人活一口气,饭争(蒸)一口烟。今年咱们碰上了特大洪水,大转移,大牺牲,也要大恢复,大改变!有满仓会长他们订购的十五万株新品种,我们天露湾一定要打好翻身仗!……"

他咳得脸都憋紫了,大伙心疼他,要他回去。乡亲们围着金满仓不走,问这次进的是些什么品种,技术上要注意什么问题,建避雨棚一亩得多少钱。金满仓都给予耐心的讲解……

过了两天,赵光明县长和县葡萄办的一行人来天露湾调研。车开到村头,但见田野上浓烟滚滚,村民们将砍伐过的葡萄老藤堆放在田埂上,进行焚烧……

金满仓的葡萄园,一样在焚烧葡萄藤。田里挖出了一个个的大洞,这些洞就是挖出的葡萄树兜,再往里面进行消毒,垫农家肥。

金满仓田头的火堆巨大,烧得天空都红了,他不停地将藤蔓砍来投入火中。金满仓告诉赵县长,他决定将病虫害非常严重的葡萄全部砍掉,还请来了工人搭建避雨棚。金满仓说,大家都懂了,葡萄的更新是为了更好,一是少病虫害,二是种好品种,卖好价钱。赵光明赞扬他们行动迅速,可金满仓说:"我记得转移前您郎嘎夜里来这儿说的话,要给葡农补贴的,呵呵。"

赵光明指着同行的李英敏说:"李主任在这里,我们已经有了关于补贴的办法,包括葡萄种苗和新建的设施,都会补给大家。政府说话是算话的!"

在场的葡农们叭叭地鼓起掌。

赵光明说:"我这次也是来学习的,金会长,你们从浙江回来,你讲讲避雨棚的技术要点和好处看……"

洪家胜说:"满仓会长就给领导说说。"

金满仓说:"它的主要好处就是经济、实用,说白了就是给葡萄打把伞,用薄膜加竹篾。看起来有点简陋,但好处蛮多,很有讲究。避雨棚与露地葡萄比,打药的次数要减少八成。"他伸出拇指和食指示意。

"八成?!"大伙惊叹。

袁世道说:"就是八成,满仓会长没有夸张。"

金满仓说:"过去露地葡萄,一次雨,两次药,雨前一次防,雨后一次治,公开的秘密。葡萄隔绝了雨水后,在第二次生理落果,也就是花落后约一周,就能果实套袋了,这样就避免了果实与农药的接触,成为真正的农残为零的有机水果,穗果的光滑度也有保证。没有雨水的侵蚀,有利于葡萄花芽分化,产量增加,口感更好。过去落果、裂果严重,这些问题也迎刃而解了。至于避雨棚的搭建技术,村里已经准备印制,怎么种植,怎么管理,都会写上去……"

洪家胜说:"村里虽然没钱,但葡萄种植技术资料。已经印过几次,过几天就会分发到葡农手上。"

这时乡亲们越聚越多,赵光明对他们说:"各位葡农,各位乡亲,今年我们县遭遇特大洪水,分洪大转移,直接经济损失就有三十二个亿,很是惨重,不过没分洪真是万幸。特大洪水没有打垮我们,反而激起了我们将葡萄产业做大做强的决心。天露湾是这次洪水过后我们调研的第一村,我喜欢到天露湾村来,每次来,我都有一些新的惊喜和发现。你们有很强的超前意识,又一次走在了全县的前面!在战胜特大洪水之后,我们的农业元气大伤,但天露湾村干部群众的精神面貌却毫无松懈,非常令人振奋,我特别佩服你们!"

洪家胜说:"谢谢赵县长的鼓励!"

赵光明说:"关于葡萄品种的更新换代,县里研究拟按株进行补助,避雨大棚和设施大棚,按个补助。但我们的办法是以奖代补,我们叫奖励,不叫补助。你建,我奖,目的只有一个,把给葡农的实惠落到实处。我们鼓励建设施大棚。避雨棚只能管五年,而设施大棚至少管十五年,我们要朝这个方向努力。至于怎么奖、奖多少,我们会在充分调研的基础上决定,请大家相信,一定不会少!"

二十五

　　吴红英等肖丙子的电话等得快发疯,家里男人至今未回,又有一些来讨债的人上门,说是大转移之后颗粒无收,要钱吃饭。吴红英急得满嘴水泡,想去镇上进些货,自己又不内行,让儿子小安去,又不放心,就想着摘些残余的葡萄去卖。她看到许多人家在毁葡萄焚烧,不知为何。一问,说是要更新品种。她一个家庭妇女,哪里懂这个,也没人找她,她就去自家的一亩葡萄地看看。地里杂草丛生,葡萄藤子蔫枯,她蹲下来,刨开根下的土看,根都烂了……忽地眼前晃过一个影子,手拿着农药瓶,往她葡萄的根下倒。这念头越来越清晰强烈,因为找她扯皮的人太多,卖假货,欠人债,对头不少,她在小卖部都是不放茶杯的,怕有人投毒害她。往别人庄稼地里、鱼塘里投毒的事也有听闻,都是报复他人。吴红英突然一阵紧张,投毒的终于来了,真是防不胜防呀!

　　死的葡萄不少,她点了点数,竟有三十四棵,她气得大骂:"哪个狗杂种下我家的毒呀,不让我们活了?"

　　那葡萄枯藤,跟干柴一样的,手一折就断,脆生生地响。

　　村委会正在研究村里的事儿,吴红英大剌剌的声音穿门而入:"洪书记在哪里?钢子在哪里?你们管不管的?"吴红英拿着一把葡萄藤咚咚咚地进来,脸都气成了猪肝,将一把枯干的葡萄藤丢到桌子上,"我葡萄园里的葡萄,被人下了药,根全部枯死了,村领导一定赶快帮我查出凶手!"

　　村干部要她报警,让警察来破案。

　　吴红英报了警,放下电话告诉他们说:"警察明天就会来,查出这个投毒犯,让他去坐牢!"

　　钢子说:"那好,让派出所来查个水落石出。"

　　许会计轻蔑地笑着说:"我说吴红英啊,虞卿亦何命,穷极若无聊。"

　　吴红英说:"啥无聊?你才无聊!你是个无聊犯!"

吴红英转身要走,洪家胜问她:"哎,红英,肖丙子究竟在哪儿?"

吴红英说:"不、知、道!"

洪家胜说:"你先别走,你让他回来,别人都订了新品种,你还在为几根老藤子怄气,我让你别走,教下你。"他把葡萄藤拿过来说,"这是给透翅蛾吃空了,病虫害闹的。你一天到晚疑神疑鬼,弄得抑郁了可不好哟。"

吴红英问:"什么抑郁? 什么叫抑郁?"

许会计说:"抑郁就是发神经。"

吴红英破口大骂道:"你们才神经,许会计你全家神经,你一户口本都神经!"

甘梅说:"红英姐,抑郁不是神经,就是情绪不好,爱猜忌人,幻想别人迫害你……"

吴红英说:"是我不对啰,我抑郁啰! 我抑郁了! 我抑郁了!"她哭喊着往外头跑,在路上乱喊。

第二天一早,派出所的范警官骑车来到了天露湾村。他在吴红英的小卖部门口吃了一支烟,才等到毛标,叫上吴红英,他们撩开荒草来到肖家的葡萄园。范警官粘上了一裤腿的狗毛骚和苍耳。狗毛骚有一股子狗尿骚味,毛标就蹲下来帮范警官摘那些东西。范警官说,让人把金会长叫来,他懂葡萄,有些事要向他请教。

毛标跑着去叫金满仓。

范警官摘着裤腿上的狗毛骚和苍耳,问吴红英:"你是种葡萄呢,还是种鱼草?"

吴红英说:"葡萄啊。"

一只黄鼠狼从范警官的脚边蹿出,他"啊"了一声:"吓死我了,啥东西?"

吴红英说:"黄嘎狼子。"

范警官是外地转业来的,用普通话说:"就是黄鼠狼嘛,你田里有没有野猪呀?"

吴红英晓得范警官是在讽刺她,不好生气。

范警官又说:"在你的葡萄园找葡萄,就好比在天露湖里找绣花针。"

金满仓和毛标来了,范警官折了一根枯藤,又蹲下来扒开葡萄根下的土招手问金满仓:"金会长,你是专家,想听听你的看法。"

金满仓看了看，为难地说："范警官，我也不知道下了什么毒。"

范警官说："你是专家，不要谦虚，照直说。"

金满仓看了一眼不好惹的吴红英，说："我真不知道。但我打听了一下，荆州市的农科所说他们也没有设备，要到武汉检测葡萄中毒，这检测费有点贵，像这叶片、枝条，都要寄过去，包括化验费要一万块钱。"

吴红英惊喊："一万块？村里出？！"

毛标说："想得美，村里一分钱也不会出。"

金满仓说："还得一个月后才有结果哩。"

范警官对金满仓的说法很满意，认为可以搞定，说："吴红英，你考虑好，要不要去武汉化验，有没有一万块钱？"

吴红英说："你们警察不破案？"

范警官丢下葡萄枯枝说："破不了。"

吴红英说："你们就是不作为！"

范警官坚持说："破不了，你就是撤我的职我也破不了。"

毛标说："我看，红英，还是听满仓会长分析一下。"

金满仓说："我就事论事，良心放中间，我判断是霜霉病，这是高墨品种的多发病，不能控制。还有透翅蛾，葡萄藤被吃空了，看到没？"他掐断一根，指着中空的藤芯。

吴红英依然紧咬着范警官："你们警察破不破案？我要的是警察破案。"

范警官不急不躁、不卑不亢地说："我回答了，葡萄专家也表态了。"

吴红英突然往田埂上走，大喊："坏人搞投毒，警察不破案，警察是饭桶！坏人搞投毒，警察不破案，警察是饭桶！……"

吴红英在田埂上大呼小叫，这让范警官慌了，说："哎哎这人怎么啦？"

毛标说："范警官别生气，她就是这么个人。"

范警官说："你们去管管她，她到处说，没有男人管她了？"

毛标说："她男人好像在南边搞传销。"

范警官鼓着眼睛问："什么，传销？要严厉打击！"

可是吴红英已经喊到村里去了。"坏人搞投毒，警察不破案，警察是饭桶！坏人搞投毒，警察不破案，警察是饭桶！……"

一村人都跑了出来，看吴红英在村里发疯。她这么喊着，一直喊回小卖部。

吴红英在村里狂喊鬼叫停不下来,村委会连夜开会。因为对搞传销打击不力,洪家胜作为书记和村主任是有责任的,还不知道范警官说的要严厉打击是怎么打,会不会把事情闹大。

吴红英疯了,肖丙子跑了,其实是有原因的,事出反常必有妖。有一件事,洪家胜忍了很久,决定向他们摊牌。洪家胜找来了钢子和许会计,洪家胜神情沉重地说:"我们开一个小型生活会,不扩大。知道我找你们来是为什么吗?"

两个人战战兢兢地摇头。

洪家胜问:"肖丙子躲债外出,其中欠不欠许会计的钱?"

许会计担心的事终于发生了,这事迟早要捅开,可他不好回答,是怎么让书记知道的哩?"欠钱……这……没怎么欠钱呀,一点点小钱……"

"就直说,究竟多少?"

"一两千……"

"钢子,你晓得这事么?"

钢子铁着脸说:"家胜哥,既然你都知道了,咱也没啥隐瞒的。许会计上了肖丙子的当是实情,想一夜暴富也是实情,他找我,我帮他想过办法,要回来了其中的大部分钱给施工队结了也是实情。"

洪家胜说:"继续说。"

钢子将放在椅子上的脚拿下去, 说:"我们村干部一年就几百块钱的补贴,为村里一两千村民服务做出了巨大的牺牲,捞点油水没有?狗屁都没一个。咱这个村一无企业,二无矿产,三不卖地,就村民种几亩粮食几颗葡萄。许会计挪用是不对,瞒着你也不对,我承认我没原则,犯了错误。你想想,你遇到别人求你你怎么办?"

没想到钢子有担当,竹筒倒豆子,全说了。许会计连忙给洪家胜解释:"没钢子书记的事,我一人做事一人当。"

洪家胜说:"就是因为我太纵容你们,你们才胆大包天,现在还欠修路施工队的款。许会计,你欠施工队的,肖丙子欠你的,你逼债,说派出所案未撤,把肖丙子吓跑了,他老婆吴红英没人管了,装疯作邪闹得村里鸡犬不宁……事情的因果环环相扣,我们当干部的,是不是肇事者?"

许会计哑口无言,快哭起来,说:"我错了,我检讨,该怎么处理我都接受。"

洪家胜说："当村干部就是做牺牲的,想捞一把,至少在天露湾没门,也没有。"

钢子说："没有靠创造,不是说我们干部要多吃多占,我不是这个意思。我自己也要检讨,许会计挪用工程款的事,许会计尽快补起来。我们的集体经济为什么没有?说白了,因为你书记的强势,其他人不能也不想发挥自己的主观能动性。你今天的批评让我有所醒悟,我想过许久,也没跟你谈心,今天是个机会,我把我的想法说出来。我们要发展集体经济,没钱难办事。咱们湖边承露岗一带,有大片的荒岗子,几百亩,年年长草,成了牧场。我们有修路的经验,可以在那儿平整土地,请两个推土机,一年三百六十五天不间断地推。这是集体的荒地,平整后,包给他人种葡萄也好,搞葡萄交易市场也好,办工厂也好,我们村集体有了钱,就可以进行村容村貌的整治,文化体育设施的投入,甚至可以给大家发钱,给留守老人办食堂,办幼儿园,等等……"

洪家胜兴奋了,问:"你为什么不早说?"

钢子说:"你大权独揽,小权不放,我说啥呀?"

洪家胜说:"今天你说了,我不听了吗?就照你说的办,这个项目你负责。"

钢子站起来兴奋得摔了手中的笔记本,说:"我有方案,说干就干!"

也许是坏事变成好事,钢子将想法说出后,心里痛快多了。他在想着借鸡生蛋的事,村里没有钱,请来的推土机先干,但钱让哪个付咧?他心里鼓捣着几个方案……

吴红英还在村里日夜喊街闹五更,毛标说可以将她抓起来送到派出所去,她寻衅滋事,又天天辱骂警察,不能让她这么嚣张。洪家胜不同意,安排妇女主任甘梅去做做她的工作。

甘梅去小卖部,还没开口,吴红英就喊:"老子到处说,警察是饭桶,村委会是黑社会!"

甘梅说:"红英姐,你骂人家是饭桶、黑社会,你要有证据。"

吴红英说:"警察是饭桶,我提了范警官么?村委会是黑社会,我提了天露湾么?"

甘梅说:"不是不是,红英姐别误会,我只是劝你不要在村里骂了,解决不了问题,闹得大家心里都不愉快。更新品种的事,等你老公回来我们再商议,有什么困难村里会帮你的,你说行不行？"

吴红英说:"我又不晓得老肖在哪儿,你能给我把肖丙子找回来,我就不骂了。"

甘梅问:"丙子哥真的没有消息？"

吴红英说:"我骗你呀？你有多大油水让我骗？"

看吴红英真的不知肖丙子的下落,甘梅就说:"我和洪书记他们合计合计,给派出所反映反映,争取把他找回来。"

吴红英大呼不可:"不能不能,不能让派出所的人晓得,他们是饭桶,嗨干饭的！"

吴红英心里想的是,肖丙子这死鬼在外头搞传销,派出所若是晓得了,那不逮进去关着呀？等甘梅走了,吴红英就给肖庚子打电话,打了半天,肖庚子才接,说是肖丙子不在他这里,自己租屋住,估计赚了钱,不过他答应帮吴红英去找找肖丙子。吴红英给肖庚子说,现在洪水过去了,全村都在换新品种,让肖丙子回来。换葡萄品种,搭避雨棚,都有奖励和补助,很划得来。肖庚子说,丙子哥不是躲债吗,回来咋办？吴红英也没了辙,坐在小卖部望着村路茫然欲哭。

肖丙子去肖庚子家闲坐,肖庚子就说红英姐来电话了,让他回家,说全村在搞品种更新。家里的三十几棵葡萄死了,怀疑是有人下了毒。说换新品种,搭避雨棚,都有补贴,补贴的力度还很大。

"其实,种葡萄只要有技术,也没有这么辛苦,还可以销售化肥农药,我不是没学过,种好了赚钱比传销容易。"肖丙子对肖庚子吐露心声。

肖庚子说:"丙子哥你回去吧,我这人吃惯了野食,不想回家,种葡萄再怎么赚钱我都不爱。"

肖丙子说:"我想赚点钱回去还债的,也没赚上,躲债么,躲得过初一,躲不过十五。"

"你干得很好嘛。"肖庚子说。

"好啥呀,混个肚儿圆！"

肖丙子走出来遇上了大雨。这靠近海边的地方三天两头下大雨,人都湿漉漉的,空气里潮气太大,床上拧得出水来,真不是人过的日子。他决定回家,大转移之后,家里是怎样,田里是怎样,小卖部是怎样,还真让人牵挂。

大雨在屋檐漫成了瀑布，他进屋后没有开灯，里面暗得像夜晚。肖丙子摸索着将一个摇摆机装进大蛇皮袋子里，再将一些衣物装了进去。火车票已经买好，他归心似箭。

他背上蛇皮袋子，有钥匙转动开门的声音。肖丙子心一凉，完了，晚了一步。他把蛇皮袋子赶快放旁边，蹲在地上装肚子痛。

可搭伙的小代进来就看到了他身边的那个大蛇皮袋子，问："想跑？"

肖丙子哼哼着："我肚子吃坏了，哎哟！哎哟……"

小代环视了屋里，说："起来起来，东西都收空啦，还肚子痛！"她踢了蛇皮袋子一脚，"跑啊？"

肖丙子说："我家伢儿生病，在住院，我先回去一趟……"

小代抱着膀子说："账结清呀。"

肖丙子说："我又没钱，再说我与你有什么账？"

小代冷笑了一声。

肖丙子缓缓站起来："你想喝水吗？我给你倒水。"

"我想喝血。"

"你啥、啥意思？"肖丙子心虚了，看着门口的走道。

"你喝了我的血，就不兴我喝你的血？账，不清了？我那些下线，你悄悄拿上了，我伺候你吃，伺候你喝，还伺候你睡，你可想得美，白睡？"

"你想怎样？"

"至少给我两万。"

肖丙子快哭起来，从口袋里摸了半天，摸出一把零票子，说："我就这点坐火车的钱，我哪里赚到钱？"

小代说："你逼我动真的，一点感情不讲了？"

肖丙子问："啥感情，不就是合租个房子，省钱吗？"

小代往门上叩了三下，门口从天而降出现了一个陌生男人，瘦，糙，凶。

那男人不说话，进来就将肖丙子一把推出老远。肖丙子没有防备，也不知他出手凶狠，肖丙子重重地摔在地上，脑袋撞在墙角，头轰的一下，失去了知觉。那男人拉开他的蛇皮袋子，肖丙子迷糊中爬过来要护住他的袋子，他紧紧抓着，头疼欲裂也不松手。

可那个男人毫不客气地给了他一拳，肖丙子顿时鼻子鲜血迸溅。那男人扯开蛇皮袋子，掏出摇摆机，再抓出衣物，一件件翻寻。肖丙子扑过去抱住未翻的衣物，那男人不是夺物，而是抬起皮鞋朝肖丙子的头脸踢来，还不过瘾，再添上几脚，踩向他的胸部和腹部，恶狠狠地说："你这只九头鸟，打死你！"……肖丙子感觉到肋骨被叭叭地踢压断了，五脏六腑都被踏碎了。那人一件件抖着衣物，一扎钱从里面飘出来，小代赶快去捡。

肖丙子管不得死活，疯了一样爬过去抢钱，那是他的血汗钱，他要靠这个钱回去还债和买葡萄种苗的。但那个男人下了狠手，依然踢打他。肖丙子在地上滚去滚来，护住脑袋，拼命大喊："抢钱呀，抢钱呀！"

肖丙子不知什么时候醒来，屋里安静了，像做了一个梦，一个噩梦。他睁开肿痛成一条缝的眼睛，一屋狼藉，钱和摇摆机都抢走了，空了，什么都没有了。他疼痛、绝望、愤怒，想站起来，已不可能。他往外爬，他往楼梯下爬，他喊："救救我！救救我！……"

没有人应声。他艰难地、痛苦地爬到楼下，爬进倾盆的大雨中，向行人呼救："救救我！……有人抢钱！……"

一阵紧急的电话铃声，惊醒了打盹的吴红英。她抓上电话问："谁，找哪一个？"

电话那端的人用"广普"问："你是肖丙子的家属吗？"

这问话似曾相识，吴红英警觉地说："你找他家属干什么？"

对方说："肖丙子被人打了，正在医院抢救。"

吴红英没好气地说："要我汇钱是吧？"

她叭地挂了电话。想想不对，自语道："肖丙子被打了，是真的？"

正琢磨着，电话又响了，她再接。"广普"说："我系(是)榕树镇医院，再次确认你系(是)肖丙子的家属吗？我让病人肖丙子讲话……"

吴红英听了半天，才听到肖丙子微弱的、疼痛的、悲惨的声音："……红英，救救我，我被人打断了三根肋骨，脑积水，钱也被抢走了，我快死了，快来救我！……"

听着肖丙子撕心裂肺、疼痛悲怆的哭诉，吴红英心如刀绞，真的信了："死鬼呀，你报案了没有哟？……报了？……你被谁打的？为什么要打你？我的祖宗啊，我的娘啊！……"

她让儿子小安赶快去村委会找村干部，肖小安进了村委会就喊："我爸被坏人打了！"

在场的村干部都过来了。肖小安说，他爸被人打断了三根肋骨，脑积水，钱也被抢走了。许会计说，传销就是虎狼窝，没被打死就不错了。洪家胜让人去找钢子，他年轻，让他去一趟。

第二天，钢子就带着吴红英和肖小安母子出发去了广东，将肖丙子接了回来……

二十六

　　新学年开学以后,洪大江领受了老爸的任务,去找下赵怡月,给她爸爸赵光明说说,帮村里更换品种和建大棚多争取一些奖励,就是补助。自从雪地里的疯癫之后,一切恍若梦境,冷静下来,再发生似乎已不可能。虽然洪大江为此兴奋了几个晚上,但两个人又恢复了常态。一个暑假没在一起,赵怡月那天问他,你是在武汉打工呢,还是跟甜甜在一起?洪大江说,我们宿舍里的四个人都没回去。

　　赵怡月说:"你就是听从了我爸的建议考研?"

　　洪大江说:"回不去,当时不是沙市封渡了吗?"

　　赵怡月问:"你去了荆州?"

　　洪大江说:"我没有出武汉。"

　　赵怡月说:"铁了心考研,我很佩服你,干什么都不声不响地干了,但也犯不着不跟我说一声。"

　　洪大江低头看着地下:"这个暑假县里发生那么大的事,我当了逃兵,置身事外,我很惭愧。"

　　赵怡月说:"你来向我检讨的?"

　　洪大江吞吞吐吐地说:"……不是,我是想,有件事……托你给你爸说说……"

　　"说嘛。"

　　"我们村今年冬天可能要大面积更新葡萄品种,建避雨棚和设施大棚,希望县里,也就是你爸他们能给葡农多一点补贴和奖励。今年大转移,我们村里的农民损失惨重,想政府多帮帮他们。"

　　赵怡月很失望地说:"原来这个事,我还以为你来劝我不出国的。"

　　洪大江听出了弦外之音,他不敢看赵怡月的眼睛,他不会处理这样的问题。

他说:"还没有啊,我认为你要最终决定还来得及。何况,出国也不是坏事,发展空间会更大。"

赵怡月越来越失望,说:"跟你讲话很累,好像你永远不在状态。好吧,我会给我爸说的,有没有用我不知道。"

乔汉桥没事就让金甜甜讲荆江县大转移的故事,他特别关心葡萄的损失,这对他们果品商行的采购造成了麻烦,致使损失巨大,这也是今年的特大洪水给他们果品商行带来的次生灾害吧。

"我以为你不会回来了。"乔汉桥说。

"为什么,乔叔?"

"我以为你想通了,还会去复读。"

"您郎嘎看我能赶上那些高三的应届生吗?"

乔汉桥说:"你应该从你父亲治病的阴影中走出来了,既然你一心一意在我这里上班,我就想给你一定的压力。"

金甜甜说:"您郎嘎是什么意思?"

乔汉桥说:"开会了。会上说。"

乔汉桥在商行中层干部会上说:"……今年大洪水,雨水多,我们的采购和经营都出现了从未有过的困难。在座的跟着我干了这多年,都知道我是个什么人,我一生没有野心,没啥追求。但是,你们跟着我,是要过好日子的,不是看着我喝醉了,架着我回家。我对你们及你们的家人,有一份责任。面对果品行业残酷的竞争和今年的困难局面,咱们得找活路,谋出路。成本不断上升,利润不断下降。我想了想,商行要加大自采力度,要让各种果品采购价更加低廉,利润相对增加,这就要求我们走出去,不要关在家里。大家有什么好的建议?"

有的说:"减少采购进货环节,品质依然是关键,自采他采,没有品质就卖不出价。"有的说:"如果自采,工作强度加大,这就要咱们与产地的关系搞好,感情联络加深,信息获得最大化,决策快速化,最短的进货渠道就是最好的竞争利器。"有的说:"开源节流,在损耗管控上,营运费用上,我们要有严格的操作流程,鲜果销售是以小时计的,再好的果品,时间一耽误就成了垃圾……"

末了乔汉桥问金甜甜:"小金,你有什么想说的?"

金甜甜没想到会问她,觉得好突然,说:"我没有。"

乔汉桥说:"你还是说说吧,你家种葡萄,你爸是葡萄种植能手,在荆江县被称为葡萄王,你也提篮摆摊卖过葡萄,你有发言权。"

金甜甜想了一下,说:"我真的没啥说的,我只知道,顾客的口味不可欺。扩充采购渠道,要严把果品品质,让更多好品质的品种进入我们的采购清单。"

乔汉桥说:"说得好,'顾客口味不可欺',这句话要写在我们办公室和店里,我们就是为顾客口味服务的。刚才大家都说到了自采的重要性,这是降低成本的重要途径。"

他让人端上来一些葡萄。立马有人端上来六七个品种的葡萄,色彩斑斓,红的、黑的、紫的、青的、翠的。

乔汉桥说:"这些是我们的采购人员辛苦寻找,发现的本地晚熟葡萄,如红提、美人指、摩尔多瓦、白罗莎里奥、红地球等。现在,每个盘子下面都写上了品种和产地,我们要根据它们的味道来确定下一步采购计划。采购部团队劳苦功高,请大家尝尝,提出采购意见。"

大家站起来品尝,并将自己认为好的葡萄放到乔汉桥面前,交流着,谈着自己的看法。

金甜甜拿着一串金黄色的葡萄对大家说:"这个品种大家不看好,是因为现在还不是它完全成熟的时候,还得几天。它叫白罗莎里奥,是在长江的大楚洲上种植的,就在我们眼皮子底下,口感非常好,纯甜爽脆、多肉多汁,我们初步接触后,认为可以在大批上市时直接去田间采购,减少成本,以最新鲜的口感占领市场。"

乔汉桥说:"我意可行,如果销售好,我们在那儿建一个固定采购点。"

大家品尝着白罗莎里奥,纷纷夸奖说:"不错,口感真的好!"

乔汉桥说:"另外,我宣布一个任命,鉴于我们商行的工作需要,鲜果采购部主任,现由金甜甜同志担任。"

大家面面相觑,看着金甜甜,反应过来后,接着争相鼓掌,向金甜甜表示祝贺。

金甜甜相当意外,以为念错了名字,急了,连说她不行,当不了主任……

乔汉桥说:"就这样了,散会!"

等会议室人走光了,金甜甜还坐在那儿。

乔汉桥问:"你咋还不走呀?"

金甜甜说:"您郎嘎是出我的丑,这就是给我的压力?"

乔汉桥笑着说:"就是要给你挑个担子。我不是头脑发热,是经过深思熟虑的。我这个人,没想到这一生会进入果品行业,就想混口饭吃,渐渐摊子就大了,赚了一些钱。钱,有时是好东西,有时是害人的。起码,不当老板不会喝这么多酒,酒是伤身。现在,我精神不佳,看到你在我这儿,我有第二次创业的冲动。希望不要叫创业,我讨厌创业二字,创业很辛苦。当年,我十几岁在天露湖插队,酒没有,钱没有,可幸福感比现在强一百倍。现在,喝什么样的酒都是苦的,二十年的拉菲又怎样?三十年的茅台又怎样?不如天露湖的一碗水。我好想回到天露湖,做一个闲人。可这些人跟着我,我没有退路……"

金甜甜不敢看他,觉得他很可怜。

乔汉桥还在那儿劝她:"你年轻,头脑灵活,非常聪明,是葡二代,从小就卖葡萄,跟我一样,摆过摊。你在我这里好好历练,我给你平台。干成了,你去哪儿我不拦;干砸了,我担,没你的事!"

金甜甜还坐在那里。

是喜是忧?金甜甜还没理出来,也不知乔汉桥葫芦里卖的啥药。她不敢告诉家里,拖着沉重的步子回到宿舍。

艾晓兰在卸妆,见了她就说:"甜甜,你得请客呀,升官了,就这样不声不响?"

金甜甜说:"晓兰姐,别笑话我了。"

艾晓兰说:"我混了这么多年,还是个干活的员工。中层干部,想都不敢想。"

金甜甜说:"难道主任不干活吗?"

艾晓兰说:"工资更高啊,凭我的感觉,这商行的财产,有你的一半。"

"晓兰姐,别开这种玩笑。"

"好好好,金主任,你哪儿不开心?说个道理吧?老板这么信任你,栽培你,你应该仰天大笑才是。"

"我……我哭都哭不出来。"金甜甜这一说,真的要哭了。

这时候,找洪大江拿主意,找他倾诉一下,是最好的。但洪大江已经与她淡了,远了。始终没有原谅她,或者已经变心。她真的好忐忑,每想到洪大江就忐忑,心里就发慌。这种时候,她真的好孤单,没有一个说话的人,没有一个可信任的人。她鼓起勇气到阳台上,给洪大江打电话。

洪大江来接了。

金甜甜不知跟他说什么好，她一时语塞，没想好怎么说。她一个打工妹，说什么他似乎都没有兴趣。他还要考研，要成为研究生，离她越来越远，远到天涯海角，高得耸入云霄。过去在天露湾时的洪大江早不见了，现在的他冷漠、压抑，甚至有点呆滞，灵性全无。是读书读多了吗？是属于别人了吗？是没有共同的语言了吗？鬼知道。

"大江哥，是我，问下你，你还来不来商行勤工俭学？"她这样问。她依然好想他在自己身边，天天看到他。

洪大江还是那样不冷不热："我暂时不来，学习太紧。"

"我告诉你一件事，商行让我当了采购部主任。"她说商行，不说乔汉桥。

洪大江说："那祝贺你。"

这话没有一点温度，跟冰块没两样，金甜甜心里好疼，"你不想和我多说话吗？"

"在说呀。"

"大江哥，这个什么破主任我能干吗？干不干得？你替我出出主意，判断一下。"

"我怎么出主意？怎么判断？我又不是你们员工，领导要你干你就干呗。"

"就是工资多一点。"

"那好呀。"

"大江哥，你还没有原谅我？"她哭了。

让他听见哭声就行了，话不用说了，说多无益。

金甜甜被乔汉桥叫去，在他办公室桌上的葡萄盘子里挑选着，试吃着。乔汉桥让她记录口感，测试甜度。顾老师打电话来了。顾老师发脾气，要求乔汉桥给她换个钟点工，控诉这个钟点工做的菜跟猪食没区别。说不换，她就准备吃方便面，要乔汉桥迅速送一箱方便面去。

乔汉桥只有哄，问她："妈，您就说，您想吃什么？"

"我想吃回锅肉！"

"好好好，不就是个回锅肉吗？您别急！"

乔汉桥放下电话说："我来给旁边餐馆说，订个回锅肉的餐送过去。"

金甜甜听说后,说她去给顾老师做。

乔汉桥问她:"你会做吗?"

金甜甜说:"不太会,但我看过我妈做。"

乔汉桥说:"唉,我姥姥是荆州人,我们家从小吃辣,到老了,我妈特别馋回锅肉,而且是放了豆豉辣椒的回锅肉。那就谢谢你了,我妈自打你春节照顾她后,天天叨念你。我说你回家了,有事。老人要哄,人老了就像小孩子一样,要哄她。"

金甜甜说:"以后我多去看看她老人家,您对我们家这么好,我做点事是应该的。"

师傅将她载到汤逊湖边的一家菜市场门口。她等的电话终于来了,之前她Call了老爸,留言让妈回电话。

余翠娥在电话里问:"啥事,甜甜?"

金甜甜说:"我就问您郎嘎,炒回锅肉要怎么炒?"

余翠娥说:"你问这个干什么?"

金甜甜说:"我有用,您郎嘎赶快告诉我。"

余翠娥说:"要用点荆州豆瓣酱,最主要的是用荆江豆豉炒,不就行了么?"

金甜甜问:"为什么要用荆江豆豉炒呀?"

余翠娥说:"反正豆豉要不软不硬的,有的豆豉是做了酱油的,全是壳,不能用。辣椒呢,你用灯笼椒,红的绿的两种都放,颜色好看。还要有甜面酱,蒜片不能少,酱油要黄豆酱油,有看相,蒜苗要斜着切,多放点没事。肉呢,要选不肥不瘦的五花肉,煮熟的肉要立起切,炒的时候少用油,要烧猛火,快起锅,肉片只要起翘就出锅⋯⋯"

金甜甜全听进去了,说:"谢谢妈!谢谢妈!"

心里有了底,买好食材,但就是荆江豆豉没买到,在菜市场转了两圈,没有。后来她就想,荆州豆豉不是一样的么?于是就买荆州产的豆豉,果然买到了,是洪湖的,还有江陵的。她想着在家吃的豆豉,选了江陵的。

到了乔家别墅,顾老师分外高兴,要给金甜甜打下手。金甜甜不让,一个人在厨房卷起袖子切、剁、烹、炒,冷清的别墅里一下子生机勃勃,热气腾腾,锅碗瓢勺叮当响。

金甜甜买的菜有很多,她想起在家看到妈做的菜,端上桌的除了荆州回锅肉,还有火腿炒瘦肉、爆鳝丝、银鱼鸡蛋汤和虎皮辣椒。

有了辣味的家,顾老师才有了活力。金甜甜要顾老师趁热尝尝回锅肉,顾老师就捡了一块到嘴里,"咿"了一声,大为赞叹,嚼了几下,表情越来越沉醉,说:"这就是小时候我妈做的味道,丫头,你的菜做得太好了!"

汽车响,乔汉桥进门,看到满桌的菜,说:"来得早不如来得巧。我来这边办事,要喝一杯。"

他妈顾老师说:"汉桥,你别找理由喝酒,吃饭不是最好么?这样的菜,吃一碗荆州大米饭,比什么都好,不喝不行?"

乔汉桥已经从酒柜里拿出一瓶黄鹤楼酒,却眼巴巴地望着他妈不敢开瓶。顾老师说:"找理由呀,什么男人不喝酒,活得像条狗;什么酒是粮食精,越喝越年轻;什么男人不喝酒,枉来世上走。你一个公司老总,在下属面前请注意下形象。"

乔汉桥真听他妈的话,说不喝,就不喝。

吃过饭,金甜甜跟乔汉桥的车一起回市里去,他要金甜甜与他一起先到湖边走走。从别墅后头出去,就是湖边的步道,夕阳正往湖里滚落,像一滴巨大的金色水珠,在湖面上洇化。许多水鸟在湖上无声飞翔,白羽蹁跹,轻点水波,那是湖鸥。汤逊湖跟天露湖一样阔大,一样清风送爽,一样芦苇摇曳,也有船,也有蒲草荇藻,有逶迤的湖岸,多像哪。乔汉桥一定猜到了金甜甜的心思,说:"甜甜你看看,这里像天露湖吧?"

金甜甜点头说像。

乔汉桥给她讲,第一次来这里看房,就感觉这儿太像天露湖了,就像回到了天露湖,当时想都没想就买下了。

"本来是买给二老的,如果我老爸不走,他们二老在这里安度晚年该有多好。老爸没福享受,如今这么大的房子,老妈一个人住太孤单了。"

金甜甜说:"顾老师是有点孤单。"

乔汉桥说:"主要是年纪大了,但她喜欢清静,我让她在公司楼上住,她觉得市区太吵,要在湖边住,也就让她去了,想在哪儿住就在哪儿住。"

金甜甜说:"乔叔很听顾老师的话。"

乔汉桥说:"就是喝酒这件事,我不爱听,呵呵,有时在外头应酬,控制不了。有几次在大马路上睡着了,钱包、手表都被人偷走了,醒来已是早晨。"

金甜甜说:"这多危险呀!"

乔汉桥说:"是太危险了。"

乔汉桥扶着栈桥的栏杆说:"现在,我妈就是我的一切,她是我世上唯一的亲人,有时候觉得亏欠她的太多,但我也无能为力……我们走吧,太晚了,这湖边有点凉。"

乔汉桥在她后脑勺上拍了一下,两人原路返回。

一路很沉闷,好像没有话题跟乔汉桥说了。没有喝酒,乔汉桥也兴奋不起来。

到了宿舍,她看到艾晓兰敷着面膜躺在床上,闭着眼睛,就说:"晓兰姐,还没睡呀?"

艾晓兰问:"约会了?"

金甜甜说:"没有呀,我去汤逊湖给顾老师做了个饭,钟点工阿姨请假了。"她扯了个谎。

艾晓兰睁开眼说:"哦,有特殊任务?"

金甜甜说:"哪里,晓兰姐,我只是去送菜做饭。"

艾晓兰问:"喝酒了吗?"

金甜甜说:"没有。"

艾晓兰一个翻身坐起,在金甜甜身上嗅了嗅,又躺下了,说:"嗯,甜甜,我说呀,你得提防点哟。"

金甜甜问:"提防啥呀?"

艾晓兰说:"你一乡下小姐,有点姿色,到了有钱人成堆的城里,肯定会成为别人猎杀的目标,加上你完全没有在男人堆里滚的经验,千万当心!"

金甜甜一笑说:"谢谢晓兰姐提醒。"

艾晓兰下床来,说:"我不只提醒你,得管住你,不允许你落入虎口,不允许你遭人算计,不允许你成为小三!"

金甜甜问:"我?"

艾晓兰指着她说:"就是你!"

二十七

　　长江中的大楚洲，是个巨大的洲子，过去种西瓜出名，没想到这几年，许多人在这里种起了葡萄。来采购葡萄的日子，正好赶上大风大雨。许多葡农将新采摘并称重的葡萄搬上船，乔汉桥和金甜甜在岸边签收。渡口那儿一片泥泞，坐没处坐。好在，船装完了，对岸码头的汽车等待接船。乔汉桥问船老大，这风啥时能停？满脸沟壑的船老大在长江里常年跑船，看了看天说："估计今天难停。"

　　金甜甜说："师傅，那咋办？葡萄不能放啊！"

　　船老大说："老天爷才不管你是葡萄还是什么，碰上就碰上了。反正你们说吧，开不开，乔总？"

　　乔汉桥望着风急浪高的江面，不好回答。

　　金甜甜问："师傅，如果开，你有没有把握？"

　　船老大指着江上说："谁敢说有绝对的把握？行船跑马三分命。你看，对岸是看得到的，风一吹，能见度很高，开，不开，你们决定，货是你们的。"

　　乔汉桥叉着腰问金甜甜："甜甜，你说呢？"

　　金甜甜欲上船看看，但船在岸边颠簸，跳板乱晃乱戳。乔汉桥见了，喊住她："别上去，这浪大，再等等！"

　　渡口有个卖票的铁皮小屋，现在大家都挤进去避风雨。可这些人在屋里抽烟，烟雾腾腾，呛得金甜甜直咳嗽，她受不了，还是跑出来，站在屋檐下。看了看天色，乌云沉沉低垂，雨依然淅沥在下，风没有减小的征兆。

　　风吹得人身上发冷，她又回屋。乔汉桥问："风小点没有？"她说好像没有。船老大说："就是没有。要说，这样的天气我也不是没开过。"乔汉桥说："这得百分之百的把握。"船老大说："干啥也不可能有百分之百的把握，行船一靠技术，二靠船好，三靠运气，四靠命大。"乔汉桥问船老大："我们就赌命了？"又问金甜甜，"会游泳么？"金甜甜说："会一点。"

铁皮顶棚的小屋,被风雨摇撼着,发出哐当哐当摔打的尖锐噪声。一会,风突然小了,雨也小了。船老大出去小解,回来说:"风雨都小了不少,天快黑了,你们在这里不吃不喝怎么办?"乔汉桥问:"有救生衣吗?"船老大说:"还用问,肯定有啊。"乔汉桥果断地站起来说:"开船!"

挨近傍晚,铅云西垂,尚有些天光,能见度甚好,汉口、武昌的高楼大厦比平时清晰数倍,浪在飞卷,显然没了先前的气势。乔汉桥扶着金甜甜上了船,小水手拿来几件陈旧的救生衣。乔汉桥挑了一件较好的,让金甜甜穿上,并帮她系好左右两边的绳子,他自己也挑了一件穿上。

船老大发动了机器,对他们说:"你们站好,抓紧栏杆。"

船在震动,乔汉桥看了看船上,问:"我们可以到你的驾驶室去吗?"

船老大说:"可以的。"

小水手在岸上解开缆绳,一声汽笛,船就离开了码头。

装着五吨葡萄的船向对岸驶去,船老大紧紧抓着舵盘,船行在雨雾中,切开波峰浪谷,像一只神经不正常的江豚在扑腾。风浪打进驾驶室,乔汉桥他们躲避着,他对金甜甜说:"抓住我,没事的,马上就到了。"

一阵狂风贴着江面突然刮过来,船簸上浪峰,前面的城市灯火看不见了。乔汉桥感觉金甜甜身子在发抖,问她:"甜甜,冷吗?"金甜甜说不出话,一只手紧紧抓住他的衣襟。乔汉桥说:"不用怕。"对船老大说,"师傅,你开稳点。"

船老大没有回应。他们看到,船头的小水手抓着栏杆,不停朝驾驶室惊慌地摆手。乔汉桥问船老大他在做什么,船老大的声调变了,说:"装多了,装多了,船头吃水有点深!是不是船舱进水了?……"

乔汉桥拽住金甜甜问船老大:"有什么办法?"

船老大说:"只有掀葡萄!"

乔汉桥两腿叉开抵着船板问:"你是说把葡萄掀到江里?"

一个大浪打来,船几乎失去平衡,像一匹公驴尥着蹶子。船老大咆哮道:"是葡萄重要还是命重要?!"他一只手掌着舵,一只手伸出来指挥道,"快去掀呀!"

乔汉桥拉开驾驶室的门,一阵风雨扑过来,他往后退了一下,毅然冲进了风雨中。船在发癫,他交代金甜甜:"你别动!"

金甜甜却跟在他后面说:"我也去!"

乔汉桥大喊:"你不要去!"

287

可金甜甜跟着出来了,乔汉桥看阻止不了,大声说:"你要抓紧!抓紧!"

金甜甜说:"我知道!"

小水手在另一边,示意他们往水中掀葡萄箱子。乔汉桥一只手拉住栏杆,一只手往江里掀塑料箱子,并对金甜甜大喊:"抓紧不能松!"

一箱箱葡萄往江中掀去,落入水里,激起水花,但马上流到船后。船却越来越慢,并往下沉……

乔汉桥对驾驶室的船老大喊:"咋回事呀,师傅?!"

没有听到船老大的应声,船像一个大病在身的人,摇摇晃晃,不堪重负地继续往下沉。

一个大浪从侧面涌来,船老大大叫一声:"不好!"

所有的葡萄就往一边挤压过去,眼前一黑,乔汉桥和金甜甜抛入江中……

金甜甜跌进江里,头嗡嗡直响,全蒙了。她呛了几口水,浮了起来,闭上嘴,将脑袋拼命往上伸以便呼吸。但浪涛要将她埋葬,将她往水底撕扯,让她五马分尸,往她的嘴里拼命灌呛人的水,往她的喉咙里粗暴地塞……她扑打着,想抓住什么,但只有水、水、水……她感到快窒息了,大脑里混乱一片,就像掉入地狱,全是鬼魂在翻滚、呼号和惨叫,全是黑压压的呼救的手臂,是蛇阵,要把她吞噬……

蓦然在某个缝隙中,她似乎听到了有人喊她:"甜甜,甜甜!"这声音响亮,有力,给了她求生的力量,让她清醒。她终于在浪缝里看到了穿着红色救生衣的乔汉桥。她伸出手,抓到了他的手臂!

"甜甜!……"

"乔叔!……"

乔汉桥的手同时也抓住了她,那只手像铁钳一样。金甜甜喊:"……乔叔!……不要松手!……不要松手!我怕!……"

乔汉桥一只手往上托顶着金甜甜,用另一只手划水,大声说:"甜甜,我在这里,不怕!不怕!"

乔汉桥始终托着金甜甜,拼命往前划水。金甜甜已经迷糊,她隐约听见乔汉桥粗重的喘息声和呼唤声:"甜甜,我在这里,别怕……坚持住!快到岸了……"

黑暗中,风雨小了。乔汉桥拖着金甜甜上岸,她已经昏迷,浑身颤抖,嘴里不停地喊着:"乔叔!不要松手!不要松手!我怕!……"

乔汉桥拍打着她的背部,让她把水吐出来。

"……好了,没事了,我们上岸了! 我们活下来了! ……"

金甜甜哇哇地吐出了肚里的江水。

乔汉桥与金甜甜两人死里逃生,损失了五吨葡萄,但保住了两条性命。金甜甜在医院里住了三天,再送到汤逊湖别墅休养。乔汉桥守候在床边,金甜甜精神受到了刺激,躺在床上,半夜一阵惊悸,就会在梦中大喊:"乔叔! 不要松手! 不要松手! 不要离开我! ……"

乔汉桥从混沌中惊醒,从沙发上弹起来,到了床边,抓着金甜甜的手说:"甜甜,不用怕! 我在这儿。"

但金甜甜因梦魇惊惧着发抖,紧紧抓着他的手不放,乔汉桥轻拍着她,让她安睡。

顾老师也无法入睡,母子俩望着谵妄迷糊的金甜甜。见她额上虚汗淋淋,顾老师就用毛巾给她擦拭,揪心地看着她,对乔汉桥说:"这孩子受的惊吓太大了。"

乔汉桥说:"鬼门关里走了一遭啊。"

金甜甜浑身还是一阵阵地抖,面色惊恐,一颗泪珠从眼角滑下。顾老师心疼地帮她抹去。

到了天亮,鸟儿啁啾,晨光如绸,汤逊湖的风细细地从窗口钻进来。被噩梦蹂躏的金甜甜醒来了。她坐起来,发现自己紧紧拽着乔汉桥的手,乔汉桥坐在床沿上打瞌睡。她松开手,乔汉桥惊醒了,问:"甜甜,怎么了,还好吗? "

金甜甜羞愧地说:"我把您郎嘎的手抓着一夜? "

乔汉桥说:"我也不知道,反正你晚上没睡沉,嘴里在喊叫什么。"

金甜甜拍打着床沿说:"……我? 唉,我好没面子。"

"没事,你做噩梦了么? "

"我梦里全是江水翻滚,妖魔鬼怪。"

"医生给你开的药要准时吃,听见没有? "

"嗯。"

乔汉桥端来了水和药丸,让她吃了。

天亮了,卧室的灯依然亮着,亮堂堂的,乔汉桥不想让她身处一丝黑暗。乔汉桥拉开窗帘,将窗户打开,清新的湖风悠然而入。远处,湖上红云翻卷,一轮新鲜的红日在湖面滚动着上升,透过云层,射出无数道明亮的霞光,好像在给湖水灌注金色的颜料。

乔汉桥做了几个扩胸动作,眺望着窗外的湖面说:"你看,黑夜过去了,这里的早晨真是太美了!"

金甜甜也下床去看。

乔汉桥希望她彻底赶走那个缠身的魔鬼,希望太阳将她烤热,不再有夜晚寒冷的噩梦。

乔汉桥说:"这等于是一次重生,用另一条生命来看这样的早晨,活着是值得的。"

金甜甜说:"谢谢乔叔救了我。"

乔汉桥说:"没有你,我可能也坚持不到最后,所以,也等于是你救了我,以后要好好珍惜,好好活着。"

金甜甜在楼上盥洗。乔汉桥下了楼,坐在露台的藤椅里。他妈顾老师看着儿子,说:"你也要去睡一会,你气色不好。"

乔汉桥说:"妈你也要睡。"

顾老师说:"我还睡了些时,你这一夜一夜地不睡会把身体弄垮的,今天晚上我来照看她。"

乔汉桥说:"妈,不用,还是我来,没事的。"

顾老师说:"咱们母子换班吧,你照看上半夜,我看下半夜。"

乔汉桥说:"不行,不行。"

顾老师说:"这丫头真有个三长两短,我们怎么向她父母交差呀?人家家里也就这棵独苗。"

乔汉桥摩挲着头,说:"我得给甜甜去医院拿药,妈,我走了。"

顾老师吩咐:"开车别打瞌睡呀!家里还有燕窝,我给她炖燕窝粥去,燕窝是安神的……"

金甜甜从楼上下来,顾老师看她脸色苍白,目光无神。

顾老师给她端上了燕窝粥,还加上用辣椒炒的豆豉、豆腐乳,说:"甜甜,来,喝点粥!这个豆豉,还是你春上带来的,我舍不得吃哩。"

金甜甜说:"您郎嘎尽管吃,吃完了我再带。"

290

顾老师看着金甜甜吃粥,说:"唉,多俊的丫头,阎王爷舍不得收你去,这叫大难不死,必有后福。甜甜,你一定会有大出息,荣华富贵。"

金甜甜说:"不求荣华富贵,只求平平安安。顾老师,您郎嘎炒的豆豉真好吃。"

"没你做得好。"

"这几天我给您郎嘎做菜吃。"

"你要以休息为主,好好调养身体。"

"没事没事。"

金甜甜白天没事,到了晚上,就不安神。

乔汉桥想让她轻松,给她放音乐,清风袅袅,蛙声阵阵,月光如水。让她服药之后,依然将灯全打开。可金甜甜闭上眼睛睡着,又突然惊醒,说:"乔叔,全是狂风恶浪……能让我抓住您郎嘎的手睡吗?"

乔汉桥把手递过去,金甜甜抓着,慢慢睡着了。

不一会,她又在床上挣扎呼号:"不要松手! 不要松手! 不要离开我!……"

乔汉桥忙回答:"甜甜,没有啊,没有松手! 我在这儿! "

金甜甜呻吟转侧,又踢又蹬,终于平息了,又睡去了。

乔汉桥望望她,望望灯,望望窗户,精疲力竭。夜空中,有杜鹃鸟在空中凄清地鸣叫。

一阵秋风,就把候鸟狂风落叶般地吹向天露湖。凤头䴙䴘、青头潜鸭、中华秋沙鸭、翘鼻麻鸭的身影到处可见,它们在芦苇丛中,在蒿草排上,在滩渚草丛里筑巢。大雁飞来了,天鹅飞来了,白鹳飞来了,还有成群聚集的丝光椋鸟,黑压压的在村里的白杨林里鼓噪,吃着深秋大量繁殖的摇蚊。白鹭、夜鹭、池鹭、苍鹭,在水边的水杉林里争枝夺巢,打得羽毛乱飞,声嘶力竭。

菱脆藕香,瓜熟果甜,稻谷染金,棉花吐白,村庄笼罩在丰收的温暖之中。

满载着葡萄苗木的卡车驶进了天露湾村, 得知消息的村民们早等候在村口。三辆车鱼贯往村委会开去,葡农们追赶着车队,奔走相告,好不热闹。

潘忠银在沙市轮渡带路,他坐在第一辆车的驾驶室里,摇下车窗,跟大伙招手。

村委会早就备好了五万响的大鞭炮,只等车队一到,鞭炮加雷炮,山摇地动,黄烟滚滚,迎接葡萄种苗的顺利到来。

金满仓看了看种苗,说:"完全是我们合同要求的质量,一级苗,非常新鲜!"

开车的几个师傅说:"昨夜装的车,连夜开来,没有休息,那还不新鲜?!"

洪家胜说:"我们村委会请大家喝酒!"

车厢的挡板打开了,准备卸苗,钢子要洪家胜和金满仓都讲几句。

洪家胜说:"我没啥讲的,满仓会长讲吧。"

钢子说:"你们都要讲。"

洪家胜就讲了:"接下来的两年,我们更新换代必然会遇到困难,我们会研究怎么让大家渡过难关,希望大家克服暂时的困难,解决好基本生活,精心进行管理,腾出手来将我们村种植面积必保的水稻和棉花全力种好。两年很快就会过去,我们天露湾的葡萄一定会再次名满天下,再创辉煌!好啦,葡萄的事,还是请满仓会长来说。"

金满仓说:"种苗回来了,大家快快栽下,只要灌足水,保湿即可。现在天气暖和,有利于种苗的伤口愈合和新根生长,提早萌芽,等明年春上就能培养成形,提早结果。这次我们选定的是藤稔,乒乓球葡萄,这是说它的个大,是巨峰系的第三代品种,一般穗重四百至八百克,大穗可达到三千五百克,就是七斤重,坐果率很高,又好管理,省事。有的葡农经济条件差的,露地栽培,也行;避雨大棚和设施大棚,更好。三块五一株,一级苗。县里以奖代补要等我们种下,我想不会少!……"

葡农们交头接耳,都说:"有这样的好事,那就好。"

洪家胜说:"大家不用怀疑,赵县长亲口在咱们村说的,大家都听到了。葡萄产业升级,品种更新,是县委县政府的重要工作,他们一定会全力支持我们!"

金满仓说:"浙江现在开始搞金手指、红地球、甜蜜蓝宝石,咱们各种也进了一些,可以试试。葡萄这东西,过去病虫害多,都是雨水带来的,什么黑痘病、灰霉病、霜霉病、白腐病、转色病、缩果病、气灼病……一大堆病,统称'水罐子病'。把雨水隔住,病虫害就隔住了。为了对付这些病虫害,咱们起早贪黑,喷洒农药,累死累活,葡萄品质却下降了,名声也搞坏了。我们的新品种,在开花期和果实成熟期需要比较干旱的环境,避雨棚栽培就解决了雨水问题,不仅病虫害少,而且果实上色好,品质好,我们的葡萄一定会成为市场口碑最好的葡萄……"

种下了葡萄,家家都在搭建避雨棚,有的还在给葡萄园挖沟、施肥,天露湾人的勤劳远近闻名。

湖边荒芜的滩头和荒坡上,几个村干部在拉皮尺,许会计边记录边计算,这片地的开发钢子是真的要搞了。

洪家胜卷着皮尺过来,想看看许会计的计算,问:"有多少平方?"

许会计说:"有三十多万个平方,真是大呀,按咱们这儿的老算法,一千平方一亩,也有三百多亩!"

洪家胜说:"这笔财富要不是钢子发现,我们都忘了。"

许会计说:"按书上的说法,这叫处女地。"

钢子说:"地也分处女和熟女?呵呵。"

三个人坐在土坡上,洪家胜对钢子说:"写好报告,尽快送到镇里。"

钢子说:"我尽快,我们的报告就是平整荒坡建天露湖葡萄交易中心。"

许会计"哟"了一声,说:"这有点不切实际吧?"

钢子说:"我要的就是不切实际,只要批,平整土地的经费到手了,建不建中心,咱们的任务就完成了。"

许会计说:"这叫明修栈道,暗度陈仓,钢子聪明。"

洪家胜说:"钢子,你放手干,有事我兜着!"

钢子将报告写了几遍,几个人商量措辞,两天后终于到镇上打印出来。洪家胜陪着钢子来到伍镇长办公室,接过伍镇长的一次性茶杯,钢子将《关于建设开发天露湾湖岗的报告》交给了他。洪家胜同时说:"伍镇长,这事得请您郎嘎支持和关照。"

伍青华先问:"以奖代补的资料收齐没有?"

洪家胜说:"我们的会计在家统计,过几天就可以送来,栽种差不多了,避雨棚没搞完,也在验收,镇长什么时候去我们村里检查工作?"

伍青华低头看着报告,说:"……好的,会去的,不要提你们村的烧土鸡、排骨藕汤,提了我天天去的!……这个报告嘛,我个人很感兴趣,你们的创新思维,非常跳跃,有想象力。平整土地,增加集体财富,是一条好路子。咱们镇,每个村都有这样的荒岗野滩,长期闲置,如果你们在此建立葡萄交易中心、研究基地,就不用去占耕地了。但我们镇已经在镇上建设了一个大型交易中心,你们的报告应该避开,搞葡萄研究基地好,争取县里的专项经费,我认为是可行的。回去改一改,再送来,我们递给县葡萄办。"

洪家胜说:"好的,好的,伍镇长的建议非常好,那我们走了。"

走出来,洪家胜说:"肖丙子被抢劫和打伤的案子,我们去派出所问问。"

钢子说:"这是他自己的事,村里花了钱把他救回来,我意不用管了,你对人太好,也不记仇。"

洪家胜说:"有啥仇咧,一个村里的。人要念别人的好,不记他人的仇。再说,咱们是村干部,心胸要开阔点。"钢子点着头。洪家胜说:"总之村民是弱者,你当干部的,站在制高点上,道德都比别人高一截,你不应该对村民好点吗?"

钢子说:"嗯,受教了,受教了。"

进了镇派出所,洪家胜谁都认识,不停地打招呼,叩门喊范警官。

范警官的办公室只有一把椅子,洪家胜让钢子坐,钢子让洪家胜坐,洪家胜说:"我们就站着说。是这样的,您郎嘎帮忙管的肖丙子被打被抢的案子,不知怎样?"

范警官说:"哦,我们随时在与那边派出所联系,现在仍在追逃。"

洪家胜说:"他的钱最好能先追回来。"

范警官说:"有了消息我会通知你们的,你们村里还是要管好他。"

洪家胜说:"我们一定会让他好好在家,重新做人。这次他差点没了,要管好他,还是要让他种好葡萄,种好了,挣钱了,他就老老实实待在家,没歪心思了。"

范警官说:"书记说到了点子上!"

回去路过小卖部,洪家胜和钢子将在派出所了解的情况告诉了肖丙子。

晚餐时,肖丙子不让儿子拿酒杯,小安说:"你咋喝?"肖丙子说:"我活血呀,不喝骨头疼。再说,你有什么资格喝酒?赌博佬,钱不输,我还人家也行呀,买材料搞避雨棚也行呀。"吴红英说:"肖丙子,你不一样在外鬼搞?有其父必有其子!"肖丙子说:"我是被人抢走的!"吴红英说:"为什么只抢你,不抢别人?还不是你这货贱,看到女人腿软了,中了美人计。"肖丙子喝了一杯酒,让吴红英别说了,说他想的是赶快买种苗建大棚,安安心心种葡萄。吴红英问他:"钱呢?"肖丙子说:"贷款。"吴红英问:"哪儿贷去?"肖丙子就说出了一个吴大凡:"还是你老表哩。"吴红英说:"快出五服了,有啥用。一代亲,二代表,三代四代就拉倒。"肖

294

丙子说："再怎么还是老表吧，一笔难写两个吴，我看他回来总到咱这儿坐坐，也肯帮忙。再说他现在是信用社的副主任，我记得当年金满仓、潘忠银他们种葡萄，都是找他贷的款，你去找一下，肯定能行。"吴红英不干，说："你把我当枪使，要去你去。"肖丙子说："我去他会理我？我这名声也不能登大雅之堂。"

肖丙子在她屁股后头涎皮赖脸催促着，吴红英被逼得没办法，就去了镇上。

到了镇信用社，问到吴大凡的办公室，吴大凡没在里面，她正将带来的烟酒往吴大凡的办公桌底下塞时，吴大凡进来了，问："哪个在我桌子底下？"吴红英歪着头在桌子底下朝他笑。吴大凡瞪大眼问她："表姐，你这是做啥哩？"吴红英说："没啥，没啥，放一点小东西，你可不要拒绝我，让我难堪。"吴大凡看到了一个黑塑料袋，有了几分明白，说："表姐，你这样，是害我，把东西拿出来，有啥事就说。"吴红英说："大凡，求你来的……不知你晓不晓得，你丙子哥在南边被人打了，钱也被抢走了，有大几千块钱。"吴大凡说："搞传销，是吧？传销的人哪有好下场，你骗我，我骗你，打死活该。"吴红英说："哎哎，活该这个话，只有我来说，大凡，你就别这样说。"吴大凡说："你今天来不是为给我讲这个吧？"吴红英说："当然不是，他回来了，想一心一意搞大棚种葡萄，又没有钱，就想找你贷三万块钱……"吴大凡说："你有没有财产抵押？没有，那就得找担保。"吴红英说："你给我担保啊，你不相信我？我不会还你？我敢？"吴大凡就笑起来："放贷的给贷款的担保，我说表姐，你开玩笑。"吴红英说："我不懂嘛，就要问你。"吴大凡揩着笑出来的眼泪，"我真心帮你的，你这担保……至少要找你们村里的书记。"吴红英说："洪家胜？那可是我们家死对头，我们老肖举报过他，还担保？"吴大凡说："那咋办，还得他担保，其他人没用。"吴红英好沮丧，说："冤家路窄。"吴大凡说："所以嘛，人善多条路。与人为善，于己为善；与人有路，于己有退。你断别人的路，就是断自己的路。早知如此，何必当初。我明天要回村里有事，我去给洪书记说说，他是个很宽厚的人。"

吴红英回到家里，给肖丙子说了吴大凡的意见。肖丙子惨笑了几下，说："我命如此，害人害己。"

肖丙子下地，想把自家的葡萄园拾掇一下。人家种新的，自己种旧的；人家避雨棚，自己搞露天，总比不种好。

园子荒芜了，死的死了，蛀的蛀了，马唐草、看麦娘、野蒿、鸡矢藤、一年蓬，甚至芦苇都长到园子里来了。在葡萄藤顶上还有两个鸟窝，一个是灰喜鹊的，一个是小白鹭的。肖丙子将儿子小安也绑在园子里锄草，小安问为啥不喷百草枯，肖丙子手上打了两个大血泡，想想这锄草太苦，就默认了小安喷百草枯，喷一遍再说。再收拾，再开沟、培肥、剪枝、浇水。

一番收拾，园子有了点看相。儿子缺少体力劳动，不停地借故喝水拉尿。肖丙子恨他，呵斥道："就你懒屎懒尿多！"肖小安搞得红汗白流，输掉了家里的钱，说不起话，只有干活。他连吃饭都要吴红英送，怕一回家就躺床上不想动了。

正在园里忙活，吴大凡来了，穿着皮鞋，背着手说："丙子哥，我给洪书记通了电话，咱们一起去村委会一趟。"肖丙子大喜过望，就问："我贷款的事么？""当然。"吴大凡说，"你洗个手去。"肖丙子在沟里洗手，说："这事感谢你，但搞不成。"吴大凡说："你自己没信心？"肖丙子说："为什么搞不成？因为你搞别人，你不放春风，怎么收夜雨？你放的是妖风，只能收鬼怪。"肖丙子的话让吴大凡笑了，一直笑到村委会。

吴大凡将肖丙子贷款种葡萄的事讲了，要洪家胜担保的事也说了，让肖丙子讲。肖丙子不讲，说："我怎么讲，洪书记也会恨我。人走多了夜路，总会碰到鬼；作多了孽，总会害自己，我惭愧。"

洪家胜没说行，也没说不行，问吴大凡："我担保有什么风险？"

吴大凡说："肖丙子本息不能还，就该你还。"

洪家胜说："贷款还钱嘛，担什么保咧？"

吴大凡说："不担保的话他只有自己的财产抵押，丙子哥，你说说你有什么财产？"

肖丙子抽着鼻子可怜兮兮地说："我有啥财产，吃的在肚里，穿的在身上，我若贷款，我还钱，与书记无关！"

吴大凡说："洪书记签字了就与他有关，这是法律责任，或者由村委会担保也可。"

钢子问："村委会怎么担保？"

吴大凡说："这只是理论上的说法，村里财产是全村人的，必须要开会让全村三分之二的人同意，才能担保。"

洪家胜说："丙子，你有这个态度，我们村干部很高兴，先去你地头看看怎么样？"

肖丙子心中暗想，刚收拾的园子，便有了点底气，带着村干部和吴大凡一起去了他的葡萄园。

一看，草锄了，垄整了，肥施了，这完全在意料之外。肖丙子什么时候跟荒草过不去的，他只会跟村里人过不去。

钢子说："有点改邪归正的意思，丙子，你是有备而来啊。"

肖丙子把手伸出来，亮出两个破了的血泡："这个能作假么？"

许会计摸了摸，是真的，真血泡，就说："浪子回头金不换，衣锦还乡做贤人。"

吴大凡哗哗笑道："还衣锦还乡哩，内裤都掉了，裸奔回来的。"

洪家胜说："现在，我若给肖丙子担保，只有一个条件，钱，放在村里的账上，由许会计保管，开支一概是建大棚和买种苗买肥料，专款专用！"

吴大凡说："嘿，这个办法好，怎么样，丙子哥？"

肖丙子说："那有啥不行的？不过，我也得还一点别人的欠款呀，等派出所追回了我被抢的钱，我把钱再填上……"

肖丙子做梦也没有想到洪家胜会为他贷款担保，这等于是太阳西边出，月亮东边落。吴红英也觉得这事新鲜，说起过去，觉得蛮对不起洪家。肖丙子没交代老婆不要讲，更不知道洪家胜是瞒着家人的。

有一天黄秋莲去买酱油，丢下五块钱，吴红英不收，不要。问为什么，吴红英竟然说出了一个天大的秘密：洪家胜为肖丙子贷款担了保，她不好意思收钱。黄秋莲歪着脑壳瞅了吴红英半天，说："你果真是我孙媳妇，肖丙子真是我孙子！好呀，祝贺你呀，贷了多少？"

吴红英自知失言，慌忙否认说没有没有，没贷，开玩笑的，姑奶奶你别当真。

黄秋莲在路上积蓄着怒火，要将夫妻间的新仇旧恨一股脑连同酱油狠狠地砸掉。终于等到洪家胜回来了，黄秋莲冷冷地说："洪家胜，咱们离婚。"

洪家胜丈二和尚摸不着头脑，说："你神经？"

黄秋莲将酱油瓶子朝桌上一蹾："你给肖丙子担保贷款了多少钱？"

洪家胜晓得这事躲不过了，说："没多少钱，谁告诉你的？"

黄秋莲说："村里人都晓得，就瞒着我，你安的什么心?! "

洪家胜说："没多少钱，你激动么事哟！"

黄秋莲问："多少钱？"

洪家胜故意轻描淡写："两三万块钱。"

黄秋莲一听更加炸翻了："两三万块？我的天，你还吗？你有多少钱？肖丙子是你什么人，你是不是跟吴红英有一腿？离婚！今天写离婚书，不签字的是狗！"

洪家胜慌张无措，说："何必呢，秋莲！"

黄秋莲喷了他一脸的唾沫："你敌我不分，好坏不明，当初是哪个举报你的？你不恨也罢了，他好意思找你担保？村里最烂的人，你也敢担保，你是不是脑壳坏掉了？！那你就把咱们家的房子也担保嘛，都送给他！肖丙子和吴红英那两个歪瓜裂枣怎么就成了你心肝宝贝？你跟他们过去！"

黄秋莲回房里抓了几件衣服，提着个包就往外走，洪家胜紧紧拉住她说："秋莲，你别这样！"

黄秋莲说："放开我！你放不放的？"

"你去哪儿？"

"回娘家！"

洪家胜一只脚钩在门槛里边，一只脚抵着，将老婆堵在院里不让出去。可黄秋莲已经横了，全身往外奔，那个布包都快扯破。两人拔河似的僵持着，黄秋莲夸张地嘶叫："放开我，放我走！洪家胜，你个吃里扒外的家贼！"

洪家胜小声地乞求，生怕惊动村民，让人笑话："秋莲，有话好好讲，你听我解释！是支部研究决定的，不能让一个村民掉队，大家要共同富裕……"

"你自己穷得穿草鞋，给别人担保穿皮鞋，你个二百五！拎不清！败家子！老混蛋！……"

洪家胜一紧张还是咳嗽，现在他咳得有点夸张，咳得怪吓人的，像是要憋过去，一只脚迈进了阎王殿。黄秋莲见他这副样子，心肠又软了，动作却更硬了，还是往外挣扎。

洪家胜两口子正在角力僵持，钢子路过，有人告诉他，洪书记家里闹翻天了。钢子跑去，果然看到黄秋莲坐在地上，洪家胜咳嗽着把黄秋莲往院子里拖，便说："都住手！"

黄秋莲见是钢子，说："你要哪个住手？"

洪家胜命令钢子："把你嫂子拖回去！"

黄秋莲用手扑打着地上的灰土说："休想！你洪家胜休想。钢子，你若拉我，我就不客气了。你们支部几个人把洪家胜当苕盘，让他担保，你们咋不担保？你钢子咋不担保,许会计咋不担保?你们使坏!"

钢子也是听不得冤屈话的,一旁跳脚说:"嫂子,我钢子可没有使坏!"

黄秋莲说:"那是谁,是哪个狗东西使坏?!"

钢子说:"嫂子你冷静,起来慢慢说,行啵?"

有几个村民围上来了,钢子要说也得关起门来说,便拉黄秋莲坐下,对门外的村民说:"大家去干活,我们研究工作。"关上院门,钢子说了,"嫂子,是这样的,肖丙子搞传销被人打断了肋骨,抢走了钱,回来想好好种葡萄,要贷款,找吴大凡,吴大凡说肖丙子没有财产抵押,担保人至少要村里的书记。"

黄秋莲抢过来话头说:"肖丙子被打断肋骨抢了钱与我们家有什么关系?我抢了他钱?"

钢子说:"嫂子消气,让我说完。肖丙子贷的款不经过他本人,放款的钱放在村里账上,等肖丙子卖葡萄之后,进账的钱也到村里的账上,直到他本息还完,等于家胜哥没有任何风险。"

黄秋莲说:"没风险,我就问,我贷款,你担不担保?"

钢子笑着说:"嫂子贷啥款?"

洪家胜:"算了,我辞职,我不干了,少受罪。"说着又咳嗽起来。

钢子说:"哎,家胜哥,你可别赌气呀,天露湾离不开你,你是晓得的!"

洪家胜说:"鬼话,离开了我地球不转啰!"

钢子说:"家和万事兴,嫂子,支持家胜哥的工作,我代表村委会感谢你了!"

黄秋莲把气发到钢子身上,对他吼道:"滚,钢子!肖丙子不还款,我打到你家去!"

金甜甜在长江死里逃生的事,没告诉父母。再说她的手机掉在江里了,虽然乔汉桥要她给家里打个电话,金甜甜因为精神不佳,没有打。倒是金满仓打过一次,没打通,以为是女儿关了机。

晚上从湖里吹来的风有些寒劲,余翠娥让在院子里的金满仓回屋里喝茶。她泡好了茶,壶是甜甜带回的紫砂壶,打开盖子,一股野香。金满仓问:"这是啥茶?"余翠娥说:"甜甜上次寄回的,说是什么岩茶,一两千块一斤。"金满仓品着说:"这好的茶咋不放到春节待客?"余翠娥端了把椅子坐过来,却说:"隔壁那边,为给肖丙子担保贷款几万块的事,吵得像鬼。"金满仓放下茶壶说:"为这个

299

喝好茶？"余翠娥说："喝茶就喝茶，哪来这多话。"金满仓说："我看你很高兴，人家吵架你高兴个啥哩？做人，别见猎心喜。"余翠娥说："我就告诉你一声，你烦什么？"金满仓说："操自己的心，吃自己的饭。咱们的避雨棚材料，能省则省，我记得舅老倌家后头有不少竹子，给咱们一点行不？要给甜甜减轻还债的负担。""我弟的还需要给他说么？明天去砍就是了。"余翠娥说。

第二天早上金满仓两口子就划船去了对岸，余翠娥弟弟家。两个人在竹园里砍竹子，金满仓砍，余翠娥削枝丫，将竹子捆绑在一起，又背上船。

砍了一船的竹子，傍晚满载而归。

竹子避雨棚，有水泥立柱、横梁、弓片、棚膜和拉线。只能做成单行葡萄种植，竹片要有两米多的长度，为此，金满仓把舅老倌竹园里的大竹子基本砍光了，还不知够不够。

破竹篾是个技术活，金满仓戴着手套，用篾刀将竹子破开，砍好。竹子在手上划动，细小的竹签时常会钻入肉中。手虽然很粗糙，但还是会戳穿手套刺进肉里。细竹签拔出来，血就流出来了，他将手指放进嘴里吮吸。

肖丙子喊他："会长，你节俭呀，自己破篾？"肖丙子基本恢复了，但眼睛就剩下半条缝，而且弯腰蹒跚，他拿起一根竹片说："你就跟篾匠搞的一样好。"

金满仓说："能节约的要节约。"

肖丙子说："我来问问，你帮我联系的种苗，有着落没？"

金满仓说："急啥？我也在催他们哩。早这么急，你孙子都上学了。贷款下来了吗？"

肖丙子说："听说下来了，不下来我啥都干不了。"

金满仓问："抢的钱追回来没？"

肖丙子说："追回个鬼。"

金满仓说："舍财免灾吧，不过你还真得感谢洪书记。"

肖丙子说："也感谢你，你们都是好人。"

金满仓说："当你是好人的时候，你看谁都是好人；当你是坏人的时候，你看谁都是坏人。"

肖丙子说："有道理，有道理！"

肖丙子向金满仓学着破篾和做避雨棚的技术，以及做单行葡萄垄的技术，这一天收获满满。到了吃晚饭的时候，肖丙子回家就要吴红英把他的药酒拿出来,对儿子肖小安说:"拿两个杯子。"

肖小安不敢同他爸喝酒,他有点怕他,这个衰老倌自打从南边回来,看着看着陌生了,跟他没讲过几句话,就想躲避他。可今天他爸主动邀他喝酒,他身上无故打了一个寒战。

"上次拒绝,这次劝他,你有病?"吴红英说。

"喝两盅,我给小安说点事。"肖丙子对小安说,"愣着搞什么,酒往杯子里倒呀……这可是好酒,别倒漫出了。"

肖小安倒满了酒。肖丙子声音衰微,有气无力地说:"小安,喝干了咱爷俩说个话。"

他自己喝干了,亮了亮杯底,没看儿子。肖小安也只好喝干了,不知道眼前被打断肋骨的人要给他说什么。

肖丙子说:"再倒呀,别歇着,这酒真好。"

肖小安又给两个杯子倒满了。

肖丙子说:"我说小安,我这辈子,心比天大,命如纸薄。到了如今,惨不忍睹,人财两空,连村里的狗都嫌我……你是不是在听?"

肖小安俯首低眉说:"我在听。"

肖丙子说:"把你荷包的东西拿出来。"肖小安不知道指什么,肖丙子说:"鼓鼓的那个。"

肖小安掏出来,是一个电子游戏机。

肖丙子拔高了公鸭嗓:"你说,你也是个大人了,还净玩这些个,整天就这么玩。你捡雀粪只捡竖着的,吃屎都接不上一口热的,看你懒成什么了?还赌博成性,把父母辛苦赚的钱一夜输个精光。"他将酒杯磕在桌上。

吴红英说:"喝酒就喝酒,发啥酒疯?"

肖丙子真的火了:"闭嘴!你袒护这个小赌博佬?我给他说话,没你的事,滚一边去!"

肖丙子面目狰狞,脸腮痉挛,吴红英吓得往厨房躲。

肖丙子对肖小安说:"我这次的确很惨,好在人回来了。贷了款,还在等葡萄种苗,遭人轻贱,心里苦不堪言,唉……咱们肖家,三代经商,我祖父告诫我们,言行宜和,做事宜勤,懒惰百事废。经商除了勤快,还得学会'人弃我取,人取我与'的经营之道。现在村里都在搞大棚,用不了两年,全镇全县都要搞设施大棚,咱们就要先人一步,抓住商机,出去进货……"

肖小安还是懵懂不清,问:"进啥货,到哪儿去进货?"

肖丙子说:"河北那边有许多乡镇钢铁厂,低价进一些钢管回来,设施大棚会要大量的钢管,质优价廉,型号、价格,你都要给我摸得清清楚楚……"

肖丙子借着酒劲给儿子面授机宜……肖小安频频点头……

二十八

　　洪大江在大东门新华书店挑了几本考研的参考书,他付了款走出来,过了马路往汉桥果品商行走。他先是在远处观察了商行,没发现金甜甜的人,只有那个艾晓兰在,于是就进去问她。艾晓兰还记得他,说:"小洪,你来找甜甜的吗?"

　　洪大江说:"是啊,她在吗?"

　　艾晓兰睁大眼睛说:"哎,你不知道啊?甜甜出了大事!"

　　洪大江问:"什么事?"

　　艾晓兰说:"在长江里差点淹死了。"

　　洪大江问:"那她现在在哪儿?"

　　艾晓兰说:"活是活过来了,但大脑受了刺激,正在乔总的别墅里休养哩。"

　　洪大江又问:"别墅在哪里?怎么能去看她?"

　　艾晓兰说:"那可是咱们老总的隐私,我从来没去过,不知在哪儿。倒是金甜甜经常去,好像在郊区,挺远的。你可以打她的手机问问她呀……噢,她手机掉江里了,我打过,打不通。"

　　洪大江继续问:"她为什么在乔总家?"

　　艾晓兰说:"我哪知道啊,人家条件好呗,有保姆阿姨照看。"

　　洪大江好沮丧,好惶惑,好后悔。没有即时与金甜甜联系。她不打电话,他就不会打电话。一下子怎么就出了这么大的事呢?而且,还住到了那个乔总家里……

　　洪大江在马路边的公用电话亭,想拨打一下金甜甜的手机号码试试。结果他听到的声音是:"您好,您拨打的电话已关机。"

　　有一种绝望感出现了。明知结果如此,他还是木然地一次又一次拨打这个电话,一遍一遍的回音是:"您好,您拨打的电话已关机……"

　　他准备抽了卡离开,突然听到有人喊他:"大江!"

洪大江回头一看,竟然是肖小安。洪大江挂了电话。肖小安背着一个包东张西望着。洪大江问:"小安,是你,你是在武汉,还是在武汉出差?"

肖小安说:"我去石家庄,火车还早,我就转悠一下,没想碰到了你。走,我请你喝酒。"

洪大江说:"在武汉你是客人,我请老同学。"

两个人就找了路边一家小餐馆。一个火锅,两瓶啤酒。肖小安指着他放在桌上的考研书说:"大江,过去我们在一个教室,现在我们隔着一个江汉平原,以后,我们要隔几个星球。"

洪大江说:"现在不都在一张桌子上喝啤酒吗?"

肖小安说:"铁一样的事实,你成了知识分子,我成了无业游民。"

洪大江哈哈笑着说:"干杯!干杯!"

肖小安说:"能喝上你的酒是我一生的荣幸,你虽然到了城里,本色没变,不像有些人,到了城里就目中无人,耀武扬威,谁都瞧不上了。人哪,就应该像你大江这样,厚道谦卑,不忘初心。"

肖小安喝得满脸通红,告诉洪大江他去石家庄是要进一些钢管。洪大江明白了他是在做钢管生意,给村里建大棚,夸他当老板了。

肖小安问大江见到甜甜没有。洪大江不想跟他说这个,就说没见着。肖小安又说了金甜甜老爸换关节的事,她家建了避雨棚和设施大棚的事。洪大江不想听,喝完了酒,送他进了火车站。

晚上,家具商场给乔汉桥的别墅送来了一把躺椅。乔汉桥将躺椅放到金甜甜的床前,他要照顾她,自己也可以躺在躺椅里睡一会了。虽然她吃了药精神有缓解,但半夜还是要抓住乔汉桥的手才能睡踏实,否则她的梦又会被妖魔鬼怪、惊涛骇浪填满。

乔汉桥在躺椅上放了一床被子,这样就可以斜躺平躺,比坐在椅子里舒服多了。

乔汉桥尝试着让她听美妙的音乐入睡,让她看周星驰的喜剧片,但效果不佳。晚上,乔汉桥说:"我给你唱个民歌,你心情一定会好一些,我唱完了你猜猜是哪儿的。"

乔汉桥喝了一口茶,唱起来:

爹爹在喊,姆妈在追,
幺妹子硬要送郎回。
送郎送到瓦池湾,
郎是只藕,妹是只簪,
牵肠挂肚连心肝。
爹爹在喊,姆妈在追,
幺妹子硬要送郎归。
送郎送到虎渡河,
河边柳树多又多,
妹是只鸟,郎是个窝,
鸟儿远飞不离窝。

金甜甜听着,会心一笑,拍着手打拍子,后来与乔汉桥一起合唱起来:

爹爹在喊,姆妈在追,
幺妹子硬要送郎回。
送郎送到太平口,
江上船儿行上游,
郎是篷帆,妹是只舟,
风吹浪打不回头……

这是一首荆江县的民歌,唱着这个好久未唱的民歌,金甜甜突然说:"我好想回家。"

乔汉桥觉得,金甜甜回家也好,说不定回到她爸妈身边,会恢复得更好一点,因为爸妈的照顾更细心些。

乔汉桥就说:"这个可以考虑。"

金甜甜说:"乔叔,在这里,我都不好意思再折磨你们了。"

乔汉桥亲自将金甜甜送回家,在高速公路上,乔汉桥告诉她说,你同学洪大江到商行来找过你,问艾晓兰为什么你电话打不通,艾晓兰将你的情况给他说了,说你的手机掉在长江里了。等你情况好转后,回汉再给你买个新手机。金甜甜说不要,乔汉桥说,联系工作必须要有手机。

回到天露湾家里,金甜甜心情好多了,家里的猫往她身上蹭,睡在她怀里。因为到家太晚,乔汉桥就歇息在金家。他给金甜甜父母讲到她受到了精神刺激,主要是晚上情况会不好,要叮嘱她准时吃药。

金满仓对乔汉桥说:"真的感谢你,没有你,我丫头就没命了。"

乔汉桥说:"感谢我?我差点把你们女儿弄丢了,实在对不起,弄成这样。希望她能尽快恢复,我等她好一点后,准备给她一些补偿……"

金满仓不知道乔汉桥说的补偿是什么。乔汉桥睡在给他收拾的另一间房里。他刚躺下,就听见金甜甜房间里传来惊慌呼喊的杂乱声。他穿衣跑出去,听见金甜甜爸妈在喊:"甜甜,你怎么啦?甜甜!"

乔汉桥进去,看到在梦魇中挣扎的金甜甜,金甜甜闭着眼大喊:"不要松手!不要松手!不要离开我!"

乔汉桥叹息着对他们说:"自从出事后,她每天晚上基本都是这样。"

余翠娥问:"有什么办法?"

乔汉桥拍醒踢蹬呼喊的金甜甜,"你醒醒,甜甜。"

他把手放在她旁边,金甜甜从梦里睁开迷糊的眼睛看着他们,终于抓到了乔汉桥的右手,小声地喊唤着:"不要松手!不要松手!不要离开我!"然后昏昏沉沉地睡去,安静了。

金甜甜父母看到这一切,觉得奇怪。乔汉桥给他们解释说:"甜甜是惊吓过度,她可能抓住我的手才有安全感,才能睡着。她还是在做噩梦……你们去睡吧,我来照顾她。"

他端了一把椅子坐到金甜甜床前。

余翠娥说:"那这样乔总你不休息了?"

乔汉桥说:"没有事,我坐会儿,等甜甜睡实了,我再去睡。"

可天亮后,金满仓和余翠娥起床,在金甜甜房里,看到乔汉桥依旧坐在柳木椅上,他的右手被女儿抓着,女儿正在熟睡,打着细匀的鼾。乔汉桥沉重的头时不时往下栽,打着盹。

金满仓进去轻声叫了下乔汉桥,乔汉桥猛一惊醒,对金满仓示意:金甜甜睡得很好,别弄醒她。

乔汉桥本来送金甜甜回家后就准备回汉，哪知金甜甜依然晚上离不开他，依然要他的陪伴，而白天又跟正常人没有区别。晚上余翠娥试着让甜甜抓住她的手睡觉，可是女儿在梦中颤抖喊叫，弄得怪吓人的，只有乔汉桥伸手去，她抓住才能安静。

余翠娥把金甜甜叫到菜园里摘菜，问她晚上究竟是什么情况。金甜甜说："我也不知道。"余翠娥看着女儿心疼地说："怎么办呢，甜甜？"金甜甜无可奈何地说："现在我是离不开乔总了，否则我睡不了觉，我很害怕。该死的噩梦折磨我，您郎嘎说我怎么办？我感觉我还在地狱里一样，抓不住他的手，我一夜夜会死去……"余翠娥问她："那大江呢？"金甜甜说："他不想理我，他是大学生，我是打工妹，配不上他。"余翠娥说："乔总是个好人，是我们一家的恩人，只是他比你大这多，差一辈呀……"金甜甜说："不就二十几岁吗，您郎嘎是老封建思想。"余翠娥抽泣起来。金甜甜抱住妈道："妈，您郎嘎不用担心，我只是这样想，我说的是万一，乔总并不知道。他对我彬彬有礼，从来没有非礼过我，他是个绝对正派的男人，而且是天下第一好人。"余翠娥抹着泪说："这我相信……"金甜甜说："何况，没有他，我早死了，哪还能如今与爸妈相见？……"

考研的时间近了，天也冷了。晚上从图书馆出来后，赵怡月叫上了洪大江。赵怡月问他："你报考中国农大的研究生，我很佩服，我是不适应那里的气候的，太干燥，我去过两次，冬天鼻子流血，但你有自己的理想。"

洪大江说："要讲理想很简单，我就是想在最好的葡萄院士门下学习。曹文野院士是我国最厉害的葡萄专家，我就是想看看，他种葡萄跟我们村种葡萄有何不同，就一个好奇心。"

赵怡月说："你也要成为院士。"

洪大江笑了："院士？我想当个园士，葡萄园主。"

赵怡月说："好吧，院士、园主都不错，你的心没有人能猜透。明天就要考试了，预祝你成功！早点休息。"

赵怡月给洪大江整理了一下围巾，是金甜甜送的那条。她夸奖道："这条围巾真的很漂亮，围上它，很像一个院士。"

洪大江纠正说："园士、园主。"

分手时，赵怡月说："抱抱我。"

洪大江迟疑了一下,在赵怡月恳切的期待里,他伸出双手抱住了她。但赵怡月更期待的没有出现,她伏在洪大江的肩头,眼里滚出了两滴眼泪。

"晚安!"她说。

洪大江虽然准备很充分,但因为兴奋,晚上睡得不好,早早地就来到了考研考场,拿出准考证和身份证等证件等待查验。赵怡月一定会来的。果然她来了,她作为他唯一的啦啦队员,对他说:"大江,沉着,冷静。"

洪大江"嗯"了一声,点头应着她。她又递来了一瓶酸奶,说:"我在外面等你的消息。"

洪大江说:"你去学习吧,你不也要托福考试了?你在这儿我会紧张。"

赵怡月说:"为老乡加油也不行吗?"

洪大江说:"好,互相加油!"

赵怡月看着洪大江进考场。她在外找地方坐下。

金甜甜在老家父母身边,果然恢复得很好,半个月后又回到了武汉。她要上班,但乔汉桥不让,要她继续在别墅里休养。就在洪大江考研的这天,不知何事,她坐卧不宁。这些日子,她在暗中计算着洪大江考研的时间,应该是这一天,她在别墅的座机上拨打了洪大江宿舍的电话。果然这天是洪大江考研,宿舍的阿姨听出是金甜甜的声音,说:"你是他的女朋友,你难道不知道他今天研究生考试?"

金甜甜舒了口气,这就是心有灵犀吧?她什么都不顾,穿上鞋就出门了。顾老师在后面喊:"甜甜你去哪儿?"

金甜甜跑着说:"我出去有点事就回来。"

金甜甜拦了一辆的士,直奔华中农业大学。进了校园,问考研的考场在哪儿?一个学生指给她地方,她急着往所指地方猛跑。她身体虚弱,又穿着半高跟鞋,这一路跑步让她虚脱了,冷汗直冒。她摇摇晃晃往一条坡路跑着,一个学生的自行车因刹车失灵,从坡上歪歪扭扭冲下来,金甜甜不知怎么躲闪,被自行车挂倒了。金甜甜尖叫着倒地,那学生还在往下冲,最后撞在一棵梧桐树上。

学生也受了伤,却爬起来,一瘸一拐地转回来看金甜甜的伤势。这时,有两个男同学扶起金甜甜。金甜甜额头流血,脚踝破皮,站了起来,满脸泪,满脸悲。

洪大江没见着,却弄到医院里来了,金甜甜叫苦不迭,暗自喟叹。

乔汉桥来到华中农业大学校医院,看到金甜甜头上有绷带,脚上也有绷带,手上提着 X 光片。

　　乔汉桥问:"甜甜,怎么样了?"

　　金甜甜说:"还好,脚踝有轻微的肌腱拉伤,没大问题。"

　　金甜甜上了汽车,从后视镜中看到乔汉桥脸色阴沉。后来乔汉桥说话了:"你过来嘛,让我用车送送,也不至于吃这个苦,很危险。"

　　金甜甜说:"我过来,就是想看一看他们学校的梅花。"

　　乔汉桥说:"噢,好啊,梅花看到了吗?"

　　金甜甜心里泣喊着:"我怎么这么倒霉? 这个世界,为什么就独独让我倒霉?! "

　　一切都错过了。

二十九

金满仓家的新楼房在天露湾矗起了。这是一栋相当有设计感的徽派建筑，三层，墙面有装饰玻璃，有瓷砖，而且色彩搭配非常讲究，不像村里人随便买的便宜瓷砖，贴上了事，是精心选择的。白墙青瓦，观音兜山脊，马头墙，加了一些时尚元素。还有院子，院子里有小喷泉，有花圃，有透明的拱形长廊，从院门口一直通向楼房大门，然后在两边栽上了葡萄，看着赏心悦目。新居落成入住的鞭炮响起时，金满仓夫妇给前来贺喜的乡亲端茶敬烟。好奇的村民来参观，据看过楼上的人说，里面有金甜甜和那个乔总的婚纱照。

金家的楼房落成之后，黄秋莲把这个消息告诉了在上海东方生态农场工作的儿子，儿子是中国农业大学硕士毕业后去这个上海的农场上班的。儿子说，好呀，祝贺呀，您郎嘎放心，我也要让你们住上大别墅。洪大江告诉父母，他的工资已经每月有一万多了，加上年终奖，年薪接近二十万。这个工作的地方是洪大江的导师曹文野院士推荐的。曹文野院士认为那儿可以让洪大江有很大的才华施展空间，而且对他的成长很有帮助。拿曹院士的话来说，希望洪大江能在那儿学到最先进的水果种植技术，特别是葡萄种植技术。毕业时，临行前曹文野院士与他进行了长谈，他记住的是，导师说他带了那么多硕士博士，真正从事生态农业工作的却不多；生态农业是我们国家农业发展的方向；如今农产品的安全让人担忧，甚至令人触目惊心，有识之士太少，投身此事业的人太少；搞农业辛苦，但是投身农业，前途广大，农业是真正的朝阳产业……

到了上海，虽然生活不习惯，缺少了辣椒美食的刺激，但果真如老师说的，这里有最先进的生态农业种植技术，引进试验着各种世界上最好的优质果蔬品种，他渐渐忘了失去金甜甜的痛苦。应天之序，顺其自然，缘来不弃，缘尽不留。洪大江也想得开，也许金甜甜在遭遇到生死劫后，嫁给姓乔的是她唯一的命运吧。北京很大，上海很大，他的生活疆域不再是天露湾和儿时的记忆，当他在校园多年,又上班多年后,那个少年梦中的情人金甜甜,已然成为他人妇,这没有什么奇怪的。他妈说,金甜甜嫁人,我也安心了,免得她一个打工妹再纠缠你。洪大江啼笑皆非,说,您郎嘎放心了就好,你们担心了二十年的事情终于不会发生了,你们心里几十年的一块石头落地了。其实,他听得出妈的口气里有一种怅怅的嫉妒,人家嫁了个有钱的老公,大楼房都做起了。最后他给爸妈说,到时候,我把你们二老接到上海来安度晚年,帮我带孙伢……

但新农村建设在村里如火如荼,他爸洪家胜说,村里在统一规划新建村庄,他们家也准备重新做房。他要汇钱,老爸说不要他出钱,因为种葡萄这几年收入不错,本来两层够了,大伙都做三层,有的四层,比赛着建,他们家决定做两层。洪大江说,不,一定要做三层。问为什么,洪大江说反正要三层,问加一层多少钱,他爸说差不多五六万吧。洪大江当即就汇了六万。房子建成,他爸寄了照片来,非常漂亮,有阳台,有瓷砖,家里有实木家具和沙发,有抽水马桶,有玻璃淋浴房,有空调。老爸说,抽水马桶他们坐不惯,拉不出屎来,现在慢慢习惯了。

这天,洪大江在大棚里专心致志地为葡萄整枝,同事过来对他说:"大江,你的大冠稀植在农场长得真好,这一亩是多少株?"洪大江说:"二十株吧。"同事过来是告诉他大事的:"大江,据内部消息,你要提拔了。"洪大江问:"提拔什么?"同事说:"破格评定高级农艺师,还要当上农技推广办副主任。"洪大江表面上没有反应,但这个高级农艺师,可是他想要得到的,这不仅是一种荣誉,也是一种肯定。他心里甭提有多高兴,口里却说:"你是场长呀?"同事神秘地说:"你就等着领导谈话吧。"

下班后,洪大江回到宿舍,躺在床上。同事喊他吃饭,可他没有食欲,他面临着一个抉择。桌子上,放着那个大青花碗,这个碗好像在呼唤他,像一块磁石,将他吸附过去。不是它的主人,而是埋碗的地方。一棵野樱桃树、一朵云、一个湖、一大片宽阔的草滩,芦苇摇曳,荷花摇曳,蒲草摇曳,春天大片的荠菜花在湖滩摇曳,秋季大片的红蓼花在沼泽摇曳,湖风摇曳,羊群的叫声摇曳……

他走出宿舍,推出他的白红蓝三色的本田 CB-150 摩托车,戴上头盔,在农场田野的道路上撒野。这辆摩托车,花了他两个月工资,上班的第二个月他就买下了。他喜欢这款外形炫酷,动力十足的车。他伏着身子,骑出农场,又上了宽阔的公路,继续飙车……

这里的风带着一丝大海的咸腥味,又有着不远处长江温润的气息。他停下来,看着浩瀚无垠的长江入海口,夕阳西下,水鸟翔集,船樯万杆,波光粼粼,看久了会生出感慨,淌出泪滴。想起苏东坡的《赤壁赋》:"寄蜉蝣于天地,渺沧海之一粟。哀吾生之须臾,羡长江之无穷。挟飞仙以遨游,抱明月而长终。知不可乎骤得,托遗响于悲风。"他喜欢背诵这篇赋,雄壮悲怆,阔大高远,虽悲忧天地岁月,但催人征途奋起,不可浪费时光。生命短暂,人要为自己的理想活着,不可为别人活着!

洪大江回到农场,锁上摩托,上了楼,进入自己的办公室。他先给家里挂了个电话,是他爸接的。他给老爸说:"爸,近段时间我要出一趟远门,农场出差,你们就不要打电话来了。"洪家胜问他:"去哪里,干什么?"洪大江轻描淡写地说:"我去考察,没别的事,您郎嘎和妈多保重。辣椒酱就不要寄了,这里什么都有,不要担心我。"

他打开电脑,建了一个新文件,打出四个字:辞职报告。

第二天上班时,他脱下手套,推开郭书记的办公室门。

郭书记说:"大江,来了,坐坐坐,我正想找你。"

洪大江将辞职报告放在郭书记的桌上,说:"郭书记,我想回家。"

郭书记诧异地看着他问:"回湖北?"

洪大江说:"是的。"

郭书记问:"回湖北干什么?"

洪大江说:"老本行,种葡萄。"

郭书记眼露惋惜,细看有一丝儿愠色:"大江呀,我是非常器重你的,你是不可多得的技术人才,对你的培养和提拔我们从来就没有停止过。我想问,湖北那边有单位聘你了?是这儿条件不行,还是我们没给你重要岗位?"

洪大江说:"都不是。"

郭书记说:"党委刚研究,提你做农技推广办副主任。而且,你的高级农艺师也通过了,那可是市里的专家们评的哟,先给你通气,你看……"

洪大江说:"谢谢郭书记! 我知道您和农场都很关心我,对我很好,我会永远记得在这里的生活。"

郭书记说:"请你改变主意。"

洪大江笑了一下,说:"郭书记,上海是个好地方,我非常喜欢,但我想回老家,自己闯闯看。"

郭书记说:"有志向! 我知道你迟早会这么选择的,曹院士给我谈过你,说我最终留不住你,你家是种葡萄的专业户。"

洪大江说:"不是,我爸妈肯定反对我离开上海,但我去意已决。"

郭书记说:"曹院士还说,在他的学生中,从事农业果蔬的学生凤毛麟角,你是一位,你不仅有心自己创业,而且在生态农业上有自己的想法。好吧,成人之美,我不留你,留是留不住的。虽然我们损失了一个我们培养的高级农艺师,但可能以后会多一个良性的竞争对手。"

洪大江说:"我不敢这样想。"

郭书记说:"我相信你能建立起自己的农业王国,凭直觉应该会,你小子是有野心的。"

洪大江说:"没有没有,谢谢书记的理解……"

在那条中国最美的公路——三一八国道上,洪大江戴着头盔,骑着他心爱的本田摩托,驮着行李,背着双肩包,一路风驰电掣,身轻似燕,归心似箭。

甩脱了一块心病,驶向未知的明天,这很刺激,也很悲壮,但他愿意。有时候,人要不计后果,孤注一掷。

中午在一个小镇上吃了一包方便面、两个卤鸡蛋,继续赶路。因为出发得早,一天骑行了一千公里,竟然精神毫无倦怠,轻轻松松。

由三一八国道转入二〇七国道,又看到了那布满天空的水鸟,无边无际的水面,熟悉的水腥味,亲切的田野。他当然不敢回家,家在天露湾的南嘴,他骑到了北嘴,隔着几里地的一个巨大水湾。他扔下双肩包,边跑边脱衣裳,只剩下一条裤衩,就扑进湖中,畅游起来,惊起了湖中的野鸭和白鹭。

他站在水中,向空中挥洒着水,双手拢着嘴,朝湖上大喊:"啊啊啊——"他像小伢儿一样兴奋,扑倒在地上,闻着泥土和青草的气味,然后捂着脸呜呜地哭起来。他突然想,是我自己错过了金甜甜,她好心提着那么多葡萄去看我,我却不见她;她给我买了那么多东西,我却没有回应她。家里反对,怡月搅神,自己优柔寡断,瞻前顾后,一切不可挽回。在北京中国农大,他不是没谈女友,他曾与一个北京的女同学有了些感觉。可他老爱将女同学与金甜甜比较,只要一比较,就没了兴趣。女同学长相一般,身体干瘦,爱吃大葱,偶爆粗口,城市女孩,不喜土地庄稼,与他没多少共同话语,生活习惯相去甚远。去上海后,与女同学也断了,没有丝毫挂念。至于赵怡月，他一直有农家子弟的自卑，认为难以高攀。他清楚赵怡月没找到与他在一起的感觉；他与她，也没找到那种与金甜甜在一起的感觉，缘分未到吧。何况，赵怡月是真的准备出国留学的。但金甜甜却经常进入梦中，他喜欢听那在风中飘着不走的一声"大江哥"，喜欢看她的脸蛋和眼睛，喜欢她有一点小心思、小吃醋、小胡闹，喜欢她走路时水一样柔软的身段，既不高，也不矮；既不胖，也不瘦，喜欢与她吃一样的饮食，讲一样的方言，更喜欢她的没心没肺、善良、勤劳、朴实、真诚，还有总是对他的那份仰望、信任、依赖和体贴。金甜甜他已经失去了，可与她一起生活过的这块土地还在这里。他爱这块土地，只有在这里，他的身心才得以安宁和放松。

天太冷，冷水泡过之后直打哆嗦，但人也清醒清爽了，仿佛把在外漂泊了多年的尘垢清洗一净，又回到了上大学离开之前的身心状态。他马上上岸穿了衣服，推着摩托往路上走。听到狗朝他狂吠，抬头看是天露湖渔场，意外看到门口贴有一张招租启事：

因封湖禁渔，现渔场有百亩土地出租。尚有过去承租者大棚数个，免费赠送。电话：1390×××××××。

洪大江看到渔场里有个老倌，他撵走狗，进去招呼说："大爷您郎嘎好！"
那老倌喝着小酒，日子非常滋润。洪大江就喜欢看家乡的老人这种状态，可以活一百岁的样子，真的很幸福。
老倌问他："你有什么事？"
洪大江先问了他姓什么，就说："钱爹，您郎嘎门口贴的招租的事，我想问一下。"
钱爹说："招租呀，你要租？"
洪大江说："我先问问情况。"
钱爹撕扯着干鱼给他介绍说，天露湖渔场现在是国家的团头鲂繁育基地，不能捕鱼了，过去的饲料地就租给了湖南人种草莓和葡萄，不知怎么他们经营不好，没有续租，就搁这儿了。
洪大江看着湖边那些破破烂烂、杂草丛生的大棚，有了主意，指着启事说："要是租地，我就打这个电话号码？"

314

钱爹告诉他那是他们场长的手机，并热情邀他喝一杯。

这个相邀将洪大江的乡情调动起来了，他没有喝，但家乡抓住了他，肯定着他回来的理由。他走的时候拿了钱爹的一条干鱼，放在嘴里嚼着。啊，家乡味！

在不远处的天露湾村，洪大江看到有不少的小车停在村口。他是从旁边绕过的。原来，升任副省长的原荆州市委书记罗丰田一行，由已升任县委书记的赵光明等陪同，来天露湾村视察。这是罗丰田今年回到荆州视察的第一站，荆州葡萄第一村。

罗丰田给大家带来了一个特大好消息：国家全面取消农业税了。

他在村里走了一圈，高兴地对乡亲们说："我记得上一次来，是大转移前的晚上。现在看，你们这儿的变化是太大了，葡萄大棚焕然一新，乡亲们都住进了新楼房。短短几年，你们就建成了一个新农村，在我们荆江县率先脱贫致富，我祝贺你们！"

洪家胜他们说，一是多亏了党的政策好，二是市里、县里对我们葡萄产业的大力扶持和多种补贴。

罗丰田告诉大家，他刚从北京参加会议回来，中央自 2006 年起，全面取消农业税！

这是让人惊喜的消息，种地不交公粮了，不仅不交，而且国家还给补贴。

大家兴奋地议论：有这样的大好事？我们以后都不交税了?!

罗丰田说："对！这意味着什么？意味着在中国沿袭了两千多年的这项传统税收的终结，极大减轻了农民的负担，直接惠及九亿农民，是中国农村体制改革的里程碑，更是中国农民命运的大转折！"

赵光明说："这简直是送给农民的大礼包！农村的大福音！农业的大机遇！"

罗丰田说："是呀，我们一定要充分利用这个历史大机遇，发挥我们的聪明才智，发展好我们的特色产业，让农民尽快富起来。三农问题的根本解决，还在于脱贫致富，共同富裕。取消农业税，是我们迈出的重要一步！"

赵光明说："中央的这项决策非常英明，顺应时代，心系农民，三农问题的解决，已经曙光初现！"

罗丰田副省长和赵光明书记走后，天露湾村立马召开支委和村委扩大会议。村部会议室里，炭火熊熊，大家围着一盆火热烈地议论着。

洪家胜喜形于色地说:"国家取消农业税,这真是天大的好消息,对咱们基层干部,特别是村干部,简直就是一次解放!我们不用再催粮催款做恶人,干群关系妥妥的好了,大家和和气气,村里平平安安。早就该如此啊!"

钢子说:"要说解放,所有的农民都解放了,从承包责任制,到小平同志南方谈话,再到取消农业税,一步步,咱们农民找到了挺胸做人的感觉,农村也找到了发展的方向。"

洪家胜说:"真是大快人心!过去,我和村干部收粮收款,有意无意伤害过一些村民,比如在座的满仓会长,我向你们道歉。"

他站起来深深地鞠了一躬。

马三爹拉他坐下,说:"坐坐坐!这事,过去就过去了,我不也一样么?时代的局限,我们无法置身事外。好在这一切都结束了,历史翻开了新的一页,我们应该向前看。我想满仓他们也不会再纠结。"

金满仓说:"没有,没有,三爹,过去的事,再提没意思。"

许会计说:"就算咱们有什么恩怨矛盾,中央的英明决策一来,全都化解了,'度尽劫波兄弟在,相逢一笑泯恩仇'。"

洪家胜说:"许会计,你那古诗,说的啥哩?意思是兄弟也有恩仇?"

许会计说:"泯恩仇,就是消泯了,泯灭了,没有了,大家笑一笑,兄弟还是兄弟,就像你和满仓会长。"

金满仓说:"我们没有恩仇,许会计,你有挑拨的嫌疑啊。"

许会计坐不住了,说:"满仓会长,我是引用诗词称赞你们两人和好,我挑拨什么啦?"

洪家胜呵呵朗笑道:"许会计,送你八个字,'谨慎拽文,避免矛盾'。现在谈正事儿,取消农业税,我想它的目的,就是要增加农民的收入,调动农民发展新兴产业的积极性,解放生产力,让咱们农民尽快脱贫致富。我们天露湾村,这些年是与中央同向而行的,我们没有掉队,也决不会掉队!我认为,紧紧盯住葡萄产业发展,是今后我们村的重要课题。"

金满仓说:"我们协会开过年来,面临的工作,是怎么增加明年葡萄种植的面积和品种,还有一个是怎么更多地接待外地来培训的葡农。"

马三爹说:"天露湾现在是名声在外,种葡萄的都来咱这儿学习,要把外地的葡农接待好。"

钢子说:"我们村委会还要腾出房子来,按现在取消农业税这势头,种葡萄的人会越来越多,来我们这儿学习的也会越来越多,来我们这儿旅游的人也将越来越多。我有一点想法,说出来大家商量。咱们在湖滩岗坡上平整出来差不多有一百五十亩土地了,这几年的辛苦大家都见着了,我的工作就是平整土地不动摇。"

马三爹说:"对,钢子,你说说平整出来的这片地做啥用,让我老倌子高兴高兴。"

钢子说:"三爹,这片土地打它主意的人不少,有想建工厂的,有想建养猪场的,有想开发楼盘的。虽不在农田红线内,但作为耕地,性质不能变更,当然,可以种葡萄。一个村,仅有葡萄不够,我认为要经济作物多样化,如果在那儿种一百亩桃树,每年桃花盛开,可以吸引来更多的人到这儿观光旅游。春有桃花,夏秋有葡萄,又是桃花源,又是葡萄园,那该多好!"

一听说桃花林,甘梅来了兴趣,说:"钢子书记说的桃花,可是个好东西!"

许会计说:"哎,春天这里就热闹了。"

洪家胜见蹦出个桃花产业,显然不同意,他必须制止,说:"这块地,钢子付出了心血,是他的坚持才换来了这块土地。问题是,现在旅游的条件不成熟,没有配套设施,吃饭的地方都没有,谁来玩,玩什么?"

钢子说:"名气是慢慢出去的嘛。"

洪家胜说:"但得有主有次。我们就是江南葡萄第一村,不是桃花第一村,葡萄就是我们的特色产业,没有特色,就没有品牌。"

金满仓说:"据我所知,潘忠银家的农家乐马上开业。以前,葡萄客商来了要跑到很远的国道上找饭吃,培训的来了,不能总是吃方便面。这么大片的葡萄园,还有湖区风光,采摘加游玩,发展旅游是不错的。"

甘梅说:"反正呀,这风景正好填补了咱们这儿春天的空窗期。"

许会计说:"有诗曰'去年今日此门中,人面桃花相映红。人面不知何处去,桃花依旧笑春风'。春有'人面桃花相映红',秋有'葡萄美酒夜光杯',天露湾就真的成了人间天堂,是天上的雨露滋润的地方。"

洪家胜寸步不让:"我认为在意见不统一的时候,要请示上级,暂时搁置这块土地的用途。"

钢子据理力争:"我说桃花好看,是顺应旅游市场的需要,我们的眼光要放远点,但我没说要做桃花第一村,我不是这个意思。"

洪家胜霎时变脸了,说:"钢子,这是你的口头禅。我可能老了,不懂你是啥意思。在税费时代,我做尽恶人,身体垮了。没了税费,我人也老了,明天,我就到镇上递交辞职报告,希望你们大展身手,想种啥种啥……"

毛标说:"洪书记,你不能关键时刻掐电啊!"

许会计说:"你带领我们学习取消农业税的文件,咋扯到辞职上了?"

马三爹敲敲拐杖,生气了:"家胜,你告诉大家,你这是气话。"

洪家胜说:"三爹,我是来真的。"

马三爹说:"糊涂,你书记是党员选的,村主任是村民选的,说辞职就辞职?村里葡萄产业近二十年,发展得这么好,是因为你们两个班子一套人马的能力和团结,团结是根本保证。大家各司其职,各谋其政,分工明确,找准位置。主事的主好事,助手助好力,省长都来咱们村了,这是多大的荣誉?要辞职,别赶现在。我这拐杖,没打过人,希望你不是第一人!"

他高高扬起了拐杖。

许会计说:"惹毛谁也不能惹毛三爹。三爹,您郎嘎消消气。"

马三爹说:"还是你们先消消气吧。"说着他放下了拐杖。

晚上洪大江住宿在天露湖镇上。

几年没回来,镇子也大变样了,楼房高矗,街道刷黑,湖边的那条街上,成为商业美食街。旅游也兴盛起来,各种农家乐小院,在垂柳掩映之中,食客盈门,热闹非凡。

半夜就盼着天亮,去吃一块大锅盔,这就是大江日思夜想的东西。

天露湖镇的早酒馆,临湖一大排。过了一座桥,看到有几条船在卸水草,有一条船上还有几只鸬鹚在嗷嗷地叫着。街上的烟火和水雾纠缠缭绕,锅碗瓢勺的叮当声和人的说话声就像在水里漂。

喝早酒的食客很多,又是牛杂煨锅子,又是猪头肉煨锅子,又是鳝鱼煨锅子,又是鲜鱼煨锅子,更多的是鳝鱼面、鱼片面、牛肉面、牛杂面、肥肠面、三鲜面……

洪大江点了一碗牛杂面、一瓶啤酒,吃得十分爽劲。一个老倌的收音机放在桌上,收音机先是播放京剧,吃着吃着,开始播放新闻:"……中国取消农业税,将让九亿中国农民彻底告别缴纳农业税的历史。这是中国农业发展与世界接轨的标志性事件。从国际上看,当一个国家经济发展到一定程度,无一例外地要对农业实行零税制,并给予相当的财政补贴。在经济全球化的宏观背景下,中国取消农业税,采取'少取、多予、放活'的政策,无疑顺应了时代的要求,适应了世界经济一体化的发展形势。这是中国农民命运开始发生重大变化的标志性事件。废止农业税条例,预示着中国农民的命运,开启了一个不同以往任何历史时期的崭新阶段……"

大家都围着收音机旁听着,兴奋地议论。

一个满面红光喝早酒的老倌举着酒杯说:"种地不交粮,三皇五帝到如今没有过呀!来来来,大家喝一杯!庆贺庆贺!"

食客们纷纷举起酒杯,互相敬酒干杯。

有的说:"农民这下没负担了,这可是给农民的真金白银!"

有的说:"政府真是在为百姓着想。"

洪大江听着,脸上洋溢着兴奋的表情,喃喃地说:"赶上了,真是好……"

旁边的老倌问:"小伙子你嘀咕啥?"

洪大江笑着说:"没啥,没啥。"

他看到不远有个锅盔摊子,赶快起身去买锅盔。

肖丙子父子搭村里的拖拉机来到镇上。肖小安现在搞大棚搭建和葡萄专用肥生意,肖丙子让他吃了早餐去荆州小北门农资市场进材料。

肖小安去对面的锅盔摊子买锅盔。肖丙子点了一碗肥肠面、一杯荞麦酒。突然背后有个人说:"丙子,你咋不点个牛杂煨锅子?"

肖丙子一看,是潘忠银,摩托车上绑着长长的竹条,是拉回去做避雨棚的。

潘忠银坐下来,肖丙子用筷子点着那些竹条说:"忠银,小安现在专搞葡萄大棚,你承包给他搞就行了,价格合理,你不用操心。"

潘忠银说:"我让你儿子承包,你连个牛杂煨锅子也不请我?"

肖丙子说:"忠银,我现在喜欢两清的生活,就是我不欠你的,你不欠我的。我在南方做生意的时候,那里都兴 AA 制,咱们来个 AA 制怎样?"

潘忠银问:"啥叫 AA 制?"

肖丙子说:"比方牛杂煨锅子十块一个,咱们一人五块,分摊,亲兄弟明算账。"

潘忠银鄙夷地说："丙子,你咋还是麦秸秆吹火——这么小气咧?老板,来个牛杂煨锅子。"他把十块钱拍在桌子上,"还加两杯荞酒。"他又拿出两块钱零钱来。

老板娘一会儿就端上煨锅子,点燃酒精。潘忠银将一杯酒推给肖丙子:"我老潘请客。"

肖丙子推辞说："不,不,不,你没在外头混过。"

潘忠银说："你混过又怎样,还不是被打断了肋骨?"

肖丙子哽咽了半天:"忠银,你说话像刀砍的。来来来,借花献佛,我敬你,走一个!"

潘忠银眼尖,看到肖小安在马路斜对面一个锅盔摊子前等锅盔,就说:"那不是小安吗?让他来陪咱们喝一杯。"

肖丙子说："不用叫他,他不配跟咱老爷们喝酒!"

那边肖小安边等锅盔出炉边打游戏,猛抬头看到有个买锅盔的背影很熟,背着双肩包,手上扶着一辆漂亮大气的摩托,摩托后面驮着个旅行箱。

锅盔师傅从炉膛里用长火钳夹出锅盔,问那人:"刷不刷辣椒酱?"

那人说："刷,多刷点。"

肖小安拍了那人一下:"大江!"

洪大江猛惊转身,有点慌乱,说:"小安,是你?"

肖小安说："你不是在上海工作吗?你这是……"

洪大江说："出差呀,我、我在荆州出差。"

肖小安看洪大江摩托上是箱子。洪大江不好解释,他急中生智说:"我是专门骑车从荆州过来吃锅盔的,这箱子是我给市农科所带的设备。我先走了……"

洪大江骑上摩托眨眼就没了影儿。肖小安愣在那里,锅盔师傅问他锅盔刷不刷酱,肖小安拿上锅盔就走。

肖小安吃着锅盔,跑过来对肖丙子和潘忠银说:"你们猜刚才我看见哪个了?"

肖丙子问："哪个?"

肖小安说："你们怎么都猜不出。"

潘忠银说："未必省长微服私访?"

肖小安说:"洪大江。"

潘忠银嘬了一口酒说:"大江,这有啥稀奇的?"

肖小安比画说:"他骑着摩托,驮一个大箱子,脚上穿的是布鞋。"

潘忠银说:"你看错人了吧?"

肖小安说:"不会的,蚊子飞过我都能看清公母!……他回来干什么咧?"

　　洪大江回来的事,肖丙子给儿子小安交代,不能在村里讲,这是底线。洪书记为咱们贷款担保的恩还没报,除非洪大江回村,就明白是咋回事了,可洪大江一副落难的尊容,有点不正常。这事,还是被潘忠银捅出去了,他觉得要跟洪书记说一下,也问一下是啥名堂。潘忠银就去了村委会,对洪家胜说:"你儿子大江回来了你晓得啵?"

　　洪家胜问:"你说大江?"

　　潘忠银说:"他回家没?"洪家胜说没有。潘忠银说:"是这样的,是肖小安看到的,我没看到,他说你儿子在买锅盔,骑个摩托,穿双布鞋,还驮个大箱子。"

　　洪家胜说:"那不胡扯吗?"

　　潘忠银说:"我跟你讲一声,肖丙子父子若扯上我,我声明与我无关,没看着,我走了。"

　　洪家胜想,这不可能呀,儿子他回到镇上了,离家还有几步路?会不回来看看父母?这肖丙子父子,怕是老毛病又犯了,于是说:"不可能。"

　　许会计说:"是呀,肖丙子父子的话连标点符号都不能信。"

　　肖丙子回来,忍不住将这事给吴红英讲了,要她千万别说出去。吴红英横扯着眼对肖丙子说:"你蛮得意咧。"

　　肖丙子说:"说说不行吗?他是小安的同学,穿个布鞋,驮个箱子,不是脑子出了问题就是被开除了。"

　　吴红英说:"为了感谢书记,我保持沉默,沉默是金。"

　　肖丙子说:"书记固然对咱不错,他老婆黄秋莲还是讨厌,天天说洪书记不该给我这种坏人担保,受尽了气。这娘们多年来净欺负咱们,一口一个孙子,一口一个重孙,这不就是报应么?什么硕士毕业在上海当农艺师,年薪二十万,扯淡!他们家老瞧不起我们小安,小安再不济,也有一双皮鞋呀,老天帮咱们解气。来,孩他妈,把小安的皮鞋拿过来,我今日个要好好给他擦擦,擦得苍蝇都歇不上去。"

吴红英甩过来一双皮鞋,肖丙子就真的唰唰地擦了起来。

下午,黄秋莲来买东西,又是一口一个孙媳妇,还说,你把你家酒多掺点水早日还贷款呀。吴红英僵硬地挤出笑脸,叫了几声姑奶奶。她哪忍得住咧,还是说出了口,问:"你家大江到镇上了,他回家了么?"

黄秋莲一听苕了,盯着她说:"你高烧啵?"

肖丙子忙出来制止,大吼道:"你个婆娘,你不是说沉默是金么?"

吴红英捂住自己的嘴巴,可惜晚了。

肖丙子咬牙切齿地扬起巴掌说:"好想抽你个婆娘!" 又对黄秋莲笑着说,"秋莲,你别听她胡说,小心我绞烂她的嘴!"

黄秋莲站着不走,问:"肖丙子,她说的是真的?"

肖丙子连连摆手道:"你听她的话,住铁瓦屋也要失火!"

黄秋莲说:"那就证明我们老洪担保,是好心没好报,好柴烧烂灶。不求你们知恩必报,也不要恩将仇报,你说呢?"

肖丙子说:"决不会,决不会的,我老肖以后一定要知恩必报!"肖丙子想想也烦,突然一拍桌子,把在场的两个女人都吓得不轻,"吴红英臭婆娘,老子要跟你离婚,你这个不知好歹的女人,不是洪书记救咱,还有今天咱们一家人吗?!"

肖丙子突然变脸,怒目而视,吴红英吓哭了,顿时涕泗横流,恨不得倒地打滚:"都欺负我,我前世作了什么孽啊!呜呜呜……"

这事儿在村里插上翅膀马上传出去了。洪家胜两口子分析绝无可能,但肖小安说得有鼻子有眼,想也不会瞎编。关上门,洪家胜径直去打电话,他拨打了儿子洪大江的手机,里面的声音说:"您好,您拨打的电话已关机,请稍后再拨。"再打,还是这样。关机不证明什么。

他想到大江那天晚上给他打的电话,他不是去外地考察去了么?还是问问他单位。于是就给上海那边的农场打了电话,对方告诉他:洪大江辞职了,离开了上海。

洪家胜脑袋轰的一声,莫非真辞职回家了?可这是为什么呀?他不好好的吗?他还说高级农艺师批下来了?洪家胜木头一样地站在街上,喃喃自语:"我还没辞职,他辞职了……"

第二天洪家胜和黄秋莲就去了镇上,夫妻俩疯了一样地在街头寻找他们的儿子,每一个骑摩托车的年轻人都看,每一辆摩托车都看。洪家胜回忆儿子买的啥牌子的摩托,一急,什么都想不起了。黄秋莲说,本田嘛,儿子说过,他这辆摩托车是什么一百五十升的,花了两万多,两个月工资。洪家胜一边找一边说:"两万多? 完全忘了,这小子太会用钱,什么宝贝要两万多? 可以买辆汽车了! "

找遍了全镇,就巴掌大点地方。好在肖小安没说大江是在荆州市出差,要说了,他洪家胜也得满荆州城去找。

整整一天,洪家胜和老婆算是把镇上的旮旮旯旯都篦了个遍,直到两个人筋疲力尽。洪家胜坐在街头的马路牙子上,一副绝望的神情,仿佛天塌了。

碰上肖小安,让洪大江很后悔,就馋那块锅盔,没想到冤家路窄,撞上了村里的同学,大意了。他原想,在离自己村远点的地方,最好是对岸去租地,但沿着湖问了一圈,没有地租。算了,渔场离村里也有五六里地,非常隐蔽,尽快签合同,找个地方住下来。跟天露湖渔场的孙场长打过几次电话沟通,定好了这天签订合同。

孙场长夹着包,梳着大背头,皮鞋也非常厚实锃亮。他拿起洪大江的身份证,检验假币一样对着阳光看了又看,怕有什么差错,问:"上海的? "

洪大江答:"对,上海户口。"

孙场长审视他像审视坏人:"口音是咱们这儿的,从小离开这里? "

洪大江含混地回答:"呃,是。"

孙场长问:"怎么想到回老家种葡萄? "

洪大江说:"叶落归根呀。"

孙场长悠扬一笑:"你多大年纪,还叶落归根? "

洪大江指着外头的湖与湖滩说:"人未老,心已老,出门在外,就惦记着这一湾水,一湾地。"

孙场长说:"嘀,饱经沧桑的口气呀! 对家乡有感情的人,值得信任,欢迎你回家乡投资! "

洪大江说:"您郎嘎这里也不是招商局,我也不是大老板,我就想在湖边种几亩葡萄。"

"你说包十亩? "

"我先试验吧。"

"你会种吗？"

"试验试验嘛。"

"弄好了你一年的收入也很可观啰！"

"学着种，学着种。"

"你用不着装佯！有备而来的。你……干脆包个五十亩吧，零打碎敲的，其余的我让谁去包呀？"孙场长抹着大背头说。

洪大江连连摇头："除非，您郎嘎先赊给我，我可以包五十亩。"

孙场长连连摆手："我不会上你的当，你拍屁股跑了，我找谁去？十亩就十亩吧，现在签？"

洪大江果断地说："签！先十亩，说不定以后整个渔场我都包下来。"

孙场长说："呵呵，癞蛤蟆打哈欠——好大的口气！"

他在合同上写下了自己的名字。

等洪大江去上厕所，守渔场的钱爹对孙场长说："这伢租地真的是种葡萄？"

孙场长说："我看这小子胸有成竹，晒得油黑发亮，不像是游手好闲行骗的。我握他的手，有茧子，粗糙有力。人不可貌相，海水不可斗量，如今江湖上高手如云，我们不管他，收租子就行了。"

钱爹说："场长你最英明。只要不种鸦片，管他种什么。"

孙场长说："租金到位，一切 OK！"

洪大江签了合同，湖边这个荒芜的、杂草丛生的、大棚破烂歪斜的种植场就是他的了。他走进去，竖起那块破旧的"江南百果园"的牌子。他在想着他的葡萄园叫什么名字，他还得注册。在这个百果园里，有一个废弃的、锈迹斑斑的集装箱蹲在草丛中。他钻进去，一只黄鼠狼从里面蹿出来，吓了他一大跳。他看中这个集装箱可以睡觉。事实上，这个集装箱之前住过工人。他把箱子和一些用品从摩托车上卸下，开始清扫集装箱，然后将东西搬进集装箱里，找出一张大塑料布，挂在箱头前当门帘。

他在"门口"望望这个新"家"，很满意，新的生活开始了。

他骑上心爱的本田摩托沿着公路狂驰。

绿潮滚滚、河湖纵横的荆江县，在江汉平原和洞庭湖平原之间，壮美浩荡，虽是冬天，麦田在风中霏靡连绵，一望无边。他骑上了蜿蜒的山路，上了黄山头——荆江县唯一的山冈，也是湘鄂两省的分界地。他俯瞰着荆江分洪的南闸和沃野千里的大平原。山风劲吹,松涛阵阵,远处的天露湖像一面蓝色的明镜镶嵌在平原上。烟霭生暖,长堤巍巍,水杉林一直站到天的尽头。

他下了山,在虎渡河大堤上一路飞奔,一直到了荆江分洪区北闸。

南北二闸,组成了荆江分洪区的进洪与泄洪二口,一个分流荆江洪水,一个向洞庭湖泄洪。而这一千多米、五十四孔、举世闻名的北闸特别宏伟,在旷野里如巨蟒横卧,长虹飞架。北闸下面是布可夫槽,水波荡漾,鱼跃浪欢。他丢开车的手柄举起双拳在北闸上大喊:"我回来啦,我洪大江回来啦!"他为自己的壮举激动得热泪盈眶。然后,他在北闸上开足马力,穿过它的五十四孔闸身,像一只劲鸟鼓翼飞驶,衣袖中灌满了家乡的风。

三十

金甜甜的病已经好了,这与乔汉桥和顾老师对她的精心照料分不开,那个曾陷入恐惧和动荡的金甜甜,现在是温润、宁静、知足和美丽的少妇。她的生活在烫发、美容、购物和烹调中如云舒卷,她脚下没有灰尘和泥土,不再上班,睡衣和拖鞋就可以打发掉她的无数昼夜。汤逊湖与步道,花园与露台,一杯咖啡,一壶普洱,一声鸟叫,一个午睡,就会滚落一天的夕阳,结束一个美妙的日子。生活就是这样,幸福的生活就是重复,而不幸的生活就是折腾。

可这种日子正在改变。金甜甜慢慢发现乔汉桥对她的热度减退了,而且减退得很快,很莫名其妙。乔汉桥的态度越来越生硬和无情,是的,无情,不近情理。但是,金甜甜不知道为什么。

早晨,乔汉桥提起公文包对金甜甜说:"我上班去了。"没有称呼,没有温情,就像是一种生硬的报告。

她还是喊他"乔哥",一如既往地喊,就像某一天改口时那样喊。

"乔哥,不行,你把身上的衬衣脱下来,没烫,你再换一件。"

她从衣柜里拿出一件整烫好的衬衣,强行要乔汉桥换上。她给乔汉桥解衬衣,乔汉桥像火烫了一样阻止说:"我自己来,让妈看见不好。"

金甜甜说:"有啥不好的,咱们不是夫妻吗?"

"不用。"他推开金甜甜。

金甜甜闷在那里,有一点点伤心。她还是不死心,问:"你为什么非要自己来?"

乔汉桥不耐烦地说:"我不喜欢!"

顾老师听着楼上的对话,在楼下门口等着他。乔汉桥下楼将汽车从车库开出,见妈过来,把车窗打开。顾老师低声问:"汉桥,你怎么对甜甜凶巴巴的?"

乔汉桥说:"没有啊!"

顾老师说:"人家甜甜对咱们多好,真是天下难寻,你到哪儿找这么贤惠的媳妇去? 找到甜甜,是咱们家祖坟冒青烟了。"

乔汉桥无语:"……妈,我今后注意。今天要早点出去办事,您就陪甜甜一起吃早点吧。"

他早出晚归,而且越来越早地出,更晚地归。回来的时候,总是带着一身酒气,醉醺醺地回家。

金甜甜在检讨自己,是不是对他没有过去那么依恋了? 是不是她做的饭菜不好了? 是不是花钱太多了? 她克制着去商场和美容院的冲动,甚至素面朝天,不再化妆和烫发,想方设法做一些荆江县的美食让他品尝,把家里收拾得一尘不染。晚饭前,金甜甜就给他发了短信,告知他晚上做了他爱吃的牛肉火锅,还配有他爱吃的羊肚菌、火腿、上海青、苕粉,炒了乔家母子都喜欢的豆豉回锅肉,还有他喜欢的腌藠头。但他没有回短信。

可她希望此时乔汉桥回家,夜已经来临,电话他不接。金甜甜只好将火锅、炒菜端上桌,将火锅的配菜暂放一边。

金甜甜打开餐厅的灯,喊在打瞌睡的顾老师:"妈,我们吃饭吧,可能汉桥在外面有应酬。"

顾老师坐上桌,金甜甜盛饭给她,又拿出一个盘子说:"这个回锅肉,留一半给他。"

她用公筷搛出盘子里的菜,放到保温盒里,然后两人开始吃晚餐。

吃到一半,乔汉桥回来了,推开门,扶着门手柄站那儿,头发凌乱,一看就是喝醉了。

"汉桥,你吃了没?"顾老师问。

乔汉桥吐着酒气说:"吃了,今天有事。"

他坐在沙发上喘气,金甜甜放下筷子,给他沏了一杯茶,并脱下他的外衣。他往沙发上一靠,就睡着了。

金甜甜收拾碗筷,小声对顾老师说:"妈,您郎嘎别管,我来收,让汉桥睡一会,他是累了。"

顾老师埋怨说:"喝酒喝累了。"

收拾好之后,金甜甜唤醒乔汉桥,搀扶着他上楼歇息。她让他在床上躺下,脱下他的鞋,给他盖上被子,然后坐在床沿看着酒气浓烈的他,几滴无声的泪珠

327

滚出来。她握着他的手,抚摸着,又拿来热毛巾为他擦拭。

乔汉桥咕咕哝哝翻身睡了。她环视着房间里的一切,他们的合影、衣物、器物,不知何时也在沙发上睡着了。

她感到有人给她盖被子,醒了,一看,是乔汉桥。

乔汉桥说:"你上床睡去,甜甜。"

金甜甜说:"你睡吧,乔哥。"她看钟,都凌晨四点了。

乔汉桥问:"请你原谅,我是怎么上楼的?"

金甜甜很陌生地看着他,说:"你都忘了?"

"不好意思。你不要这么看着我,我会难受的。"

"你很疲倦,乔哥。"

"是的,你睡眠也不好,眼圈有点发黑。"

"比几年前好多了,还记得吧?那时候不抓着你的手我就不能入睡。"

乔汉桥浑身不舒服似的,说:"你好了就好。"

金甜甜说:"得感谢你,耽误了你许多个晚上,整夜整夜地陪我。"

乔汉桥说:"我那时候精神和身体还好,现在,老啦。"

金甜甜说:"不老,乔哥,怎么说老呢?你在我心目中还很年轻。"

"你别安慰我了。"他打着哈欠。

"我说的真话,你千万别让自己沮丧,乔哥……"

其实,顾老师对儿子与甜甜的感情变化,看在眼里,苦在心里,好几次想问问儿子是咋回事。这天早上乔汉桥下楼,发现妈在提水帮他洗车子,乔汉桥说:"妈,不用您洗,到处都是洗车的,很便宜。"

顾老师将他拉到假山那边,问:"你对甜甜是咋回事?又是对她态度不好,又是天天出去喝酒,不是外边又遇上什么小妖精了吧?"

乔汉桥说:"怎么会呢?我的妈!"

顾老师说:"那是啥原因?你今天实话告诉我。"

乔汉桥说:"妈,难道您不明白我心里的苦楚?不能这样下去了!我不口出恶言,甜甜她还会黏着我,我不想害她一辈子。这事总要捅穿的,人家也是家里的独生女。"

顾老师担心的事终于让乔汉桥说出来了,她心里一阵绝望:"你不是说做试

328

管婴儿去的么？"

乔汉桥说："我不想养别人的伢，说到底，那不是咱的，不是咱乔家的血脉。"

顾老师心碎欲泪，说："汉桥，妈和你爸对不起你。"

乔汉桥安慰妈："从好的方面想，我不是傻子就是万幸。甜甜太年轻，我们不能耽误人家。"

顾老师说："当初……你是怎么想的？"

乔汉桥说："当初啊，当初？……已经过了当初，人生没有后悔药，我必须面对现在。我听到她几次在梦里喊大江大江……"

"就是她的那个老乡，华中农大的小伙子？"

"他们青梅竹马长大的，还是同学。"

"他们现在背着你还在来往？"

"正因为没有来往，我才难受。那小伙子很优秀，中国农业大学的硕士，在上海工作，唉，我于心不忍……"

"是甜甜当初受了刺激，晚上离不开你，坚持要同你在一起的呀。"

乔汉桥重重叹着气："我没有拒绝，我就是犯罪……"

晚上，乔汉桥又没有回来吃晚饭。在金甜甜给顾老师送去宵夜的小甜点和牛奶时，乔汉桥才醉意踉跄地回来，钥匙在锁孔里捅了一分钟还没打开。金甜甜听着有人在开大门的锁，问："谁？"可是没有回音，还在捅锁。小偷不敢这么大胆。她将门打开，乔汉桥扑了进来，眼看就要倒了，金甜甜忙抱住他。她没问他为什么这么晚才回，可他断断续续说了，今天是请市监局的人，他们进的葡萄和苹果农残超标，市监局要罚五万元，只好请他们吃饭，希望少罚点。

金甜甜看他醉得灰头土脸，神情倦怠，心疼得不行，说："如果我负责鲜果采购，这种农残超标的事就不会发生，明天我去上班吧。"

乔汉桥听说后，坐了起来，眼睛也亮了，人也清醒了，问："你说什么？"

"我去上班，帮帮你，你太累，那些人不负责任。"

"不许，在家待着，没你的事，我会处理的。"

"我一定要去！"金甜甜说。

第二天乔汉桥到了商行，在办公室坐下后，艾晓兰来给他说，金甜甜上班来了。乔汉桥到了鲜果采购部，果然看到金甜甜穿着许久没穿的西服套装，在她的办公桌前看着电脑上的果品行情。

他进去把门关上了。金甜甜见是乔汉桥,没有动。乔汉桥变了脸,对她严厉地说:"回家去!"

"我身体没有问题,为什么要待在家里?"

"要你回去,我们不用在公司里吵。"

"农残超标的问题我来解决。"金甜甜说。

"用不着你在这里逞能,这儿没有你管的事。"

"我不回去。"

乔汉桥粗暴地拔掉了电脑的电源,电脑黑屏了。金甜甜气得要摔手边的东西,茶杯,或者砸了电脑。但她不会做。

乔汉桥打开门,做了个让她出去的动作。门口有人在看,乔汉桥会很尴尬,商行会混乱,有人会看笑话。金甜甜拿起包,出去了,对门口看热闹的人强笑着说:"我来拿个东西。"

她走下楼,哭了。她走了一段,直到看不见商行,招停了一辆的士,上了车。

晚上乔汉桥许是生气了,还是没回来吃晚饭。金甜甜洗好盘碗,清理好厨房,将饭菜热在锅里,对顾老师说:"妈,我去休息了,您也早点休息。"

顾老师喊住她问:"甜甜,汉桥他没跟你睡一个房间么?"

金甜甜咬着嘴唇不让自己哭出来,如果一说出她就会崩溃,她不会说。她扬起脸笑了,"没事的,妈,我打鼾,是鼾声把他撵走了,他第二天要上班呀,不能影响他休息。"

顾老师要上楼,说:"这还了得!我把他的被子抱到你房间去。"

金甜甜说:"不用不用,妈!"

顾老师不由分说,上楼将乔汉桥的被子枕头搬到金甜甜的大卧室里。金甜甜说:"妈,真的不要这样,会影响他休息的。"

午夜时分,楼下出现了汽车声,熄火。乔汉桥步履沉重地上楼来,金甜甜听见他盥洗,假意睡着,等待乔汉桥来到房间。

乔汉桥蹑手蹑脚地进房了,他发现他的被子枕头都铺好了。他没有躺下,将被子枕头又轻轻地抱走。

金甜甜坐了起来,说:"你能不走吗?"

乔汉桥停在卧室门口,扶着门框,满身酒气,没说话。他在沙发上坐下来,对金甜甜说:"你今天去商行,是什么意思?"

金甜甜说:"我不回来了吗?"

"但人家在讲我闲话。"

"舌头是别人的,你管那么多!你罚款问题解决没有?"

"让他们罚吧,罚光了才好。"

说着他要呕吐,金甜甜急忙起来给他倒茶,说:"乔哥,你这么难受我很伤心,你这样喝,是什么也不顾了?"

乔汉桥说:"……那我们明天见。"

他抱起被子出去,被金甜甜拉住了。乔汉桥突然有点清醒地看着她,看着她滚出眼眶的泪水。他突然问自己:"我做错了?"

金甜甜流着泪说:"也许是我做错了,我想帮你,你不愿意。你曾说要给我一个最幸福的家。家在这里,我不知道现在是不是叫幸福?你这是在折磨我,在惩罚我,一定是我做错了……"

乔汉桥低下头,无可奈何地说:"你没有做错,是我,是你乔叔。从今以后,你还是叫我乔叔。"

"不,你是乔哥。"

"是乔叔。"

"乔哥!"

她伏在他肩膀上呜呜地哭起来,哭出了声。乔汉桥傻了。这半夜的哭声相当响亮,是夜半怨妇的哭声,是遭受委屈的哭声。这哭声让乔汉桥惊慌,不知所措:"……甜甜,你别哭了,你怎么哭我的心肠也不会再软,请你原谅。"

他在公文包里找寻什么,终于找出一张医院泌尿科的检查报告单,递给金甜甜。

金甜甜去看,报告单是乔汉桥的,上面的结论是:无法生育。

金甜甜像木雕一样坐在那里,在灯下幽暗的光线里显得无助、茫然、绝望。

乔汉桥抓着自己的头发说:"甜甜,是我欺骗了你,因为当时太爱你,没敢说。我前妻也是这个原因离开我的,你曾说想让我介绍与她认识,我们早就没有联系,我还害怕她说出我身体的问题……这是上天对我的惩罚吧。我妈和我爸,是姨表兄妹,在那个年代没有明确禁止结婚,我不该出生,我是多余的,在这个世界上我就是个多余的人,我真的好可怜……"

乔汉桥捧着脸哭了,没有出声,但泪水从他的指缝间流了出来。金甜甜拉开他的手,脸上全是湿的。

"……你当时因为江中翻船遇险后离不开我,我既幸福,也痛苦,我瞒着你,就是骗你,我同你结婚,我就是不道德。我天天在心里骂自己,等于是一天天加害你。我是个可怜人,我有时就恶毒地想,我为什么不能让另一个女人也可怜一下?我给了她钱,帮她父亲治病,给她家盖房,这样我心里就慢慢好受些了,就听不到良心的谴责了。我是多么可恶,我连累的是这个世界上最好的女人,最不能伤害的女人……可一切都晚了……不!不晚!我请你离开我,你还年轻,你有权过一个正常女人的生活,有自己的孩子,有天伦之乐,你和你的孩子都是你爸妈的期盼,是他们的希望,而这一切,我不能给你,我必须请你离开!"

金甜甜替他揩着泪水,说:"不,我不离开,这是我的家,除了这里,我将无家可归。你不用自责,乔哥,你用最善良的心证明我爱上你是对的,你没有欺骗我!"

乔汉桥说:"这还不是欺骗么?只不过,我用的是软性欺骗,是装成好人的欺骗,是专门针对你的单纯、善良和年轻的欺骗,是精巧设计的欺骗,不知不觉,一步一步,我的目的达到了,你的一生也完了……"

"乔哥,不是的,不是这样的。结婚之前,你问过我一百遍,你说,你真的要跟我结婚吗?以后不后悔吗?我说过一百遍,跟着乔哥不会后悔,永远不会!"

"甜甜,你呀,一个傻大姐,傻丫头!那时候问,你已经中了我的圈套,你已经被我洗脑,你怎么会拒绝?我是只毒蜘蛛,我织的一张网,你粘上了;我挖的温柔陷阱,你掉下去了,你有什么能力拒绝?你还这么小!"

"不就是没有孩子吗?只要我们两个人在一起幸福,孩子算得了什么!"

"算了吧,幸福?有多少人假幸福之名,行欺骗之事?我不会再骗你,请你走!金甜甜,走,走,去寻找你真正的幸福!……"

他躺在沙发上睡着了,鼾声如雷。

金甜甜像拖死猪一样将他往床上搬,费了九牛二虎之力,才将他弄上床。

她累瘫在地上,又勉强支撑起来,拧来热毛巾为他擦脸和手,然后坐在床沿上无声垂泪。灯光凄怆,宛若谢幕。

乔汉桥这天给金甜甜发了个短信,让她到他们常去的"湖鱼小院"吃饭,有事说。这个湖边小院精致、幽静,有一些花草,有废弃的石磨做桌凳,有游鱼小沟、茂盛的铜钱草和菖蒲,面对落霞,视野宽畅。

乔汉桥点的是甲鱼火锅,他给金甜甜舀了一碗,金甜甜没动筷子。几天的折腾,乔汉桥头发深长,有了斑驳的白发,脸上灰暗,像从洗煤厂下班回来的。金甜甜眼圈深黑,爱笑的脸上僵绷着,恢复了一个乡下女孩初来城市举目无亲的茫然和可怜。乔汉桥心里十分痛楚难受,他不知道应该怎么恢复她的过去,他越来越感到罪孽深重。

"你吃呀,甜甜。"他说。

"吃不下。"

乔汉桥想大哭一场。他看着落日辉煌,这让他心里的自责淡了点,因为世界有值得留恋的地方,譬如这样的落日时分。后面不远就是那么大的别墅,那么好的别墅区,湖水轻柔地荡漾着,能抚平所有人——幸福和不幸的人心中的皱褶。他想把这种感觉暗暗传导给金甜甜。

"上个月我出差去上海,在东方生态农场看一个朋友,你猜我打听到了谁?"他说。

金甜甜没说话,显然她在听。

"你的同学洪大江,就在那个农场上班,是最年轻的高级农艺师,他搞的大冠稀植葡萄很有名。你知道高级农艺师是什么概念吗?至少是副教授级别。"

他从包里拿出了一份报纸,是《人民日报》,有一篇不长的文章:《高级农艺师洪大江:葡萄大冠稀植的探索者》。乔汉桥将报纸给她:"小洪在搞大冠稀植的试验,出名了。"

金甜甜没有看,一动不动地说:"我不想知道。"

乔汉桥说:"那就算了,反正他是个人才。我知道这几年你没有与他联系,我在那儿得到的确切消息是,他至今未婚,也没有女朋友。"

金甜甜说:"这关我什么事?"

乔汉桥依然说:"他不仅被破格晋升为高级农艺师,还听说要升任主任,就是中层干部。"

金甜甜说:"你为什么老要提他?"

乔汉桥说:"我不止一次听到过你梦中喊大江哥,我不是说你忘不了他,我是说,一个人有一个青梅竹马,两小无猜,屙尿和泥巴的好友,太珍贵。我算什么呢?我不嫉妒,我是真心羡慕……"

333

金甜甜说:"我已经是结婚的女人,而且是你的老婆。"

乔汉桥从包里拿出一份打印好的离婚协议,还有一个存折,说:"请你在上面签个字。另外,这是八十万的存折,算是我对耽误你青春的补偿,虽然这点钱不足以补偿你给予我的一切。还有,这是洪大江农场办公室的电话,我希望你跟他联系一下,这是我唯一的请求。一切都还来得及,我真的对不起你……"

金甜甜没有动,说:"你叫我来就是说这些?"

她起身就走了。但她想起来,转身把那张报纸拿上了。乔汉桥看她将报纸往包里塞。

她沿着湖边漫无目的地行走着,她不知走向哪里。夜色袭来,湖风渐凉,浪涛骤响,步步惊心。这儿荒凉,这儿陌生,这儿不是我的家。她突然感到自己真的无家可归,想到天露湾的小院,父母的恩情、笑脸,对她的溺爱,那一切,那种爱,是无条件的,无心思的,是与生俱来的,是那块土地自然赐给她的。

她坐到很晚才回家。乔汉桥没有回来,但是那张离婚协议和那个存折却放在床头柜上。

她和衣躺下了,却睡得非常沉,梦都没有。一觉醒来,鸟的叫声格外急遽,温暖的阳光射进了落地玻璃窗。她拉开窗帘,洗漱、收拾衣物用品。

她拿起那张离婚协议,在上面签上了自己的名字,然后把那张存折原样放在协议上。

她拉好箱子,准备出门,又放下了。

她到楼下厨房,为顾老师准备早餐。这个老奶奶她叫了几年妈。

看着那些熟悉的厨具,她突然悲从心来,泪水涟涟,拿盘的手在颤抖。一不小心,一只盘子从手上滑落地下,摔得粉碎,发出尖锐的响声。

顾老师听到声音,来到厨房门口,看到此景,问她:"甜甜,划到手没有?"

金甜甜说:"还好,妈。"

顾老师看到她的泪痕,问:"甜甜,你怎么啦?汉桥又惹你生气了?昨天他回来没?……"

金甜甜将早餐端上桌,坐下来,等顾老师吃得差不多了,她说:"妈,这可能是我给您郎嘎最后一次做早餐了。"

顾老师问:"甜甜,你要离开我们?"

金甜甜点头,又似摇头。

"那你去哪儿？"

金甜甜只是让泪水畅快流出，没有回答。顾老师搂住金甜甜，为她轻轻擦去眼泪。

金甜甜说："……以后，我会常来看您郎嘎的。我本来想，可以跟您郎嘎在一起很久……看来，我没有这个命……每天，您郎嘎要记住按时吃降压的药和钙片，早晨一定要喝一杯牛奶，最好是每天吃一个鸡蛋，鸡蛋是防止老年痴呆的，就白水蛋……"

金甜甜泪如雨下。顾老师知道事情已无可挽回，也拼命抽泣，说："是不是我们汉桥都跟你说了？唉，这事迟早要穿帮的，不管咋样，甜甜，你可是天下最好的闺女，我们家汉桥遇上你，是八辈子修来的福分。你要知道他心理压力大，老早就想告诉你。这孩子，不会说假话，也是个苦命。本来我和他爸，就不该组建家庭，我们那时也年轻，听信了亲上加亲，当时法律也没禁止，结果，唉……"

金甜甜给顾老师拭着泪，"妈，你们都是好人，我会记得你们一辈子的，我不会忘了你们……"

她收拾好碗筷和厨房，又把洗衣机里洗完的衣服晾好，把楼上楼下细细地用拖把拖了一遍。临走时把窗户都关上。将卧室五斗柜上花瓶里的一束红玫瑰添了水，闻了闻。把被子、床单抻了抻。然后，拎起箱子，下楼换上鞋子，把自己的那双卡通拖鞋轻轻地放进鞋柜，又看了一遍楼内楼外，喊道："妈，我走了……"

顾老师看她拖着箱子，说："甜甜，你现在别走啊，等汉桥回来再说！"

顾老师想拉住她的箱子，但金甜甜已经将箱子拖出大门。她转过身来，朝顾老师双膝跪下，磕了个头。然后站起来，毅然走了。

顾老师在后头呼喊着："甜甜，甜甜，现在别走！……"

当一个人无家可归之后，他才知道他应当怎么行动，因此反而心静意定了，而且步子迈得稳，目光不游移。

金甜甜突然想起，从口袋里拿出乔汉桥给的电话号码，打通了，说："请帮我找一下洪大江。"

对方说："洪大江已经辞职了。"

金甜甜问："他到哪儿去了，您能告诉下我吗？"

对方说："不知道他去了哪里。"

还想问什么，已是嘟嘟声。

下起了大雨,这冬天的冷雨,腾起低沉的、凝重的雨雾,天空迷茫。在武昌宏基长途汽车站,金甜甜买好了一张汽车票。她拿着票,站在车站门口。来来往往的汽车和雨雾,遮挡住了她的视线。

隔着马路,不远处就是时隐时现的"汉桥果品经销商行"。

她孤零零地,拖着拉杆箱,一如第一次来武汉,举目无亲。

她举着雨伞,一个人在雨中号啕大哭。

然后,她进了站,踏上了回家的长途汽车。

乔汉桥在商行的办公室睡了一夜,他睡得不错,仿佛回到了刚刚创业的时候,至于家里怎样,好像不是他管的事了。但妈来电话,气吼吼地告诉他甜甜走了。妈在电话里对他破口大骂,她从来没有这么激忿过,说,都是你做的好事,你为什么不能对她负责到底,你安的什么心?如果人家女孩子有个三长两短,看你跑得掉的?!

乔汉桥心乱如麻,没想到他要的结果是这么难受。真到来的时候,心如刀割,如天塌了一般,世界都不存在了。什么公司商行,什么大楼马路,什么别墅花园,统统都像没有一样,过去的想法是一种愉快的自虐,不是他真正想要的。他颤抖着双手开车,回到别墅。没有甜甜的别墅还叫别墅吗?那是一个多么无聊的空寂的去处,在那么远的荒湖边,就像一座空城,一个荒冢。绝望山呼海啸一般袭来。

他打开门,他妈闭目端坐在客厅里,没有任何响动,在逆光中,他妈像一个遗像。

乔汉桥生怕惊醒了妈,他慢慢走进去,站在妈的面前。他听见妈说:"我们母子相依为命吧……"

乔汉桥飞身上楼,希望这不是真的。可是,这就是真的。

他在收拾得清清爽爽的卧室里看了一遍,直到相信金甜甜确实走了,没有了她的气味和身影。床头柜上,那张离婚协议已经签字,上面放着存折。在底下还有一张纸,是写给他的信。他揿开台灯:

乔哥,我走了,感谢你和妈,这些年给予我的一切,也给了我一个温暖幸福的家。你是一个仗义仁慈好心的大哥哥,无私地为我父亲治病,保住了

336

他即将失去的一条腿，还为我家建了那么好的房子。在我精神出现问题的时候，又是你给予我最贴心的照顾，让我慢慢康复，你和妈对我的关爱与呵护，让我享受到了人间最美好的家庭之情。虽然，在婚前你未能告诉我你的苦衷，但我不认为你是在欺骗我，我从来没这么想，我甚至认为这不是一个事，两个人好可以要小孩也可以不要，我毕竟比你小二十岁，我完全可以像你的女儿一样，得到你的父爱，也会像女儿那样照顾你。俗话说人好水也甜，但这一切都不可能了，所有关于美好未来的想象都到此为止。我一直认为，我的一生会系在你和妈身上，但现实残酷，一切一场空，这就是命吧。乔哥，保重，如有需要我照顾妈的时候，随时告诉我，我知道感恩，因为你们给了我大恩。人生何处不相逢？也希望我们有再见面的一天……

乔汉桥读到这儿，噙泪呆坐。汤逊湖的风吹来，浪打来，那么荒凉……

三十一

村里第一个看见金甜甜回来的是黄秋莲。

黄秋莲焦急地在院子里到处撵鸡,鸡因为没有喂食,飞上了灶台。她边撵边诅咒:"把你们全杀了,看你们还乱不乱飞!"她将鸡撵出院子,就看见大路上走来一个女孩,拖着行李箱,好生熟悉。这女子一身城里人打扮,走近看才发现是金甜甜。

黄秋莲打量着金甜甜说:"哟,甜甜回来了!"

"秋莲阿姨好。"

黄秋莲嗅着金甜甜身上飘出的好闻的香水味,像是荷花的清香。她深吸了一口说:"你满身荷花的香味,越来越漂亮啦,生小伢没有?"

金甜甜说:"没,没。"

"正好,我问问你,你跟大江近来有联系吗?"

"没有啊。"

"哦,真的没有?"

"真的没。"

"噢,好,好,你回来休息呀?你妈一定会给你做排骨藕汤。你家新楼房起了,也没见你和乔总回来住呀,乔总呢,没跟你一起回家?"

金甜甜"嗯"了一声,人已走了。

哦,村里真是大变样,大江家的楼房也竖起了,家家都有了新楼房。道路两边的葡萄园,不是避雨棚就是设施大棚,葡萄越来越多,从荆州长江大桥下桥,一路全是葡萄,一直到家,几十里的葡萄长廊,绵亘无际,气派非凡。整个荆江县成了巨无霸的葡萄生产基地,家乡的变化真大,乡村越来越好。而天露湖也越来越漂亮,水的气味甚至发甜,带着清香。金甜甜深深嗅吸着久违的湖水气味,这真是传说中的天水圣水,天露湾生活的感觉又回来了,多么亲切啊!

在自家的院子外看着漂亮的三层楼房,真气派,真好看。金甜甜从包里搜出钥匙打开院门。

余翠娥听到金甜甜推开院门喊"妈",她捂着胸前说:"甜甜呀,我说哪个有我家的钥匙,以为是小偷,吓得我这心怦怦直跳。"

金甜甜看见妈,泪水夺眶而出,这可吓着了余翠娥,问:"咋的啦?甜甜,小乖乖,你哭啥,刚回来,哪个欺负你了?"

金甜甜揩着泪掩饰说:"没什么,没有,妈,回家高兴!是太高兴了⋯⋯"

余翠娥说:"啊唷,你像个小伢儿一样的,快放下东西,洗个脸。你们的毛巾都在卫生间,汉桥呢,没跟你一起回来?"

金甜甜情绪慢慢平静了,说:"没有,爸呢?"

余翠娥说:"还不是在葡萄园里忙,这些时要施肥、剪枝,忙得像陀螺转。"

金甜甜洗完脸,打开箱子,里面全是给父母的衣服和药品,堆在桌子上。她拿起其中一件蓝色的羊毛衫,贴着余翠娥身体,说:"您看这件,怎么样?"

余翠娥喜滋滋地说:"孝顺哟,有新衣裳穿了,你买这么多,乱花钱!"

金甜甜说:"我刚才在大江家门口,他妈问我见到大江没有,不知什么意思?"

余翠娥说:"听说大江辞职不见了,又没女朋友,读书读迂了,可怜。你哪天给咱们抱个外孙回来,气死他们洪家!"

金甜甜说:"大江才不迂,人家是高级农艺师,到更好的地方发展去了。"

余翠娥说:"村里人说,大江是进了传销组织,音讯都没了,还不知道是死是活。进了传销组织,根本不让你出来。小安他爸,肖丙子,不是搞传销吗?被人抢劫,还被打断了三根肋骨!"

金甜甜说:"哦,真是险恶啊!妈,这次我回来好好陪陪爸妈,帮你们干活。妈,我来做饭。"

余翠娥说:"坐这么久的车,你歇着,去看电视吧。"

金甜甜听说大江入了传销组织,这不可能,大江没有这么蠢,何况他现在是高级农艺师,在哪儿都会受到欢迎,他不必去用骗钱来养活自己。但村里虽然富了,一些人爱传话的毛病似乎没改。又一想,聪明人干糊涂事的也不是没有,再说像大江这样的技术男,被骗也容易,如果是真的,此人就废了⋯⋯

黄秋莲听到她儿子大江搞传销去了，估摸着又是吴红英的"杰作"，就去那儿问个究竟。

吴红英那儿总是围着人，现在，他们家做了新楼房，吴红英口德也好了一些，肖丙子的葡萄也种得有模有样了，而且肖小安专门搞大棚搭建和销售生意，行了正道。小卖部也扩大了，门口还放了个台球桌。黄秋莲过去问："吴红英，说我儿子搞传销，是你吧？"

黄秋莲也没再称呼孙子、孙媳妇，贷款人家也还完了，逢年过节，还会给洪家拜个年。但黄秋莲始终与吴红英热络不起来。见黄秋莲来问事，几个村民就让开了，他们知道这两个女人不管怎样，一直是村里的狠角，在一起就是一场"斗鸡"赛。

"问你啦，吴红英，消息是打哪儿来的？"

"百分之百不是我。"吴红英喊冤。

"我怎么一见你就觉得是你干的？"

"成见，这就是成见。你家洪书记是我们家的恩人，我肯定不会恩将仇报。"

肖丙子一身的汗水从葡萄园回来，取下斗笠，对黄秋莲说："书记娘子，红英还不端椅子！"

吴红英犟在那儿说："我今天要说个明白，好像村里坏事全是我们干的，好事咱们没干一件，哪有这回事?！"

黄秋莲说："那你干了什么好事咧？你说一件看看。"

吴红英看到肖丙子对她马着脸，只好"嘻"了一声。

肖丙子指戳着吴红英说："以后只准你说嘻，多说一个字，小心我抽你的嘴。"

吴红英一脸冤枉："我没有说呀，我哪儿说大江搞传销了？"

黄秋莲当着村民说："有的人在村里放屁，说我们大江去搞传销了，以为大江的智商跟某人的一样，想发财想疯了！……"

这时金甜甜在家用电吹风吹头发，余翠娥回去后说："甜甜，我来给你梳头发？"金甜甜说不要，余翠娥说："妈想给你做点事，特别想像小时候，膝盖夹着你，给你梳头。"金甜甜说："您郎嘎梳头，皮筋扎得又上又紧，头皮都要拉下来，疼得我不敢说。"余翠娥说："你咋不说哩，傻丫头！"金甜甜说："哪敢说？说了怕您郎嘎骂我。"余翠娥说："我啥时候骂过你，你这么怕我？"金甜甜说："小时候就是怕,老鼠怕猫一样的。"余翠娥笑了,"你怕过谁呀?真是的!对了,我刚才在小卖部那儿,看到黄秋莲和吴红英吵架,说大江搞传销的事,肯定是吴红英造谣,这婆娘嘴贱。"

金甜甜说:"大江去搞传销,您郎嘎相信么?"

余翠娥说:"你又没见到大江,他干什么真说不定。"

金甜甜就拿出了那张报纸,让妈看。余翠娥一看,说:"大江上了报啊?!"

金甜甜说:"高级农艺师就是教授了,人家是高端人才,一定是有单位高薪聘请他,暂时不想让家里知道。"

余翠娥一琢磨,觉得在理,说:"那你拿这张报纸快去帮大江辟谣。"

金甜甜一想也是,便去了小卖部。有人说甜甜来了,就给她让了道去柜台前。她对大伙也对黄秋莲说:"秋莲阿姨,我虽然不知道大江的消息,也没与他联系,但这里有他的消息。"

她扬起报纸,打开,大家看到了那张报纸,很大的黑体字——《高级农艺师洪大江:葡萄大冠稀植的探索者》。

黄秋莲抢过去就看,边看边说:"这是《人民日报》呀!这是我儿子的事迹!甜甜,你咋不早点给我看?"

金甜甜说:"也是别人给我的,我差点忘了。大家想想,大江是高级农艺师,高级农艺师就是教授级别的专家。不是有成绩的专家,他会上《人民日报》吗?这样的高级人才,怎么会去干传销呢?他们单位说他辞职了,不是失踪了。秋莲阿姨,各位乡亲,大家不要乱说,我虽然不懂大冠稀植,但我知道这样种植的葡萄品质更好,说不定他就是去推广这种技术了,来不及跟家里联系哩!"

大家争相去看报纸,上面清清楚楚写着中国农大硕士、上海东方生态农场的洪大江,这不会有错的。

洪大江上了《人民日报》,成了高级农艺师,又在村里传开了,谣言不攻自破。

黄秋莲非常感谢金甜甜,将家里一条新鲜的翘嘴白大鱼硬是上门给了她,金甜甜不要,可黄秋莲要她双手捧着,衣裳也沾了不少鱼鳞,并希望金甜甜将那张报纸给她。

等洪家胜一回来,黄秋莲就将报纸展开说,快看看,你儿子上了《人民日报》!洪家胜问,报纸是哪里来的?黄秋莲说是金甜甜给她的,金甜甜告诉村民了。

洪家胜将那张报纸翻来覆去地看了无数遍，多日拧紧的眉头终于展开了，喃喃地说："我的儿子我不担心，儿子是有志向的，也算是大教授了。"

黄秋莲说："你不担心？我见你拳头都捏出水来。我就想，大江辞职没了音讯，甜甜又回来了，而且知道大江登了报。这里面有什么奥妙？"

洪家胜放下报纸说："又来阴谋论，哪有这么多阴谋！你神经过敏。"

黄秋莲说："我信直觉，甜甜一定知道大江的下落！"

洪家胜说："你问她去好了。"

黄秋莲说："一定要搞个水落石出！"

洪家胜思考着，说："儿子还不到三十岁，就成了高级农艺师，这应该不多见，他该不是领受什么国家的神秘任务，搞科研去了吧？过去这事不是没有，比如研究两弹一星的科学家。"

黄秋莲笑了，开心地笑了，说："他一学农的，研究两弹一星？葡萄就是两弹一星么？鬼扯！"

这一夜洪家胜没有睡好，却听到黄秋莲高亢的鼾声，她心中的一块石头算是落地了。可洪家胜还是有些疑问，早晨他说："秋莲，你这几天就不去田里了，恐怕大江打电话回来，守好电话，就是你的任务。"

黄秋莲一连几天守着电话，在家左思右想不对劲，甜甜哪儿弄的报纸？这里面就是有阴谋！黄秋莲头脑一热，就提着砧板和刀，站在洪家与金家中间的小桥上，大喊说："余翠娥，今天我拿了刀和砧板不剁，但要赌个咒。鼓不捶不响，灯不拨不明。你家甜甜突然回家，我家大江刚评为高级农艺师，相当于大学教授，却突然辞职，这说明什么?！"

黄秋莲说了几遍，余翠娥才出来，出来也是全副武装，也提着刀与砧板，但放下了，说："黄秋莲，我只是拿出来，你剁，你请便，我不会再剁，剁这玩意儿真是有失身份，你说呢？"

许会计路过，马上开劝说："呵，两位拿的又是冷兵器？算了，算了，你们住上了大楼房，文明程度还在土坯房里。"

黄秋莲说："话要说明白，许会计你不要阴阳怪气。她女儿嫁了大老板，穿上了绫罗绸缎，吃上了人参燕窝，我儿子光棍一条，去向不明。她女儿回来，知道我儿子情况，可他去了哪儿，今天不说个明白吗？"

342

余翠娥用砧板磕打桥栏杆道:"嚙!赖上我们了!黄秋莲,你咋心理这么阴暗?我们家甜甜嫁人多年,与你儿子断了联系。当初也是你儿子读大学瞧不起我女儿,现在怪到我们家了。你儿子当教授当流氓,搞科研搞传销,与我们家有什么关系?你走你的阳关道,我过我的独木桥,少胡扯!"

金甜甜在家里听到外头有吵架声,出来一看,是她妈与黄秋莲在吵,看热闹的又聚拢了。她赶快出来解劝,先把妈拉一边:"妈,你回去,别这样!得坤叔,您郎嘎劝劝她们。"

许会计说:"甜甜回来了?我说乡亲们别围观,她们就吵不起劲来,大家散开,有啥好看的?"

金甜甜对黄秋莲说:"秋莲阿姨,我真的与大江没任何联系,他辞职与我没有一点关系。您要相信我!您一定误会了。"

黄秋莲说:"甜甜,我感谢你给了我那张报纸,你今天对天发誓,大江辞职你真的不知。"

金甜甜说:"我对天发誓,大江辞职我完全不知。"

许会计说:"好了,甜甜对天发了誓,别吵了。看见你们的冷兵器,我腿就发软。吓唬了对方几十年,也没见你们真砍,有种就砍上一回,鲜血淋漓,血肉横飞,那才叫过瘾哩!"

看热闹的村民们都笑起来。

黄秋莲哭笑不得,说:"许得坤,我看你是骨头痒了!"

黄秋莲用刀拍打了几下砧板,回屋去。

在家待了几天的金甜甜,每天下地帮父亲干活,这事让她妈有了疑心,咋没听说甜甜何时回武汉哩?晚上,余翠娥就问起女儿,什么时候回武汉?金甜甜不高兴了,说,刚回来休息几天,您郎嘎就嫌我了?余翠娥说,哪会嫌自己的女儿,你是不是与乔总吵架了?甜甜就哭了,不让她妈说。余翠娥想,这伢有心事。

这天金甜甜收到一个短信,是乔汉桥发来的:八十万元已打入存折。她没有回话,都结束了,再回话没意思。她就骑电动车去了镇上银行,一查存折,果然多出了八十万。她在银行的门口站了好久,拿着打印的存折,泪水一直未停。这也许就是她那段感情的全部了,武汉汤逊湖的生活、在长江中挣扎的恐惧,都扑向她的脑海,她真的觉得那也许是一场梦。她与乔汉桥的事,她在想怎么与父母说出口,挑穿来。

吃晚饭的时候,金满仓喝着酒对余翠娥说:"你又与黄秋莲吵了?"

余翠娥说:"她儿子辞职的事扯上了甜甜。"

金满仓说:"人家儿子不见了,心里焦急情有可原。"

余翠娥说:"甜甜回来住几天,扯上她儿子辞职,还扯上他儿子没讨老婆,都怨上了我们甜甜。"

金甜甜说:"有些人太无聊,结果扯上我,爸、妈,我准备去镇上租房住,离开村里。"

余翠娥与金满仓互看着,这话是啥意思?余翠娥问:"租房?你不是就回来休息几天,不回武汉的家了?"

金甜甜干脆说了:"爸,妈,我与乔总离婚了。"

余翠娥瞪着眼:"甜甜,这、这是怎么了?"

金甜甜说:"离婚在城里不算什么事,婚姻走散的很多,爸妈别大惊小怪,也不用担心。"

她说着眼里滚出泪珠。

金满仓搁下酒杯,问:"怎么会是这样,甜甜?"

金甜甜说:"他没有生育能力,说不想害我,要我趁年轻离开他。"

金满仓一听气愤了:"他赶你出来的?"

金甜甜说:"没有。"

金满仓说:"当初,你说他与老婆离婚了,没有小伢,我就怀疑,他是欺骗你。"

金甜甜说:"爸,不是,我愿意的,他真的是大好人。您的腿,这房子,可能他觉得亏欠我,总是尽力帮助我们家,他不是那种坏人。"

金满仓说:"这就是欺骗,这怎么不是欺骗?看骗不下去了,就离婚。"

余翠娥说:"孩他爸,别生气,他们是真好。我说甜甜,两人好,去抱养一个也行呀。再不,人家搞试管婴儿的,乡下也有不少。"

金甜甜说:"事情都过去了,再说没啥用。"她便将那个存折拿出来,摊开在桌上,"我本来不肯要的,他还是打到我存折上了。"

金满仓一见,怒火中烧,说:"把它撕了,咱金家不要这种钱!"

余翠娥见状将存折抢了过去,说:"孩他爸,不要发火,哪来的火,人家给甜

344

甜的,为啥不要? 又不是偷的抢的! "

金甜甜说:"他说让我拿这个钱去创业搞投资什么的。爸别生气,我什么都说了,不用瞒你们,你们觉得女儿不争气,伤了你们心,可以不认我这个女儿。"

余翠娥叹气,金满仓也叹气,他丢下酒杯筷子,余怒未消,起身回屋睡去了。

金甜甜和母亲坐在那里,什么话都没说,直到天黑。

洪大江的手机基本上没有充电,他不想打电话,因为,一切对他来说才开始,他甚至还没理清头绪,心想等有了头绪再说。

洪大江胡须未刮,头发蓬乱,就跟乞丐没两样,弄得钱爹也越来越怀疑这小伙子是不是脑壳不清。

这个傍晚,他买来两支粗记号笔,在集装箱铁皮上描着几个大字:清亮甜生态葡萄园。

清亮甜是荆江县方言,形容东西甜而不腻,葡萄就是清亮甜的。甜字,是心中的一段记忆,是属于金甜甜的,他的心里有她。他描完了,退远几步,端详着自己的字。他扔下笔,在旁边土坎上挖出的灶里添柴,用铝锅煮面条,并切好了葱、白菜和火腿肠。

钱爹远远地看着洪大江,他坐在小桌前,抿着小酒。桌上是煎得黄灿灿的阳干鱼,还有泡大红辣椒、泡萝卜。

看到这个承包种葡萄的小伙子挖灶煮面条,钱爹就放下筷子,将大半碗煎的干鱼端起,走时又从墙角拿了一个鱼篓子,过来将鱼碗放到洪大江吃饭的小凳子上,丢下鱼篓子说:"小洪呀,你这样天天吃面,可不行。这个篓子,你今天晚上丢到沟汊里。"

洪大江看到了那碗鱼,谢过钱爹,问:"这鱼篓子能放么,不是禁渔了吗? "

钱爹说:"你只别动团头鲂,那可是犯法的。湖边上的小沟小汊弄点小鱼小虾,不让巡湖队看见就行了。"

洪大江再次谢过钱爹,摅起鱼来,这鱼煎得两面焦黄,又用酱油烹了,还有红辣椒,有葱花,有生姜,味道真是太好了。他吃着面,撕扯着干鱼,吐着刺,越吃越带劲,竟然将鱼全部吃完了。

太阳钻进云层里,快落入湖水中的太阳就成了金色的软蛋。水也一浪一浪地成为金色,像是金子垒成的长阶,一直铺到湖心。金色的长阶里,游着凫子、秋沙鸭、青头潜鸭、紫水鸡、白骨顶鸡。白骨顶鸡带着几只雏鸡，它钻入水底，啄出水草的嫩根，喂给雏鸡吃；它们犁出的浪迹像是梯田一样漾开去。接着水面一片殷红，太阳走完了一天的路程，消失进混沌。凉气往岸上扑来，芦苇和蒲草枯黄的影子在水边岑寂。远处的小岛上，树丛里落满了水鸟，它们为争夺树枝睡眠，拼命聒噪着，拳打脚踢，叫声狂躁，斗殴和詈骂成为常态，这是每日傍晚的大战。洪大江在湖边找到一个小水汊，把鱼篓子放进去，又扯了水草将其盖住。明天早上他就可以收篓了，里面会有一些鱼、螃蟹、泥鳅甚至水蛇。洪大江坐在湖边，远远望着天露湾南嘴——他的村庄，那儿炊烟袅袅。

　　一大早，洪大江就过了江，骑着摩托到了荆州的小北门农资市场，他要开始搭建大棚——是大棚，而不是避雨棚。用多大的钢管，多厚的塑料薄膜，大棚要怎么建，建多大的面积，在上海农场都熟悉了。他在市场上逛了一圈，走进一家卖大棚钢管、薄膜的店子。门口写有搭建温室大棚、葡萄大棚、避雨棚等。他看了看这家钢管和镀锌管的质量比较好，便问老板葡萄大棚多少钱一平方。老板说，那得看你用什么样的钢管，用什么样的薄膜，是建单独大棚还是连体大棚，多宽，多长，是避雨棚还是温室大棚，使用用途，分类都很多，造价三元至五十元一平方的都有。老板说，如果你用河北小厂的钢管，就会便宜许多，但不保证你二十年不生锈，也不保证不垮塌。洪大江说，老板你能不能赊销？一年后我付钱你。老板干脆就拒绝了，说你这是开玩笑的，不是正经想建大棚。洪大江说，我地在那儿，大棚在那儿，你担心我会跑？要付利息，我可以付。老板态度还和蔼，说，听口音你是荆江县的，你那边有专门建大棚的，都是在我这儿拿材料，你们建大棚政府有补贴，你自己负担得又不多，你怎么要赊购？洪大江问，政府补贴？补贴多少？那老板说，你们县设施大棚每个补贴两千元，避雨棚是六百元，你不晓得？洪大江说我刚从外地回来承包土地，不是很清楚。老板说，你们天露湾村有个建大棚的，叫肖小安，你去问他，他的技术和口碑都不错，建好了，替你申请补贴，你们叫以奖代补。洪大江一听，肖小安？就问，您郎嘎有他的电话没有？那老板就在抽屉里找出一个小本子，找呀找呀，果然找出了肖小安的电话。

　　洪大江有了肖小安的电话，在门口踌躇着。他自己手上的钱有一些，要留着交土地租金，要买大量牛粪，几年没有收入，将坐吃山空，而且每天睁开眼睛就要花钱，没有钱，寸步难行。如果有赊账的大棚，是再好不过。但如果跟小安联系，他的计划有可能泡汤——如果父母知道了，他还能成事吗？他就是不想让父母知道,以免功亏一篑,搞砸是肯定的。他想了些对策,万般无奈,只好拨通了肖小安的电话。

对方问他是哪个? 洪大江没说。他是想咨询一下,探探小安的口气,了解下县里的情况。就问,你是建葡萄大棚的肖总吗? 肖小安说,是呀,你想建几个,你是哪个村的? 洪大江说,我这里有一些比较破旧的大棚,有些钢管是可以用的,但是基本上都锈了,你进的钢管能保证二十年不生锈么? 肖小安说,好价好质,便宜的不保证。我的好钢管是有正规发票的,你放心,你要建几个? 洪大江问,你能包办大棚补贴么? 肖小安说,就是以奖代补,镇里会有专人验收的,你给大棚我做,现在有活动价,优惠多多。洪大江问,能不能赊欠? 肖小安一口拒绝,我不搞赊账,你谁呀? 洪大江说,如果是你的同学,可不可以? 肖小安问,你哪个呀? 你开玩笑的。洪大江只好说出了是谁。洪大江跟他讲的条件就是保密,不得说出他回家的事。他说,我大约有一万个平方,但我钱不够,我先付你三分之一,一年后再付三分之一,两年后全部付清。肖小安说,你回来种葡萄,有啥不好,你找你老爸要钱嘛,他是书记,还没钱呀? 洪大江说,你做不做? 你做与不做,一定得给我保密,若说出我的事,我就不管你同学不同学,一定对你不客气!

肖小安答应了。

迅速开工的大棚悄悄地在天露湾的北嘴搭建。肖小安为了给洪大江保密,工人没有请村里的,都是从镇上叫的。旧的大棚有的经过了修整,也就是加固过后,再用了新的塑料薄膜,也算是焕然一新。一亩一个大棚,有五个是完全新建的。每天洪大江都在监工,最后在验收单上签字,就算是完成了,这些大棚就是属于洪大江自己的了。肖小安收起验收单说:"补贴直接打你卡上,到时你再转给我。"

洪大江说:"咱们有合同,你放心。"

肖小安说:"你更放心,我可以赌咒,成本价给你建的,一分钱不赚。咱们兄弟同学一场,又在一个起跑线上了。"

洪大江说:"哪里,哪里,你比我高一个等级,我现在是农民,你现在是老板。"

肖小安说:"那就是吧。"

洪大江说:"如果违背咱们的保密合同,这些大棚就是你送给我的。"

肖小安保证:"好! 合同就是法律。"

肖小安完工后在洪大江的集装箱小屋里东瞄西瞅地看了一遍。洪大江不知道他是什么意思，就见他说："大江，看了你，我就偷偷乐会儿。但我也是赊购别人的材料，乐不起来，你没钱付我，我在劫难逃。我给你说，你不能找甜甜借点钱还我？"

洪大江看着肖小安那两粒溜溜乱转的绿豆眼，说："我找甜甜借钱，啥意思？"

肖小安嘿嘿笑道："你小子还给我打马虎眼，甜甜跟你一起回来的，以为我不知道？"

洪大江说："甜甜回来了？"

肖小安说："装，尽管装。"

洪大江拉住肖小安发动欲走的摩托，说："我装什么？你再说一遍，甜甜回来了？"

肖小安说："好了好了，我服你们了，你每天不是跟甜甜在一起?！"

洪大江吼起来："你狗日的瞎说，甜甜真的回来了？你怎么不早告诉我？"

肖小安说："你小子要看脑科，一惊一乍的，以为我傻，骗我啊？"

他一溜烟开车跑了。洪大江丢下手中的铁锹，没命地朝天露湾村的方向跑去。肖小安以为是要追他，加大油门开得更快。

洪大江沿着湖埂往前跑，跳过一条沟，没有站稳，摔了下去，浑身是泥，爬起来又跑。他大口地喘气，趔趔趄趄地撑着身子。后来他停住了，他突然清醒，坐在地上，他冷静了下来。

空旷的大棚里请来了小挖掘机挖深深的槽沟。这个槽沟开挖时，他给师傅讲开槽是垫牛粪的，但先得垫他买来的稻草。师傅只要工钱，也没问那么多，倒是时时关注他的渔场看守人钱爹跑来看稀奇，站在挖出的壕沟里问："小洪，挖战壕，打仗的？"

挖掘机师傅正在下挖斗，猛一下看到钱爹，怪吓人的，就在驾驶室里喊："爹爹您郎嘎站远点！"

钱爹正在饶有兴味地看沟里，抬头一瞧，那抓斗含着一斗土在头顶上，要直接朝他倾倒的样子。他一看就晕了，一失足，掉进了深沟里，上面的浮土哗哗地往下垮，朝他的身上盖去。钱爹在下面大喊："哎哟，哎哟，搞慢点，你们这是要活

348

埋我哟！"

钱爹耸了一头浮土,亮出脑袋,就往上面爬。这时孙场长也被吸引过来了,和洪大江一起将钱爹拉了上来。钱爹坐在土堆上呼哧呼哧喘气,脸色死白,浑身发抖,语无伦次地说:"埋了,埋了,埋了,差点埋了……"

孙场长问洪大江:"挖这么深的沟,又垫这么厚的稻草干啥,种蘑菇?"

洪大江说:"种葡萄呀。"

孙场长说:"有你这么种葡萄的么?"

洪大江不想多讲:"杀猪杀屁眼,各有各的搞法。"

孙场长将钱爹扶出去,钱爹还在抖,却笃定地给孙场长说:"我跳下去是看土的,挖出的全是五花土,底下一定是老墓,这伢只怕是个盗墓的,摸金校尉。"

孙场长一拍脑袋说:"是呀,建大棚,又没种东西,就是挖土,挖这么深,这事怪哉……"

晚上,劳累了一整天,洪大江躺在被子里,借着充电的灯看那本日本葡萄栽培书《葡萄大事典》,书是赵怡月帮他买的。他浏览着"Y"字形的整枝,在笔记本上画着简图。日本的大冠稀植是世界上最好的,这本图文并茂的书,是洪大江的最爱,他几乎翻烂了。突然从书中掉出两张照片,一张是粘贴过的他与金甜甜和赵怡月少年时的合影,一张是他与金甜甜在武汉游乐园梦想大道的合影。赵怡月去澳大利亚墨尔本读研多年,恐怕是在那边定居成家了;而梦想大道上说要十万只纸风车的、依恋他的甜甜,也成了他人妇。她回来是休息还是生伢,他不得而知。一切,就这么错过了。缘来天注定,缘去人自夺……

洪大江正沉浸在散漫的、飘忽的回忆里,忽然集装箱外面传来了一阵脚步声,并且有几只电筒光柱交叉照射。还没等他反应过来,几个大汉闯了进来,全是警察制服,威风凛凛,面孔生硬。

一个警察随即说:"起来,请出示身份证!"

洪大江真被吓到了,不知自己招惹了什么,赶快去找身份证。

警察看了他的身份证,问:"上海户口,到这里来干什么?"

洪大江回答说:"种葡萄呀。"

两个警察让他打开行李箱,翻了个底朝天,又在集装箱里看了一遍他堆放的东西,全是种葡萄和园艺的书籍,有的还是英文版和日文版。

警察翻看书,没有找到什么,让他走出集装箱,一起进了大棚。在挖出的深沟旁边,他们问:"你挖到什么了?"

洪大江说:"没挖到什么,就挖到几条蛇。"

警察说:"你说你种葡萄,过去这里的葡萄藤,你全砍了,却没种新葡萄,还挖这么深的坑……种红薯?也不用这么深,葡萄呢,在地底下长?"

洪大江说:"葡萄为什么不能在地底下长?我跟你们解释会很累,我想请问,我犯了什么法?"

警察说:"呃……这个,你没犯法,这很好,这证明你是一个守法的公民。但……葡萄种植有像你这样的吗?"

洪大江说:"我给你们简单科普一下吧,我这叫生态种植,我要挖一米深的定植槽,里面填稻草和牛粪,第一年,我不会种葡萄,我种生草。种草,明白了吗?"

警察问:"种草,跟葡萄嫁接?"

洪大江说:"是呀,草葡萄,葡萄草,哈哈哈哈……"

他大笑起来。

警察看着他狂笑不已,看着他蓬乱的头发,一拃长的胡须,脏分分的衣裳、布鞋,又看了看那深沟,三个警察使了个眼色,走了。警察给孙场长打了电话,说他们破过不少盗墓案,这儿没挖出五花土,人家看的书是英文、日文的,是种葡萄的,不过,这小子不太正常……

大棚的塑料薄膜掀起来了一半,因为天气热了起来。洪大江种下的墨西哥玉米草,郁郁葱葱,一米多高,湖风吹来,一浪一浪,非常好看。那个时常来巡视一下的孙场长又悄悄钻进大棚,他看到更吃惊,这小子承包大棚种草,这真新鲜,看起来也不像是玩儿的。他喊洪大江,洪大江直起身子来回应,胡子拉碴,头发都可扎鬏辫了。孙场长说:"小洪,你咋像个糟老倌子?"

洪大江摸着胡子、头发说:"这里到哪儿找剃头的去?算了,麻烦,等葡萄长出来再刮。"

孙场长说:"你就连个刮胡刀也买不起?那你种的葡萄呢?连葡萄苗都没见着,搞成个'风吹草低见牛羊'。"

洪大江说:"孙场长,考考你,这叫什么草?"

孙场长掐了一根说:"不就喂鱼的黑麦草?"

350

洪大江说:"这叫墨西哥玉米草。"

孙场长问:"究竟是玉米还是草?"

洪大江说:"我种草,给你收租,你多划算。"

孙场长说:"你没病你种草干什么?"

洪大江说:"你是养鱼的,我是种地的,咱们尿不到一壶。咋说呢?这叫休耕,轮作,过去搞大棚的滥施化肥农药,把地种坏了,我要让土地休息。我这种草,是来吸收土壤中的盐分,而且种了它,害虫就没得吃了,就会饿死。"

孙场长说:"你种草,你吃啥?"

洪大江说:"吃草呀。"

孙场长说:"你还幽默得起来?"他走到集装箱前,看到洪大江用纱罩罩着的一碗炒鸡头苞梗,又看看面带菜色的他,说,"小洪,我们网上查了,你不是逃犯,但你可能是逃债,要不逃婚?交通肇事逃逸?"

洪大江哈哈狂笑道:"我逃难,您郎嘎看我是不是逃难?"

孙场长怜悯地看着他,摇头而去。

洪大江开始点火做饭,田埂上挖的小灶,他下了面条,用青花大碗盛起,闻闻鸡头苞梗,有点馊了,又没有菜,想了想,还是将鸡头苞梗倒在沟里了。他打开酱瓶,挑了一撮酱放进面条里一拌,呼呼地吃起来。吃着吃着,一颗眼泪掉进碗里。

好歹肚子搞饱了,这就行了。但对父母以及金甜甜的思念让他决定回村里一趟,看看也行。他备下了口罩,加上头发深长,村里人认不出他来。

天近黄昏,他戴上口罩,骑上摩托在湖边村路上往南嘴而去。

到了天露湾,天色就麻黑了,路上没有人,只有一两条狗在游荡。但熟悉的柴烟的气味一下子把他拉回了家。柴烟升起,那叫炊烟;炊烟袅袅,那叫乡愁。

洪大江也有几年没回家了,村庄格局还在,但房子完全没有旧样,全是新起的楼房,就像个暴发户,都是种葡萄发的家。这对他种葡萄的决心是一个激励,他才不在乎一栋楼,他在乎的是一个事业。

辣椒酱拌面,吃齁了,口渴了,于是他将摩托停在树丛边,装着哑巴,到了小卖部,指着汽水,咿咿呀呀地伸出一个指头。

吴红英拿过汽水问:"这个?"

洪大江又咿咿呀呀地点头,还做了两个哑语动作。吴红英伸出一只手指表

351

示一块钱一瓶。洪大江付钱,撬开瓶盖,喝着汽水大摇大摆地走了。

吴红英手上攥着硬币,望着洪大江的背影,看他骑上一辆大摩托,往湖边土路而去,她琢磨着这个陌生人是干啥的。肖小安从院子里出来,吴红英说:"小安,刚才一个戴口罩、蓄长头发、长胡子的哑巴,骑好大的摩托,往湖边去了,奇怪呀。"

肖小安说:"长头发长胡子?哑巴?骑大摩托?"

他心里忽然就明白了,嘴里却说:"是来村里偷狗的吧?咱们家又没狗,别理。"

他还有一万多块钱在洪大江手上,他必须替他保密。

洪大江来到自家的葡萄园里,钻了进去,青蛙和蚱蜢到处蹦跳。避雨棚换成了设施大棚,他借着手机灯光举着葡萄幼穗,自语说:"太多了,太密了,这是怎么种的?!"

老爸无心打理葡萄园子,或者技术太差。他开始用手疏果,将小的、残的果子摘掉。他整理了不少的果穗,看时间不早了,月亮也落下了,便钻出园子。

他记起他要去金甜甜家,看她还在不在家里。他在很远就下了车,怕引擎声惊动了人。在月色里,一栋造型漂亮的徽派建筑矗立在眼前,从门缝里瞄去,中西合璧的庭院,崭新宽敞。

他在有灯的窗户里找人,三楼的玻璃窗户里,终于看到了金甜甜的剪影,佳人依旧,她还在家!洪大江一阵惊喜。但这个女人早就不属于自己,或者根本没属于过自己,不过是情窦初开、青春时期的一点朦胧感觉罢了。好吧,这个女人好陌生了,她的气味越走越远,而牛粪和葡萄的气味越来越浓。他沉浸在现在的生活中,而不是臆想过去的旧事。他徘徊了一会,直到有人经过,他才打亮车灯跑了。

洪大江推着车还没到自家院子门口,就听见有呼哧呼哧的声音,低头一看,一条狗,自己家的狗小黑,还记得他,挨挨擦擦的,舔着他的裤腿,朝他兴奋地摇着尾巴,哼哼吭吭的,就像在讲话,在欢迎他归来,好不亲热。

他低头摸着狗,叫它:"小黑!小黑!"

那狗呜呜地想说话,并咬着他的裤子,意思是要将他拉回新建的院子里去。这可不行,洪大江攥狗,将它掀开,说:"小黑,回去!"

小黑狗哪会回去,还是呜呜地低吟,声音越来越大。院子里洪家胜在喊:"小黑,跑哪儿去了? 小黑! 谁在逗咱家狗?! "

狗叮着洪大江不放,他爸朝院门口走来,还咳嗽了两声。他骑上摩托车挣脱狗就跑。

狗不仅紧紧追着他,还大声吠叫,好像在说他不够朋友;有时咬到他的摩托,有时咬到他的裤子。狗咬到他的凉鞋,他的一只凉鞋终于被咬掉了。

那只鞋分散了狗的注意力,它叮上了凉鞋,想再追赶摩托已经不可能,摩托绝尘而去。

洪大江骑了很远,直到村里平静下来,没有了狗叫。他穿着一只鞋,又原路返回,打着灯光找鞋。

鞋不见了。

他远远地看着自己家新楼房的剪影,也很气派,也占有着那一块天空。他为自己坚持做三层而得意,否则在村里就没一点看相。

洪家胜在屋里泡脚,边泡边看报纸。狗从狗洞里钻回来了,出现在他们面前,叮着一个东西。黄秋莲在说:"狗叮的什么? "

那狗将一个东西放到地上,洪家胜一看,是一只破凉鞋,说:"一只凉鞋。 "

黄秋莲说:"哪儿来的? 小黑,哪儿叮来的?! "

狗呜呜叫唤,说不上来,它心里在说什么,谁也不知道。洪家胜说:"这狗平时从不往家里叮东西。 "

黄秋莲说:"半夜在野地里叮一只鞋,不干净的东西,赶快扔出去! "

洪家胜捡起鞋,从院子里往外面的路上扔去。

早上洪家胜在院子里扫地,扫到狗窝,狗在那儿躺着,昨晚他扔掉的那只破凉鞋又被这狗叮了回来。洪家胜诧异万分,将狗撵出窝,再拿起这只鞋,嘴里说:"是个什么鬼,你非得要叮这只鞋,能吃吗? "

他这次没扔,将这只鞋放在了柴堆顶上,并吐上了一口唾沫压秽气。

吃过早饭,洪家胜去葡萄园干活。他掏出疏花疏果的专用剪刀,进入葡萄大棚里,突然看到地上有许多掐掉的小果实,这是哪个搞的? 再一看头上的藤子,一串串未成熟的果穗形状漂亮,颗粒均等,他更加惊奇,心想,是谁帮我干的? 这一看就是高手。

洪家胜想把这事告诉老婆,他到家后从柴堆里拿出那只凉鞋,找到儿子的另一双鞋比着,大小一样。

黄秋莲说:"你把鞋又捡回来了?"

洪家胜说:"不是我,是狗又叼回来了。秋莲,我给你说个事,我到葡萄园里去,不知谁晚上帮我疏了许多果,手法老到,技术很好,是谁呢?你看这鞋……"

黄秋莲说:"谁?大江?他就穿这么破的鞋,半夜去田里,不回家里?"

洪家胜想着这事,提着那只凉鞋,想不出个头绪。

穿着一只鞋打着一只赤脚的洪大江在葡萄大棚里走,脚下给什么硌了一下,痛得嘴都歪了。他瘸着脚到棚子门口,看脚,揉搓着,疼痛还在。他想着要去镇上买一双鞋,听到摩托声,他警觉地往大棚里闪去,回头看是肖小安,后面带着一个女伢儿。

洪大江一走一拐,到租来的粉碎机那儿,推上闸刀,开始粉碎玉米草,又把这些粉碎的草屑撒入垄沟。

机声隆隆,肖小安带着他的女友进了大棚,摇晃着钢管喊:"大江!"

洪大江总算听到了肖小安的声音,肖小安过来问:"大江,你种的啥呀?"

洪大江说:"听不见,你再说一遍。"

肖小安说:"你种这些草,准备养羊还是养牛?"

洪大江将机器关了。肖小安无意间看到他只穿着一只凉鞋,指着他脚下对女友示意。洪大江发现他们看他脚下,连忙将单只凉鞋蹬掉了,说:"赤脚舒服!"

肖小安说:"我给你建的大棚,是想当样板大棚让大家看的,这才是标准的葡萄设施大棚。可你不让我带人来参观,又没钱给我,大江,我现在资金周转困难,为你的大棚,我也差不多只能穿一只鞋了,哈哈!"

洪大江看到了他女友,说:"哎,小安,你先介绍一下美女嘛。"

肖小安说:"我女朋友,小罗,叫罗莉,怎么样,还不错吧?"

洪大江说:"老同学,你有福气,土猪拱白菜,百里挑一呀。"

肖小安听了很高兴,他女朋友小罗也高兴。他说:"这话我愿意听,但也不能拖欠我太久,我马上要结婚了。"

洪大江说:"祝贺,祝贺!结婚那天一定要给我发喜帖,我要去喝喜酒!"

肖小安说:"发了你也不会去,你敢回去吗?"

洪大江说:"我为什么不敢?"

肖小安说:"那你现在就回去,找你老爸要钱,付我算了吧。"

洪大江说："现在还不能。我老爸要是知道我回乡种葡萄，要打断我的腿。这话他说了好多遍，我不想冒断腿的危险。"

肖小安说："你在上海不也是种葡萄么？"

洪大江说："那是上班，当农艺师，当干部，现在是当农民，葡农。"

肖小安说："也是的。你说你在上海上班，要多风光有多风光，你现在就像个难民，穿一只鞋，我都不好意思找你要钱，好像我欺负你。"

洪大江故作生气地说："你就是欺负我，当着你女朋友不给我老同学一点面子。"

肖小安笑弯了腰，说："好吧，给你一次面子，我还是趁早走，不要让我笑死在这里。"他戴上头盔，说，"老同学，要不要我给甜甜带个话？"

洪大江说："带什么话？"

肖小安在摩托上架着双腿，说："实话告诉你吧，甜甜离婚了。我知道你小子喜欢她，没准你就是在这儿等她吧？……"

这一天，湖上刮起了大风，风就像狂乱的湖水扑上岸，在树丛、在芦苇荡里猛蹿。雷声隆隆，电光闪闪，金钩子闪电在湖面上跳跃，一直撕裂到天空的乌云深处。塑料大棚摇摇欲坠，两边摇晃，好在洪大江知道这一带湖阔风大，都用绳子和木桩进行了固定。他握着锤子到处加固，但拉开一半的薄膜在风中突然散开了，像一些妖怪在棚子上狂卷乱飞。洪大江赶紧去拉绳子，把薄膜压住。他手脚并用，顾了薄膜顾不了绳子。手慌脚乱之际，大棚那边有一个人紧紧地把绳子系住了。他不知道对方是谁，喊："拉紧，不松手！"

他系好了几个绳头，雨就下来了。他飞快地跑到另一边去，看到是一个女的在风雨中紧紧地拽着绳子，衣服已经湿透了。

"甜甜！"

"大江哥！"

两个淋得精湿的人，此时四目相对，抱头痛哭。好在风狂雨猛，各自都听不清对方的哭声。炸雷在他们身边劈打，可这两个人抱着像是一根树桩，一动不动……

355

三十二

那辆本田 CB-150 摩托,真是威武极了,洪大江载着金甜甜,在国道上箭一样急驰。

他们选了个天气晴朗的好日子出行,骑上摩托车去浙江,没想到浪漫的旅程却让金甜甜难受。洪大江要去浙江买葡萄种苗,再参观一下沿途的葡萄园,他要骑摩托去,邀请金甜甜,金甜甜想都没想就答应了。两人骑上摩托远行,她坐在大江的背后,抱着他的腰,伏在他宽阔的后背上,这样的行程就是浪迹到天涯海角,就是坐到生命消失她也不会后悔。他身上热力烘烘,现在,她就在他的背后,在一起,在一个摩托车上,这是她曾经的梦想。但在毫无遮拦的摩托上,骑得又快,风撕扯着衣服,也刮走了身上的热气。虽然到了夏天,但体内的热量都被风扯走了,她又不好说让他停下来。可她希望他停歇一会,补充热量,或者将摩托放到一辆汽车上,两人坐汽车去浙江。

“甜甜,你睡着了吗? 你咋不说话? ”

金甜甜已经懒得说话,她发困。洪大江摸了摸她的手,发现手冰凉,问:“你冷吗,甜甜? ”

金甜甜问:“大江哥,我们今天还要赶多少路啊? ”

洪大江说:“前面应该马上到一个葡萄园,我们到那儿休息一会儿再说。”

他们一路上已经看了两个葡萄园,了解了品种和管理。边走边看,也没耽误赶路,这一天已经跑了四五百公里。

他们看到了一大片塑料大棚,这是一个规模不小的葡萄农场。他们停下来,参观了大棚,又去看他们的深加工产品。

一个女孩带他们来到接待大厅,说:“你们休息一下,这里面有我们农场自产自销的一些产品。”

女孩给他们一人倒了一杯葡萄汁,说:“请你们品尝一下我们的葡萄原汁。”

洪大江口渴了,拿起来喝了几口,对金甜甜说:"太甜了,糖度太高,到了腻的感觉。你呢,感觉咋样?"

金甜甜喝着,说:"还行吧,不错。"

女孩问:"不好喝吗? 这是阳光玫瑰葡萄的原汁,没放任何添加剂。"

金甜甜品咂着说:"哦,怪不得有玫瑰的香味,我还以为你们放了玫瑰香精哩。"

女孩说:"没有的。"

金甜甜说:"好喝,也许我喜欢甜饮料,不喜欢白开水。"

洪大江却皱着眉说:"太难喝。"

金甜甜看着洪大江的杯子,还剩一半,让他喝完。洪大江只好仰脖子吃力地喝完。

走出葡萄园,金甜甜问:"大江哥,咱们晚上吃点什么?"

洪大江说:"我什么也吃不下去了,那一杯葡萄汁,那个甜哪,我几天都会没有食欲。那种甜不正常,一点营养也没有,我现在只想吃几口辣椒酱。"

金甜甜说:"我去给你买。"

在旁边的小超市,金甜甜买了一瓶辣椒酱出来,将盖子拧开。洪大江就往口里倒去,辣得他打了一个寒战,说:"太好吃了,太好吃了。"

金甜甜抢过辣椒酱瓶,说:"匔咸匔辣,别吃多了,没收!"

她拧好盖子,递给洪大江一瓶矿泉水,洪大江一口气就喝干了。

金甜甜问:"好受些了吗?"

洪大江说:"好受多了。葡萄的糖度只能到二十八,太甜就没人吃了。"

金甜甜说:"我懂! 我搞了这么多年的水果采购。"

洪大江说:"嘻,碰上老师了。你说它里面放了什么东西?"

金甜甜说:"应该是增甜剂,对不对?"

洪大江说:"完全正确。增甜剂不是天然植物糖,是一种煤焦油衍生物,没有任何营养。如果这样的话,谁敢吃啊,满街都是糖尿病。"

金甜甜说:"它里面玫瑰的香味应是天生的。"

洪大江说:"我们农场,也开始种植阳光玫瑰了,这个品种大有前途,被称为葡萄中的爱马仕。不过这家葡萄园生产的,充其量是有机葡萄,不能叫生态葡萄,我今后种的才叫生态葡萄。"

金甜甜说:"好啊,先做广告,等你的生态葡萄!不过,以后不要当面驳别人面子,别人会很难受的。"

洪大江说:"嗯,以后注意。"

进入了浙江,有一个小镇,洪大江看看天色,停下车,找了一家酒店。两人坐下来点菜,老板娘问:"两位吃点什么?"

洪大江问金甜甜:"你吃什么?"

金甜甜说:"随便。"她将包里的那瓶辣椒酱放桌上。

洪大江说:"今天不能吃随便,要给你增加热量,你看你吹了一天的风,嘴唇都是白的。菜单上有的,你尽管点。"

"我就点一个豆角烧茄子吧。"

洪大江问老板娘:"有没有虎皮辣椒?"

老板娘说没有。

洪大江又问:"有没有红辣椒煎阳干鲫鱼?"

老板娘说:"是活鲫鱼,但没红辣椒。"

洪大江说:"那就煎一个呗,放点辣的,辣椒酱也行。"

金甜甜要他别再点了,说两人吃足够了,别浪费。

洪大江在等菜时对金甜甜说:"红辣椒煎阳干鲫鱼是你最喜欢的。"

金甜甜有些感动,看着他:"你还记得?"

洪大江说:"我还记得你的牛杂面哩。"

"那碗还在吗?"

"到时候完璧归赵。"

"还我?"

"有借有还,再借不难。"

"借了多少年了?"

洪大江算了算,说:"十二年吧。"

菜上了,煎的鲫鱼没有辣椒。

洪大江给金甜甜掰了一块鱼放她碗里,自己也掰了一块,尝了尝,说:"不放辣椒的菜叫什么菜?"

金甜甜将辣椒酱拧开,用筷子挑出一些抹到他碗里的鱼上,说:"凑合吃,人家这是浙江,不是湖北。"

洪大江让金甜甜也喝一杯啤酒，凉爽沁人的啤酒让两人有了笑颜。洪大江又强行给金甜甜倒了一杯，他自己先干了，吃着辣椒酱说："有句话叫味蕾深处是故乡，这句话就是说给我听的。"

金甜甜说："你就为馋几个辣椒回天露湖？"

洪大江反问道："你呢？"

这是一个不该说的话题，两个人都有痛点，特别是金甜甜。于是她端起了酒杯，说："不说了，大江哥，干了！"

再说话变得别扭，两个人就埋头喝酒，酒没了，洪大江要老板娘再拿一瓶啤酒来。金甜甜让他别喝了，吃点饭。

金甜甜起身去结账，哪知让洪大江看到了，将她扒开，说："我来！"然后再要了两间房。

老板娘看了看他们二人，像是问金甜甜："是要两间还是一间？"

金甜甜说："两间吧。"

他们各自拿了钥匙，提东西上楼。两个房隔壁，开门后各自道一声"晚安"。

洗了澡，洪大江躺在床上，枕着手闭目休息。听到敲门声，他穿好衣服，开门。金甜甜穿着真丝睡衣，说："大江哥，你换下来的衣服呢？给我去洗。"

洪大江说："我自己洗，时间太晚了，你也很累，早点休息吧。"

金甜甜不干："给我。"

她硬闯进来，到卫生间抱走了洪大江换下的衣服，还说："大江哥，有夜蚊子，把蚊香点上。"

她找到蚊香，用桌上的火柴点燃，放在他房间的矮柜上。洪大江坐着看她做这一切。

金甜甜走了，洪大江关上门，躺下，醉意未消，有暖流在胸中流淌。

又骑行了半天，看了沿途的一些葡萄园，到了金华葡萄育种基地。这地方洪大江来过，是陪曹文野老师，所以熟悉地找到胡场长，介绍说他是曹文野院士的学生，原来在上海东方生态农场工作。胡场长非常热情地说，我记起来了，你上次好像没蓄胡子。洪大江说，不好意思，我胡子长得太快，来不及刮。胡场长问他们此行的目的，洪大江说他们是专程从湖北骑摩托过来买葡萄种苗的。胡场长看着楼下停着的摩托说，这么远骑摩托来买种苗，这还是个稀罕事儿。胡场长问

359

洪大江，这位美女是你什么人？洪大江说，朋友朋友。胡场长说到湖北荆州有个金会长带人来过几次，来培训和买苗，洪大江指着金甜甜说，是她爸爸。胡场长说，很像很像。你爸爸是帅哥，所以你是美女。小洪你以前在上海东方农场工作，东方农场的大冠稀植搞得很有名啊。金甜甜说，就是小洪搞的。胡场长瞪大眼睛看着胡子拉碴的洪大江说，哎呀，是你呀，我们还准备去找你的，你可是高级农艺师，但今天你不像高级农艺师，像高级艺术家！洪大江摸着胡子，不好意思，只是笑。胡场长赶快要姚主任去餐厅安排，说，你们不要客套，我请你们吃个便饭。我还有事找你，我说个很严肃的话，小洪，愿不愿意到我们基地来工作？他们给你多少年薪？洪大江说，二十来万吧。胡场长说，我给二十五万，怎么样？洪大江摇头说，我已经辞职回湖北，准备自己种葡萄。胡场长说，先不拒绝，可以谈，可以谈，精诚所至，金石为开。旁边的姚主任也说，我们胡场长特别爱才，广招人才，欢迎你加入我们的队伍。

吃过丰盛的中餐，胡场长让他们先在基地逛逛，看看。洪大江带着金甜甜参观他们的大棚，介绍说："我们上海农场的气势和格局跟这一样，一片一片，一排一排，水肥一体化，全程电脑监控，场里还有气象站。这就是现代农业，生态农业。"

金甜甜走着，看着，说："大开眼界了。大江哥，胡场长真的欣赏你，几个领导陪你吃饭，还说要不惜一切代价把你挖来，二十五万年薪聘你，你为何不答应？"

洪大江说："那你跟我一起来？"

金甜甜挽起洪大江的手臂，说："行呀，一言为定！"

洪大江说："那我的计划就泡汤了。你想，我可不能为了这二十五万年薪把自己卖给别人，如果弄得好，我一年赚这个的十倍又算什么？"

金甜甜问："如果要种的话，你这次打算买多少亩的苗子？"

洪大江说："十亩啊，只有十亩。"

金甜甜说："你若有心，我一定助你。"

洪大江看着她，问："怎么助我？"

金甜甜说："我不助你，我跟你真的来兜风玩儿的吗？千里迢迢，人都吹成冰棍，脸吹得像腌菜。"

洪大江说："你继续说。"

金甜甜说："所以我问你是买十亩的苗，还是买五十亩、一百亩？"

洪大江内心一阵惊喜："你是说，我们一起干大的？"

金甜甜说："十亩葡萄，全熬成糖也甜不了多少人！那不叫生态园，叫小菜园，因为你没有任何竞争能力，只是小本经营。我进货期间也去过各种葡萄园，生态的、有机的，智能种植的，几百亩几千亩的，总的感觉是产能过剩。水果种植业群雄争霸，尸横遍野，各自找生路。你不能只是种，你知不知道，全世界十个梨子有七个是中国产，两个苹果有一个是中国产？目前我国每年人均水果消费达到一百三十多公斤。像香蕉，我小时候没见过，你多大吃的香蕉？"

洪大江想了想说："十四岁。"

金甜甜说："现在是不是香蕉泛滥？还有从各国进口的香蕉，都是品质的竞争。像葡萄，还记得我们有一年七夕时，找葡萄架听牛郎织女说悄悄话么？没有，现在葡萄遍地都是。有一种说法，种水果现在谁种谁亏本，可荆江县的葡农种葡萄为啥不亏本？"

洪大江说："本地葡萄挣钱，没有运输物流其他额外费用。"

金甜甜说："那为啥现在又不好卖了咧？"

洪大江说："多了呀。"

金甜甜说："主要是低端种植，品种、品质、品牌不讲究。低端水果市场已经饱和，我们只有搞高端追求，占领中高端市场才有出路，不必要跟那些种露地葡萄的葡农互相杀价，冲出他们的包围圈。你卖三五块，我卖三五十块，甚至一百块钱一斤。"

洪大江说："说得好！我不就是这么种的中高端葡萄吗？我的生态葡萄，大冠稀植，种出来你就晓得了。生态葡萄在上海一些超市，可以卖到一百元一斤。"

"我推销葡萄的，肯定晓得呀。"

"说到底，投资的钱哪儿来？"

"不用你操心，我出资金，你出技术。但我要问你，你看准了没有？"

"没看准我辞职回来干吗？现在你都见了，这里给我二十五万，我坚决回来自己干，我整整吃了五个月的面条，你说我是开玩笑的么？"

"我就是想听你这句话。"

"那我就告诉你，渔场还有地可租。"

"太好了！"金甜甜说。

选好了种苗,火速赶回家。洪大江去找孙场长。孙场长在办公室里给了洪大江准信:"电话里已经说了,渔场的地不准租了。"

洪大江说:"孙场长,求求你网开一面,再租我几十亩行不行?"

孙场长说:"你别缠上我呀,没把你那十亩地收回就不错。咱国有土地,也没这个权力再出租。你说说,你租了这么久,咱抽过你一支烟吗?"

洪大江说:"没有,没有。"

孙场长说:"所以说,咱是廉政干部。过去的按合同办,以后的不行。有时候,过这个村,就没那个店了。"

洪大江说:"当初我哪儿有钱?孙场长,你是不是想提高租金?这个可以谈。"

孙场长说:"与租金无关,如果是租金的事,我早就提出来了,何必跟你绕圈子,多不地道啊!"

洪大江说:"我晓得了。"

孙场长神秘分兮地说:"小洪,我看你园子里有个漂亮女孩进进出出,你是不是傍了个富婆?"

洪大江说:"与租地没关系。"

孙场长指着他开玩笑说:"金屋藏娇,金屋藏娇!我给你创造了条件,还咋样呢?十亩地不少啦!"

洪大江颓丧地回到了大棚。金甜甜看到他,知道事情不妙,问:"场长不同意?"

洪大江将事情经过讲了。金甜甜说:"先种好这十亩,不急。如果这个地方拒绝你,肯定有另一个更好的地方会成全你。我们再找找,也问一下农业局,不要在一棵树上吊死……"

金甜甜回到家里,就惦记着洪大江和他的大棚,在家里扒了几口饭,骑着电动车又要出门。她妈喊住她问:"甜甜,这些天你忙忙碌碌在干什么,进出都不打个招呼?"

金甜甜说:"没干什么,妈!"

余翠娥说:"弄得一脚泥一身汗的,你出去了几天,回家也没说个话。"

金甜甜说:"妈,我有我的事啊,您郎嘎放心,您郎嘎女儿不会干坏事的,到时跟您郎嘎和老爸讲。"

金满仓从后面储藏室出来,背着喷雾器,手上拿一瓶着色剂。金甜甜说:

"爸,打药去？"

金满仓解释说:"着色剂,没毒的。"

金甜甜说:"我又没说您郎嘎什么,您郎嘎不用解释。"

金满仓说:"今年的荆江县葡萄节,定在咱们村开幕,村里希望大家的葡萄都同时成熟,品相好,来参加活动的人看着高兴。"

金甜甜问:"园子里的活儿要不要我做？"

金满仓说:"你做当然好啊,帮老爸去给葡萄套袋。"

金甜甜面露难色说:"我帮您郎嘎请两个人来,我付工资,怎么样？我今天还有点事。"

金满仓看她行色匆匆,只好说:"行,行,你不请也行,还有我和你妈哩。"

许会计追着一头猪,从南嘴跑到北嘴。他的猪真是欢实,一头比一头狂野。猪呼呼地跑得飞快,许会计挥着棍子软硬兼施,大声唤着:"啰啰啰——"

无奈那猪不听他的,没有停下的意思。许会计一手拿着打了活圈的绳子,一手扑打棍子,气急败坏地大喊:"你这八戒,吃俺老孙一棒！"

潘忠银拿着甲鱼枪在湖边走。他很少到北嘴来,这里太荒凉,渔场也因为禁渔关了门,有铁丝网,还有恶狗。可是他听到有人大喊,一看,是许会计,追着他的二代野猪。这事新鲜,追了大几里地。他心里就笑,就爬上了草坡。突然看到有一些新的大棚,又看到一个木牌上写着:清亮甜生态葡萄园。他想,不是湖南人在这里种葡萄和草莓么,怎么换了名字？潘忠银朝大棚里喊:"咦,有人吗？大棚有没有人？"他是想参观一下。

洪大江正在栽葡萄苗,听见声音,一眼瞥见是村里的潘忠银,赶快从旁边的塑料薄膜缝里钻出去,外面是一人多深的蒲草和芦苇。潘忠银明明看到一个人,一闪就不见了。听见猪呼呼吼着的声音,许会计喊:"忠银,帮我逮猪！"

那猪窜进了大棚,在野草里乱跑。两个人两头拦截,终于将猪抓住了。那猪被拽着双耳,嗷嗷直叫,像上屠宰场一样。但两个男人下了死力,将它五花大绑捆了个结实。

许会计抹着老汗说:"忠银,谢谢你！"

潘忠银说:"你这猪走了半个湖,咋弄回去呀？"

许会计说:"弄不回就一刀捅了它！这是谁的大棚啊？"

363

潘忠银说："你看，这家老板栽的葡萄，品种多，还那么稀，而且全是草，是啥搞法，大冠稀植？"

许会计细看了，说："这就是传说中的大冠稀植？你看，大约三四十个平方才一棵，咱们三个平方一棵，少了咱们的九成，而且全是草，搞不懂，这不是懒汉种植么？"

两个人正说着，有电动车嘀嘀的声音，他们钻出去一看，是金甜甜朝这里骑来了。金甜甜抬头看到了大棚里的潘忠银和许会计，想跑来不及。潘忠银问："甜甜，这是你的葡萄园？"

金甜甜说："哦，忠银叔，不是的，我也是路过来看看，好像是外地人承包的吧。你们这是……在这里放猪？"

许会计说："让甜甜笑话，哪里是放猪，是我的猪，发了猪疯，咱撵了五六里地。你说，这回可做了一次有氧运动啦，有半个马拉松，跑死我了！"

金甜甜说："您郎嘎的猪养得好，成一匹马啦。"

许会计说："惭愧，惭愧！"

金甜甜没见着洪大江，知道他躲着了，不能让他们在这里多待，就说："许会计，这样，我给您郎嘎把猪驮回去。"

绑好了猪，金甜甜又要潘忠银帮她请两个给葡萄套袋的工人。金甜甜很快送了猪，再返回大棚，洪大江在里面栽葡萄。金甜甜将园门关好，问洪大江："你躲在哪里了？"洪大江指了指外面的芦苇丛。金甜甜说："这么躲也不是事呀，迟早是要让别人知道的。现在是时候了，告诉你我爸妈，求得他们的支持。"

洪大江摆弄着锹说："现在不是告不告诉他们的问题，是租不到土地的问题。"

金甜甜说："咱们慢慢骑马找马，别急，土地应该是有的，但我想最好是在湖边。"

洪大江说："那肯定了，你想的又跟我一样。"

金甜甜咯咯大笑说："莫非一个脑袋？"

"心灵感应嘛。"

"先经营好这十亩，当试验田，看这儿的水土适应不适应大冠稀植，然后，找到土地再大干。"

"我也是这么劝自己的。"

"大江同学,小有幽默了。"

"跟你学的呀。"

"讲正经的,这十亩,也够嗨了,不敢说是全荆江县最大的葡萄园,也敢说是种植技术最先进的吧。你爸真会下手打你?你可是高级农艺师,教授级的人啊!"

洪大江问:"那你说怎么办?"

金甜甜说:"你要是现在把事情说出来,其实脏水该我接,会说是我勾引你把工作丢了,哄你回乡;会说我不正经,你妈我妈,又会在村里剁刀对骂,搞得丑态百出……"

洪大江一脸茫然,说:"你后悔了?"

金甜甜说:"大江哥,你不后悔,我有什么权利后悔?你说过你欠小安的大棚钱,我准备一次性给他还了,你通知他,明天转账。所有的后勤保障,我来负责。"

洪大江紧紧抱住她说:"甜甜,有你在,我现在什么也不怕。只要两年,咱们不仅能收回投资,而且会赚上一笔。以后,这些葡萄每年都是摇钱树。"

金甜甜说:"我们要扩大到一百亩、三百亩。"

洪大江说:"你真的这么想?"

金甜甜说:"想都不敢想,还做什么! 有一句话是这么说的,若没有躺赢的命,那就站起来奔跑!"

三十三

村里要成为今年县葡萄节的主会场,这事儿已经定下来了,电视台也来踩点了两次。舞台搭哪儿,找了几个地方,背景要有湖,要有葡萄园,还要有一块完整的平地,还要防下雨后泥泞,等等。

洪家胜得到县里和镇里的通知,县委书记赵光明要陪同中国农学会葡萄分会的会长、中国工程院院士曹文野来天露湾看看。

这可是个大人物,是全国的葡萄权威。这个曹会长讲一口标准的普通话,但形象是个老农,皮肤粗黑,皱纹深刻,一看就是常年在田间地头太阳暴晒风吹雨打的人。来之后,赵书记让洪家胜先带他们去金满仓家,去看看荆江县葡萄种植第一人。赵光明向曹文野介绍说:"曹会长,这是天露湾村葡萄协会的会长,跟你比,是个小会长。"

曹文野握着金满仓石头一样粗糙的手说:"哈哈,大会长小会长,都是会长嘛。"

这个曹会长跟农民亲热,几下就活跃了气氛。赵光明说:"我们县就是靠他的四分地,才发展到今天十一万亩,二十万吨的产量,十三个亿的产值。"

曹文野说:"有功之臣啊!"

大家坐在院子里,喝着茶。袁世道、潘忠银都在。说到当时村里的三个半人种葡萄,赵光明说:"就是他们突破了江南不能种葡萄的禁区。"

曹文野说:"就你们几个农民,创造出了奇迹,改写了葡萄不能过长江的教科书。"

金满仓说:"嘻,我们哪知道什么奇迹,当年穷,打酱油的钱都没有,瞎种瞎撞,误打误闯的。"

曹文野看着金家的楼房说:"现在你们葡萄专业村,家家大楼房、大院子,城里人真是要羡慕死,这证明葡萄种植是一条致富路。"

问到他们一亩地种葡萄收入有多少,金满仓说:"一亩可以收入八千块钱。"

曹文野听到不敢相信,说:"一亩地八千块,是怎么算的?"

洪家胜说:"我们这里是湖区,传统算法一千平方一亩。"

曹文野不信,说:"就算一千平方,纯收入八千,这也太高了。"

金满仓起身说:"我拿个东西给曹会长看。"

他去了房里,拿来一个本子,就是学生用的软面抄,翻给曹文野看:"……曹会长,这是我去年一年的流水账,我农药化肥用了多少,人工用了多少,每天都有收支小计,卖葡萄收入多少,全年总计,我种了五亩葡萄,有四万多的纯收入,平均一亩地收入超过八千……"

曹文野细细地翻看他那个卷角的、脏旧的本子,说:"这是真的,这没有假。我信了,我信了!这么高的收入,就跟种金子差不多呀……"

到了金满仓的葡萄园,曹文野钻进大棚,他摘了一颗葡萄放在嘴里,说:"这是中熟的藤稔,味道不错,基本是自然成熟的。但密了一点,产量一定不低,对品质有一定的影响。"

赵光明说:"曹会长多指导。"

曹文野说:"真的不错,一看就有工匠精神,种得漂漂亮亮,就像女人挑花绣朵,典型的精耕细作,精果精穗。"

金满仓说:"曹会长过奖!"

曹文野托着一穗饱满的葡萄说:"葡萄产业是两效农业——高效和速效,任何种植都没有它的效益快。但产业的发展速度非常快,我们要大力淘汰露地葡萄,发展设施大棚葡萄,水肥一体的种植方式势在必行。只有生态农业才能提升我们的产业,解决我们面临的问题。"

赵光明说:"曹会长的建议我们要认真研究。现在我们葡农开始搞设施大棚了,还有一部分避雨棚,这是农民的过渡选择,我们正在对这个产业加大投入,招商引资,让更多的资金和技术进入这个产业,让更多的企业对农业产生兴趣。我们还对所有葡农进行新型农民的职业培训,由政府出钱,每人一千元,包吃包住培训。希望曹会长屈尊给我们葡农讲上一课,让他们打开眼界,让我们的葡农都成为您的学生,大家说好不好?"

在场的葡农齐声说"好",并拍起手来。

这把曹文野会长弄得非要表态了,便说:"好啊,赵书记的邀请,葡农们的欢迎,咱们就定下了。只要你们召唤,只要有时间,一定来!"

赵光明说:"行,曹会长,咱们一言为定!"

曹文野说:"军中无戏言,一诺值千金!"

大家都说太好了,太好了!

曹文野拿着那穗葡萄说:"葡萄种植,每一穗都要照标准化生产,在荆江县有基础,葡农会接受很快,不仅要有课堂培训,还要有田间培训、现场讲解。我觉得,农民在这个时代真的了不起,如果是城里人,他可以不学新技术,但对一个农民来说,你不学新技术,你就死定了,注定要被淘汰。我们这个时代,农民是求知欲最强烈的,做一个农民,是很不容易的。脱贫致富、振兴乡村,没有农民的热情和干劲,全靠国家是不行的,说到底,改变命运靠我们农民自己……"

按照接下来的安排,赵光明书记陪同曹会长游览了天露湖。一条很大的渔政船,在湖上犁浪前行。曹文野环顾四野,感慨地说:"太美了,所谓仙境,也不过如此。"

赵光明说:"曹会长,天露湖有个故事,传说这里是玉皇大帝煮茶的取水地,湖水全是天上的露水,所以又叫圣水、天水。"

曹文野说:"哦,这个传说有意思,怪不得这里的葡萄口感特别好,原来是水好。"

赵光明说:"我们天露湖是一类水质,可以直饮。"

曹文野说:"水美,景美,葡萄美,赵书记,你们全占了!这儿真是风水宝地,以后通过葡萄产业与乡村旅游结合,更是锦上添花,没有多少地方能跟你们比。好山好水好空气,就是最好的资源。"

吃饭了。舱里摆上桌子,客主一一入座。菜品丰富,有红烧甲鱼、莲藕煨汤、嫩莲子米、炒菱角、炒鸡头苞梗、香妃鱼糕、牛三鲜,一一端上桌来。

洪家胜指着这些菜对领导们说:"这是我们葡萄专业户潘忠银同志的爱人汪小琴做的,她在我们村开办了第一家农家乐。"

潘忠银就朝后面喊:"小琴,来给各位领导打个招呼!"

汪小琴双手沾着水出来说:"手艺不行,各位领导将就,特别是北京来的领导,怠慢了。"

曹文野拿起筷子说:"这菜一看,色香味俱全。我刚才说的三美,看来还掉了一美,倒过来说,美水、美食、美景、美葡萄!我就不客气开吃了,谢谢小汪!我虽然是北方人,但来荆江县,总有一种回到家的感觉。"

李英敏开了一瓶荆江大曲,说:"这也是我们当地的酒,配当地的农家菜,曹会长喝一点。"

赵光明端上酒杯说:"曹会长,我敬您一杯。"

曹文野抿了一口,说:"入口绵滑温暖,不错,还得加上一美——美酒。"

赵光明用公筷给曹文野搛了甲鱼,说:"也希望曹会长把荆江县当您的家,常来常往。关于我们这儿的美食,有这么一个历史记载,说是北宋时我们这里走出去的宰相张景,有一天皇帝问他,你们家乡有何美食呀?张景说,新粟米炊鱼子饭、嫩冬瓜煮鳖裙羹。今天,我们的大厨小汪做了鱼子饭,这就是嫩冬瓜煮鳖裙羹,曹会长品尝一下,看怎么样?"

曹文野品尝了嫩冬瓜和甲鱼边,说:"太好,好得无法用语言形容。你们的鱼子饭,我也得来一碗。"

赵光明举着酒说:"来,您还是先喝酒。"

在座的轮番给曹文野敬酒。曹文野说:"我不胜酒力,这一杯我敬大家了,向你们致敬,你们才是书写历史的时代英雄。"

喝到微醺时,洪家胜突然提议说:"各位领导还不知道,我们的金会长过去演过《沙家浜》中的郭建光,我因为长相难看,演的是坏人刁德一。我们现在请金会长来一段郭建光的唱段好不好?"

大家都鼓掌说"好"。

金满仓推不掉了,只好站起来说:"好多年没唱了,我就在曹会长及各位领导面前献丑了,我把阳澄湖改成天露湖吧,唱几句。"于是他就唱了:

"朝霞映在天露湖上,芦花放葡萄香岸柳成行。全凭着劳动人民一双手,画出了锦绣江南鱼米乡……"

船在天露湖上慢慢航行,切开万顷碧波。船上欢声笑语,其乐融融。

洪家胜送走曹会长和赵书记一行,在村路上往葡萄园走去,因为喝了两杯酒,脚下有点飘,桩子不稳,踩上什么,一溜,差点摔个嘴啃泥。一看,是猪屎。

洪家胜觉得晦气,莫非我老洪要走猪屎运?这猪屎运跟狗屎运比,哪个更好?前面是散养的猪,他就撵猪,后面出现了一个追猪人,许会计。

洪家胜气不打一处来，对许会计说："又是你的猪。你一个村干部，满街抓猪成了常态，让大家怎么看？你说说，你是在演喜剧呢，还是在演悲剧？"

许会计苦着脸说："演悲喜剧。让您郎嘎笑话了。我也不愿意呀书记，撵猪是个力气活，您郎嘎看我这腿都撵细了一圈。实不相瞒，我这猪都是跨栏高手，自己跑出来的，围墙一再加高。我保证这是最后一次了，啰啰啰……"

许会计和猪跑了，他老婆白水彩从后头赶来，问："书记，看到我们家老许和猪了么？"

洪家胜用手往前指了指，说："水彩，你这猪养得好呀。"

白水彩说："过奖过奖，我家这猪是杂交种，就差长翅膀了。"

洪家胜在白水彩后面说："让许会计去村里，开村委会会议！"

他是临时起意。这会非开不可了！

这次会议邀请了很多人。洪家胜说："任务紧急，长话短说。第一件事，重中之重，马上要在咱们村办县葡萄节，这可是让咱们天露湾在全国人民面前长脸的机会，就是为咱们扬名，千载难逢。咱们一定要把天露湾人的精气神体现出来。可是，刚才在村里我就踩上了一泡猪屎，大家举举手，谁踩到过猪屎狗屎？"

全举起了手。

洪家胜说："都踩到了。好在人家北京来的大领导曹会长没踩到，县委赵书记没踩到。如果踩到了，我们的影响该多不好？那就要出丑，出大丑。谁家的猪谁拴着圈养不行？咱们村不是一般的村，上了电视上了报，咱们要珍惜咱们的荣誉，还有狗、鸡、鸭、鹅、羊、牛，等等，都成为污染源。全国全省的领导、专家和记者，还有五湖四海的游客、客商都会来咱们村。江南葡萄第一村，这不是吹的，家家大楼房，户户小院子。可出了院子就不光鲜了，踩上一泡屎，遇见一头猪，看到一堆坟。过了七月半，到处烧纸钱，乌烟瘴气，黑灰满天。渣草乱堆，农具乱放，垃圾乱倒。有些葡萄大棚周围也是乱七八糟，杂物满地。环境是人心的表现，有的葡农赚了钱，建了楼房，就开始买码赌博，好逸恶劳，把咱们天露湾人的创业精神和吃苦耐劳的传统给丢了。上级要求我们，在葡萄节之前，建好垃圾池、垃圾箱，进行村容清理，环境整治……明天起，镇上为我们请来的县文联画家就要给我们墙上画一些画，增加文化气氛和喜庆气氛，肖丙子家的山墙上，要写上'荆江葡萄发源地、江南葡萄第一村'。另外，我们草写了一个乡规民约，用以约束大家，现在钢子来念念。"

钢子从抽屉里拿出打印好的纸说："这是个初稿,我先念一下,大伙再讨论,看有啥补充的。"他念道,"《天露湾村环境整治乡规民约》(试行办法),天露湾村环境整治乡规民约,一、落实门前'三包'(包卫生、包秩序、包绿化责任制),生活垃圾定点存放,杜绝垃圾乱扔、粪便乱排,杂物乱堆乱放;二、家禽家畜只能圈养,不得散养,狗必须拴养,死禽死畜必须深埋;三、确保村内道路及两侧卫生整洁,不得在村路两侧五十米以内建露天厕所、粪坑,无私搭乱建、无柴草垛;四、不得将垃圾、农药瓶和农田杂草等一切杂物倒入村沟渠和湖里;五、严禁焚烧秸秆。对以上违反规定的农户责令限期整改,不整改者给予五十至五百元的处罚。以上乡规民约,由村民讨论通过即实施。"

钢子念得很慢,让大家一句句听清。洪家胜问大家:"有没有需要修改的,请发表意见。"

潘忠银说:"这个罚款金额,由谁来界定,谁来执行咧?"

洪家胜说:"村委会集体讨论确定罚款金额,再由治保办毛主任他们负责执行。"

钢子说:"有意见尽管提,免得执行起来扯皮。"

许会计说:"村里是要整治了,借葡萄节这股东风,将我们的生活环境弄得干干净净,是件大好事。我表态,以后一定管好我的猪,不让它们乱跑乱动。"

甘梅说:"踩一脚猪屎的事,我也碰上过几回。常言道'好鞋不踩臭狗屎',猪屎一样,许会计希望你带好这个头。"

许会计说:"一定一定!但趁这个会,我有个心事想说说。这次负责搭建舞台和会场布置的是县葡萄办,我们可以要求他们,在会场大路两旁建一个葡萄诗廊,临时的也行,永久的更好。让人家一踏进咱们村,不仅有可吃的葡萄,还有文化的葡萄。我念几首,唐代大诗人白居易写过,王翰写过,苏东坡写过,鲍照写过。王翰的《凉州词》,'葡萄美酒夜光杯,欲饮琵琶马上催。醉卧沙场君莫笑,古来征战几人回?'这个中学学过吧?'金谷风露凉,绿珠醉初醒。珠帐夜不收,月明堕清影。'这是唐朝唐彦谦写的。元代郑允端有一首《葡萄》,'满筐圆实骊珠滑,入口甘香冰玉寒。若使文园知此味,露华应不乞金盘。'清代吴伟业的'百斛明珠富,清阴翠幕张。晓悬愁欲坠,露摘爱先尝。'苏东坡的词,'江汉西来,高楼下、葡萄深碧。犹自带、岷峨云浪,锦江春色。'白居易也写过葡萄,我就不念了。葡萄自汉代从西域传到咱们中国,就得到了中国人的喜爱,特别是诗人的喜爱,赞美葡萄的诗词太多了。所以咱们种的不是葡萄，是诗词，是文化……"

洪家胜听得津津有味，说："你这个点子好，太好了，许会计你以后就是我们村新农村建设的文化顾问，你义不容辞。"

许会计得意地说："非我莫属！"

洪家胜说："还有第二件事，钢子负责平整出来的一百五十多亩地还放着，这些地做什么，由谁做，我们有争议，可以继续讨论。反正，这是村里一笔巨大的财产。但县里赵书记的意见是，进行招商引资，最好是现代农业，如有科技含量和示范作用的葡萄园，可以带动咱们全村全镇全县葡萄产业的转型和发展。"

钢子说："我做了我应该做的事，不值得提，我也赞同搞有科技含量的现代农业，搞先进的示范的葡萄园，但我保留搞桃花林的想法。"

金满仓说："一个村跟一个人一样，一辈子只能做一件事，只能做好一件事，村里可以种葡萄，赚了钱村民共享。"

洪家胜说："那还是承包，不可能大家一起种，村里没有资金投入，不能变现。不能变现，就不能进行环境建设、文化体育设施改造，给村民发放福利。比如现在，要搞葡萄节整治村容村貌，是县里拿钱，也就是药引子，不多。现在这平整土地的钱，县里和镇里给了我们一点，有上十万，是这样吧，钢子书记？"

钢子说："差不多。"

洪家胜说："我这书记村主任当久了，落了个霸道的名声。我们可以边招商边讨论，充分发扬民主。当务之急是把县里的葡萄节开幕式工作配合好，把村庄弄得清清爽爽、漂漂亮亮，其他的工作后一步再议。现在，说干就干，我宣布，整治工作正式开始，村委会和支部的人带头拿起铁锹和扫帚。拆违工作由毛标负责，基建由钢子负责。以后固定的道路清扫，各村民小组各负责自然村，主要公共道路，由村里统一安排……"

随即，村里的大喇叭开始广播《村庄环境整治乡规民约》（试行办法）……村民们纷纷走出来，手拿工具，开始清扫、搬拆……

筹备多时的荆江县第十届葡萄节，在天露湾的千亩葡萄园里搭台举行。这一天早晨，从北嘴的清亮甜生态葡萄园这里，可以看到南嘴那边的村里升起的大氢气球，锣鼓声不停地向这边飘来。

洪大江在大棚里割草，并打成捆。金甜甜进来了，没好声气地说："哎，洪大江,你给我刮掉胡子马上出发!"

洪大江明知故问:"去哪儿?"

"会场。"

"我不去。"

金甜甜下最后通牒:"你不去,我就走了,永不回来!"

洪大江抱着草说:"那我就一个人干呗。"

金甜甜火了,跳脚道:"洪、大、江!"

洪大江不为所动,蹲在地上。

"不剪胡子也跟我走!"

"不去。"

"你油盐不进是吧?那我走啦!"

洪大江不说话了。

金甜甜快气疯了,她本想利用这热闹的节日将洪大江弄回村,但洪大江顾虑未消,也不知道他哪根筋没通。金甜甜只好骑上电动车走了。

天露湾热闹非凡!村道上是葡萄诗词看板走廊。还有一些卖零食的、卖汽水粑的、卖卤鸡蛋的、卖甘蔗的、卖绣花鞋垫的、卖服装的、卖气球的、卖光碟的、卖跌打损伤膏药的,摆成了一条街。金甜甜看到绣花鞋垫很漂亮,就给洪大江买了一双,才十块钱。

在一排排葡萄大棚中间,开辟出一个场子和舞台,整个大路和田埂上站满了数千名葡农和观众。舞台巨大的背景墙上,是各色的葡萄在摇曳,还有葡农们丰收喜悦的笑脸……葡萄节的吉祥物——绿色的"葡葡"和紫色的"萄萄",葡农们端着新摘的葡萄在四处走动,供人品尝。"葡葡"和"萄萄"们和葡农在舞台上和着歌曲《葡萄,葡萄》的节拍在跳舞:

葡萄葡萄葡萄葡萄,一起种葡萄。葡萄葡萄葡萄葡萄,一起摘葡萄。葡萄葡萄葡萄葡萄,一起吃葡萄。葡萄葡萄葡萄葡萄,荆江的葡萄。太阳当空照,我就要去摘葡萄,把最甜的一串送给远方的阿娇……你是我心中最甜的葡萄,我要一口口把你吃掉。岁月酿成酒香味随风飘,与最爱的人品尝这最美的葡萄。岁月酿成酒香味随风飘,我只想与你在荆江种葡萄……

373

金甜甜不由自主地跟着台上的领舞摇摆起来,把与洪大江的不快暂时忘记了。余翠娥在旁边对女儿说:"你看,那上面有你老爸。"

妈说的是背景图片,荆江县葡农们的照片,金满仓在最中间,望着丰收的葡萄咧嘴笑着。

舞台上,一个歌手唱起了《江南的葡萄熟了》:

你从遥远的北国来到江南,
吮吸苍天雨露,大地甘泉,
一枝一蔓,一垄一片,
绿了荆江的原野,丰硕了秋天。
啊,荆江的葡萄,江南的葡萄,
你在辛勤的汗水中孕育甘甜,
啊,荆江的葡萄,江南的葡萄,
你在殷殷的期盼里富了家园。
你从飘飘的仙境来到人间,
带着浓浓的深情,走向天边,
一束一串,一车一船,
饱览崭新的时代,美丽山川……

这歌深情款款,金甜甜一下子就被带进了意境里。她感动了,想起那最初卖葡萄的艰辛,在轮渡上葡萄被踩踏……父亲摔坏腿在大雨中半夜爬行……她挑着箩筐在集市上口干舌燥吆喝叫卖……在漆黑的长江里漂流沉浮凄凉呼喊……在华中农业大学的葡萄架下等着洪大江……在大学的坡路上被自行车刮倒……往事勾起的伤感,突然让金甜甜泪水涔涔,悲喜交集。余翠娥无意间瞥见了女儿在哭,讶异地问:"甜甜,你哭啥哩,好端端的?"

哪知金甜甜越哭越伤心,就独自跑到旁边的树林子里,面对着大树哭,把自己这些年心底压抑的伤痛也带出来了。想到自己的命运,她大放悲声,那些路过的人愣目而视。

哭好了,走出林子,眼泪抹了,也就平静了。再看台上,演出的是"荆江说鼓子",用地道的荆江方言说唱的,有趣得很:

"……即日的天露湾,阳光美,天也蓝,葡萄甜蜜哒,又大又好看啰。葡萄节开幕就在咱们的园子里,荆江县的葡萄一哈子就——(唱)全国美名传!……"

开幕的时间到了,舞台安静下来,主持人开场道:

"醉美葡萄,百湖荷香。尊敬的各位领导、各位嘉宾,女士们、先生们,亲爱的现场观众朋友们,大家上午好!品荆江葡萄,享绿色生活,第十届荆江葡萄节正式开幕!现在我们有请县委书记赵光明讲话。"

赵光明上台,说:"尊敬的曹文野会长、罗丰田副省长、各位领导、各位嘉宾,今天,湖风送爽,葡萄飘香,我们在美丽的天露湾——荆江县葡萄第一村,举行我县第十届葡萄节,这是我们荆江县田野的盛宴,这是充满诗情画意和乡村情调的节日,我们笼罩在葡萄甜蜜的气息中,我们品尝着辛勤劳动的成果。荆江县葡萄成熟的时候,大家享受着甜美的葡萄,也享受着荆江县难忘的美食,享受着荆江县的水乡风光!荆江县的葡萄产业,从一九八八年起步,从无到有,从小到大,从弱到强,不仅破除了江南不能种葡萄的质疑,还走出了一条特色化、产业化、现代化的农业转型发展之路,成了长江中下游最大的葡萄生产基地。今天中国农学会将要给我们授予江南葡萄第一县的称号,这是国家给我们的又一巨大荣誉,是对我们县二十年葡萄种植的肯定。下面,请中国农学会葡萄分会会长、中国工程院院士、中国农业大学教授、我国著名的葡萄专家曹文野教授讲话并授牌!"

曹文野会长上台,朝台下深深鞠了一躬,说:"我这个礼是向荆江县的八万葡农敬的,因为你们做了一件伟大的事情,它改写了南方葡萄种植的历史。我们不仅有了葡萄,而且有了这么好的葡萄。这样的事情就发生在眼前,发生在我们荆江县,发生在我们脚下的这片土地上,发生在我们憨厚朴实、勤劳智慧的农民身上。这难道不是奇迹,不可以载入史册吗?大家看看,我们的身前身后,全是无边无际的葡萄大棚,这就是农民改变命运的写照,是天翻地覆的变化。过去,我们荆江县五千年的农耕历史就是种水稻棉花小麦,现在种起了葡萄。我们的一亩地收入八千到一万元,这是什么概念?是传统种植收入的十倍、二十倍。我们的脱贫致富,新农村建设,葡萄种植是很好的抓手,是我们奔向小康的一匹快马。今天我们要向荆江县颁发'江南葡萄第一县'的荣誉奖牌,承认并宣布你们江南第一县的位子,也是给你们肩上增加担子,你们带好了头,我们县、我们市脱贫致富才有希望。下面我向荆江县委、县政府授牌……"

陈友善县长代表荆江县，接受了曹文野会长授予的奖牌。台下是雷鸣般的掌声……所有的葡农，他们的眼里都噙着幸福的泪水，二十年的所有甜酸苦辣一起涌上心头……

赵光明说："现在，我们有请罗丰田副省长讲话。丰田省长是我们的老领导，老朋友，曾两次来天露湾村指导工作，这是他第三次来，大家欢迎丰田省长讲话。"

罗丰田走上台，向台下的所有人鞠躬后，说："诚如光明书记说的，我是你们的老朋友。荆江县的葡萄节，我是一定要来的，又听说是在我们江南葡萄第一县的第一村举办，我更要来！光明书记是我的同事，也是我的校友，我是他的学长，我们都是农技员出身，对葡萄有很深的感情。而曹文野院士是我们非常崇拜的专家，也是多年的老朋友。今天，'江南葡萄第一县'的牌子颁发给了你们，这是一个巨大的荣誉，也任重道远。我们的葡萄产业从无到有，历尽艰辛，仅荆江县的葡萄就占了我省的半壁江山。我还记得，当年金会长卖葡萄，是用毛线串起来卖的，现在，已今非昔比，我们已经踏上了葡萄产业飞速发展的快车道，我们更要诚惶诚恐，戒骄戒躁。在确保粮棉油产量的前提下，进一步优化葡萄品种结构，开展生态种植，进一步推广设施栽培技术，进一步开展葡萄的深加工，创优保质，促进葡萄产业的转型升级。我们省政府会继续加大对葡萄产业的投入和扶持，请你们相信，政府是你们坚强的后盾！……"

三十四

洪大江稳坐钓鱼台,好像村里发生的事与他没有任何关系。可金甜甜昨天走了没有回来,他真的坐卧不宁,一宿没有睡好觉,多少事在心里纠缠。天气热,他提着水桶在他挖出的蓄水池边冲了个澡,竟然在桶里看到一条小鱼,再往池子里看,清澈的池子里游动着一群小鱼。他好生奇怪,这鱼是从哪儿来的呢? 池子挖了不小,是准备沉淀后浇灌葡萄的。他看着小鱼在水池里游动,想到千年的鱼籽、万年的树籽之说,也许这湖边的土地过去就是湖的一部分,里面有鱼卵,遇水就孵化了,或是下雨时,雨水中有从湖里卷到天上的鱼卵。他在水中看到自己的胡须,用手做了一个剪掉的姿势,又有不舍。

冲了澡,换上衣服,精神好了许多。他伸展着胳膊在大棚里巡走,看到一个野生大西瓜悄悄长在草丛里,他蹲下来拍拍,已经熟了。他将西瓜摘下来,想等甜甜来了两个人一起吃。听到电动车的声音,一瞥,是甜甜。他假装弯腰干活。

金甜甜提着保温盒过来问他:"吃不吃的? "

洪大江倏地跳起来,抢过甜甜的保温盒,就进了集装箱。

金甜甜说:"嘚瑟! 还是要吃的? 吃了快剪胡子,跟我去见个人。"

洪大江打开保温盒,是大肉包子,拿起就狼吞虎咽,问:"见哪个? "

金甜甜说:"曹文野。"

洪大江以为听错了:"你说哪个? "

"曹、文、野。"

"我老师?! 你哄我! "

金甜甜说:"见不见? "

洪大江说:"他在哪儿? "

金甜甜卖着关子说:"你见,你就剪掉胡子。"

原来,开幕式完后,曹文野突然想到了洪大江,他给赵光明书记说到,他有

377

个学生,硕士毕业,现在是高级农艺师,年轻的葡萄种植专家,上过《人民日报》的,从上海辞职了,回乡种葡萄,应该是荆江县人。但这里没有他的消息,要赵书记他们帮忙打听一下,是不是回来种葡萄了。

金甜甜说:"我爸问起我,我这才悄悄来告诉你的,不然,真不想来了。"

洪大江含着包子说:"快给我剪胡子!"

金甜甜用那个青花大碗倒出一碗粥来说:"先吃饱,才有看相。见老师要收拾得精神一点,要像个高级农艺师。"

洪大江端着大碗喝着粥说:"这碗是不是快成文物了?"

金甜甜找出剪子,说:"这碗还是我奶奶传下来的,本来就是文物,你还准备用多少年?"

洪大江说:"还用一个甲子,六十年,够了吧?"

金甜甜会心一笑说:"今天,你的情商大爆炸呀。"

洪大江说:"男人是女人让他成长的嘛。"

"反之呢?"

"一样,一个女人也是男人让她成长的。"

剪了胡子,洪大江在箱子里翻寻着衣裳,金甜甜说:"别找了,给你。"她从自己的包里拿出一件白色的 T 恤,是刚上市的北京奥运会的 T 恤,胸前印有北京奥运会会徽,上面是红色的印章图案,下面是毛笔书写、动感十足的"Beijing 2008"和奥运五环标志。洪大江惊喜地问:"哪儿买的?我正想去荆州买。"金甜甜说:"别问,快穿上。"

换上新 T 恤,洪大江焕然一新。两人骑上摩托,往县城而去……

曹文野在酒店的房间里看一些资料,听到有人敲门,打开一看,竟是他的学生洪大江。几年不见,洪大江完全成为山野农民了,但也成熟多了,旁边还有一个漂亮的女孩陪着他。

曹文野说:"大江,终于找到你了,你现在怎么样?"

金甜甜将准备好的一篮新鲜莲蓬、一拎牛肉火锅桶放到桌上。曹文野问:"大江,这位是……"

洪大江说:"老师,她是我同学,叫金甜甜,是我的合伙人,也是我们村金满仓会长的女儿。"

曹文野说:"噢,子承父业,你们两个都是葡二代哟。"

金甜甜说:"曹老师好,经常听大江谈起您,您是我们国家的葡萄权威,以后要多向您请教。"

曹文野说:"大江是高级农艺师,种葡萄他厉害。"他问金甜甜,"你过去干什么呀?"

金甜甜说:"我曾经在武汉销售水果。"

曹文野说:"那好,一个种,一个卖,最佳搭档啊,你们的合作一定会大获成功。我说大江,你一个中国农大的硕士生,高级农艺师,回乡种葡萄,怎么不给县里打声招呼?县里竟然不知道,这不对!"

金甜甜说:"他父母都不知道,只有我知道。"

曹文野叹气说:"哎呀,你这是……"

洪大江说:"我喜欢不让大家知道。"

曹文野说:"也就是不喜欢让大家知道啰?"

金甜甜说:"他老爸要他在上海上班,不让他种葡萄。他爸说了,他要是种葡萄,打断他的腿。"

曹文野哈哈大笑,又问:"你们种了多少亩葡萄?"

洪大江说:"才开始,十亩地。准备再租些地,先种一百亩试试。"

曹文野说:"十亩也不小啊,要是一百亩,那就是一个规模不小的葡萄种植农场了,大江,你是干大事的。"

洪大江说:"我们还只是规划,正在找地。"

曹文野说:"我觉得你的选择非常对!你父亲不让你种,还要打断腿,不对!难道一个高级农艺师,非得要坐办公室,就不能在田野上种葡萄?大江,我知道你会这么选择,不愿意受人摆布,你毕业时就有这个打算。怎么样,是为了爱情投奔家乡的吧?"

洪大江和金甜甜都被弄成了大红脸。

曹文野看他们似乎有隐情,就说:"走,到你们的葡萄园去看看。"

洪大江连忙说:"不不不,老师,我们才起步,一切还没走上正轨,今年栽的,等明年挂果,一定接您去看看。"

曹文野不依不饶:"不不,就是今天。"

洪大江站起来说:"老师,这次真的不看了,不好意思让老师看……"

这时,李英敏主任来了,说:"曹会长,赵书记有个会让我先来,他随后到。他想今天陪您去下面走走,指导指导我们工作。"

曹文野说:"李主任,你来得正好,我们在这里等他。不是让他陪我,是我们一起去看看我学生的葡萄园。这就是我让你们找的洪大江,我的学生,中国农大园艺系硕士,高级农艺师。"

李英敏握着洪大江的手说:"我们在到处找你,洪总,我们失职了,失职了。你的葡萄园在哪儿?"

洪大江说了葡萄园的位置。赵光明进来了,一见面就认出了洪大江和金甜甜,对曹文野说:"都是我女儿的朋友,小洪与我女儿还是大学同学。小洪啊,又是研究生又是高级农艺师,回乡种葡萄这可是大新闻!不好意思,我们的工作没做好,不知道你回来了。"

洪大江说:"赵书记,我真不好意思给县里说,才开始种。"

无论怎样,老师还是坚持要去学生的葡萄园看看,洪大江只好硬着头皮带他们去了。

到了"清亮甜生态葡萄园",看到洪大江睡的旧集装箱,赵光明打开木板做的"门",心情沉重地问:"小洪你就住在这里面?"

洪大江点点头说:"主要是我不想让我父母知道,这里住着很好。"

曹文野说:"学农的睡在草丛里,其实也是一种生态,不过现在都知道你回乡来了,你可以回到家里住了。"

赵光明摇摇头说:"这肯定不行!得解决!"

大棚倒是非常漂亮。曹文野说:"大江你这个大棚,是标准的。"

踏着杂草,洪大江介绍说:"我严格按照曹老师的生态种植理念来。这杂草是第二茬了,前一年我种了墨西哥玉米草和黑糯玉米草,现在的杂草是自然生长的。"

看赵光明他们有些不解,曹文野说:"这就叫生态种植,所有的生态都在大棚里恢复了,土壤的微生物结构都得到了改善。"

洪大江蹲下来扒开葡萄根部的土,说:"下面全是蚯蚓。"

里面果然有许多蚯蚓在拱动。

曹文野看了看说:"大江你介绍下你挖的定植槽。"

洪大江说:"我挖的是一米深、六十公分宽的定植槽,里面垫的是牛粪和稻草,光牛粪一亩我就用了四十吨。"

大家惊讶。赵光明说:"一亩四十吨?"

他把"吨"字咬得很重。洪大江笃定地说:"四十吨。现在我施的肥主要是羊粪,在内蒙古和青海买的。"

曹文野说:"四十吨牛粪埋在根部,赵书记,你看这得有多大的肥力,还需要化肥吗?还需要一亩三百株吗?所以,他这里栽种的,顶多一亩三十株。"

洪大江说:"是的,我这大棚下,全部埋了一层厚厚的牛粪,要种生态葡萄,土壤的改造是根本。"

赵光明说:"这种土壤改造,要气魄,要投入,我们农民的思维还跟不上。"

金甜甜说:"小洪在这里挖定植槽时,遭到了许多误解,渔场有人举报他是挖古墓的,警察半夜还来找他。"

曹文野拍着洪大江的肩笑着说:"这是一个中国农大研究生回乡种葡萄的传奇故事。还有大冠稀植,这也是一个传奇,一亩地就十几株,比现在葡农的一亩少了至少二百七十株。"

李英敏问:"收成够吗?你的亩产会达到多少?"

洪大江说:"到盛果期我只要四五千斤,明年初果,我只要一两千斤。"

金甜甜说:"量少,但求质精,我们的葡萄至少可以卖到二三十元一斤。"

曹文野高兴地对赵光明说:"这是什么概念呢,等于是现在葡农收入的四五倍,盛果期一亩地的产值可达到十万到十五万元!"

赵光明啧啧称赞道:"曹会长,您说的种葡萄是种金子,小洪他们就是种金条了。"

曹文野说:"就是这个道理。这土地呀,你不欺它,它不欺你,土地有无穷的创造力,无穷的潜力。"

洪大江说起他的品种:"我们现在虽然只有十亩,但早、中、晚品种都有,大约有十几个品种,比如早熟品种有夏黑、密光、户太八号;中熟的品种有巨峰、醉金香、藤稔、金手指、超级女皇;晚熟的阳光玫瑰、美人指、红宝石、甜蜜蓝宝石、浪漫红颜。我们一是为了试验品种的适应性,也是为了以后观光采摘。成熟的季节让大棚里色彩更加丰富,游客和客商的选择性更大,也能够填补葡萄销售市场的空窗期。"

曹文野说:"葡萄是农业的新兴产业,它同样是农业的观光产业。所以,大江,小金,你们的葡萄园是荆江县葡萄产业的方向。"一行人蹚着杂草前行,曹文野站在草丛中说,"这种生草栽培,是生态农业的基本景象。"

临走时,赵书记说:"今天到洪总的葡萄园,我们真是大开眼界,名师出高徒,曹会长的得意门生、高级农艺师种的葡萄与众不同,奇招频频。洪总作为我们县唯一一个高级农艺师,回乡创业,我们要满怀热忱地欢迎,这会让我们的葡萄产业如虎添翼,锦上添花,有曹会长师生指导我们县的葡萄种植,我们一定会走在全省全国的前头!李主任,小洪一个高级农艺师,大学硕士回乡创业,住在这样的集装箱里,这不是丢他的脸,是丢我们整个荆江县的脸!"

李英敏说:"刚才我就在电话联系,有一种活动板壁房,非常实用漂亮,我们马上给洪总搭建一栋。"

洪大江说:"不用,不用!"

赵光明说:"就这么定了!"

送走了老师和领导,金甜甜对洪大江说,村里肯定炸翻了天,你还是回家,咱们准备一起受刑吧。我会被骂破鞋,你会被骂神经。洪大江犹豫不决地说,那咋办呢?

葡萄长得很快,洪大江给新爬上顶的葡萄藤蔓造型,眼睛瞄成一线。他造的是 Y 字形,从沟垄望去,像检阅的士兵,队形端直,往两边分开的 Y 字形藤蔓,就像一个人伸开双臂。金甜甜在给大棚边沿壅土,她心绪不宁,放下手中的锹说:"大江哥,我感觉有啥事要发生,待我先去村里看看……"

金甜甜走了没多久,又骑着电动车回来了,跑进大棚就喊:"大江哥,你爸妈来了!"

洪大江满脸惊慌地问:"他们拿家伙没?"

金甜甜说:"没细看,不会真揍你吧?"

洪大江说:"你以为不敢?我虽是高级农艺师,可永远是他们的儿子。在老师和书记的面前丢尽了人,还要在爸妈面前丢人。"

金甜甜说:"那你就行动呀!"

洪大江问:"怎么行动?"

金甜甜说:"听我的,穿上棉袄,戴上头盔!"

洪大江说:"好!"

洪家胜和黄秋莲一路小跑来到渔场,远远地看到葡萄大棚门口有个人戴着红色头盔,大热天穿着棉袄跪在地上。

洪家胜果真拿着棍子,与黄秋莲停下脚步。眼前,整齐划一的设施大棚气派不凡,里面道路笔直,整洁清爽。这就是儿子在这儿偷偷搞的事?还真不是村里的葡萄园,很漂亮很漂亮,就像市农科所搞的标准化基地。

戴头盔穿棉袄的就是儿子!洪大江焐得大汗横溢。黄秋莲将他的头盔强摘下来,儿子的脸在头盔里束得像苦瓜。

"大江,你发神经?!"黄秋莲说。

洪大江一动不动,依旧跪在太阳烤得发烫的地上。

洪家胜背着手,晃着棍子说:"不错嘛。起来呀,雷打痴了?"

洪大江还是跪着不动,说:"为儿不敢起来。"

黄秋莲扯起洪大江就说:"你小狗崽子搞什么鬼?把棉袄脱了!"

洪大江站起,脱下棉袄,里面的T恤像从水里捞出来的一样。

洪家胜进入儿子住的集装箱,东看看,西摸摸,说:"虽然像叫花子,还是蛮干净的。"他揭开小碗柜,"吃得还蛮好,有肉有鱼。"他拿了一根酱萝卜,放进嘴里,发出清脆的响声,"这坛子菜也很有水平,是甜甜给你做的吧?"

黄秋莲一听火了,高声喊:"甜甜,甜甜在哪里?"

洪大江让她不要喊,不要发脾气:"妈,您郎嘎歇歇行么?"

黄秋莲说:"叫什么妈,叫祖宗也不行,你咋又跟甜甜搅一块了?!"

洪大江说:"我们是合伙人,我们只谈生意,不谈别的。"

黄秋莲气得手指发癫,指着他说:"我怎么说你?搞去搞来,又跟她搞一起了?大江,你若想跟甜甜,除非我死。有她无我,有我无她!今天咱就把话撂这儿!"

洪家胜感觉甜甜在这里,就劝黄秋莲说:"孩他妈,有话好好讲,发这大的火干啥哩!"

黄秋莲将他的棍子夺过来说:"你棍子是吃素的,不管教他,这下可好,跟个二婚的一起,叫花子一样,让人耻笑,呃呃呃……"黄秋莲用棍子扑打着草丛,大哭起来。

洪大江见他妈哭了,吓坏了,说:"妈,您郎嘎别这样,听我说……"

黄秋莲一抹眼泪说:"说个屁,回上海上班去!"

383

洪家胜说:"孩他妈,这里没有外人,大江也不是小伢了,教授级别的高级农艺师。咱们把甜甜也一起叫来,当面锣对面鼓,把事情心平气和地说清楚,行不行?"

黄秋莲说:"说吧,把甜甜叫来!"

洪家胜说:"约法三章,不能发火啊!大江,叫上甜甜,没事的。"

他给儿子使了一个眼色。洪大江明白了,就去找金甜甜,发现她躲在大棚后头掉泪,说:"甜甜,既然这样了,别怕,好汉做事好汉当,没你的事!"

金甜甜被叫了过来。洪家胜开口说:"甜甜,这里没有凳子、椅子,大家就站着说话。首先,我感谢你,看情况就知道是你在照顾我们大江。我想问你,究竟是不是你将大江忽悠回来的?"

金甜甜说:"没有,我完全不知道他回来,是小安告诉我的。"

洪大江说:"爸,妈,我来讲吧。我想给爸讲几句。我觉得,在中国农村未来的三十年里,生态农业是最有发展前途的产业,是土地吸引我回来的。我们逐渐失去的土地,可以通过生态农业把它们找回来!我的生态葡萄,大冠稀植,一亩地的产值每年至少在十万。十亩是一百万,一百亩呢?两百亩呢?我如果想建一个一两百亩的生态农场,两年以后,我们一年的纯收入不会低于五百万。对你们上一辈人来说,种葡萄致富是偶然,对我们而言,却是必然,因为我们发现了土地更大的价值。在生态农业上,我想做做看,我有自己的想法。您要我为二十万的年薪回上海上班,打死我也不会回去了。"

洪家胜说:"大江,你有你的抱负,我很欣赏。万一干砸了呢?"

金甜甜说:"砸了损失我承担,不要大江负责。"

黄秋莲对金甜甜说:"哼!你负责,你负得起这个责?大江的工作耽误了,青春耽误了!你们讲得天花乱坠,胡吹乱嘈,我不信!"

洪大江说:"妈,那您就等着看吧,我不会说谎,我以高级农艺师的资格担保,我们的小小理想是会实现的。"

洪家胜说:"那……你们得准备承包更多的土地?"

金甜甜回:"是啊,我们要土地。"

洪家胜说:"土地想要就有。"

洪大江问:"哪儿有,多少亩?"

洪家胜说:"有一百五十亩。"

金甜甜说:"全要了。"

洪家胜问儿子:"大江呢?"

洪大江说:"是呀,全要!"

洪家胜说:"我们村里就有,何必舍近求远。"

洪大江说:"这真是踏破铁鞋无觅处,得来全不费工夫!"

洪家胜化解了这场大战,他将话题转到别处,转危为安。这是他当书记多年的经验,叫和稀泥也好,叫领导艺术也好,事情就这样。劝回了黄秋莲。

洪大江回到村里,都来看他。也没大不了的,天没有塌下来。吴红英吹嘘说,洪大江和金甜甜见面,还是她儿子小安牵的线。

来参观洪大江和金甜甜大棚的葡农络绎不绝。好在,活动板房两天就搭建好了,蓝色的房子,真好看,有卧室,有客厅,有杂物间,可以堆放农机具和生产资料。还有一小间是厨房,厨房后面是卫生间,还是冲水的。

验收完毕,金甜甜很满意。洪大江对她说:"你肯定满意,这既是我们的办公室,也是我们的家。"

洪大江抱着她。金甜甜抚摸着门框似乎不敢相信,问:"这里我也有份吗?"洪大江坚定地说:"就是你的。"金甜甜忽然嘤泣起来,不可遏制。洪大江怎么劝她,她还是哭着,无声哭着。

得到通知,县里要召开部分葡萄种植户和经纪人会议,赵书记点名要洪大江和金甜甜一定参加。第二天,洪大江和金甜甜骑上摩托去了县城。他们先是在锅盔摊上买了锅盔,吃着锅盔来到县政府会议室,看到他们的父亲金满仓和洪家胜也坐在里面。

除了两个父亲,一个林三富,到会的人他们全都不认识。会议是由陈友善县长主持的,他说:"今年,我们县成功被授予'江南葡萄第一县'的荣誉称号,这个第一县的位置并不好坐,形势喜人,形势也逼人。因为到了葡萄上市高峰,耽误你们半天,一起商议一些事,好好合计一下我们县的葡萄产业怎么办,大家献计献策。现在请县委书记赵光明同志讲话。"

赵光明双手放在桌子上,看了看大家说:"今天,我们请了我们县的葡萄种植大户、葡萄种植带头人、经纪人来,感谢大家在百忙之中参加此会。正如刚才陈县长讲的,今年,我们县拿到了'江南葡萄第一县'的牌子,但是福祸相倚,第一县的交椅不好坐,今年葡萄的价格出现了下滑态势,虽然我们做了巨大的努力,虽然我们有在座的优秀经纪人队伍,你们代表八百位经纪人和五十套销售班子全力销售,虽然我们努力教葡农不要过度使用农药化肥膨大剂催熟剂,虽然我们进行了以奖代补的诸多奖励和补贴措施,但葡萄生产形势依然很严峻,价格下滑,十一万亩成为我们的瓶颈,十三亿元产值成为我们的上限,葡农们认为种葡萄不如种其他,有的改行种蔬菜,种矮瓜,或者挖鱼塘搞水产养殖。大家普遍反映现在葡萄市场饱和,有下行的趋势,今年的销售产值注定会下降。这给我们以巨大的警讯。通过我们今年在各地市场的调研,我们的强烈认识是,固然有市场饱和的问题,但不是主要问题,主要问题是我们走的低端消费路线,低端种植模式,盲目发展的结果是低端葡萄泛滥成灾。现在市场不缺葡萄,缺的是好葡萄。李主任,你把那个盒子拿过来……"

李英敏递上来一个装橙子的纸盒,十分精美,上有显目的"褚橙"二字。赵光明打开盒子,拿出一个橙子对大家说:"大家看看这是什么橙子?"

与会者传递着看了看,说:"不就是橙子吗?"

赵光明说:"这叫褚橙,盒子上写了,褚橙。大家知道褚时健吗?"

有记得的说:"就是那个云南什么烟厂,出狱后上山种橙子的褚厂长嘛。"

赵光明说:"对。"他把那些橙子倒出来,让工作人员切开,给大家品尝,"你们看看这些橙子,大小一样,这包装盒子一看就不是一般的橙子,为什么有这个感觉?人靠衣裳马靠鞍。普通的橙子进入了高档的盒子,橙子也就上了档次,有档次,送亲戚送朋友才拿得出手。这是朋友送我的,大家尝尝怎么样?"

众人尝了,说:"好吃!"

赵光明说:"好吃,当然好吃。这一提是五斤,大家猜猜超市卖多少钱?"

有说二十的,有说三十的,有说五十的。

金甜甜站起来说:"我在果品公司搞过多年销售,这一提应该至少是八十元。"

赵光明说:"金董事长说得对,就是八十元。我现在介绍一下,"他指着金甜甜,"这位年轻的美女,是我们天露湖镇天露湾清亮甜生态葡萄园的董事长,金满仓会长的女儿,也是我女儿的朋友。她旁边的帅哥叫洪大江,是我女儿大学的同学,中国农业大学园艺系硕士,从上海大型农场回乡创业,是清亮甜生态葡萄园的总经理,也是我们县唯一的高级农艺师。"

会场一片哗然,大家都看着他们。

赵光明接着说:"他们的葡萄园全部是生态种植,大冠稀植,不上化肥农药,不用激素,不用膨大剂催熟剂,生草栽培。我相信他们的生态葡萄,明年挂果一定会卖出好价。"

这完全是在替洪大江他们做广告,会场又是一阵惊动。

赵光明说:"想想我们也种过橙子,我们农民的橙子卖一两块钱一斤,人家能卖十六块钱一斤,差不多是七八倍。不就是一个橙子吗?我们的葡萄,总体品质不错,在外有很好的名声,可是只能卖两三块一斤,甚至更低。为什么有那么大的差距?说白了,品牌,品质。我们的品质没有上去,更谈不上品牌。听说有的地方将我们的好葡萄收去,用他们的品牌包装,就可以价格翻倍出售,咱们辛辛苦苦种出来的东西只好贱卖。创建我们荆江县自己的品牌,势在必行,到了非创不可的时候了!现在请陈友善县长,给大家详细讲解下我们的想法……"

陈友善说:"刚才赵书记讲了我们荆江县葡萄种植的形势和面临的问题。我们县在湘鄂边界上,也是两湖平原的中间地带,古称为荆州要塞,江汉门户,潇湘孔道,七省通衢,占尽了地理优势。葡萄产业近年异军突起,成为我县一张靓丽的名片。但我们庞大的农业产业没有专有品牌,以葡萄为主,也兼顾其他的果蔬。赵书记在看了洪大江洪总他们的清亮甜生态葡萄园后,有了一个灵感,给我们大家讨论。我们这里说好吃的果子叫清亮甜,但这个甜字对城里人没吸引力,我们能不能叫晶凉田?晶,晶莹剔透,这是葡萄的质感;凉,夏天吃葡萄,凉快凉爽,这是口感;田,有我们的地理标志,是田野上长出的好葡萄,代表咱们荆江县的土地。于是我们就想创建一个荆江县的农产品公用品牌,就叫晶凉田,非常有诗情画意,我们准备马上注册。"

有的说很好,有的说有意思。

林三富站起来问道:"这个品牌是公用的,就意味着葡农都可以用是不是?"

赵光明说:"公用不等于都可以用,不能让某些滥用化肥农药的产品糟蹋我们的品牌。我们准备采取市场准入制,你的葡萄经检验农残达标后,允许使用。特别像洪总他们的生态葡萄,如果用我们的这个品牌,我们非常欢迎,这是在壮大我们的影响。另外,我们在已经通车的荆州长江大桥的桥头,竖上我们的大广告牌:中国好葡萄,荆江晶凉田。品牌、包装、广告、推销、网购、电商,一起上阵。还有,一个品牌必须有一个故事,没有故事不行。李主任,你迅速与县文联的专家联系,我们荆江明代有文学上的性灵派三兄弟,袁宗道、袁宏道、袁中道,这三袁被称为'一母三进士,南北两天官',看他们与葡萄有没有关系。"

李英敏说:"好的,我马上联系。"

散会后,葡农们围着洪大江和金甜甜,有的递上名片希望向他们请教,有的询问他们关于大冠稀植的技术条件,有的经纪人问他们的葡萄什么时候采摘?洪大江将他和金甜甜的电话留给了他们……

刚投入使用的天露湖镇葡萄交易中心,是全县最大的葡萄交易市场,几百个摊位上的葡萄堆成小山,引来了不少客商,也引来了不少苍蝇,甜蜜的气味腻歪了人。葡萄滞销,不可久放,葡农们急得像热锅上的蚂蚁。

当天的行情出现了低点,客商的收购价都不超过一块八角一斤,这引起了葡农们的抗议,坚决不出货。这就是萝卜白菜价,不是葡萄价,简直吃人不吐骨头!葡农们辛辛苦苦种的葡萄,没赚到钱,钱都让黑心的中间商赚走了。熬到中午,卖葡萄的农民们掐不住了,开始互相杀价。

天气炎热,墙上的排风扇在呼呼地往外排风,但不解决任何问题。苍蝇们闻到了葡萄腐烂的气味,汹涌而至。有新来的客商和顾客进来,立马有葡农围拢过去。葡农们到处拉扯客商或顾客,你两块二出货,我两块一……但客商依然坚持一块八,如果到下午,一块八都保不住,还会一块七、一块六……

因为焦急,进来的人一个个被葡农们拽着,袖子都拉脱了。那些人大汪小喊地说:"我不买!不要扯我!我是来看看的……"

有人站立不稳,被挤倒在葡萄堆上,拉起来,脸上全是稀烂的葡萄皮葡萄汁,被挤倒的人哇哇乱叫并声称:"我不是贩子!我不是贩子!"

真正的贩子和客商葡农们都认得,夹着大钱包,随时现金结账。一个客商的钱包被挤得掉到地上了,钞票哗哗地散开。那贩子在地上呼喊:"让开!让开!不许抢钱!"他在地上抓散落的钱,被一堆臭脚踩得鼻青脸肿。保安过来喊:"大家散开!散开!不要围堵在门口!"

满脸黑汗的保安队长面对墙壁悄悄电话派出所,要派出所派几个警察增援!……

保安声嘶力竭,无人管理。捡钱的客商丢失了钱,却还被人拉着:"我的葡萄两块零五给你!要不要?"

客商抓着捡到的钱说:"我的钱丢了,我不要葡萄!你们让开!"

客商们退守到墙角,按兵不动,瑟缩着不敢吭声,与葡农形成对峙。

葡农们的愤怒无处发泄,纷纷指责客商说:"你们就不能提高一点价吗?你们吃肉,就不让我们喝汤?"

有人在喊:"太黑心了!你们要喝干葡农的血!吸血鬼!黑心烂肝的贩子!"……

几个保安惊慌失措,商议道:"客商们不能待了,待下去凶多吉少!早晚要出事!"

门口的出路全被葡农们堵死了。有人说:"他们压价,就把他们压在葡萄下面!"有人说:"不能让他们走出交易中心!"

葡农对保安喊:"你们袒护贩子,让贩子离开,咱们的葡萄烂了,就要你们全部买去!"

一时间葡农们都起哄:"对,让保安全部买掉!"

满脸流汗的保安队长在一旁悄悄电话伍青华:"伍书记,伍书记,交易中心出事了,因为客商压价,闹成一团,要打起来了。"

伍青华说:"我马上让派出所派警察增援!我在县里,马上赶回!……"

林三富带着两个人来了,他听说经销商与葡农发生矛盾,找到保安队长说:"听说客商被围攻?你们要保证他们的安全,尽快让他们出去。"

保安队长说:"我能怎么办?我已跟伍书记汇报,警察马上来。"

但场面已经失控,林三富已感觉到被葡农团团围住了。突然有个络腮胡子站在凳子上喊:"冤有头债有主,林老板,你终于出来了,是不是你指挥的压价?"

这下更是炸锅了,就像投了一颗炸弹。

络腮胡子指责他:"这个交易中心就是你掌控的,以为我们不知道?!"

络腮胡子这一煽动,有人就骂了:"黑心烂肝的奸商!""奸商!奸商!"还有人说:"这里就是他控制的价格!"

林三富被一桶污水迎头泼来,慌忙辩解:"我?我刚从武汉送货回来,我不是奸商!我没有控制!"

络腮胡子拽住他:"你们昨天还是两块四,今天咋就一块八了哩?"

葡农们吼:"按昨天的价拿货!两块四下单!"

林三富被络腮胡子死死拽着,激怒了:"放手!我说了我刚来。你搞清楚,从来葡萄的价格波动很正常,不是谁能控制的。商贩也要赚钱,不能亏本,葡农也得守法,不能欺行霸市!"

络腮胡子说:"谁欺行霸市?就是你!你们两块钱买过去,转个身就贴别人的牌子用别人的包装卖四块五块,有没有干过?"

林三富说:"干过这种事断子绝孙,出门被车撞死!"

络腮胡子头上的血管都快爆炸,喊着:"不承认?林老板把赚的黑心钱给我们吐出来!"

葡农们大声应和起哄:"让他吐出来!"

林三富成了众矢之的,紧紧护着自己的包。有人向他扔葡萄,反正葡萄不值钱,一串串葡萄接踵而至,砸向他,也伤及别人。一时间交易中心葡萄乱飞,人仰马翻,哭爹叫娘,乱作一团。络腮胡子抓着林三富的包不放,林三富也不放手。推搡拉扯中络腮胡子跌坐到地上,他爬起来一拳砸中了林三富的眉骨。林三富顿时鲜血直流,捂着眼睛,还没喊出来,又遭了两拳,他栽倒在地,口吐白沫,昏死过去。

一声"出人命了",葡农们乱作一团,丢盔弃甲,溜之大吉……

事情非同小可。通过罗丰田副省长的关系,在武汉超市推销葡萄的赵光明,闻讯赶回来。他先去医院看望了林三富,然后踏进天露湖葡萄交易中心,看到的是一片狼藉,葡萄堆积如山,苍蝇碰脸,一些葡农们在那儿收拾残局。

镇里的书记伍青华对葡农说:"县委赵书记来看我们了!"

葡农们站在那儿,表情冷淡,似乎赵书记又是一个黑心商贩。

赵光明对大伙说:"乡亲们,我理解你们的焦虑和怨气。葡萄滞销和低价,政府有不可推卸的责任!我们县兴旺的葡萄产业,不能成为葡农的负担,不能伤了广大葡农的心,我们正在着手解决。听说交易中心出现了动手打人的事,我们匆匆从武汉赶回来处理。虽然动手是极个别,但严重影响了我们县的声誉,让别人说,荆江县不能去,那里的葡农全是土匪,这多不好!大家心平气和,要相信,政府不会对葡萄销售撒手不管,我们一定会管到底!今天早晨,我们还在武汉超市推销我县的葡萄,有一个连锁超市就答应每天进我们县葡萄三四吨,我们创立的晶凉田品牌,就是我们的资源,也是我们的资本。武汉的消费者对我们荆江县葡萄的热情,是我们完全没有料到的。明天我们还将跑其他超市,我们县里的领导,都在外头推销县里的葡萄,办法总是有的!我们县的两万吨冷库也快竣工。现在我宣布,对所有农残检验没有超标的葡萄,政府给予保底价收购!"

葡农们听到这里,终于露出久违的笑容,一致叫好,紧张的气氛终于在交易中心松弛下来。

李英敏小声给赵光明说:"您说的保底收购,压力太大。"

赵光明对他说:"我们迅速组织检验人员,组织包装盒,开通绿色通道,直运武汉、长沙、重庆和广州。我已经跟我手机上的八十多位葡萄经纪人朋友群发了短信,让他们火速驰援,帮帮我们,还跟媒体的朋友讲了,迅速跟进报道。我相信我们刚刚创立的晶凉田品牌不会凉,正是用的时候!也是警告有些葡农,你若农残超标,你就没戏!……"

三十五

　　金甜甜在厨房里将煎好的鱼放进保温盒,盖紧,还打了一碗饭。余翠娥见了问:"给大江送去的?"

　　金甜甜说:"妈,是的。他是我的合伙人。顺便煎个鱼,中午我也要吃。"

　　余翠娥说:"甜甜,你给我讲,你跟大江就种葡萄,没说其他?"

　　金甜甜说:"妈,说什么?"

　　余翠娥急死了:"你就直说呗,甜甜。"

　　金甜甜说:"我说多了您郎嘎又不高兴。"

　　余翠娥说:"用不着你关心,他没妈伺候他?"

　　金甜甜说:"那是他的事。"

　　余翠娥叹出一口气,说:"唉,总是为你担心。你妈心脏不好,你别让妈担惊受怕。从小你就跟大江在村里让人说闲话,从小你就不省心。你们要合伙就合伙,要一起就一起,别让人说三道四,指指戳戳。"

　　金甜甜说:"妈,现在我们是大人了,谁想说啥,就让他们说去,谁理谁傻蛋!让他们胡说,他们也过不上我的生活呀。"

　　余翠娥问:"那……我做的豆腐乳,不夹几块去?"

　　余翠娥从橱柜下拖出养水坛子。金甜甜去夹豆腐乳,深吸了一口坛子里的气味说:"这么好的豆腐乳,您郎嘎舍得呀?"

　　余翠娥说:"鬼丫头!去去去!"

　　金甜甜到了葡萄园,在活动板壁房厨房,把鱼撮到盘子里,将豆腐乳放到小碟中,再用那个青花大碗盛上饭,喊:"大江哥,来吃!"她在低头收拾,听到脚步声,说,"大江哥,尝尝我煎的鱼怎么样?"

　　没有应声。她抬头一看,天!是洪大江的妈黄秋莲。她好不窘迫,"呃……秋莲阿姨来了?"

黄秋莲也来给洪大江送饭，将提篮放在桌子上。打开，有红烧肉，也有煎鱼，有卤鸡蛋、咸鸭蛋。

金甜甜看到那些，站在那里走不是，不走也不是。黄秋莲也不吭声，从门旮旯里拿起一把扫帚扫起地来。

金甜甜退让着扫帚，但她退让到哪里黄秋莲就扫到哪里，还说："这地多脏，得多扫扫！以后送饭，有我，你就不要操心了。"

金甜甜只好说："好的，好的。"

金甜甜走出门，看着这周围，突然一想，我为什么要走呀？就对黄秋莲说："秋莲阿姨，我走哪儿去呀？这也是我的葡萄园，我不是来玩的，是来干活的。"

黄秋莲板着脸说："你也不懂种葡萄，我儿子赚了钱，自然会分给你的。再说了，现在还没挂果，你天天来干什么，监督他呀？"

金甜甜气得要哭，没辙了。正好洪大江回来，放下铁锹，看到金甜甜一脸哭相，问她："怎么啦，甜甜？"

他瞄到屋里还有人，是他妈来了，明白了几分："妈，您郎嘎这么早来？"

黄秋莲说："哟，不该来？给你送饭，不行么？"

洪大江说："妈，这是我与别人合股的葡萄园，不是咱们家，您还是少来吧。"

黄秋莲说："你老妈今天就是不走，专门来给你洗铺盖的。"

金甜甜见状说："大江，那我走吧。"

洪大江拉高嗓音说："金甜甜董事长，你不能把这个葡萄园甩给我一个人是吧？再怎么你也是有投资的。"

黄秋莲端着装有脏衣服的盆子，将其重重搁下："哎哟，洪大江总经理，你这话我听出门道来了，合着我是多余的？你再大的葡萄园，等于与你老妈老爸无关。好，行，行，我走了，再不朝这儿看，你这架势是一定要找个二婚的啰！"

说完气鼓鼓地走了。

金甜甜进屋，看到洪大江在那儿愣着生气，说："大江哥，别生气，是我惹的事。"洪大江木着脸，头歪一边。金甜甜说，"我们还租不租土地？"

洪大江说："为什么不租？"

金甜甜说："那你就去找地呀，这是存折。"

她将那本存折丢给洪大江。

洪大江说："村里的地还没有挂牌，我们不能贸然行动。其他地方，我沿着天露湖走了几圈,暂时还没打听到。不急,村里的土地,我是志在必得。这样,甜甜,你看……要不你就先搬过来?"

金甜甜愣了。

洪大江端着那个大青花碗说:"你是这个碗的主人,这碗跟我奔波了十多年,一路辗转武汉、北京、上海,毫发无损,我今天物归原主。你若是这个屋子的主人,你就接受。我洪大江连同我的饭碗,一起交给你……"

洪大江将大碗捧过头顶,单膝跪下。金甜甜心里一咯噔,接过大碗,弯腰拉他起来。洪大江望着她眼里有了泪水,也不说话,突然起身将她抱起,往湖边猛跑。

金甜甜在他怀里说:"大江,你疯了,小心点!"

他们倒在湖边草丛里,翻滚着,拥吻着。他抱着她说:"我们终于在一起了。"

金甜甜贴着他说:"晚了吗,大江哥?"

"不晚,正好。"洪大江说。

签订合同的这天,承露岗新平整的土地上,放了一张桌子,两把椅子。桌子后还用两根竹竿扯了个横幅:天露湾村土地租赁签约仪式。到场的有村支部、村委会及葡萄协会的人。洪大江还准备了一个大花炮。

钢子先说开场白:"我桌子摆好了,摆在这里签,虽然简陋,但有现场感,有仪式感。新老书记有话说吗?"

洪家胜和马三爹摆手。钢子说:"那就先签了再说。这一百五十亩新开垦的土地,镇政府挂牌后,经过三轮的激烈竞争,由清亮甜生态葡萄园有限责任公司竞得。每年每亩地租金九百元。现在,由甲乙双方的代表签字,并且现场由承租方交付当年土地承包款十三万五千元。"

钢子和金甜甜签字,并现场交钱。许会计点了点扎数说:"十三万五千,没错!"他向金甜甜竖起大拇指,"我最佩服金董事长,'青丝难掩云天义,红颜胸襟胜须眉'。爽快!不愧是见过大世面的!"

洪大江点燃花炮,响声震天。

待花炮放完,钢子说:"许会计刚才又拽了两句诗文称赞我们的金董事长,金董事长,这么称赞你,你说几句?"

金甜甜说:"谢谢,谢谢大家。还是让大江说吧。钢子叔,你们以后,还是叫我甜甜。"

洪大江说："我也没啥说的，签字即生效，生效即开始工作。我们一定不辜负村里的期望，把这片土地建成全县最先进的、最好的生态葡萄产业基地。"

钢子说："这儿的平整项目和出租项目是我负责，洪书记交给我，我观念的转变也经过了很长时间的观察和思考。通过几次到大江他们的葡萄园了解情况，我放弃了种植桃树的想法。金董事长，洪总，你们现在竞得了这块地，我们想通过你们的创业，将我们村的葡萄产业升级绑在一起。通过你们的种植，不仅能带动全村葡农的产业提升，还和新农村建设绑在一起。把土地交给你们，我们放心，你们一定不会让我们失望，全村父老乡亲就指望你们了！还是请两位书记说几句吧。"

洪家胜走到桌子前，说："我说了我避嫌不讲的，签了好，我们村里开始有了积累，有钱就好办事，这是我们村开天辟地的一件大事。这一百五十亩土地的经营权流转，是由镇政府挂牌，三轮竞标，没有任何暗箱操作。通过几年如一日的平整，钢子书记劳苦功高，这笔财富是我们天露湾村的永久财富，我们村会记得钢子书记的功劳。我儿子洪大江和金甜甜，能不能按照刚才钢子说的，以此提升哪、带动哪、指望哪，这得看他们两个的表现，咱们就边走边瞧吧。"

马三爹举手："我喉咙痒了，想说两句。"

洪家胜说："不急，三爹，我再说个重要的事情，您待会儿做总结。我昨天去镇里，听到一个确切的消息，全县即将在天露湖沿岸开展治理'两污'，就是治理生活垃圾和生活污水，不让一滴污水流入我们的母亲湖——天露湖。治理'两污'要配合新农村建设，生态保护也是我们国家的基本国策。我希望大江和甜甜，通过与赵书记的关系去帮我们村争取一下，让天露湾村进入治理"两污"的第一批名单，这样，我们的新农村建设就可能提速，走在其他村的前面。"

洪大江说："我们先打听一下，一定努力。"

洪家胜指着金满仓："满仓会长，你得说说。"

金满仓说："我真没啥说的，我就是担心，说不担心是假的，这事有点大，一百五十亩，我虽然相信大江和甜甜他们的能力，但也担心他们面临的挑战，既然他们愿意干，就让他们去闯。我这人，什么都料到了，就是没有料到我这辈子种葡萄，自己的孩子还是种葡萄。"

许会计说："有啥不好的？这么甜蜜的事业，满仓会长，有人继承你种葡萄的事业不好吗？"

金满仓说："好好，非常好，非常好。"

洪家胜说："谁能料到呢？大江从天露湾到武汉，从武汉到北京，从北京到上海，最后，从上海回到了天露湾。"

许会计说："这很圆满嘛，一个圆圈，大团圆，不是很好吗？"

洪家胜说："好，好，都好，请老书记三爹总结。"

马三爹指着天上说："大伙看看，今天的阳光这么好，天高气爽，真是一个好日子！突然听到家胜说治理'两污'，这又是我们没有想到的好事喜事。现在真是赶上了好时候，好事喜事连连来。大江和甜甜，我是看着你们长大的，以为你们长大了，翅膀硬了，飞走了，不会回来。但你们偏偏回来种葡萄，而且闹出这么大的阵势，我为你们喝彩！你们两个从小就是我们村的金童玉女，堪称珠联璧合，共举大事，创造奇迹。现在种田吃香，土地值钱，土地这东西是不可再生资源，只会越来越金贵。有了土地，为我们增加了村集体经济的体量，有了大江甜甜的生态葡萄园，又增加了葡萄第一村的含金量，如虎添翼，真是两好合一好，我相信，天露湾的明天会更好！……"

"清亮甜生态葡萄园新园工地"的牌子当天就挂上了，工地的大木栅门已经建好。洪大江和金甜甜在平整过后的巨大空地上，拉平被湖风吹起的图纸。洪大江指着那边推土机工作的地方说："还有一百多亩，应该全部是我们的……这是一期规划图，这里是葡萄园……这里有鱼池荷塘、小桥流水，有钓鱼台，这里靠近湖边，是餐饮区和住宿区，有一百亩采摘区……这里，从大门进入，就是一千米葡萄长廊……这里是小戏台……靠那边，承露岗顶上，就是葡萄酒庄，还有葡萄酒酿造车间……"

金甜甜说："明天我们去一趟县里，问一下无息和低息贷款的事，不到万不得已，不搞商业贷款，利息太高。还有你申请的回乡创业基金啥时候批下来？"

洪大江说："贷款下来，迅速建大棚，来得及的话，冬天就栽苗子，挺过两年，一切都好了！我在家，你明天一个人去。"

金甜甜说："一起去，还得买东西。"

洪大江问："买啥呀？"

"席梦思，床上用品。"

"你真搬来住？"洪大江惊喜地问。

"你说哩？"金甜甜反问道。

洪大江抱住她。

金甜甜泪水滚了出来，抽泣道："很多时候，我总是感到我无家可归……多少个夜晚做梦，我都找不到自己的家……找呀找呀，总是找不到……谢谢你，大江哥，回到过去，是多么地好。不管怎样，我们都要在一起，好吗？"

"我会珍惜的，甜甜。这里就是你的家，就是我们的家。"

"感谢你，大江哥……"

第二天去县里，李英敏主任对他们说，来得正好，洪大江的创业基金批下来了，有十五万。李主任说，钱虽不多，但按有关规定这是最高的，一点心意而已。另外有个创业担保贷款，他会全力帮助争取，申请额度最高可以有三百万，累计可三次，财政贴息一半。这把洪大江和金甜甜高兴坏了。还有更好的消息，李主任说，赵书记对他们很关心，指示要给他们一个青年人才公寓的指标，有一百平方米的三室一厅房，本科以上毕业和有高级职称在荆江县工作的，每年入住只要少量租金，精装修，家具齐全，拎包入住，也可以买下。但洪大江和金甜甜商量后，认为县城离葡萄园有点远，决定退还这个指标，让给更需要的人。关于治理"两污"工程，李主任让洪大江他们当面跟赵书记说，便带他们去见赵书记。

没想到赵书记的办公室这么简陋，沙发当中午休息的床，一张桌子，一个书柜（书柜里是满满的书，其中文学书不少），显得逼仄，办公桌、书柜还是密度板材，漆都掉了。赵书记亲自给他们倒茶，洪大江说了一些感谢的话，也捎来了天露湾村委会的请求，希望在天露湖治理"两污"工程中，多关照一下他们。赵书记说不会忘了天露湾村的，要他们村及早准备。新农村建设，先抓生态保护，环境治理，这也是全面小康的重要工作，保护好天露湖，是新农村建设的头等大事。

赵书记听了洪大江他们想上葡萄酒加工项目的计划，非常赞赏，说这是荆江县葡萄深加工的里程碑，新起点，我们县里全力支持！并吩咐他们，与李英敏主任商量，尽快申请省级现代农业产业园项目，也可以重新规划他们的生态葡萄园新园区，争取成为全县的葡萄产业园样板园区，也能多申请扶持资金。

就这么定了。洪大江喜得来不及捋思路，走路都有些打拐。走出赵书记的办公室，李英敏说："来得好吧？"

"没想到有这么多好消息,像做梦一样的。"洪大江说。

金甜甜表示:"有领导的支持,我们要更加努力了。"

回到葡萄办,李英敏教洪大江他们怎么申请,也帮他们询问了银行的贷款事宜,介绍他们去了银行。一切都办妥了。

这趟县城之行,满载而归。

拖席梦思和大床的汽车不知被村里的谁看到了,告诉了黄秋莲。她回家见洪家胜一个人在喝酒,气呼呼地夺过酒杯说:"你还有心思喝酒?"

洪家胜最烦别人夺他酒杯,正在享受杯中之物,手上空了,说:"你这么激动,碰上啥事了?"

黄秋莲说:"大江和甜甜他们买了床和铺盖,就这么住上啦,不怕别人家戳脊梁骨?!"

洪家胜摊起手说:"那你想怎么样?"

黄秋莲说:"就这么同居了?再怎么也得明媒正娶,他们金家不要脸,洪家还要脸哩!"

洪家胜说:"你的意思是要大办宴席?"

黄秋莲说:"必须的!你还不去劝说大江,不要胡来!"

洪家胜将酒杯拿过来,将酒倒进嘴里说:"孩他妈,天要下雨,娘要嫁人,由他去吧!"

"你去不去?"

"我不去。"

"你儿子可是咱们出大钱培养的研究生,高级农艺师。他们合伙可以,结婚不行!要结,明媒正娶!"

"明媒正娶,这话应该是金家说。你说咧?"

"好,你不去,那我去!"

黄秋莲摔上门,拿起一个电筒就走了。洪家胜感觉大事不好,起身就喊:"秋莲,等等!"一急,撞到了椅子,膝盖疼痛,咬牙抽冷气。洪家胜赶快骑上摩托去追老婆。

摩托车截住了黄秋莲,吱的一声横在她面前,可黄秋莲从下面的田垄里绕道跑了。洪家胜的摩托快,又开到前面路上候着,拦住她说:"孩他妈,你这是怄的什么气？"

黄秋莲暴跳如雷,大吼道:"滚! 你别拦我,小心有你好的! "

洪家胜只好软下来:"好好,我带你去。"

可黄秋莲不上车,气冲冲地往前走,小跑起来,气喘如牛。

就这样一路到了洪大江他们的葡萄园,黄秋莲快累瘫了,进屋就倒在地上,手还拉着门框,活动板房给拉得嘎嘎响。

此时洪大江在电脑上弄关于现代农业产业园项目的申请报告, 边写边念,让金甜甜帮忙斟酌:"……我们清亮甜生态葡萄园拟投入创建的省级现代农业产业园,是培育和发展我们县葡萄产业的新动能,是实施荆江县乡村振兴战略、推动产业兴旺的重要基地,我们力争把产业园建成一个集生态葡萄栽培、新的品种试验、产品深加工、旅游观光、休闲度假等多功能、高效益的现代农庄……"

洪大江感到房子在摇晃,出来一看,发现坐在地上口吐白沫、要死不活的妈。洪大江说:"妈,您郎嘎怎么啦? "

黄秋莲白着眼珠子说:"我要死了,你把我埋这里。"

洪家胜丢下摩托,进来说:"大江,快给你妈倒杯水。"

黄秋莲气顺过来了,推开杯子说:"不喝。"

洪家胜说:"搬椅子! "

黄秋莲说:"不坐! "

洪大江说:"那您郎嘎想么样? "

"赶一个人走。"

"谁? "

"金甜甜。"

"为什么要赶她? "

"没有明媒正娶。"

洪大江从里面拿出两本东西来,放在灯光下,是两本结婚证。

洪大江问:"您郎嘎还想要怎样? "

黄秋莲一看,闭了嘴,直了眼,扶着门框站了起来,说:"我来晚了。"

洪家胜说:"晓得就好。你再狠,狠不过法律,国家认可了,你我再怎么闹也没用。孩他妈,咱们撤! "

黄秋莲突然涕泗滂沱,跺着脚道:"我怎么就管不住你们?! 行了吧,我回去好好反省自己。"可又不甘心,临走时,喊金甜甜。

金甜甜战战兢兢过来,"秋莲阿姨! ……"

黄秋莲也不看她,说:"叫妈!"

金甜甜只好喊:"……妈!"

黄秋莲说:"儿媳妇,给婆婆上茶!"

金甜甜小心翼翼地给她倒茶。

黄秋莲故意赌气地喝出响声,吐出一片茶叶,问道:"听说你身上有大蒜味,有这回事吗?"

金甜甜笑了,说:"您郎嘎问大江吧。"

洪大江说:"没有,您郎嘎真是的,只有荷花的香味。"

黄秋莲说:"那你甜甜就是清香扑鼻啰,我咋没闻到?"

洪大江对金甜甜说:"你过去让妈闻闻。"

金甜甜只好走过去。黄秋莲咻咻地嗅了几下说:"没味。"

洪大江说:"那不就行了吗?"

黄秋莲又环视了一下房子,说:"这房子,就是你们结婚的新房?我问下你,你们金家,给你准备了多少嫁妆?"

金甜甜说:"我们刚签了一百五十亩土地包租合同,钱都放在里面了。"

洪家胜告诉黄秋莲:"村里平整的一百五十亩土地,他们全部租下了。"

黄秋莲讽刺说:"准备干大买卖呀?"

金甜甜:"我和大江想建全县最大的生态葡萄基地,今天去了县里,赵书记要我们申请省级现代农业产业园,一旦批下来,我们就是如虎添翼,国家会给我们不少补贴和扶持。以后我们还要建酒庄酿葡萄酒,赵书记要求我们将葡萄园建成全县最好的现代农庄,我们有一个第一期的规划……"

洪大江正欲展开图纸,他爸洪家胜说:"等等,甜甜刚才说你们在申请省级现代农业产业园?"

洪大江说:"是呀,省级现代农业产业园。"

"省级的,可行吗?"

"应该可行,县委书记不会跟我们开这个玩笑吧?"洪大江说着,打开图纸,给父母讲解,"……这是我们生态葡萄园的一期规划图,我们还要按现代农业产业园区的创建要求重新规划……爸妈你们看,我们除了设施大棚的现代化葡萄

400

栽培,还有葡萄的新品种试验、产品深加工,就是建葡萄酒庄,还有旅游观光、休闲度假……这里是葡萄园,这里是鱼池荷塘、小桥流水,还有钓鱼台,有餐饮区、住宿区、采摘区,有一千米的葡萄长廊,在一期建设里,我们给两边的父母各准备一栋单独别墅,临湖而居……"

黄秋莲说:"哟,还有别墅,湖景房,不是蒙我们的吧?"

金甜甜说:"爸,妈,我们蒙你们干什么?"

黄秋莲说:"行呀,住别墅!"

洪家胜看着规划图说:"有县里和赵书记的大力支持,我看大江甜甜他们没问题。"

黄秋莲对洪大江说:"大江那你就是碰上大贵人了。"

洪大江说:"爸,妈,这个时代,只要自己足够优秀,只要自己肯努力,机会是不会少的,贵人也是不会少的,国家和政府非常鼓励和扶持年轻人创业。今天我的创业基金十五万已经批下来,创业担保贷款也解决了,利息由县财政负担一半,等于利息非常低。我们葡萄园两年盛果后,基本不再要多少贷款,可以有千万元的流动资金,什么都解决了。另外,省级农业产业园能建成,国家起码会投入上千万元的资金扶持我们。我们的新园已经开始动工,今年要种下一百五十亩。搭建大棚,我们是连体大棚,水肥一体化。三至五年内,就算现代农业产业园创建不了,我们也保证我们的葡萄园是全县最大的集种植、观光、采摘、休闲为一体的葡萄园!"

黄秋莲说:"三年五年太远不要说,我说的是现在,你们的婚礼总得举行一下,客总得请几桌,咱们就你一个儿子,不能就这样不声不响地办了,让人家说闲话。"

洪家胜说:"听他们的计划和安排。"

黄秋莲火了:"什么都听他们的,要你这个当爹的干什么?"

洪大江说:"我跟甜甜商量,那些形式就免了,明年挂果开园时,请乡亲们都来这儿品尝咱们真正的生态葡萄。"

金甜甜说:"大江说,明年夏天,葡萄采摘完了,我们补旅行结婚,骑摩托去西藏。"

洪家胜说:"这个新鲜,我看行。"

离开葡萄园,黄秋莲突然在摩托上憧憬地说:"呀,我好想抱孙伢!"

洪家胜说:"你这么躁性,能带孙子吗?"

黄秋莲说:"我咋就不能带?最好带个双胞胎,龙凤胎!"

洪家胜说:"你就一天到晚孙伢孙伢,就没想,儿子他们要搞出个省级现代农业产业园,是什么气派?"

黄秋莲说:"管他的,我只要孙伢!"

走了老远,洪大江喊住他爸,告诉他,关于县里治理"两污"的事,将赵书记说的话重复了一遍,说"两污"治理,将使村庄大变样,不会忘了天露湾村的,要咱们村及早准备。

洪家胜说:"这事大了,国家投入,这得多少钱啊?"

洪大江说:"钱肯定是国家出啰,包括管网铺设,每家建化粪池,村里建沉淀池和曝气池,还要栽各种植物,全由国家负担。到时,村里的人居环境和生态环境就会大改观。"

洪家胜说:"岂止大改观,完全是天翻地覆!……"

金家那边,也没消停。女儿没回来,小卖部那儿传出来大江和甜甜买回了床和铺盖,这让余翠娥心里郁闷,对着金满仓发脾气说:"甜甜没回来,听说她买了床,还有铺盖被子,就到葡萄园去了。就算是二婚,自己抱着被子去男方家,丢不丢人?丢你金家八代人,你就不管的?"

金满仓洗着脚,不语。余翠娥急了,吼着他:"你倒是说话呀,金满仓!"

金满仓说:"我怎么管?你说,我应当怎么管,把她拖回来?"

余翠娥说:"就姓黄的婆娘高兴,甜甜带回来的八十万花完了,还要贷多少款?不下百万?以后哪个还的?她儿子分文没花,搞了一百五十亩地种葡萄,彩礼咱们也分文不要了?"

金满仓穿鞋倒水,说:"我给你说翠娥,公司是他们两个的,你女儿是董事长,大江是总经理。虽然咱不清楚里面的道道,但董事长管总经理,财务大权在董事长那儿,也就是说,赚了钱,账都在甜甜手上。大江管技术。如果真正搞起来,一百五十亩,咱们按老方法种葡萄,现在一亩也能赚大几千上万块。他们是生态种植,一亩少说十万,一年一两千万的纯收入是可以保证的。你说你要什么彩礼?都是你的。再说了,甜甜和大江在一起,是最好的结果,你就别声张了。还求个什么?莫非让她跟乔总复婚?"

余翠娥捶打着胸前说:"咱就这儿一口气出不来!"

金满仓一只手拿着空盆,一只手给她按着肩膀:"出不来你就给我憋着。"

还有一些迟熟的葡萄,金满仓和余翠娥在园子里采摘。没想到黄秋莲到棚子里来了,还对余翠娥说:"哟,你、你们摘葡萄,甜甜呢?"

余翠娥见黄秋莲一脸的热情,这可是太阳打西边升起。余翠娥不好回答,金满仓在另一垄上剪葡萄,回答说:"秋莲,甜甜不是在他们工地吗?俩孩子蛮辛苦的,希望他们干成功。"

黄秋莲说:"当然,当然,做父母的,肯定是望子成龙,望女成凤咻。"说着就进了葡萄园,掏出早准备好的剪刀来帮忙采摘。

余翠娥忙拉黄秋莲的衣裳道:"哎,我们没有请你来呀?"

黄秋莲拉开架势说:"翠娥,这就是你不对了,如今,咱们两家人还分什么彼此?"

余翠娥故意问:"啊?咋就不分了?"

黄秋莲说:"你女儿没回来,她住哪儿咧?她莫非是偷户口本去办的证?"

余翠娥问:"办啥证?"

黄秋莲说:"好好,偷偷办的……她啥都没给你们说是吧?那我也没说,你去问问你家甜甜,她叫我什么来着?"

余翠娥说:"叫你?"

黄秋莲一跺脚,烦了:"我说翠娥,你这不是狗子头上长角,装羊(佯)吗?好,本来想帮你们摘一天葡萄的,狗子坐轿,不识抬举!"说完扭头走了。金满仓喊她:"秋莲,不要生气,别生气,谢谢你呀!"

等黄秋莲走了,金满仓给余翠娥说:"你有时候沉得住气,装得还蛮像的。"

余翠娥这时憋不住,哈哈大笑起来:"我的个娘哎,笑死我了,看她急的,哈哈哈哈……"

余翠娥笑弯了腰。金满仓制止她说:"别笑死了!我说你就是狗子坐轿,不识抬举。"

余翠娥直起腰说:"你为她说话?你好意思为她说话?"

金满仓说:"已经是亲家了,还这样就过分了!"

余翠娥说:"那按你说,我要怎样?跟她赔礼道歉?"

金满仓说:"做父母的,要有个做父母的样子;做岳母的,要有个做岳母的样子;做亲家的,也要有个做亲家的样子。"

余翠娥说:"好好,我去给她赔礼道歉。"

她放下剪刀欲走。金满仓说:"算了,算了,你这是戴斗笠打伞——多此一举。回家赶快杀只鸡,炖个汤,提去跟甜甜大江吃个饭。"

黄秋莲握着剪刀,出了金家葡萄园,在田埂上一路小声骂骂咧咧,路上碰到了林三富。林三富掏出一把糖来说:"书记娘子,来来来,吃糖!"

黄秋莲接过糖果问:"喜糖?听说你被人揍了,没被打死?"

林三富说:"还有一口气,咱不是出院了么?"

黄秋莲翻着白眼脸朝天说:"啊哟,我以为你又当新郎官了咧,出个院有啥庆贺的?!"说着飘然走了。

林三富是来金满仓园子里的,老远就喊:"满仓会长!"

进了园子又是撒糖,又是声明:"我不是新郎官,是出院,大难不死,露个脸,刷个存在感。"

金满仓说:"你命大活着,我的葡萄才能卖钱哟!"

林三富说:"那还用说,我一出院,就直奔你这儿。看,我的人和车都来了——"

农用车已经停在路上,从车上下来了几个采摘的男女,朝金满仓的园子走过来。

林三富一来,就将金满仓最后的葡萄全买走了。

中午,余翠娥做好了鸡汤,两口子骑上摩托去了北嘴。金甜甜和洪大江刚好在厨房吃饭,听到摩托声,又听见有人在外面喊:"甜甜!"

金甜甜放下筷子对洪大江说:"我妈来了!"

余翠娥一现身,就将一个钢精锅子、一个酒精炉子放到桌子上。

洪大江喊了声"阿姨",金甜甜让他叫妈。洪大江就叫了"妈"。余翠娥惊喜得嘴里能放进大鸭蛋,不好开口应声,装着没听见,说:"我炖了只鸡大家一起吃,你爸也来了。"

金满仓神妙地从荷包里掏出一瓶老酒,洪大江问:"您郎嘎这是……"

金满仓说:"咱们的葡萄全卖完了,喝点,喝点!"

洪大江说:"好啊!"

摆上碗筷、酒杯,鸡汤冒着热泡。这时,余翠娥示意让金甜甜带她去大房看看。金甜甜就带着妈去了大房。

大房里整整齐齐,居家用品一应俱全,被子是缎子被面,红得喜庆,墙上有洪大江和金甜甜的婚纱照,桌子上有他们在武汉游乐园的合影。

余翠娥看着看着,眼泪就止不住下来了。金甜甜抱住妈:"妈,您郎嘎哭啥哩?这不好好的吗?"

余翠娥说:"你妈我是高兴,为你高兴。"

金甜甜为她拭泪:"妈,别哭,怪难受的,吃饭去好吗?"

余翠娥说:"甜甜,妈希望你时来运转,永远好好的。"

金甜甜抱着妈说:"谢谢妈,我们现在不是非常好吗?"

洪大江站在她们后面,眼睛也红了,说:"妈,甜甜,吃饭去吧。"

余翠娥转身看着洪大江,说:"大江,从小你就很照顾甜甜,以后,甜甜就交给你了,不许欺负她,要对她好。甜甜有点任性,但心肠好,没有坏心,一路下来,吃了不少苦,到如今你们在一起,我们做父母的,为你们高兴。"

金满仓在后面,眼圈也泛红了,说:"去吃饭吧,菜都凉了。不用说了,两个孩子都吃了苦,都很听话,特别是大江,非常优秀。我们就是农村父母,也没能给你们创造什么条件,全靠你们自己努力,相信你们会更好。"

洪大江说:"你们的话,我和甜甜都记住了。"

四人坐在了小桌前,翁婿二人就开喝了。洪大江举起酒杯说:"爸,我敬您郎嘎。"

两人一口喝下了。金满仓说:"大江,其实,有一天我悄悄地来看过,你的大冠稀植是高端种植,我们的是小农经济。来,我敬你一杯,我种葡萄快二十年,谁都没服过,就服你。"

洪大江说:"您郎嘎可别这样说,我得向您郎嘎学习,您郎嘎说第二,荆江县谁敢说第一呀?我再敬您郎嘎一杯,也敬妈一杯!吃完后,我和甜甜带你们去看看我们的新园,已经动工了。"

金满仓说:"先得看你的大冠稀植,我要好好学习。"

金甜甜说:"大江说了,我们葡萄园一期工程里,给两边父母各准备了一套别墅,很快兑现!"

余翠娥说:"哎哟,享你们的福!大江,到时安排离你爸妈远点。"

405

金甜甜说:"为啥哩?"

余翠娥说:"大江妈嘴太厉害,跟刀子一样,我怕割到我了。"

金满仓说:"你的嘴也不差。"

金甜甜说:"一个是砍刀,一个是菜刀,半斤对八两。"

洪大江笑着说:"好吧好吧,我们会考虑的。"

吃过饭,洪大江将金满仓带到大棚里,给他讲解说:"像这种大冠稀植要视情况而用,我不建议大家都这样,我现在种植的是每亩三十株,等以后挂果了再砍掉一半。这样有风险,最好是二十株左右。"

金满仓说:"这能省好多工时,劳动强度下降,太好了。过去有的一亩种六百株,认为越多越好,种得多,收果就多。你这一亩下肥四十吨,只有你高级农艺师敢做,我们不敢!"

洪大江说:"就是要科学种植。"

金满仓仔细看着葡萄藤,说:"你看你的肥力,今年栽下的,葡萄都爬出十几米,这么粗的枝干,底下全是生草。咱们这样种,人家要骂咱是懒汉,你这里叫生草栽培,咱那里叫杂草丛生。"

洪大江说:"观念不同,但要时刻监控防虫害,我们有办法不让病虫害发生,而且保证做到不用化肥农药。"

金满仓说:"大江,你很聪明,又是高级农艺师,未来不可限量,我打心眼里高兴。你们在外头风风雨雨转了一大圈,还是转回来,又在一起了,这就是缘分吧。缘在天定,分乃人为。好好干,我们虽然帮不上什么忙,但有事我们一定会全力以赴!"

之后洪大江又带他们去了新园工地。大棚已经开建,工地上人来车往。

金满仓站在工地上,指着一大片土地对余翠娥说:"这全是大江甜甜的,你信不信?"

余翠娥惊讶地看着,说:"咋不信?我信。"

金满仓说:"这就叫干大事。"

这时肖小安押着装满钢管的车进来,他让司机停下,给金满仓他们打招呼:"哟,一大家子在这儿!"

金满仓指着车上的钢管说:"小安哪,做大棚的?"

肖小安说:"金会长,我这可是好钢管,待会儿大江你来验收。"

洪大江说:"好,我马上过来。"

余翠娥问他们:"你们包给小安做?"

金甜甜说:"妈,小安现在是我们镇做设施大棚质量最好的,口碑很好。"

余翠娥说:"啊嗬,人都在变。"

金甜甜说:"爸,妈,我们创建省级现代农业产业园的规划在做了,如能成功,我们的摊子就大了,我们想的是以后要有两三千亩的土地流转。"

金满仓说:"啊? 省级的产业园? 两三千亩?"

洪大江说:"如果能创建成功,我们的葡萄园就是省级牌子了,但必须有足够的园区满足我们的创建。"

金满仓说:"翠娥,他们的事情,我是想都不敢想。"

金甜甜说:"老爸你多提建议嘛。"

金满仓说:"建啥议? 我们啥都做不了啦,这世界,是你们年轻人的。"

午后,洪大江在大棚里走来走去,比比画画,看沟垄的宽窄。金甜甜问他:"又在想什么心思?"

"暂时不说。"

"我妈煨的鸡汤好喝吧?"

"喝了你妈的鸡汤,其他菜就不叫菜了。"

"那咋办? 以后我向我妈学做鸡汤。"

"待会儿我带你去一个地方吃晚餐。"洪大江神秘地说。

"不是还有鸡汤吗? 咱们加点青菜和豆腐煮了吃。"

"不行。"

"那……是小琴阿姨家的农家乐?"

"不不,不在村里吃,我说的是吃晚餐,不是吃晚饭。"

"这不一样?"

"听着是有区别的。"

太阳斜下去后,洪大江骑摩托把金甜甜带往县城。车开进一家"听取蛙声一片"的菜馆,这是一个幽静的庭院式餐馆,院子很大,里面有水池,有荷花、蒲草。来到水池边,果然听到了响亮的蛙声,塘里的荷叶上,蹲着不少青蛙在那里呱嗒。

两人找了一张水池边的桌子坐下,点了菜,要了一瓶啤酒。金甜甜让他退了,说:"不能喝酒。"

洪大江已经撬开了瓶盖说:"咱们一人一杯吧。"他举起啤酒,"老婆,庆贺一下。"

金甜甜说:"庆贺什么?"

洪大江说:"庆贺咱们的结合有惊无险。"

金甜甜举起酒杯,"这说明什么呢?"

洪大江说:"说明人要固执一点,固执,你就赢了;顺从,你就输了。"

金甜甜补充说:"说明坚持,你就赢了;改变,你就输了。"

洪大江说:"再庆贺一下我们的葡萄新园大棚开建,定植槽开挖,庆贺我的创业基金批了,庆贺我们的创业担保贷款申请交上去了,庆贺我们省级现代农业产业园创建方案做完了。"

金甜甜羞赧地说:"还庆贺一下,我们有小宝宝了……"

洪大江惊跳起来:"什么,你……怀上啦?!"

"嗯。"

洪大江将她杯中的酒倒入池中,说:"你不能喝。我要做爸爸了?"

金甜甜说:"就是……"

洪大江端着酒杯:"你看我的手在颤抖,幸福来得太突然,我该怎么办才好?"

金甜甜:"坐下吃饭,你饿了。"

洪大江再将杯子倒入啤酒,金甜甜拉住他的手不让喝,说:"摩托车上从现在起有三个人。"

洪大江突然像小孩子一样伏在桌子上哇哇地哭起来。金甜甜吓住了,赶快过去抱着他的头安抚道:"别哭,大江,乖!不能哭,让人见了笑话!安静!"

洪大江将头埋进金甜甜的怀里,哭得稀里哗啦,后来平静了。他抬起头说:"老婆,谢谢你。"

金甜甜无声泪目,说:"应该谢谢你,感谢你原谅我的过去。"

洪大江说:"老婆,别说了,我不在乎你的过去,我只在乎你的现在。"

金甜甜哭诉着:"当时我提着葡萄去你的学校,为什么故意不见我?……"

洪大江说:"别说了,什么都别说了,老天让我们误过了一次,不会让我们再误第二次……"

金甜甜捋起裤脚,露出脚踝,那儿有一个暗黑色伤疤,给他看,说:"你考研的那天,我去了你学校,在上坡的时候,被冲下来的一辆自行车挂倒了,伤了,也没有见着你……"

洪大江摸着她脚踝的伤疤:"我考研时你去我学校了?"

金甜甜点着头。

洪大江又涌出眼泪,说:"对不起,甜甜,我不知道,你什么也没给我说……你吃苦了……"

两人泪目对视,好像要重新认识对方,看清对方。

洪大江指着上来的菜说:"甜甜,从今天起,我们要好好的!你要多吃,为了我们的孩子。我点的红烧青蛙,是养殖的,只管吃。"

金甜甜吃着,说:"真好吃。味道真好。"

洪大江说:"我今天带你来这里,有一个想法要跟你说。"

金甜甜看着他。

洪大江说:"我想在新园的大棚里套养青蛙。"

"啊?!"

"我研究了很久,有这方面的资料,是在其他种植园里套养的,在葡萄园套养青蛙,还没有。在葡萄垄之间挖沟,每亩可套养五百斤青蛙。我们是生态葡萄,青蛙又能吃害虫,还有一大笔收入。我调查了市场,一斤现在十五元,五百斤就是七千多元,一百亩就是七十多万!我们先套养一百亩。"

金甜甜说:"大江,我支持你,只要是你做的,我无条件支持。"

洪大江说:"这种套养模式,一定会试验成功。沟里还种水草,还可以放养些鳝鱼、泥鳅、小鱼,就为了好看,为了以后观光采摘有趣。我的理想生活就是,听取蛙声一片,看取萤火点点。"

金甜甜说:"我也喜欢!太喜欢了!"

洪大江说:"咱们天露湾,我最喜欢的,一是湖里的水腥味,那是天底下最好闻的气味;二是蛙鸣,有了蛙鸣,我的心就非常平静,非常干净,非常安静,会睡得很好很美很甜,像金甜甜一样甜!"

金甜甜说:"去你的,少恶心!咋不说像葡萄一样甜?"

洪大江说:"都甜!我们创业,往小里说,就是喜欢这种葡萄园中的生活,就是一种生活方式。人生很短,唯葡萄与蛙声,夫复何求!……"

在晚上的村委会会议上，洪家胜把大江他们从赵书记和李主任那里得来的消息给各位村干部讲了，洪家胜说："……只要赵书记在荆江县，天露湖第一批治理'两污'的村子，我们村一定少不了。谁叫我们是葡萄第一村呢？我了解的情况，有好有坏，这个治理'两污'，动静有点大，要对村里开膛破肚，势必要有乡亲做出牺牲。什么曝气池、沉淀池、化粪池，建在哪儿？我们一定要配合县里做好规划，钢子和毛标负责这事。管网铺设这一块，扯皮拉筋的事一定很多，就跟九八年抗洪一样，舍小家顾大家，必须重提，我们要防患于未然。四水——厕所水、厨房水、养殖水、洗刷水，也就是所有的生活污水都要走管道。还有农田面源污染，包括农药化肥污水的收集。脱贫先治污，污染没治好，全面小康社会的建成就会被拖后腿……"

钢子说："这事太及时了，就看啥时候开工？一旦开工，咱们就得大忙。"

洪家胜说："铺设管网要做出牺牲，咱们村干部带头，不讲任何条件。"

许会计第一个表态说同意。钢子说："要拆你的猪圈呢？"

许会计说："甭说猪圈，拆屋我也执行。"

洪家胜还给大家透露了一个与村里有关的大事，说成与不成我不知道，就是大江甜甜他们的生态葡萄园，在赵书记的关心下，正在争取省级现代农业产业园项目……

大伙一听兴奋了，钢子说："咱村里的地盘上要是有个省级现代农业产业园，这可是特大新闻，这是咱全村人的祖坟上冒青烟了。"

洪家胜说："要真批下来了，咱们村就能搭顺风车，带动全村的葡萄产业升级，加上治理'两污'工程，天露湾就牛了。"

正扯着，洪大江到了村委会，后面还跟着金甜甜。钢子说："你看，说曹操，曹操到。"

许会计忙给他们倒茶，说："洪总金董，你们可是村里的大福星，正在说你们省级产业园的事儿。"

洪大江说："我们刚接到李主任的电话，要修改省级现代农业产业园的规划，县里要求我们的规划，要与村里的土地规划接轨，产业发展要与村里的村庄建设、生态宜居统筹谋划，同步推进，一步到位，形成园村一体、产村融合的格局，这也是省级项目创建的要求。我们想与村里商量这事儿。"

钢子说:"那赶上了,大家都在这里,正好咱们来一起讨论。"

甘梅说:"我们先把想法都说出来,洪总金董你们再综合。"

金甜甜把笔和本子拿出来,说:"大家慢慢说,我来记录。"

洪家胜说:"我听明白了,关键的关键,是园村一体,产村一体,一步到位。有难度,但咱们要解放思想,精心谋划,实打实,不空想……"

大家兴奋地讨论到天黑才散,产业园村里的发展,也有了一个大致轮廓。

经过了多次讨论修改,还请示了镇里县里,产业园的规划最后定稿,洪大江将项目申请报告递了上去。他回到葡萄园,给葡萄绑枝整枝时,突然看到一只漂亮的锦鸡拖着长尾进入了大棚。好漂亮的鸟!这不是吉兆么?

正在看这只鸟时,鸟惊慌了,飞不出去,朝大棚顶上飞撞。洪大江有意撵它朝棚门口飞出去,但锦鸡见人,更加害怕,乱飞乱撞,最后一头撞在钢管上,掉落地上。洪大江将锦鸡提着出了大棚,放在草地上。锦鸡只是撞昏了,一会,它醒过来,挣扎了几下,拍打着翅膀飞走了,消失进湖边的芦苇丛。

洪大江回到大棚里,站在草丛中干活,突然感到腿下一阵生疼,抬腿一看,小腿肚上有个出血点,正渗出血来。又看到草丛里有东西爬动,是一条土黄色的毒蛇,正往草丛深处潜去。

他知道被毒蛇咬了,拾起一块土坷垃去砸蛇,砸了几下,终于将毒蛇砸死。提起死蛇,丢到大棚门口,然后跑到水龙头下冲洗伤口,又拿出腰包皮套里的小刀,将伤口划开,让毒血流出来。又找到一根塑料绳,将小腿伤口上方紧紧绑住,不让毒液上行。再喊金甜甜:"甜甜,甜甜,我被毒蛇咬了!"

金甜甜一看到血淋淋划开的伤口,惊叫一声,忙问:"大江,什么蛇咬的?"

洪大江指着路上的死蛇。金甜甜一看,是条土公鞭,就是蝮蛇,快吓晕了:"天哪!快去医院!"她打开电动车,载着洪大江直奔县人民医院。

顺利骑到县人民医院,进了急诊科,金甜甜把用塑料袋装着的死蛇摊开给医生看。医生一看这蛇,说:"县里没这种蛇的血清,得马上去荆州!"

医生立即联系市中心医院和急救中心,120急救车在门口出现了,他们赶快上了车。

随车的医生给洪大江输液,并时时松绑扎在腿上的绳子,防止小腿血栓。医生问他:"感觉怎么样?"

洪大江说:"有点疼痛,手脚有点麻木。"

金甜甜抓住洪大江的手,问:"大江,我的手抓着你,有感觉吗？"

洪大江脸色难看,吃力地说:"有……"

金甜甜说:"大江,你紧紧抓住我！"

她感到他的手在松弛,心里十分恐惧,就提高了声音对他说:"大江,你一定要抓紧我！"

洪大江说:"……你的手在我手上,甜甜,你的手好暖和……"

医生说:"请你再坚持一下,马上就到市医院了。"

洪大江想闭上眼睛,他很累,从来没有感到像今天这么累。生活才刚刚开始,可生活却这么累。他有一丝伤感,漫过全身。金甜甜小心地拍打他的脸,"大江,你可要坚持住,不要睡觉,睁开眼睛看着我……你感觉到我的手了吗？"

洪大江浑身发冷,手已不能伸握,颤抖着。可他说:"我感觉到了……你的手在我手上……"

金甜甜噙着泪:"大江哥,你还记得小时候你说过,跟着你,什么都不怕？"

洪大江闭着眼睛,"我说过吗？"

金甜甜说:"你都忘了？我可没忘。大江哥,现在我就跟着你,咱们一起去荆州医院,我不怕,你也不怕。"

洪大江轻轻点着头。金甜甜把他揽在怀里,紧紧抱着,生怕他跑了。一颗泪水滴在他的脸上。

到了市中心医院,洪大江被推进急诊室,医生护士马上给他做皮试,打抗蛇毒血清。

洪大江从迷糊中渐渐清醒了。医生对他说:"你捡了条命,如果再晚来十分钟,你就没命了,你命大呀……"

在医院待了两天,洪大江就坚决回来了,他的腿还没有消肿,四肢还有点麻,就又出现在大棚里。这次,金甜甜买了两双齐膝的高筒雨靴,再也不怕蛇了。

门口有面包车开来的声音和喇叭鸣声。洪大江往木栅门口一看,他爸洪家胜带着一干人马来到这儿,个个手握镰刀,像一队武士,齐刷刷向他走来。洪大江不由心里一紧,厉声问道:"你们想干什么？"

他爸洪家胜和镰刀客们依然勇往直前,洪家胜回答道:"割草！"

洪大江赶紧挡住："为什么要割草？"

洪家胜说："驱蛇！"

洪大江说："爸，没有蛇了！"

洪家胜说："怎么没有？有草必有蛇，我们来除草，不让蛇来！"

洪大江张开双手，阻止他们进入，严厉地说："要除草，先除我！"

洪家胜也不甘示弱，扒开洪大江说："走开！不干你的事！"

金甜甜站在洪大江身后，对洪家胜说："爸是怎么啦？"

"我就一个儿子，不能在这里玩没了！"

"老爸，您郎嘎疯了！"

"是草重要，还是人重要？"

"当然是人。"

"回答得好，是人重要，草就得片甲不留，斩草除根！必要时，葡萄也得砍！"

洪大江吼道："您郎嘎不讲道理！"

说着操起一把铁锹横着，双方对着阵。

洪家胜说："大江，你横，我比你更横！不就差几分钟没命了吗？你是种葡萄还是办蛇场？"

洪大江说："爸，您郎嘎若不走，别怪我不客气。"

洪家胜见儿子硬了，更加恼怒："再说一遍，你是要草还是要命？"

洪大江说："生草就是我的命！"

洪家胜说："今天看哪个狠？给我上！"

他一挥手，那些手握镰刀的人就往里冲。洪大江和金甜甜奋力阻挡："不要进去！不要搞破坏！这是生草栽培！"

那些人像潮水往里推涌，两个人抵挡着七八个人，铁锹对镰刀，叮叮当当。洪大江夫妇边挡边退，眼看要被攻陷了，就听一声喊："大家住手！"

众人回头一看，是金满仓。只见他背着编织袋，上前来隔开了双方。他丢下那袋子，大家一看，袋子上写着"雄黄驱蛇粉"。

金满仓揩着汗，说："有问题解决问题，有蛇解决蛇，而不是解决草，你说呢，亲家公？"

洪家胜说："你是说，雄黄驱蛇粉可以解决蛇患？"

金满仓说："完全可以。"

洪家胜说:"以后我儿子被蛇咬了,出事你负责?"

金满仓爽快地说:"我负责!"

"人话鬼话?"

"大江是我女婿,还是我未来外孙的爸,你说我是说人话呢还是说鬼话?"

洪家胜说:"那好,我儿子的身家性命就交给你了。"

金满仓笑了,说:"亲家,这蛇是可治可防的。大江的生草栽培会遇到困难,咱们都是种葡萄的,希望他们在生态栽培上闯出一条路。咱们老了,没路可走,他们走的路,绝对是条好路。你的担心不多余,我也担心,我女儿,也就是你儿媳妇也每天在园子里蹚来蹚去,会有被蛇咬的可能。这个一撒,蛇就不敢来了……大家帮忙撒一下驱蛇粉!"

他撕开包装,戴上准备好的塑胶手套,沿棚门、棚边撒起雄黄粉来。

那些来割草的人看着洪家胜,洪家胜翘翘下巴,示意去撒。割草人就打开一包包雄黄驱蛇粉袋子,学着金满仓撒了起来。

一会,听到园子门口鸡鹅嘹亮的叫声,大家一看,是余翠娥,她提着大竹笼子来了,笼里装着一些鸡和鹅。

金甜甜问:"妈,您郎嘎这是做什么?又是鸡又是鹅的!"

余翠娥将竹笼倒出来,一下子满园鸡飞鹅跳。

那些撒粉的停下看稀奇,只见一只鹅扬着长颈去撵洪家胜,洪家胜被鹅撵得在草丛里飞跑,扑通摔在了沟垄里,鹅夹得他嗷嗷大叫。他忙喊:"逮住鹅!快逮住鹅!"

众人逗得笑了,洪家胜狼狈地爬起来,问余翠娥:"亲家母,你放鹅来干啥?"

余翠娥说:"蛇不是最怕鹅么?鸡也能斗蛇,发现蛇总能叫上几声提醒哩。"

洪家胜说:"哦,你这是生物治蛇。"

金甜甜说:"妈,有雄黄驱蛇粉就够了,您郎嘎还是把鸡鹅拿回去吧。"

余翠娥说:"拿来了就不拿回去,你不要就是瞧不起你老妈。"

洪大江说:"也好,这些鸡鹅放进大棚里,它们又吃草,又吃害虫,还增加了热闹,鸡粪鹅粪又是有机肥,我们要了,留下来。"

洪家胜摸着被鹅夹疼的腿,自嘲地说:"这下到齐了,治蛇大军都来了!"

三十六

冬日朔风劲吹，天寒地冻。屋檐下的凌钩子有一尺长，一排排晶耀透亮，煞是好看。野外，芦苇飞白，草滩和湖面也是一片银白，白鹭和野鸭在浅水处的冰上缩头缩脑，飞过的湖鸥无声无息，翅膀扇动着寒烟。

金甜甜早晨在厨房拧开水管刷牙，水龙头冻住了。金甜甜提着水桶想去湖边打水，突然一阵反胃，呕吐起来。听到呕吐声，洪大江从房里跑出来，一看金甜甜拎着水桶，忙夺过说："你别出去，是不是水管冻住了？"

金甜甜点点头。洪大江说："今年冬天气候反常，太冷太冷。"

洪大江溜溜滑滑打了一桶水回来，提进厨房，金甜甜将水舀在不锈钢锅里烧热。洪大江突然拍着脑袋说："我冷水洗惯了，忘了你怀宝宝，对不起，甜甜。"

金甜甜说："你是个直男，我不指望你。"

洪大江说："原谅我就行了。"

金甜甜洗漱着，洪大江说："甜甜，这里生活条件不好，天气又冷，还是听我的，你回我家去，让我妈照顾你，好不好？我太忙，照顾不了你，也不会照顾你。"

金甜甜说："那不如回我家，让我妈照顾。"

洪大江说："行啊。"

金甜甜有点失望，说："我还是留下吧，你也是个宝宝，我的大宝，你也需要人照顾。"

洪大江说："太冷啊，今年冬天特别冷，滴水成冰，你说咋办？"

金甜甜说："要买一台空调，不是为我，是为腹中的宝宝。"

洪大江说："没问题，就怕电的负荷，咱们是在渔场接的临时电线。"

金甜甜说："先买了安装再说。"

洪大江说："那可是几千块，装了不能用不是浪费？"

金甜甜有点生气，"你说怎么办？我们在一起，一个男人，总要给女人一个温暖的家,不能总是一天到晚让你我父母担心。"

洪大江不知如何处理,跟她商量:"回家让我妈照顾你,开春再回这里,行不行?"

金甜甜说:"我不会回去住,你是我丈夫,我要管你,你也要管我,要给我温暖。"

洪大江说:"但这里的条件就这样,我们买个电暖器,好吗?是我的错,我这就去买。"

金甜甜问:"管用吗?"

洪大江说:"那你说怎么办?"

金甜甜说:"你别这样看着我,让我难受。"

洪大江笑着说:"我看哪儿咧?"

金甜甜说:"你别傻笑,你进来,站那儿,怕我吃了你?"

她坐在那儿,眼泪直冒。

洪大江一步步从门口进屋来,说:"甜甜,你有点固执。我考虑不周,但我心不坏,我们走在一起不容易,我也没有嫌弃你曾经是别人家的人。"

金甜甜说:"提那些有什么意思,你不是说原谅我了吗?你不是说看重的是我的现在么?"

洪大江说:"你可能内心老拿一个成功商人的过去,跟我一个回乡创业的穷学生比。"

"我什么时候比过?"

"反正,有时候,想起来我会很伤心。"洪大江说。

"既然你已经接受我了,就相信我的忠诚。"

"我回家是孤注一掷,你回家是重获新生。我们已是夫妻,你又有孕在身,我们更要相互理解,相互包容,彼此信任,互相依靠。有些事我不懂你可以提醒我,可以教我,我马上去买空调!我是你的生命,你也是我的生命,我会好好保护你和你肚里的小宝宝……"

洪大江立马去县城买了空调。空调请师傅安装好后,启动正常,没有跳闸,这证明洪大江的担心是多余的。

有了空调,日子好过些了,怕冷的金甜甜可以安心在屋里做事,至少太冷时有个地方躲,暖和暖和。人一暖和,脾气也不会那么坏了。

接着,春节说到就到。

腊月三十这天,天气阴沉,小两口在活动板房门口贴对联。对联是洪大江自己写的,金甜甜指挥,洪大江站在凳子上刷糨糊粘贴。

对联是这样写的:"种生态葡萄好吃安全不贵;做新型农民富裕尊严幸福。"横批是:"春到天露湾。"

洪大江边贴边问:"甜甜,写得怎么样,你老公有才吧?"

金甜甜欣赏着说:"荆江县大才子!能种葡萄能写对联还能搞书法,你说,你不是全才谁是全才?"

洪大江得意地说:"基因好呗!咱们的小宝宝一定绝顶聪明。"

金甜甜说:"一定是个高富帅!走吧,才子,就上午半天商家开门,快去县城办年货!"

县城大街上熙熙攘攘,摩肩接踵,都是打年货的。他们来到一家大型服装商场,金甜甜看中了一件红色的男式羽绒服,取下提着说:"大江,你试试。"

洪大江脱下旧棉袄,穿上,有些不自在:"太鲜艳了。"

金甜甜拍板:"就这件!精神,喜庆,大红大紫!"

洪大江说:"意思是明年红得发紫?"

金甜甜说:"对!"她对营业员说,"这件同型号同颜色的,拿三件。"

营业员问:"三件?"

洪大江也问:"要三件?"

金甜甜说:"三件!两家的三个男人,同款,红红火火过新年!"

然后她自己试了一件紫色的中长羽绒服,问洪大江:"好不好?"

洪大江看着,自己的老婆真漂亮,正宗的瓜子脸,身材也好,说:"你穿啥不好?专门为你定制的!"

金甜甜说:"有点肉麻。"然后对营业员说,"同款的拿三件!"

营业员又是吃惊:"也三件?"

洪大江在笑。

金甜甜说:"当然是三件呀!三个男人,大红;三个女人,大紫,多吉祥!"

之后又买了两套孕妇装。洪大江手提肩扛再加斜背的,和金甜甜吃着锅盔,边吃边逛。在县城最大的荆江广场上,有一个露天的年货市场,人头攒动,但整洁有序。广场四周，全是矗起的高楼大厦，商家鳞次栉比，景观设计时尚、壮观，完全不像个县城，让人以为是大城市的一角。他们进了一家咖啡店，坐下喝着咖啡，身上顿时暖和了。金甜甜看着周围说："县城真的漂亮了，不比武昌差。"

洪大江说："发展很快，我们也得努力呀！"

东西置办得差不多了，许多店铺也关门要吃年夜饭了，他们"班师回朝"。

洪家的厨房热火朝天，热气腾腾，蒸笼格子码上有五六层放在蒸锅里。

金甜甜挽着父母的手臂，进了洪家院子，穿着新买的羽绒服。洪家胜在大门口大老远就迎接金家三口，说："快进屋，快进屋！"

金满仓将礼物放到桌子上，与洪家胜互道问候。金甜甜母女进了厨房要帮厨，金甜甜对黄秋莲说："妈，有什么事我们来做？"

黄秋莲说："你们去烤火，没什么事了，马上团年！"

有个人进来就喊："洪书记，满仓哥！"

嘀，潘忠银提来了一只肥厚鲜活的大甲鱼，说："你们两家一起团年，快把这只王八宰了做火锅。"

金满仓说："忠银你太客气！"他接过甲鱼，"我来处理。"

洪家胜说："忠银，那你就留下来喝一杯吧？"

潘忠银说："团年桌上无杂人，我今天算什么呀？明天是大年初一，我家小琴备好甲鱼炉子，等候书记、会长小聚，共商明年葡萄大事。"

洪家胜和金满仓说："一定去！一定去！"

眨眼变魔术似的，桌子上就摆满了十大碗，三个炉子咕噜沸腾，香味弥漫。洪大江和金甜甜去院子门口放鞭炮。

这也差不多是天露湾村吃年夜饭的时间，天露湖两岸响起了此起彼伏、震耳欲聋的爆竹声，两家人也终于坐在了一起。

斟上酒水，洪家胜端起酒杯就咳嗽起来，他缓了一口气，说："我们洪家和金家虽然是邻居，可坐在一起吃饭而且是年夜饭，这是头一次。感谢这个时代，让咱们两家的小伢争气，冤家成亲家。这一杯酒，我建议，除了甜甜不干，其余人全都干了！"

都喝下了酒。洪家胜说："我还得说几句……"

洪大江说："我说老爸，您郎嘎就别说了，大过年的，这也不是群众大会，您郎嘎就吃菜喝酒吧。"

黄秋莲说:"老洪你做惯了报告,天天满腹的话要讲,今天你就少讲几句,多吃一点。"

洪家胜不好意思了,说:"对对对,我爱讲话,这是恶习,恶习!别说了,喝酒,再来一杯!满仓,你也干了!"

金满仓二话不说,干了。

洪家胜还是说:"过去讲远亲不如近邻……今天看在儿女亲家的分上,过去的,一笔勾销!今后的,重新开始!"

金满仓眼潮了,说:"别提了,穷日子、苦日子总算熬到头了。"

洪大江见气氛不对,连忙举起杯说:"来来,我敬四位长辈一杯,你们养育我们长大成人,还为我们做出了表率,太不容易,以后的日子就好了,我和甜甜保证,一定孝敬你们,让你们的晚年无比幸福!"

洪家胜说:"我对你们充满信心。另外我问一下,那个产业园,有没有谱啊?"

金甜甜说:"你们不用担心,该来的,一切会来,不该来的,不去计较。"

洪大江说:"我给赵书记发了春节问候的短信,他虽然没提这事,我想应该问题不大。"

洪家胜说:"那就好,那就好!我还告诉大家一件事,我的辞职报告批下来了,村里从三月一号开始,由钢子代书记和村委会主任,我再也不用操心了,明年我好好带孙子!……"

除夕晚上,回到葡萄园的洪大江,一个人在大棚周围转悠,想着明年的事。湖上风浪涌动,北风遽至,飘起了雪花。等他趔回板房里时,雪花密密麻麻汹涌而下。他与金甜甜在炭火盆前,烤着糍粑看春节联欢晚会。糍粑搁在长火钳上,烤好后鼓胀起来,金甜甜将鼓胀的糍粑戳开孔洞,放入白糖,递给洪大江:"大江哥,来,吃。"

他们偎在沙发上看春节联欢晚会,窗外,雪越下越猛。

接近零点,远远近近已是鞭炮声大作,电视里在播李谷一唱的《难忘今宵》:"难忘今宵,难忘今宵,无论天涯与海角,神州万里同怀抱,共祝愿祖国好,祖国好!……"

金甜甜说:"大江,走,出去放鞭炮!"

洪大江拿着鞭炮和打火机,打开门,风雪像一头怪兽扑了进来,后面的金甜甜打了一个寒噤,说:"我不出去了!"

洪大江只好一个人去放,他带上门,金甜甜没有听到外面响起的鞭炮声。洪大江进屋就用力关上了门,说:"点不燃,风太大!"

洪大江的裤腿上沾的都是雪,他抖下身上的雪粉,对金甜甜说:"听到鹅叫了么? 我得去大棚看看……"

果然,金甜甜听到大鹅的叫声,叫得还很凶:"嘎嘎嘎,嘎嘎嘎……"

洪大江找到一顶草帽,戴上手套。金甜甜说:"雪咋下得这么大哩?"

洪大江说:"是呀,这场雪下得太大,我担心会把大棚压垮,特别是小安建的那几个大棚,要戳雪,电筒在哪里?"

金甜甜找来了电筒,说:"我去给你照亮吧。"

洪大江用长扫帚绑上一件旧衣服,又搬出架梯,说:"你别去,外面太冷,雪又大。"

金甜甜说:"你一个人咋弄?"

洪大江想想也对,说:"那你再多穿一点。"

金甜甜穿上了一件长雨衣,说:"这个防雪又保暖。"

两个人顶风出去,风雪呼啸,遮迷人眼,辨不清方向。他们在暴风雪中,踩着一尺多深的雪去往大棚。

金甜甜脚下一滑,洪大江迅速将她扶住,说:"你注意! 你还是回屋里去吧。"

金甜甜说:"没事,好久没见这大的雪了!"

洪大江说:"这就是暴风雪,可天气预报说的是小雪……"

来到大棚,电筒光直射棚顶,许多地方被雪壅住了。洪大江爬上架梯,用扫帚顶雪。无奈所有大棚都被雪压着,塑料薄膜兜着雪,不堪重负,拱顶成了凹形。

他们四处转战,用扫帚顶,用肩膀扛,用双手托。雪越下越大,大棚的钢架在积雪的压榨和狂风的摇撼下咯吱咯吱作响,令人心惊肉跳。洪大江抹着汗,架好架梯,金甜甜扶着说:"大江,站稳!"

她在下面紧扶着梯子,洪大江爬上去托顶,雪在塑料薄膜外面往下滚落。

金甜甜在下面喊:"累了就下来歇会儿! ……"

洪大江仍然往上一下一下地顶雪。突然,轰的一声,头顶的钢架坍塌了,积雪像瀑布猛砸下来,洪大江连同梯子一起摔倒。金甜甜感到整个世界都坍陷了,掉入无底的深渊,散架的钢管砸向他们,腾起的雪雾将一切覆盖,他们被埋在积

420

雪和钢架里。

洪大江忍着疼痛推开压着他的钢架和破碎的薄膜,从雪堆里钻出来,风雪糊眼,一片黑暗。他感觉摔得不轻,腰脊疼痛不已。他按着腰,骨头好像还好,他大声喊:"甜甜,甜甜,你在哪里?"

呼啸的风雪,漆黑的世界。大棚成了野外,风雪如泼,风嚣似魔,雪霰打得人睁不开眼睛。他裹着满身的雪,脸上也是,他抹去脸上的雪粉,借着一点点雪的反光,看到眼前是废墟般的大棚。他站起来大喊着:"甜甜,甜甜,你在哪里?!回答我!……"

他的喊声像孤狼一样凄怆,在湖边的风雪中穿刺。一会,在不远的雪堆里,听到了金甜甜用微弱的声音说:"大江,我在这里……"

洪大江哭一样回应:"甜甜,甜甜,我听到了,我来了!"

洪大江循着声爬过去,在黑暗里抓住了金甜甜:"别动,别动,甜甜……"

他摸索着,有几根钢架压住了她。他让她别动,他将钢架移开,将金甜甜从雪里扒出来,抱起她问:"甜甜,你怎么样?"

金甜甜在雪中摸索电筒,她摸到了,电筒在雪下亮着。她掏出电筒,一柱亮光划破了风雪,照到洪大江,也照到她自己。洪大江听到她在说:"……大江,我不对劲,好像流产了!"

洪大江大惊,哭了起来:"甜甜,你说什么?!"

他抱起金甜甜,在倒塌的大棚里爬行,一直将她抱进板房里,放在沙发上。他看到,有血水染红了她的下身。

他急忙用手机打 120,连夜将金甜甜送到医院。

医生告诉洪大江,可惜了……

春天说来就来,湖畔的油菜花喷吐着金色的粉尘。蛙声阵阵,蜜蜂嗡嗡,布谷声声,天露湖沿岸全都是金黄的花海,粉香浓烈,熏风扑面。白鹭们在浅水里,在牛背上,在蒲草间,在苇丛旁飞翔、站立,滩上的紫云英开成了一片云霞。大黄、大绿、大紫,为大地涂抹装点。而犁耙水响的日子也如期到了,雨水多了起来,田塍上行走着披雨布、背锹锄的农人。谷种也播到了田里,开始育秧,水田里白水汪汪,映着温暖的、清丽的蓝天和白云。

"两污"治理工程说开工就开工,天露湾村有幸成为最早开工的村子,而且管网铺设是从洪大江他们的葡萄新园开始的。工程指挥部和工作队一同进驻到村里，各种材料、机械在湖边堆成山。长长的横幅写着"脱贫先治污，保卫天露湖""生态文明，造福子孙""蓝天碧水，美丽乡村"之类的标语。

动员大会在村头召开，肖丙子家门口的枫杨树旁，那几块规划设计图板前，工作队的陈队长先讲解了一些政策，再详细讲解每家化粪池的大小标准、九级曝气池和沉淀池的污水处理方式。告知每家建化粪池补贴三千元，离湖边一百米内禁止养猪，所有猪圈一律拆除或搬迁。化粪池一般在两立方米，至少是三格，要求大家建四格五格，用预制板盖好，没有气味；建化粪池，看不到化粪池，都在地下。村里的垃圾也统一组织收集，运到指定的地点，然后通过压缩，运到县垃圾发电厂发电。

陈队长说，这次治理两污，结合三改——改厕、改水、改灶，不仅仅是厕所水、厨房水、养殖水、洗刷水四水去场池，还要开挖近百处库塘截获农田尾水。在污水收集后，村里要建一座日处理五百方的污水处理站，采用硅藻精土处理工艺，出水水质可达一级 A 标，然后利用村里的鱼塘进行深度处理，将鱼塘改造为四级表流湿地，搭配有各种观赏性的挺水、沉水植物，如芦苇、蒲草、再力花、灯芯草、水竹、马蹄莲、梭鱼草、苦草、狐尾藻、黑藻等，也就是将曝气池、沉淀池做成景观带，会非常漂亮。处理过的中水全部利用，灌溉村北的千亩果园和棉花地小麦地，做到天露湾村没有一滴污水流入天露湖。

村民兴奋地议论这即将到来的建设和变化，管网怎么铺，化粪池怎么挖，猪圈怎么拆，景观带是什么样，吵得像鸦雀子护蛋。陈队长又进行了一番解释，他会煽情，俨然是新生活的指点者，手拿着无线麦克风，将治理两污后的村庄描绘得像公园像城市，使用了风光明媚、鸟语花香、莺歌燕舞、绿水青山这样的词语。

新书记钢子对村民说："这次治理两污，我们翘首盼望已久，这将彻底改善我们的人居环境，也是美丽乡村建设、脱贫致富奔小康的一个指标，一项重要任务，我们必须无条件地配合。我在这里表态，将我养鳝鱼的两亩池塘拿出来，做村里的污水沉淀池！"

两个老支书——马三爹和洪家胜，都出来为钢子站台，表扬钢子的大公无私。村干部带头，该拆的要拆，该挖的要挖，该迁的要迁，为了我们江南葡萄第一村的美丽新面貌，要有人做出一些牺牲。

马三爹拄着拐杖，但他精神矍铄，中气十足。他动情地说："我这把年纪，黄土埋到脖子了,还能看到国家治理'两污',看到天露湖一湖清水,看到村里搞景观,我算是死也瞑目了。要拆我的房子,我第一个拆,决不拖后腿!相信国家不会让我们吃亏,会保护我们的权益,做出合理补偿,我们天露湾的村民觉悟高,顾大局,识大体,一定不会出现无理取闹的上访户!"

马三爹的话,就等于给大伙打了预防针。

洪家胜说了三句话,就咳嗽得弯下了腰,只好不说了。钢子将他扶着问:"家胜哥,你咋咳得越来越严重了?"

洪家胜说:"没事,吹了冷风,喉咙里不舒服。"

回到家里,洪家胜还是咳嗽不停,黄秋莲赶快拿来药丸和水让他吞下。刚好洪大江在家,黄秋莲对他说:"你爸吃了一堆消炎药也没用,晚上咳得很厉害,还时常呼吸困难,怪吓人的,这咋搞?"

洪大江对洪家胜说:"爸,明天我得把您郎嘎弄到县医院去检查。"

洪家胜说:"上次不是在镇卫生院拍了 X 光片嘛,没啥事。"

洪大江说:"要拍 CT 片才行,您郎嘎这么咳不是个事。"

洪家胜说:"不想去。你们不用担心,不会是绝症,还不就是抗洪抢险那阵子呛了浑水,一直这么咳,没啥别的毛病。"

但还是拗不过儿子,第二天就去了县医院。

通过 CT 扫描,发现了问题。检查的结论是肺大泡,而且这肺大泡占据胸腔一半了。医生对洪家胜说,需要做手术,否则严重影响生活,如果破裂更危险。医生也说了,县医院可以做手术,如果条件允许,去市里的医院或者武汉大医院当然更好,由他们自己选择。

回到家里,金甜甜一家也过来了,劝洪家胜尽快做手术。可洪家胜犟死一条牛,说:"这病不手术可以的,找中医先保守治疗,吃吃药看,又不会死人!"

金满仓劝他做了,要相信医生的话,他说当年他不听医生的话,这腿不早废了吗?

洪家胜担心说:"开胸不是小事,一个人把胸一开,从娘肚子里带来的元气就跑出来了,元气一跑,人就完了。"

儿子媳妇反复劝他做手术,他死活不肯,还说只要开膛破肚,没几个还能活好的,要去你们去。

黄秋莲哄他说:"老洪你不做,身体不行,靠什么带孙子?"

洪家胜说:"我没病,不要听医生的,我又不是不能吃不能喝,又不是缺胳膊少腿?你要我挑一百斤重的担子也没事呀。"

说到后来,他还真的怕,又怕手术失败,又怕麻药打多了醒不过来。

洪大江说:"老爸,如果你是怕动手术,本地咱们就不选,直接去武汉,对武汉专家来说,您郎嘎这就是个小手术。"

"开胸是小手术?你们不要哄我老倌子!"

洪家胜一急,又死劲咳嗽起来,仰面坐在椅子上喘气,但就是不松口。都拿他没办法。

十亩地的大棚里,葡萄挂果,即将成熟。县葡萄办的李主任要洪大江先准备几块关于生态葡萄栽培的看板,说今年葡萄成熟时县里的培训班,可能要来洪大江的葡萄园学习。洪大江马上编撰,在葡萄园门口竖起了六块大看板。这六块大看板,第一块是创建省级现代农业产业园的规划图;第二块是清亮甜生态葡萄园的品种介绍,有早夏香、夏黑、醉金香、藤稔、金手指、美人指、红宝石、甜蜜蓝宝石、浪漫红颜等;第三块是水肥一体化技术的优点;第四块是生草栽培的作用;第五块是绿色防控,包括农业防治、物理防治、生物防治等的介绍;第六块是优质种植,如何生产令人惊艳的葡萄。包括可控环境、多施有机肥、生草栽培、可控产量、完熟栽培……

工人们竖着大看板,洪大江和金甜甜帮着忙,将钢管柱子的土拍打、踩填结实。

等工人走了,洪大江问金甜甜:"怎么样?"

金甜甜说:"很气派呀,图文并茂,是生态葡萄种植的简易教材,可以上课了!"

洪大江说:"那就……金甜甜同学,坐好,我们开始上课!"

金甜甜坐在那儿。

洪大江说:"我们的葡萄园眼看着要开园了,需要向客商和游客普及一下生态葡萄知识,不然他们不明白。"

金甜甜问他爸动手术的事准备啥时候?因为洪家胜现在很多晚上都要用氧气包吸氧,不然会因咳嗽气急、呼吸不畅。

洪大江说:"这事只有等我们开园后,把第一茬葡萄采摘销售完,才有时间陪他去做手术,照顾他。"

金甜甜问是不是准备去武汉？洪大江说还是武汉放心些。金甜甜说,我去找找武汉的医生看。洪大江瞅了她一眼问:"找谁？"金甜甜一听,很敏感,就说:"不找吗？就这么住院？"

洪大江说了句"再说吧"。

下起雨了。洪大江看着天,望着远处的水田,放下铁锹说:"甜甜,咱们捉鱼去！"

洪大江还有这份闲心思,金甜甜只好陪他去。

细雨蒙蒙,四野翠绿,洪大江打着赤脚,拿出鱼篓,高卷裤腿,戴起斗笠,跑向田埂。金甜甜则穿着雨衣雨靴。可她停住了,对洪大江说:"我不去了。"

洪大江问:"咋的啦？"

金甜甜说:"你也不怕我摔着？"

洪大江一拍脑袋说:"小宝宝？我昏了,你就站那儿吧,等我捉鱼来。"

原来,金甜甜又怀上了,已经有几个月。

金甜甜站在田埂边,看远处的洪大江在水田里抓鱼。过了一会,洪大江提着沉沉的鱼篓来了,给她看,满满的一篓鱼。这是儿时场景的再现和重温,让他们好有幸福感。金甜甜想到那时候也是大江抓,她背鱼篓,然后两人分鱼。现在,鱼不用分了,他们是一家人了。生活,就是这样圆满的么？总之,圆满是一件多么神奇和漫长的事情。

洪大江的手机在裤兜里响,他让金甜甜掏出手机。

金甜甜接通后放到他耳边。原来是金满仓。洪大江对金甜甜说:"你爸。"问金满仓:"爸,有什么事？"

金满仓说:"你来一下,许会计一定要见你们。"

两个人骑着摩托去了新园工地。

工地上的施工热火朝天,汽车装载着各种设备进出,工人正在安装大棚。工地基本是金满仓在指挥监督,因为洪家胜身体不好。洪大江跑省级产业园,还要准备今年十亩葡萄的开园,听说有领导要来。

许会计来了,肖小安从安装工地那边过来说:"这边一公里的葡萄长廊,洪总设计的是葡萄诗廊,满足了得坤叔您郎嘎的心意。"

许会计说:"我早知道了,我就是要经常来,监督你小肖总,别偷工减料,所

425

有的葡萄诗词都给我展示出来。"

肖小安说:"放心放心,这里有足够的地方放您郎嘎的诗词。"

金满仓叮嘱肖小安:"大棚的施工进度要加快。"

肖小安说:"金会长,合同到期,任务完成,既要保量,也得保质。"

洪大江和金甜甜一来,许会计就把他们小两口拉到一边,说:"两位老总,治理'两污'的工程正在进行,我们的村庄美得要死。但在这里,你们的省级现代农业产业园我不满意。"

金甜甜问:"得坤叔,您郎嘎有意见只管提。"

许会计说:"老夫作为一个乡村文化研究者,天露湾村的文化顾问,看着推土机横冲直撞,十分心疼,看着看着,我们乡愁的记忆就快推没了。"他指着远处的岗坡,"我觉得,那一片,你们不用平整,就按照自然原貌,将岗地稍做修整,就可以用,乡村旅游,有起伏的地形,更能让人赏心悦目。葡萄酒庄、休闲别墅、餐饮住宿,散步绿道,有一片岗地不是正好吗?所谓湖山形胜,就是这样的风光,一览无余倒不好。"

洪大江说:"您郎嘎的想法很好。"

许会计说:"这生态葡萄园,风景也必须是生态的,自然的,保护乡村的生态,就是保护乡愁。'湖山胜处放翁家,槐柳阴中野径斜。水满有时观下鹭,草深无处不鸣蛙。'这不就是咱们天露湾景色的写照吗?这就叫湖山胜景,我一开始就不赞成把咱们自然形成的湖山地貌改变,一定要天人合一,要顺其自然。同样,对治理'两污'的湿地景观带我是一样的看法。生态,它包括自然生态和人文生态,这才是完整的生态系统。"

洪大江竖起大拇指说:"我同意您郎嘎对生态的高见。"

金甜甜问:"怎么补救呢,得坤叔?"

许会计说:"我这人,好为人师,我再给你们上一节乡土文化课。所谓一地的人文生态,包括方言、习俗、传说、神话,咱们这里每个岗子都是有小地名,有传说的。想必你们听说过,但不知来历和传说故事……那里,叫承露岗,知道吧?……那边,叫飞天岗,那边,还有个牧牛坡。承露岗,承露呢,是说这里的天露从天而降,地势相对高一点,承接天上的雨露。那边飞天岗,是说一些仙女在湖里取水后,从这里飞上天宫;这个牧牛坡更有意思,说是玉皇大帝口渴了,想咱们天露湖的水,就微服下凡,扮成一个牧牛老人,在这里假装放牛偷人间的水……"

金甜甜拍着手说:"得坤叔,您郎嘎的故事太有趣了,这就是乡村旅游最重要的资源!"

许会计说:"对了!你们的葡萄园,以后是现代农业产业园,一定要成为咱们天露湾乡土文化的乐园,要成为爱乡爱土的教育基地!"

洪大江问:"您郎嘎的意思是?"

许会计说:"保留那边的一片不开发!"

洪大江与他击掌:"听您郎嘎的!"

因为质量问题致洪大江的大棚倒塌,按合同,肖小安非常爽快地为洪大江搭建新的薄膜大棚,终于恢复了葡萄园的原貌。

肖小安不仅搭好大棚,还向洪大江夫妇反复道歉,说让他们失去了一个孩子……

三十七

从一排笔直紧密的水杉树那儿走去,到了钢子书记家旁边,七个水塘由高向低相连相通,就是七个净化池,经过七级过滤,已经被菖蒲、芦苇、荸荠、睡莲和再力花等占满了。水质清澈,蓝天白云浮在水面,野鸭、白骨顶鸡在水里钻进钻出,鱼在芦苇丛中潜动,苦草、金鱼藻、狐尾藻青悠悠的,在水里摇荡缱绻。过去这一片荒野的水塘,立马成了村里的新宠,钓鱼的、散步的、闲坐的都来了。

往渔场方向的路也修好了,通往北嘴的湖岸,也成了湿地景观带。刹那间,葡萄挂果的日子来临,洪大江的葡萄园里,果实鲜亮,一串串的葡萄整整齐齐垂挂在叶子下面,大小一样,穗型一样,色泽一样,像是一个模子里出来的。一律的Y形架,完全是艺术造型,是葡萄大盆景。

金甜甜将摘下来的葡萄一穗穗洗好,堆放在茶盘里,放在六块展板前的桌子上。院门口一条横幅上写着:清亮甜生态葡萄园开园大吉。一条写着:大冠稀植,生草栽培,生态葡萄,放心美食。

桌子上,草地上,有清亮甜生态葡萄商标包装盒装的葡萄,五斤装的一百元,自己采摘一斤二十五元。这之前,洪大江夫妇已经将消息发给了众多的客商和朋友。

前来采摘游玩的游客和天露湾村的村民们开车、骑车或步行赶来,品尝着这种生态葡萄,又拥进大棚,来往穿梭,呼朋唤友,如赶集市。

洪大江和金甜甜接待着乡亲们和游客、客商,黄秋莲和余翠娥帮着售卖葡萄,洪家胜与金满仓也在接待客人。村里的葡农都说这葡萄口感好,肉质密实,入口不忘,种法特别。

钢子对许会计说:"许会计,你有什么感慨?"

许会计吃着葡萄说:"我得想想词……对了,我想起一首唐代诗人张籍的诗,有两句,'仙果人间都未有,今朝忽见下天门'。"

大伙都说不懂。许会计说："就是神仙果,人间没有啊,大江种的就是仙果,神仙品质!"

洪大江一激动,就不会说话,但大伙都要他说。他只好说："各位乡亲,今天是我们清亮甜生态葡萄园开园的日子,这只是我们的一小部分,另外的一百五十亩葡萄园,加上尚在规划之中的一百五十亩,都是我们清亮甜生态葡萄园。如果省级现代农业产业园创建成功,还会有两三千亩的规模。我和金甜甜都是喝天露湖的水长大的,是家乡养育了我们。我们回乡种葡萄,感谢乡亲们的厚爱,今年是我们的葡萄挂果第一年,我们的事业刚刚起步,还需要各位父老乡亲一如既往地支持和鼓励。生态葡萄不过是父辈们葡萄种植的加强版,我们如今子承父业,女承父业,也就是一个种葡萄的农民,跟大家一样……"

他在那儿讲话,钢子却接到县里的电话,说他们刚得知洪大江今天开园,县里赵书记,还有葡萄学会的曹会长临时说要来。钢子跟洪家胜商量,洪家胜说,好事,正常接待。

两辆大巴一会儿就开来了,一行领导下车后,鱼贯而下的是全县葡萄培训班的学员,都挂着学员的吊牌,戴着印有晶凉田葡萄的鸭舌旅游帽。金甜甜听到有个下车的女性喊他们:"大江!甜甜!"

竟然是赵怡月!

这太令人开心了!三个儿时的好友相见,抱成一团。赵怡月告诉洪大江和金甜甜,她从澳大利亚回国了,在荆州农学院教书,听说她爸要到他们葡萄园,她就想来看看老朋友。金甜甜说,当大学老师,多好呀!咱们又能到一起玩儿了。

赵怡月一来,也成了工作人员,端着葡萄让大家品尝。

洪大江说:"葡萄大家尽管放心吃,我这里的葡萄基本不用清洗,冲一下水就行了。前几天,拿去市农科所检测了两百一十五项指标,没有任何农药残留,绝对安全!"

曹会长吃过后问赵光明:"赵书记,实话实说,味道怎样?"

赵光明评价道:"甜度适中,口感新奇,味道纯正,勾魂摄魄!"

曹文野说:"这十六字就是他们葡萄的广告词了。"

赵光明说:"名师出高徒呀!"

曹文野说:"这是洪大江的努力。"他吃着葡萄,推不了,得讲几句,"今天,恰好是我学生洪大江的生态葡萄园开园,机会很好,机会难得,我们田野培训的主题就是生态种植。中国农村这些年的改革开放和科技成果,已经具备了发展生态农业的良好条件。这位洪大江,我的学生、高级农艺师,他的葡萄园是完全按照生态种植理念和模式生产的,如果大家都这么种的话,我们荆江县的葡萄无疑是中国乃至全世界最好的、最先进的、最优质的葡萄。我还想啰嗦几句,我这个憨厚的学生,他读我研究生的时候,不爱说话,也没有什么特别之处,但是在我这几届的硕士博士中,他是在国内从事园艺专业不多的几个。而且他在上海的东方生态农场没几年,就被破格晋升为高级农艺师,成为农场优秀管理人才和技术人才,中层干部,但他一定要回乡创业种葡萄。咱们国家的农业,在当今世界,虽然体量大,但科技含量较低,现代化程度还不是很高。目前太需要好的农业技术员。我相信在洪大江的带动下,我们会有更多的高级人才回乡创业,带动乡亲,我们江南葡萄第一县,一定会在葡萄种植上再一次领先全国,提升档次,再创辉煌!我看,还是让洪大江来给大家讲解吧。”

有人递给洪大江一根竹竿,这位依然像学生一样羞怯的高级农艺师讲道:“……葡萄只是自然界的一种浆果,但种植它,却是一门艺术。我读研师从曹文野院士,老师的话我永远记得,所谓园艺,就是园林艺术,农业就是一门艺术,是大地的艺术,田野的艺术。虽然农业辛苦,利润低,风险大,比如我们要承担自然风险、经济风险,还有市场风险。但作为农民的后代,我们对土地有一份特殊的感情,如果我们不回来种地,就不能指望谁了。改变传统农业的种植方式,坚持生态种植的理念,对土地进行现代化耕作,我们责无旁贷。我们刚刚起步,做得不好,希望继续得到各位领导、各位前辈的支持……关于这展板的文字,我准备打印一些,到时送给各位。”

赵光明在洪大江讲完后说:“在这里,在天露湾,我们终于看到了理想中的葡萄园,也看到了治理‘两污’后的美丽乡村。天露湾村的人均收入早超过了我们县农民的人均收入,是因为什么呢?”

众人回答:“种葡萄。”

赵光明说:“是的,因为你们种葡萄,带头保护了天露湖湖水。这个产业特别是在进行生态栽培后,对化肥农药的需要量很小,像洪总现在的葡萄园,完全不用农药化肥,跟种棉花、小麦、水稻和蔬菜比,氮肥和磷肥的减施达到了百分之八十以上,这样,流入天露湖的农业面源污染水,在天露湾一带比其他村庄大大减少。所以,你们种葡萄,不仅是脱贫致富奔小康的事,更是造福子孙后代的事。

咱们县的母亲湖天露湖,碧水蓝天保卫战,你们在二十多年前就打响了,想来,这真是一件幸事!"赵怡月递给了他一瓶水,他拧开喝了一口,说,"我们为什么要搞生态种植?就是让我们的食品更健康,能够听到蛙声,看到萤火虫,也让农业产业增值。说到这里,我给你们带来了一个好消息,洪总他们申报的省级现代农业产业园,批准了!"

在场的人欢呼雀跃。赵光明最后说:"省级现代农业产业园的创建,是要时间的,但我相信,时间在洪总他们这边!我们县委县政府全力支持产业园基础设施建设、科技创新和重大技术措施的推广示范工作。产业园任重道远,创建工作就是要让产业园生产功能突出、产业特色鲜明、要素高度聚集、设施装备先进、生产方式绿色、经济效益显著、辐射带动有力、农民增收加速。要高起点、高质量、高标准创建!我们天露湾村和洪总的葡萄产业园,要探索出一条园村一体、产村融合的路来!"

接着学员们在大棚里现场看了生态葡萄的种植,大开了眼界。

客人们要走了,临上车前,金甜甜提了一盒葡萄给赵怡月。赵怡月没有推辞,说:"好,我带上了。"她看着金甜甜和洪大江,"甜甜,大江,我真羡慕你们,有了自己的葡萄园,你们也最终走到了一起。"

洪大江没说什么,金甜甜说:"怡月,一言难尽,太难了,真的太难了。"

赵怡月对金甜甜说:"在学校时,大江心里只有你。"

金甜甜不好意思:"怡月,你……成家了吗?"

赵怡月说:"这个问题我暂不回答,总之,祝你们幸福,成功,我也总有葡萄吃!"她举起葡萄盒。

金甜甜说:"想吃我再给你寄去,咱们很近,有空来玩。"

赵怡月扬扬手机:"随时联系。"

省级现代农业产业园的批准,让洪大江几个夜晚没睡好觉,在床上辗转反侧,想着怎么创建。李英敏主任还告诉他,必须留下一块地,县里要在他们葡萄园建一栋葡萄技术培训大楼,地基他们将与村里协调。金甜甜见他吃不下睡不香,说了一句话:"就是以后升级成国家级的,咱们的产业园还是葡萄园。"这句话让洪大江释然。是呀,咱们不就是种葡萄吗?抓住这个就抓住了纲,纲举目张……

在采摘第二茬葡萄的时候,洪家胜的肺大泡病越来越严重,有天晚上,他咳嗽不止,呼吸困难,用氧气袋吸氧也不解决问题。黄秋莲害怕得不行,赶快给洪大江打电话。洪大江夫妇半夜回到村里,坚持要叫救护车,但被洪家胜阻止了。洪大江决定,让老爸迅速去武汉做手术。

金甜甜想到乔汉桥父亲曾经是医生,但她不会直接与乔汉桥联系,就找到林三富,让他帮忙找下乔汉桥,找个好医院的胸外科专家,并要求林三富保密,不得让洪大江知道,也不许乔汉桥出面。

这天,起早采摘葡萄的洪大江,发现一只死青蛙挂在大棚外的树枝上。他自语道:"这是谁干的?"再察看,又发现了一只青蛙挂在树枝上,已经半干枯了。接着,发现了更多。两只鸟在那儿啄食死青蛙,一只白鹭,一只鸦鹊。

一只白鹭竟然从大棚门口缝隙里钻出来,嘴里叼着一只青蛙,它吃不完,就将青蛙穿进树枝。

原来是这样!他进了大棚,发现还有几只偷青蛙的白鹭,嘴里都叼着青蛙。他拿起一根竹竿,拼命地撵鸟。这些鸟,不仅吃葡萄,现在还吃起了他试验套养的青蛙。

他喊金甜甜,指给她看:"我是说我们的青蛙到哪里去了,以为它们逃跑了,原来是白鹭和鸦鹊干的!"

金甜甜和洪大江就去扎塑料薄膜的缝隙,还把大棚的门都一一带紧。

这时有一辆货车开来了,车上下来的人喊着金董,原来是林三富。

他将金甜甜叫到一旁说:"你托的事,乔总都办好了,你们直接去同济医院胸外科办入院手续就行了,有什么事我会来协调。"

金甜甜再三嘱咐,医院和医生都不要提乔汉桥的名字,就说是林老板你的朋友。

林三富来,还要进一千盒金甜甜他们的盒装葡萄,并且以零售价买。这让金甜甜有预感并明白谁是真正的买主,坚持不能卖给他,说:"我们家大江会怎么想?你以为他是傻子?"

林三富说:"你听我说嘛,金总,就说我帮你们的品牌做广告。"

金甜甜还是不同意。

林三富说:"这几年,你很艰难,吃了不少苦。人这一辈子,吃苦是正常的,有人愿意帮你,同时分享你丰收的喜悦,这是你的福报。"

金甜甜说:"有时候,怜悯对人是一种羞辱。何况,我的生活已经彻底改变,过去的,只证明过去,丰收的喜悦,我只愿同我的家人分享。"

林三富看她说到动情处,就答应了按批发价进一千盒。这之前,乔汉桥给林三富说了,为庆贺金甜甜的葡萄园开园,他要以零售价进她的一千盒葡萄,以表示对她种葡萄的支持。

葡萄园的事只能让金满仓打理照看,洪大江夫妇送洪家胜到武汉同济医院去动手术。因为安排住院和联系专家都是林三富,虽然想到林老板和岳父金满仓的交情,但也引起了洪大江的怀疑。想来林三富一个卖水果的,哪来这大的能量,认识武汉的顶尖外科专家? 连林三富跟洪家胜开玩笑时都说,老洪呀,你享受的待遇可不一般啊。

手术那天,金甜甜被林三富叫到楼下。原来,是乔汉桥派人送来了花篮和礼品,以慰问手术成功的洪家胜。但金甜甜怕让洪大江警觉,不让林三富拿进病房。林三富说,就说是我买来的不行么? 金甜甜就是不让。两人拉扯说话,被楼上的洪大江看到了,他思前想后,都觉不对,怀疑金甜甜去找了前夫乔汉桥。

在住院期间的某一天,洪大江翻找充电器,在金甜甜的旅行包里发现了一件羊皮背心。她带这背心来干什么? 自己穿?

金甜甜回来,见自己的旅行包有翻动的痕迹。但有一天,旅行包中的羊皮背心没了,洪大江知道了是咋回事。

这件背心,的确是金甜甜给乔汉桥的妈顾老师准备的,想找个时间送给她。

洪家胜快出院了,洪大江这才约了几个同学见面,请他们吃个饭。他要金甜甜也一起去。金甜甜觉得机会来了,她很想去看望一下顾老师,这个与她一起生活了几年的老人。她就说,你去吧,我怀身大肚的,好难看,我留下来照顾你爸。你这些天太累了,出去玩玩,散散心吧。

等洪大江走了,金甜甜迅速从旅行包里拿出羊皮背心,用一个手提袋装上,叫了一辆的士,直奔汤逊湖。

夜晚的别墅区依然十分安静和美丽。金甜甜看到了她熟悉的一切,楼内的灯光,还有顾老师孤独的身影。她的身旁多了一根拐杖,腿脚不便了。但是她没有敲门,她绕着别墅走了三圈,仰头仁望二楼黑漆漆的窗户,仿佛那楼上从来没有人住过,她从来没有来过这里,没有每天换花瓶里的花,没有每天清晨拉开窗帘,遥望着湖面和湖鸥的飞翔,没有送别过千姿百态的夕阳和晚霞。

汤逊湖上的秋风凉意袭人,陌生,坚硬,拒人千里。这风中曾经有过的暖意,全被时间带走了。她不能进去,怕唤醒那沉痛的记忆,她承担不起。

她拿出羊皮背心,想着怎么交给顾老师。她摩挲着背心柔软的羊毛,泪水潸然。她虽然小心地徘徊,还是绊动了门口的一钵花,听到顾老师在问:"谁?"

顾老师颤巍巍地从沙发上站起来,去拿拐杖,她明显苍老了,拄着拐,随时要倒下去的样子。金甜甜慌忙闪到一棵大树后头。等屋里又安静之后,她将背心放在窗台上,然后速速离去。

一阵阵的秋风扑打着落叶,在她身后狂舞,像是撵她快走。

她打了个电话给林三富,让他告诉乔汉桥,就说她给顾老师带来了一件羊皮背心,放在别墅的窗台上,别忘了拿进去。林三富问:"金董,你没有见到顾老师吗?家里没人?"金甜甜说:"你就按我的话转告,谢谢。这件事,也请你保密。"

金甜甜回到病房,见洪家胜父子正在收拾东西,洪大江告诉她,刚才我们都不在,主管医生征求了主刀的岳主任意见,爸可以出院了。他问她:"你去了哪里?"金甜甜说:"我见爸睡着了,到武汉商场逛了一下,本来,想给我们的小孩买点衣服。"洪大江见她空手,问她:"衣服呢?"金甜甜说:"我不知买什么,咱们还是一起去买吧。"

其实,他去宾馆看了,金甜甜的旅行包里,已经没有了羊皮背心。

出院后,洪大江一直不快,认为金甜甜隐瞒着他与前夫乔汉桥联系,他始终怀疑林老板的能力,认为林老板背后一定有人,不然,不可能找到同济医院最厉害的外科专家岳主任为他爸主刀。

回家后,生态葡萄园新园的工作太多,好在家里有岳父金满仓在负责,这让他轻松不少。但回来后,一切工作都向他涌来了。

大棚搭建得很快,葡萄和青蛙的套养,开沟灌水,这工作进行得也很快。有一天金满仓给洪大江说,沟里的水草不用买了,他有时间去湖里打捞。这位勤劳又有智慧的岳父,洪大江很尊敬,为了下一代的事业,他一个葡萄协会会长,名满荆州的葡萄栽培土专家,工地上的什么事他都做,天天一身泥巴一身汗。

可是,洪大江对金甜甜的冷战有了几天。金甜甜做好的饭,他端起来一个人吃,也不说话。金甜甜心里憋着,就干脆质问洪大江:"我怎么得罪了你?"

洪大江就是不说话。金甜甜说:"你对我怄气,对我的伤害就算了,你知道我能忍耐，但对腹中的孩子不公平。"

洪大江说："回来后忙不完的事，我哪有闲心思跟你斗智斗勇？"

金甜甜说："跟我斗智斗勇？我哪儿欺骗了你？"

洪大江说："你逼我说的，那我就直说。不说，你说我跟你冷战；说吧，我成了小心眼。不说，会加深我们的裂痕；说吧，会加深我们的误解。"

金甜甜让他说。

洪大江说："其实大家心里都清楚，不用我多说。算了，我感谢你找到最好的专家救治我爸。"

"说白了，你认为我去找了姓乔的。"

"这是你说的。"

"你认为我将羊皮背心送他了？我能送这个他吗？他能穿吗？我承认是送给了他妈，不是我亲自送的，我不可能再进那个房子。那个老太太很可怜，她的儿子是一个大忙人，几乎没有人去关心她。何况，我的父亲是她儿子几次相救，一个人再怎么也应该知恩图报，就一件背心，我过分了吗？再则，你老爸是开胸手术，人命关天，我请人找一下关系，又没有直接联系，我破了底线？我能见死不救？我不是你家的人，不是你洪家的媳妇？我不该管？"

洪大江说："我没说你不该管，没否定你的功劳，但不可背着我，不可有事瞒着我，如果我也这样回敬你，你怎么想？这个家不就是个空壳了吗？形式上的家和形式上的婚姻，有什么意义？那就是哄骗。"

金甜甜说："底线，底线在这里，底线以下的才叫哄骗。"

洪大江说："你都有理，但你和乔家的事，好像还没有结束。"

金甜甜气得脸变青了："我真的好悲哀！怎么没结束？藕断丝连？大江，没有想到，到如今，你还在怀疑我的忠诚，你这是在侮辱我。"

洪大江说："我们失去了信任，但，这是谁造成的呢？"

"好吧，你爸动手术，是我逞能，我不应该管！你父亲是死是活与我没有关系，我狗撵耗子——多管闲事！"

她哭着冲出屋子。洪大江一直追到湖边，生怕她有个三长两短。他死死地拉住了她，说："甜甜。你不能这样！你回去！"

金甜甜越哭越伤心，越拉她她越挣扎。洪大江抱住她，怕她动胎，流产。已经流过一次产，弄成习惯性流产，那就完了。

金甜甜哭诉着："我做了好事,得不到好报,还被你怀疑和冷战,我已经给你怀了两个孩子,我哪一点对不起你? 洪大江!"

洪大江求她道："都是我的错,好吧,回去。"

他死劲抱着她回板房,可金甜甜死活不进屋,骑上电动车就要走。洪大江说:"这么晚了,你去哪儿?"

金甜甜不理他了,发动了车子,冲上大路,消失在黑黢黢的田野里。

金甜甜挂着一脸的泪水回去,金满仓余翠娥就猜到他们是闹了矛盾,赌气回来的。没想到刚回来,黄秋莲就敲门了,还说要送金甜甜回葡萄园。黄秋莲非常地低姿态,一个劲说:"两口子吵架算啥? 舌头和牙齿也有打架的时候,勺子总会碰锅沿。争吵起来,男人要有气量,女人要靠哄,错的肯定在大江这边,我不袒护。"

余翠娥答应劝甜甜回去。

在妈的追问下,金甜甜讲出了她让林老板找乔汉桥请医生,还给顾老师带了件羊皮背心的事,估计被他发现了。她说:"就算我跟乔总没有那一段婚姻,他帮了我爸好几次,让老爸绝处逢生,他的妈又死了老伴,儿子是个大忙人管不了他妈,我给她送一件羊皮背心,也就是一点感恩心意,这也不行? 他爸要开胸,做这么大的手术,我托林老板去找的乔总,我又没出面,他真多心!"

余翠娥说:"他过去可不是这样的,人变得快。"

金甜甜说:"他人不坏,就是多疑。"

余翠娥说:"男人都这样,心眼针尖大。以后,这日子咋过呀? 妈为你担心。"

金满仓说他得去找大江谈谈。余翠娥说这事谈得的? 重不得,轻不得,深不得,浅不得,越谈越坏,越谈甜甜越受气。

金满仓说:"两个人过日子,宁受委屈,不争输赢。只要存心继续过,输了又怎样? 赢了又怎样? 输了少块肉? 赢了长块肉? 我倒是想跟他谈谈,千万别把大事耽误了。你们现在的产业园,三百亩也好,以后一千亩也好,三千亩也好,还款的压力多大? 还有创建产业园的考核,几百万补助资金的使用方案,绩效管理,葡萄品牌的创建,系列产品的开发,还有电商平台。这可不是小孩子过家家,这么大的产业,你们不急我急呀!"

余翠娥说:"你急没用,你啥都不懂。"

金满仓说："他们得抓紧干,不团结,什么都干不成。"

金甜甜说："爸,我们一定能干成!"

金甜甜赌气在娘家住了两天,也没见洪大江来找她,倒是洪大江的妈黄秋莲天天上门催,还端来了鸡汤。洪大江为产业园的事,去了荆州。市农业局曾局长对他说："产业园的补助资金会迅速到位, 你们产业园的创建要切实推进,要把资金用好,在品牌研发和深加工项目的开发上,做好方案。"他提到洪大江准备在葡萄酒的酿造开发上与荆州农学院合作,是很好的设想。

洪大江汇报说,他们已经开始与农学院在市场调查和工艺标准制定上的合作,将马上签订协议。

曾局长说："等待你们的好消息!"

荆州城郊外的荆州农学院,风景优美。洪大江与学院食品科学系田教授正式签订了葡萄酒研发协议。田教授是著名的酿酒专家,参与了国内多种葡萄酒和果酒的开发与生产。洪大江和金甜甜商议的葡萄深加工方向是,酿造各种葡萄潮酒,面向年轻人,找到一种适合中国人喝的东方口味,同时生产系列美容保健产品。

签完协议,他想见赵怡月一面。

赵怡月刚从教室上课出来,听到有人喊她："赵教授!"

她抬头一看,竟然是洪大江,惊喜万分,说："大江,是你?!"

洪大江说："我叫错了吗?"

赵怡月说："还真是巧,我刚提了副教授,走走走,我请你吃饭。"

赵怡月带着他来到学校门口的一家荆州才鱼馆, 点了一个荆州才鱼火锅。因为洪大江骑摩托,赵怡月只能和洪大江以饮料碰杯。

"怎么甜甜没跟你一起来?"赵怡月问。

"她怀上了。"洪大江说。

"噢,好啊,马上有小孩子了,你是家庭事业双丰收。"

"把人生应该走的过程走完吧。我刚才去了食品科学系,与田教授签了个研发协议。"

"做什么项目?"

"想与他们合作做葡萄酒。"

赵怡月给洪大江舀了一碗才鱼说："很好呀，怎么不高兴，一脸阴霾？"

洪大江叹着气说："我想向你咨询一下，如果一个女人已经离婚，还要与前夫联系，你认为，这可以容忍吗？"

赵怡月看着他的愁容，说："你认为这是欺骗？戴绿帽子？有没有这种可能呢？"

洪大江说："就算不戴绿帽子，你也能接受？"

赵怡月说："看是什么原因联系，还有没有感情上的瓜葛。"

洪大江说："是为我父亲治病要找个好医生，她通过别人去找的前夫。"

赵怡月说："我基本知道了。大江，你想怎么样呢？"

洪大江说："孩子都快有了，你说我应该怎么样？"

赵怡月说："这是一个心魔问题。大江，我劝你好好想想，你们的结合来之不易，看到你们走到一起，我真心为你们高兴，虽然我也有点痛苦。现在，我还是提醒你，你没有理由去埋怨她，也没有必要让我劝你，难道让我拆散你们？"

洪大江说："我没有这个意思。"

赵怡月说："你还是爱着甜甜的，应该是永远。送你一句话，且行且珍惜！"

赵怡月买了单，与他在门口摩托车旁握手。她摩挲着他的手说："你的手好粗糙，你吃了不少苦，我依然钦佩你。有时间，过来坐坐。"

洪大江骑上摩托走了，赵怡月目送他骑上马路。她摇摇头，眼泪出来了。

鸟声如沸，鸡群出笼，朝霞满天。一大早，金满仓拾掇着潘篮担子，准备去捞水草，一开门，看到门前站着洪家胜一家，黄秋莲还提来了两只鸭子。

金满仓说："哎，你们这是……"

洪家胜问："亲家，你这么早出去干什么？"

金满仓说："捞水草，大江他们的套养沟要灌水种水草了。"

洪大江说："您郎嘎不用自己捞，买就行了。"

金满仓说："我说你们年轻人大手大脚惯了，湖里到处是水草，用得着花钱去买吗？我每天打一些就行了。"

洪家胜说："亲家太辛苦。你那换了关节的腿行不行啊？这冷的天，水太凉，真的别捞了。"

金满仓说："没有事的，人哪里这么娇贵？"

余翠娥出来说:"都来了,进来坐,喝茶。"

黄秋莲放下鸭子,说:"不了,不了,大江来接甜甜。"

余翠娥说:"她还没有起床。"

黄秋莲说:"跟亲家打个商量,如果甜甜觉得园子里生活不方便,我打算把她接到我家去住,我来照顾她,不知你们同不同意?"

金甜甜这时出来了,说:"我在园子里很好,你们真的不用操心。"

洪大江对金甜甜说:"甜甜,你坐我的车。"

金满仓说:"你们把鸭子提回去。"

黄秋莲说:"那我炖了提到园子里去给甜甜吃。"

金满仓说:"甜甜,跟大江走。"

洪家胜感激地说:"那就好,那就好。走之前,当着亲家的面,我还啰嗦两句。我这个手术很成功,多亏了甜甜,我才这么安全顺利出院。有这样善良又有孝心的媳妇,我们都很高兴,时常念叨甜甜的好。大江回家创业,没有甜甜,他顶多就租十亩地小打小闹。如今,村里看着他们,县里也看着他们,他们成了全县的标杆,赵书记说的,荆江县葡萄的未来,他们是代表。咱们两家,得改革开放的福,沾儿女奋斗的光,两家最大的事,要六人一条心……"

金满仓纠正道:"马上七人了。"

洪家胜说:"对,七人一条心,全县创第一!亲家会长,你有什么要说?"

金满仓说:"他们赶快回园子,我赶快捞水草。我有啥说的?他们一个是省级现代农业产业园的董事长,一个是总经理。我们老家伙就是要全力帮他们,为他们打工,其他别说了!"

洪大江说:"可不能这么说,你们一个是老书记,一个是老会长,吃的盐比我们吃的米多,过的桥比我们走的路多,我们要多听你们的。"

金满仓挑起担子,说:"讲夫妻过日子,我送你们四个字,'互相体谅';合伙干事业,还是四个字,'互相尊重'。我去捞水草了!大家各忙各的!"

中午的时候,金满仓挑着满满一担水草回来。换了关节的腿没有劲,加上在水里泡了半天,浑身都不自在。他歇在路上,碰到两个背着丝网的陌生人,金满仓挑上担子走到前面对他们说:"你们在湖里下网啦?"

那两个人吞吞吐吐,鬼鬼祟祟。一个说:"我们没有啊。"

金满仓说:"这湖里不准下网,大家要保护湖里的生态。"

另一个凶狠地说:"你这老倌子,你又不是巡湖的,管得宽! 我们路过也不行?"

金满仓见这人不是善主,也就嘿嘿笑了,心想别惹他。见他们没有跟上,转头一看,那两个人小跑着进了一条芦苇中的小路。

挑到新大棚里,金满仓没歇,就趁着水草新鲜赶快栽种。洪家胜跑来帮忙,两个人穿着连体下水裤,站在套养水沟里种水草。

金满仓让洪家胜上去,说:"亲家,你刚出院不久,栽水草的事,我来,你不要站在水里。"

洪家胜说:"我看你挑着担子歪歪倒倒,我说咱们都别干了,孩子们该花的钱还是要花。"

金满仓说:"慢慢做,也不用急,为他们省一个是一个,钱没花出去就是自己的。"

洪家胜埋怨说:"我们大江,套养的事,他很执着,我不太赞成。哪儿听不到蛙声? 非得要到葡萄大棚里听? 这孩子书读多了,有点迂。"

金满仓说:"不能这么说,养好了,一年也是几十万的收入。新生事物,我们要多支持,说不定很成功哩。咱们这辈人,就没有他们的闯劲。"

洪家胜说:"他们闯,咱们累。我说,亲家,你对我们大江很宽容。"

金满仓笑了,说:"人老了,最好的品质就是宽厚,你说咧?"

洪家胜说:"怪不得你一脸慈祥的。"

金满仓说:"你也一脸善良呀。"

两个人会心地哈哈大笑起来。

初冬的湖上尚有些枯莲挺立水里,芦花在飞舞,候鸟在聚集。但有时阳光会携来一些温暖,仿佛秋天还没有过去,水草依然碧绿,岸上的红蓼花还在渐次开放,牧牛人还在叱咤。浪没有威力,风没有变态,天上的云彩还白着。空旷的田野却显露出了它的老境,庄稼都收割了,谷茬子黑乎乎地布满水田,茂盛的野草支撑不住了,往田埂上倒伏;它们是看着湖上的,荷叶枯黄,一切都会枯黄;湖水变凉,一切都凉了,连牛羊的叫声都枯黄了,冰凉了。

金满仓撑着一条小船捞水草,天露湾北嘴这边,有几个汉口的水草非常好。水草中最多的是苦草,好看,像水下的兰花草,还有扁担草,他们叫龙须草。这些

440

草猪都爱吃,女儿甜甜小时候喂猪时,就是捞的这些水草,还有金鱼藻。金满仓与大江商量,多捞些金鱼藻,好看,有小鱼小虾游动,水草们在水中悠悠摇摆,真是美妙。青蛙趴在上面,也是一景。他在老龙湾汉子里终于找到了很多金鱼藻,水不深。他找袁世道借了小船,还给女儿说了,下午找个"三蹦子"到老龙湾来拖水草。

这一趟,金满仓捞上了很好的草,看来,还是要多跑路,多找找。这样,好草栽下去,套养有品相,以后观光游览也让人开心。捞着捞着,船就离岸远了。

天说变就变,一阵乌云,太阳就不知跑哪儿去了。冬天的风只要从北边刮来,就是又低又狠,带刀砍的。风一刮,湖都变宽了,岸也刮跑了。转头一看,船离开了身边,也不远,因为水草很沉,水也不深。他在水中走了几步,准备用带钩的长篙去钩船,脚下突然不能动弹了,好像缠上了什么。水草太厚,得把脚拔出来。可他往水里一看,看到了沉沉浮浮的丝网。他心一凉,坏了,缠上丝网!是丝网!

越拔越紧,这网鱼的东西在水底一团一团的。他突然想起那两个偷下丝网的陌生人。他伸出长篙,去钩小船。只要钩到船沿,他就可以爬上船去,现在他手上的长篙没有使力的地方,脚一缠住,人就站立不稳。他急于挣脱丝网,但他只要动腿脚,丝网会越缠越多,越缠越紧。他让自己快速冷静下来,脚不可动,他得将船钩住。长篙有一下触到了小船,再用点力,就可以钩住船沿。可是,风横过来,把船往远处推。他想跃起来再钩一次,无奈脚下的丝网捆得太紧,几乎把两只腿绑在了一起。连体下水裤又沉又笨。他挣扎着,小船离手上的长篙钩子一拃远了……一米远了……一米远就是十万八千里,就是生与死的距离……

"啊,救救我!……"

他可能喊过,但湖太大,风立马卷走了他的呼救声……

园子里的金甜甜见风把大棚刮得呜呜直响,突然想起在湖上捞水草的父亲。都快吃晚饭了,怎么还没见他的电话?跑去大棚里一看,没有水草和父亲的影子,开"三蹦子"的师傅过来给她说:"你爸的船在哪儿?车还要不要的?"

金甜甜心里发慌,说:"咱们快去看看。"

金甜甜坐上"三蹦子",就往湖边开去,沿着湖岸,都没见着船,也没有见着她爸。她与开三轮的师傅喊着,老龙湾空无一人,风急浪高。她赶紧给洪大江打电话,要他迅速来老龙湾。

洪大江来了,没有看到装水草的船和人。他电话找孙场长借了一条渔场的机动船,在湖上搜寻。

"爸爸!爸爸!"

金甜甜在湖上喊。水鸟的惊起和叫声是对她的回应。

"爸爸!爸爸!"

找遍老龙湾,终于看到了那条船,那条无主的弃船。船上的水草是满的,是一把把捞上来的,水草鲜嫩,淌着水,就像刚捞上来的一样。可船上无人。不远处,他们发现了金满仓,身上缠满了丝网,手上还紧紧地攥着竹篙……

"爸爸呀!爸爸!"金甜甜和洪大江两个剪断丝线,将溺水的父亲拖上船,死劲掰开他手上握住的打捞水草的竹篙。

"爸爸呀!爸爸!"

金甜甜尖厉撕心的哭喊声,已经唤不醒金满仓。她腹内一阵剧痛,在船舱里晕厥过去,不到八个月的女儿,早产在船舱里……

三十八

仅仅四五年时间,占地三百亩的现代农业产业园成为现实。

高大气派、乡村情调的牌坊大门,有两个名字:清亮甜生态葡萄园,天露湾省级现代农业产业园。洪大江手书并用木头雕刻。承露岗坡顶上,竖起了一栋中西合璧式的奇幻建筑,那是酒庄,洪大江自己设计的。几栋中式庭院别墅、农耕博物馆,散落在葡萄园中,庭院外种满了葫芦、南瓜、黄瓜、豇豆、西红柿、茄子等,瓜果飘香。各种鲜花也在花坛灼灼盛开,有牡丹、爬上竹篱笆的月季、漂亮的格桑花、美女樱、太阳花、翠菊、蜀葵等。开挖的鱼塘里荷叶田田,荷花摇曳,塘边有凉亭,垂钓的人三三两两。

特别显眼的是整齐的连体大棚,气派浩荡,一个现代农业产业园的雄伟雏形初现端倪。进大门就是宽阔的葡萄长廊,十万只彩色风车在风中旋转,令人晕眩。长廊两边是葡萄诗词、各种葡萄知识、产业园介绍的看板。

大棚里是微灌和喷灌系统,悬挂的显示屏可以看到大棚里生长的葡萄,甚至可以看到水沟里的青蛙和水草。葡萄正在成熟,丰收的景象澎湃袭人,呼之欲出。

洪家胜在大棚里和农工们一起给葡萄套袋。钢子骑着摩托,后面带着马三爹。马三爹利索地下车来,到处看着。洪家胜老远就给他打招呼,马三爹边看边说:"气派呀,简直像看西洋镜! 这哪像种地,就是办工厂。"

洪家胜说:"农业以后就是流水线生产。"

马三爹说:"我也看不懂,就看个稀奇,真好看哟!"又问洪家胜,"你在做啥哩?"

洪家胜说:"给大江和甜甜打工啊。"

钢子说:"家胜哥,请你去村里开会,有事议议。"

如今的村委会办公大楼,鸟枪换炮,由国家投入新建的二层楼房,有广场,有花坛,有会议室,有图书阅览室,有便民服务大厅,楼顶上有金色不锈钢大字:

天露湾村党员群众服务中心。全县的村办公大楼都是大致一样的小楼,青瓦白墙,每个办公室都装了空调,门口还有一些宣传栏,关于低保公示的,关于葡萄大棚以奖代补公示的,关于贫困户建档名单的,关于土地流转政策解答的。

会议室里,闪亮的实木大桌、软垫钢椅,墙上和柜子里是村里获得的各种荣誉奖牌、奖杯、锦旗。

钢子说:"请大家来,是给大家通通气,今年县里准备在清亮甜生态葡萄园举行一个重大活动——荆江县院士工作站授牌暨田野品酒会。这是继县里第十届葡萄节在我们村举办后,又一次大的活动,以此推动我们县葡萄深加工产业发展,县里指示我们要把这个活动办得圆满,争取不出差错。"

洪大江说:"准确地说,县里的院士工作站是挂在天露湾省级现代农业产业园,也就是挂在我们村里,但地点在我们葡萄园,这的确是很大的荣誉。这种活动我们没有举办过,有很大的压力,也感谢村里的支持,我们大家一起,全力以赴吧。"

问到是哪个院士,洪大江说是曹文野会长。许会计说:"曹文野院士工作站放到我们村里,真不简单,人家是我国的顶级葡萄专家,他的工作站到了我们这里,就是一个信号。我看,大江他们的省级产业园,要升为国家级的了!"

钢子说:"绝对有可能!另外,请大家来,就是商量大江甜甜他们一千亩土地流转的事儿。"

金甜甜说:"我们产业园的规划是三千亩。不要怕葡萄多,因为我们葡萄酒庄的酿酒厂,每年就可以吃下几万吨葡萄。"

洪家胜说:"全县所有的鲜时葡萄才二十多万吨咧,大江你们要稳一点。"

洪大江说:"我们够稳的了,但也要超常规发展,而且我们有销售和消化的渠道,是踏踏实实的,不是好高骛远。"

马三爹说:"大江和甜甜的事业,非常超前,田野品酒会,听也没听说过,稀罕,稀罕!他们代表时代,我们只是过去。我这个老朽,这几天在听收音机,关心国家大事,全面建成小康社会,现代农业要有四化,要集约化、组织化、市场化……还有一化,钢子,是哪一化?"

钢子想了想,说:"应该是规模化。"

马三爹说:"对对,规模化,土地流转就是规模化。"

钢子说:"我们这么好的大平原,规模经营是最好的,最有条件的,凡能流转的,我们要支持流转。发展农业产业化,先要深化农村土地产权改革,唤醒'沉睡的资产',通过土地的集约化和规模化发展,我们的乡村就能达到产业兴旺、生态宜居、乡风文明、治理有效、生活富裕……"

洪家胜说:"唤醒沉睡的资产,钢子书记这些年来做了许多辛苦的工作,开垦了三百亩荒地,对天露湾的发展,对留住大江和甜甜,对摘掉贫困村的帽子做出了贡献,应该表扬!"

钢子摆手说:"不值一提,不值一提!前两任书记,主要是你们打下的基础好。"

有人担心地问,土地流转了,那农民怎么办?金甜甜说:"流转之后,村民等于是有两部分收入,土地流转的租金照给,人可以到我们产业园上班,在田里干活领工资。每天干活,每天都有。我们要特别雇请一些贫困户劳力,让他们有固定的收入,帮助他们尽快脱贫。"

钢子说:"土地流转说了几年,终于要开始了,现在有大江他们,我们会比其他村做得更好,大江甜甜完全可以流转我们村所有的土地。真是太好了!马上要开始第二轮土地承包,听说政策不变,会再延长三十年。"

马三爹说:"肯定不会变,不会走回头路,土地承包事关农村长治久安,中国开放的大门不会关闭,改革的步伐只会越来越快,习总书记多次说过,我们要有信心。"

洪家胜说:"马三爹善于学习,总能吃透中央精神。"

马三爹说:"别表扬我了,我就是为你们鼓劲的,我当过几天号兵,吹号就是为你们鼓足干劲,冲锋陷阵!"

大家又讨论了土地流转中的种种细节,以及大江他们的流转价格、管理模式。大家都说愿意流转,这等于让农民旱涝保收,还可以解放大量的劳动力,农民肯定欢迎。村委会的干部和几个村民小组长都说他们马上可以同大江签订流转合同。

开完会,洪大江在园子里接到市质监局的一个电话,立马给甜甜通话,要她赶快与他一起去一趟市质监局。

金甜甜抱着女儿洪小甜来了,洪小甜已经五岁,十分乖巧可爱,黏着洪大江,左一个爸爸,右一个爸爸。金甜甜叫来了洪家胜,让他先带一会小甜。车子发动,金甜甜问,有什么事?洪大江神色凝重地告诉她:"咱们的酿酒许可证被他们压下了。"

这可真是节外生枝。洪大江夫妇忐忑不安地赶到市质监局,电话告知他们去三楼会议室。他们去时,看到桌上摆放着他们送来的天露葡萄酒系列,有干红、干白、甜红、甜白,还有果果酒。这都是与荆州农学院合作开发的。

质监局的几个人坐在一边。引领他们进去的工作人员对他们说:"请进,我们的闻局长在等你们。"

洪大江和金甜甜进去一看,好熟悉,这不是赵怡月的妈妈么?应该是的,岁月没有让她变老,她显得比较年轻,还是当年去天露湾时的样子。但现在她是局长,不是闻阿姨。

食监科的龙科长曾提到过闻局长,没想到是她。洪大江不好开口,闻春燕局长先说了:"洪总,关于你酒庄酿酒的许可证,我们暂时无法往上报送,更无法批准。"

洪大江问:"那什么时候能批复?"

闻春燕说:"我们检测到你们的酒大肠杆菌超标,而且你们的各种测试报告比较混乱和缺失。"

金甜甜说:"闻局长,酒是一瓶不合格还是所有?"

龙科长说:"你们的送检太匆忙。"

洪大江说:"我们非常认真。"

闻春燕说:"但是不合规范。"

洪大江说:"闻局长,是这样的,因为我们葡萄园马上开园,我不知道赵书记给您讲过没有,县里想在我们产业园授院士工作站的牌子,还想搞一次田野品酒会,以此推动我们县葡萄深加工产业……"

洪大江提到赵光明书记,让其他人都听出他们知道闻春燕是赵光明的夫人,也表明洪大江认出了闻春燕。但闻春燕不为所动,依然公事公办,问:"你们的发酵设备和灌装设备全到位了吗?"

洪大江实话说:"还没有,因为……"

闻春燕打断他的话:"还没有,而且卫生安全堪忧,这就是匆忙上马所暴露出来的问题。我们要对老百姓的食品安全负责,也是对你们负责。"

那个眼皮下垂的龙科长竟然在此时断言:"荆江县的葡萄不可能酿出好葡

446

萄酒。”

洪大江不服,问他:“为什么?”

龙科长说:“因为雨水多,糖度不够。”

洪大江据理力争:“各位领导,实话说,我们进行了很长时间的市场调研,各种口味进行过对比,不能拿西方人的口感比如法国的拉菲、澳大利亚的奔富来衡量,这是别一种东方情调的酒。而且,在酒的品种开发和口感上,我们与荆州农学院专家进行了五年的合作……”

闻春燕打断了洪大江的话:“先不说酒,你那设备要花多少钱?”

洪大江说:“全部到位要一千多万吧。”

闻春燕说:“还有厂房、酒庄,这些县里有投资吗?”

洪大江说:“我们的省级农业产业园有一些国家补贴,但基本是我们自己投资。”

闻春燕说:“我不是批评我们老赵,为县里的面子,搞一个浪漫的酒会,就要你弄一个酿酒企业,你们能承受这样的投入吗?”

洪大江几乎站起来说:“不是,是我们自己的产业规划,也是产业园创建必须有的深加工项目……”

闻春燕说:“请你不要打断我说话。你们被县里的虚荣绑架了!种葡萄不是很好吗?听说你们的葡萄卖得很贵,我为你们高兴。但搞酿酒,这是一场冒险,硬件投入这么大,到时候搞不好呢?会不会血本无归?”

洪大江说:“我们自己选择的,我们自己承受。”

闻春燕说:“前车之鉴,有许多项目盲目上马的结果都是失败,我有责任提醒你们,我给你们十天的冷静期,你们后悔还来得及,说不定以后你们会感谢我。”

洪大江与金甜甜面面相觑,沮丧苦笑,他们已经没有时间和心情来跟她叙旧了。

两人下楼,回到商务车内,心情压抑。金甜甜说:“她是好心吗?”

洪大江坐在驾驶座位上,拿着车钥匙,无神地看着操场,说:“也不能证明她是坏心,他们的工作有他们的规范和程序,也许他们坚持原则是对的,我们把自己的工作做好,改进到位。”

金甜甜问:“我在想,是不是她对你有私人恩怨?”

447

洪大江说:"没有啊。"

金甜甜说:"你与怡月的事没有成,她会不会恨你?"

洪大江伏在方向盘上,说:"你自己臆想的。不会,我压根儿跟赵怡月没谈那种事。也是因为你,那时候,我心里容不下别人……"

金甜甜摩挲着洪大江的头。洪大江松了手刹,发动了车,说:"先回去吧,大不了品酒会不做嘛。"

金甜甜快哭了,说:"我们的几百万就要打水漂,再说,那可是赵书记的创意。"

洪大江腾出手拍了一下金甜甜的后脑勺安慰道:"受苦受罪,不能掉泪!"

金甜甜说:"你去找找怡月吧?"

洪大江说:"找她?"

金甜甜说:"要我去找吗?"

洪大江说:"我们一起去吧。"

在赵怡月的办公室,洪大江将他们的几种酒放到她办公桌上,都拧开盖子。赵怡月一一闻着,品尝着,不停地说"不错,真的不错"。她说:"我当年在澳大利亚的亚拉河谷,在葡萄酒庄里打过工,推销过葡萄酒,我觉得吧,这几款潮酒真的好潮!我虽然不年轻,我也喜欢,瓶子和包装的设计很用心,有动感,有想象力。"她尝了两款葡萄酒,"这个也好,完全可以与澳大利亚的奔富相媲美。"

说得洪大江夫妇很高兴。她问:"给我送酒来的?"

金甜甜说:"这个还没有拿到许可证。"

赵怡月明白了:"在我妈那儿?你们的意思是,要我说服我妈?"她面露难色。

洪大江说:"时间不等人,我们非常着急。"

他给赵怡月讲了县里策划的一个田野品酒会,是她爸提议的,还有院士工作站挂牌。他们的生态葡萄园马上要开园了,也希望赵怡月能参加。

"去玩玩。"洪大江说。

"你们的事业非常盛大,一路走来都很用心。不用急,我给我爸去说,他有办法的,他非常欣赏你们,也非常关心你们。"

赵怡月将洪大江他们遇到的困难告诉了她爸,恰好赵光明回市里开会,决定要跟闻春燕说说。品酒会如果不能按期举办,他的离任就会很没趣。马上,他

448

要回市里任职了。

吃过晚饭,赵光明夫妇在荆州城墙下沿霓虹灯闪烁的护城河边散步。夕阳在田野上沉落,城墙里的城市安详温暖,护城河波光潋滟,水草丰茂,野鸭怡游,时隐时现……

谈了些别的,要进入正题了,赵光明说:"春燕,洪大江他们的酿酒许可证,你就网开一面吧。"

闻春燕说:"我说光明,你现在是越来越浪漫啦。"

赵光明问:"什么意思呀,春燕?"

闻春燕说:"我知道你策划的什么田野品酒会……你真会玩啊!"

赵光明嘿嘿一笑:"不是因为这个才不给他们办证吧?"

闻春燕说:"抽查他们的酒,有些指标不合格,我没有故意刁难他们。"

"可以改正嘛。"

"我是在说你的浪漫主义。"

"有啥不好咧春燕?屈原的浪漫主义不是诞生在咱们荆州吗?没有屈原,中国的文学就没有浪漫主义。所以,做官也好,做文也好,多点浪漫主义有啥不好?只要在生活上不那么浪漫。"

"你还行,生活不太浪漫,工作比较务实。"

"是呀,工作务实,情趣浪漫,不是很好吗?……我长期在基层工作,离泥土比较近,我就想啊,我们要留住乡愁,其实,说白了,就是要留住乡村和田野的浪漫。没有浪漫,还有啥乡愁?乡村本来就是浪漫的,有一种葡萄就叫浪漫红颜,你吃过的。你说,田野不浪漫?土地不浪漫?葡萄不浪漫?酒庄不浪漫?农业不浪漫?要挖掘乡村的浪漫基因,不这样,乡村不能吸引来人才,不能召唤外出打工的人回家。咱们就是要让田野浪漫起来!"

闻春燕说:"你这一套一套的!我说你别激动,还是政治不成熟啊。"

赵光明说:"正好向闻局长汇报,我做了这次品酒会,就可能要调回市里,当副市长了。"

闻春燕在暮色中看着他,高兴地说:"呵,恭喜啊!"

赵光明说:"其实吧,荆江县也很好,这些年发展非常快,特别是葡萄产业。而且离家也不是很远,我倒是愿意待在那儿。还是说洪大江他们的葡萄酒,人家两个小青年回乡创业,真不简单,他们的产业园,是带动荆江县葡萄产业转型的龙头。随着葡萄种植面积的扩大,如果再有葡萄滞销的事发生,他们的酿酒厂,可以消化掉几万吨葡萄。如果这个酒在市场上创出了牌子,县里的农业产业又多了一个增长点、爆发点。将鲜时葡萄转化为葡萄酒,比卖葡萄的价值高出五到十倍。"

闻春燕说:"我看见他们很疲倦,听说金甜甜的父亲还因为帮他们捞水草,搞葡萄青蛙套养,死在湖里了。他们付出太大,我于心不忍,只能以这种方式来让他们刹刹车。如果这么累,他们的命运跟他们父辈有什么两样?"

赵光明说:"不同,完全不同,一个天上,一个地下。要讲牺牲,我也很为他们惋惜,但要奋斗就有牺牲。我希望你到他们葡萄园去看看,你去过没有?"

闻春燕说:"真还没有。"

赵光明说:"去呀,我明天送你去。"

闻春燕说:"再说吧。"

赵光明说:"你已经多年没去了。现在的天露湾可不是当初,比荆州护城河还美!洪大江他们的葡萄园有三百亩,他们的目标是扩张到三千亩。三千亩是什么概念?是一千平方一亩的三千亩!"

闻春燕听他讲。

赵光明说:"我们这些吃工资饭的,养尊处优,无法理解也无法想象他们的创造力和行动力,他们这一代人,与我们完全不同。他们的父辈是在土里扒食获温饱,他们却是在土地上创造奇迹!你信不信,他们在网上销售葡萄,一斤可达到一百二十元……"

闻春燕说:"啊,这么贵?!"

赵光明说:"葡萄品质好呗!是用全新生态理念种出的葡萄。问题是,卖这么贵,还供不应求,到哪儿说理去?!……"

闻春燕点头不语。

赵光明接着说:"他们的葡萄酒,难说就不会创造另一个奇迹,这些年轻人,的确时常给我们惊喜,他们有文化,有技术,肯钻研,吃得苦,胆子大,说到底,他们赶上了一个好时代。我们只能给他们吃补药,不能给他们吃泻药。"

闻春燕说:"你一路在批评我。"

"没有,你去看看再说。"赵光明说。

闻春燕当然要来天露湾看看，就是赵光明不劝她，她也会来。当年与女儿一起玩耍的两个乡下小伢，如今弄起了三百亩的葡萄园，还投入巨资酿造葡萄酒，这看似不可能的事，现在成为现实。

天露湾果真完全认不出了，就跟公园一样，农民的房子洋气漂亮，看起来真是富甲一方。而且村庄整洁，景观优美，民宿与商店在道路两边随处可见，已经有了小镇的模样。

车在高大的牌坊前停下，龙科长指着远处岗坡上的建筑说："那应该是他们的酒庄，闻局长，我们开进去吧？"

闻春燕要求下车，说："这么美丽的景色，走走多好，走过去，顺路看看。"

闻春燕走进葡萄长廊，头顶是正在成熟的葡萄，一串串悬吊在头上，十万只风车呼呼地旋转没有停顿，像一个个飞旋的车轮，她恍如走进了童话世界。两边的大棚整整齐齐，一望无涯。她对长廊两旁关于葡萄的诗词产生了兴趣，说："这些诗词为园子增色不少，我喜欢。"

大棚里，正在喷灌，葡萄大棚空气湿润。水雾中，一圈圈彩虹在透进来的阳光里闪耀，五彩缤纷。显示屏挂在棚内，可以看清整个大棚里葡萄的生长情况，大棚里空无一人。闻春燕对龙科长他们说："这个大棚非常先进，全电脑控制，比市农科所的大棚还先进。"

正说着，看到了金甜甜，她老远就向闻春燕他们打招呼："闻局长你们来了！"

闻春燕说："你怎么知道我们来了？"

金甜甜说："我们的监控室能够看到大棚里的所有情况，每一穗葡萄的生长都是可以监控的。"

闻春燕表扬说："你们的投入相当大啊。"

金甜甜说："闻阿姨，许多项目资金都是赵书记帮我们争取的，他是我们的恩人和贵人。"

闻春燕问："怡月到你们这里来过吗？"

金甜甜说："来过来过，我们的品酒会也邀请了她，今天我正式邀请闻局长和龙科长，希望你们拨冗莅临。"

闻春燕说："你们要接待的客人太多，我们就不来了。"

她被带到承露岗上的葡萄酒庄，换好工作服，进入生产车间。车间里一个个巨大的不锈钢发酵罐矗立着,发酵罐上面写着品种:摩尔多瓦;数量:12T;入罐日期:20××年×月×日。品种:夏黑;数量:9T;入罐日期:20××年×月×日。品种:阳光玫瑰;数量:5T;入罐日期:20××年×月×日……

走廊里,看到机器在对葡萄进行榨汁除渣。

洪大江给闻春燕讲解说:"……我们是二次发酵,这里因为设备和其他原因,暂时无法达到满负荷生产,在有了许可证后,我们进行无菌罐装,再进行贴标打码……但我们的发酵是不会出现卫生安全问题的,我们全自动的罐装生产线有两条,都是在绝对无菌的环境下进行操作,卫生安全可以绝对保证。"

龙科长问:"为什么还是出现了细菌超标呢?"

洪大江说:"回来后我们进行了一系列的整改,今天并不知道闻局长你们一行来检查工作,但这就是平时我们酒庄的工作状态……"

龙科长和另一个人拿着仪器,这儿摸摸,那儿测测,有时候钻进机器里面,把旮旮旯旯检查摩挲了一遍,手套还是干净的。

金甜甜将一沓打印纸递给洪大江,洪大江再交给龙科长:"龙科长,这是我们补充的进行各项测试的数据报告,同时也尊重你们的验收报告,我们会全力配合进行整改。"

龙科长说:"这是应有的态度,我们必须对消费者负责。"

闻春燕问:"你们的投资几年能够收回?"

金甜甜回答道:"按我们每年最低生产四百吨原浆酒来计算,应该三年可以收回投资并创造每年三千五百万的产值。"

闻春燕脸上现出了宽释的笑意:"你们的葡萄生产情况呢?"

洪大江说:"我们是生态葡萄,走中高端消费路线,一般葡萄在每斤二十元以上,今年最高可以到每斤八十元,其他非标产品,也就是外观不达标的葡萄拿来酿酒,所以,我们葡萄的产值今年可以达到四千万元。如果土地流转速度加快,我们的产值应该很快过亿……"

闻春燕称赞说:"作为省级的现代农业产业园,你们配得上'现代'二字。"

洪大江说:"如今种地,全靠科技投入,一颗葡萄,蕴藏着众多先进的现代农业科技,农耕时代的农业的确结束了。"

临走时,闻春燕握着洪大江和金甜甜的手说:"我多年没来这里了,天露湾的变化实在太大,我在这里看到了现代农业的大场面,你们不愧是我们老赵时

452

常夸奖的难得人才。"

洪大江说:"哪里哪里,这都是赵书记多年关心帮助我们的结果,没有赵书记,就没有我们的今天。"

闻春燕拍着洪大江的肩膀说:"好好好,你们不要用赵书记和怡月来压我,该怎么样,就怎么样,原则第一……"

酿酒许可证终于在葡萄园开园前批下来了。这一天,天露湾省级现代农业产业园,也就是清亮甜生态葡萄园的"田野品酒会"即将举行,"热烈祝贺荆江县院士工作站授牌暨田野品酒会在天露湾省级现代农业产业园举行!""浪漫农业,美丽乡愁""脱贫攻坚,振兴乡村"等由氢气球悬吊的条幅在园门口飘动。

来宾们来到产业园,风车长廊里,有许多村里的老人在此闲坐,吹风乘凉,鱼塘有人钓鱼。长廊边的小舞台上,村民自娱自乐地在演出"荆江说鼓",一个女演员敲着小鼓说唱着《荆江葡萄晶凉田》,二胡、扬琴、唢呐给她伴奏:"……三袁故里荆江县,咧里啊,山水灵秀,文化灵性,人民灵慧。种的那个葡萄呀,都充满灵气咧。(旁白)哎,葡萄是用嘴巴吃的水果,它有筭个灵气哟?(主白)咧你们就不晓得了吧? 荆江葡萄有灵气,(唱)全都是三袁老祖宗传的真经……"

曹文野津津有味地看着,赵光明介绍说这叫荆江说鼓,方言表演,连说带唱,很幽默的,有一千多年的历史了。

曹文野说:"在葡萄园里,吹吹湖风,看看演出,太惬意了。"

赵光明说:"是啊,神仙日子!"

金甜甜说:"我们这里吹拉弹唱,每天都是这么热闹。"

进了大棚,洪大江给大家介绍:"……各位领导就别往里走了,恐怕喷湿衣裳。我们的水肥一体化,实现了喷灌加滴灌,大家看,我们大棚有许多监控和显示屏,我的手机上可以看到大棚里生长的情况,其监控三百六十度无死角。我们浇灌的水是泵站抽取的天露湖湖水,沉淀之后进行灌溉,天露湖的水现在是一类水质,可以保证葡萄的品质。我们依然是生草栽培,完熟栽培,有部分是葡萄和青蛙的套养模式,每亩可增加五千元至七千元的收入……"

大家感兴趣的是在沟里养殖的青蛙。在葡萄架下,这些小水沟水质清澈,长着水草,青蛙在里面生长,也有的跳到葡萄垄上,在青草中吃虫子。小水沟里还有一些小鱼在怡然游动。

曹文野俯下身就逮住了脚下的一只青蛙，举着说："这样的葡萄园真是好玩，有趣。大江，你很有想象力！"

赵光明说："在葡萄园低头听得到蛙声，看得到小鱼，抬头却是最先进的大棚管理，大开眼界呀！"

曹文野说："我就想到这一句，在葡萄里吃出了蛙声，这就是大江你们的葡萄园。"

大家笑了。

可是金甜甜却躲在一边哭了。在喷灌的水雾中，蛙声嘹亮，她恍惚看到了她爸金满仓从蛙声深处走来，挑着水草，笑意吟吟……

曹文野说："大江，你把你园里的品种给大家介绍一下，你的品种很多哟。"

洪大江一路介绍说："……我们有早中晚熟的品种九十多个。早熟的有早夏黑、夏黑，中熟的有巨峰、藤稔、金手指……这就是金手指，造型怪异，特别好看，平均穗重七百五十克，最大穗重可达到一千五百克，糖度在二十二左右，有浓郁的冰糖味和牛奶味。有观赏性，典型的开心果，让人一见倾心……这些市场上太多，但稳产高产，技术成熟，有必要种植，特别是夏黑，耐储存，耐运输。晚熟的品种有红地球、美人指、红宝石、甜蜜蓝宝石、浪漫红颜，特别是阳光玫瑰，我看好阳光玫瑰、甜蜜蓝宝石和浪漫红颜，穗重达一千克到两千克……阳光玫瑰如果真正生态种植，有浓郁的玫瑰香味……"

金甜甜和赵怡月端来了洗净的阳光玫瑰葡萄，大家品鉴着，听洪大江继续讲解："这个品种前途无量，会成为葡农的首选，它的糖度在二十六左右，青翠如玉，好栽培，好管理，挂果期长，成熟后可以在树上挂果两三个月，而且不落果，不裂果，无脱粒，抗病力强，口感好。甜蜜蓝宝石，蓝幽幽的，就是宝石，你们尝尝这个……它成熟后不落粒、不烂尖，一般穗重达一千克以上，跟阳光玫瑰一样，口感非常新奇。美人指，先端是紫红色，就像染红指甲油的美女手指，外观典雅漂亮，是葡萄中的贵妇人。所以，现在大家看到的葡萄园色彩不单调，红男绿女，琳琅满目，就是一个万花筒，五彩斑斓……"

赵光明说："巧手绘蓝图啊！洪总的这么多品种，在这里就是试验基地，品种好，就向全县、全市推广！"

曹文野说："赵书记，你将院士工作站放这里，培训基地放这里，有眼光！"

赵光明说："曹会长，我们在这里投建的培训大楼即将启用，我们还要完善院士工作站的各项配套措施,请您放心。"他说着,到处找洪家胜,"老洪书记呢?"

有人把洪家胜拉过来。

赵光明说:"我记得你们多年前曾经在路口竖过一个大广告牌,叫荆江县葡萄研究中心。"

洪家胜说:"有的,有的,赵书记好记性。"

赵光明笑了:"看来,老书记有先见之明,天露湾果然成了我们县葡萄的研究中心。"

洪家胜乐呵呵地说:"全靠赵书记和曹会长的大力支持!"

曹文野说:"你儿子为你争气啊!"

他示意让洪大江继续介绍。洪大江说:"现在,我们在探索种植智能化,建立'互联网+'智能管理平台,将葡萄生长所需要的水、肥、光、气、能等生产要素自动化、精准化供应,让每一颗葡萄可追溯。"他托着葡萄穗说,"我们是标准化种植,一根葡萄藤上只留八至十串葡萄,每串一斤半,所以看起来像是一个模子里生产出来的,这就是标准化。"

有人数着葡萄颗粒说:"好像一穗的粒数都相等哩。"

洪大江说:"基本是相等的。另外,我们在销售上,充分利用了我们的直播云系统,实行网上生长直播,推广葡萄的众筹认养,将现货变成期货,利用我们的网络平台,进行网络销售,现在看来,效果非常好,我们葡萄的好名声,通过网络传出去非常迅速快捷……"

来到梦幻城堡似的葡萄酒庄展示厅,工作人员将各种酒斟上,请大家品尝。这是此次活动的重头戏。

轮到金甜甜来介绍了,她说:"……各位领导,我们产业园生产的'天露'葡萄酒,现在形成了一个系列。有干红、干白,甜红、甜白,有果果酒。所谓果果酒,是在葡萄酒中加入了红枣、草莓、水蜜桃、桑葚等调配成的低度潮酒,主要是针对年轻人。"

有人问:"低度是多少度?"

金甜甜回答说:"十度,比葡萄酒低一两度。我们的葡萄酒主要选取的原料为摩尔多瓦、黑加仑、阳光玫瑰等,经过几年的试验,最后我们定下的是黑加仑葡萄,非常适合做东方口味的葡萄酒,不知道各位领导是否喜欢这些酒的味道？"

曹文野高举酒杯说："味道好极了！我品出了温暖迷人的乡愁。"

赵光明说："那何不注册乡愁的商标？！"

洪大江说："对呀，先前没想到，真的好。但我们得查查有没有人已经注册，不过，'天露'这个牌子也是我们的乡愁。"

金甜甜说："我们现在的葡萄酒原浆生产能力只有四百多吨，满负荷生产可以达到一千二百吨，一吨葡萄能产三百至四百五十斤酒。此外，你们看到我们的葡萄深加工生产，还有这些……面膜、葡萄籽精油、胶囊、果汁、果醋、果干、果酱、酵素汽水……我们还提取白藜芦醇，白藜芦醇是抗癌、抗氧化的，葡萄皮与籽含量高，连葡萄藤都含……"

副县长李英敏这时将给他的面膜撕开贴在脸上，引起哄笑，他说："真的很舒服，很舒服，我买十盒送给我老婆。"

许多人表示要买这些产品。有人说，葡萄籽精油对身体也非常好，过去我们都是买国外的，现在我们天露湾就有了，太好了！

展台上的产品一下子就售罄了。

入夜，酒庄外的岗坡地上，灯光闪烁，星空璀璨。临时搭起的舞台上，是摆放的品种繁多的葡萄和一瓶瓶"天露"葡萄酒，所有的人都握着酒杯。

即将升任荆州市副市长的赵光明，在这个夜晚的田野品酒会上，用诗一样的语言做开场白："……各位来宾，各位乡亲，各位游客，今天我们在这里举行一个别开生面的田野葡萄酒会，这里没有豪华庄园，没有水晶吊灯，没有晚礼服，没有拉菲、奔富，我们在自己的田头，品尝用自己辛勤的汗水酿出的葡萄美酒。头顶是星空，身边是葡园，脚下是沃土，在如此美丽的夜晚，我们拉开了荆江县田野品酒会的帷幕。这帷幕太大了，天空和大地全是我们的会场。我们应该陶醉，我们应该狂欢，我们要载歌载舞，共庆这丰收的节日。荆江县的葡萄，经过两代人的努力奋斗，已经成为我县一大农业支柱产业，我们的葡萄获得的荣誉已经名满荆州，声传神州。作为江南葡萄第一县，我们的后劲就是在生态上，在产品的深加工上。我们的生态资源就是生态资本，生态资源和资本就是这田野、星空、雨露、湖水、晚霞、白云、蓝天，是大自然的恩赐！现在，我们天露湖畔的清亮甜生态葡萄园，也是天露湾省级现代农业产业园，其美丽的酒庄，开启了我们县葡萄深加工的征程。我们期待更多的生态葡萄园建成,期待更多的酒庄在我们县的田野上崛起,让我们县葡萄飘香,美酒飘香!农为邦本,本固邦宁。民族要复兴,乡村必振兴!现在,天露湖越来越漂亮,湖水越来越清澈,县里在天露湖沿岸建田园综合体试点示范项目正在规划,铺开后将迅速覆盖所有的乡村。田园综合体作为乡村新型产业发展的亮点措施,被写进今年的中央一号文件,它集循环农业、创意农业、农事体验于一体,让农民拥有更多的获得感、幸福感。我荣幸地告诉各位,天露湾村和洪大江洪总的产业园,批准为试点示范村。在这个令人沉醉的时刻,我们会自然想起我们荆江县第一位葡萄种植人金满仓同志,他的四分地种出了一个全县的葡萄大产业。可是他因为支持下一辈的葡萄种植事业,献出了他宝贵的生命,他的一生是平凡而伟大的一生,是我们时代的农民英雄!我们荆江县人民,要永远感谢他!永远怀念他!现在,我提议,大家为金满仓同志默哀……"

舞台天幕上,出现了金满仓在葡萄园手拿葡萄微笑着的巨大照片。赵光明端起一杯酒,双手捧着,向照片献祭……

金甜甜含泪扶着她妈余翠娥站在第一排,赵怡月扶着余翠娥另一个臂膀。洪家胜一家站在她们旁边。

默哀后,赵光明说:"现在,给天露湾省级现代农业产业园授牌。由陈友善县长授牌,由金甜甜董事长接牌……"

身着浅灰套装的金甜甜上台,一块用红绸幔盖上的大铜牌拉开,由陈县长授予了金甜甜,上写:荆江县生态葡萄种植培训基地。

台下掌声雷动。

赵光明说:"我们县的葡萄培训基地大楼,马上在这儿启用,这是对清亮甜生态葡萄园生态种植模式的充分肯定。还有一块匾牌,比这块更重要!现在,由中国工程院院士、中国农学会葡萄分会会长曹文野先生授牌,由天露湾省级农业产业园总经理洪大江接牌。"

洪大江一身牛仔上台,从他老师的手上接过匾牌,揭开红绸,上面写的是:天露湾省级现代农业产业园院士专家工作站。

田野上一片欢呼。

洪大江捧着金灿灿的牌子不知放哪儿,洪家胜和钢子跑上去帮他接下了匾牌。

赵光明说："洪总,你说几句。"

洪大江接过话筒,说："我因为激动,不知道怎么表达。这两块牌子,沉甸甸的。我觉得,生态农业应当是一种稳定的生活方式,而不是一种投资方式。通过生态种植,重新发现人与土地的关系。我原来不相信情怀,但这些年来,在对土地的研究和种植之后,我相信了,有一种东西叫情怀。我记得小时候我们村里的广播总是放相声《十等人》,我拼命在相声词里找我是几等人,找到最后,得出一个结论,我是末等人,真的很泄气。种地不划算,农民只好离乡背井,外出打工,农村孩子读大学,就是想跳出农门,摆脱农民身份,在城里找一份工作,不再像老一辈那样,脸朝黄土背朝青天。我从上海回乡种葡萄,没人能懂我,说读那么多书真是白读了,可我认定了,爱农业,学农业,做农业,只为健康蔬果能走进千家万户,只为了让农民这一职业成为一份体面的、有尊严的职业。生活不会亏待我们,土地不会辜负我们!……"

赵光明说："洪总朴素的话语打动了我们,这么重要的匾牌为什么要挂在这里,原因还是请曹会长说几句。"

曹文野上台,对大家说："我是洪大江的硕士导师,一个老师将工作站的牌子挂在学生的葡萄园里,大家应该没有意见吧?"

台下齐声说："没意见!"

曹文野说："刚才,洪大江讲到了情怀,差一点把我讲哭了。我很感动,因为,我也是一个农民的儿子。而光明书记用诗一样的语言解释了什么是生态资源或者生态资产,生态农业是我们未来的农业,因为生态,就有了粮食安全、食品安全;因为生态,洪大江他们的葡萄产业园才是我们学习的榜样。还因为生态栽培走在全县前面,他们的产业园和天露湾村,成为县里的田园综合体试点示范单位。因为我们走的是生态之路,我们的田园管理和栽培技术、园艺水平一定能达到世界一流。凭着高新科技的加入,凭着我们的聪明才智,凭着我们的穷则思变、穷则思富,我们一定能生产最好的葡萄,最好的葡萄酒!"

一位女孩将葡萄酒端给曹文野、赵光明和洪大江夫妇。曹文野举起酒杯提议:"为了我们荆江县的明天,为了我们的幸福生活,干杯!"

整个天露湾都响起了"干杯!干杯!"的喊声,田野醉了,湖水醉了,星空醉了……

老师执意要住在洪大江的葡萄园里。第二天早晨,洪大江邀老师去天露湖。洪大江划着小木船,曹文野坐在船头。水天一色,芦苇摇曳,野鸭嘎叫。划到湖心,洪大江指着一个小岛说:"老师,那个小岛是一个鸟岛,树林里有大量的白鹭,还有池鹭、夜鹭、苍鹭、白琵鹭、小天鹅、水雉、白鹤、蓑羽鹤,不下几十种。一到傍晚,归鸟入林,闹成一片,那岛上的鸟粪有一米多深。"

曹文野陶醉在美景里,深呼吸着,说:"大江,你的家乡怎么赞美也不为过。"

洪大江说:"过去我也曾抱怨这里穷,看到的全是她的丑。到了武汉,到了北京,到了上海之后,现在回来看到的,却全是她的美。"

曹文野说:"这就是人生的摔打酿出的乡愁美酒,乡愁在,爱就在,爱还在,美就在。"

洪大江说:"您今后就在这儿住下吧。"

曹文野说:"等我退休了,我的工作站依然在你这儿。这么好的地方,我会每年来的,你的葡萄园里给我留一张床、一根钓鱼竿、一把疏花疏果剪就行了。我的晚年,别无所求,就在你这里啦。"

洪大江说:"老师,没问题,欢迎您,等着您!"

曹文野说:"说好了,拉钩上吊,一百年不变。"

他们紧紧地拉了钩。

田野品酒会后,葡萄开始大量上市,网上订单也多了起来,有葡萄,更有葡萄酒。金甜甜和几个员工在仓库给快递打包填单,林三富进来了,说:"你们的葡萄酒又火了。"

金甜甜说:"今年网上的订单太多,我们都忙不过来。您郎嘎是要葡萄酒呢,还是要葡萄?"

林三富说:"都要。"

金甜甜让林三富在仓库外面的沙发上坐下,指着茶几上的酒说:"您郎嘎喝点什么?"

林三富撩着二郎腿说:"你们的葡萄酒的确不错,我在超市买过两瓶。但我更喜欢你们的果果潮酒,水蜜桃味的,给我来一杯。"

金甜甜笑了,让员工给他倒了一杯水蜜桃果果酒。

林三富喝下了,表情神秘地说:"我今天来,想告诉你一件事……"他将腿拿下，"有人要包圆儿买你今年的葡萄。"

金甜甜问："一百亩还是三百亩？"

林三富说："有多少，买多少。你知道，你们的葡萄在外的名声是响当当的。"

"多少钱一斤？"

"十九块。"

"这可不低。但我已经包给别人了。"

"一斤多少？"

"十七。"

"卖给我赚更多呀。"

"我们已经签了合同。"

"取消合同。"

"做生意，诚信第一，我不做这种事。"

"算了，谁有这么大的实力包你几百亩？你哄我的。"

金甜甜点穿他："你干脆说，又是乔总。"

"他是做精品水果的，你知道。"

"我听说他在裁员，身体不好，也无心生意了。"

"但包你的园是真的，现金结算。"

金甜甜一时无语。后来她果断地说："林老板，你晓得的，早就结束了，再打扰对方的生活，那跟犯罪没两样。"

林三富靠近她，小声说："实话告诉你，你是同意他包园，还是同意以后他所有财产都给你？"

金甜甜避开他，侧过身问："什么意思？"

林三富突然眼睛泛红，用颤抖的声音对金甜甜说："乔总快不行了……"

金甜甜心里一震："你说什么?！"

林三富说："他查出了肝癌，他交代我，今年包园或者赠给你遗产，条件只有一个，就是将他的母亲托付给你，让你帮他养老送终，也就是为他的母亲找一个最后的归宿吧……"

听到这里，金甜甜的泪水潇潇而下。那个她心底牵挂的人，即将没了。

没有让别人知道，乔汉桥在他生命最后的日子里，从武汉来了天露湾一趟。

他一路吃着止痛药,林三富开车。

迷糊中发现车停了,乔汉桥朝车窗外看了一下,有一块"天露湾省级农业产业园欢迎您!"的大广告牌,另一边,则有一块"清亮甜生态葡萄园,慢生长葡萄"。上面有采摘葡萄的村姑,还有一个美丽女性举着一杯葡萄酒,旁有一句广告语:"天露葡萄酒,来自乡愁……"

他呆呆地看着这个漂亮的女子,林三富说:"乔总,认出来了?"

乔汉桥拭着泪。

黄昏时分他们的车进入天露湾,停在芦苇丛边。乔汉桥不让林三富下车,他一个人下去,戴着口罩和一顶棒球帽,背着知青时代印有"广阔天地,大有作为"的陈旧黄挎包,艰难地、悄悄地进入了金甜甜的葡萄园。他只想一个人走走,看看。如果他不在人世了,他的游魂会回到这里,现在,他必须把这个路认好。当他抬头看到了牌坊上"天露湾省级现代农业产业园"那行字,他张着嘴,这是那个依恋他的小女生金甜甜的产业园吗?恍若梦中,不敢相信。

他一路捡旮旯儿地走,避开行人。他驻足观看着这巨大的在湖边的现代化葡萄基地,看着那些建在葡萄园里的漂亮建筑,美丽的葡萄长廊,开满荷花的鱼塘、凉亭、水榭、酒庄、庭院、博物馆,还有葡萄酒飘出的香味……他进了一个无人的大棚,到处是垂挂的晶晶闪光的葡萄。他摘了一颗,放进嘴里,细细品咂着,像在品咂与金甜甜那些美妙温馨的过去……

西天红云翻卷,幻化成长江的惊涛骇浪,一个声音突然从云端飘来,在耳畔响起:"乔叔,拉住我,别松手!不要松手!……"

乔汉桥泪水迸溅。他在葡萄园绕了一圈,在靠湖边的一栋别墅边伫立了一会,那里有水塘,有菜地,不远就是天露湖。他坐在晚霞如火的湖边,归鸟投林,无数白色的水鸟像雪片一样在湖上和林中飞翔。树林里,鸟声大噪,敲击耳膜。一会儿,月亮升起来了,挂在葡萄园和天露湖上空。忽然蛙声如鼓,萤火虫如金色的小橘灯一样游动在园子里、湖面上、田野中,密密麻麻,环绕在他的身边。他被这美丽的、梦幻的萤火虫包围,好似飘浮起来,向上飞升……

他转过头,看到在葡萄长廊里有一个女性的身影,牵着一个小女孩在散步。那是金甜甜和她的女儿。他赶快起身,隐入湖边芦苇丛中的暮色里……

顾老师来天露湾养老的事,经由林三富协调,基本敲定。洪大江催促金甜甜

461

尽快将顾老师接来,不能让老人一个人太孤独伤心。

金甜甜考虑洪大江的感受,有些迟疑,觉得不好,还是等等。洪大江说:"医院里不是有艾晓兰照顾么?还有林老板全程在陪伴他。你放心,我不会再有什么想法,何况你的命是乔总救下的,你爸爸买葡萄苗的钱是他追回的。如果当时乔总不拔刀相助,追不回那一千多块钱,还有咱们村咱们县的葡萄么?你爸的腿也是他帮助治好的,而我爸的手术也是他帮忙,乔总是个大好人。咱们不缺他的遗产,就算什么也没有,咱们也应该为他母亲养老送终,做人就应该知恩图报……"

金甜甜说:"我明天就去,谢谢你的理解,大江。"

金甜甜开车去了武汉。与林三富碰面后,在她的要求下,他先带她去了医院。

这个肿瘤医院躺着许多垂危病人,一到医院心情就黯淡了。金甜甜轻轻推开病房门,看到了熟睡的乔汉桥。那个旧黄挎包挂在他的病床头,他面庞消瘦,脸色蜡黄。艾晓兰在床前守着他,听到响动,转身就看到了金甜甜,惊讶地说:"甜甜,是你?!"

"晓兰姐!"

金甜甜看着打着吊针的他,一串泪珠无声滚落。乔汉桥被声音惊醒,睁开眼睛,惊喜地叫:"甜甜,你怎么来了?!"

金甜甜擦了眼泪,说:"林老板带我来看看你。"

乔汉桥强装笑脸说:"谢谢,谢谢你。"

两颗泪珠从乔汉桥的眼角滑落到枕头上,金甜甜替他擦去泪水。

乔汉桥说:"没有想到,在这里能见到你,我好高兴,本以为是来世……"

金甜甜握着他的手说:"我是来接妈到我那儿去的,现在葡萄熟了。"

林三富告诉乔汉桥说:"一切都安排好了,是你选的那栋别墅。"

金甜甜问:"你悄悄去我们那儿了?"

乔汉桥幽默地说:"悄悄地去,悄悄地回,悄悄地生,悄悄地死,一切,都是静悄悄的……妈总是唠叨你的好,她知道你现在事业有成,又有了孩子,她为你高兴……妈的晚年就交给你了。我不能为她最后尽孝,麻烦你代我尽孝……"

金甜甜什么也说不出来,只是流着泪,紧紧地抓着乔汉桥的手。他的手已经瘦削,骨棱棱的,不是当年因为害怕每晚抓住的那一双手,那双宽厚的、有力的、有热量的手。

离开了医院,来到汤逊湖的别墅。这里有过她生活的印记,再回来,依然亲

462

切,却难以言表。

顾老师开门,见到金甜甜,上来一把抱住她:"甜甜,我的甜甜!你怎么来了?!"

金甜甜泪如泉涌,叫了一声"妈",紧紧抱住她。林三富说:"顾老师,进屋里说吧。"

金甜甜像过去每次进屋一样,自然而然打开鞋柜换拖鞋,她看到她的那双卡通拖鞋依然像过去一样放在原处,没有任何移动,这让她又一阵泪目。她想了想,把取出的拖鞋放回原处,穿着袜子进屋。她不想惊动过去。

顾老师问:"甜甜,咋不换拖鞋?"

金甜甜说:"就这样舒服。"

林三富指着装得满满的几口大箱子和包裹,对金甜甜说:"一切都收拾好了。"

金甜甜对顾老师说:"妈,到了我那儿,您郎嘎会很好的,我和大江会好好照顾您郎嘎,就像对自己的亲妈一样。"

顾老师说:"麻烦你了,甜甜!"

金甜甜打量着这曾生活过的房子,顾老师说:"楼上,自你走后,汉桥就再没上去住了。"

金甜甜一步步走上楼。她打开楼上的卧室,果然,一切如她走时一样,所有的摆设都是原样,都定格在她离开时的样子。她最后换水的那束玫瑰花早就枯萎,但依然插在五斗柜的花瓶里。

她与乔汉桥的婚纱照挂在墙上。她端了把椅子,拿了毛巾,将照片擦拭了一遍。她摸摸枕头、被子,摸摸台灯,摸摸衣柜里的睡衣,然后,退出了卧室,轻轻地掩上门,生怕惊醒了往事……

她伏在二楼的栏杆上,放肆地哭着,无声地哭着。

直到林三富喊她,她才抹了眼泪下楼。

林三富将几口箱子搬上商务车,金甜甜挽着顾老师出门。门锁上了。顾老师上了车,在车上看着关好的别墅大门。车缓缓离去,金甜甜搂着顾老师,泪水依然在流淌。

那个别墅越来越远。

汤逊湖远去了,天露湖近了。

尾声

金甜甜牵着洪小甜,穿过葡萄园十万只彩色风车旋转的葡萄长廊。她们来到顾老师住的小别墅,这里的大南瓜铺在地上,瓜架上吊着青翠的黄瓜,鱼塘里荷花如炬,花圃里争奇斗艳。金甜甜将提来的苹果、西瓜、葡萄放在桌子上,从廊檐下推来轮椅,对女儿洪小甜说:"小甜,喊乔奶奶去吃早点。"

洪小甜跑进屋,用清脆的童音喊:"乔奶奶,去吃早点好吗?"

顾老师应声出来,拄着拐杖说:"好啊,乖小甜!"

洪小甜过去扶她:"乔奶奶,我扶您。"

顾老师说:"小甜真乖呀,心真好!"

洪大江从大棚里出来,他周末才回葡萄园。产业园的事情基本上由金甜甜打理,他作为县乡村振兴局专家组组长,被派到另一个百里外的乡镇,帮助那里发展生态葡萄种植,为期一年。他过来向顾老师请安。

女儿非得要推着顾老师,还说:"乔奶奶坐好!"

洪小甜在后头推着,洪大江和金甜甜在两边扶手旁推。早上的太阳斜射进长廊,一路是旋转的彩色风车,头顶上,是一嘟噜一嘟噜成熟的葡萄。

二○二一年十月六日,三稿于武汉、神农架、荆州

后记

这是我的一部家乡书。

有时候，拎着一种叫乡愁的东西，在故乡的葡萄园里游弋。可这样的乡愁又让我惶惑和窘涩，感到那个被怀念的旧物就是自己，而故乡的乡愁却太过于鲜灵与甜蜜。我怀着被时代抛弃的仓皇，与故乡贴近。我说服自己，如此醉人丰盈的、翡翠玛瑙的乡愁，不是一副石磨、一个碾子、一棵老柳和一座衰颓院落可以叙事的。每年六七月间，我都会收到寄自故乡的葡萄，阳光玫瑰、浪漫红颜、甜蜜蓝宝石、藤稔、美人指……这些水灵灵的时鲜，这些俏丽的名字，难道就是味蕾深处的陌生思念？

故乡越来越年轻。

公安县地处江汉平原，长江南岸，是荆江分洪区。这里的农耕文明异常发达，人们精耕细作，生活富庶安宁，被称为梦里水乡。千百年来，耕种的是五谷杂粮，稻麦黍稷。某一天，这片田野上蓦然窜出了一种前所未闻的藤本植物，十多万亩的葡萄铺天盖地，气势磅礴。这些五颜六色、珠滑玉润的浆果浑圆、饱满、晶莹、清香、甜蜜，深沉严肃的土地突然变得浪漫可人，摇曳生姿……

长江以南是不适宜种植葡萄的，教科书这样说，几千年来没有人尝试，我甚至到青年时代还不知葡萄为何物。我的生命被稻浪喂养，现在我被葡萄滋润。在谷粒的软糯和浆果的甜蜜之间，我经过了漫长的年月，无法料到，有一天，那曾经粗粝深重、沉默寡言的土地是一块流蜜之地。天降的甜蜜，是劳动和智慧的恩赐与传奇。

曾吞噬过我们的沉重记忆，重新被甜蜜浸泡漫漶，我们梦里的家园，妖冶招展出这声势浩大的累累果实。

被岁月掩埋和遗忘的故乡，在风雨摧折中渐渐消失的乡愁，以另一种方式重现，在旺茂繁华、碧浪澎湃的藤蔓上集结成穗。乡愁也许是许多人斑驳的怀念,但对我来说,突然成为玛瑙和酒曲,酿造着碧波荡漾的金浆玉醴。

十多年前,我在荆州挂职的时候,就采访过那个江南葡萄第一村,结识了那里的老乡。前年,因为嘴馋和好动,我又叩访了家乡无数的葡萄园,吃着他们的各种葡萄、各种美食,游览各种风光,了解各种风土。最先进的设施大棚,最醇香的葡萄美酒,最淳朴的乡党,最可爱的葡农……葡萄成为我家乡一个新兴的农业产业,就靠了那些农民在田垄间精心虔诚地鼓捣与莳弄。现在却是水肥一体化、全电脑控制的栽培管理,是设备先进的葡萄酒庄,是一年一度葡萄节的狂欢,是田野品酒会的浪漫与豪情,是热气腾腾富裕的生活。

大地不会老去,生活之树常青。

农民,大地的雕塑家和魔术师。我却像故乡寒碜的旧影。有一天,我坐在公安葡萄种植第一人老陈的家门口,品尝着这位"甜蜜的挖掘者"种的葡萄,在他宽大的楼房前,看着浩荡的田野上闪光的大棚,以及在露天生长的碧绿葡萄,绿潮喧嚣,没有尽头。葡萄成熟的芳香甜味弥漫在这片我曾经劳动的土地上,农民在这个时代是多么伟大,他们创造了幸福,也创造了一个关于种植的神话。这片田野上诞生的浪漫和奇迹,是谁发现并发掘出来的?是什么样的机缘,让他们获得了甜蜜的密码?江南不能种葡萄,但故乡的农民种出了,种成了,种好了,而且名满全国。这个关于土地的神话,有追溯的必要和书写的意义吗?我想试试。

我依然有柔软的心,扑向炊烟和乡情,怀着种子的渴望,心系感恩的旅程。

这个小说是我的一次尝试。书写故乡是惶恐的,我从来没有为哺育我的故乡写这么长的文字,我小心谨慎,又大胆恣意。一个时代,一片土地,当他诞生神话和传说的时候,壮美的历史就开始了。我的笔,与他们命运相系,心心共鸣……

陈应松
二〇二一年十月六日于公安